FÜR SASHA GOODMAN

ERSTES KAPITEL

*In welchem ich zu einer Besorgung geschickt
werde und auf einen Mordfall stoße*

Vor nicht langer Zeit hat mir ein Seemann, mit dem ich einen Nachmittag im Kaffeehaus verbrachte, eine Geschichte erzählt. Er war kein gewöhnlicher Seemann, sondern zweiter Offizier auf einem Schiff der East India Company. Ich, Jeremy Proctor, hatte ihn am gleichen Tag in meiner beruflichen Eigenschaft als Rechtsanwalt vor der King's Bench, der Abteilung des obersten Gerichts, die sich mit Kriminalfällen befasst, vertreten. Kurz, ich hatte ihn erfolgreich gegen eine Anklage wegen Körperverletzung verteidigt. Er war in einer Spelunke in einen Krawall mit drei Männern von zweifelhaftem Ruf verwickelt worden, die behaupteten, er habe sie beleidigt. Er hatte die Spelunke unverzüglich verlassen, und sie waren ihm gefolgt und hatten eine Entschuldigung verlangt. Dieser Forderung hatten sie mit gezückten Messern und einem Knüppel Nachdruck verliehen. Sie waren auf ihn losgegangen. Er hatte keine andere Wahl, als sich auf die einzige Waffe zu verlassen, die er bei sich trug – einen Säbel. Es handelte sich nicht um einen Entersäbel – also nicht um einen echten Kampfsäbel –, sondern eher um eine zeremonielle Waffe, etwas in der Art eines Rapiers. Dennoch verstand er sie zu benutzen, was das Blut am Schauplatz bewies, als zufällig ein Constable in rotem Rock vorbeikam. Mein Mandant hatte niemanden getötet, aber die drei Männer immerhin so schwer verwundet, dass die sämtlich dringend der Dienste eines Chirurgen bedurften.

Ihr Erscheinen vor Gericht, ganz in Verbände und Bandagen gewickelt, machte mir die Arbeit schwer. Das Zeugnis des Wirts, der gegen meinen Mandanten aussagte und ihn als rasenden, gotteslästerlichen, galligen Raufbold darstellte, war eine zusätzliche Erschwernis. Gleichwohl gelang es mir, alle vier Männer in ein zweifelhaftes Licht zu rücken. Und als ich den Constable befragte, der meinen Mandanten festgenommen hatte, förderte ich zu Tage, dass die »Opfer« ihm als Schläger, Zuhälter und Kuppler wohl bekannt waren; einer von ihnen hatte in Newgate eine Strafe abgesessen, weil er eine seiner »Bräute« verprügelt hatte. Der Angeklagte, mein Mandant, war ein glänzender Zeuge in eigener Sache. Er geriet nur einmal ins Stocken, und zwar, als der Richter ihm eine höchst vernünftige Frage stellte: »Wenn Sie in dieser Sache so unschuldig waren, wie Sie hier behaupten, was hatten Sie dann in einer Spelunke zu suchen, die als Treffpunkt von Prostituierten, Kupplern und anderen Personen mit kriminellen Aktivitäten bekannt war?« Mein Mandant zögerte ein paar Augenblicke zu lange und antwortete dann: »M'Lord, das Lokal stand in diesem Ruf, wie Sie richtig sagen, aber dieser Ruf war mir nicht bekannt. Ich bin kein Londoner, sondern, wie Sie an meiner Sprechweise vielleicht hören, ein Walliser aus Cardiff. Ich kenne Ihre großartige Stadt nur als Besucher. Sagen wir, dass ich aus Unkenntnis den schweren Fehler beging, diesen Ort aufzusuchen, und ich bereue meinen Irrtum zutiefst.« Seine Antwort, wenn auch ebenso vernünftig wie zuvor die Frage, machte auf mich – und auch auf den Richter und die Geschworenen, fürchte ich – den Eindruck, dass er damit vielleicht die Wahrheit gesagt hatte, aber wohl nicht die *ganze* Wahrheit. Dennoch tat ich in meinem Plädoyer vor den Geschworenen mein Bestes, um jeden derartigen Verdacht zu zerstreuen. Ich argumentierte: Notwehr ...! Drei gegen einen!... Hätte nicht jeder von Ihnen in diesem Gerichtssaal sich genauso verteidigt...? Et cetera. Mein Vortrag überzeugte. Binnen Minuten kamen die Geschworenen zurück und erklärten den Angeklagten für nicht schuldig. Mein Mandant und ich verließen den Gerichtssaal gemeinsam. Er war von diesem Ausgang so entzückt, um nicht zu sagen überrascht, dass er mich bat, bei einem mittäglichen Imbiss sein Gast zu sein. Da ich an diesem Tag nicht mehr vor Gericht erscheinen musste und ein Kaffeehaus in der Nähe von Old Bailey kannte, in dem nicht nur dieses göttliche Ambrosia serviert wurde, nach dem ich süchtig bin, sondern auch alle Arten von Gebäck und Süßigkeiten, nahm ich seine Einladung mit Freuden an. Außerdem wünschte ich mir, ihm in aller Offenheit eine Frage zu stellen.

Als wir dann im Kaffeehaus aßen und tranken, hatten wir wenig Gesprächsstoff außer dem soeben beendeten Prozess, und so war es nicht schwierig, ihn dahin zu bringen, dass ich ihm meine Frage stellen konnte.

»Für mich gab es nur einen kritischen Augenblick«, sagte ich zu ihm, »und der war, als der Richter Sie fragte, was Sie in diesem Lokal zu suchen hatten.«

»Nun ja ... ich ...«

»Sie zögern«, sagte ich. »Vor Gericht haben Sie auch gezögert.« Ich fixierte ihn mit einem Blick, der so streng war wie der irgendeines Richters. »Sagen Sie mir jetzt, was haben Sie dort gewollt? Haben Sie einfach nach einer billigen Gefährtin für die Nacht gesucht? Oder hatten Sie tiefere Gründe?«

Und er erzählte Folgendes: »Obwohl ich dritter Befehlshaber eines großen Schiffes bin und größere Autorität und Verantwortung habe als die meisten Männer, die doppelt so alt sind wie ich«, sagte er, »fürchte ich, in weltlichen Dingen unerfahrener zu sein als ein beliebiger Londoner Gassenjunge, der nur halb so viele Jahre zählt wie ich. Der Abend vor dem Vorfall, vor dessen Folgen Sie mich soeben gerettet haben, war meine erste Nacht an Land. Ich hatte das Theater in Drury Lane besucht. Ich hatte auf Shakespeare gehofft und ihn auch bekommen – aber nur nach der Mode des Tages: *Romeo und Julia,* gekürzt, verändert und ›verbessert‹, damit er den Kaufleuten und ihren Damen gefiel.

Ich war allein ins Theater gegangen und verließ es auch allein, mehr als ein wenig gekränkt über das, was man dem Werk des von mir so verehrten Dichters angetan hatte. Und so war ich ziemlich außer mir, als mich ganz unerwartet ein Kind am Ärmel zog und aufhielt – ein Mädchen, das nicht älter als vierzehn oder höchstens fünfzehn gewesen sein kann. Sie flüsterte mir zu, sie brauche dringend einen Platz zum Schlafen. Mir fiel sofort der unschuldige Eindruck auf, den sie machte, und auch, ich gestehe es, ihre Schönheit. Sie wirkte, als sei sie am Ende ihrer Kraft, und schien ziemlich verzweifelt, verstehen Sie? Ich fragte sie, ob sie hungrig sei. ›O ja, Sir‹, sagte sie. ›Ich habe schon lange nicht mehr richtig gegessen.‹ Daraufhin bot ich ihr an, sie mit in ein nahes Speisehaus zu nehmen, das mir empfohlen worden war. Ihr Gesicht und ihre Hände waren sauber, und ihre Kleidung war nicht schäbig. Man wies uns auch nicht ab, obwohl mir auffiel, dass man uns in eine Ecke setzte, wo die übrigen Gäste uns nicht sehen konnten.

Wir taten uns an Rindfleisch gütlich, und wir redeten – oh, wie wir redeten! Als sie von mir erfuhr, dass ich Offizier auf einem Schiff der East India bin, wollte sie alles über dieses Land hören, das hier so wenig bekannt, aber in aller Munde ist. Ich erzählte von den Reichtümern der Maharadschas, den Ritten auf Elefanten und der Jagd auf Tiger. Sie hatte eine Menge von Fragen und staunte so über meine Geschichten, dass sie verwundert den Mund aufsperrte. Das machte sie irgendwie noch anziehender – natürlich auf eine mehr kindliche Art. Und doch gestehe ich, dass ich mich halb in sie verliebte, wie wir so dasaßen und redeten. Ich bin ein gefühlvoller Mensch, Sir und schäme mich nicht, es zuzugeben. Außerdem, denken Sie daran, dass ich soeben eine Vorstellung von *Romeo und Julia* gesehen hatte, die, so burlesk sie auch gewesen war, ihre Wirkung auf mich nicht verfehlte.

Ich war dem jungen Mädchen also ziemlich ausgeliefert, und als ich mich nach ihrer Lage erkundigte, hörte ich eine Geschichte schrecklichen Jammers. Sie sagte, sie sei vor nicht langer Zeit aus Scarborough nach London gekommen, um eine kranke Tante zu pflegen. Die Frau starb bald darauf und ließ das Mädchen in den Händen ihrer Gläubiger zurück. Diese beschlagnahmten alles, was sie hätte verkaufen können, um die Kutschfahrt zurück nach Scarborough zu bezahlen. Da sie fürchtete, diese Geier würden sie verfolgen und ihr auch noch ihre eigenen Habseligkeiten rauben, suchte das Mädchen Unterkunft in einem respektablen Logierhaus und schaute sich nach Arbeit um. Doch sie hatte nichts gefunden und konnte ihre Unterkunft nicht länger bezahlen. Am gleichen Morgen hatte man sie auf die Straße gesetzt. Ihre Kleider und ein paar kleine, billige Schmuckstücke, die ihre Tante ihr zum Andenken geschenkt hatte, befanden sich in ihrem Bündel – sonst besaß sie nichts. Dort am Tisch begann sie zu weinen. Mir wurde klar, dass ich ihre Lage hätte ausnutzen können, aber ich wollte kein Verführer sein, vor allem nicht eines Mädchens, das mir so jung und unschuldig erschien. Und so gab ich ihr, nachdem ich unser Nachtmahl bezahlt hatte, das, was an Geld noch übrig war, und sagte ihr, sie solle für die Nacht in einen Gasthof gehen. Am nächsten Abend würden wir uns treffen, und ich würde ihr geben, was sie brauchte, um dem Logierhaus ihre Schulden zu bezahlen und die Kutschfahrt zurück nach Scarborough anzutreten. Sie nannte mir den Namen eben jener Spelunke, in der es zu Schwierigkeiten kommen sollte, und sagte, sie liege in der Nähe ihres Logierhauses. Sie küsste mir dankbar die Hand und bedankte sich tausendmal. Ich schickte sie in einer Mietdroschke fort.

Am nächsten Abend waren an ihrer Stelle die drei Männer da, die Sie vor Gericht gesehen haben. Sie verlangten das Geld, das ich für sie mitgebracht hatte, und erklärten, sie würden es ihr überbringen. Ich erkannte sie als das, was sie waren – Zuhälter und Schurken –, und nannte sie auch so. Sie fühlten sich durchaus nicht beleidigt, sondern grinsten darüber und folgten mir nach draußen, wo sie keine Entschuldigung forderten, sondern das Geld, das ich dem Mädchen versprochen hatte. Inzwischen war ich sicher, dass sie sie bedroht und ihr vielleicht etwas angetan hatten, damit sie ihnen den Grund für unser Treffen verriet – und so bestrafte ich sie mit meinem Säbel. Aber nachdem ich nun Zeit hatte, darüber nachzudenken, ist mir klar, dass das Mädchen mit an dem Spiel beteiligt war. Ob sie nun Mittelsmänner oder Herren des Mädchens waren, sie handelten nach Informationen, die sie ihnen freimütig gegeben hatte. Schließlich war sie, eine Dirne in der Verkleidung eines unschuldigen Mädchens, diejenige, die den Treffpunkt genannt hatte, und der war so, wie der Richter ihn beschrieb. Dass sie mich dorthin gelockt hat, beweist, dass sie alles geplant hatte.«

Nur in einem Punkt war mir der Bericht des jungen Seeoffiziers unverständlich. »Warum haben Sie die ganze Geschichte nicht dem Richter erzählt?«, fragte ich ihn. »Wenn Sie das gleich zu Anfang dem Friedensrichter gegenüber getan hätten, dann wäre es niemals zu einem Prozess gekommen.«

»Zu Beginn wollte ich das Mädchen schützen«, sagte er. »Dann, nachdem ich ihre Rolle bei der Scharade erkannt hatte, schämte ich mich, dass man mich übertölpelt hatte. Ich war einfach zu bestürzt, um zu meiner Verteidigung die ganze Wahrheit zu sagen.«

»Junger Mann«, sagte ich, denn mit meinen zweiundvierzig Jahren war ich fast zwanzig Jahre älter als er, »es darf Ihnen niemals peinlich sein, dass Sie von Natur aus gut und großzügig sind. Und Sie sollten auch nicht Ihr Herz verhärten, denn nächstes Mal könnte die Geschichte, die Sie erzählt haben, wahr sein und die Unschuld, die Sie wahrnehmen, ganz echt. Diesen Rat hat mir einmal jemand gegeben, der weiser war als ich, und jetzt gebe ich ihn an Sie weiter.«

Kurz darauf trennten wir uns. Ich weiß nicht, ob er seither über das nachgedacht hat, was ich ihm gesagt habe, und auch nicht, ob er in Zukunft daran denken wird. Ich jedoch habe oft und gründlich darüber nachgedacht, denn es erinnerte mich in allen Einzelheiten an einen der blutigsten und verwirrendsten Fälle, die jemals der gewissenhaften Aufmerksamkeit von Sir John Fielding unterbreitet wurden.

Sir John, Richter am Gericht in der Bow Street und Chef der Bow Street Runners, war mir in meiner Jugend teils Meister, teils Vater und in meinen Augen etwas zwischen einem Helden und einem Gott. Wir hatten uns kennen gelernt, als ich, ein Waisenknabe, vor sein Gericht gebracht wurde, fälschlich des Diebstahls angeklagt. Er hatte die falschen Zeugenaussagen meiner Ankläger durchschaut und sie mit einer strengen Verwarnung abgewiesen. Mich hatte er zum Mündel des Gerichts gemacht und schließlich in seinen Haushalt aufgenommen. Vom dreizehnten Lebensjahr an lebte ich unter seinem Schutz, tat jede Arbeit, die Lady Fielding in unserer Wohnung von mir verlangte, und half Sir John, wann und wie ich nur konnte. Obwohl er blind war, brauchte er bei seinen alltäglichen Verrichtungen nur wenig direkte Hilfe. Doch bei gewissen Kriminalermittlungen, die er als Richter durchführte, konnte ich ihm von Nutzen sein; jedenfalls versicherte er mir das häufig.

Von allen derartigen Ermittlungen enttäuschte ihn keine mehr und rief keine mehr Panik im Bezirk Covent Garden hervor, der unsere Heimstatt war, als jene, welche ich gleich beschreiben werde. Dass diese Angelegenheit mir auch einigen persönlichen Schmerz bereitete, haben Sie, verehrter Leser, vielleicht schon erraten.

Damals schrieb man das Jahr 1770. Inzwischen sind siebenundzwanzig Jahre vergangen. Und doch habe ich den Tag, an dem die Geschichte begann, noch heute als einen im Gedächtnis, an dem ich unablässig Besorgungen und Aufgaben aller Art zu erledigen hatte. Annie Oakum, die Mrs. Gredges Stelle in unserem Haushalt übernommen hatte (und sie viel besser ausfüllte), bat mich an jenem Morgen, sie zum Einkaufen nach Covent Garden zu begleiten. Ich war damals fünfzehn und zu einem kräftigen Burschen herangewachsen, doch bei unserer Rückkehr wurde meine Stärke auf eine harte Probe gestellt, denn Annie hatte Kartoffeln, Äpfel und Karotten für einen ganzen Monat erstanden – und ich war ihr Packesel. Kaum waren wir zurück, stürmte Lady Fielding ganz erregt auf mich zu und bat mich, zur Post zu laufen, um einen Brief abzuholen, der gerade von ihrem Sohn Tom eingetroffen war, einem Midshipman, der auf dem Mittelmeer Dienst tat (die gesamte Post der Navy wurde per Kutsche aus Portsmouth nach London gebracht). Danach, zweifellos angeregt durch seine Beschreibung der schimmernden Paläste von Konstantinopel, die er erst kürzlich mit eigenen Augen gesehen hatte, trug sie mir auf, unseren persönlichen kleinen Palast sofort auch etwas aufzupolieren und die Treppe vom Erdgeschoss bis zu meiner Dachkammer zu schrubben. Dann machte sie sich auf den Weg zum Magdalenenheim für reuige Prostituierte, dessen Wirken sie beaufsichtigte. Ich versicherte ihr vorher, bei ihrer Rückkehr werde die Arbeit getan sein.

Doch es kam anders. Von unten erhielt ich die Anweisung, ich solle mich bei Sir John einfinden, der einen dringenden Auftrag für mich habe. Meine Pflichten für Sir John waren wichtiger als alles andere. Doch selbst wenn ich die Wahl gehabt hätte, hätte ich Eimer und Schrubber freudig beiseite gestellt und wäre in sein Dienstzimmer geeilt. Seine exzentrische Natur, abwechselnd ernst und witzig, entzückte mich; ich liebte die Besorgungen, die ich für ihn zu erledigen hatte, denn die führten mich stets hinaus in die große Welt, die kennen zu lernen ich so begierig war; und schließlich, wenn ich es auch zu verbergen suchte, fand ich Hausarbeit inzwischen ein wenig unter meiner Würde. Jedenfalls eilte ich unverzüglich an seine Tür und klopfte kräftig. Hereingerufen, traf ich Mr. Marsden, den Gerichtsdiener, bei Sir John an. Gerade war ein Brief diktiert worden. Mr. Marsden hatte ihn fest zusammengefaltet und war soeben dabei, Wachs aufzutragen und das Siegel des Richters hineinzudrücken.

»Ah, bist du das, Jeremy?«, fragte Sir John. »Komm, setz dich. Der Brief wird in einem Augenblick fertig sein.«

»In weniger als einem Augenblick«, sagte Mr. Marsden. »Er ist nämlich schon fertig zum Austragen.« Er führte eine Ecke des Briefes an den Fingern von Sir Johns rechter Hand vorbei. Sir John dankte ihm, und er nickte mir zu und ging.

»Setz dich trotzdem, Jeremy«, sagte Sir John. »Ich möchte, dass du den Inhalt des Briefes kennst, damit du die besonderen Anweisungen besser verstehst, die ich dir geben werde.«

»Ja, Sir John.« Ich nahm einen der beiden Stühle, die Sir Johns Schreibtisch gegenüberstanden.

»Soeben ist Sir Thomas Cox gestorben.«

Der Name war mir vage bekannt. Es schien mir angemessen, irgendetwas dazu zu bemerken, und so sagte ich, was mir in meiner Unwissenheit gerade in den Sinn kam: »Ich habe nicht gewusst, dass er krank war.«

Darauf reagierte Sir John mit einem tiefen, polternden Lachen. »Er war nicht krank, wenn man nicht Alter als eine Krankheit betrachtet. Nein, er war siebenundachtzig Jahre alt – viermal zwanzig und sieben –, weit älter, als die meisten Menschen sich erhoffen können. Wenn er den Anstand besessen hätte, sich vor fünf oder mehr Jahren zurückzuziehen, hätte ich ihn zu seinem langen Leben beglückwünscht. Er war, was vielleicht weder du noch andere gewusst haben, Coroner der City of Westminster, also zuständig für die Untersuchung gewaltsamer oder unnatürlicher Todesfälle. Tatsächlich gibt es keinen Grund, warum du das hättest wissen sollen. In den letzten fünf Jahren hat er keine Geschworenen mehr versammelt und keine Untersuchungen durchgeführt, aber er wollte seine Stellung und die Einkünfte, die sie ihm einbrachte, durchaus nicht aufgeben. Und so machte er von Jahr zu Jahr weiter und versprach, seine offiziellen Pflichten wieder aufzunehmen, sobald er dazu in der Lage wäre.«

»Was niemals der Fall war«, sagte ich. »Wer hat denn dann diese Aufgaben erfüllt?«

»Offiziell niemand. In Wirklichkeit ich.« Er trommelte leicht mit den Fingern auf den Brief, der unter seiner Hand lag. »Das Amt des Coroners, weißt du, ist ein sehr altes Amt, geschaffen, um den Menschen darüber hinwegzutrösten, dass er nichts vom Tod weiß. Der Coroner war ermächtigt, eine Jury einzuberufen; dann diente er als eine Art Richter. Zusammen hatten sie die Aufgabe, die Ursache jedes verdächtigen Todesfalles festzustellen – Unfall oder Mord, natürliche Ursache oder Gift und dergleichen. Nun, in jeder praktischen Hinsicht kann ein erfahrener Richter oder sogar Constable das auch feststellen. Wenn wir einen ganzen Haushalt finden, der in Stücke gehackt wurde – wie es vor nicht allzu langer Zeit in der Grub Street der Fall war –, dann wissen wir bei Gott, dass dort ein Mord begangen wurde. Die einzigen

Ermittlungen in jüngerer Zeit, bei denen einige Anstrengungen unternommen wurden, die Natur des Verbrechens zu verschleiern, waren die bei der Affäre Goodhope. Und die genaue Todesursache wurde zu einer Angelegenheit, bei der medizinischer Rat erforderlich war.«

»Den Mr. Gabriel Donnelly beisteuerte.«

»Ganz recht. Und das bringt mich zu diesem Brief, der hier vor mir liegt. Ich habe heute Morgen vom Lord Chief Justice die Nachricht von Sir Thomas' Tod erhalten. Er räumte ein, dass die Stellung des Coroners der City of Westminster fünf Jahre lang vakant war, verlangte aber von mir, dass ich formell das Amt des Coroners übernehme, mit Jury und allem, bis ein neuer und ständiger Coroner ernannt ist. Mit anderen Worten, er will, dass ich auf unbestimmte Zeit sowohl als Coroner wie auch als Richter amtiere.«

»Können Sie das denn leisten, Sir John?«, fragte ich.

»Oh, ich denke schon«, sagte er. »Ich habe Mr. Marsden die Verfahrensordnung nachschlagen und mir vorlesen lassen, und sie ist einfach gut. Trotzdem, ich weiß, wie der Lord Chief Justice und seine Freunde mit solchen Angelegenheiten umgehen; sie kümmern sich nur vorübergehend darum und lassen sie dann mit Freuden unbegrenzt einfach weiterlaufen. Ich habe nicht die Absicht, ihnen das in diesem Fall zu gestatten. Und so habe ich Bedingungen gestellt. Nicht nötig, sie jetzt im Einzelnen zu erläutern. Was du aber wissen musst, ist, dass die Bedingungen in diesem Brief dargelegt sind. Deswegen bitte ich dich, Jeremy, ihn dem Lord Chief Justice persönlich zu übergeben; wenn er nicht da ist, musst du auf ihn warten. Mein Brief verlangt eine sofortige Antwort – nämlich, ob er meine Bedingungen akzeptiert oder nicht. Lass ihn das auf meinen Brief schreiben – Mr. Marsden hat mir gesagt, dass er für eine solche kurze Erwiderung ausreichend Platz gelassen hat. Wichtig ist, dass du auch darauf wartest. Sei beharrlich. Sei lästig, wenn du musst. Aber bring eine Antwort mit.«

»Das werde ich, Sir John.«

»Guter Junge.« Er hielt mir den versiegelten Brief hin.

Gleichwohl zögerte ich, als ich ihn nahm. »Da ist nur eine Sache«, sagte ich.

»Ach ja?«

»Ich habe oben die Treppen geputzt und bin für einen Besuch beim Lord Chief Justice nicht angemessen gekleidet – das heißt, wenn ich auf ihn warten muss.«

»Ich verstehe nicht ganz.«

»Der Butler des Lord Chief Justice wird mich nicht einlassen, wenn ich nicht meine besten Kleider trage.«

»So, er wird dich nicht einlassen? Nun ...« Das klang ein wenig aggressiv. Dann, nach einer Pause, wurde er konzilianter. »In der Tat, hmm, vielleicht ist es dann besser, wenn du dich umziehst. Obwohl ich gestehen muss, mir gefällt der Gedanke nicht, dass Butler Kleidungsvorschriften machen. Mir gefällt überhaupt die Idee des Butlers nicht. Aber beeil dich. Ich möchte, dass dies so schnell wie möglich erledigt wird.«

Kurz darauf machte ich mich mit den besten Absichten auf den Weg zur Residenz von William Murray, Earl of Mansfield, dem Lord Chief Justice der King's Bench am Bloomsbury Square.

In meinen eigenen Augen sah ich durchaus wie ein junger Gentleman aus, als ich New Broad Court hinunterging. Ein plötzlicher Wachstumsschub im Frühling hatte eine Neueinkleidung erforderlich gemacht. Meine Lady Fielding kaufte für mich ebenso klug und großzügig ein wie zuvor für ihren Sohn Tom, eine Mischung aus Konfektion und Sachen von guter Qualität aus zweiter Hand – eigentlich sogar noch großzügiger, denn sie hatte für mich zwei fertige Kniehosen erworben, die zweite von dunklerem und haltbarerem Stoff, damit ich sie täglich tragen konnte. Doch wie bei Tom vor mir war meine größte Trophäe die Jacke – flaschengrün war sie, mit weißen Kanten und, wie der Verkäufer erklärte, »kaum getragen von dem, für den sie maßgeschneidert wurde«. Wer hätte sich in einer solchen Jacke nicht als richtiger Londoner Kavalier gefühlt?

Ich hatte den Weg absichtlich so gewählt, dass ich vielleicht jemandem begegnen würde, den ich seit neuestem abgöttisch liebte. Ich kannte sie nur bei ihrem Vornamen, und der, hatte sie gesagt, laute Mariah. Ich bezweifle, dass sie meinen Namen überhaupt wusste, obwohl ich ihn ihr genannt hatte. Doch sie traf täglich so viele Männer, sprach mit allen und hatte mit einigen intimeren Umgang – wie konnte man da erwarten, dass sie sich an einen erinnerte, der ihr weder Geld noch gewandtes Geplauder nach der Mode des Tages bieten konnte, sondern nur stumme Bewunderung und Faszination?

Vor kaum zwei Wochen hatte ich sie das erste Mal bemerkt. Ich hatte sie über eine schmale Straße hinweg angestarrt, ganz eingenommen von ihrer dunklen Schönheit – aber nicht nur davon, denn ich hatte sofort das Gefühl, ihr schon einmal begegnet zu sein. Nun, das war natürlich durchaus möglich. London war damals fast so groß wie heute, eine Stadt von ungefähr einer Million Einwohnern. Ich wusste, dass sie ein Straßenmädchen war, erkannte es an der Art, wie sie dastand und die Aufmerksamkeit vorübergehender Männer auf sich zu ziehen suchte. Von diesen Mädchen gab es diesseits der Themse unzählige, vor allem in und um Covent Garden. Und doch kam das Gefühl des Wiedererkennens, da war ich sicher, nicht von irgendeiner Begegnung im Vorübergehen. Nein, ich hatte den Eindruck, sie sozusagen aus viel früherer Zeit zu kennen. Doch aus welcher und woher?

Sie hielt sich oft in New Broad Court auf und manchmal

in der Nähe der Drury Lane. Ein- oder zweimal hatte ich gewagt, sie anzusprechen – nein, eigentlich dreimal. Das erste Mal fragte ich sie nach ihrem Namen, und sie nannte ihn bereitwillig genug. Doch als ich ihr dankte und weiterging, weil mir nichts einfiel, was ich sonst noch hätte sagen können, rief sie mir etwas nach, nicht wütend, eher ärgerlich. Ihren Namen zu hören hatte mir nichts in Erinnerung gerufen. Bei der zweiten Gelegenheit sprach ich sie mit ihrem Namen an, nannte ihr meinen und fragte sie unter großem Stammeln, ob wir uns vielleicht schon früher einmal begegnet seien. Sie antwortete ziemlich frech, daran erinnere sie sich nicht, aber sie sei leicht zu erkennen, und es würde mich nur einen Shilling kosten. Das brachte mich zur Räson, und ich stieß hervor, so viel hätte ich nicht, was eine Lüge war, wünschte ihr einen guten Tag und rannte beinahe davon.

Das dritte Mal lag erst einen Tag zurück. Ich suchte sie, weil ich endlich einen, wenn auch nur schwachen Hinweis auf diese frühere Begegnung hatte, kaum mehr als den Blick im Vorbeigehen, den ich zuvor getan hatte. Er fiel mir im Traum ein, als ich an frühere Lustbarkeiten in Covent Garden dachte. Ich würde ihr nur eine Frage stellen, und dann würde ich sicher sein können. Doch als ich die Gelegenheit nutzte und sie an ihrem üblichen Platz aufsuchen wollte, erkannte sie mich aus der Ferne und wandte sich höchst störrisch ab. Rasch ging sie die Drury Lane hinauf, ich hinterher. Dann traf sie auf einen Burschen, der ungefähr so groß war wie ich, aber etwas älter. Sie flüsterte ihm etwas zu, drehte sich um, zeigte in meine Richtung und eilte davon. Er jedoch kam direkt auf mich zu und versperrte mir den Weg. Er warf mir vor, die junge Dame zu »belästigen«, und riet mir, mich in die andere Richtung zu »verdünnisieren«. Um mir dabei zu helfen, packte er meine Schultern und hätte mich zurückgestoßen, wenn ich mich nicht mit einer schnellen Bewegung der

Unterarme befreit hätte. Er verlor dabei das Gleichgewicht und taumelte ein paar Schritte rückwärts. So standen wir da und taxierten einander. Gleichzeitig hielt ich vergeblich Ausschau nach Mariah; sie war in der Menge der Fußgänger verschwunden oder hatte sich vielleicht in einem Geschäft versteckt. Passanten waren stehen geblieben, da sie spürten, dass Aggressivität in der Luft lag und vielleicht zu einem unterhaltsamen Faustkampf führen würde. Doch dazu ließen wir es nicht kommen. Ich muss mich sichtlich entspannt haben vor Enttäuschung, Mariah nicht mehr zu sehen, denn aus irgendeinem Grund drehte sich mein Kontrahent plötzlich um und ging davon. Ich tat dasselbe und ignorierte das Murren der Umstehenden, die um ihr Schauspiel gekommen waren. Sir John hatte mir strikt verboten, auf der Straße zu raufen, und damit hatte er vollkommen Recht. Es ziemte sich nicht, dass jemand, der unter seinem Schutz stand, so offenkundig den Frieden störte.

Und so wählte ich, als ich an dem fraglichen Spätnachmittag von der Bow Street in Richtung Bloomsbury Square aufbrach, bewusst einen Weg, der mich bei Mariah vorbeiführte. Ich hatte jedoch beschlossen, nur kurz einen Blick auf sie zu werfen, und deshalb die Straßenseite benutzt, die ihrem üblichen Standplatz gegenüberlag. Sie hatte mich mit ihrer Übellaunigkeit gekränkt – erst war sie weggelaufen, und dann hatte sie diesen Rabauken gegen mich aufgehetzt. Wer war er? Wie stand sie zu ihm? Wenn Mariah nicht mit mir sprechen wollte, dann würde ich eben auch nicht mit ihr sprechen. Doch ein letzter Blick könnte vielleicht meine Erinnerung bestätigen an jenen Sonntagnachmittag vor zwei Jahren – an ein Mädchen, jünger als ich, aufgeweckter und anmutiger als die anderen. War sie es? Wie sollte ich das wissen, wenn ich sie nicht noch einmal anschauen könnte. Mariah war nirgends zu sehen.

Aber sie sah mich.

Während ich die eine Straßenseite hinunterging und die andere beobachtete, spürte ich, wie mich plötzlich jemand am Ärmel zupfte. Rasch drehte ich mich um, bereit, mich zu verteidigen, und sah sie halb verdeckt in einem Türeingang stehen.

»Mariah!«, sagte ich.

»Du!«, sagte sie im gleichen Moment.

Dann schwiegen wir einen Augenblick und starrten uns überrascht an.

»Du siehst ja heute ganz herrschaftlich aus«, sagte sie.

Sie sprach etwas unsicher, als sei ihr eine andere Sprache geläufiger als Englisch. Auch das stimmte mit meiner Erinnerung überein.

»Dies sind meine guten Kleider«, sagte ich, »eigentlich meine besten.« Dann, in der Hoffnung, sie zu beeindrucken, fügte ich hinzu: »Ich bin unterwegs zum Bloomsbury Square, um einen Brief an den Lord Chief Justice der King's Bench zu überbringen.«

»Du arbeitest für ihn?«

»Nein, mein Herr ist Sir John Fielding. Der Richter am Gericht in der Bow Street.«

»Ach, von dem habe ich gehört. Er ist ein großer Mann, nicht? Er schickt alle nach Newgate.«

»Nein, er schickt sie zum Prozess nach Old Bailey. *Danach* werden sie nach Newgate geschickt – oder nach Tyburn.«

Würde sie diesen Unterschied verstehen?

»Mmm. Tyburn!« Sie fasste sich an die Kehle, schloss die Augen und streckte die Zunge heraus. »Ich bin einmal hingegangen, um sie hängen zu sehen. Nie wieder! Es ist grässlich.«

»Ja, bestimmt. Ich bin nie dort gewesen.«

Dann folgte ein verlegenes Schweigen. Mein Kopf war vollkommen leer, als ich sie ansah. Ihr Haar schimmerte glänzend schwarz in der Nachmittagssonne. Ihre Augen waren fast genauso dunkel. Sie schienen sich ein wenig zu verengen. War das Argwohn, oder versuchte sie nur, mich erneut einzuschätzen?

»Ich war gemein zu dir neulich. Es tut mir Leid.«

Es schien ihr zwar wirklich Leid zu tun, doch sie gab keine Erklärung für ihr Verhalten ab. Ich wollte nach der Identität des jungen Mannes fragen, der sich mir in den Weg gestellt hatte. Ich wollte sie fragen, warum sie ihn dazu angestiftet hatte. Aber ich stellte keine der beiden Fragen. Ich nickte einfach, so, als wolle ich damit sagen, dass ich ihre Entschuldigung akzeptierte.

»Da ist etwas, das ich dich fragen möchte.«

Sie lächelte überaus liebreizend. »Und was möchtest du fragen?«

»Seit ich dich zum ersten Mal gesehen habe, werde ich das Gefühl nicht los, dich von irgendwoher zu kennen – und ich glaube auch, mich nicht zu täuschen. Sag mir, als du jünger warst, hast du da mit einer Truppe von Artisten gearbeitet... Akrobaten?«

»*Saltimbancos*? *Acrobati*? Sì! – Ja, das waren meine Brüder und mein Vater. Sie... sind zurückgegangen nach Italien.«

»Und haben dich hier zurückgelassen?« Der bloße Gedanke erschien mir ziemlich ungeheuerlich. Sie hatten das Mädchen, ihr eigenes Fleisch und Blut, tatsächlich zu einer Waise gemacht.

Doch während ich diesen düsteren Gedanken nachhing, ging mit ihrem Gesicht eine bemerkenswerte, traurige Veränderung vor sich. Es schien vor meinen Augen zu schrumpfen. Sie wandte sich ab, aber ich sah, dass sie weinte. Es brach mir das Herz, sie so zu sehen. Ich griff in die Tasche und fand das Taschentuch, das Annie für mich gewaschen hatte. Ich drückte es Mariah in die Hand. Sie musste sich ein oder zwei

Minuten lang die Augen abtupfen und die Nase schnäuzen, doch schließlich gelang es ihr, sich wieder zu fassen.

»Nein, so war es nicht«, sagte sie. »Es war meine Schuld. Ich war sehr töricht. Ich sagte, ich würde nicht zurückgehen nach Italien. Ich würde bleiben hier in England. Sie sagten, ich müsste tun, was sie sagen – aber in der Nacht vor ihrer Abreise lief ich weg und versteckte mich bei Leuten, die ich für meine Freunde hielt.« Dann fügte sie sehr erbittert hinzu: »Aber sie haben sich als falsche Freunde erwiesen.«

»Wann war das?«, fragte ich. »Wann ist all das passiert?«

»Vor einem Monat.«

»Und seither warst du immer auf der Straße?«

»Nein, zuerst war ich in einem Haus – du verstehst? Ich bin geflüchtet. Sogar das ist besser.« Dann wich sie ganz plötzlich zurück und zwang sich zu einem Lächeln. »Aber darüber wir sprechen danach, ja?«

»Danach?«

»Was für ein schöner Rock das ist!« Zärtlich befühlte sie den Stoff. »Dieser Sir John, er muss dich gut bezahlen, dass du so einen Rock besitzt. Aber ich sage dir, weil ich dich mag und weil du dich von früher an mich erinnerst, ich mache dir einen guten Preis – nur zwei Shilling. Komm. Ich habe ein Zimmer in der Nähe. Wir gehen, ja?«

»Nein«, sagte ich fest. »Wie ich dir schon sagte, ich muss dem Lord Chief Justice einen Brief überbringen.«

»Ach ja, der berühmte Brief.« Das klang ein wenig ironisch. »Das erledigst du danach, ja?«

»Nein, ich muss gehen.« Doch ich zog einen Shilling hervor und legte ihn in ihre Hand. »Das ist für deine Zeit. Vielleicht können wir wieder reden?«

Gierig nahm sie den Shilling und stopfte ihn zwischen ihren köstlichen Brüsten in das Mieder. Ach, wie ich den Shilling beneidete!

»Für einen Shilling können wir jederzeit reden – nein, das war ein Scherz, ja? Gut, wir reden. Ich mag dich. Und nächstes Mal kommst du mit mir, ja?«

»Auf Wiedersehen.«

»Auf Wiedersehen, und danke. *Grazia! Molte grazie*!«

Es fiel mir schwer, mich von ihr loszureißen, doch ich eilte davon, mischte mich unter die Menge in der Drury Lane, schwamm gegen den Strom der Masse und drängte mich in die Hart Street, die mich direkt zum Bloomsbury Square führen würde. Es war nicht weit. Ich hatte nicht viel Zeit vertrödelt. Und ich war sicher, dass ich durch die große Hast, mit der ich durch die Straßen eilte, etwas gutmachte.

Doch als ich mein Ziel erreichte, sah ich, dass ich zu lange verweilt oder mich vielleicht nicht genügend beeilt hatte, denn ich sah nur noch einen Vierspänner aus dem Tor rollen und davonfahren, unverkennbar den von William Murray, Earl of Mansfield und Lord Chief Justice. Ich sah ihm nach, wie ich da auf dem Gehsteig stand, als könne ihn das zurückbringen. Endlich verschwand er in der Great Russel Street, und ich wandte mich zur Tür und schlug mit dem schweren, handgearbeiteten Klopfer dagegen. Es verging fast eine Minute, bis der Butler in voller Livree erschien. Da ich gewachsen war, kam er mir diesmal weniger imposant vor. Trotzdem hätte seine eisige Art ein ganzes Infanterieregiment abschrecken können.

»Ich habe einen Brief von Sir John Fielding an den Lord Chief Justice«, sagte ich und schwenkte das Kuvert, wie ein Constable einen Haftbefehl schwenken würde.

»Er ist soeben ausgefahren.« Der Butler streckte die Hand aus, um den Brief in Empfang zu nehmen.

»Ich habe Anweisung, ihn persönlich zu überbringen und auf Antwort zu warten.«

»Es kann eine ganze Weile dauern, bis er zurückkommt.«

»Trotzdem.«

»Nun gut.« Er schickte sich an, die Tür zu schließen.

»Eh... kann ich drinnen warten?«, fragte ich und verdammte den hartherzigen Bösewicht, weil er mich betteln ließ.

»Vielleicht auf dieser Bank im Vestibül?«

Er drehte sich um, betrachtete die Bank und dann wieder mich – er betrachtete mich tatsächlich sehr genau, musterte mich eingehend von Kopf bis Fuß.

Dann sagte er: »Gewiss.«

Er trat beiseite und hielt mir die Tür weit auf. Ich ging hinein und nahm auf der Bank Platz. Sie war zwar gepolstert, besaß aber keine Rückenlehne. In Wirklichkeit sah sie viel bequemer aus, als sie war, trotzdem schien sie mir besser, als wenn ich wie ein Landstreicher draußen vor der Tür hätte warten müssen.

»Danke«, sagte ich zu dem Butler, immer auf meine Manieren bedacht.

»Keine Ursache«, sagte er und schloss die Tür.

Er wandte mir den Rücken zu und wollte gehen, doch dann blieb er stehen und drehte sich noch einmal nach mir um.

»Junger Mann«, sagte er, »das ist ein sehr hübscher Rock.«

Ich traute meinen Ohren nicht. Ich stammelte und stotterte und schaffte es kaum, mich zu bedanken, ehe er den Gang hinunter verschwand. In den zwei Jahren, in denen ich zwischen Bow Street und Bloomsbury Square hin und her trottete, hatte ich den Butler vorher noch niemals so mitteilsam erlebt – nein, nicht im mindesten. Es musste in der Tat ein bemerkenswerter Rock sein, um in einem so kühlen Menschen Bewunderung zu wecken.

In Mariahs Wertschätzung hatte er mich so steigen lassen, dass sie sich veranlasst sah, ihren Preis zu verdoppeln. Ach ja, als ich so allein dasaß und mich auf eine lange Wartezeit gefasst machte, kehrten meine Gedanken rasch zu ihr zurück. Ich rief mir ihr Bild in Erinnerung, wie wir uns nur Minuten zuvor in dem Toreingang unterhalten hatten. Gewiss, ihr Gesicht war schön, aber es drückte auch wahres Gefühl, Lebendigkeit und Frohsinn aus. Sahen alle italienischen Mädchen so aus? Nein, ich war überzeugt, dass sie in der ganzen Welt einzigartig war. So geht es, wenn man jung ist.

So gut ich konnte, rief ich mir ein wesentlich unschärferes Bild von ihr vor zwei Jahren ins Gedächtnis. An einem Sonntagnachmittag hatte ich in einer Menschenmenge auf der Piazza gestanden und einer Truppe von Artisten und Akrobaten zugesehen, die recht eindrucksvolle Leistungen vollbrachten. Am beeindruckendsten von allen war ein kleines, schwarzhaariges Mädchen, das an die Spitze einer menschlichen Pyramide kletterte, dort einen langen Augenblick triumphierend verweilte, während die Menge applaudierte, und dann kopfüber auf die Matten tief unten hinabsprang. Sie hatte einen Purzelbaum geschlagen, war aufgesprungen und von den Zuschauern noch enthusiastischer beklatscht worden. Als Anerkennung warf man ihr Ein- und Zwei-Pence-Münzen zu. Sie rannte herum und sammelte sie auf, und als sie in meine Nähe kam, warf ich ihr einen Shilling zu, einen von dreien, die ich noch in der Tasche hatte. Sie sah, woher er kam, fixierte mich mit ihren dunklen Augen und küsste die Münze mit ihren süßen Lippen. Dann rief sie mir in einer fremden Sprache ihren Dank zu, vielleicht denselben Ausdruck, den sie vor ein paar Minuten benutzt hatte, als wir uns trennten. Ach, wie mich das berührt hatte! Noch mehr war ich von ihrer Geste bewegt, meine Gabe mit einem Kuss zu segnen, am meisten jedoch von dem Blick in ihren Augen; sie erkannte mich damit trotz meiner jungen Jahre als bedeutenden Menschen an. Noch Wochen danach ging ich sonntags nach Covent Garden in der Hoffnung, sie wiederzusehen und kennen zu lernen –

vergeblich. Später erfuhr ich, dass solche Schausteller ständig von Jahrmarkt zu Jahrmarkt und von Stadt zu Stadt zogen. Keiner wusste, wo sie inzwischen sein mochten.

Während ich so im Vestibül saß, die Beine ausstreckte und Daumen drehte, lauschte ich den Geräuschen des Haushalts des Lord Chief Justice, die aus näherer und weiterer Entfernung an mein Ohr drangen. Im Augenblick schien der Haushalt nur aus Dienstboten zu bestehen, doch in einem Haus wie diesem, größer noch als das von Black Jack Bilbo, musste sich eine ganze Armee von Dienstmädchen, Dienern und Lakaien aufhalten. Die Geräusche, die ich wahrnahm, waren, soweit ich das beurteilen konnte, Putzgeräusche. Ein Mädchen rief einen Lakaien zu Hilfe, um Möbel zu verrücken, und bald darauf hörte man Poltern und Rumpeln. Im oberen Stock summte jemand ein Lied, vielleicht, damit die Arbeit leichter von der Hand ging. Auch in Abwesenheit der Herrschaft war das Haus voll Geschäftigkeit.

Und ich? Ich saß hier allein mit meinen Gedanken, die alle um Mariah kreisten. An ihrer Situation bestand kein Zweifel. Allein in London, betrogen, damit sie sich von ihrer Familie trennte, war sie gezwungen, sich zu prostituieren, um zu überleben. Wie lange konnte sie das ertragen? Als ich sie vor zwei Jahren das erste Mal gesehen hatte, hatte sie jünger gewirkt als ich, und jetzt sah sie ein bisschen älter aus. Noch einige Zeit auf der Straße, und sie würde sehr viel älter wirken – und das nicht durch Schminke und künstliches Wangenrot. Nein, wenn sie dem Weg folgte, den Mr. Bilbo mir beschrieben hatte, würden schließlich Krankheit und Gin ihren Tribut fordern. Ich konnte zwar davon träumen, mit ihr liebevolle Küsse zu tauschen, doch eine fleischlichere Umarmung wollte ich mir nicht einmal in meiner Vorstellung gestatten – obwohl sie käuflich leicht zu haben gewesen wäre und ich ihren Preis kannte. Ich hatte zwar große Angst vor Krankheit, und die Verheerungen der Pocken wurden mir täglich vor Augen geführt, doch noch mehr fürchtete ich, die zärtliche Zuneigung, die ich für Mariah empfand, mit niedriger, grober Begierde zu beschmutzen. Jeder Mann auf der Straße konnte sie für zwei Shilling besitzen – oder kostete sie bloß einen? Doch nur ich konnte ...

Was war es, das nur ich ihr geben konnte? War es Liebe, diese überströmende Aufmerksamkeit, diese ständige Anbetung ihrer Person, von der ich anscheinend so gänzlich besessen war? In gewisser Weise gefiel mir das nicht, denn ich hatte scheinbar die Herrschaft über meine eigenen Gefühle verloren, und ich kann Ihnen, lieber Leser, versichern, dass ich mich immer als ernsthaften Menschen betrachtet habe. Doch es war schlicht angenehm, dazusitzen und in Gedanken an Mariah zu schwelgen, es war so einfach – auch wenn es nichts Gutes bewirkte.

Denn noch einmal – was konnte ich ihr geben? Von ganzem Herzen wünschte ich mir, ihre Situation zu verändern, ihr zu ermöglichen, die Straße zu verlassen. Doch wie sollte ich das anstellen? Ich war erst fünfzehn Jahre alt. Ich hatte kein eigenes Geld und keine richtige Stellung. In meinem abhängigen Zustand – schließlich war ich Waise – konnte ich mir nur wünschen, ihr helfen zu können. Vielleicht hatte ich mich falsch entschieden, als Sir John so darauf gedrungen hatte, mich im Druckergewerbe unterzubringen. Bei allem, was ich von meinem Vater gelernt hatte, und meiner Fertigkeit, Typen zu setzen, wäre ich inzwischen vielleicht schon Geselle gewesen und hätte unabhängig leben, vielleicht sogar heiraten können. Doch Sir Johns großartiges Vorbild machte mich blind für praktische Erwägungen und ermutigte mich, meinen Ehrgeiz auf das Gesetz zu richten, was vielleicht für jemanden wie mich zu hoch gegriffen war.

Ach, was hätte ich mit einem bisschen Geld anfangen können! Es wäre eigentlich nicht viel nötig – nur genug, um eine Überfahrt für zwei nach Amerika zu bezahlen. Dort konnte ich für Mariah und mich ein neues Leben begründen. Es gab Chancen für alle in der großen Stadt Philadelphia oder vielleicht in Boston oder Baltimore. Für mich wie für viele junge Engländer jener Zeit waren das magische Namen, Namen der Hoffnung, Symbole des Optimismus, die die Vorstellungskraft anregten. Meine regten sie in der Tat an, denn was hatte ich, während ich wartete, anderes zu tun, als Fantasien darüber auszuspinnen, was Mariah und mich in den amerikanischen Kolonien erwarten würde? Da gab es Abenteuer im Druckergewerbe, vielleicht sogar eine Karriere als Jurist, Reden, die zu halten, wichtige Dokumente, die zu unterzeichnen waren, und in allen diesen Träumen war Mariah an meiner Seite, das Muster einer Ehefrau für eine Persönlichkeit wie mich; ich würde sie in Seide und Spitzen kleiden, und wir würden Kinder und ein großes Haus haben, in dem wir lebten. Oder vielleicht sollte ich Farmer werden – draußen in der Wildnis gab es Land genug; alles, was ich brauchen würde, wären eine Axt, ein Pflug und etwas Saatgut – und Mariah; zusammen würden wir unseren Weg gehen, Gefahren trotzen, unseren irokesischen Nachbarn helfen und von diesen unterstützt werden.

So vertrieb ich mir die Zeit, während ich allein im Vorzimmer des vornehmen Hauses saß. Ich verlor jedes Zeitgefühl; Stunden gingen dahin (tatsächlich waren es zwei und der größte Teil einer dritten). Ich war so tief in Gedanken versunken, dass ich es kaum bemerkte, als der Butler zurückkehrte, mit klackenden Absätzen durch die lange Halle ging, bis er dicht vor mir stand und meine dunkle Ecke mit einem Kerzenleuchter erhellte. Ich sprang auf die Füße.

»Er ist zurückgekommen«, sagte er und stellte den Leuchter auf einen kleinen Tisch.

Während er das sagte, hörte ich das Rumpeln und Klappern des Vierspänners, der vor dem Tor anhielt. Woher wusste der Butler Bescheid? Hatte er aus den oberen Räumen Ausschau gehalten?

Er riss die Tür auf, verneigte sich angemessen und sagte mit großer Autorität: »Willkommen, Mylord.« Ich hielt mich, wie es sich gehörte, im Hintergrund, während der Lord Chief Justice eintrat. Lord Mansfield belohnte den Butler, indem er ihm seinen Hut und seinen Stock reichte; dann warf er einen Blick auf mich und knurrte.

»Sir John Fieldings Junge«, sagte der Butler.

»Ich erkenne ihn.« Dann zu mir: »Hast du einen Brief für mich, Junge?«

»Jawohl, Mylord.« Ich trat vor und reichte ihm mit einer Verbeugung den Brief.

Er nahm ihn und erbrach das Siegel. Er ging zum Kerzenleuchter, um ihn zu lesen. »Smithers«, sagte er zu dem Butler, »machen Sie uns hier etwas Licht. Lady Mansfield wird bald heimkehren, und sie hasst es noch immer mehr als ich, in ein dunkles Haus zu kommen.«

»Ich werde mich sofort darum kümmern, Mylord«, sagte der Butler.

Und er entfernte sich, während sein Herr seine Aufmerksamkeit dem Brief zuwandte.

»Oh, er stellt Bedingungen, sieh an! Nun gut!«

Der Lord Chief Justice las weiter und murmelte vor sich hin, bis er am Ende des Briefes angelangt war. Dann faltete er ihn zusammen und reichte ihn mir.

»Du kannst Sir John ausrichten, dass ich mein Bestes tun werde, damit seinen Bedingungen entsprochen wird. Mehr kann ich nicht versprechen.«

Ich behielt meine Hände fest an den Seiten – was darauf hinauslief, dass ich die Annahme des Briefes verweigerte.

»Sir John hat ausdrücklich darum gebeten, dass Sie schriftlich antworten, Mylord. Er sagte, unten auf der Seite sei Platz dafür.«
»Ach, tatsächlich? Er will etwas, das er mir in Zukunft unter die Nase halten kann, nicht wahr?«
»Wenn Sie es sagen, Sir.«
»Ich sage es.« Er seufzte. »Also gut, dann komm mit.«
Er nahm den Kerzenleuchter und ging voran in die nahe Bibliothek. Er trat an den großen Schreibtisch, ergriff eine Feder, tauchte sie ein und kritzelte seine Botschaft. Dann unterschrieb er sie mit einem Schnörkel und reichte mir den Brief; diesmal nahm ich ihn dankend in Empfang.
»Ich habe geschrieben, was ich auch gesagt habe – ich werde alles tun, was in meiner Macht steht.« Mit einer entlassenden Geste schwenkte er die Hand. »Mach dich auf den Weg, Junge.«
Mit einer Verbeugung entfernte ich mich und ging in die Halle, die durch das Licht einer Unmenge von Kerzen plötzlich ganz verwandelt war. Der Butler bemerke mich kaum, als sich die Türe hinter mir schloss.
Draußen war es fast dunkel. Die Straßenlaternen rund um Bloomsbury Square waren angezündet worden. Ich wählte einen anderen Weg, zuerst die Southampton Street, dann Little Queen Street und so weiter. Der Weg war so zwar länger, und ich hatte mich verspätet, aber ich umging jene Straßen, in denen ich Mariah hätte begegnen können. Ich hatte keine Lust zu sehen, wie sie sich mit irgendeinem jungen Burschen unterhielt, und noch weniger wollte ich sie ertappen, wenn sie mit einem davon Arm in Arm zu irgendeinem Bordell ging.
Die Straßen waren voll wie immer um diese späte Tageszeit, wenn die Leute ihre Arbeitsstellen verließen, um ihre Wohnstätten aufzusuchen. Doch unter denen, die ich sah, erblickte

ich einen, der gerade auf dem Weg zur Arbeit war: den einarmigen Constable Perkins. Er ging direkt vor mir, als ich in die Great Queen Street einbog, von hinten leicht an dem unter dem Ellenbogen mit einer Nadel an den Rock gesteckten Ärmel zu erkennen. Seit dem letzten Jahr, als wir zusammen an der unteren Themse nach einem verschwundenen Zeugen gesucht hatten, waren wir gute Freunde geworden. Ich bewunderte, wie stolz er sich trotz seiner Behinderung benahm; er hatte eine Menge gesunden Menschenverstand aufzuweisen und war von hoffnungsvollerer und fröhlicherer Natur, als die zweiarmigen Männer der Bow Street Runners von sich behaupten konnten.

»Hallo, Mr. Perkins!«, rief ich und rannte, um ihn einzuholen.

Er drehte sich um, schnell und wachsam – der Mann schien immer auf der Hut zu sein –, und als er mich erkannte, entspannte er sich und erlaubte sich ein Lächeln.

»Ach, Jeremy, du bist das? Ich nehme an, wir gehen in dieselbe Richtung. Möchtest du mich begleiten?«

»Ja, gerne«, sagte ich. »Und wie geht es Ihnen an diesem schönen Abend?«

»Nicht besser und nicht schlechter als gestern – was heißen soll, gar nicht übel.« Jetzt gingen wir nebeneinander her. »Und wo warst du so spät am Tag?«

»Ich habe einen Brief von Sir John zum Lord Chief Justice gebracht und dann fast drei Stunden auf Antwort warten müssen.«

»Ach ja, bei solchen Männern muss man immer warten. Sicher wohnt er in einem prachtvollen Haus.«

»Ja, allerdings, im prachtvollsten, das ich je gesehen habe – am Bloomsbury Square.« Als ich das gesagt hatte, fiel mir plötzlich etwas ein. »Mr. Perkins, ich habe eine Frage.«

»Dann frag nur, Jeremy.«

»Meinen Sie, ich könnte auch ein Bow Street Runner werden?«

»Du meinst irgendwann in der Zukunft?«

»Nein, ich meine jetzt – bald. Sie und ich und die meisten anderen wissen, dass Sir John das Recht hat, neue Männer für die Runners aufzunehmen.«

»Richtig, zumindest habe ich das gehört.«

»Warum kann ich nicht auch einer werden? Ich kenne die Pflichten. Ich kenne Westminster und die City.«

»Nun, du bist ein wenig zu jung.«

»Constable Cowley wurde aufgenommen, als er achtzehn oder neunzehn war, so ungefähr.«

»Und du hast doppelt so viel Hirn wie er, das steht jedenfalls fest. Aber trotzdem ...«

Er dachte darüber nach und sagte eine Weile nichts. Während er nachdachte, schlug er den Weg durch Drury Lane ein, und somit war mein Plan, Mariah in großem Bogen zu umgehen, zunichte gemacht.

»Ich dachte, du wolltest dich dem Gesetz widmen«, sagte Constable Perkins schließlich. »Das ist besser, als mit einem Knüppel herumzulaufen. Ich persönlich würde es sehr bedauern, wenn du dieses Lebensziel verlieren würdest.«

»Na ja, das muss ich nicht unbedingt«, sagte ich. »Ich könnte die Gesetzbücher vielleicht in meiner freien Zeit lesen. Das würde ein bisschen länger dauern, aber ...«

»Falls du es noch nicht bemerkt hast, Jeremy, wir Runners haben nur sehr wenig Zeit für uns selbst.« Er warf mir einen scharfen Blick zu. »Und ich möchte in dieser Sache ehrlich zu dir sein. Ich bin einfach nicht ganz sicher, ob du Gefallen an Blut findest. Du bist ein tapferer Bursche, das steht außer Zweifel, denn ich habe dich als solchen erlebt. Aber nachts auf den Straßen musst du immer ein bisschen wütend sein. Trag deine Wut und deinen Argwohn mit dir herum wie einen Schild. Wenn du herausgefordert wirst, musst du bereit sein, einen Schädel einzuschlagen, selbst wenn es nur um eine geringfügige Sache geht. Nur so kannst du dir den Respekt dieser riesigen Bande von Schurken verschaffen, die sich nachts in unserem Bezirk herumtreibt; und nur so kannst du ihn dir erhalten. Du, fürchte ich, würdest versuchen, mit solchen Leuten vernünftig zu reden.« Er hielt inne, als dächte er über einen Plan, eine Vorgehensweise nach. »Aber...«

Wir gingen nun New Broad Court entlang und hatten die engste Stelle erreicht, genau die, an der ich vorher mit Mariah zusammengetroffen war. Trotz meiner Absichten ertappte ich mich dabei, dass ich nach ihr Ausschau hielt: Sie war nirgends zu sehen.

»Aber was, Mr. Perkins? Was wollten Sie sagen?«

»Folgendes, junger Jeremy. Wenn du mitkämst, könnte ich dir ein oder zwei Sachen beibringen. Ob du nun an der Idee festhältst oder nicht, zu den Runners zu gehen – wovon ich dir dringend abrate –, es wäre gut für dich, wenn du dich besser in der Gewalt hättest. Manchmal musst du nachts ausgehen, und du solltest...«

»*Mord! Übler Mord!*«

Der Schrei kam aus solcher Nähe, dass er klang, als schreie ihn jemand direkt in unsere Ohren.

»*Mord!*«

Wie ein Mann wirbelten Mr. Perkins und ich herum und suchten nach der Quelle des Lärms, aber was wir stattdessen sahen, war eine große Menschenmenge, die sich hinter uns drängte, um den schmalen Durchgang zu passieren. Ein paar Schritte brachten uns zu ihr. Mr. Perkins ging voran, stieß die Leute nach rechts und links und drängte sie mit seinem Knüppel beiseite, aber ohne Schaden anzurichten. Dabei rief er die ganze Zeit: »Geht beiseite, geht beiseite. Ich bin Constable. Macht Platz für das Gesetz!« Und die meisten gehorchten, drückten sich an die rauen Ziegel des engen Durchgangs und beugten sich der Autorität vom Mr. Perkins' erhobenem Knüppel. Als wir das Ende der dunklen Gasse erreichten, stellten wir fest, dass sie sich auf einen kleinen Platz oder eine schmale Straße öffnete, wo man Türen sah und eine Treppe in höher gelegene Stockwerke führte. Unter der Treppe schauten zwei Beine aus Unterröcken und einem Rock hervor. Konnte das Mariah sein? Nein, der Körper war zu korpulent, und der Rock hatte eine andere Farbe. Ein kleiner Mann riss und zerrte an den Fußknöcheln, um die Gestalt unter der Treppe hervorzuziehen, während seine Gefährtin nach der Tasche griff, die um die Taille der Gestalt gebunden war.

»Lassen Sie die Tasche los«, fauchte Mr. Perkins, »sonst bekommen Sie diesen Knüppel zu spüren. Und Sie« – das sagte er zu ihrem Partner –, »lassen Sie die Füße los, oder es setzt was. Stellen Sie sich beide da drüben hin, und wehe, wenn Sie sich wegzuschleichen versuchen.«

Sie taten wie geheißen, wenn auch höchst unwillig, während die Menge hinter uns böse etwas von »Geiern« murmelte und sie als »Leichenfledderer« und dergleichen beschimpfte.

»Wir haben bloß versucht, ihren Namen festzustellen«, sagte die Frau, die an der Börse gezerrt hatte. »Wir dachten, da wäre vielleicht ein Brief drin oder so.«

»Das sagen Sie«, meinte Mr. Perkins, »aber wir werden Sir John darüber urteilen lassen.«

»Sie könnte noch am Leben sein«, sagte der Mann, ein sonderbar aussehender Bursche mit einem Rattengesicht. »Sie fühlt sich warm an.«

»Dann müssen wir ihre Ruhe stören. Jeremy, zieh sie unter der Treppe heraus.«

Ich sprang herbei, nicht im Mindesten von der Aufgabe abgestoßen, solange Constable Perkins da war und mich beobachtete. Ich zog kräftig.

»So, und wer hat eben etwas von Mord geschrien?«, fragte Constable Perkins.

Einer aus der Menge, keineswegs in der ersten Reihe, hob die Hand. »Das war ich«, sagte er. »Ich hab's getan.«

»Kommen Sie her zu mir.«

Ich hatte inzwischen den Körper aus seinem Ruheplatz gezerrt. Es stimmte, dass die Glieder der Frau noch warm waren, aber ihr Gesicht sah nach Tod aus. Ihre Lippen waren zu einer Grimasse auseinander gezogen, und ihre weit offenen Augen starrten in die Luft, ohne etwas zu sehen. Sie war jung und hätte unter anderen Umständen als hübsch gelten können. Ihre blassgelben Wangen wurden von zwei großen Flecken Rouge belebt.

»Was meinst du, Jeremy, lebendig oder tot?«

»Tot, allem Anschein nach, aber ich sehe keine Wunde.«

»Strangulierungsmerkmale am Hals?«

»Nein.«

»Am besten nimmst du ihr Handgelenk und fühlst nach dem Herzschlag.«

Das verwirrte mich ordentlich. »Ein Herzschlag im *Handgelenk,* Mr. Perkins?«

»Das wirst du gleich verstehen.« Er zeigte mit seinem Knüppel höchst bedrohlich auf das schaurige Paar. »Ihr bleibt, wo ihr seid, oder ihr werdet es bereuen.«

Dann kam er zu der Leiche herüber, kniete nieder, legte seinen Knüppel beiseite und nahm das Handgelenk der Toten. »Siehst du, Jeremy? Genau hier. Berühre die Stelle mit dem Daumen, und du kannst spüren, wie das Blut fließt – *wenn* es fließt. Aber hier ist nichts.«

Er warf den beiden Übeltätern einen misstrauischen Blick zu und richtete seine Aufmerksamkeit dann wieder auf die Leiche. Er zog ihr Bluse und Mieder herunter. Die befreiten Brüste fielen durch ihr eigenes Gewicht auseinander. Die gaffende Menge schnalzte und kicherte. Er warf einen angewiderten Blick auf die Neugierigen und legte der Toten eine Hand aufs Herz. Als er sie wieder anhob, war seine Handfläche blutig.

»Da hast du deine Wunde«, sagte er, »eine kleine, direkt unter dem Brustbein aufwärts und ins Herz. Nicht viel Blut. Sie war auf der Stelle tot, so.« Er schnippte mit den Fingern.

Dann nahm er seinen Knüppel wieder auf und erhob sich. Er wandte sich an die Menge. »Wenn einer von Ihnen glaubt, diese arme Frau zu kennen, kann er sich ihr Gesicht ansehen.« Zu mir sagte er: »Pack ihre Brüste wieder ein, Jeremy. Sorg dafür, dass sie anständig aussieht.«

Ich tat das, so gut ich konnte, und bemerkte dabei, dass ihre Haut etwas abgekühlt war.

»Euch Übrigen«, fuhr Constable Perkins fort, zu denjenigen sprechend, die noch immer den Durchgang füllten, »rate ich zu gehen. Sir John Fielding wird bald hier sein, und viele weitere Runners werden ihn begleiten. Und die haben etwas gegen Gaffer. Mit Ausnahme derer, die zur Identifikation beitragen oder zu einer Zeugenaussage bereit sind, befehle ich allen, sich zu entfernen.«

Die Leute schienen diesem Befehl nur ungern zu folgen, aber die meisten wandten sich ab und verließen den Durchgang.

»Sie haben ihnen Angst eingejagt«, sagte ich.

»Und jetzt«, sagte Mr. Perkins, »muss ich dich auch fortschicken. Geh und hol Sir John, Jeremy. Sag ihm, was passiert ist, und wenn du mit ihm zurückkommst, bring ein paar Laternen mit. Ohne Laternen werden wir hier bald nichts mehr sehen können.«

Ich machte mich auf den Weg, drängte mich durch den Durchgang und leierte dabei etwas von Wichtigkcit meiner Mission herunter, wie Mr. Perkins es ein paar Minuten zuvor getan hatte. Endlich war ich draußen und konnte Broad Court hinunterrennen. Irgendwo unterwegs kam es mir so vor, als hätte ich Mariah erspäht, aber ich hatte weder Zeit noch Lust, mich zu vergewissern. Ich musste in die Bow Street!

ZWEITES KAPITEL

*In welchem ein alter Freund zurückkehrt
und seine Hilfe anbietet*

Da er in Eile und einiger Verwirrung aufbrach, schickte Sir John Fielding Constable Baker als Boten, um Lady Fielding mitzuteilen, dass der Richter in dringenden Amtsgeschäften abgerufen worden sei.

Schon im Gehen, wandte Mr. Baker sich noch einmal um. »Soll ich sagen, dass es sich um Mord handelt?«, fragte er.

»Nein«, sagte sein Vorgesetzter, »das würde sie nur aufregen. Ach, aber sagen sie ihr auch, dass Jeremy bei mir ist und mit mir zurückkehren wird. Sie soll auf keinen Fall mit dem Abendessen auf uns warten.« Das unterstrich er mit einem Nicken, und Mr. Baker eilte auf die Treppe zu. Dann wandte Sir John sich an uns Übrige: »So, dann lasst uns aufbrechen.«

Wir waren vier an der Zahl. Sir John und ich wurden noch von Mr. Benjamin Bailey, dem Captain der Bow Street Runners, und dem jungen Constable Cowley begleitet, als wir in Richtung Broad Court Street aufbrachen. Mr. Bailey ging voran und machte zwischen den zahlreichen Fußgängern Platz für uns; Mr. Cowley folgte ihm, und als Letzte kamen Sir John und ich.

Mr. Bailey deutete nach vorn und drehte sich um. »Wir haben Glück, Sir. Da vorn ist der Harker mit seinem Wagen.« Ich schaute hin, und tatsächlich, da war er. Der Harker, ein Mann von schlechtem Ruf und hässlichem Benehmen, war beauftragt, die mittellosen Toten diesseits des Flusses einzusammeln. Wie die Bürger ihm aus dem Weg gingen! Ich konnte es ihnen nicht verdenken, denn mit den grob gemalten gekreuzten Knochen und dem Totenschädel auf seinem Karren muss er ihnen wie die Verkörperung des Todes erschienen sein, der uns alle erwartet. Man erzählte sich erschreckende Geschichten über ihn. Sein bloßer Anblick galt manchen schon als schlechtes Omen, was erklärte, warum unsere Seite der Bow Street so bevölkert und die seinige so leer war.

»Soll ich ihm sagen, dass er warten soll, Sir John?«, fragte Mr. Cowley. »Das würde ihm einen Weg sparen.«

»Tun Sie das ruhig.«

Der junge Constable eilte davon, um den Harker aufzuhalten. Als er wieder zu uns stieß, gingen wir schon New Broad Court hinunter und konnten den Durchgang sehen, wo Mr. Perkins uns erwartete.

»Der Harker sagte, dass er gekommen ist, um Old Josh, den Bettler, abzuholen«, sagte Mr. Cowley. »Er ist gleich da unten in der Russel Street tot umgefallen.«

»Der alte Mann mit der Blechflöte?«, sagte Sir John.

»Ja, eben der.«

»Nun, wissen Sie«, warf Mr. Bailey ein, »ich kann nicht sagen, dass ich überrascht bin. Er hat in den letzten Monaten nicht gut ausgesehen.«

»Das betrübt mich«, sagte Sir John. »Er hat immer freundlich gegrüßt und sich herzlich bedankt.« Dann fügte er mit einem Seufzer hinzu: »Er ist schnell gestorben, das war ein Segen.«

Im Weitergehen schwiegen wir aus Respekt vor dem alten Josh einen Augenblick. Dann musste ich das Schweigen brechen.

»Er ist gleich da vorn, Mr. Bailey«, rief ich ihm zu. »Der Durchgang dort führt in den Hof.«

»Ja«, sagte er, »den kenne ich gut – und von diesem Hof geht eine Gasse aus, die zu Duke's Court führt.«

Das hatte ich nicht gewusst. Ich mied solche dunklen, engen Gassen, wann immer es möglich war.

Constable Perkins' Drohungen gegenüber der gaffenden Menge hatten nicht ihre Wirkung verfehlt. Wir fanden den Durchgang leer, und als wir den Hof betraten, waren außer Constable Perkins und der toten Frau nur vier weitere Personen dort. Er schob zwei davon nach vorn zu Sir John. Ich erkannte sie sofort.

»Ich bitte um Verzeihung, Sir John«, sagte Mr. Perkins, »aber ich dachte, über diese beiden würden Sie sofort verfügen wollen.«

»Wer sind sie?«

»Nennt ihm eure Namen.«

»Bert Talley, Sir.«

»Esther Jack, Euer Lordschaft. Aber wir haben bloß ...«

»Ruhe!«, brüllte Mr. Perkins. »Ich werde Sir John berichten, was ich gesehen habe. Erst dann dürft ihr sprechen.«

»Fahren Sie fort, Mr. Perkins.«

»Was ich gesehen habe, ist schnell erzählt. Als Jeremy und ich uns durch den Durchgang gedrängt haben, wimmelte es dort von Gaffern, die inzwischen weggeschickt wurden, und dann fand ich diese beiden. Er zerrte das Opfer unter der Treppe hervor, etwa da, wo die Leiche jetzt liegt. Und sie – sie zog an einer Tasche, die das Opfer um die Taille gebunden trug. Ich dachte und denke immer noch, dass ich sie bei einem Akt des Diebstahls auf frischer Tat ertappt habe; sie wollten sich die Tasche aneignen und dann durch die Gasse verschwinden. Ich habe sie festgehalten, um sie Ihrem Urteil zuzuführen.«

»Gut vorgetragen, Mr. Perkins«, sagte Sir John. »Und jetzt, Madam, können Sie sich dazu äußern.«

»Wir wollten doch nur helfen festzustellen, wer sie ist, deshalb wollten wir in ihre Tasche schauen – nach einem Brief oder so.«

»War es notwendig, dazu die Leiche zu bewegen?«

»Ja, das war es, Mylord«, sagte der rattengesichtige Bert Talley. »Unter der Treppe schauten bloß ihre Füße hervor. Wir hörten das Mordgeschrei und kamen angerannt. So haben wir sie gefunden. Darum habe ich an ihr gezogen, und bei Gott, sie fühlte sich noch warm an.«

»Stimmt das, Mr. Perkins?«

»Das stimmt, Sir John, und er hat es uns gesagt. Es war dann nötig, die Leichenruhe weiter zu stören, um sicherzugehen, dass das Opfer nicht mehr lebte.«

»Die beiden haben sich also bemüht, Ihnen bei dieser Sache in gewisser Weise behilflich zu sein.«

»In gewisser Weise ja, Sir.«

»Und die Frau hatte die Tasche nicht geöffnet?«

»Nein, Sir, das hatte sie nicht, sie hat nur versucht, sie loszumachen.«

»Dann fürchte ich, da dies eine Frage der Absicht und nur der Absicht ist, dass wir insofern die Aussage der beiden akzeptieren müssen. Mr. Talley und Madam Jack, Sie können gehen, aber ich muss Ihnen sagen, wenn einer von Ihnen bei mir in der Bow Street vor Gericht erscheint, werde ich mich an den heutigen Vorfall erinnern, und er wird gegen Sie sprechen. Merken Sie sich diese faire Warnung.«

Unter vielem Nicken und Händeringen bedankten sich die beiden überschwänglich und verschwanden dann im Durchgang.

Es folgte eine Unterhaltung zwischen Sir John und Constable Perkins, in der der Schauplatz, der Zustand der Leiche und die Natur der Wunde des Opfers diskutiert wurden. Mr. Perkins äußerte die Vermutung, dass die Frau noch nicht lange tot gewesen war, vielleicht erst wenige Minuten, bevor er und ich den Schauplatz des Verbrechens erreicht hatten.

»Kann man auf irgendeine Weise feststellen, wo in diesem Hof die Wunde zugefügt wurde?«, fragte Sir John. »Ich nehme an, die Frau kann nicht da erstochen worden sein, wo sie gefunden wurde.«

»Unwahrscheinlich, Sir. Ist das wichtig?«

»Es könnte wichtig sein. Es könnte in der Tat wichtig sein. Mr. Bailey? Mr. Cowley?«

Die beiden traten rasch an seine Seite. Mr. Bailey fragte nach Sir Johns Wünschen.

»Könnten Sie beide hier den Boden nach Kampfspuren absuchen? Wir nehmen an, dass die Frau – das Opfer, wenn Sie wollen – anderswo erstochen wurde. Mr. Perkins sagte mir, dass sie ziemlich schwer ist, fast zwölf Stone, also muss sie an diese Stelle unter der Treppe geschleppt worden sein. Der Hof ist sicher von vielen Menschen betreten worden, fürchte ich, aber wenn ein Körper von diesem Umfang transportiert worden ist, müssten noch Spuren davon zu finden sein.«

Mr. Cowley schien von Sir Johns Wunsch verwirrt. »Aber, Sir«, sagte er, »es ist sehr dunkel geworden. Der Mond ist schon über das Stadium hinaus, in dem er hilfreich wäre.«

»Dann würde ich Ihnen raten, die Laternen zu benutzen, die mitzubringen ich Sie angewiesen habe. Ich bin sicher, Sie haben sie bei sich.«

»O ja, Sir John.«

»Dann zünden Sie sie an. Mr. Perkins? Ich möchte gerne mit demjenigen sprechen, der Mord geschrien hat. Würden Sie den Mann zu mir bringen?«

Während Constable Perkins ging, um ihn zu holen, beugte Sir John sich dicht zu mir und sagte leise: »Jeremy, beschreib ihn mir, ja?«

»Gewiss«, sagte ich. »Er ist ein kleiner Mann, knapp über

fünf Fuß groß, aber nicht viel, wiegt weniger als zehn Stone, eher neun, und ist relativ gut gekleidet.«

»Mm«, brummte Sir John. »Das reicht. Danke.«

Einen Augenblick später stand der Mann vor uns. Ich wunderte mich, dass jemand, der so klein und schmal war, so viel Lärm hatte machen können.

»Nennen Sie dem Richter Ihren Namen«, sagte Mr. Perkins zu ihm.

»Sebastian Tillbury, Sir.« Er sprach laut und deutlich.

»Und was ist Ihr Gewerbe, Mr. Tillbury?«

»Ich bin Pferdeknecht, Sir. Ich kann mit Pferden umgehen, wenn ich das selbst sagen darf. Und wenn Sie wissen möchten, wo ich beschäftigt bin – im Elephant and Castle am Strand.«

»Aha«, sagte Sir John. »Wirklich ein sehr achtbarer Gasthof.«

»Keine bessere Adresse in Westminster für Reisende.«

»Das mag sein, aber sagen Sie mir, Mr. Tillbury, wie kam es, dass Sie den Leichnam dieser unglücklichen Frau gefunden haben? Sind Sie von Duke's Court aus durch diese Gasse gekommen?«

»Nein, Sir, dieser Weg ist richtig gefährlich, wenn es dunkel wird. Ich habe sie ganz einfach gefunden, als ich nach Hause ging. Ich wohne in einem Zimmer, das von diesem Hof abgeht. Ich kam von Broad Court aus durch den Durchgang und bin fast über sie gestolpert. Nur ihre Füße schauten unter der Treppe hervor.«

»Sie haben sofort einen Mord vermutet und laut geschrien. Wieso das? Wie ich höre, war der Leichnam noch warm.«

»Ich habe das einfach vermutet, weil niemand, wie betrunken oder müde auch immer, sich an einer solchen Stelle zur Ruhe legen würde. Es gibt da unten Ratten und allen möglichen Unrat.«

»Ich verstehe. Haben Sie noch irgendjemanden gesehen oder gehört, als Sie sie fanden?«

»Nein, Sir.«

Da kam ein Ruf von Mr. Bailey. Er und Mr. Cowley waren mit der Untersuchung der gefährlichen Gasse weitergekommen.

»Was ist, Mr. Bailey?«

»Wir haben etwas für Sie, Sir John.«

»Gut. Bring mich zu ihnen, Jeremy. Und Sie, Mr. Tillbury, warten bitte noch ein wenig. Wir sind gleich wieder bei Ihnen.«

Auf Mr. Baileys Anweisung hin machten wir einen weiten Bogen, als wir zu ihm gingen. Die Laterne wurde hochgehalten, um uns den Weg zu zeigen.

»Also, was gibt es, Mr. Bailey?«

»Nur das, Sir John. Es gibt keine Anzeichen dafür, dass jemand geschleppt wurde, und wie Sie sagten, die Treppe, unter der die Leiche gefunden wurde, wird viel begangen, aber Constable Cowley hat festgestellt, dass eine Reihe von Fußabdrücken in der Erde tiefer ist als die übrigen.«

»Als hätte jemand eine schwere Last getragen.«

»Ganz recht, Sir John. Wir haben die Fußabdrücke also bis zu dieser Stelle hier verfolgt, wo die Gasse beginnt und das Kopfsteinpflaster anfängt. Weiter können wir ihnen nicht folgen.«

»Ich verstehe, aber gehen Sie trotzdem durch die Gasse, und halten Sie unterwegs nach irgendwelchen Anzeichen Ausschau – Blutstropfen, Knöpfe, alles, was uns zum genauen Ort des Mordes führen könnte.«

»Wird gemacht, Sir.«

Zusammen gingen wir, Sir John und ich, zu Mr. Tillbury zurück. Dabei sagte Sir John zu mir: »Manchmal, Jeremy, kommt es vor, besonders bei Brandstiftung und Mord, dass derjenige, der das Verbrechen meldet, es selbst begangen hat. Er will darauf aufmerksam machen und glaubt, er könne den Verdacht von sich selbst ablenken, indem er Alarm schlägt. Bei Mr. Tillbury hatte ich an diese Möglichkeit gedacht, aber das geht jetzt nicht mehr. Es wäre vielleicht möglich, dass ein Mann, der zehn Stone wiegt, eine Frau von zwölf Stone schleppen kann, aber es ist höchst unwahrscheinlich, dass so ein kleiner Mann eine so schwere Frau *getragen* hat. Ich glaube, wir können dem Pferdeknecht gefahrlos erlauben, wieder an seine Arbeit zu gehen.«

Doch Sir John hatte noch ein paar abschließende Fragen.

»Sir«, sagte er und berührte dabei das schwarze Seidenband, das seine Augen bedeckte, »wie Sie sehen, habe ich mein Augenlicht verloren. Sie sagen, dass Sie hier in einem dieser Zimmer wohnen. Habe ich recht verstanden, dass Ihre Tür auf den Hof hinausgeht? Besitzen Sie ein Fenster?«

»Ja, Sir, wie Sie sagen, Sir.«

»Wie viele Nachbarn haben Sie?«

»Hier im Hof?«

»Ja.«

Mr. Tillbury dachte einen Augenblick nach. »Nun, Sir, lassen Sie mich überlegen. Da ist die alte Frau, die neben mir wohnt. Sie ist selbst so gut wie blind vor lauter Kurzsichtigkeit. Und dann ist da oben dieser kräftige Bursche namens Jaggers, der als Träger bei der Postkutschenstation arbeitet. Aber den sehe ich selten.«

»Ah, wieso denn das?«

»Er arbeitet von Mittag bis Mitternacht.«

»Und war infolgedessen an seinem Arbeitsplatz, als die Frau ermordet wurde.«

»Das nehme ich an. Und dann gibt es oben noch den alten Joshua, den Bettler – der immer in Covent Garden die Blechflöte spielt.«

Eine Pause trat ein. Sir Johns Gesichtsausdruck veränderte sich nicht. »Ich bedaure, Ihnen das sagen zu müssen, Mr. Tillbury, aber ich habe gehört, dass Joshua heute auf der Straße gestorben ist. An irgendeinem Anfall.«

Längere Pause. »Es macht mich traurig, das zu hören. Er und ich, wir haben uns manche Flasche geteilt und viele Geschichten erzählt. Aber ich schätze, sein Alter hat ihn eingeholt. In letzter Zeit konnte er manchmal kaum noch die Treppe hinaufsteigen.« Er seufzte. »Vielleicht. Jedenfalls können Sie jetzt gehen, und ich danke Ihnen, ich würde Sie nur darum bitten, dass Sie meinen jungen Assistenten hier mitnehmen und ihn Ihrer nächsten Nachbarin vorstellen, der alten Frau, damit er ihr ein paar Fragen stellen kann. Selbst wenn sie nichts sehen kann, hat sie vielleicht etwas gehört, das wichtig ist.«

»Das will ich gern tun, Sir.«

Sir John wandte sich an mich und nickte. Dann, als ich mit Tillbury losging, hörte ich den Richter rufen: »Mr. Perkins, ich glaube, Sie haben noch einen Zeugen für mich.«

Ich hätte gerne gehört, wie er diesen Zeugen befragte, denn ich war immer fasziniert, wenn ich ihm in solchen Situationen zuhören konnte, aber es gefiel mir noch besser, dass er mir selbst nun eine solche Aufgabe anvertraut hatte. Das war noch nie vorgekommen. Ich hoffte nur, dass ich der alten Frau eine Information entlocken konnte, die der Mühe wert war.

Tillbury führte mich zu ihrer Tür und klopfte.

»Irgendwelche Verwandten sorgen für sie oder haben etwas für sie hinterlegt«, sagte er leise. »Jeden Monat kommt ein Junge aus einem Anwaltsbüro und bringt ihr ein paar Shilling – genug, um die Miete zu bezahlen und sie am Leben zu erhalten.«

Hinter der Tür ertönte eine Stimme: »Wer ist da?« Der Ton war gereizt und ein wenig argwöhnisch.

»Tillbury, Ihr Nachbar, Mrs. Crewton.«

Sie knurrte etwas. Ein Riegel wurde zurückgeschoben, und die Tür öffnete sich. Da stand die Frau, hager und runzlig, in einem zerlumpten Kleid, das einst modisch gewesen war. Obwohl ich eigentlich nicht wusste, wie alt sie war, hätte ich Mr. Tillbury geglaubt, wenn er behauptet hätte, sie wäre hundert.

»Missus«, sagte er zu ihr, »dieser junge Mann hat ein paar Fragen an Sie.«

»Geht es um den Mord?«

»Sie wissen also davon?«, fragte ich und tat mein Bestes, um so würdevoll und streng zu wirken wie Sir John.

»Natürlich weiß ich davon«, sagte sie. »Tillbury hier hat so laut geschrien, wie hätte ich das überhören können?«

»Haben Sie irgendetwas von dem Verbrechen gesehen, Madam?«

»Ich kann nur sehr schlecht sehen«, sagte sie. »Ich sitze am Fenster. Schattenhafte Gestalten gehen vorbei, nur Schatten. Doch was bedeutet mir das? Ich bin alt, verstehen Sie. Und nachts, wenn es dunkel ist, kann ich überhaupt nichts erkennen.«

»Es ... es tut mir Leid.« Da mir sonst nichts einfiel, schwieg ich und wartete.

»Ja, aber ich kann hören!« Aus ihrem Mund klang diese schlichte Feststellung äußerst dramatisch. »Und oft habe ich die Kraft, mit den Ohren zu sehen.«

»Könnten Sie das genauer erläutern?«, fragte ich. »Was zum Beispiel haben Sie gehört, unmittelbar bevor Mr. Tillbury seinen Mordschrei ausstieß?«

»Nicht *unmittelbar* davor – sagen wir, nicht lange davor habe ich einen Schrei gehört, eine sehr erbitterte Meinungsverschiedenheit zwischen einem Mann und einer Frau. Ihre Stimme war schrill und grell, sehr unangenehm, und seine, heiser und polternd, klang auf ihre Art auch nicht besser.«

»Und woher kamen die Stimmen? Hier aus der Nähe?«

»Nein, nicht aus der Nähe, aber sie waren auch nicht weit weg. Sie kamen von rechts, aus dieser Gasse. Da ist doch eine Gasse, nicht wahr, Mr. Tillbury?«

»O ja, Madam, da ist eine. In der Tat ist da eine Gasse.«

»Und was haben diese beiden Personen gesagt?«, fragte ich.

»Ich habe nicht so sehr die Worte gehört, eher die Stimmen«, erwiderte sie. »Ihn konnte ich überhaupt nicht verstehen. Er hat einfach nur geschimpft.«

»Und die Dame?«

»Die – eine Dame? Oh, das glaube ich nicht, junger Mann.« Sie stieß ein grimmiges Lachen aus. »Diese Sorte treibt sich hier oft herum, weil es etwas intimer ist als die Straße. Ich höre sie und ihre Kundschaft, wenn sie an der Mauer ihrem schmutzigen Geschäft nachgehen.«

»Aber was hat sie *gesagt*, Madam? Mir scheint, Sie müssen doch *irgendetwas* gehört haben.« Ich fürchte, meine Ungeduld veränderte meinen Ton ein wenig. Wie beneidete ich Sir John um sein kühles Beharrungsvermögen!

»Nun ja, wenn Sie es unbedingt hören wollen«, sagte sie und klang sehr beleidigt, »ich habe nur einen Satz deutlich verstanden, und der lautete: ›Nicht mit deinesgleichen‹.«

»Sonst nichts?«

»Sonst konnte ich nichts verstehen. Aber ...«

»Aber was?«

»Es wurde so gesagt – ich meine, ihre Art zu sprechen war so ... nun ja, ich hielt sie für eine Irin.«

Nachdem ich so viel erfahren hatte, beschloss ich, mit meinen Fragen aufzuhören. Ich nickte Tillbury zu, gab ihm zu verstehen, ich sei fertig, bedankte mich kurz bei der Frau und schickte mich zum Gehen an.

»Er muss ein großer Mann gewesen sein«, murmelte sie vor sich hin.

»Warum sagen Sie das?«, fragte ich.

»Ganz einfach. Er hat sie hergetragen und unter der Treppe versteckt, nicht? Ich saß im Dunkeln und habe auch das gehört.«

»Nochmals danke, Mrs. Crewton. Sie haben uns sehr geholfen.«

Was Verhöre betraf, hatte ich eine Lektion gelernt. Von da an dachte ich immer daran, dass ein Zeuge die Möglichkeit haben muss, sich auszusprechen. Die Frau hatte vielleicht nur das bestätigt, was Sir John bereits gefolgert hatte, aber eine solche Bestätigung würde ihm sicher willkommen sein.

Ich ging mit Mr. Tillbury die paar Schritte zu seiner eigenen Zimmertür und bedankte mich auch bei ihm.

Er sagte: »Ich fürchte, sie ist ein bisschen dumm, aber das, was sie sagt, können Sie glauben.«

Als ich mich Sir John näherte, sah ich zu meiner Überraschung, dass er allein war. Die Frau, die er als seine letzte Zeugin bezeichnet hatte, gab Mr. Bailey Informationen; und dieser schrieb sie im Licht der Laterne, die Mr. Cowley für ihn hielt, auf ein Blatt Papier. Ich fragte mich, was die Frau zu berichten hatte.

»Ach, Jeremy! Nun, was hast du zu erzählen? Ich hoffe, du verzeihst mir, dass ich dich geschickt habe, um mit dieser Frau zu reden. Ich habe gedacht, wenn sie wirklich so blind ist, wie Mr. Tillbury gesagt hat, würdest du sie besser befragen können als ich. Wenn ich mit ihr gesprochen hätte, wäre es ein bisschen so gewesen, als würde ein Blinder einen anderen Blinden führen.« (So scherzte er häufig über seine kleine Behinderung.)

»Ich habe das gern übernommen, Sir.«

»Nett, dass du das so siehst. Aber was hat sie gesagt?«

In sehr viel weniger Zeit, als Mrs. Crewton dazu gebraucht hatte, berichtete ich ihm von dem Satz, den sie vom Opfer gehört hatte, und von ihrem Verdacht, die Frau sei Irin. Ich fügte hinzu, sie habe den Mörder zwar nicht sehen können, aber gehört, wie er die Leiche heranschleppte und unter die Treppe legte.

»Ausgezeichnet!«, sagte Sir John. »Das hast du gut gemacht, Jeremy, denn alles, was du erfahren hast, stimmt mit dem überein, was die Frau mir mitgeteilt hat, mit der ich eben sprach. Ihr Name ist Maggi Pratt. Sie war gut mit dem Opfer bekannt, dessen Namen sie als Teresa O'Reilly angab. Das Opfer ist also in der Tat Irin, wie Mrs. Crewton vermutet hat. Diese Frau Pratt – die eigentlich kaum mehr als ein Mädchen ist – hat gesagt, sie habe Teresa O'Reilly im Gespräch mit einem Soldaten gesehen, einem rotberockten Wachgrenadier aus dem Tower, und zwar kurz bevor Mr. Tillbury die Leiche entdeckte und Alarm schlug. Es könnte gut sein, dass das Opfer, von dem Soldaten verfolgt, Duke's Court verließ und durch die Gasse ging, wo die beiden ihre tödliche Auseinandersetzung hatten. Was hat deine Zeugin noch gehört, Jeremy? ›Nicht mit deinesgleichen.‹ Auch das passt gut, denn die Iren – vor allem die irische Landbevölkerung – haben nichts übrig für rotberockte englische Soldaten. Die Frau hatte vielleicht aus persönlicher Erfahrung eine besondere Abneigung gegen sie, hat sich dem Soldaten verweigert und etwas in der Art gesagt, was deine Mrs. Crewton gehört hat. Der Soldat, vermutlich betrunken, hat sie daraufhin vielleicht aus Wut erstochen und die Leiche dann versteckt, um wenigstens ihre Entdeckung zu verzögern. Siehst du, Jeremy, wie gut das alles zusammenpasst?«

»Ja, das tut es wirklich«, sagte ich.

»Maggie Pratt hat eingewilligt, morgen die Truppen im Tower zu besuchen«, sagte Sir John. »Sie scheint sich sogar darauf zu freuen, denn sie sagt, sie habe den Burschen genau gesehen und wolle, dass Gerechtigkeit geschieht.«

Nachdem ich den nach Sir Johns Diktat geschriebenen Brief abgeliefert hatte, kehrte ich verwirrt und unsicher aus dem Tower of London zurück; ich konnte mich nicht dafür verbürgen, dass der Brief denjenigen, an den er gerichtet war, noch in derselben Nacht erreichen würde. Dabei hatte ich mein Bestes getan. Kühn war ich zu dem mir gezeigten Tor gegangen und hatte Eintritt verlangt, um einen Brief an Captain Conger zu überbringen, den amtierenden Colonel des Regiments. Der Wachmann am Tor sagte mir in höchst gleichgültigem Ton, ich solle am nächsten Tag wiederkommen. Ich erwiderte, das würde ich nicht tun, denn der Brief stamme von niemand anderem als Sir John Fielding, Richter am Gericht in der Bow Street. Das machte auf den Wachmann gar keinen Eindruck, bis ich, so laut ich konnte, schrie, eine Frau sei ermordet worden und ein Grenadier von den Guards werde der Tat verdächtigt. Das rief den Corporal der Guards auf den Plan, der mich zwar nicht einließ, mir aber feierlich versprach, den Brief an Captain Conger zu übergeben. Danach ging ich, denn ich wusste, mehr konnte ich nicht erreichen; allerdings war ich überzeugt, wenn ich den roten Rock und den mit dem Wappen versehenen Knüppel der Bow Street Runners getragen hätte, hätte man mich zu dem Dienst habenden Colonel vorgelassen.

So kehrte ich schließlich in die Bow Street Nummer vier zurück. Es war mir zwar peinlich, dass man mich nicht in den Tower gelassen hatte, aber ich glaubte, dass Sir John sicher Verständnis dafür haben würde – und so war es auch. Außerdem war ich ziemlich hungrig, da ich seit dem Frühstück nichts außer einem oder zwei Äpfeln zu mir genommen hatte. Doch oben erwartete mich eine Überraschung, die mein Abendessen erneut verzögerte.

Ich winkte Mr. Baker, der die Haftzelle bewachte, grüßend zu und ging zur Treppe.

Er rief mir nach: »Sir John hat Besuch.«
»Ach ja? Wer ist es denn?«
»Du kennst den Burschen besser als ich ... ein Arzt ... ein Ire. Er hat bei dieser Goodhope-Sache geholfen.«
»Mr. Donnelly!«
»Das ist der Name. Ich habe ihn direkt nach oben geschickt, denn ich erinnere mich, dass der Schnapper ihn gut kennt.«
»Und ich auch«, sagte ich überschwänglich und begann, die Treppe hinaufzustürmen, zwei Stufen auf einmal nehmend.

Gabriel Donnelly war mir in der Tat gut bekannt. Ich hatte ihn zu meinen Freunden gezählt, als ich nach London gekommen war, denn ich konnte mich noch gut daran erinnern, wie aufrichtig sein Interesse an mir gewesen war, als ich noch ein Kind war – ein kleiner Junge von dreizehn Jahren. Und was Sir John betraf, so hatte dieser gesagt, er werde Mr. Donnelly immer dankbar dafür sein, dass er der ersten Lady Fielding die letzten Lebenstage erleichtert hatte.

In meinem Eifer platzte ich mitten in eine Unterhaltung, denn alle saßen um den Küchentisch versammelt. Im letzten Augenblick fielen mir die Regeln angemessenen Benehmens ein, und ich hielt abrupt inne, zog den Hut und schloss leise die Tür hinter mir. Mr. Donnelly reagierte auf mein Hereinplatzen, indem er von seinem Stuhl aufsprang und mir mit ausgestreckten Händen entgegenkam. »Guter Gott, bist du das, Jeremy? Du siehst schon aus wie ein Mann. Ich würde sagen, du *bist* ein Mann – wie alt bist du jetzt?«

»Fünfzehn, Sir«, sagte ich bescheiden und ließ mir kräftig die Hand schütteln.

»Also, du siehst älter aus, vor allem in diesem feinen Rock – ganz der junge Gentleman!«

»Setz dich, Jeremy«, sagte Lady Fielding. »Mr. Donnelly hat uns mit seinen Erzählungen über das Ribble Valley königlich unterhalten.«

»Ja, das hat er in der Tat«, bestätigte Sir John mit einem tiefen Kichern.

Ich trug einen Stuhl an den Tisch und setzte mich neben Annie, unsere Köchin. Ich konnte sehen, dass sie und alle anderen fröhlicher Stimmung waren. Ihre Gesichter waren vom Lachen gerötet; alle lächelten. Annie zwinkerte mir zu, als ich mich setzte.

»Ah, aber ich fürchte, ich war den dortigen Leuten gegenüber unfair«, nahm Mr. Donnelly seine Erzählung wieder auf. »Sie sind gute, schlichte Landsleute, nicht mehr und nicht weniger. Und wenn ihre ländliche Art und ihre Reden – o Gott, ihre Reden!« – er rollte höchst ausdrucksvoll mit den Augen und erntete noch mehr Gelächter – »uns seltsam vorkommen, dann können Sie versichert sein, die Londoner Art und Rede würde ihnen noch eigenartiger erscheinen.«

»Zweifellos, zweifellos«, sagte Sir John. »Wer sind wir, um uns für das Maß aller Dinge zu halten?«

Doch als er weitersprach, schien Mr. Donnelly in Stil und Miene deutlich ernster zu werden. »Nein, sie sind keine Dummköpfe. Ich wage sogar zu sagen, dass ich der größte Narr von allen war, weil ich im Gefolge dieser widerspenstigen Witwe überhaupt dorthin gegangen bin.« Er stieß einen bitteren Seufzer aus, doch das Lächeln blieb auf seinem Gesicht. »Vor sich sehen Sie eine Komödiengestalt, den abgewiesenen Verehrer. Es reichte noch nicht, dass ich Lady Goodhope ins tiefste Lancashire folgte, wo ich unter Menschen eine medizinische Praxis zu gründen versuchte, die so arm waren, dass sie sich nur erbieten konnten, mich mit Hennen, Ferkeln und dem Versprechen, mein Haus zu weißeln, bezahlen konnten; auch nicht, dass ich großes Mitleid für sie in ihrem Witwenstand und dann sogar Zärtlichkeit für sie empfand, wenn sie ihre Anfälle von dummem Hochmut hatte, was oft geschah; auch nicht, dass ich ihrem unwissenden Sohn, das erste Mal in seinem neunjährigen Leben, einen Hauch von Erziehung angedeihen ließ. Nein, all das war noch zu wenig. Wie ich schließlich herausfand, brauchte ich nur noch ein großes persönliches Vermögen, um die Erziehung des Jungen und seine Rückkehr nach London zu finanzieren, wo er den Platz seines Vaters im Oberhaus einnehmen sollte. Was hatte ich ihr zu bieten? Ein paar Hühner, ein oder zwei Ferkel und ein letztes Hilfsangebot meines Vaters, das sich auf fünfhundert Pfund belief. Das reichte nicht aus. Sie entschied sich stattdessen dafür, sich an einen Kohlenhändler aus Wigan in Lancashire zu verkaufen, einen Mann von so bemerkenswerter Ignoranz, dass er annahm, er könne Lord Goodhope werden, indem er einfach Lady Goodhope heiratete. Er war zwar enttäuscht, als er eines Besseren belehrt wurde, aber er war willens, in ihrem Haus zu leben, das ich ihn selbst als ›das großartigste im Tal oder in ganz Lancashire‹ preisen hörte. Zweifellos fühlt sie sich wohl mit ihm, denn sie stammt selbst aus dieser Klasse, wenn sie auch besser erzogen ist. Jedenfalls ist ihre Wahl endgültig. Das Aufgebot ist verkündet. Es gab für mich keinen Grund mehr, noch länger zu bleiben, und so ... bin ich hier.«

Als er fertig war, schwieg er einen Moment und saß mit niedergeschlagenen Augen da. Die anwesenden Frauen stießen im Chor ein »Aah« aus, das Enttäuschung und Mitgefühl ausdrücken sollte. Sir John hingegen beugte sich vor und verschränkte die Hände auf dem Tisch. »Richtig«, sagte er, »da sind Sie. Was sind Ihre Pläne, Mr. Donnelly?«

»Nun ja, neu zu beginnen. Mein Vater hat mir einen kleinen Teil dieser fünfhundert Pfund zur Verfügung gestellt, damit ich in einem Viertel Westminsters eine chirurgische Praxis eröffnen und ausstatten kann. Wenn ich mich auf diese Weise nicht binnen, sagen wir, eines Jahres hier in London etabliert habe, dann kann ich noch immer zur Navy gehen. Ich kann nicht für alle Zeit Geld von meinem Vater annehmen – nicht in meinem Alter.«

»Haben Sie denn schon Räumlichkeiten?«

»Ja«, sagte er, »aber sie sind noch nicht richtig eingerichtet.«

»Ich verstehe«, sagte Sir John und dachte eine Weile nach. »Es ist keine bloße Neugier, die mich zu dieser Frage veranlasst. Heute hat es in Rufweite dieses meines Hauses einen besonders verwirrenden Mordfall gegeben.«

Lady Fielding sprang sofort auf. »Ich glaube, für das schwächere Geschlecht ist es an der Zeit, sich zurückzuziehen.«

Annie, die Sir Johns Neuigkeiten fasziniert und mit großen Augen gelauscht hatte (denn von dem Mord in der Gasse war zuvor keine Rede gewesen), erhob sich höchst widerstrebend, deutlich konsterniert, dass sie die Einzelheiten dieses schrecklichen Ereignisses nicht erfahren sollte.

Als wir Männer uns ebenfalls erhoben, sagte Sir John: »Ja, vielleicht ist es am besten, dass ihr uns verlasst. Gute Nacht, meine Liebe – gute Nacht, Annie.«

Mr. Donnelly dankte Lady Fielding für ihre Gastfreundschaft, und Annie flüsterte mir ins Ohr, dass im Ofen eine Fleischpastete auf mich wartete.

Einen Augenblick später waren sie fort, und wir drei nahmen unsere Plätze am Tisch wieder ein.

»Bitte, erzählen Sie mir davon«, sagte Mr. Donnelly. »Ich bin immer an den Fällen interessiert, in denen die Medizin möglicherweise bei der Ermittlung behilflich sein kann.«

»Insbesondere Mord«, warf Sir John ein.

»Ja, der Leichnam des Opfers ist oft der beredteste Zeuge.«

»So ist es, Sir, aber lassen Sie mich Ihnen ein paar Einzelheiten des Falls schildern ...«

Und das tat Sir John dann auch; geschickt fasste er alle Informationen zusammen und schenkte dem, was Maggie Pratt und die von mir befragte Zeugin, Mrs. Crewton, ausgesagt hatten, besonderes Augenmerk.

Er schloss mit den Worten: »Wir nehmen die Erwähnung dieses Soldaten so ernst, dass ich an den Dienst habenden Colonel des Wachregiments geschrieben und verlangt habe, dass alle unter seinem Kommando stehenden Männer, die heute Ausgang bekommen haben, morgen bereitstehen, damit Miss Pratt sie in Augenschein nehmen und den Burschen herauspicken kann, mit dem das Opfer gesprochen hat. Jeremy hat den Brief überbracht. Konntest du ihn Captain Conger persönlich übergeben, Junge?«

»Ich fürchte nein, Sir. Man hat mich nicht in den Tower eingelassen. Aber der Corporal der Guards hat ihn genommen und versprochen, ihn dem Captain zu überbringen.«

»Hast du ihm den Inhalt des Briefes mitgeteilt?«

»Laut und deutlich, Sir John.«

»Dann bin ich sicher, dass er sein Versprechen gehalten hat.« Der Richter schwieg einen Augenblick und trommelte erregt mit den Fingern auf den Tisch. Als er damit aufhörte, schien er zu irgendeinem Entschluss gekommen zu sein. »Mr. Donnelly«, sagte er, »ist Ihre chirurgische Praxis wohl schon so weit eingerichtet, dass Sie jetzt einen Blick auf die Leiche dieser Frau werfen könnten?«

»Sie meinen eine komplette Autopsie?«

»Ich weiß nicht, was sie alles beinhaltet. Ich will Ihnen nur sagen, was ich wissen möchte. Die Wunde, an der die Frau gestorben ist, war von ganz besonderer Art. Man hat sie mir als sehr klein beschrieben, und sie soll wenig geblutet haben; der Stich traf das Opfer direkt unter dem Brustbein.«

»Nur ein Stich?«, fragte der Arzt.

»So habe ich es verstanden.«

»Das ist höchst ungewöhnlich.«

»Ach ja? Aber was ich wissen möchte, ist, ob diese kleine

Wunde vom Bajonett eines Soldaten verursacht worden sein könnte oder nicht. Können Sie die Breite und Tiefe einer Wunde mit solcher Genauigkeit messen?«

»O ja, dazu ist meine Praxis bestimmt gut genug ausgestattet.«

»Und mir wäre natürlich auch alles andere Interessante, das Sie möglicherweise finden, willkommen.«

»Natürlich. Ich verstehe.«

»Und ich versichere Ihnen«, sagte Sir John, »dass mein Büro über ausreichende Mittel verfügt, um Sie für Ihre beruflichen Dienste zu bezahlen – wie früher.«

»Dann wird mein erster Patient ein Leichnam sein.«

»Sie sagen es, Mr. Donnelly. Ach, noch etwas. Die betreffende Frau – das Opfer also – ist Irin. Teresa O'Reilly ist – oder war – ihr Name.«

»Das bereitet keine besonderen Schwierigkeiten, Sir. Ich habe die Erfahrung gemacht, dass wir von innen alle gleich aussehen.«

Und so kam es, dass spät an diesem Abend Mr. Donnelly und ich mit Constable Cowley in einem Wagen zum kleinen Gehöft des Harkers in der Nähe des Flussufers fuhren. Obwohl der Harker oft säte, gedieh auf dem Feld um seine Hütte herum nie etwas. Es gab Unkraut und ein paar Feldblumen, die wir kaum ausmachen konnten, als wir vor dem Zaun anhielten. Die dunkle Erde des Feldes lag vor uns wie eine schwarze Fläche oder ein tiefer Burggraben, der zu überqueren war, ehe wir die Scheune erreichten, wo ein schwaches Licht brannte.

»Gleich da vorn ist ein Tor«, sagte ich zu Constable Cowley. »Fahren Sie weiter, dann mache ich es auf.«

Mr. Cowley trieb die Pferde an, und ich sprang vom Wagen und rannte zum Tor. Ich öffnete es mühsam, ließ den Wagen passieren und sprang dann wieder auf.

»Was ist das für ein merkwürdiger, finsterer Ort«, sagte Mr. Donnelly.

»Ich hasse ihn, innen und außen«, sagte der junge Constable. »Es spukt hier.«

»Es ist, wie du sagtest, Jeremy, ganz wie ein kleines Gehöft, vor allem jetzt im Mondschein. Nun, es könnte tatsächlich ein Bauernhof in Lancashire sein.«

»Auf dem Feld dort begräbt er die Armen. Es heißt, dass er sie übereinander legt, so dass die Letzten ziemlich dicht unter der Oberfläche ruhen.«

»Sie bekommen natürlich kein christliches Begräbnis«, sagte Mr. Donnelly.

»Vielleicht einige. Ich bin nicht sicher.« Der schmale Weg führte um die kleine Hütte herum, in welcher der Harker und seine Schwester wohnten. Ich hatte sie ein paar Mal gesehen und erst einmal mit ihr gesprochen. Sie war genauso verschroben wie er und sah aus wie sein hässlicher Zwilling. Die Hütte war dunkel, die Läden fest geschlossen. Die dämmrig erleuchtete Scheune lag direkt vor uns.

»Sir John hat mir einmal erzählt«, sagte ich, »dass der Harker sein Amt durch seine Familie bekam. Irgendeiner seiner Vorfahren – vielleicht sein Großvater oder Urgroßvater – hat im letzten Jahrhundert während der Pest den Citys von London und Westminster große Dienste erwiesen und die Toten weggekarrt, die niemand zu berühren wagte.«

»Und jetzt tut er in unserem Jahrhundert weiterhin die gleiche Arbeit.«

»Ganz recht, Sir.«

»Und bei all seiner Mühe wird er zweifellos als etwas wie ein Aussätziger betrachtet.«

Constable Cowley sagte darauf in ziemlich scharfem Ton: »Ich weiß nicht recht, was Sie damit meinen, Sir. Aber es kursieren einige schreckliche Geschichten über ihn.«

»Was für Geschichten?«, fragte Mr. Donnelly.

»Nun, es heißt, dass es ihm und seiner Schwester nie an Fleisch fehlt – wenn Sie verstehen, was ich meine.«

»Ist irgendetwas jemals ...«

Mr. Donnellys Frage wurde von einer plötzlichen Bewegung auf dem Hof vor der Scheune unterbrochen. Die beiden abgemagerten klapprigen und gewöhnlich überaus stillen Gäule, die den Wagen des Harkers zogen, waren von unserem Nahen beunruhigt; sie wieherten, sprangen ungeschickt herum und warfen ihre schmalen Köpfe in diese und jene Richtung. Unsere Zugtiere wurden nun ebenfalls unruhig, aber Constable Cowley stand oben auf dem Kutschbock, hielt sie fest und trieb sie weiter. In diesem Augenblick erschien eine Gestalt, deren Umrisse im Scheunentor undeutlich zu erkennen waren. Es war die breite gedrungene Gestalt des Harkers. In seinen Händen hielt er etwas Langes, das für einen Besen allerdings zu dick war, und schwenkte es drohend.

»Wer ist da draußen?«, rief er. »Haltet an, oder ihr bekommt zu spüren, was in dieser Büchse steckt.«

Mr. Cowley hielt die Pferde an. Einen Moment lang war alles still. Dann wurde mir klar, dass ich die Aufgabe hatte, dem Harker mitzuteilen, wer wir und weshalb wir gekommen waren.

»Ich bin's, Jeremy Proctor!«, rief ich ihm zu. »Wir kommen mit einem Auftrag von Sir John.«

»Nun, dann kommt her, aber lasst den Wagen und das Gespann, wo sie sind. Meine Pferde haben nachts nicht gern ihresgleichen auf dem Hof.«

Wir hatten keine andere Wahl, als zu tun, was er sagte. Mr. Cowley blieb beim Wagen, Mr. Donnelly und ich stiegen ab und gingen auf die Scheune zu. Der Harker blieb stehen, wo er war, und hielt die Büchse jetzt etwas weniger drohend unter dem Arm.

»Ist er immer so?«, fragte Mr. Donnelly fast flüsternd.

»Nachts war ich noch nie hier«, sagte ich, »und möchte es auch nie.«

Der Harker rief uns zu: »Ich muss Sie bitten, über den Zaun zu klettern. In dem Zustand, in dem sie sind, wären meine Pferde im Nu draußen, wenn ich das Tor aufmachen würde.«

Mr. Donnelly knurrte zustimmend und kletterte ohne große Schwierigkeiten über den Zaun, und ich übersprang ihn wie immer mit einem Schritt. Die beiden Pferde scheuten vor uns zurück und trabten ungeschickt zum entgegengesetzten Ende des Hofes. Dort nahmen sie ihre übliche Pose mit hängenden Köpfen ein und rührten sich nicht mehr.

»Passen Sie auf, wohin Sie treten. Ich habe hier schon ein Weilchen nicht mehr aufgeräumt.«

Der Mond schien noch hell genug, um gefahrlos den Hof zu überqueren. Als wir näher kamen, räumte der Harker seinen Posten und zog sich ins Innere der Scheune zurück. Wir folgten ihm, und ich überlegte, was Mr. Gabriel Donnelly wohl von diesem Ort halten mochte.

Die Scheune des Harkers diente London als Leichenhaus für die Armen, für die, auf die niemand Anspruch erhob, und die Unbekannten. Ich hatte sie in den letzten zwei Jahren weit häufiger besucht, als mir lieb gewesen war, aber eigentlich veränderte der Ort sich nie. Im Sommer roch er viel schlimmer als während des übrigen Jahres, aber ob Sommer oder Winter, die Toten hatten ihre festen Plätze, Männer rechts, Frauen links, jeweils von einem Stück Leinwand bedeckt. Rechts und links lagen auch Stapel von Kleidungsstücken, die man den Toten ausgezogen hatte. Angeblich verdiente der Harker ein hübsches Zubrot, indem er diese Kleider an Leute verkaufte, die ihrerseits daran verdienten, sie an die Lebenden weiterzuverkaufen.

Der Arzt sah sich mit düsterer Miene und stirnrunzelnd um,

und der Harker seinerseits betrachtete ihn missbilligend. Die einzige Laterne, die die Scheune erleuchtete, machte den Ort auch nicht fröhlicher. Ich spürte eine sofortige, starke Antipathie zwischen den beiden Männern.

»Und was wünschen Sie?«, fragte der Harker. Das war mehr als eine Frage, es war eine Herausforderung. Er trat ein oder zwei Schritte auf Mr. Donnelly zu und musterte ihn eingehend. Obwohl seine Augen nicht recht zusammenpassten (das linke war deutlich kleiner als das rechte), konnte er ziemlich gut sehen. Es wäre gar nicht nötig gewesen, so nahe zu kommen; anscheinend wollte er den Arzt einschüchtern.

Doch Mr. Donnelly ließ sich nicht entmutigen. »Ich habe hier eine Anweisung« – er zog den Brief aus seiner Tasche – »von Sir John Fielding, Ihnen als Richter des Gerichts in der Bow Street bekannt, die mich ermächtigt, den Leichnam einer gewissen Teresa O'Reilly zum Zwecke medizinischer Untersuchung abzuholen.«

Der Harker erbrach das Siegel und faltete den Brief auseinander. Gleichgültig überflog er ihn. Ich war sicher, dass er gar nicht lesen konnte. Er gab ihn Mr. Donnelly zurück.

»Wer soll das sein?«, knurrte er höchst feindselig.

»Die Frau, die Sie heute Abend aus New Broad Court abgeholt haben«, sagte ich.

Er warf mir einen Blick zu, als sei die Information, die ich ihm gegeben hatte, nur eine unwichtige Störung. Dann wandte er sich wieder an Mr. Donnelly.

»Und wer sind Sie?«

»Ich bin der Chirurg, der die medizinische Untersuchung vornehmen wird.«

»Das dachte ich mir. Und ich nehme an, Sie werden Ihre Untersuchung vor einer ganzen Truppe von Medizinstudenten vornehmen und dabei Witze machen, wenn Sie die Leiche aufschneiden und ihre Eingeweide zur Schau stellen. Ich mag nicht, dass meine Damen und Herren für solche Zwecke benutzt werden. Fast jede Woche erscheinen hier irgendwelche Knochensäger, um welche von meinen Leutchen zu kaufen. Aber meine Kunden sind nicht käuflich.«

»Ich verstehe. Ich versichere Ihnen, Sir, ich habe keine Studenten. Und auch keine Lehrlinge. Die medizinische Untersuchung wird in der Abgeschiedenheit meiner chirurgischen Praxis stattfinden.«

Nachdem der Harker losgeworden war, was er loswerden wollte, entspannte er sich ein wenig; tatsächlich trat er einen Schritt zurück und schaute zu Boden, als denke er über die Angelegenheit nach.

»Nun«, sagte er schließlich, »wenn das so ist und Sir John selbst die Anweisung gegeben hat ...« Dann wandte er sich an mich. »Mit Sir John zu streiten hat ja keinen Zweck, was, Junge?«

»Ich fürchte nein«, sagte ich nüchtern und zustimmend.

Mit einem tiefen Seufzer wandte der Harker sich um, winkte uns, ihm zu folgen, und ging auf seinen kurzen, krummen Beinen voran zum letzten Kleiderhäufchen auf der linken Seite. Er beugte sich hinab und zog mit einer einzigen Bewegung das Tuch von der Leiche. Dann entfernte er sich und faltete dabei das Tuch zusammen.

»Nur zu«, sagte er, »nehmen Sie sie mit.«

Mr. Donnelly und ich taten unser Bestes. Ich lief dem Harker nach und bat ihn um ein paar Kleidungsstücke, um sie zu bedecken. Er fand die, mit denen sie gekommen war, oben auf dem großen Stapel und warf sie mir zu. Gliedmaßen und Rumpf der Leiche wurden schon starr. Das machte es schwerer, sie anzukleiden, was uns nur recht und schlecht gelang, aber danach war sie leichter zu tragen. Die einzige Hilfe, die der Harker dabei leistete, bestand darin, mit uns bis zum Zaun zu gehen und uns mit seiner Laterne zu leuchten. Er blieb stehen, während Mr. Cowley den Wagen näher heranfuhr. Ich warf einen Blick über die Schulter zu den beiden Pferden auf der Rückseite des Hofes; doch die rührten sich nicht. Sie schienen fest zu schlafen. Mit Mr. Cowleys Hilfe luden wir den Leichnam in den Wagen. Der Harker stand dabei und sagte kein Wort, bis wir fertig waren. Dann drehte er sich um und ging zurück zur Scheune.

Wir drei schwiegen, bis wir an der Hütte vorbei waren und das Feld überquert hatten. Als Mr. Cowley am Gatter die Pferde anhielt, sprang ich hinunter und öffnete es. Und dann – wieso eigentlich, kann ich nicht sagen – ließ Mr. Donnelly auf einmal eine Schimpftirade gegen niemand andern als den Harker los. Als ich wieder auf den Wagen kletterte und meinen Platz neben Teresa O'Reilly einnahm, brüllte der gute Doktor seine Vorwürfe förmlich hinaus in die Dunkelheit.

»Bei Jesus und allen Heiligen, ich glaube, dieser Mann ist verrückt! Residiert in dieser Scheune, als wäre sie ein Königreich und er wäre der König. Spricht doch tatsächlich von ›seinen Leuten‹, als wären diese armen, vergessenen Kadaver seine Untertanen. Und dann diese Scheune als Leichenhaus! Die nächste große Pest in London wird hier ihren Anfang nehmen! Merkt euch meine Worte! Dieser Schmutz, aller mögliche Unrat, der Boden übersät mit Pferdeäpfeln und wer weiß was noch! Nicht in Dublin und auch sonst nirgends in Europa habe ich so etwas jemals gesehen... so etwas...«

Und so fuhr er minutenlang fort.

DRITTES KAPITEL

*In welchem Sir John
die Rolle des Coroners spielt*

Offenbar war Sir Johns Brief an Captain Conger angekommen. Ich kann mich nicht dafür verbürgen, dass der Corporal der Guards Wort gehalten und ihn dem Captain persönlich übergeben hatte; vielleicht war der Brief noch durch andere Hände gegangen. Doch zweifellos hatte er seinen Adressaten erreicht, denn dieser stand am Tor, um unsere kleine Gesellschaft in Empfang zu nehmen.

Captain Conger war ungefähr sechs Fuß groß, hatte ein langes Gesicht und scharfe Züge, und er lächelte nicht; er sah aus wie jemand, der überhaupt selten lächelt. Zumindest kam er mir so vor, als wir auf der schmalen Brücke vom Ufer der Themse aus den Wassergraben überquerten. Er war leicht zu erkennen an den zahlreichen Litzen auf seinem Rock und den Epauletten auf seinen Schultern. Das äußere Tor hatten wir ungehindert passieren können. Jetzt erwartete er uns am Byward Tower Gate gleich jenseits der Brücke. Erst als wir näher kamen, bewegte er sich und kam uns ein paar Schritte entgegen. Ich berührte Sir Johns Ellenbogen, damit er anhielt und den Gruß des Captains entgegennahm.

»Sir John, darf ich mich vorstellen? Ich bin Captain Conger, amtierender Captain unseres Regiments; ich vertrete Sir Cecil Dalenoy.«

»Der sich zweifellos in irgendeiner bewaldeten Ecke des

Reiches aufhält und die Wildpopulation dezimiert.« Sir John streckte die Hand aus, und der Captain drückte sie herzlich. »Sehr erfreut, Sie kennen zu lernen, Captain, obwohl ich es bedauerlich finde, dass das unter so traurigen Umständen geschieht.«

»Ich ebenfalls.« Dann warf der Captain an Sir John vorbei einen Blick auf mich und das dritte Mitglied unserer Gruppe. »Wenn Sie mir bitte folgen wollen? Ich bin Ihrer Aufforderung nachgekommen und habe diejenigen Mitglieder des Regiments antreten lassen, die gestern Ausgang hatten.«

Der Captain nickte mir schneidig zu, machte auf dem Absatz kehrt und ging ziemlich rasch voran. Wir beide hatten keine Schwierigkeiten, mit ihm Schritt zu halten, doch Mistress Maggie Pratt, klein und kurzbeinig, musste sich sputen, um mitzukommen. Captain Conger hatte sie ein wenig befremdet taxiert, als zweifle er an ihren Fähigkeiten als Zeugin. Sie hatte sich Sir John als »arbeitslose Näherin« vorgestellt. Ich hegte jedoch den Verdacht – und Sir John zweifellos auch –, dass ihre Bekanntschaft mit dem Opfer, Teresa O'Reilly, einer berufsmäßigen Straßendirne, professioneller Natur war.

Es war vereinbart worden, dass Maggie Pratt an diesem Morgen an der Ecke Drury Lane und Angel Court auf uns warten sollte. Doch als unsere Kutsche den Treffpunkt erreichte, war sie nirgends zu sehen. Und so schickte mich Sir John, nachdem er mich ermahnt hatte, vorsichtig zu sein, nach Angel Court hinein, um sie zu suchen. Angel Court war und ist in gewissem Maß noch immer eine höchst verrufene kleine Straße. (»Straße« ist in Wirklichkeit eine zu hochtrabende Bezeichnung; sogar »Weg« wäre übertrieben, denn es gab zwar einen Eingang, aber keinen Ausgang.) Es handelte sich um etwas, was man damals als »Quartier« bezeichnete, einen dunklen, engen Durchgang, in dem sich dicht an dicht Logierhäuser drängten, die manchmal nicht mehr waren als gewöhnliche Schlafsäle. Man konnte unmöglich sagen, wie viele Menschen dort wohnten – oder, zutreffender ausgedrückt, eine Nacht dort verbrachten. Wie sollte ich Maggie Pratt finden? Wie sollte man an einem solchen Ort überhaupt jemanden finden? Ich beschloss, dass es das Beste war, wenn ich durch die Gasse ging und ihren Namen rief. Als ich gerade eintrat und im dämmrigen Licht des frühen, bewölkten Morgens blinzelte, hörte ich in der Nähe eine Tür schlagen, dann Schritte, und dann erschien ein junger Mann und eilte an mir vorbei. Irgendetwas an ihm schien mir sehr vertraut. Dann schlug dieselbe Tür wieder, und ich hörte einen entsetzlichen Schwall von Beschimpfungen, mit Obszönitäten und Flüchen durchsetzt – vermutlich galten sie dem jungen Mann, der gerade an mir vorbeigeeilt war. Die Stimme war weiblich, die Ausdrucksweise allerdings ganz und gar nicht. Sie kam von einem überdachten Balkon direkt über mir. Dort beugte sich Maggie Pratt über das Geländer, vielleicht in der Hoffnung, den Mann, der gerade gegangen war, noch zu sehen. Als sie sich ausgeschimpft hatte, rief ich ihr zu, Sir John erwarte sie in einer Mietkutsche und sie möge sich bitte beeilen. Das tat sie, denn sie brauchte kaum länger als eine Minute, um ihren Mantel zu holen und ihre Tür zu verschließen. Dann kam sie die Treppe heruntergelaufen und sprudelte Entschuldigungen hervor; allerdings bot sie kein Wort der Erklärung für die Szene an, die ich gerade miterlebt hatte. Erst als wir schon in der Kutsche saßen und zum Tower unterwegs waren, fiel mir ein, dass der vertraut aussehende junge Mann, der in Angel Court so schnell an mir vorbeigehastet war, derselbe war, der mir den Weg versperrt hatte, als ich in der Drury Lane Mariah gefolgt war.

»Captain Conger«, rief ich kühn nach vorn, »unsere Zeugin hat Schwierigkeiten, mit Ihnen Schritt zu halten!«

»Und ich leider auch«, log Sir John galant. (Ich wusste genau, dass er mich in Trab setzen konnte, wenn er es für nötig hielt, sich zu beeilen.)

»Verzeihen Sie«, sagte der Captain, blieb stehen, wartete und schaute nach rechts und links, um seine Ungeduld zu verbergen. »Ein alter Kämpfer wie ich kann sich nur schwer zügeln.«

Nachdem wir ihn eingeholt hatten, ging er zusammen mit uns in einem Tempo weiter, das einer Beerdigung angemessen schien, schweigend und streng nach vorn blickend.

Der Wassergraben erstreckte sich zu unserer Rechten, und über die Mauer hinweg konnte man gerade noch die Themse sehen. Dann passierten wir einen Gang auf der linken Seite und kamen auf einen großen, offenen Platz, in dessen Mitte sich der große White Tower erhob, die Burg, die von all diesen Befestigungen geschützt wurde. Ich hatte ihn nie aus der Nähe gesehen, aber oft aus der Ferne erblickt, wenn er an hellen Tagen im Sonnenlicht zu leuchten schien; doch an diesem trüben Morgen wirkte er eher grau als weiß, wenn auch in Form und Größe höchst imposant. Unser Ziel war ein schmaler Platz hinter dem White Tower, wo Soldaten exerzierten. Noch hinter diesen hatte in der Ecke des Platzes eine kleine Gruppe von Soldaten in zwei Reihen Aufstellung genommen.

Ich warf einen Blick auf Maggie Pratt. Vorher hatte sie gelächelt, aufgeheitert durch diesen abenteuerlichen Ausflug nach ihrer unschönen Begegnung mit dem Rabauken in Angel Court, aber jetzt war ihre Miene ernst und unsicher. Anscheinend empfand sie erst jetzt Bedrückung über den traurigen Anlass unseres Besuches.

Als wir näher kamen, ließ der Dienst habende Sergeant die beiden Reihen Soldaten strammstehen. Captain Conger trat vor und wechselte ein paar Worte mit ihm. Dann kam er zu uns zurück und wandte sich direkt an Sir John.

»Sie können Ihre Zeugin durch die Reihen gehen lassen, damit sie sich die Gesichter der Männer einzeln ansieht«, sagte er. »Alle, die gestern Ausgang hatten, sind angetreten. Sie kann sich selbstverständlich so viel Zeit nehmen, wie sie braucht. Bei einem solchen Anlass ist Hast nicht angebracht.«

»Ich bin ganz Ihrer Meinung, Captain.« Sir John wandte sich an die Zeugin. »Mistress Pratt? Haben Sie den Captain verstanden?«

»Ja, Sir, ich habe ihn verstanden.«

»Dann tun Sie, was er gesagt hat.«

»Ja, Sir.«

Diese letzten Worte, die ersten, die sie seit der Abfahrt mit der Kutsche gesprochen hatte, sagte sie so leise, dass sie kaum mehr waren als ein Flüstern. Zielstrebig ging sie auf die erste Reihe zu, wo der Sergeant sie erwartete. Sie war eine kleine Frau, jung und vielleicht noch nicht einmal ganz ausgewachsen, und als sie zwischen die Grenadier Guards trat, schien sie noch weiter zu schrumpfen. Der Kleinste von ihnen hatte meine Größe – und ich war damals wie heute mittelgroß; alle andern Grenadiere waren größer gewachsen, ein oder zwei schienen sogar größer als der Captain. Doch sie ging ganz langsam von einem Mann zum nächsten, schaute jedem voll ins Gesicht und musterte alle überaus genau. So schritt sie dahin, und als sie mit der ersten Reihe fertig war, führte der Sergeant sie zur nächsten, die sie mit derselben Gewissenhaftigkeit betrachtete. Die Männer unterwarfen sich dieser Musterung, ohne irgendwelche erkennbaren Gefühlsregungen zu zeigen; sie reagierten genauso wenig, wie wenn ihr Colonel oder König George persönlich an ihnen vorbeigegangen wäre. Es waren insgesamt zwanzig – ich habe sie selbst gezählt.

Nachdem Maggie Pratt fertig war, kam sie zu uns zurück.

Sie hatte niemanden beschuldigt und auf keinen mit dem Finger gezeigt, und so nahm ich an – und alle anderen vielleicht auch –, dass sie denjenigen, den sie suchte, nicht gesehen hatte. Sir John ging mit uns ein Stück von den beiden Reihen Soldaten fort, um außer Hörweite zu sein. Captain Conger folgte uns langsam.

»Haben Sie unter den Anwesenden den Mann erkannt, den Sie mit dem Opfer haben sprechen sehen?«, fragte Sir John.

Maggie Pratt zögerte und antwortete schließlich: »Das ist äußerst verwirrend, Sir.«

»Was denn? Was meinen Sie?«

»Ich habe zwei Männer gesehen, die aussahen wie er.«

Einen langen Moment sagte Sir John gar nichts. Dann seufzte er. »Zwei?« Nun war klar, dass sie nicht annähernd eine so gute Zeugin war, wie er sich erhofft hatte. »Also gut, welche beiden sind es?«

»Der Fünfte von links in der ersten Reihe und der Dritte von rechts in der zweiten.«

»Ich werde mit beiden sprechen. Captain, sind Sie hier?«

»Jawohl, Sir.«

»Haben Sie gehört, was sie gesagt hat?«

»Jawohl, Sir.«

»Trennen Sie diese beiden Männer von ihren Kameraden und voneinander. Und wenn Sie einen Raum zur Verfügung stellen könnten, in dem ich sie einzeln vernehmen kann, wäre ich Ihnen sehr verbunden.«

»All das wird geschehen. Aber, Sir John?«

»Ja, Captain Conger?«

»Denken Sie nicht schlecht von Ihrer Zeugin. Sie hat ein besseres Auge, als ich erwartet hätte. Die beiden Männer, die sie genannt hat, sind Brüder. Und sie sehen sich sehr ähnlich.«

Nachdem die beiden Soldaten in getrennte Räume gebracht worden waren, bat Sir John den Sergeant, ihre persönlichen Habseligkeiten durchzusehen und festzustellen, ob einer von ihnen ein Messer mit schmaler Klinge besaß. »Etwas Ähnliches wie ein Stilett«, beschrieb er es. Dann ordnete er an, einer der beiden Brüder solle zu ihm geschickt werden.

»Welchen zuerst, Sir?«, fragte der Sergeant.

»Oh, ich weiß nicht, den Älteren, denke ich.«

Und so klopfte, wenige Minuten nachdem der Sergeant gegangen war, jemand an die Tür von Captain Congers Büro, in dem man uns beide untergebracht hatte. Sir John forderte ihn auf einzutreten, und herein kam der erste der beiden Brüder. Er war auch der Größere von beiden, und ich glaubte ihn in der zweiten Reihe gesehen zu haben. Deswegen hatte ich ihn nicht so genau betrachten können, aber er ähnelte in der Tat jenem, der als Fünfter von links in der ersten Reihe gestanden hatte.

In Habtachtstellung baute er sich vor uns auf.

»Ihr Name, Sir?«, fragte Sir John.

»Sperling, Otis, Corporal, *Sir*!«

»Sie können sich setzen, Corporal. Ich habe ein paar Fragen an Sie. Ich bin, falls man Ihnen das nicht gesagt hat, Sir John Fielding, Richter am Gericht in der Bow Street.«

»Ziehe es vor zu stehen, *Sir*!«

»Nun, wie Sie wünschen. Die Fragen, die ich habe, richten sich an Sie als Zeugen. Sie werden nicht beschuldigt. Ich möchte, dass wir uns beide wohl fühlen, und ich fühle mich nicht wohl, wenn Sie mich jedes Mal, wenn ich das Wort an Sie richte, mit ›*Sir*!‹ anschreien. Also, entspannen Sie sich bitte.«

Corporal Sperling gab sich Mühe, Sir Johns Wunsch zu entsprechen, und nahm eine weniger anstrengende militärische Haltung ein. Es gelang ihm sogar, »Wie Sie wünschen, Sir« in einem normalen Ton zu sagen. Dabei riskierte er einen Blick auf mich.

»Ich glaube, Sie hatten gestern Ausgang.«

»Jawohl, Sir, allerdings nicht den ganzen Tag.«

»Berichten Sie mir doch bitte davon – was Sie getan haben, wen Sie gesehen haben und dergleichen. Angefangen bei dem Zeitpunkt, zu dem Sie den Tower verlassen haben.«

Corporal Sperling lieferte einen guten, kurzen Bericht über die Zeit nach drei Uhr nachmittags, nachdem er das Tor passiert hatte, und zwar in Gesellschaft seines Bruders Richard und eines gewissen Corporal Tigger, beide aus seinem Regiment der Grenadier Guards. Sein Plan, so sagte er, sei gewesen, zusammen mit Richard um fünf Uhr die Kutsche nach Hammersmith zu nehmen, damit sie beide mit ihren Eltern zu Abend essen konnten; ihr Vater war Wagner in diesem Ort. Sie hatten sich gleich getrennt; Richard hatte eingewilligt, sie bei der Poststation zu treffen, und die beiden Corporale waren gemeinsam losgegangen, um sich zu vergnügen.

»Und wie haben Sie sich das vorgestellt?«, fragte Sir John.

»Oh, wie Soldaten das üblicherweise tun, Sir – mit Trinken und Plaudern und Beschwerden über die Führung des Regiments.« Dann fügte er hinzu: »Sir, ich möchte sagen, dass wir uns nur zusammen die Zeit vertrieben und nichts Starkes getrunken haben, nur Bier und Ale.«

»Ich verstehe. Und wo haben Sie auf diese Weise die Zeit verbracht?«

»Also, das waren zwei Lokale. Das erste befand sich nahe am Ende der Fleet Street, wo man nichts dagegen hat, Soldaten zu bedienen, solange sie sich anständig benehmen – das Cheshire Cheese.«

»Das Lokal kenne ich gut, ich habe dort selbst schon gegessen und getrunken«, sagte Sir John. »Und welches war das zweite?«

»Das war das Coach House Inn, wo ich meinen Bruder treffen sollte.«

»Und Corporal Tigger blieb mit Ihnen dort?«

»Ja, Sir, bis Richard kam und wir mit der Kutsche abfuhren.«

»Und Sie waren zu keiner Zeit im Bezirk Covent Garden, Sie beide – oder Sie allein?«

»Nein, Sir, dort hatte ich nichts zu suchen.«

»Ich verstehe.« Sir John machte eine Pause und sagte dann zusammenfassend: »Sie waren also vom Verlassen des Towers um drei Uhr mit Corporal Tigger zusammen, bis Sie mit Ihrem Bruder Richard um fünf Uhr die Kutsche nach Hammersmith bestiegen. Ist das richtig?«

»Dazu muss ich sagen: ja und nein, Sir.«

»Ach! Bitte, erklären Sie das.«

»Ja, ich war die ganze Zeit mit Tigger zusammen, aber nein, Richard und ich sind nicht zusammen mit der Kutsche um fünf Uhr gefahren.«

»Wieso das?«

»Richard kam zu spät. Ich war ziemlich wütend, denn die nächste Kutsche ging erst um halb sieben. Es sollte ein Festessen sein – eine Feier sozusagen, und wir kamen zu spät.«

»Und was haben Sie gefeiert?«

»Meine Beförderung, Sir.«

»Zum Corporal?«

»Jawohl, Sir.«

»Hmm«, brummte Sir John und verstummte dann für eine lange Weile. »Corporal Sperling«, sagte er endlich, »Sie sagen, Ihr Bruder kam zu spät, als dass Sie noch mit der Kutsche um fünf Uhr hätten fahren können. Wann traf er ein?«

»Das kann ich nicht genau sagen, denn da hatte ich selbst noch keine Uhr; inzwischen allerdings habe ich eine. Mein Vater hat sie mir gestern Abend geschenkt, Sir.«

»Er muss sehr stolz auf Sie sein.«

Der Corporal errötete vor Verlegenheit, schaute nach links und rechts und scharrte mit den Füßen. »Wenn Sie meinen, Sir.«

»Dann sagen Sie sie mir annähernd.«

»Sir?«, antwortete er stirnrunzelnd. Dabei hatte er sicher genau verstanden.

»Die Zeit, zu der Ihr Bruder eintraf.«

»Nun ja, er kam nicht sehr viel später – weniger als eine halbe Stunde, würde ich sagen.«

»Also etwa eine Viertelstunde?«

»So ungefähr, nicht viel mehr.« Der Corporal sah wieder in meine Richtung.

»Sehr gut«, sagte Sir John. »Welche Entschuldigung brachte Ihr Bruder vor? Welche Angelegenheit hatte ihn so lange aufgehalten?«

»Das müssten Sie ihn schon selbst fragen, Sir.«

»Wollen Sie es mir nicht sagen?«

»Nein, Sir – er hat es mir nicht gesagt; nur, dass es eine persönliche Sache war. Gestern, als er zu spät kam, sagte er nur, es sei nicht seine Schuld.«

»Weiter gab er keine Erklärung?«

»Er behält seine Meinung für sich. Sie müssen wissen, Sir, dass die Dinge zwischen Brüdern oft nicht so einfach sind, sogar im selben Regiment.«

»Vielleicht vor allem dann nicht.«

»Wie Sie meinen, Sir.«

»Wir sind fast fertig«, sagte Sir John. »Aber ich möchte Sie doch noch fragen, Corporal, um welche Zeit Ihr Bruder Richard Sie und den anderen Corporal verließ. Sie sagten, Sie hätten mit ihm zusammen den Tower verlassen – zu dritt.«

»Jawohl, Sir. Richard blieb bei uns, bis wir das Cheshire Cheese erreichten. Dort verließ er uns.«

»Um welche Zeit war das ungefähr?«

»Das muss ich wieder schätzen, aber wahrscheinlich haben wir ungefähr eine Viertelstunde gebraucht, um hinzukommen.«

»So dass Sie Ihren Bruder ungefähr von Viertel nach drei bis Viertel nach fünf nicht gesehen haben. Ist das korrekt?«

»Korrekt, Sir.«

Damit entließ Sir John Corporal Sperling, wies ihn aber an, in den Raum zurückzukehren, in dem er unseren Aufruf erwartet hatte. Als er gegangen war, lehnte Sir John sich auf seinem Stuhl zurück und legte die Fingerspitzen aneinander. Er dachte eine Weile nach.

»Nun, was hältst du davon?«, fragte er mich dann.

»Mir scheint«, sagte ich, »dass Richard Sperling unser Mann ist.«

»Ja, es sieht in der Tat so aus. Aber in der Zeitfrage gibt es eine gewisse Diskrepanz. Doch sag mir, Jeremy, wie erschien dir der Corporal, als ich ihn bat, die Verspätung seines Bruders genauer zu erläutern? Er hat ziemlich prompt geantwortet.«

»Ja, aber ihm schien ein bisschen unbehaglich zumute. Er hat die Stirn gerunzelt, gezögert, sich umgesehen. Und am Ende der Vernehmung stand ihm der Schweiß auf der Stirn.«

»Hinter mir befindet sich ein offenes Fenster. Dieses Zimmer ist ziemlich kühl.«

»Ganz recht«, sagte ich.

»Es könnte gut sein«, sagte Sir John, »dass er, nachdem er hatte durchblicken lassen, dass sein Bruder für die Kutsche um fünf Uhr zu spät gekommen war, an meinen folgenden Fragen erkannte, dass die Zeit ein wesentlicher Faktor ist. Und so hat er vielleicht angefangen, die Verspätung seines Bruders herunterzuspielen. Möglicherweise ist Richard eine Stunde oder mehr zu spät bei der Poststation eingetroffen.

Vielleicht hat er die Kutsche nach Hammersmith um halb sieben nur knapp erreicht.«

»Womit wir innerhalb der Zeitgrenze wären, die durch Maggie Pratts Beobachtungen und die Entdeckung der Leiche gesetzt wurde.«

»Der Leiche, die zu diesem Zeitpunkt noch warm war«, fügte Sir John hinzu.

Er schien im Begriff, noch etwas zu sagen, als jemand an die Tür klopfte. Zum Eintreten aufgefordert, kam der Sergeant herein und wirkte ziemlich erfreut.

»Ich bin froh, Ihnen berichten zu können«, sagte er, »dass ich unter den Habseligkeiten von Sperling, Richard, keinerlei Messer gefunden habe. Was auch gut ist, denn der Besitz eines solchen wäre in der Tat ein Vergehen, das vor das Kriegsgericht käme.«

»Nun, Sergeant«, sagte Sir John, »wenn Sie glücklich sind, dann bin ich es auch.«

»Beider Akten sind positiv, Sir – allerdings ist Sperling, Richard, erst wenig über ein Jahr beim Regiment.«

»Wie alt ist er?«

»Gerade neunzehn, Sir.«

»So jung! Nun, das kann sein, wie es mag, wir müssen ihn in die Bow Street bestellen, um unsere Ermittlungen fortzusetzen.«

»Das werden Sie mit Captain Conger vereinbaren müssen, Sir.«

»Das dachte ich mir«, sagte Sir John und erhob sich von seinem Stuhl. »Würden Sie uns bitte zu ihm bringen.«

Nachdem der Sergeant uns zum Captain geführt hatte, der sich auf dem Exerzierplatz befand, hatte Sir John einige Schwierigkeiten, diesen von der Notwendigkeit zu überzeugen, Richard Sperling in die Bow Street zu bestellen.

»Wird er beschuldigt?«, fragte der Captain.

»Keineswegs«, sagte Sir John. »Aber ich glaube, dass er in einer formellen Umgebung eher antworten wird.«

»Unter dem vollen Gewicht des Gesetzes – ist das der Grund?«

»Etwas in der Art, nehme ich an. Jedenfalls, werden Sie ihm erlauben, als Zeuge aufzutreten?«

»Das werde ich selbstverständlich, wenn ich ihn zurückbekomme.«

»Wie bitte? Ich verstehe nicht, Captain. Wenn es nicht notwendig ist, ihn bis zu einem Prozess festzunehmen, bekommen Sie ihn natürlich zurück.«

»Und wenn es doch notwendig ist, möchten wir ihn auch zurück, damit wir ihm vor einem Kriegsgericht den Prozess machen können. Die Militärjustiz ist schnell, effektiv und unparteiisch, Sir John.«

»Nun, jedenfalls bin ich überzeugt, dass sie schnell ist. Aber sehen Sie, Captain, es ist noch viel zu früh, um über Fragen der Jurisdiktion zu debattieren. Zuerst muss das Gericht unter Vorsitz eines Coroners zusammentreten, um formell festzustellen, dass es sich bei dem vorliegenden Fall um Mord handelt.«

»Besteht denn daran irgendein Zweifel?«

»Nein, aber ein Chirurg hat den Leichnam untersucht und wird als Zeuge aussagen. Er wird vielleicht vieles zu Gunsten Ihres Gefreiten Sperling vorzubringen haben.«

»Oder gegen ihn.«

»In der Tat. Doch es handelt sich um eine offene Ermittlung, die keine Schlüsse über Schuld oder mutmaßliche Schuld zieht.«

»Ich verstehe«, sagte der Captain. »Und wer ist der Coroner?«

»Eh, nun ja«, sagte Sir John zögernd, »ich wirke vorübergehend in dieser Eigenschaft.«

Captain Conger betrachtete ihn mit höchst skeptischem Blick. Er überlegte. Endlich sagte er: »Sir John Fielding, ich verbeuge mich vor Ihrem Ruf, denn er ist gut. Dennoch werde ich nicht erlauben, dass Sie ihn einfach einbestellen, wie Sie anscheinend vorschlagen. Der Gefreite Sperling wird mit einer bewaffneten Wache in die Bow Street kommen. Wenn irgendein Versuch gemacht wird, ihn für einen Kriminalprozess festzunehmen, wird diese Wache von mir Befehl haben, ihn in den Tower zurückzubringen, notfalls mit Gewalt.«

Sir John wirkte zwar verärgert, nickte jedoch zustimmend. Aber dann erwiderte er: »In diesem Fall habe auch ich Bedingungen zu stellen, und zwar folgende: Zunächst einmal soll der Gefreite Sperling nicht in Ketten vorgeführt werden, denn er ist Zeuge und wird keines Verbrechens beschuldigt.«

»Einverstanden.«

»Zweitens, Corporal Tigger soll Mitglied der Wachmannschaft sein und selbst Erlaubnis haben, als Zeuge auszusagen.«

Obwohl das Stirnrunzeln des Captain anzeigte, dass er die Implikationen dieser Forderung nicht recht begriff, machte er keine Einwände.

»Einverstanden«, sagte er.

»Drittens und letztens, mindestens ein Soldat von gleichem oder höherem Rang soll sich bei der Wachmannschaft befinden, um dafür zu sorgen, dass Corporal Tigger und Gefreiter Sperling in keiner Weise über das Verbrechen oder ihre Aktivitäten am gestrigen Tag sprechen.«

»Einverstanden.«

»Gut, wenn Sie zufrieden sind, Captain, bin ich es auch«, sagte Sir John und lächelte liebenswürdig. »Und ich biete Ihnen meine Hand darauf.«

Was er auch tat; die beiden Männer schüttelten sich die Hände.

»Ach, übrigens, Captain Conger, ist Lieutenant Churchill vielleicht zufällig in der Nähe? Ich habe ihn voriges Jahr kennen gelernt. Ich halte es nur für schicklich, dass ich ihm meine Aufwartung mache, da ich einmal im Tower bin.«

»Sir John, er ist zur Jagd in, wie Sie sich vorhin ausdrückten, ›irgendeiner bewaldeten Ecke des Reiches‹, wie fast alle Offiziere des Regiments außer mir. Bedenken Sie, Sir, dass ich Ihnen in dieser Sache vertraue. Wenn Sie mir in den Rücken fallen, werde ich ernste Schwierigkeiten bekommen und zweifellos böse Konsequenzen zu tragen haben. Guten Tag, Sir.«

Damit machte er auf dem Absatz kehrt und entfernte sich mit seinem raschen, soldatischen Gang.

»Die Anhörung ist heute Morgen um elf!«, rief Sir John ihm nach. (Obwohl der Captain sich nichts anmerken ließ, war ich sicher, dass er es gehört hatte.) Und zu mir gewandt sagte Sir John: »Der Mann kann verdammt hart verhandeln.« Dann fiel ihm noch etwas ein, und er rief laut und deutlich: »Und, Captain, sorgen Sie dafür, dass der Gefreite Sperling sein Bajonett mitbringt.«

Worauf der Captain antwortete: »Wird gemacht, Sir John.«

»Gentlemen, dies ist eine feierliche Gesetzeshandlung, um die Art des Todes der Teresa O'Reilly festzustellen. Zu diesem Zweck haben wir Zeugen geladen, die Aussagen machen sollen, welche relevant dafür sein können, ob in dieser Sache eine richterliche Anhörung stattfinden wird oder nicht. Ich als Richter handle vorübergehend als Coroner. Und während ich diese Ermittlungen als Coroner führe, werde ich alles, was gesagt wird, auch mit meinem richterlichen Ohr hören.«

Sir John wandte sich an eine Gruppe von zwölf Männern, die Mr. Marsden mit dem Versprechen eines Shillings von der Straße gelockt hatte. Sie saßen jeweils zu sechst in den ersten beiden Reihen des kleinen Gerichtssaals im Erdgeschoss der Bow Street Nummer vier. Die Zeugen saßen auf einer Seite – Maggie Pratt, Gabriel Donnelly und der Gefreite Sperling, der zwischen einem Corporal, den ich für Tigger hielt, und dem mir nicht namentlich bekannten Sergeant saß, der uns im Tower behilflich gewesen war. Mr. Marsden saß neben Sir John. Ich war der einzige Anwesende, der nicht an den Vorgängen beteiligt war.

»Zuerst«, sagte Sir John, sich immer noch an die Coroner's Jury wendend, »lassen Sie sich mit den Tatsachen bekannt machen. Die Verstorbene wurde in einem von New Broad Court abgehenden Hof gefunden, der direkt in einer Gasse zu Duke's Court mündet. Sie kennen diese Gegend vielleicht gut, denn der Schauplatz liegt ganz in der Nähe des Ortes, an dem wir jetzt versammelt sind. Die Verstorbene wurde mit unter einer Treppe herausragenden Füßen kurz nach sechs Uhr von einem Bewohner des Hofes gefunden, einem Mr. Sebastian Tillbury, der sofort Alarm schlug. Constable Perkins ging gerade vorbei und reagierte schnell. Er sah auf seine Uhr und bekundete, dass er um acht Minuten nach sechs am Schauplatz eintraf. Beachten Sie bitte die Zeit, denn sie kann sich als sehr wichtig erweisen. Der Leichnam war bei Auffindung noch warm.«

Hier hielt er inne, murmelte leise etwas ins Ohr von Mr. Marsden und wartete, bis dieser geantwortet hatte. Dann fuhr er fort: »An diesem Punkt möchte ich den ersten Zeugen aufrufen, Mr. Gabriel Donnelly, Chirurg. Er hat die Untersuchung des Leichnams vorgenommen. Ich rufe ihn jetzt auf, zur Todesursache auszusagen.«

Mr. Donnelly erhob sich von dem Stuhl, auf dem er gesessen hatte, und trat mit schwerem Schritt vor Sir John. Er wirkte ganz erschöpft, der arme Mann, denn wie ich wusste, war er den größten Teil der Nacht auf gewesen, um die Autopsie des Opfers durchzuführen. Doch beim folgenden

Wortwechsel mit Sir John war seine Stimme stark und selbstsicher.

»Mr. Donnelly, können Sie uns kurz Ihre Erfahrungen als Chirurg schildern?«

»Sehr gern. Ich stand sieben Jahre im Dienst der Navy Seiner Majestät, und zwar bis 1768; in diesem Jahr praktizierte ich für kurze Zeit in London, danach zwei Jahre in Lancashire. Vor kurzem bin ich nach London zurückgekehrt, um meine Arbeit hier wieder aufzunehmen.«

»Und Sie haben in dieser Zeit noch andere Untersuchungen an Leichen durchgeführt?«

»Viele. Vor allem in der Navy hatte ich dazu Gelegenheit. Ich möchte sagen, dass es sich um eine zweistellige Zahl handelt – etwa fünfzig.«

»Sehr gut. Würden Sie uns jetzt mitteilen, was Sie als Todesursache der Teresa O'Reilly festgestellt haben?«

»Jawohl, Sir.« Doch bevor er begann, holte er tief Luft und stieß sie dann mit einem langen Seufzer wieder aus. »Sie kam durch eine einzelne Stichwunde ins Herz ums Leben. Diese wurde ihr an einer Stelle dicht unter dem Sternum zugefügt – dem Brustbein also. Das Instrument, das ihren Tod verursachte, eine scharfe, schmale Klinge, wurde in leicht aufwärts gerichtetem Winkel durch die große Herzvene gestoßen und dort festgehalten, vermutlich, bis das Opfer aufhörte, sich zu wehren. Infolge dieser Wunde kam es zu starken inneren Blutungen, doch die Blutungen an der Einstichstelle waren gering.«

(An dieser Stelle sollte ich sagen, dass Mr. Donnellys Zeugenaussage die Mitglieder der Jury durchaus nicht verwirrte, sondern in höchstem Maße zu interessieren schien. Die zufällige Versammlung von Männern, von denen die meisten kaum oder überhaupt nicht gebildet waren, beugte sich vor wie ein Mann, als die anatomischen Einzelheiten von Teresa O'Reillys

Tod vorgetragen wurden. Ich beobachtete, dass nicht nur einer, sondern zwei aus der Zwölfergruppe in ihre schmutzigen Hemden griffen, um das Brustbein und dann genau die von Donnelly beschriebene Stelle darunter zu betasten.)

»War an all dem irgendetwas ungewöhnlich?«, fragte Sir John.

»Jawohl, Sir«, sagte Mr. Donnelly. »Ungewöhnlich war die Präzision der Wunde. Tatsache ist, dass sie perfekt platziert war; es wurde nur einmal zugestoßen, und der Stich war nach oben gerichtet. Das unterscheidet diesen Fall nach meiner Erfahrung vom üblichen Tod durch Erstechen, der gewöhnlich durch viele Wunden und starke äußere Blutungen charakterisiert ist. Das Herz, verstehen Sie, ist im Körper gut geschützt. Es ist vom Brustkorb umgeben und liegt hinter dem Brustbein, einem sehr starken, flachen Knochen, der ihm als Schutzschild dient. Die meisten Menschen wissen das nicht und würden infolgedessen viele Male in Brustkorb und Bauch des Opfers stechen, bis ein Stich tödlich ist. Tod durch einen einzigen Stich ist, würde ich sagen, sehr ungewöhnlich.«

»Und was«, fragte Sir John, »schließen Sie aus all dem?«

»Einfach, dass derjenige, der Teresa O'Reillys Tod verursachte, etwas, vielleicht viel, über die menschliche Anatomie wusste. Er kannte den Sitz des Herzens und den direktesten Weg zu ihm.«

»Obwohl ich beabsichtige, Sie nochmals aufzurufen, habe ich jetzt noch eine letzte Frage an Sie, Mr. Donnelly. Es ist folgende: In meiner Zusammenfassung hörten Sie mich sagen, dass Constable Perkins den Ort, an dem die Leiche gefunden wurde, um acht Minuten nach sechs erreichte, zu welchem Zeitpunkt der Leichnam sich noch warm anfühlte. Könnten Sie daraus etwas über den Zeitpunkt des Todes der Frau schließen?«

»Nichts Genaues, fürchte ich. Er kann jederzeit zwischen einer halben Stunde und ein paar Minuten vor ihrer Entdeckung in diesem Hof eingetreten sein.«

»Danke, Mr. Donnelly. Das wäre vorerst alles.«

Damit entlassen, kehrte der Chirurg auf seinen Platz zurück. Die Coroner's Jury, von dem Bann befreit, in dem seine Zeugenaussage sie gehalten hatte, wurde plötzlich lebendig und begann zu murmeln und zu flüstern. Sir John musste sie zur Ordnung rufen.

»Gentlemen«, sagte er, »ich erinnere Sie daran, dass dies ein feierlicher Vorgang ist. Jede Diskussion und jeder Kommentar ist eine Ordnungswidrigkeit und höchst unangemessen.«

Nach diesen strengen Worten hellte sich seine Miene nur wenig auf, als er Maggie Pratt als Zeugin aufrief. Und so kam es, dass sie beklommen und unsicher vortrat.

»Würden Sie, Mistress Pratt, uns für das Protokoll, das Mr. Marsden führt, Ihren vollen Namen nennen?«

»Margaret Ann Pratt«, sagte sie mit kleiner und etwas zittriger Stimme.

»Haben Sie das?«, fragte Sir John Mr. Marsden, der zustimmend nickte. »Ich muss Sie bitten, bei Ihren weiteren Antworten lauter zu sprechen. Aber nun, wiederum für das Protokoll – Sie haben mir zuvor als Beruf ›Näherin, gegenwärtig arbeitslos‹ genannt. Wünschen Sie, dass das so stehen bleibt?«

»Eh, ja, Sir.«

»Ihr Alter?«

»Zweiundzwanzig, soviel ich weiß.«

»Sie haben Constable Perkins gegenüber den Leichnam von Teresa O'Reilly identifiziert, nicht wahr?«

»Ja, Sir.«

»Könnten Sie Ihre Beziehung zu der Verstorbenen darlegen?«

»Sir?«

»Waren Sie Freundinnen oder Bekannte? Kannten Sie sie gut?«

»Ich kannte sie ganz gut, schätze ich. Wir teilten uns ein Zimmer in Angel Court.«

»Dann müssen Sie sie in der Tat sehr gut gekannt haben.«

»So gut auch wieder nicht. Sie hatte das Zimmer tagsüber, ich hatte es nachts.«

»Ein eigenartiges Arrangement«, kommentierte Sir John trocken, »aber zweifellos unter gewissen Umständen praktisch. Sagen Sie uns, was Sie über sie wissen.«

»Nun, ich weiß, dass sie Irin war, und sie kam vor zwei Jahren her, aus einem Dorf, von dem sie dauernd redete, es hieß Waterford. Sie war etwa in meinem Alter, so ungefähr jedenfalls, eh, das ist alles, was ich über sie weiß.«

»Und das ist nicht allzu viel.«

»Nein, Sir.«

»Vielleicht kann ich Ihnen helfen, sich an mehr zu erinnern. Wie hat sie ihren Lebensunterhalt verdient?«

»Na, Sir, ich kann nicht sicher sein, denn tagsüber gehörte das Zimmer ihr, und ich bin bestimmt niemand, der unerwünscht seine Nase in anderer Leute Sachen steckt, aber ich glaube, dass sie männliche Freunde hatte. Sie gaben ihr Geld.«

»Wie viele solcher Freunde hatte sie?«

»Oh, viele, Sir. Sie hat richtig schwer gearbeitet, die, und war ziemlich unverfroren.«

»Sie wollen mir also sagen, dass sie eine Straßendirne war, eine gewöhnliche Prostituierte.«

»So könnte man sagen, Sir – obwohl ich niemand bin, der über andere urteilt.«

»Sicher nicht«, sagte Sir John, »denn ich bezweifle, dass Sie in einer Lage sind, die Sie dazu berechtigen würde.«

Daraufhin brachen ein oder zwei Mitglieder der Jury, welche die Anspielung verstanden hatten, in Kichern und

Gackern aus. Wieder rief Sir John sie zur Ordnung, doch diesmal auf etwas nachsichtigere Weise als zuvor.

»Gab es irgendwelche dieser ›männlichen Freunde‹, wie Sie sie nannten, die sie häufig besuchten?«, fragte er. »Oder die sie Ihnen gegenüber namentlich erwähnte?«

Sie öffnete ganz schnell den Mund, und mir kam der Gedanke, sie würde den Namen dessen nennen, der in Angel Court an mir vorbeigekommen war. Doch dann, nachdem sie es sich möglicherweise anders überlegt hatte, machte sie ihn wieder fest zu, sagte kein Wort und nannte keinen Namen. Ich sah das, die Jury sah es – Sir John in seiner Blindheit allerdings nicht.

»Sie zögern«, sagte er.

»Ich versuche mich zu erinnern«, sagte sie. »Aber nein, Sir, mir fällt niemand ein. Teresa nahm einfach, wer des Weges kam, und sie hatte vor niemandem Angst. Sie war so kräftig wie die meisten Männer – doppelt so schwer wie ich –, und sie konnte sich zur Wehr setzen, wenn es nötig war.«

»Sie hätte sich also nicht so leicht durch Drohungen einschüchtern lassen?«

»O nein, Sir.«

»Und auch nicht gezögert, sich zu verteidigen, wenn sie geglaubt hätte, in Gefahr zu sein?«

»O nein, sie nicht.«

»Gut, Mistress Pratt, genug davon. Wenden wir uns der Information zu, die Sie mir gaben, als wir gestern Abend im Hof am New Broad Court miteinander sprachen. Was haben Sie mir da gesagt?«

Sie sah ihn argwöhnisch, fast ungläubig an. »Erinnern Sie sich nicht?«

Ihre Antwort, in unschuldiger Unwissenheit gegeben, löste im ganzen Raum lautes, dröhnendes Gelächter aus. Sir John selbst stimmte überrascht mit ein. Danach konnte er weder

der Jury noch der Zeugin gegenüber länger so streng sein, wie er sonst wohl gewesen wäre. Tatsächlich konnte er nur warten, bis das Gelächter verstummt war, sein eigenes eingeschlossen, und dann mit dem Hammer, den er immer zur Hand zu haben schien, auf das Pult vor ihm zu schlagen. Er bat alle Anwesenden um Ruhe, und Maggie Pratt stand da und schaute sich um wie ein schmollendes Kind, das feststellt, dass die Erwachsenen es auslachen. Mir fiel auf, dass sie die einzige Frau im Raum war, und ich fragte mich, ob das vielleicht etwas mit der spöttischen Heiterkeit zu tun hatte. Ich bekam allmählich Mitleid mit ihr.

»Doch, meine liebe Mistress Pratt«, sagte Sir John, nachdem er sich wieder gefasst hatte, »ich erinnere mich recht gut, was Sie mir erzählt haben. Aber es ist notwendig, dass Sie es für die Jury und für das Protokoll wiederholen.«

»Ich verstehe«, sagte sie ziemlich kühl. »Nun, in diesem Fall bin ich dazu bereit.« Dann holte sie tief Luft und begann: »Ich ging spazieren, nachdem ich kurz zuvor im Tompkins Ale House etwas gegessen und getrunken hatte, und fand mich in Duke's Court wieder, wo ich eine dicke Person im Gespräch mit einem Soldaten sah.«

»Sind Sie sicher, dass es ein Soldat war?«, fragte Sir John.

»Wie sollte ich nicht? Der rote Rock war unverkennbar.«

»Ich verstehe. Bitte, fahren Sie fort.«

»Nun also, sie dreht sich halb um, und ich sehe, dass es tatsächlich Teresa ist. Also gehe ich auf sie zu, denn ich wollte sie etwas fragen.«

»Und was war das?«

»Etwas Persönliches war es«, sagte sie und wartete die Wirkung ihrer Worte ab. Als sie erkannte, dass ein solches Ausweichen nichts brachte, fuhr sie fort: »Es hatte mit einem ihrer Herrenfreunde zu tun, der zu allen Stunden zu unserem Zimmer kam und nach ihr fragte.«

»Wie war sein Name? Er muss ihn doch genannt haben.«

»Ich kann mich nicht erinnern, Sir.«

»Aber Sie haben sich recht gut daran erinnert, als Sie zu Teresa O'Reilly gingen, nachdem Sie sie in Duke's Court gesehen hatten.«

»Vielleicht. Aber ich glaube, ich hatte ihn nur beschreiben wollen.«

»Dann beschreiben Sie ihn uns.«

Sie seufzte. »Nun, er war jünger als ich, aber nicht viel. In Größe und Gestalt ähnelt er dem jungen Herrn, der mit uns in den Tower ging, ihn, der da drüben sitzt« – sie zeigte auf mich. »Aber ich meine nicht, dass es Ihr junger Helfer war – er sah nur so ähnlich aus, das ist alles.«

»Ich bin erleichtert«, sagte Sir John. (Und ich, verehrter Leser, war das auch.)

»Er trägt sein Haar kurz geschnitten wie ein Ire, obwohl er wohl keiner ist, soweit ich das nach seiner Redeweise beurteilen kann. Und seine Nase ist ein bisschen gebogen. Das ist alles, was ich Ihnen berichten kann, Sir.«

Sie hatte eine recht treffende Beschreibung dessen gegeben, den ich insgeheim als »Rabauke« bezeichnete und dem ich zweimal begegnet bin – in der Drury Lane und in Angel Court. Ich war sicher, dass sie auch seinen Namen kannte.

»Nun gut, danke«, sagte Sir John. »Also, Sie gingen in Duke's Court auf Teresa O'Reilly zu, um sich über diesen Burschen zu beschweren. Und was sagte sie zu Ihnen?«

»Gar nichts, Sir. Als ich näher kam, zwinkerte sie mir zu und nickte mit dem Kopf, als wollte sie sagen: ›Geh weiter. Ich kann jetzt nicht reden.‹ Und das habe ich getan. Aber als ich da war, ganz nah bei den beiden, hat der Soldat sich umgedreht und mich angesehen, und ich habe ihn angeschaut.«

»Würden Sie ihn wiedererkennen?«

»Das würde ich, Sir.«

»Würden Sie sagen, dass Teresa O'Reilly und der Soldat sich in einer aggressiven Stimmung befanden?«

»Sir?«

»Haben sie geschimpft? Miteinander gestritten?«

»O nein, Sir. Ich würde sagen, Teresa hatte einen weiteren Herrenfreund gefunden.«

»Beschreiben Sie uns, was nach Ihrer Begegnung in Duke's Court geschah. Was, um es direkt auszudrücken, haben Sie danach getan?«

»Na ja, ich bin einfach noch ein bisschen spazieren gegangen. Und dann, als ich in New Broad Court war, hörte ich das Mordgeschrei und danach ein schreckliches Durcheinander. Ich ging zum Durchgang, um zu sehen, was los war, und als sie sie unter der Treppe herausgezogen haben, habe ich gesehen, dass es Teresa war. Ich hatte gewusst, dass sie es sein würde, obwohl ich nicht sagen kann, warum.«

»Wie viel Zeit verging zwischen Ihrer Begegnung mit Teresa O'Reilly und dem Soldaten und dem Augenblick, in dem Sie durch die Passage kamen und sie tot sahen?«, fragte Sir John mit seiner strengsten Stimme, um die Bedeutungsschwere der Frage zu betonen.

»Das kann ich nicht genau sagen, Sir. Solche wie ich haben keine Uhr.«

»Aber als wir uns das erste Mal unterhielten, Mistress Pratt, haben Sie gesagt, Sie hätten die Verstorbene ›unmittelbar zuvor‹ mit einem Soldaten gesehen, der aussah wie ein Grenadier Guard.«

»Das ist richtig.«

»Nun, wie lange war das? Eine kurze Zeit? Sind Sie von Duke's Court aus direkt nach New Broad Court gegangen und haben das Geschrei gehört, oder haben Sie unterwegs irgendwo Halt gemacht?«

»Oh, ich habe Halt gemacht. Ich bin ins Shakespeare's

Head gegangen, was ein ganz respektables Lokal ist. Ich finde da immer viele Freunde.« Dann fügte sie in beruhigendem Ton hinzu: »Aber ich bin nicht lange geblieben.«

»Ich sehe, wir haben ein Problem mit der Zeit«, sagte Sir John zur Jury. »Aber wir müssen fortfahren.« Dann zu Miss Pratt gewandt, die noch vor ihm stand: »Sehen Sie in diesem Raum hier den Mann, der mit der Verstorbenen zusammen war? Falls ja, zeigen Sie bitte auf ihn.«

Sie drehte sich um und zeigte auf den Gefreiten Sperling. »Das ist er, ich glaube es wenigstens. Da waren zwei Soldaten, wie Sie wissen, Sir.«

»Ich weiß es in der Tat. Das wäre alles, Mistress Pratt.« Er beriet sich einen Augenblick mit Mr. Marsden und sagte dann: »Es ist ins Protokoll aufzunehmen, dass Mistress Pratt auf den Gefreiten Richard Sperling von den Grenadier Guards gezeigt hat.«

Als Maggie Pratt zu ihrem Platz neben Mr. Donnelly zurückging, wandte sich Sir John wieder an die zwölf Männer, die in den ersten Reihen saßen. »Diese Angelegenheit mit den zwei Soldaten ist leicht zu erklären«, sagte er zu ihnen. »Tatsächlich hat Mistress Pratt, als sie heute früh mit mir in den Tower ging, nicht einen, sondern zwei Soldaten als mögliche Kandidaten ausgewählt. Das beeinträchtigt ihren Wert als Zeugin aber nicht, denn die beiden sind Brüder, und man hat mir gesagt, sie sähen einander sehr ähnlich. Ich habe mit einem von beiden gesprochen und war damit einstweilen zufrieden. Ich werde jedoch jetzt die Gelegenheit nutzen, mir die Geschichte, die ich heute Morgen von Corporal Otis Sperling gehört habe, von einem gewissen Corporal Tigger bestätigen zu lassen.«

Corporal Tigger erhob sich und war bereit, vor Sir John zu treten.

»Behalten Sie Platz, Corporal. Sergeant? Sind Sie da? Nennen Sie bitte Ihren Namen.«

»Ich bin hier«, sagte er und stand auf. »Silas Tupper, Sergeant, Grenadier Guards.«

»Sie dürfen bleiben, wo Sie sind, denn ich habe nur ein oder zwei Fragen an Sie. Sagen Sie mir dies: Wurden Sie von Captain Conger angewiesen, dafür zu sorgen, dass Corporal Tigger mit dem Gefreiten Sperling nicht über die Angelegenheit spricht, mit denen dieses Coronergericht hier befasst ist? Dass sie darüber in keiner Weise miteinander diskutieren?«

»Ja, das wurde ich, Sir.«

»Und haben Sie diese Anweisung befolgt?«

»Jawohl, Sir. Es wurde in der ganzen Zeit, die sie zusammen waren, mit keinem Wort darüber gesprochen.«

»Gut, Sergeant. Danke. Sie können sich setzen. Und nun, Corporal Tigger, treten Sie bitte vor mich.«

Der Säbel an seiner Seite rasselte ein wenig in seiner Scheide, als er vortrat. Dieser und die beiden Pistolen, die er um die Taille trug, machten ihn zu einer überaus eindrucksvollen Erscheinung. Er nannte seinen Namen als John Tigger, Corporal, Grenadier Guards. Dann berichtete er auf Sir Johns Aufforderung hin im Wesentlichen die gleiche Geschichte, die wir schon von Corporal Sperling gehört hatten. Der einzige Unterschied, der mir auffiel, war, dass er sich genauer über die verspätete Ankunft des Gefreiten äußern konnte. Er sagte, er habe auf seine eigene Uhr geschaut, als Corporal Sperling ging, um seinen Bruder im Gasthof der Kutschpost zu treffen, und der jüngere Sperling sei um Viertel nach fünf eingetroffen. Er sei mit den beiden in diesem Gasthof geblieben, bis sie die Kutsche um halb sieben bestiegen, um nach Hammersmith zu fahren.

Nachdem er Corporal Tigger entlassen hatte, rief Sir John Richard Sperling als Zeugen auf. Der junge Gefreite ging mit hängenden Schultern nach vorn und sah aus, als sei er schon schuldig gesprochen und verurteilt worden. Es gelang ihm jedoch, sich zusammenzureißen und eine etwas soldatischere und strammere Haltung anzunehmen, als er seinen Platz erreicht hatte. Er nannte Namen und Dienstgrad und sagte, er sei neunzehn Jahre alt.

»Gefreiter Sperling«, sagte Sir John, »ich fürchte, Sie müssen uns jetzt sagen, wie Sie die zwei Stunden oder etwas weniger zwischen der Trennung von Ihrem Bruder und Corporal Tigger im Cheshire Cheese und dem erneuten Zusammentreffen mit ihnen im Gasthof der Kutschpost verbracht haben.«

»Jawohl, Sir«, sagte er mit so beklommener Stimme, dass er kaum zu hören war.

»Sprechen Sie lauter, junger Mann. Fahren Sie fort.«

»Jawohl, Sir.« Er räusperte sich.

Die Mitglieder der Jury saßen nun genauso gespannt und konzentriert da wie vorher bei der Zeugenaussage von Mr. Donnelly.

»Ich habe die beiden dort verlassen, wie Sie sagten, und bin rasch in Richtung der Straßen von Covent Garden gegangen«, berichtete er. »Nachdem ich dort war, lief ich nur herum, suchte und brachte mich selbst in Versuchung.«

»Und wonach suchten Sie?«, warf Sir John ein. »In welcher Weise wollten Sie versucht werden?«

»Ich wollte die Versuchung des Fleisches. Ich suchte nach einer Frau.«

»Nun, davon gibt es hier eine Menge, und recht viele stehen für den Zweck zur Verfügung, den Sie anscheinend im Sinn hatten.«

»Das weiß ich, Sir, das war ja der Grund meines Kommens.« Er schlug die Augen nieder, doch seine Stimme war fest, als er fortfuhr: »Ich ... ich war noch nie auf diese Weise mit einer Frau zusammen gewesen, und allmählich schämte ich mich dessen und dachte, die Zeit, die ich vor Abfahrt der Kutsche noch hatte, würde ausreichen, um zu tun, was getan werden musste. Doch als ich erst einmal hier in diesen Straßen war und den harten Blick dieser Frauen sah, die sich anboten, als ich an die Möglichkeit, vielleicht Wahrscheinlichkeit dachte, mir eine Krankheit zuzuziehen, als ich mich an meine christliche Kindheit erinnerte – da fiel es mir schwer, mein Vorhaben auszuführen. Ich ging in ein Lokal und trank Ale, um mich zu beruhigen.«

»Welches Lokal war das?«, fragte Sir John.

»Ich erinnere mich nicht, Sir, wirklich nicht, obwohl ich es vielleicht finden könnte, wenn es ...«

»Das macht nichts, fahren Sie fort.«

»Sehr wohl. Aber als ich aus dem Gasthof kam, wurde ich von einer Frau angesprochen. Vielleicht war das in Duke's Court. Wenn diese Frau dort es sagt, will ich es akzeptieren. Jedenfalls sagte sie, sie heiße Teresa, und ... sie gefiel mir. Sie war eine kräftige Frau, eine Irin, und sie schien mein Problem zu verstehen. Sie hatte etwas Mütterliches an sich – nicht wie *meine* Mutter, Sie verstehen, aber ...«

»Ich verstehe. Fahren Sie fort.«

»Ich ... willigte ein, mit ihr zu gehen, und sie führte mich zu einem Zimmer in Angel Court, ganz recht, einem schmutzigen Zimmer – eine Strohmatratze, ein Stuhl, nicht mehr. Meine Zeit dort war kurz. Ich ...« Er zögerte und suchte nach den richtigen Worten. »Es gelang mir nicht, das zu tun, was ich mir vorgenommen hatte. Sie war verständnisvoll, aber sie wollte mir mein Geld nicht zurückgeben.«

Da und erst da begannen ein paar der Männer aus der Jury zu kichern. Sie wurden von ihren Mitgeschworenen zum Schweigen gebracht, und so brauchte Sir John sie nicht zur Ordnung rufen.

»Und so ging ich. Ich ging schnell, weil ich dachte, ich würde sicher zu spät kommen – was natürlich auch der Fall war. Wir mussten die nächste Kutsche nach Hammersmith nehmen, wodurch wir mehr als eine Stunde zu spät zu der Feier für meinen Bruder kamen. Das tut mir Leid. Es tut mir auch Leid, dass ich mit dieser Frau gegangen bin. Aber bitte glauben Sie mir, Sir, denn ich schwöre beim Allmächtigen und allem, was heilig ist, *ich habe sie nicht getötet.*«

Er keuchte beinahe vor Aufregung. Seine Augen glänzten von Tränen.

»Ich habe nur noch eine Frage an Sie – oder vielleicht zwei«, sagte Sir John. »Sind Sie bei den Grenadier Guards Chirurgengehilfe?«

»Nein, Sir, einfacher Fußsoldat.«

»Waren Sie jemals bei einem Chirurgen in der Lehre?«

»Nein, Sir.«

»Gut. Sie können sich wieder setzen.«

Und das tat er. Er bewegte sich schneller und sicherer als zuvor, nachdem er nun sein Geständnis abgelegt hatte.

»Sergeant Tupper? Würden Sie noch einmal aufstehen und vortreten?«

Der Sergeant sprang auf, und das Futteral seines Säbels schlug gegen den Stuhl. Vor Überraschung stieß er ein militärisch schneidiges »*Sir!*« aus.

»Ich habe Sie heute früh mit dem Auftrag ausgeschickt, die persönlichen Habseligkeiten der Gebrüder Sperling zu durchsuchen und festzustellen, ob einer der beiden ein Messer besitzt. Was haben Sie gefunden?«

»Nichts dergleichen, bei keinem von beiden, Sir.«

»Ich hatte auch gebeten, das Bajonett des Gefreiten Sperling als Beweismittel mitzubringen. Ist das geschehen?«

»Ja, ich habe es mitgebracht und dem Chirurgen übergeben, wie Sie es verlangt haben.«

»Sehr gut. Sie können sich setzen. Mr. Donnelly?«

Mr. Donnelly erhob sich gemächlicher. »Ja, Sir John?«

»Hatten Sie Gelegenheit, das Bajonett des Gefreiten Sperling zu untersuchen?«

»Ja, die hatte ich, Sir.«

»Waren irgendwelche Blutspuren daran?«

»Keine, Sir. Es war glänzend sauber, wie bei einem Grenadier Guard zu erwarten.«

»Schön und gut. Da kein Messer gefunden wurde – könnte das Bajonett die von Ihnen beschriebene Wunde der Teresa O'Reilly verursacht haben?«

»Nein, Sir, das könnte es nicht. Wenn es tief genug eingedrungen wäre, um den Schaden anzurichten, den ich beschrieben habe, dann hätte es eine breitere, leicht gebogene Wunde hinterlassen, und das war die Wunde, die ich an ihrem Körper fand, nicht. Nach meinen Feststellungen stammt die Wunde von einer langen, flachen, schmalen Klinge – die man als Stilett beschreiben könnte.«

»Ich danke Ihnen. Ich bin sicher, dass das alles ist, was ich von Ihnen wissen muss. Aber Sie, Mistress Pratt, würden Sie bitte noch einmal aufstehen?«

Sie tat das etwas widerstrebend und sah ein wenig beleidigt aus.

»Sir?«

»Wenn Sie genau zugehört haben, kennen Sie jetzt die Schwierigkeit mit der Zeit, die ich vorhin erwähnte. Sie sagten, Sie hätten den Soldaten, der gewesen zu sein der Gefreite Sperling zugibt, mit der Verstorbenen gesehen, ›unmittelbar bevor‹ die Leiche gefunden wurde. Und Mr. Donnelly, der Chirurg, hat uns gesagt, dass, da der Leichnam kurz nach sechs noch warm war, Teresa O'Reilly höchstens eine halbe Stunde vorher getötet wurde, sagen wir frühestens um halb sechs. Aber Corporal Tigger zufolge kam der Gefreite um Viertel nach fünf zur Poststation und kann damit die tödliche Wunde nicht zugefügt haben. Und so muss ich sagen, dass ich Sie bezüglich der Identifikation für eine gute Zeugin halte, denn Sie haben das bestätigt. Aber was die Zeit betrifft, halte ich Sie für eine schlechte Zeugin. Behaupten Sie noch immer, dass Sie den Gefreiten Sperling unmittelbar vor dem Auffinden der Leiche gesehen haben?«

»Ja, das tue ich«, sagte sie äußerst nachdrücklich. »Es war nicht weit von diesem Hof, wenn man durch die Gasse geht, in deren Nähe Sie waren. Da habe ich ihn genau gesehen, ganz deutlich und in hellem Tageslicht.«

»Haben Sie gesagt: helles Tageslicht?«

»Ja, Sir.«

Sir John beugte sich vor und besprach sich kurz mit Mr. Marsden; danach nickte er und wandte seine Aufmerksamkeit wieder Mistress Pratt zu.

»In dem Fall«, sagte er, »muss ich Ihre Zeugenaussage zurückweisen, denn Mr. Marsden sagt mir, dass die Tageshelligkeit um diese Jahreszeit bis kurz nach fünf anhält. Und dass es danach immer dämmriger wird. Ich kann daraus nur schließen, dass Sie viel länger im Shakespeare's Head geblieben sind, als Sie gemerkt haben. Sie können sich wieder setzen, Mistress Pratt.«

»Aber ich ...«

»Bitte, setzen Sie sich.«

Noch widerwilliger, als sie aufgestanden war, sank sie wieder auf ihren Stuhl.

»Und nun, meine Herren Geschworenen«, sagte Sir John und wandte sich dabei in Richtung der Männer, »würde derjenige von Ihnen, der zum Sprecher bestimmt wurde, sich bitte melden?«

Ein großer Mann, etwas älter als die Übrigen, erhob sich. »Jawohl, Sir«, sagte er zu Sir John, »das bin ich.«

»Ich fürchte, Sie und Ihre elf Mitgeschworenen werden über Ihre Rolle in dieser Sache vielleicht enttäuscht sein, denn ich muss jetzt einen Spruch an Sie richten. Es kann kein Zweifel daran bestehen, dass ein Mord begangen wurde. Teresa O'Reilly ist keines natürlichen Todes gestorben – so viel steht fest. Und sie kann auch nicht Selbstmord begangen, das Messer aus ihrem Herzen gezogen und entfernt und sich dann da versteckt haben, wo sie gefunden wurde. Es wurde bewiesen, sogar durch die Zeugenaussage von Mistress Pratt selbst, dass der Gefreite Sperling, den sie im Gespräch mit der Verstorbenen gesehen hat, nichts mit ihrem Hinscheiden zu tun gehabt haben kann. Er hat über seine Zeit Rechenschaft abgelegt. Corporal Tigger hat Stunde und Minute seiner Ankunft im Gasthof der Kutschpost bestätigt.

Daher weise ich Sie an, in der Sache des Todes der Teresa O'Reilly zu der Entscheidung ›vorsätzlicher Mord durch eine oder mehrere unbekannte Personen‹ zu kommen. Sie müssen dies mit einem ›Ja‹ bestätigen. Sind Sie dazu bereit?«

Von den zwölf Männern ertönte eine vielstimmiges »Ja«.

»Damit ist der Spruch gefällt. Es handelt sich um ›vorsätzlichen Mord durch eine oder mehrere unbekannte Personen‹.« Er schlug kräftig mit dem Hammer auf den Tisch. »Die Jury ist mit Dank entlassen.«

Ich, der nahe bei den Männern in den vordersten Reihen saß, hörte, wie einer einem anderen zuflüsterte: »Das war der leichteste Shilling, den ich je verdient habe!«

»Kann schon sein«, antwortete der andere Geschworene, »aber es war aufschlussreich, sehr aufschlussreich.«

VIERTES KAPITEL

*In welchem ein weiteres Opfer
entdeckt und identifiziert wird*

Die folgenden Tage brachten Sir John der Lösung des Rätsels nicht näher. Wer waren diese unbekannte Person oder Personen, die Teresa O'Reilly ums Leben gebracht hatten? Und mit welcher Absicht? Man hatte in der Tat acht Shilling in jener Tasche um ihre Taille gefunden, mit der das diebische Paar sich hatte davonmachen wollen. Schon für viel weniger wurde und wird gemordet; Diebstahl war eindeutig nicht das Motiv. Rache? Wer konnte das sagen? Niemand außer Maggie Pratt hatte sich gemeldet, um uns Einzelheiten über das Leben der Irin zu berichten. Man hatte überall in Covent Garden Flugblätter angebracht, auf denen der Mord mitgeteilt und um Informationen gebeten wurde – doch das hatte bislang nichts gefruchtet. War sie von einem abgewiesenen Freier in einem Wutanfall getötet worden? Was Mrs. Crewton mitgeteilt hatte, schien das zu untermauern, doch die genaue Platzierung des tödlichen Stichs ins Herz schien dagegen zu sprechen. Konnte es sich um einen Mord ohne Motiv handeln?

Ich hatte in dieser Angelegenheit meine eigenen, ziemlich unbegründeten Vermutungen. Sie konzentrierten sich auf denjenigen, dem ich bei mir den Spitznamen »der Rabauke« gegeben hatte. Sicher, ich hatte ihn beim Verlassen von Maggie Pratts Zimmer gesehen – des Zimmers, das sie im Wechsel von Tag und Nacht mit Teresa O'Reilly teilte. Es konnte kein Zweifel daran bestehen, dass er Mistress Pratt bekannt war, denn sie hatte ihn mit sehr groben, vertrauten Ausdrücken bedacht; das bedeutete jedoch nicht, dass ihn O'Reilly genauso gut gekannt hatte. Und falls er der Mörder war, hätte er sie dann an diese Stelle unter der Treppe tragen können, wo man sie so achtlos versteckt hatte? Ich gestand mir selbst ein, dass das zweifelhaft war. Mit ihren zwölf Stone oder mehr war sie eine ziemlich schwere Last für uns beide, Mr. Donnelly und mich, gewesen, als wir ihren Leichnam aus der Scheune des Harkers geholt hatten. Ich, ungefähr gleich groß und stark wie der fragliche junge Mann, hätte sie nicht allein transportieren können – oder nur unter großen Schwierigkeiten; ich bezweifelte, dass ihm das viel besser gelungen wäre. Trotz allem, ich mochte ihn nicht, und es ist am einfachsten, böse Taten denen in die Schuhe zu schieben, die wir nicht leiden können. Wenn irgendjemand aus meiner Bekanntschaft für den Mord an Teresa O'Reilly hängen sollte, hätte es mir gefallen, wenn er es gewesen wäre. Ich beschloss, mehr über ihn in Erfahrung zu bringen.

Bei meinen täglichen Botengängen im Bezirk um Covent Garden hielt ich Ausschau nach meinem »Rabauken« und dachte, ich würde vielleicht Gelegenheit finden, ihm in einiger Entfernung und ungesehen zu folgen, um etwas über seine Lebensweise zu erfahren. Doch so aufmerksam ich mich auch umschaute, ich fand ihn nicht. War er plötzlich verschwunden? Hatte er London ganz verlassen? Nein, dachte ich, aber bei seinesgleichen war es wahrscheinlicher, dass er nachts unterwegs war.

Zufällig jedoch traf ich eines Morgens in Covent Garden Maggie Pratt; ich erledigte gerade den täglichen Einkauf. Sie erkannte mich zwar, sah mich aber misstrauisch an und versuchte, sich an mir vorbeizudrängen.

»Bitte, Mistress Pratt«, sagte ich, »könnte ich vielleicht ein Wort mit Ihnen sprechen?«

»Was für ein Wort soll das wohl sein?«

»Ein paar Fragen – bloß ein paar Fragen.«

»Mir scheint, ich habe alle Antworten, die ich weiß, schon deinem Herrn gegeben.«

»Meine Fragen sind ein bisschen anders. Vielleicht könnten wir dort hinübergehen, ein bisschen fort von der Menge.«

Wenn man mitten auf dem Platz stehen blieb, riskierte man, von der geschäftig umhereilenden Menge angerempelt zu werden. Maggie Pratt ließ sich zur Seite und aus dem Gedränge führen.

»Also los, was ist?«, forderte sie mich heraus, eifrig darauf bedacht, mich loszuwerden.

»Als ich Sie in Angel Court abgeholt habe, erinnern Sie sich, kam gerade ein junger Mann aus Ihrem Zimmer, und Sie riefen ihm äußerst wütende Worte nach.«

Sie sah mich scharf an. »Ich erinnere mich sehr gut.«

»Wer war er?«

»Das ist meine Sache und geht dich nichts an.«

»War es derselbe Mann, der oft kam, um nach Teresa O'Reilly zu fragen? Sie sagten, er wäre ungefähr so groß und schwer wie ich.«

»Aber ich habe auch deutlich gesagt, dass du es nicht warst.«

»Ja, das haben Sie. Aber darum geht es nicht. War das derselbe Bursche, den ich in Angel Court gesehen habe?«

»Ob er das war oder nicht, hat nichts mit Teresa zu tun. Und wenn du jetzt beiseite treten würdest, ich muss gehen.«

»Aber wie war sein Name?«

Mit geschürzten Lippen schickte sie sich an, mich zur Seite zu stoßen. Ich hatte nicht die Autorität, sie festzuhalten, also trat ich zurück und ließ sie vorbei. Als sie hastig davonging, warf sie über die Schulter noch einen Blick auf mich zurück – keinen ängstlichen Blick, wie ich irgendwie erwartet hatte, sondern einen verärgerten. Mit einem Seufzer wandte ich mich ab und nahm meinen Weg zum Stand von Mr. Tolliver, dem Metzger, wieder auf.

Es gab natürlich noch jemanden, der etwas über den fraglichen Burschen wusste. Doch ich muss errötend gestehen, dass es mir widerstrebte, Mariah nach ihm zu fragen, und zwar aus Furcht, sie zu verärgern. Außerdem war es, wie ich festgestellt hatte, gar nicht so einfach, überhaupt mit ihr zu sprechen. Sie war weniger zuverlässig auf ihrem üblichen Platz in New Broad Court zu finden. Wohin sie wanderte und wie weit, konnte ich nicht sagen, denn ich hatte selten Zeit, nach ihr zu suchen, wenn ich für Sir John überall in Westminster und der City Briefe und Anfragen austrug. Bei den wenigen Gelegenheiten, bei denen ich sie erspähte, war sie im Gespräch mit diesem oder jenem, und ich wollte nicht warten, bis die Unterhaltung beendet und sie frei war – oder Arm in Arm mit dem Gesprächspartner davonging (wie ich schon beobachtet hatte).

Endlich einmal, an einem Spätnachmittag, fand ich sie allein und beschloss, ihr ein paar diskrete Fragen zu stellen. Ich grüßte sie höflich und freundlich und bot ihr einen Shilling an. Sie lächelte liebreizend und sagte zu mir: »Also nein, junger Herr, ich sehe, wie reich du dich kleidest! Es ist unmöglich, dass du in deinem alten Rock und *pantaloni* zu mir kommst und mir einen Handel vorschlägst. Ich habe dir schon gesagt, zwei Shilling. Das ist mein Preis. Ich mache es nicht mehr für einen Shilling.«

»Ich möchte nur mit dir reden«, erwiderte ich. »Dafür würde ich einen Shilling bezahlen.«

»Wie zuvor?« Sie lachte ganz fröhlich darüber. »Du bezahlst mich. Wir sprechen.«

Ich legte ihr einen Shilling in die Hand. Wieder steckte sie ihn in ihr Mieder; wieder spürte ich einen Stich von Neid. Doch bei dieser Gelegenheit war ich von ihr nicht so überwältigt, dass ich mich von meinem Vorhaben hätte abbringen lassen, um nur Süßholz mit ihr zu raspeln. Und ich wollte auch nicht versuchen, sie mit meinen Fluchtfantasien zu gewinnen.

»Erinnerst du dich«, sagte ich, »dass du einmal, als ich gekleidet war wie jetzt und mit dir sprechen wollte, ärgerlich wurdest und Drury Lane hinunter flohst, ohne mit mir zu reden?«

»Aber du verzeihst mir, ja? Da war ich unfreundlich. Ich sagte dir schon, es tut mir Leid.«

»Oh, ich habe deine Entschuldigung schon neulich angenommen, und ich bin dir nicht böse. Aber du schicktest einen jungen Mann, der mit mir sprechen und mich wegschicken sollte. Und ich frage mich, in welcher Beziehung du zu ihm stehst.«

»Beziehung?« Sie sprach das Wort vorsichtig aus, und ihr Ton wirkte eine Spur argwöhnisch.

»Ja. Was ich damit sagen möchte – ist er dein Freund? Woher kennst du ihn?« Sie verzog das Gesicht, um nachzudenken, und konnte nicht lügen: »Er ist nicht mein Freund, nein. Ich schulde ihm Geld. Ich muss bezahlen.«

Solch eine Antwort hatte ich in keiner Weise erwartet. Wie konnte sie ihm Geld schulden? Wie viel konnte es sein?

»Ich verstehe nicht«, sagte ich. »Hast du irgendeinen Vertrag unterschrieben? Ist das der Grund, warum du diese Arbeit tust?«

»Ich denke, du gehst jetzt. Wir reden ein andermal. Vielleicht.«

»Aber ...« Ich fühlte mich ziemlich verwirrt und wusste nicht, was ich sagen oder tun sollte. »Sagst du mir wenigstens seinen Namen?«

»Warum willst du den wissen?«

»Nun ... ich habe ihn inzwischen wiedergesehen. Ich wüsste ihn gern ... dann kann ich ihn mit Namen grüßen, wenn ich ihm noch einmal auf der Straße begegne.«

»Harker! Entweder lernst du, besser zu lügen, oder sagst die Wahrheit. Hier ...«

Damit steckte sie die Hand in ihr Mieder und nahm meinen Shilling oder einen gleichen heraus.

»Nimm das«, fuhr sie fort. »Kein Gespräch mehr. Komm erst wieder, wenn du zwei Shilling bezahlst und mit mir gehst. Und jetzt *fort* mit dir!«

Und ich ging, aber den Shilling ließ ich ihr. Ich konnte ihn natürlich nicht zurücknehmen. Zumindest in meinen Fantasien war ich ihr Retter. Wie konnte jemand, der Anspruch auf eine solche Rolle erhob, freiwillig gegebenes Geld zurücknehmen?

Ich stolperte weiter und dachte darüber nach, was ich gerade erfahren hatte; dabei vergaß ich ein wenig, dass ich ein bestimmtes Ziel hatte – wenn auch vielleicht nicht ganz, denn irgendwie schlug ich den Weg ein, den Constable Perkins mir gewiesen hatte, um seine Wohnung zu erreichen.

Mr. Perkins lebte über einem der Ställe im Stallhof am Ende der Little Russell Street, gleich hinter Bloomsbury Square. Er hielt das für einen günstigen Wohnort für jemanden wie ihn, der allein lebte. Er hat mir gesagt, er bewohne dort zwei Zimmer, gut und geräumig, und habe nichts gegen den Geruch der Pferde, denn er sei auf einer Farm in Kent mit diesen Tieren aufgewachsen. (»Sie sind sauberer als wir«, hatte er mir einmal anvertraut.) Am besten fand er den Platz, den der Stallhof ihm für seinen liebsten Zeitvertreib bot, dem »in Form bleiben«, wie er es nannte. Dabei ging er höchst regelmäßig vor und widmete eine Stunde täglich der Erhaltung seiner erstaunlichen Kraft. (Ich hatte selbst gesehen, wie er mit seinem einzigen Arm einen Mann von zehn Stone oder mehr Gewicht hochhob.) Seine Stunde zum »in Form bleiben« war direkt vor dem Aufbruch zum Dienst als Mitglied von Sir Johns Bow Street Runners. Er hatte mich eingeladen vorbeizukommen, um einen Lehrgang der Methoden der Selbstverteidigung zu beginnen, denn er fand mich schlecht darauf vorbereitet, bestimmte verrufene Bezirke Londons zu durchqueren, »wo man dir schnell die Kehle durchschneidet«. Zufällig war genau für diesen Tag meine erste Lektion verabredet. Ich wusste nicht, was mich erwartete, und fühlte mich daher in gewisser Weise unbehaglich.

Obwohl ich mich nicht verspätet hatte, fand ich ihn bereits eifrig an der Arbeit; er schwitzte kräftig, während er mit der Faust gegen einen großen Sack aus Segeltuch schlug, der etwa so groß war wie der Rumpf eines Mannes und frei von einem Baum in einer Ecke des Hofes hing. Er schien mit Sand oder Erde gefüllt zu sein, denn er besaß ein erhebliches Gewicht.

Zufällig drehte Mr. Perkins sich um, als ich den Stallhof überquerte, der bis auf zwei gleichgültig herumlungernde Pferdeknechte leer war. Ich war froh, dass er mich kommen sah, denn es schien eine riskante Angelegenheit, ihm auf die Schulter zu klopfen, wenn er so in sein Tun vertieft war.

»Ah, Jeremy«, sagte er, »ich bin froh, dich zu sehen. Ich habe früh angefangen, weil ich ja mehr unterrichten als arbeiten muss. Weißt du, ich gerate gern jeden Tag einmal ordentlich ins Schwitzen. Scheint einem irgendwie gut zu tun.«

»Das werde ich mir merken«, sagte ich.

»Ja, das solltest du.«

Er schnaufte ein bisschen. Ich fragte mich, ob er nicht schon eine volle Stunde trainiert hatte.

»So«, fuhr er fort, »wo fangen wir jetzt an? Zuerst einmal, leg diesen Hut und deinen Rock ab. Es ist heute zwar ein bisschen kühl, aber dir wird schnell warm werden.«

Ich tat wie geheißen und krempelte dann meine Ärmel auf, wie er es getan hatte.

Gute fünf Minuten lang ließ er mich eine überaus anstrengende Reihe von Streckungen und Stößen vollführen, die mich ziemlich erschöpften. Aber dann erfuhr ich, dass das reine Vorbereitungsübungen für das Folgende waren. Dieses nämlich bestand aus einer Zeitdauer harter Arbeit; ich musste auf diesen vom Baum hängenden Sack einschlagen. Ich schaffte es nicht, ihn so frei schwingen zu lassen wie Mr. Perkins, doch das störte ihn nicht. Er achtete weit mehr darauf, dass ich meine Schläge auf die richtige Weise ausführte, mich bei jedem einzelnen vorbeugte oder, wie er es ausdrückte, »mit der Wucht des ganzen Körpergewichts« zuschlug. Als ich den Kniff beherrschte, gelang es mir, den Sack ein wenig in Schwingungen zu versetzen, und ich war sehr stolz darauf. Doch gerade, als mir die Sache Spaß zu machen begann, obwohl meine Hände etwas wund waren, ließ er mich innehalten und meinte, einstweilen sei es genug.

»Aber wir sind noch nicht fertig für den Tag«, sagte er. »O nein. Denn du musst verstehen, Selbstverteidigung besteht aus mehr als nur Faustschlägen. Tatsache ist, dass du auf Unruhestifter treffen wirst, die bereit sind, sich dir von Mann zu Mann zu stellen. Wenn sie größer sind als du, werden sie versuchen, dich niederzuringen und dir ein Auge auszustechen oder dich zu erwürgen. Wenn sie so groß wie du oder kleiner sind, dann musst du nach Messern Ausschau halten.«

»Und dann?«, fragte ich.

»Dann, nun ja ... Schau mich an, Jeremy. Wenn wir gleich stark und mit den Fäusten gleich geschickt wären, dann hättest du einen Vorteil, nicht wahr?«

»Wahrscheinlich schon.«

»Weil du zwei Hände hast und ich nur eine, oder?«

»Ja, Sir.«

»Aber jetzt schau genau zu.« Er kam nahe an mich heran. »Ich habe ein Knie, mit dem ich dir an deinen intimen Körperteilen große Schmerzen zufügen kann.« Mit diesen Worten hob er das Bein so an, dass sein Knie meinen Unterleib berührte, doch ohne die Kraft eines Stoßes. »Und ich habe einen Kopf, mit dem ich gegen dich anrennen kann.« Er fasste mich am Hemd und zog mich noch näher heran; dann berührte er meine Stirn mit seiner.

»So«, fuhr er fort, »nun sind ein paar von deinen Schurken recht geschickt mit Knie- und Kopfstößen, aber nur ganz wenige – ich habe noch keine getroffen – würden mit dem hier fertig oder könnten sich angemessen dagegen verteidigen.«

Damit löste er sich von mir und ging zu dem großen Sack, der vom Baum hing. Dort gab er eine bemerkenswerte Vorstellung. Er wirbelte um den Sack herum und bearbeitete ihn erst von einer, dann von der anderen Seite mit Tritten. Er tat so, als wolle er mit einem Fuß zustoßen, trat dann aber mit dem anderen – gelegentlich traf er auch erst nach einer doppelten Täuschung. Er blieb ständig in Bewegung, und das mit der Anmut und Schnelligkeit eines Tänzers. Doch die Tritte kamen kraftvoll und aus allen Richtungen; ein paar, so schien mir, trafen mit tödlicher Gewalt. Ich hatte dergleichen noch nie gesehen oder mir auch nur vorgestellt.

Dann hörte er ganz plötzlich auf, drehte sich um und kam zu mir. Wieder atmete er etwas heftig, aber er war keineswegs erschöpft, was er allem Anschein nach eigentlich hätte sein müssen.

»Der Tritt ist deine beste Waffe«, sagte er mit einem Augenzwinkern. »Und zwar deshalb, weil deine Beine stärker sind als deine Arme. Du kannst aus dem Gesäß heraus zutreten und damit Knochen brechen. Das Schienbein ist ein gutes Ziel, denn dort kannst du zwar kein Bein brechen, aber doch großen Schmerz verursachen. Aber das Knie ist besser, denn die Kniescheibe ist nicht sehr stabil, und wenn du sie verschiebst oder brichst, hast du den Gegner total verkrüppelt. Am besten überhaupt sind Tritte in die Rippen, denn wenn du eine davon brichst – und sie sind nicht sonderlich kräftig –, kannst du innere Verletzungen verursachen.«

»Aber Mr. Perkins«, sagte ich, »ist es denn fair, so zu kämpfen?«

»Bist du dumm, Jeremy? Du bist kein Schläger. Du gehst nicht los, um in Schwierigkeiten zu geraten. Aber die Schwierigkeiten können Tag und Nacht auf *dich* zukommen. Wenn irgendein Übeltäter es auf dich abgesehen hat, dann musst du dich verteidigen. Er wird nicht fair kämpfen, und du darfst das auch nicht.«

»Ja, Sir. Ich verstehe.«

»Und jetzt lass mich ein paar Tritte von dir sehen. Du brauchst dich nicht so unablässig zu bewegen wie ich – vorerst noch nicht –, aber zeig mir ein paar Tritte.«

Ich vollführte zwei, veränderte meine Position und trat dann noch zweimal auf den schweren Sack ein.

»Gut«, sagte Mr. Perkins, »aber du musst mehr Schwung hineinlegen. Stoß vom Knie aus.«

Ich gab mir große Mühe und versuchte zu tun, was er verlangte.

»Schon besser«, sagte er, »aber ziel höher. Ziel auf die Rippen.«

Weitere Tritte. Dann: »Du musst vom Gesäß aus zutreten. Diesmal möchte ich, dass du mit dem rechten Bein täuschst und mit dem linken zutrittst. Die einzige Möglichkeit, die der Gegner hat, um sich zu verteidigen, ist, deinen Fuß zu packen und dich umzuwerfen. Wenn du merkst, dass er das vorhat, dann schlägst du ihm mit der Faust ins Gesicht. Das wird mit ziemlicher Sicherheit ungeschützt sein. Also, zeig mir jetzt einen Tritt, eine Täuschung und einen Schlag in Gesicht. Nur zu, Jeremy, du machst das gut. Du bist wirklich ein gelehriger Schüler, ja, das bist du.«

Das zweite Opfer wurde achtundzwanzig Tage nach dem ersten gefunden. Hier, soweit ich davon erfuhr, die Umstände der Auffindung: Constable Clarence Brede, ein Mann von schweigsamer Natur, den ich persönlich nicht sehr gut kannte, hatte einen Rundgang durch die Straßen und Gassen jenseits von Covent Garden bis St. Martin's Lane gemacht. Als er über Bedfort Court zur Bedfort Street zurückging, wo die Garküchen und Spelunken sogar um diese Zeit, vier Uhr morgens, gut gefüllt sind, nahm er die schmale Gasse, die zum Friedhof von St. Paul's führte. Ihm war nämlich eingefallen, dass er sie bei seinem ersten Gang nicht überprüft hatte, und so machte er sich auf den Weg zu dem verschlossenen Tor zum Kirchhof. Dort schien sich niemand aufzuhalten. Der untergehende Mond stand niedrig über der Kirche und gab genug Licht, um ein großes Bündel oder Objekt an den spitzen Gitterstangen des Kirchhofzauns zu erkennen. Er eilte darauf zu, und als er näher kam, sah er, dass es sich um einen Leichnam handelte, den bekleideten Leichnam einer Frau. Sie lag größtenteils auf dem Rücken, doch ihre Schultern waren an den Zaun gelehnt, und der Kopf hing ihr auf der Brust. Wenn er vielleicht angenommen hatte, sie sei in betrunkenem Zustand dort niedergesunken, so verflüchtigte sich dieser Gedanke gleich wieder, als er leicht ihre Wange berührte, um sie aufzuwecken. Die Wange war kalt. Der Kopf fiel zu einer Seite. Im Mondlicht sah Clarence Brede dann, dass ihr Kinn und Unterkiefer eine tödliche Wunde an ihrem Hals verdeckt hatten.

Sofort nahm er seine Zunderbüchse aus der Tasche und entzündete damit die Laterne, die er bei sich trug. Er hob das Kinn der Frau ein wenig an und untersuchte die Wunde genauer. Dabei sah er, dass sie in der Mitte ziemlich stark geblutet hatte, was nicht sofort sichtbar war, denn das Blut war in Kragen und Mieder von dunkelblauer Farbe, Indigo genannt, gelaufen und dort versickert. Es war schon halb getrocknet und fühlte sich klebrig an. Constable Clarence Brede ließ die Leiche, wo sie war, und suchte mit hoch in die Luft gehaltener Laterne die nähere Umgebung ab. Als er sich vergewissert hatte, dass sein erster Eindruck zutreffend und tatsächlich niemand in der Nähe war, kehrte er in die Bedfort Street zurück. Er ergriff den ersten halbwegs nüchternen Mann, der ihm über den Weg lief, ließ sich dessen Namen und Adresse geben und wies ihn dann an, in die Bow Street Nummer vier zu laufen und den ersten Constable, den er dort antraf, darüber zu informieren, dass eine ermordete Frau vor dem Tor zum Kirchhof von St. Paul's gleich hinter der Bedfort Street lag. Constable Brede fügte hinzu, wenn der Mann diese Botschaft nicht überbringe, sei er der Behinderung eines Constable bei der Ausübung seines Amtes schuldig und werde von Sir John Fielding, Richter am Gericht in der Bow Street, streng bestraft werden. Der Bote eilte im Laufschritt davon, und der Constable ging zum Kirchhoftor zurück, um den Leichnam zu bewachen.

So kam es, dass ich, von Annie Oakum aus dem Bett geholt, Sir John und Benjamin Bailey zum Schauplatz des zweiten Mordes begleitete. Es war gegen fünf Uhr morgens, vielleicht ein wenig später, als wir unser Ziel erreichten. Im Osten machte sich schon der erste graue Schimmer der Morgendämmerung bemerkbar. Constable Bredes Bote hatte seine Mission zwar getreulich erfüllt, doch er musste unterwegs noch einigen anderen von dem Mord vor dem Kirchhoftor erzählt haben, denn als wir ankamen, stellten wir fest, dass sich dort eine beträchtliche Menschenmenge angesammelt hatte. Es müssen zwanzig oder dreißig Personen gewesen sein, darunter fünf oder sechs Frauen. Sie hatten sich am entfernten Ende der engen Gasse in der Nähe des Tors zusammengefunden, von nichts anderem bewegt als rüpelhafter Neugier. Die meisten waren angetrunken; ein paar schienen Schwierigkeiten zu haben, sich auf den Beinen zu halten. Anscheinend scharten sie sich um den Constable. Doch dieser hielt die Stellung und sorgte dafür, dass sie acht oder zehn Fuß von der liegenden Gestalt entfernt blieben, die er bewachte.

»Folgen Sie mir«, sagte Benjamin Bailey.

Und das taten wir – Sir John, die Hand auf meiner Schulter, als Letzter. Wir hielten uns dicht auf den Fersen dieses Riesen von einem Mann, der schon lange als Captain der Bow Street Runners Dienst tat. Mr. Bailey drängte und stieß sich einfach durch die Menge, seinen Knüppel mit beiden Händen vor sich haltend, und die Gaffer wichen nach rechts und links zurück, während er uns zu Mr. Brede führte.

»Ah«, sagte der belagerte Constable, »ich bin froh, dass Sie da sind. Ein paar Leute musste ich mit dem Knüppel vertreiben, aber ich habe keinem den Schädel eingeschlagen.«

»Nun, Sie und Mr. Bailey müssen sie fern halten. Sie haben meine Erlaubnis, ein paar Köpfe einzuschlagen, wenn es nötig ist«, sagte Sir John. »Aber zuerst werde ich sie warnen.«

Er trat vor, so dass er fast Nase an Nase mit der ersten Reihe der Zuschauer stand.

»Ich bin Sir John Fielding, Richter am Gericht in der Bow Street«, verkündete er. Darauf reagierten die Leute mit Murren. »Ich befehle Ihnen, sich zu zerstreuen«, fuhr er fort. »Wer glaubt, die Identität dieses Mordopfers zu kennen, oder Informationen anzubieten hat, soll in der Bedfort Street warten. Die Übrigen werden aufgefordert, in ihre Wohnungen zurückzukehren, damit wir unsere Ermittlungen ohne Störung oder Behinderung durchführen können. Ich gebe Ihnen eine Minute, um diesen Ort zu verlassen. Danach hat mein Constable Order, Sie zu vertreiben. Jeder, der sich widersetzt, wird mit Arrest, Geldstrafe und Haft nicht unter dreißig Tagen belegt.«

Sir John trat zwei Schritte zurück und wartete. Etwa die Hälfte der Menge, darunter sämtliche Frauen, wandte sich sofort ab und ging in Richtung Straße. Die Übrigen blieben noch einen Augenblick, tauschten mürrische Blicke und begannen sich dann auch zu zerstreuen, einige langsam, die meisten mit raschen Schritten.

»Mr. Bailey, wenn Sie und Mr. Brede die Leute zur Bedfort Street begleitet haben, möchte ich, dass Sie dort bleiben, um dafür zu sorgen, dass sie nicht zurückkommen. Sie könnten auch diejenigen, die vielleicht Informationen haben, befragen und feststellen, ob es sich lohnt, dass ich mich damit befasse. Sie, Mr. Brede, kommen bitte zurück, wenn sie die Straße erreicht haben, und geben mir Bericht.« Er hielt einen Moment inne. »Und jetzt dürfen Sie sich auf den Weg machen, Gentlemen.«

Die beiden Constables marschierten los, und zwar in großem Abstand voneinander. Jeder hielt seinen Schlagstock mit dem Wappen in beiden Händen vor sich. Was von der Menge noch übrig war, ergriff die Flucht bei ihrem Anblick. Einer der Betrunkensten jedoch schaffte es nicht, einen Fuß vor den anderen zu setzen. Seine Beine verhedderten sich, und er stürzte vor Mr. Brede zu Boden. Unfähig, sich wieder zu erheben, selbst nach einem von dem Constable auf seine Rückseite platzierten Schlag, rappelte sich der arme Bursche auf Knie und Ellbogen auf, aber er kam nicht voran. Mr. Brede beugte sich nieder und sagte etwas, das ich beim Trappeln der Füße auf dem Kopfsteinpflaster nicht verstehen konnte; dann ging er weiter und ließ den Mann liegen. Es dauerte nur noch eine Minute, bis die Gasse leer war.

»Hast du bemerkt, Jeremy«, sagte Sir John, »dass aufrührerisches Verhalten, unbotmäßige Menschenansammlungen und dergleichen anscheinend zunehmen?«

»Jetzt, da Sie es erwähnen, Sir, ja, ich habe es bemerkt.«

»In St. Martin's Lane ist es erst vor einem Monat zu einem schrecklichen Aufruhr gekommen, und ein fast so schlimmer hat sich vor zwei Wochen in Drury Lane ereignet.« Er verstummte für einen Moment. »Ich fürchte die Regentschaft des Mobs.«

Constable Brede kam im Laufschritt zurück und hielt nur ganz kurz inne, um dem Gestürzten ein paar Worte zu sagen. Gleich danach war er bei uns.

»Mr. Brede?«

»Ja, Sir John, ich bin hier.«

»Dann erstatten Sie Ihren Bericht, Sir.«

Das tat er. Er brauchte viel weniger Worte als ich, um die Entdeckung der Frauenleiche zu beschreiben. Er war, wie ich schon sagte, ein schweigsamer Mensch, zurückhaltend von Natur, der sich ein wenig abseits von den anderen Constables hielt. Er war nicht unfreundlich – nur ein wenig steif in seinem Benehmen. Er fühlte sich unbehaglich, und anscheinend fühlten sich andere in seiner Gegenwart ebenfalls unbehaglich.

»Glauben Sie, dass der Angriff da erfolgt ist, wo Sie die Leiche gefunden haben?«, fragte Sir John.

»Ja, Sir, das glaube ich.«

»Nun ... warum, Constable? Was haben Sie gefunden, das diese Vermutung stützt?«

»Das, was ich nicht gefunden habe.«

»Ja?«

»Nachdem ich gesehen hatte, dass die Frau tot war, habe ich meine Laterne angezündet und mich auf die Suche gemacht für den Fall, dass der Mörder noch in der Nähe war – obwohl ich das für unwahrscheinlich hielt. Ich habe auch nach

Blutflecken Ausschau gehalten. Es waren keine zu finden – nirgends in der Gasse. Und da war noch etwas.«

»Und was war das, bitte?«

»Also, Sir, wenn Sie vielleicht hier herüberkommen würden, wo sie liegt.« Ich führte Sir John die nötigen drei Schritte in die angegebene Richtung. »Als ich zurückkam und ehe die Menge hier eintraf, habe ich mir die Frau mit Hilfe der Laterne genauer angesehen, und ich habe festgestellt, dass ihr Kleid aufgeknöpft und nur lose wieder irgendwie zusammengeschoben worden war. Also habe ich einen Blick riskiert – obwohl ich weiß, dass wir nichts verändern sollen, aber ich dachte, es könnte wichtig sein. Dürfte ich jetzt vielleicht, Sir?«

»Ja, natürlich.«

Bis auf einen flüchtigen Blick bei unserer Ankunft hatte ich das Opfer, das am Tor lag, noch nicht betrachtet. Die hässliche Wunde an der Kehle war deutlich sichtbar, als Mr. Brede für uns die Laterne hochhielt. Er kniete neben der Frau nieder und zog ihr Kleid auseinander. Obwohl ich gewiss keine Erfahrung im Anblick von Toten und wenig Ahnung von der Art von Schaden hatte, die ein entschlossener Mörder mit einem Messer dem menschlichen Körper zufügen kann, war ich damals und bin ich auch heute nicht das, was man als zimperlich bezeichnen könnte. Trotzdem war ich so schockiert von dem, was ich sah, dass mein Magen einen plötzlichen, unangenehmen Satz tat. Angeekelt wandte ich mich ab.

»Ich weiß, dass Sie nicht sehen können, Sir, also müssen Sie meinen Worten Glauben schenken, dass ihr Körper ziemlich übel zerschnitten ist.«

»Kannst du das genauer erläutern, Jeremy?«

»Ja, Sir, Ich werde es versuchen.« Ich holte tief Luft und merkte plötzlich, dass ein unangenehmer Geruch in der Luft lag, ein Geruch nach Blut und Körperorganen, ein Schlachthausgestank. »Da ist ein langer Schnitt, der zwischen ihren

Brüsten beginnt und so weit nach unten reicht, wie ich sehen kann. Dann gibt es Schnitte unter den Brüsten, und die Haut ist zurückgezogen und irgendwie seitlich aufgeklappt worden, so dass ihr Inneres frei liegt. Es gibt ziemlich viel Blut und irgendetwas, das wie ein dickes, blutiges Seil aussieht, ist aus ihr herausgezogen worden.«

»Das dürfte der Darm sein«, sagte Sir John. »Du hast mir genug erzählt, Jeremy. Decken Sie sie zu, Mr. Brede. Kommen Sie, lassen Sie uns diesem Geruch ausweichen.« Mr. Brede bedeckte die Leiche, und wir entfernten uns einige Schritte von ihr. Doch der Geruch schien uns zu folgen.

»Als ich gesehen habe, wie schlimm sie zugerichtet war, habe ich unter sie geschaut und festgestellt, dass Blut durch ihr Kleid auf die Steine gesickert ist. Es kommt mir so vor, als wäre ihr die Kehle von hinten durchgeschnitten worden, wie üblich. Und dann wurde sie sozusagen umgedreht, so hingelegt, wie sie jetzt liegt, und danach hat man ihr die ganzen Schnitte zugefügt.« Er machte eine Pause und fügte dann hinzu: »Ich mache mir in dieser Sache selbst Vorwürfe, Sir.«

»Wieso das, Mr. Brede?«

»Nun, ich kam nach Mitternacht hier vorbei und schaute von der Bedfort Street aus in die Gasse. Da stand der Mond noch höher, ich konnte recht gut sehen, und alles schien in Ordnung, also ging ich zu St. Martin's Lane, wo die meisten Schwierigkeiten auftreten. Wenn ich hierher gekommen wäre und mich genauer umgeschaut hätte, hätte ich vielleicht den Übeltäter gefasst, der diese Tat begangen hat – vielleicht hätte ich sie sogar verhindern können.«

»Nicht sehr wahrscheinlich, Constable. Bei solchen Fällen gibt es immer ein Element des Zufalls. Sie sollten sich darüber keine Gedanken machen, denn Sie haben sich einwandfrei verhalten, vor allem im Umgang mit dem Pöbel, bevor wir kamen. Ich belobige Sie.«

Dann wandte Sir John sich in meine Richtung. »Jeremy, ich muss dich und Mr. Brede zu Mr. Donnelly schicken. Du hast doch seine neue Praxis schon besucht. Kannst du sie finden?«

»Ich bin sicher, dass ich sie finden werde, Sir John.«

»Dann müssen du und Mr. Brede einen Stall finden, der um diese Stunde noch geöffnet ist, einen Wagen mieten und Mr. Donnelly wecken. Diese arme Frau ist nicht für den Harker.«

»Ich kenne so einen Stall in der Half Moon Street«, meldete sich Mr. Brede zu Wort.

»Gut, dann gehen Sie beide. Ich bleibe bei Mr. Bailey hier. Schicken Sie Bailey mit allen potenziellen Zeugen zu mir, deren Befragung er für der Mühe wert hält.«

»Wir werden so schnell wie nur möglich zurückkommen«, sagte ich.

Mr. Brede sagte nichts und schwieg, bis wir den Stall erreichten. Allerdings zeigte er mit seinem Knüppel drohend auf den betrunkenen Mann, als wir an ihm vorübergingen, als wolle er sagen: Bleib genau da, wo du bist. Der Unglückliche, der also anscheinend unter Arrest stand, saß jetzt da, wo er niedergestürzt war. Er erwiderte unseren Blick verwirrt und verständnislos.

Das nächste Mal sah ich den Mann in Sir Johns Gerichtssaal in der Bow Street Nummer vier. Er war von Mr. Bailey festgenommen worden, wie ich hörte, nachdem die Constables in den Häusern und Hütten in der Nähe des Tatorts ergebnislos herumgefragt hatten. Niemand war von Schreien aufgewacht; die Frau, deren Namen wir noch nicht kannten, war in aller Stille ermordet worden.

Sir John hatte mehr Glück gehabt. Vier von den von Mr. Bailey vorgeführten Frauen hatten Informationen besessen – aber alle ziemlich ähnliche. Jede Einzelne der Frauen hatte sich das Gesicht der Toten ansehen dürfen (nicht aber die schrecklichen Wunden an ihrem Rumpf), und alle identifizierten sie nur als »Polly«, obwohl eine sagt, die Frau sei in St. Martin's Lane als »Tuppence Poll« bekannt gewesen, weil sie sich, wenn sie Geld benötigte, für diese geringe Summe verkaufte. Alle Zeuginnen bis auf eine hatten sie heftig mit einem »Ausländer« streiten hören; nur eine hatte das wirklich gesehen, und ihr Name war Sarah Linney. Zwei sagten, es handle sich um einen Juden namens Yossel, und beschrieben ihn als »Abstauber« – die Art von Dieb, die Prostituierten ihren Verdienst raubt, oft mit vorgehaltenem Messer. Sie waren höchst erzürnt und sicher, er habe ihre Schwester Polly ermordet; alle sagten, sie fürchteten um ihr eigenes Leben.

Was mich betrifft, so kehrte ich, nachdem ich dabei geholfen hatte, den Leichnam in die Praxis von Mr. Donnelly zu befördern, mit Sir John in die Bow Street zurück. Dort wurde ich zu meiner Enttäuschung von ihm nach oben geschickt, um meine üblichen Haushaltspflichten zu erledigen. Inzwischen war es sieben Uhr morgens, und Annie Oakum und Lady Fielding saßen in der Küche und frühstückten, als ich eintrat. Sie sprangen vom Tisch auf, begierig, alles über die Angelegenheit zu erfahren, die Sir John und mich vor Morgengrauen aus dem Haus geführt hatte. Ihre Fragen brachten mich in Verlegenheit. Sir John hatte mich gewarnt, nichts von dem zu erzählen, was ich gesehen oder gehört hatte. »Nicht einmal Lady Fielding?«, hatte ich ihn gefragt. »Vielleicht besonders ihr nicht«, hatte er geantwortet. Was sollte ich also sagen, wenn sie Details aller Art wissen wollten? Ich gab nur zu, dass Sir John gerufen worden war, um eine Mordermittlung einzuleiten. (Es schien ungefährlich, das zu sagen, denn etwas Geringeres als Mord hätte ihn nicht zu dieser Stunde auf den Plan gerufen.) Die beiden Frauen waren damit natürlich nicht zufrieden und fuhren fort, mir mit Fragen heftig zuzusetzen. Verzweifelt warf ich die Hände in die Luft und sagte Lady Fielding und Annie, sie müssten Sir John fragen, wenn sie mehr wissen wollten, denn er habe mich angewiesen, nichts zu erzählen. Das betrachteten sie als Herausforderung. Lady Fielding schickte an diesem Tag Annie zum Einkaufen nach Covent Garden, damit sie auf der Straße alles in Erfahrung brachte. Sie selbst würde im Magdalenenheim für reuige Prostituierte Erkundigungen einziehen – Neuigkeiten aus der Außenwelt schienen immer ihren Weg dorthin zu finden. Ich hingegen – und ich fasste das als eine Art Strafe für mein Schweigen auf – musste weitere Böden schrubben. Da ich die Treppe erst vor kurzem gründlich gesäubert hatte, wurde ich angewiesen, dem Boden der Küche, unseres wenig benutzten Speisezimmers und des Wohnzimmers dieselbe Behandlung angedeihen zu lassen.

Nach dem Frühstück, das ich förmlich verschlang, so hungrig war ich, machte ich mich rasch an die Arbeit. Lady Fielding ging aus. Annie erledigte den Einkauf und kam zurück (zu meiner Freude mit der Nachricht, sie habe wenig erfahren, außer, dass das Opfer eine Frau sei). Während der ganzen Zeit arbeitete ich mit großem Eifer. Ich machte mir zwar durchaus nichts aus Schrubben und Ähnlichem, doch ich war recht geübt darin und wusste, wenn ich selbst mit meiner Leistung zufrieden war, dann war Lady Fielding es ganz bestimmt auch. So gelang es mir, kurz nach Mittag fertig zu werden; danach stieg ich sofort die Treppe hinunter zu Sir Johns Gerichtssaal, um mehr über den Fortgang der Ermittlungen zu erfahren.

Leise öffnete ich die Tür, und genauso leise suchte ich mir einen Platz in ihrer Nähe. Als ich mich setzte, beendete Sir John gerade einen Streitfall zwischen einem Händler aus Covent Garden und einem Baumeister. Aus dem Wenigen, das ich hörte, schloss ich, dass der Baumeister einen dauerhaften Verkaufsstand errichtet hatte, wovon es in Covent Garden immer mehr gab, und dass dieser Stand dann beim ersten schweren Gewitter zusammengebrochen war und dabei außerdem noch eine volle Tageslieferung Obst und Gemüse vernichtet hatte.

Ich zitiere Sir Johns Urteil, denn ich erinnere mich noch sehr gut daran. Möge er mir vergeben, wenn mir ein oder zwei falsche Worte unterlaufen:

»Der Beklagte hat zwar einfallsreich für sich gesprochen, doch ich kann mich des Gedankens nicht erwehren, dass sein Argument, bei dem fraglichen Gewitter seien keine anderen Verkaufsstände zusammengebrochen und folglich stelle dieser Vorgang einen Akt Gottes dar, nur scheinbar zutreffend ist. Er ging sogar so weit anzunehmen, dass dieser Unglücksfall dem Kläger als Strafe für seine Sünden zustieß. Hier, Mr. Beaton, finde ich, dass Sie anmaßend sind, denn es ist nicht an uns, über die Sünden anderer zu urteilen, es sei denn, sie sind so eklatant, dass man sie ihrer Natur nach als Verbrechen betrachten muss – und selbst in diesem Fall steht uns nur dann ein Urteil zu, wenn wir Geschworene bei einem Prozess sind. Und so, wie Sie hier diesbezüglich zu weit gehen, gehen Sie in Ihrer Auffassung dessen, was ein Akt Gottes ist, nicht weit genug. Vor dem Gesetz bezieht sich der Begriff göttlichen Wirkens auf ein Geschehen, das ohne menschliches Zutun oder Teilnahme auftritt – eine große Überschwemmung, ein Sturm oder dergleichen. Da es keine Überschwemmung gab und der Wind, der geweht hat, weiter keine Folgen zeitigte, können wir den Einsturz des Verkaufsstandes nicht derartigen natürlichen Ursachen zuschreiben; und da ich nicht behaupten will, ich sei in die Beziehung des Klägers zu seinem Schöpfer eingeweiht, bleibt als einzig mögliche Ursache für den Einsturz des Verkaufsstandes nur Ihre eigene mangelhafte Handwerksarbeit übrig. Daher entscheide ich zu Gunsten des Klägers und verurteile Sie, Mr. Beaton, dazu, für Mr. Grimes einen neuen Verkaufsstand zu errichten, der diesen zufrieden stellt und mindestens, sagen wir, fünf Jahre überdauert – außer natürlich im Falle höherer Gewalt. Außerdem müssen Sie ihm für den Verlust seiner Waren die Summe von fünf Pfund bezahlen. Sollten Sie den Anweisungen dieses Gerichts nicht Folge leisten – nun, Sir, dann wäre das einen Aufenthalt in Newgate wert. Haben Sie mich verstanden? Ja oder nein?«

Mr. Beaton war geschlagen. Er ließ den Kopf hängen und antwortete gehorsam: »Ja, Sir, ich habe verstanden.«

»So sei es.« Sir John schlug mit seinem Hammer auf den Tisch und rief dann: »Nächster Fall.«

(Dies, verehrter Leser, zitiere ich so ausführlich, um Ihnen eine Vorstellung von den Lektionen zu geben, die ich in Sir John Fieldings Gerichtssaal in der Bow Street lernte, lange bevor ich meine eigentliche juristische Ausbildung bei ihm begann. Was den geschilderten Fall betrifft, so habe ich natürlich nie mehr vergessen, was höhere Gewalt vor dem Gesetz eigentlich ist.)

»Thaddeus Millhouse, treten Sie vor!«, rief Mr. Marsden, so laut er konnte.

Dann sprach Sir John einen Augenblick mit seinem Gerichtsdiener, lauschte aufmerksam und nickte. Inzwischen stand ein klein gewachsener Mann sehr zaghaft auf und ging die fünf oder sechs Schritte bis vor den Richtertisch. Ich erkannte ihn als den Betrunkenen, der vor Constable Brede zu Boden gestürzt war.

»Thaddeus Millhouse, Sie sind festgenommen worden, weil Sie meinem Befehl nicht gehorcht haben, die Gasse zu verlassen, die vom Kirchhof von St. Paul's zur Bedfort Street führt. Da ich diesen Befehl gegeben habe und Constable Brede, der Sie festgenommen hat, eine lange, schwere Nacht hinter sich hat, habe ich ihn von seiner Anwesenheitspflicht hier entbunden. Ich bin mit den Umständen dieses Falles ausreichend vertraut. Also müssen Sie, Mr. Millhouse, mir darlegen, was Sie zu Ihrer Verteidigung vorzubringen haben.«

»Nun, Sir«, sagte der Mann mit so leiser Stimme, dass ich mich vorbeugen musste, um ihn zu hören. »Ich wollte ja tun, was Sie sagten, aber ich konnte nicht.«

»Und warum konnten Sie nicht?«

»Ich war zu betrunken, Sir.«

»Ein bisschen lauter, bitte.«

»*Ich war betrunken!*« Das hörte sich an wie ein lauter Jammerschrei.

Unter den Zuhörern im Gerichtssaal brach dröhnendes Gelächter aus. Sie kamen, um sich zu unterhalten, und nahmen jeden noch so geringen Anlass zur Erheiterung wahr. Sir John stellte mit seinem Hammer die Ruhe wieder her.

»Mr. Millhouse, Sie waren gestern Nacht in der Gasse nicht der einzige Betrunkene. Anderen ist es gelungen, in die Bedfort Street zu wanken. Warum Ihnen nicht?«

»Ach, Sir John, ich war so schrecklich betrunken, dass ich über meine eigenen Füße gestolpert bin und nicht ums liebe Leben hätte aufstehen können.«

»Ich bedaure, Ihnen mitteilen zu müssen, Sir, dass die Strafe für Trunkenheit in der Öffentlichkeit dieselbe ist, die ich der aufsässigen Menge gestern Nacht angedroht habe – Geldstrafe und Haft nicht unter dreißig Tagen. Haben Sie nicht mehr zu Ihrer Verteidigung vorzubringen?«

»Um die Wahrheit zu sagen, nein.«

»Dann bleibt mir wohl nichts anderes übrig, als ...«

»Darf ich für ihn sprechen, Sir?« Es war die Stimme einer Frau, einer Frau in der ersten Reihe, die sich erhob, einen Säugling in den Armen, und neben Thaddeus Millhouse trat.

»Und wer sind Sie, Madam?«, fragte Sir John.

»Ich bin seine Frau«, sagte sie. »Mein Name ist Lucinda Millhouse. Und obwohl Sie ihn nicht sehen können, macht er sich vielleicht doch bemerkbar«, fuhr sie fort, »deswegen erwähne ich, dass ich unseren Sohn in den Armen halte, Edward Millhouse.«

Der plötzliche und dramatische Auftritt von Mrs. Millhouse rief im Gerichtssaal nicht etwa Gelächter hervor, sondern brachte alle Anwesenden auf der Stelle zum Schweigen. Sogar Mr. Marsden konnte nicht anders, als diese zwei und vielmehr drei Menschen mit großen Augen anzustarren. Ich weiß nicht, ob er sich erinnerte, dass so etwas schon einmal vorgekommen war; ich jedenfalls hatte es noch nie erlebt. Alle Zuhörer warteten darauf, was als Nächstes geschehen würde. Würde Sir John eine derartige Unterbrechung hinnehmen? Oder würde er Mr. Fuller einfach anweisen, die Frau aus dem Saal zu entfernen?

»Und was haben Sie zu sagen, Mrs. Millhouse?«, fragte der Richter.

»Sir, ich möchte bemerken, dass wir nicht bezahlen können, wenn er zu einer Geldstrafe verurteilt wird, und wenn er ins Gefängnis kommt, dann werden Edward und ich verhungern. Gewiss, das ist keine Entschuldigung, aber eine Bitte um Gnade. Thaddeus hat gerade eine Anstellung gefunden. Bitte, lassen Sie ihn arbeiten.«

Unter der Menge im Gerichtssaal erhob sich lautes Gemurmel, doch dieses eine Mal unternahm Sir John nichts, um es zum Verstummen zu bringen. Fast eine Minute lang saß er schweigend da.

»Mr. Millhouse, sagen Sie mir, welche Arbeit verrichten Sie?«

»Ich bin Gelehrter und Dichter.«

»Ach du lieber Himmel!«, stöhnte Sir John. Es war ein Schrei der Verzweiflung.

»Früher war ich Schullehrer«, fügte Mr. Millhouse hinzu.

»Und diese Stelle haben Sie zweifellos aufgegeben, um nach

London zu kommen und hier als Dichter Ruhm und Vermögen zu erringen.«

»Ja, Sir.« Er ließ den Kopf hängen. »Das war vor ungefähr sechs Monaten.«

»Und Sie haben beides noch nicht gefunden.«

»Nein, Sir, nur Gelegenheitsarbeiten in der Grub Street.«

»Aber jetzt haben Sie, Ihrer Frau zufolge, eine feste Anstellung gefunden, vermutlich langfristig. Ist das zutreffend?«

»Ja, Sir, Mr. John Hoole hatte mich eingestellt, damit ich ihm bei der Übersetzung von Lodovico Ariostos *Orlando Furioso* helfe und allgemeine Sekretärsarbeiten für ihn erledige. Er ist durch ein gebrochenes Knie behindert. Ich ... ich sollte nächsten Montag anfangen. Gestern Abend bin ich mit Freunden ausgegangen, um unser Glück zu feiern.«

»Freunden, die zugelassen haben, dass Sie viel mehr tranken, als Sie vertragen konnten.«

»Ich kann es ihnen nicht verübeln, Sir. Ich fürchte, wenn ich einmal zu trinken anfange, kann ich nicht mehr aufhören.«

»Nun, Mr. Millhouse, mir scheint, dass es klüger wäre, gar nicht erst anzufangen.«

»Das könnte in der Tat die Lösung sein, Sir.«

Wieder verstummte Sir John. Er verschränkte die Hände vor sich und dachte über die Angelegenheit nach.

»Dieses Gericht hat nicht die Aufgabe, Mütter und Säuglinge dem Hungertod preiszugeben«, sagte er endlich. »Gleichwohl haben Sie, Mr. Millhouse, Ihre Schuld eingestanden. Sie haben erklärt, dass Sie die Absicht hatten, meinem Befehl zu gehorchen, dies aber wegen Ihres betrunkenen Zustandes nicht konnten. Wie auch immer, Sir, Sie müssen bestraft werden. Worin wird Ihre Strafe bestehen?« Er ließ uns alle einen Augenblick gespannt warten. »Ich bin bereit, auf Grund der Bitte Ihrer Frau auf die Gefängnisstrafe von dreißig Tagen zu verzichten. Aber ich werde Sie zu einer

Geldstrafe von einem Shilling monatlich für die Zeitspanne eines Jahres von heute an verurteilen. Können Sie das aufbringen?« Sowohl Mr. als auch Mrs. Millhouse stießen im selben Moment einen Schrei der Erleichterung aus; er bedankte sich von Herzen, sie wünschte Sir John Gottes Segen.

Sir John brachte sie mit einer Handbewegung zum Schweigen und fuhr fort: »Aber, Mr. Millhouse, wenn Sie während dieses Jahres noch einmal wegen Trunkenheit in der Öffentlichkeit vor mir erscheinen, können Sie kaum Gnade von mir erwarten. Haben Sie das verstanden?«

»O ja, Sir, ich habe es verstanden. Aber, Sir«, fuhr er fort, »da ist nur noch eine Sache.«

»Und das wäre?«

»Diese Frau, da draußen in der Gasse, das Mordopfer...«

»Ja, was ist mit ihr?«

»Nach dem, was ich heute Morgen gehört habe, als ich darauf wartete, vor Ihnen zu erscheinen, haben Sie Schwierigkeiten, ihre Identität festzustellen.«

»Das ist richtig.«

»Ich glaube, ich weiß, wer sie ist.«

Mrs. Millhouse sah ihren Gatten überrascht an.

»Natürlich war es dunkel in der Gasse. Der Mond war schon fast untergegangen, als ich hinkam, um zuzusehen. Und wie schon festgestellt wurde, war ich betrunken...«

»Ja, Mann, heraus damit!«

»Trotzdem, ich glaube, dass es sich bei der Frau um eine gewisse Priscilla Tarkin handelt, die in unserem Hof in der Half Moon Street wohnt.«

»O, Tad«, jammerte seine Frau. »Polly? Sag, dass das nicht wahr ist.«

Doch er konnte ihr wenig Hoffnung machen, denn trotz seiner Vorbehalte schien er nun, nachdem er gesprochen hatte, ziemlich sicher zu sein.

»Und warum haben Sie das nicht gleich gesagt?«

»Das hätte ich ja«, erwiderte er, »aber ich fürchte, als ich stolperte und fiel, wurde mein Kopf völlig leer. An das, was danach geschah, kann ich mich überhaupt nicht erinnern.«

»Schön und gut«, sagte Sir John. »Ich muss Sie allerdings bitten, noch zu bleiben, denn das Gesetz verlangt eine förmlichere Identifizierung als die soeben von Ihnen vorgenommene.«

Mrs. Millhouse bestand darauf, uns zu Mr. Donnellys Praxis zu begleiten. Ich ging voraus, denn ich war der Einzige aus unserer Gesellschaft, der ihre genaue Lage kannte. Unterwegs erzählte Mrs. Millhouse Sir John bereitwillig alles, was ihr über die arme Polly Tarkin bekannt war. Obwohl ich das damals nicht wissen konnte, war die Geschichte, von der sie berichtete, typisch für viele ältere Frauen, die zur Prostitution gezwungen waren – Tod des Ehemanns, der sie mit Schulden zurückließ, ein Sohn, der in die amerikanischen Kolonien verschwunden war, Verzweiflung, keine Möglichkeit, den Lebensunterhalt zu verdienen, außer, indem sie sich selbst verkaufte. Sie war weder jung noch hübsch, und so blieb sie häufig hungrig. Die Familie Millhouse hatte das Wenige, das sie besaß, oft mit ihr geteilt. Als Dank dafür hütete sie Edward, wenn Mrs. Millhouse zu Besorgungen in die Stadt ging.

»Hatte sie kein Geschäft? Kein Handwerk? Keine Möglichkeit zu arbeiten?«, fragte Sir John.

»Sie sagte nein«, antwortete Mrs. Millhouse. »Die arme Frau empfand nur Scham für das, was sie tat. Wir brachten es nicht über das Herz, uns von ihr abzuwenden.«

Thaddeus Millhouse hörte auf dem ganzen Weg durch Straßen und Gassen der trostlosen Schilderung seiner Frau nur zu. Als sie fertig war, sagte er bloß: »Was sie getan oder nicht getan hat, ist jetzt nicht mehr von Bedeutung. Vor Gott empfinden wir alle Scham.« Er sagte das sonderbar und auf eine Weise, die die Diskussion beendete. Nur der kleine Edward Millhouse, der aussah, als sei er noch kein Jahr alt, hatte danach noch viel zu sagen. Zuerst fing er an zu quengeln, und als wir den Eingang von Mr. Donnellys Haus erreicht hatten, schrie er aus Leibeskräften.

»Er zahnt«, erklärte seine Mutter und wiegte ihn in den Armen.

Was immer Edward zu schaffen machte, lenkte Mr. Donnellys Aufmerksamkeit auf unsere Ankunft, denn als wir seine Tür erreichten, öffnete er sie sofort, so begierig war er, Patienten in seiner neuen Praxis willkommen zu heißen.

»Ach, Sie sind das, Sir John.« Man muss ihm zugute halten, dass er nicht im Mindesten enttäuscht wirkte. »Kommen Sie herein, alle.«

Sir John stellte die Besucher vor und erklärte den Grund unseres Besuches. Ich bemerkte, dass Mr. Donnelly einen zweifelnden Blick auf Mrs. Millhouse warf.

»Madam, ich fürchte, ich kann Ihnen nicht gestatten, den Leichnam zu sehen.«

»Aber warum?«, sagte sie. »Ich habe sie am besten gekannt.«

»So, wie sie jetzt aussieht, würden Sie sie vielleicht gar nicht wiedererkennen.« Er ging an die Tür zum Nebenzimmer. »Geben Sie mir nur einen Moment Zeit, damit ich die Leiche zur Identifizierung herrichte, Mr. Millhouse.«

Als Mr. Donnelly rief, wir könnten hereinkommen, gab Sir John mir ein Zeichen, draußen zu bleiben, und er folgte Mr. Millhouse durch die Tür. Nach einigem Herumtasten gelang es ihm, sie hinter sich zu schließen.

Wir warteten – Lucinda Millhouse, Edward und ich – und hörten gedämpftes Stimmengemurmel von nebenan. Die Praxis von Mr. Donnelly war bescheiden. Es gab nur zwei Räume.

Der, in dem wir uns aufhielten, diente ihm als Wohnraum und gleichzeitig als Wartezimmer – sofern jemals Patienten kamen. Sie konnten auf dem Sofa Platz nehmen, auf dem ich jetzt saß und das ihm auch als Bett diente. Mrs. Millhouse ging minutenlang mit Edward, der noch immer schrie, im Zimmer auf und ab. Dann setzte sie sich plötzlich auf einen der Stühle, den sie vom Tisch in eine Zimmerecke gezogen hatte, und begann, den Kleinen auf den Knien zu wiegen.

»Er ist nicht immer so«, sagte sie entschuldigend zu mir. »Gewöhnlich ist Edward das liebste Kind. Es sind die Zähne, verstehst du. Das macht allen Babys zu schaffen.«

Ich versicherte ihr, dass sein Geschrei ganz und gar nichts ausmachte.

»Es wird Tad – Mr. Millhouse, meine ich – gut tun, aus unserem Zimmer rauszukommen, wenn er seine neue Stelle antritt. Er konnte weder bei Tag noch bei Nacht richtig arbeiten, weil wir alle so zusammengedrängt leben.«

»Zweifellos«, sagte ich mitfühlend.

Die Tür zum Nebenzimmer öffnete sich, und Mr. Millhouse erschien. Seine Augen waren rot, und obwohl er sie mit einem Taschentuch, das er in der Hand zerknüllte, getrocknet hatte, war offensichtlich, dass er geweint hatte.

»Komm, Lucy, lass uns gehen«, sagte er.

Doch als sie aufstand, kam Mr. Donnelly herein, ein kleines Töpfchen in der Hand. »Einen Moment noch«, sagte er. »Ich habe hier eine Salbe für das Baby. Reiben Sie ein winziges bisschen da ein, wo der Zahn durchkommt, das verschafft Erleichterung.«

Mrs. Millhouse nahm die Salbe ziemlich widerstrebend an. »Was ist darin?«, fragte sie.

»Eine ganz milde Opiummischung. Machen Sie sich keine Sorgen. Sie ist in Lancashire oft benutzt worden, ohne ungünstige Folgen.«

»Wir ... wir können sie nicht bezahlen.«

»Nehmen Sie sie mit meinen guten Wünschen. Aber vergessen Sie nicht – nur ein winziges bisschen.«

»Haben Sie vielen, vielen Dank. Ich ...«

»*Lucy!*« Mr. Millhouse stand an der Tür zum Flur und hatte es eilig zu gehen. »Bitte, lass uns aufbrechen.«

Sie nickte uns allen zu und folgte ihm. Mit einem lauten Knall fiel die Tür hinter ihr ins Schloss. Wir lauschten ihren sich entfernenden Schritten. Erst in diesem Augenblick kam Sir John aus dem Untersuchungszimmer.

»Warum haben Sie das getan?«, fragte Mr. Donnelly ihn. »Es war wirklich nicht nötig, ihm diese schrecklichen Bauchwunden zu zeigen. Ein Blick auf ihr Gesicht hätte genügt.«

»Ich wollte seine Reaktion prüfen«, sagte Sir John ruhig.

»Nun, eine Reaktion haben Sie jedenfalls bekommen! Einen Moment lang dachte ich, ich müsste ihm Terpentinöl unter die Nase halten, um ihn wiederzubeleben. Und die Tränen, großer Gott! Also ich dachte, er würde mit seinen Tränen den ganzen Raum überschwemmen.«

»Seine Reaktion war eher übertrieben, meinen Sie nicht?«

»Nun, er sprach von ihr, wie man von einer Freundin der Familie sprechen würde. Man stelle sich vor, mit einer Prostituierten so zu verkehren!«

»Und der Bursche behauptet, ein Dichter zu sein.«

»Na ja, bei einem Dichter, mit einem Übermaß an Gefühlen, ist so etwas immer möglich, sogar wahrscheinlich.«

»Trotzdem«, sagte Sir John, »es macht einen neugierig. Das ist der Grund, warum ich ihn eingeladen habe, mich morgen früh zu besuchen, um mit mir zu reden.«

»Aber Sie haben gesagt, Sie wollten nur gewisse Einzelheiten über das Leben des Opfers erörtern – Freunde, häufige Besucher und so weiter.«

»Ich wollte ihn nicht misstrauisch machen, Mr. Donnelly.

Aber genug davon. Was haben Sie mir über die Wunden von Priscilla Tarkin zu sagen?«

»O ja, das Opfer, natürlich. Nun, ich habe wunschgemäß einen Bericht für die Akte geschrieben. Soll ich ihn vorlesen?«

»Nein, schildern Sie mir Ihre Befunde so. Dann merke ich mir die wesentlichen Punkte.«

»Also gut. Nun, lassen Sie mich überlegen.« Er hielt einen Moment inne, um sich zu sammeln. »Sie wurde mit ziemlicher Sicherheit von hinten angegriffen. Sie hatte Blutergüsse rechts und links auf den Wangen, was meiner Meinung nach darauf hindeutet, dass ihr eine große Hand den Mund zugehalten hat. Von der linken Seite aus wurde ein einziger Schnitt durch ihre Kehle gezogen. Dabei wurden Speise- und Luftröhre bis zur Wirbelsäule durchtrennt. Damit haben wir die Todesursache. Der Bauch und das Körperinnere wurden danach verstümmelt, und zwar mit einem Schnitt vom Brustbein bis zum Schambein und lateralen Schnitten unter den Rippen und etwa zwei Zoll unter dem Nabel. Diese Schnitte reichten sehr tief und richteten an den darunter gelegenen Organen beträchtlichen Schaden an – Magen und Darm wurden übel zugerichtet. Die Bauchhaut war zurückgeschlagen, vielleicht, um an ihren Uterus zu kommen, der durchstochen war – möglicherweise aus bloßer Neugier auf das, was darunter lag. Der Darm war verschoben, vielleicht ebenfalls, um an die Gebärmutter zu gelangen.«

»Mit anderen Worten, er wusste, wo nach diesem weiblichen Organ zu suchen ist«, warf Sir John ein, »und es war ihm wichtig, es zu finden.«

»So könnte man sagen, ja.«

»Das würde dann mit Ihrer Annahme beim ersten Opfer übereinstimmen, dass der Mörder nämlich über anatomische Kenntnisse verfügte.«

»Nun ... ja.« Das war bestenfalls eine halbherzige Zustimmung. Der Chirurg fügte hinzu: »Aber es gibt hier Unterschiede, die mich ein bisschen weniger sicher machen. Diese Wunden sind so tief und barbarisch, dass ich glaube, sie wurden schnell und mit geübter Hand zugefügt. Außerdem machen sie auf mich den Eindruck, dass sie im Zorn beigebracht wurden – in allergrößtem Zorn.«

»Und was ist mit der Größe der Frau? Danach habe ich noch nicht gefragt, obwohl ich es hätte tun sollten.«

»Sie war nicht klein und wog etwa neun Stone, würde ich meinen. Nicht wie die Amazone, an der er sich beim ersten Mal vergriff. Auf jeden Fall hatte er keine Mühe, sie in seine Gewalt zu bringen. In dieser Hinsicht hatte er mit keiner der beiden Frauen Mühe.«

»Tatsächlich«, staunte Sir John und dachte eine Zeit lang nach. »Darf ich eine ganz grundlegende Frage stellen?«

»Natürlich, Sir John. Das sind oft die wichtigsten.«

»Wäre es möglich, jemandem die von Ihnen beschriebenen Wunden zuzufügen, ohne sich mit dem Blut des Opfers zu besudeln?«

»Bei der Verstümmelung vielleicht, obwohl sie hastig vollzogen wurde – und was immer man hastig tut, ist unter Garantie nicht sauber getan. Aber dieser lange Schnitt quer durch die Kehle hat sowohl Halsschlagader als auch die Drosselvene durchtrennt. Da ist viel Blut geflossen, vielleicht sogar gespritzt. Hand, Gelenk und Unterarm des Mörders waren mit ziemlicher Sicherheit blutbesudelt.«

»Jeremy? Bist du da?«

»Ja, natürlich, Sir John.«

»Haben wir das Offensichtliche übersehen? Waren Mr. Millhouses Rockärmel oder Manschette blutbefleckt?«

Da brauchte ich nicht lange zu überlegen. »Nein, Sir«, sagte ich, »und sein Rock war von einer Farbe, bei der das sehr auffällig gewesen wäre.«

»Der Meinung bin ich auch«, sagte Mr. Donnelly.

»Und wie würden Sie seine Größe einschätzen?«

Ehe einer von uns antworten konnte, klopfte jemand kräftig an die Tür. Mr. Donnelly sah mich an, zuckte mit den Schultern, ging zur Tür und öffnete sie. Draußen stand Mr. Amos Carr, der frühere Armeechirurg, der gelegentlich, solange Mr. Donnelly abwesend war, für Sir John und die Bow Street Runners gearbeitet hatte. Er war derjenige, der Mr. Perkins' Arm amputiert hatte, obwohl dieser geglaubt hatte, er könne vielleicht gerettet werden. Sir John schätzte ihn nicht sonderlich.

»Ach, Mr. Donnelly«, dröhnte er, »ich habe gehört, Sie wären nach London zurückgekehrt und hätten hier Ihre Praxis eröffnet. Wir sind uns zwar erst zwei- oder dreimal begegnet, aber ich dachte, als Kollege komme ich mal vorbei und heiße Sie herzlich willkommen.«

Mr. Donnelly war für ein oder zwei Augenblicke sprachlos. Doch dann fasste er sich und bat seinen Besucher herein.

»O, Sir John!«, rief Dr. Carr aus, als er uns entdeckte. »Arbeiten Sie wieder mit Mr. Donnelly zusammen, ja? Ich habe gehört, dass er Ihnen in diesem scheußlichen Mordfall hinter New Broad Court behilflich war.«

»Und nun gibt es einen zweiten«, erwiderte Mr. Donnelly.

Ich sah, wie Sir John bei dieser Bemerkung die Lippen schürzte. Ich merkte, dass er der Meinung war, Mr. Donnelly hätte besser schweigen sollen.

»Das ist doch nicht Ihr Ernst!«, sagte der frühere Armeechirurg. »Wer war es denn?«

»Eine Prostituierte, wie beim ersten Mal«, antwortete Mr. Donnelly.

»Ach, diese armen Frauen. Man kann wohl sagen, dass sie auf der Straße am meisten gefährdet sind.«

»Ja, unglücklicherweise«, stimmte Sir John zu.

»Wissen Sie«, sagte Dr. Carr, »als ich erfuhr, dass Sie Sir

John einen Dienst erwiesen haben, lag das Ereignis Tage zurück, und das Opfer war bereits unter der Erde. Aber wenn es tatsächlich ein zweites Opfer gibt, dann können Sie sich vielleicht einen bescheidenen Rat zu Nutze machen.«

»Und welcher Rat wäre das, Dr. Carr?«, fragte Sir John. »Ich bin höchst begierig, das zu erfahren.«

»Mr. Donnelly, ich glaube mich zu erinnern, dass Ihre frühere Praxis ausgestattet war mit einem ... wie heißt das noch? Mikro ...?«

»Einem Mikroskop, Sir.«

»Ach ja. Nun, Sie sind wissenschaftlich auf dem neuesten Stand. Ich bin sicher, Sie haben das noch irgendwo greifbar?«

»Ja, in der Tat. Es ist mir in vieler Hinsicht eine Hilfe.«

»Nun, was ich Ihnen jetzt sage, mag Ihnen etwas weit hergeholt erscheinen, aber ich versichere Ihnen, dass es sich um ein bewiesenes Faktum handelt. Ich selbst habe es beobachtet, wie ich gleich erklären werde.« Da ihm nun beide Männer aufmerksam zuhörten, blähte er sich vor Stolz auf, wollte seinen Vortrag ausdehnen und sie noch länger fesseln. Er hielt inne, um Spannung zu erzeugen. Endlich sprach er weiter.

»Also, in der Army hatte ich bei mehreren Anlässen Gelegenheit, die Augen von Toten zu untersuchen, und ich kann Ihnen mitteilen, dass man in den Pupillen das Abbild des letzten Bildes sieht, das sich dem lebenden Auge eingeprägt hat. Da war tatsächlich *etwas* zu sehen! Die Schwierigkeit liegt natürlich darin, dass es selbst mit dem Vergrößerungsglas nicht zu erkennen ist. Ich weiß das, denn ich habe es bei mehreren Gelegenheiten mit eben diesem Instrument versucht.

Aber Sie, Mr. Donnelly, mit Ihrem Mikroskop, hätten eine viel größere Chance. Mein Rat ist dieser: Entfernen Sie dem zweiten Opfer einfach die Augäpfel, und legen Sie sie so hin, dass Sie die Pupillen genau untersuchen können. Ich kenne die Macht dieser Mikro ... eh ... skope. Ganz erstaunlich. Sobald Sie ein klares Bild der Pupillen vor sich haben, zig Male vergrößert, haben Sie auch ein Bild des Mörders. Ist das nicht ganz logisch?«

»Eh ... ja doch ... ich denke schon«, stammelte Mr. Donnelly.

»Würden Sie mir bei der Operation gern assistieren?«

»Das wird leider nicht möglich sein«, sagte Sir John, »denn Mr. Donnelly hat seine Untersuchung abgeschlossen, und das Opfer ist dem Harker überbracht worden.«

»Vielleicht könnte man die Leiche zurückholen«, schlug Dr. Carr vor.

»Nun ja, vielleicht. Komm, Jeremy, lass uns gehen und diese Möglichkeit überprüfen. Auf Wiedersehen, meine Herren.«

Und schneller, als wir gekommen waren, verließen wir die bescheidene Praxis. Sir John zog mich am Arm, und Mr. Donnelly starrte uns unglücklich nach. Der Richter schwieg, bis wir die Straße erreicht hatten, und selbst da sprach er kaum lauter als im Flüsterton.

»Jeremy«, sagte er, »ich habe diesen Carr immer für einen Narren gehalten, aber ich habe mich geirrt. Jetzt sehe ich, dass er vollkommen verrückt ist.«

FÜNFTES KAPITEL

*In welchem die Suche nach Yossel
beginnt und endet*

An diesem Abend, nachdem ich mit Constable Perkins von einer weiteren Lektion in Selbstverteidigung zurückgekommen war, hielt ich mich zufällig in der Nähe auf, als Sir John die gesammten Bow Street Runners in sein Amtszimmer bestellte. Neugierig wie immer mischte ich mich unter sie. Ich war zwar nicht eingeladen, aber auch nicht ausdrücklich angewiesen worden, mich fern zu halten. Ich suchte mir einen unauffälligen Platz in einer Ecke. Niemand aus der Gruppe der achtbaren rotberockten Männer stellte mein Anwesenheitsrecht in Frage; keiner sah mich auch nur schief an. Als alle versammelt waren und Mr. Bailey Sir John das mitgeteilt hatte, erhob sich dieser und richtete wie folgt das Wort an sie:

»Gentlemen«, sagte er, »inzwischen wissen Sie alle von den Morden in unserem Bezirk in den letzten Tagen. Die unglücklichen Opfer sind beide Straßendirnen. Unsere Untersuchungen haben bislang nichts ergeben bis auf einen einzigen Namen, den ich Ihnen gleich nennen werde. Wir haben kein richtiges Motiv. Beide Frauen hatten ihr Geld, wie wenig auch immer, noch bei sich. Die zweite, deren Leichnam gestern Nacht von Constable Brede entdeckt wurde, war schrecklich verstümmelt. Ich kann nur vermuten, dass der Mörder, wer immer er sein mag, ein perverses Vergnügen daran hatte, die Leiche so zuzurichten.

Nun kann man wohl wenig tun, um solche Angriffe zu verhindern, denn sie werden insgeheim und an dunklen Orten verübt. Was man aber tun kann, ist, die potenziellen Opfer auf die Gefahr aufmerksam zu machen, in der sie schweben. Dass der Mörder, aus welchen bösartigen Gründen auch immer, es besonders auf Frauen abgesehen hat, scheint auf der Hand zu liegen. Die Art der Verstümmelung des zweiten Opfers bestätigt das. Ich würde vermuten, dass die Prostituierten deshalb ausgewählt wurden, weil sie verfügbar und bereit waren, den Mörder in dunkle Winkel zu begleiten. Sie müssen also heute Nacht und jede Nacht, solange dieser Mann nicht gefasst ist, diese Frauen warnen, jede, der Sie begegnen – und das werden natürlich viele sein –, dass ihnen Gefahr droht. Wenn sie noch nichts davon gehört haben, dass es ein zweites Opfer gibt, so teilen Sie es ihnen mit.

Und wenn Sie einmal dabei sind, dann nennen Sie den Frauen den Namen ›Yossel‹ und erkundigen sich, ob sie ihn kennen oder gesehen haben. Der Name wurde mir von vier Frauen genannt, die das Opfer der gestrigen Nacht alle vom Sehen kannten. Eine davon hat beobachtet, wie dieser Yossel und das Opfer sich letzte Nacht gestritten haben. Er wurde von zwei Frauen als ›Ausländer‹ bezeichnet, von zwei anderen ausdrücklich als ›Jude‹ – obwohl er keinen Bart hat und seine Kleidung nicht die ist, die ein Jude vielleicht tragen würde. Alle vier Frauen stimmten darin überein, dass er ein Mann von der Art ist, die Prostituierten ihren Verdienst raubt. Das war wahrscheinlich der Grund seines Streits mit dem Opfer, dessen Name übrigens Priscilla Tarkin lautete, besser bekannt als ›Poll‹.«

Hier machte Sir John eine Pause. Dann fuhr er fort: »Ich denke gerade, dass wenigstens einige von Ihnen diesen Yossel vielleicht dem Namen nach oder vom Sehen kennen. Würden Sie sich melden, wenn das der Fall ist?«

Die Männer tauschten Blicke, als wollten sie voneinander die Erlaubnis, das Wort zu ergreifen. Deswegen dauerte es ein Weilchen, bis die Antwort kam, doch dann wurden viele Bejahungen laut.

»Aha!«, sagte Sir John. »Anscheinend ist Yossel den meisten von Ihnen bekannt. Also, falls Sie ihn sehen, bringen Sie ihn unbedingt hierher. Halten Sie ihn fest, damit er vernommen werden kann. Ich möchte ihn eigentlich nicht als Verdächtigen bezeichnen, aber sein Name wurde mir genannt, und im Augenblick ist das der einzige, den wir haben. Angeblich läuft er mit einem Messer bewaffnet herum, also behandeln Sie ihn mit angemessener Vorsicht – obwohl ich keinen Zweifel daran hege, dass jeder von Ihnen in der Lage ist, mit diesem Mann fertig zu werden.«

Wieder machte er eine Pause – aber nur gerade so lange, um die Runners mit einem Nicken zu entlassen. »Das wäre alles, Gentlemen«, sagte er. »Ich danke Ihnen für Ihre Zeit, und ich verlasse mich auf Sie.«

Damit nahm er seinen Platz hinter dem Schreibtisch wieder ein, verschränkte die Hände vor sich und wartete, bis wir alle sein Amtszimmer verlassen hatten. Ich ging die Treppe zu unserer Küche hinauf und war fest davon überzeugt, dass der böse Yossel, wenn ich das nächste Mal nach unten kam, gefasst und in der Haftzelle eingesperrt sein würde, um darauf zu warten, dass Sir John ihn vernahm.

Doch leider kam es nicht so. Denn als ich am nächsten Morgen herunterkam, weil Sir John mich hatte rufen lassen, fand ich die Haftzelle leer. Dafür war Mr. Millhouse anwesend; er ging auf und ab und schaute sich nach links und rechts um. Er erkannte mich sofort und kam auf mich zu.

»Ach«, sagte er, »Sie sind doch der junge Mr. Proctor, nicht wahr?«

Ich bejahte das.

»Vielleicht bin ich zu meiner Verabredung mit Sir John zu früh erschienen. Er hat nur gesagt, ich solle vormittags kommen. Ich habe durch diesen Herrn dort« – er reckte den Kopf in Richtung Mr. Marsden – »ausrichten lassen, dass ich da bin. Aber man hat mir einfach gesagt, ich solle warten. Wenn es um diese Zeit nicht passt, komme ich gern später wieder. Könnten Sie«, sagte er zögernd, »ihm das vielleicht von mir ausrichten?«

»Das will ich gern tun«, antwortete ich und deutete eine kleine Verbeugung an, »*falls* er mich vorlässt und ich Ihre Botschaft übermitteln kann. Manchmal sitzt er lieber allein und wägt die Angelegenheiten ab, für die er Verantwortung trägt.«

»Das verstehe ich natürlich«, sagte Mr. Millhouse und erwiderte meine Verbeugung höchst elegant.

»Wenn Sie mich entschuldigen wollen«, sagte ich.

Ich drehte mich um, ließ ihn stehen und ging direkt auf die Tür zu Sir Johns Amtszimmer zu. Trotz allem, was ich Mr. Millhouse gesagt hatte, war ich recht zuversichtlich, dass Sir John mich vorlassen würde – und so kam es auch. Leise schloss ich die Tür hinter mir und ging rasch auf seinen Schreibtisch zu. Sir John beugte sich mit verschwörerischer Miene vor.

»Er ist jetzt hier«, flüsterte er. »Millhouse, meine ich.«

»Ich weiß«, sagte ich. »Er hat draußen auf dem Gang mit mir gesprochen.«

»Wir müssen uns eine Aufgabe für dich ausdenken, etwas, das du hier erledigen kannst, während ich ihm Fragen stelle.«

»Diese Kisten in der Ecke«, sagte ich. »Sie sind voller Papiere. Ich kann sie durchsehen und zu einzelnen Stapeln sortieren.«

»Perfekt«, sagte Sir John, so leise er konnte. »Ruf ihn jetzt herein.«

Ich öffnete die Tür und bat ihn einzutreten. Dann zog ich

mich rasch zu der größten Kiste zurück, öffnete den Deckel und begann Papiere um mich zu verstreuen. Soll Mr. Millhouse sich doch dabei denken, was er will, sagte ich mir.

Das Täuschungsmanöver war vielleicht nicht unbedingt notwendig, doch Sir John wollte bei Verhören, die er für potenziell bedeutsam hielt, gern einen Beobachter im Raum haben. Er war davon überzeugt, dass jemand, der lügt, sich immer auf irgendeine Weise verrät. Wenn nicht in der Stimme, dann in den Augen, der Art zu atmen oder der Haltung, die er auf einem Stuhl einnimmt. »Ein Mann sagt vielleicht sogar die Wahrheit«, hatte er gemeint, »und ist besorgt über seine Antwort – selbst über die Frage. Wenn ich weiß, was einem Mann Sorgen macht, dann weiß ich auch besser, wie ich ihn befragen muss.«

Und so kam es, dass ich, als Mr. Millhouse eintrat, in einer Ecke hockte und mit einem großen Stapel Papier beschäftigt war. Die Ecke bot mir einen Blickwinkel, aus dem ich sein Gesicht sehen konnte, wenn er sich mit Sir John unterhielt.

»Kommen Sie, Sir, kommen Sie herein«, sagte der Richter. »Bitte, nehmen Sie Platz. Vielleicht können Sie mir ein wenig mehr über die Lebensweise der armen Poll erzählen, ihre Besucher und so weiter.«

»Vielleicht kann ich das«, sagte Mr. Millhouse. Er sah sich nun um. Sein Blick schien bei mir zu verweilen. Endlich ließ er sich auf einem Stuhl nieder, der Sir John direkt gegenüber stand; nur der Schreibtisch trennte die beiden Männer.

»Oh, ich hoffe, die Gegenwart von Jeremy stört Sie nicht zu sehr. Ich habe ihn beauftragt, alte Protokolle des Gerichts in der Bow Street zu sortieren. Der Lord Chief Justice hat einen Überblick von uns verlangt, und die Arbeit muss getan werden.«

»Nein, nein, das ist schon in Ordnung.«

»Sehr gut. Nun, Mr. Millhouse, Ihre Frau war recht mitteilsam, was die unglücklichen Lebensumstände von Priscilla Tarkin und ihren ehrbaren Charakter und so fort betrifft; nun mag zwar das, was sie berichtet hat, ganz zutreffend sein, aber es stellt nicht die Art von Information dar, die uns bei den Ermittlungen über den Tod der armen Frau weiterbringen könnte. Ich hatte gehofft, dass Sie als Mann und Pollys Nachbar ihre Gewohnheiten, ihren Umgang und anderes vielleicht genauer beobachtet haben.«

»Nun, ich werde Ihnen natürlich alles mitteilen, was ich weiß.«

»Wie lange waren Sie mit ihr bekannt?«

»Die ganzen sechs Monate, seit wir in London sind.«

»Und wie haben Sie herausgefunden, in welchem – wie sollen wir es nennen? – in welchem Gewerbe sie tätig war? Sicher hat sie selbst Ihnen doch nicht davon erzählt?«

»Nein, natürlich nicht. Ich würde sagen, dass wir es erst nach und nach erfahren haben.«

Hier schien er nervös zu werden. Seine Hände, die zuvor auf den Knien gelegen hatten, zuckten ein wenig, während seine Finger die Nähte seiner Hose untersuchten. »Nicht lange nach unserer Ankunft, vielleicht einen Monat später, wurden wir nachts durch einen schrecklichen Streit nebenan geweckt. Die Wand zwischen ihrem und unserem Zimmer scheint ziemlich dünn zu sein. Jedenfalls hörten wir Rufe und Schreie, und eine der Stimmen war eindeutig männlich. Jemand wurde des Diebstahls bezichtigt und leugnete ihn ab. Meine Frau drängte mich, nach nebenan zu gehen und nachzusehen, ob ich etwas tun oder die Streithähne wenigstens beruhigen könnte. Ich zog mich gerade an, als ich auf einmal die Tür schlagen und laute Schritte sich entfernen hörte. Nun, man wundert sich natürlich über einen männlichen Gast weit nach Mitternacht, oder vielleicht vermutet man auch das, was offensichtlich ist; ich jedenfalls habe das getan. Meine Frau war dazu nicht bereit, und so sprach sie Poll am nächsten Morgen auf sehr Anteil nehmende Weise an und erfuhr von ihr die Geschichte, die sie Ihnen gestern Nachmittag erzählt hat. Sie hatte bereits eine Zuneigung zu der Frau gefasst, die nun durch Mitleid noch vertieft wurde.«

»Aber Sie sagten, Sie kamen allmählich dahinter«, sagte Sir John. »Es muss also schon früher Hinweise gegeben haben.«

»Nun ja, die gab es. Zuerst einmal war sie Witwe, lebte allein und hatte keine erkennbaren Einkünfte. Sie schlief morgens lange. Und ich hatte sie abends schon auf der Straße gesehen, wo sie herumlungerte und sich von Fremden ansprechen ließ.«

»Ich verstehe. Nun, wenn ich Sie noch einmal an die Nacht erinnern darf, in der Sie und Ihre Frau von dem Streit geweckt wurden, lassen Sie mich folgende Frage stellen: Wurde die Anschuldigung des Diebstahls, die Sie erwähnten, von ihrer Stimme vorgebracht? Ich weiß, dass Straßendirnen oft von Dieben aller Art ausgeraubt werden. Wir suchen gerade im Augenblick nach einem, der gewohnheitsmäßig Prostituierten ihre Einkünfte stahl. Er wurde in der Nacht, in der sie ermordet worden ist, im Streit mit ihr beobachtet. Hatte die männliche Stimme, die Sie gehört haben, einen ausländischen Akzent?«

»O nein, ganz und gar nicht«, antwortete er. »Aber es wäre ohnehin schwierig gewesen festzustellen, ob der betreffende Mann mit einem Akzent sprach. Ich hörte ihn nur ganz deutlich sagen: ›Du hast es, du diebische Schlampe.‹ Bitte, verzeihen Sie die Ausdrucksweise. Sie verstehen, *er* war derjenige, der *ihr* Vorwürfe machte. Und ihre Reaktion war, dass sie strikt leugnete.«

»Ach ja? Interessant. Haben Sie Männer gesehen, die in ihrer Gesellschaft ihr Zimmer betraten?«

»Nein, niemals, was merkwürdig scheint, weil unsere Zimmer benachbart sind. Bei mehreren Gelegenheiten habe ich aber männliche Stimmen gehört.«

»Beschuldigende?«

»Unseres Wissens nicht. Jedenfalls haben wir nie wieder einen Streit gehört.«

An dieser Stelle ist anzumerken, dass Mr. Millhouse sich während der letzten Fragen von Sir John allmählich entspannt hatte. Doch bei den folgenden wurde er nervöser als je zuvor. Sein Körper schien sich zusammenzukrümmen. Er rutschte so rastlos auf seinem Stuhl herum, dass ich angenommen hätte, er säße auf einem Dornenkissen, wenn ich nicht selbst oft auf diesem Stuhl gesessen hätte.

»Sie erwähnten, dass Sie sie vor der Nacht des Streits schon auf der Straße gesehen hatten. Haben Sie sie danach noch so beobachtet, wie Sie beschrieben haben: herumlungernd, auf Freier wartend sozusagen?«

»Ja, mehrmals.«

»War sie manchmal im Gespräch mit Männern?«

»Manchmal, ja.«

»Nun, haben Sie diese Männer betrachtet, Sir? Wie haben sie ausgesehen? Haben Sie sie mehr als einmal mit demselben Mann gesehen?«

»Nein, nein, nein, Sir John, ich habe sie mir überhaupt nicht weiter angesehen.« Mr. Millhouse klang fast so nervös, wie er wirkte. »Es war höchst peinlich, sie in solchen Situationen zu treffen. Ich schaute weg und eilte an ihr vorbei. Ich hatte nicht den Wunsch, mir genau anzuschauen, wen sie sich geneigt machen wollte.«

»Wenn Sie ihr einfach so auf der Straße begegnet sind«, sagte Sir John, »hat sie Sie dann gegrüßt? Hat sie zu erkennen gegeben, dass sie Sie erkannte? Hat sie gelächelt oder vielleicht mit dem Kopf genickt?«

»Nein ... oder doch, ja, vielleicht. Ich weiß nicht. Warum

fragen Sie mich das? Nun, also gut, ich nehme an, ich muss antworten. Ein paar Mal hat sie mich gegrüßt.«

»Ich nehme an, das war, wenn kein anderer Mann bei ihr war.«

»Natürlich!«

»Und wie hat sie Sie gegrüßt, Mr. Millhouse? Schien sie Sie als möglichen Kunden zu betrachten?«

»Nein!«

»Wie können Sie da sicher sein?«

»Weil sie ganz normal gegrüßt hat, wie man einen Nachbarn grüßen würde – ›Guten Tag, Mr. Millhouse‹ –, in dieser Art.«

»Und was war Ihre Reaktion auf ihren nachbarlichen Gruß?«

»Das habe ich Ihnen doch schon gesagt! Ich ging hastig weiter. Oh, ich habe als Antwort vielleicht Hallo gesagt, aber ich bin bestimmt nicht stehen geblieben, um mit ihr die Zeit zu vertrödeln!«

»Und warum nicht, Sir? So, wie Sie sie beschreiben, würde ich sagen, dass Sie sie brüskierten. Warum haben Sie das getan?«

»Weil ich nicht als einer von den Männern gelten wollte, die ihre Zeit damit verbringen, müßig mit Huren zu schwatzen! Deutlicher kann ich es nicht ausdrücken.«

Sir John gestattete Mr. Millhouse, sich ein wenig zu beruhigen. Und das hatte er in der Tat nötig. Sein Gesicht war rot geworden. Eine Zeit lang dachte ich, er bleibe nur durch reine Willenskraft auf dem Stuhl sitzen. Seine Beine zuckten. Er sah aus, als würde er am liebsten aufspringen und davonlaufen. Doch schließlich nahm Sir John den Faden wieder auf:

»Sie haben mich vorhin gefragt, warum ich Ihnen eine solche Frage stelle. Lassen Sie es mich erklären: Ich tue es, um Ihre Beziehung zu dem Opfer zu klären. Ihre Frau hat deutlich zu verstehen gegeben, in welcher Beziehung sie selbst zu

Priscilla Tarkin stand. Aber *Ihre* Gefühle ihr gegenüber muss ich erst noch eruieren – und natürlich auch die Gefühle des Opfers Ihnen gegenüber.«

In diesem Augenblick warf Mr. Millhouse einen ziemlich verzweifelten Blick in meine Richtung. Er ertappte mich dabei, dass ich ihn anstarrte. Ich hatte es längst aufgegeben, so zu tun, als würde ich die alten Gerichtsprotokolle zu Stapeln ordnen, so fasziniert war ich vom Fortschritt der Befragung. Mr. Millhouse drehte sich dann wieder zu Sir John um, doch für einen Moment schien er gänzlich außer Stande zu antworten.

»Nun, ich ...«, begann er unsicher. »Ich habe sie natürlich bemitleidet, aber ich ...«

Wir warteten. Doch nachdem er begonnen hatte, schien er nicht in der Lage weiterzusprechen. Kein Wort kam aus ihm heraus. Fast eine Minute lang saß er wie benommen da.

»Stellen wir das für einen Augenblick beiseite«, sagte Sir John. »Eine andere Frage – eine, die eigentlich leicht zu beantworten sein müsste. Und diese Frage lautet: Haben Sie Priscilla Tarkin in der Nacht, in der sie starb, noch lebend gesehen?«

Er seufzte. »Ja, sie tauchte im Dog and Duck in der Bedfort Street auf, wo ich mit meinen Freunden trank. Sie ging durch das Lokal und suchte Kunden.«

»Hat sie mit Ihnen gesprochen?«

»Sie hat Hallo gesagt.«

»Haben Sie mit ihr gesprochen?«

»Nein.«

»Wer waren die Freunde, mit denen Sie in dieser Nacht getrunken haben?«

»Mr. Oliver Goldsmith, ein Dichter, Historiker und Romanschriftsteller, der früher auch Arzt war, wie ich gehört habe.«

»Das ist einer. Gab es noch andere?«

»Mr. Thomas Davies, Schauspieler, Autor und Redakteur, und kurz ein gewisser Mr. Ephraim Butts, ein Freund von Mr. Davies, über den ich wenig weiß, weil ich ihn erst bei dieser Gelegenheit kennen gelernt habe.«

»Sehr gut. Nun habe ich hier etwas.« Sir John öffnete die Schublade seines Schreibtischs und tastete einen Moment darin herum. Er nahm einen Schlüssel heraus und legte ihn vor sich auf die Schreibtischplatte. »Ja«, fuhr er fort, »diesen Schlüssel. Erkennen Sie ihn, Mr. Millhouse?«

»Nun, er sieht ganz ähnlich aus wie der Schlüssel zu unserem Zimmer.«

»Zweifellos tut er das. Er ist, so viel ich weiß, der Schlüssel zu Polly Tarkins Zimmer, denn er wurde von Mr. Donnelly in ihrer Tasche gefunden, zusammen mit einem Shilling und ein paar Pence. Jeremy?« Er wandte sich in meine Richtung. »Ich höre von Zeit zu Zeit Papier rascheln, also nehme ich an, dass du noch da bist.«

»Ja, ich bin da, Sir.«

»Würdest du jetzt gehen und deinen Hut und Mantel holen, um Mr. Millhouse in die Half Moon Street zu begleiten, damit er dir ihr Zimmer zeigt? Ich möchte, dass du es durchsuchst, Jeremy. Bringe über die Frau in Erfahrung, was du kannst, frage Leute, die sie vielleicht gekannt haben, und tue auch sonst alles, was für die Ermittlungen hilfreich sein könnte. Bring das, was du besonders interessant findest, mit in die Bow Street zurück.«

Ich sprang rasch von meinem Platz in der Ecke auf. »Das werde ich gern tun, Sir.« Und ich schickte mich an zu gehen. Mr. Millhouse starrte mich mit offenem Mund an.

»Mach die Tür hinter dir zu«, rief Sir John mir nach, »und warte auf dem Gang.«

Das war für mich eine gänzlich unerwartete Wendung. Zuerst war mir die Chance gegeben worden, einer Zeugin Fragen zu stellen, was ich mit Mrs. Crewton getan hatte, und nun sollte ich in der Wohnung des Opfers nach Hinweisen suchen – es war klar, dass Sir John mir bei der Durchführung seiner Ermittlungen größere Verantwortung übertrug. Diese Aussicht erregte mich wie keine andere seit meiner Aufnahme in seinen Haushalt.

Meine Hand zitterte förmlich vor Erwartung, als ich versuchte, den Schlüssel ins Schloss zu stecken. Doch ich nahm mich zusammen und schaffte es schließlich. In diesem Moment, bevor ich den Schlüssel umdrehte, wandte ich mich an Mr. Millhouse, der auf der engen Veranda nicht von meiner Seite wich.

»Sir«, sagte ich, »ich muss Sie bitten, sich jetzt um Ihre eigenen Angelegenheiten zu kümmern.«

»Was? Also, nun hören Sie mal, Sie junger ... «

Ich unterbrach ihn entschieden: »Sie haben so gut wie ich gehört, dass Sir John Fielding diese Aufgabe mir und niemandem sonst übertragen hat. Wenn Sie darauf beharren, mich zu begleiten, werde ich heute Abend mit einem der Constables wiederkommen müssen, der mir helfen wird. Ich hoffe, ich habe mich klar ausgedrückt.«

Anscheinend war mir das gelungen. Mr. Millhouse hatte sich aufgerichtet, als wolle er gleich eine Schimpftirade loslassen, doch nun hielt er verblüfft inne, unfähig zu sprechen. Ich wartete höflichkeitshalber einen Moment, drehte dann mit einem entschlossenen »Guten Tag« den Schlüssel um, öffnete die Tür und betrat das Zimmer. Ich zog den Schlüssel ab und machte die Tür fest hinter mir zu.

Im Raum war es ziemlich dunkel. Ich ging zu den Fenstern und zog die schweren Vorhänge zurück. Die plötzliche Helligkeit ließ ein mittelgroßes Zimmer, bestimmt größer als mein eigenes in der Bow Street Nummer vier, erkennen, mit einem kleinen Kamin und einer kleinen Kochstelle am hinteren Ende. Es war insgesamt besser möbliert, als ich erwartet hatte. Das Bett war breit und ordentlich mit einer Tagesdecke bedeckt. Es gab eine Kommode mit drei Schubladen, einen Schreibtisch mit einem Stuhl mit gerader Lehne, einen Kleiderschrank und zwei bequeme Sessel, sogar einen kleinen Teppich auf dem Fußboden. All dies zeugte von einem ziemlich komfortablen früheren Leben. Es war tatsächlich weit entfernt von dem Schmutz und Elend des Zimmers von Teresa O'Reilly, wie der Gefreite es beschrieben hatte. Wie war es »Tuppence Poll« gelungen, unter solchen Umständen zu leben? Ich wollte bei der Durchsuchung des Zimmers die Antwort auf diese Frage finden.

Der Kleiderschrank enthielt nichts als Kleider. Es waren sehr viele, sehr viel mehr, als ich erwartet hatte. Manche sahen alt und fadenscheinig aus, andere nicht. Plötzlich erinnerte ich mich an das Kleid, das sie bei ihrem Tod getragen hatte. Es war aus gutem schwerem Wollstoff, der sie zusammen mit dem Schal, den sie umgelegt hatte, auch zu der späten Stunde, als sie gefunden wurde, noch warm gehalten hätte. Sicher war dieses Kleid neu gewesen, oder? Wie hatte sie das geschafft?

Ich durchsuchte die Kommode, aber die Schubladen, in denen ich stöberte, enthielten nichts als Unterwäsche und Strümpfe und mannigfache Kleinigkeiten. Letztere untersuchte ich genauer. Es waren unzählige bunte Bänder, einfache und verzierte Haarkämme sowie Ringe. Ich sah sie mir genau an; ein paar schienen aus Gold zu sein, andere – nicht aus Gold – waren kunstvoll entworfen; zwei darunter besaßen Steine von einigem Wert. Am auffallendsten fand ich zwei Kameen, von denen ich annahm, dass sie ziemlich kostbar waren. Mir schien all dies viel zu üppig für eine allein stehende Frau, besonders für eine, die tat, als sei sie sehr arm.

In der einzigen Schublade des Schreibtischs fand ich etwas höchst Interessantes. Es war ein Haupt- oder Kontobuch – ich war nicht sicher, wie man das nannte, denn ich hatte keine Erfahrung im Handelswesen –, aber ich sah, dass es sich um eine datierte Liste von Transaktionen handelte, die einige Jahre in die Vergangenheit zurückreichten. Es müssen ungefähr zwanzig beschriebene Seiten mit je dreißig Einträgen gewesen sein. Obwohl die verkauften Gegenstände in einer Art Code verzeichnet waren, ebenso wie die Käufer, waren die Beträge auf Shilling und Pence genau angegeben. Dieses Buch musste ich unbedingt in die Bow Street Nummer vier mitnehmen. Wenn sie bei ihren Verkäufen so aktiv gewesen war, wie es den Anschein hatte, dann musste sie an irgendeiner geheimen Stelle eine Schatztruhe verborgen haben. Ich sah mich um. Das Zimmer war nicht groß. Sicher würde ich den Schatz finden. Und so begann ich ernsthaft zu suchen. Ich zog die Schubladen heraus, um hinter jede einzelne zu schauen, und fand – nichts. Ich machte ein paar zufällige Entdeckungen: Als ich das Bett auseinander nahm, fand ich unter der Matratze einen griffbereiten Dolch, und unter dem Bett lag eine geladene Pistole. Hätte sie diese beiden Gegenstände in der Nacht, in der sie ermordet wurde, bei sich gehabt, dann hätte sie noch jetzt in diesem Zimmer leben können.

Ich erinnerte mich an meine Bemühungen im Wohnhaus der Goodhopes vor zwei Jahren, nahm meine Zunderbüchse und zündete eine Kerze an. So ausgerüstet, untersuchte ich jeden einzelnen Ziegelstein im Kamin. Dazu brauchte ich fast eine Stunde. Doch kein Stein war gelockert worden. Alle saßen fest. Und kein einziger Stein klang hohl.

Als ich meine Untersuchung beendet hatte, waren meine Hände bis zu den Gelenken voller Ruß, und auch meine Kleider zeigten Schmutzspuren. Ich war so verärgert über meinen Misserfolg, dass ich in die Mitte des Zimmers trat und vor Enttäuschung mit den Füßen trampelte.

Und so fand ich, was ich suchte.

Obwohl dieser Teil des Fußbodens von einem Teppich bedeckt war, spürte ich deutlich, dass eine Bodendiele unter meinem rechten Fuß nachgab. Ich zog den Teppich beiseite und ließ mich auf Hände und Knie nieder. Ich klopfte, drückte und suchte mit den Händen nach dem, was mein Fuß einen Augenblick zuvor ganz unabsichtlich gefunden hatte. Am Ende musste ich wieder aufstehen und noch einmal mit den Fersen aufstampfen, um die Stelle zu finden. Nachdem mir das gelungen war, nahm ich den Dolch, um damit eine Bodendiele um eine Handbreit oder mehr hochzustemmen. So gelang es mir, sie zu lösen und darunter zu schauen.

Der Hohlraum, den ich entdeckte, war voll gestopft mit allerlei Gegenständen, die leicht irgendwelchen Herren gestohlen worden sein konnten. Es gab drei oder vier seidene Taschentücher, sauber gewaschen und gebügelt; drei Uhren, eine davon in einem Gehäuse, das aus Gold zu sein schien; ich fand sogar zwei Brillen in der damals so beliebten eckigen Form. Dies war ein Lager von Waren, die auf ihren Verkauf warteten. Aber wo... vielleicht... ja!

Was ich suchte, lag unter dem Stapel Taschentücher. Ob nun Brieftasche oder Geldbörse, es bestand jedenfalls aus gutem Leder und war mit Riemen verschnürt. Vorsichtig zog ich diese auf und schaute hinein. Die Börse war prall gefüllt mit goldenen Sovereigns und Guineas, der Ernte aus drei Jahren kriminellen Fleißes.

Ganz unwillkürlich stieß ich einen Triumphschrei aus. Dann fiel mir ein, dass nur eine dünne Wand mich von Mr. Millhouse trennte, und ich verstummte sofort. Doch ich konnte mich nicht enthalten, leise zu murmeln: »Polly Tarkin, ich habe dich erwischt! Du, meine gute Frau, warst eine große Diebin!«

Ich hatte kaum Zeit, Sir John die Börse und das Kontobuch zu übergeben (das er in seine Schreibtischschublade legte), da wurde ich von ihm auch schon zu einem weiteren Gang aufgefordert, und zwar in Richtung Tavistock Street. Ich nahm natürlich an, dass wir auf dem Weg zu Mr. Donnelly seien, doch das sollte sich als Irrtum erweisen.

Unterwegs erzählte ich ihm in allen Einzelheiten von meiner Suche. Ich platzte beinahe vor Stolz über meine Leistung. Doch dann spürte ich einen gewissen Mangel an Zufriedenheit mit dem, was ich berichtete, beendete hastig meinen Report und fragte etwas bockig, ob irgendetwas nicht stimme.

»Nein, nein, natürlich nicht. Das hast du gut gemacht, Jeremy«, sagte Sir John, »aber ich hatte gehofft, du würdest vielleicht Briefe oder irgendwelche Aufzeichnungen finden – mit einem Wort, *Namen*. Aber anscheinend gab es keine, nicht wahr?«

»Nein, Sir.« Dann überlegte ich weiter und sagte schließlich: »Aber, Sir John, in ihrem Kontobuch muss es reichlich Namen geben. Sie sind verschlüsselt, aber wenn man den Code knacken könnte...«

»Mr. Marsden hat ein Talent für solche Spiele. Ich bin sicher, die Versuche der Witwe Tarkin, die Identität ihrer Kunden zu verschleiern, werden ihm keine Schwierigkeiten bereiten. Aber siehst du, bei denen handelt es sich nur um Hehler, Händler gestohlener Waren. Kann sein, dass ein oder zwei Verhaftungen dabei herauskommen – und das wäre gut so. Aber was den Mord betrifft, fürchte ich, dass ein als Diebin entlarvtes Opfer es uns nur schwerer machen wird, den Mörder zu finden.«

»Ah ja? Wieso denn das?«

»Nun, siehst du, jeder, den sie bestohlen hat, könnte ihr aufgelauert und sich gerächt haben. Und das waren, wie du bewiesen hast, viele Personen.«

»Ich verstehe«, sagte ich und fühlte mich etwas gedemütigt.

Ungefähr um diese Zeit kamen wir an den Haus vorbei, in dem Mr. Donnelly seine Praxis hatte. Doch als wir weitergingen, die Southampton Street überquerten und in die Maiden Lane einbogen, bekam ich eine bessere Vorstellung von unserem Ziel.

»Ich habe ein gewisses Interesse an Mr. Millhouse«, sagte Sir John. »Die Tatsache, dass er am Tatort war, sagt natürlich einiges. Und seine Beziehung zu dem Opfer scheint er nicht erklären zu können. Als du hinausgegangen bist, um deinen Hut und Mantel zu holen, hat er gestanden, er hätte an Mrs. Tarkin irgendetwas Böses gespürt, und die mildtätige Aufmerksamkeit seiner Frau ihr gegenüber hätte ihm gar nicht gefallen. Als ich ihn drängte, sagte er mir, er glaube, die Frau hätte versucht, ihn zu verführen, um ihn dann anschließend mit der Drohung, ihn zu verraten, erpressen zu können oder so. Das scheint mir ein bisschen weit hergeholt – es sei denn, natürlich, wenn sie bereits Übung in dergleichen Dingen hatte. Sag mir, was wusste er auf eurem Weg in die Half Moon Street zu berichten?«

»Überhaupt nichts. Er war ganz in Gedanken versunken. Aber er schien fest entschlossen, mit mir zusammen das Zimmer der Witwe Tarkin zu betreten. Ich musste ihm drohen, mit einem Constable zurückzukommen, damit er mich allein hineingehen ließ.« Sir John kicherte. »Guter Junge, Jeremy«, sagte er, und dann: »Ich glaube, wir sind unserem Ziel ziemlich nahe. Ist hier irgendwo die Synagoge?«

»Sie liegt direkt vor uns.« Ich hatte mich nicht geirrt – zumindest nicht mit meiner zweiten Vermutung.

»Ich dachte, ich könnte Rabbi Gershon bitten, uns bei der Suche nach diesem Burschen zu helfen, diesem Yossel, der verschwunden zu sein scheint.«

Die Synagoge war ein neues Ziegelgebäude, das anstelle des alten Holzhauses, das vor zwei Jahren unter mysteriösen Umständen abgebrannt war, von der Gemeinde Beth El rasch errichtet worden war. Und die Bauleute hatten gute Arbeit geleistet. Das Haus sah aus, als sei es das solideste der ganzen Straße. Vor der Tür der Synagoge hielt ich Sir John an.

»Soll ich anklopfen?«, fragte ich.

»Sieh nach, ob die Tür offen ist«, sagte Sir John.

Sie war unverschlossen. Ich öffnete sie und führte Sir John über eine einzelne Stufe ins Innere. Wir standen in der Halle und lauschten. Niemand schien in der Nähe zu sein.

»*Hallo*!«, rief Sir John. »Ist hier jemand?«

Es war tatsächlich jemand da. Am anderen Ende der Halle erschien ein Gesicht – bärtig, aber noch immer sehr jugendlich. »Ah!«, sagte das Gesicht, und dann erschien auch der Körper, schwarz gekleidet und rundlich. Rabbi Gershon eilte herbei, um uns zu begrüßen; durch seine kurzen Beine hatte sein Gang etwas Rollendes, Schaukelndes, wie der eines sehr kleinen Kindes. »Sir John Fielding! Jeremiah! Willkommen!«

An dem Lächeln, das sich auf Sir Johns Gesicht ausbreitete, konnte ich sehen, dass er sich wirklich willkommen fühlte. Doch er antwortete erst, als der Rabbi uns erreicht hatte. Er tastete mit seiner rechten Hand nach der Hand des anderen Mannes, nahm sie mit festem Griff und schüttelte sie.

»Einen guten Tag wünsche ich, Rabbi Gershon«, sagte er. »Ich hoffe, wir stören nicht.«

»Ganz und gar nicht«, erwiderte der Rabbi. »Ich habe den Talmud studiert, und das, Baruch HaShem, kann ich jeden Tag meines Lebens tun.« Dann schüttelte Rabbi Gershon auch meine Hand und murmelte dabei meinen Namen.

»Nun«, sagte er zu Sir John, »welchem Umstand habe ich Ihren Besuch zu verdanken? Ich freue mich immer, Sie hier zu sehen, aber ich habe das Gefühl, dass dies ein besonderer Anlass ist. Wie kann ich Ihnen helfen?«

»Nun, mit dem besonderen Anlass haben Sie Recht. Und auch damit, dass wir Ihre Hilfe erbitten.«

»Also ... erklären Sie.«

Und mit kurzen Worten tat Sir John genau das. Er berichtete von den beiden Morden im Abstand von achtundzwanzig Tagen und verweilte bei der Brutalität des zweiten. Nachdrücklich betonte er die Schwierigkeiten, denen er bisher bei seinen Ermittlungen begegnet war – den Mangel an Hinweisen, das Fehlen von Zeugen –, und schloss mit den Worten, er wolle jemanden vernehmen, der bislang unauffindbar geblieben sei. »Ich hatte gehofft«, sagte er am Ende, »dass Sie uns helfen könnten, ihn zu finden.«

»Dann muss er ein Jude sein.«

»Nun ja, eh ... ja, so sagt man.«

»Und wie ist sein Name?«

»Man hat mir nur seinen Vornamen genannt – vielleicht ist es auch bloß ein Spitzname, doch es ist jedenfalls einer, den ich bisher noch nicht kannte ...«

»Sir John, bitte, wie ist der Name?«

»Yossel.« Der Name war zwar nicht schwierig, schien ihm aber in diesem Moment schwer von der Zunge zu gehen.

»Ach, Yossel! Yossel Davidovich! Genau der kam mir in den Sinn!«

»Würden Sie ihn solcher Taten für fähig halten?«

Rabbi Gershon dachte darüber eine Weile nach, dann schüttelte er den Kopf. »Nein, meiner Meinung nach nicht«, sagte er. »Er ist, christlich ausgedrückt, ein ›verlorenes Schaf‹. Er hat sich von seiner Familie, seinem Erbe, seiner Religion abgewandt. Wie ich hörte, leugnet Yossel sogar, dass er ein

Jude ist. Er läuft glatt rasiert herum und kleidet sich wie jeder beliebige Mann auf der Straße.«

Er verstummte und sah unglücklich erst Sir John, dann mich an. »Aber nein, ich würde nicht sagen, dass er Dinge tun könnte, die Sie beschrieben haben, Sir John Fielding. Lassen Sie mich Ihnen eine Geschichte erzählen. In der Stadt, in der ich als Junge lebte, gab es einen Mann, der einen Hund besaß. Der Mann war ein hasserfüllter Mensch, und sein Hund war bösartig. Er nannte ihn seinen Judenmörder und hielt das für einen großen Spaß, und er ließ ihn frei herumlaufen, so dass es jedes Mal, wenn wir zur *schul* gingen, den Anschein hatte, der Hund würde uns den Weg versperren. Er knurrte und bellte uns wild an wie ein Ungeheuer und ging auf uns los. Er pflanzte Angst in unsere Herzen, denn wir waren noch Kinder, und wir rannten vor ihm davon und nahmen einen anderen Weg zur Synagoge, der fast ein *werst* Umweg war. Schließlich, als wir älter wurden und unsere *Bar-Mizwa* nahte, begannen wir, uns ein Herz zu fassen, da wir dachten, wir würden nun bald Männer sein. Einer von uns erklärte, er werde sich nicht noch einmal von diesem Hund einschüchtern lassen, wie sein Name auch sei und wie laut er auch bellen möge. Als wir das nächste Mal wieder den gleichen Weg nahmen, erschien von neuem der Hund. Er knurrte – oh, wie er knurrte! – und bellte und fletschte die Zähne. Doch der Tapfere unter uns, der weder der Größte noch der Stärkste war, wollte nicht kehrtmachen und davonlaufen. Er ging direkt auf den Hund zu, langsam, und starrte ihm in die Augen. Als sie einander fast gegenüberstanden, hielt der Hund inne, aber der Junge ging weiter. Der Hund konnte nur angreifen oder sich zurückziehen. Er zog sich zurück, bellend zuerst, und machte Platz. Aber als der Junge weiter auf ihn zuging, begann er zu jaulen und zu laufen und drehte sich nach seinem Peiniger um. Und schließlich rannte er weg. Wir Übrigen jubelten darüber, und von diesem Tag an schlich der Hund davon, wann immer er uns sah, und belästigte keinen von uns je wieder.«

Einen Augenblick lang herrschte Schweigen. Ich glaubte, dass Sir John wartete, um sicher zu sein, dass der Rabbi zu Ende erzählt hatte.

Nachdem er davon überzeugt war, sagte er: »Wollen Sie damit sagen, dass Yossel zwar bellt, aber nicht beißt?«

»Sagt man hier so? Auf Russisch ist es anders.« Rabbi Gershon nickte. »Vielleicht will ich das sagen. Aber vielleicht hat Yossel Davidovich auch überhaupt keinen Biss.«

»Mir wurde berichtet, dass er Prostituierte bestiehlt, manchmal, indem er sie mit dem Messer bedroht.«

»Drohen ist eine Sache, es benutzen eine andere. Ich glaube, Yossel ist ein Feigling, der gefährlich wirken möchte.«

»Das mag ja sein, aber er ist von vier Zeugen gesehen worden, wie er sich mit dem zweiten Opfer stritt – das übrigens eine Frau ist, die anscheinend selbst eine Diebin war, wie es jetzt aussieht. Wirklich, Rabbi, ich möchte ihm nur Fragen stellen. Er ist noch kein Verdächtiger. Doch es spricht gegen ihn, dass er nirgends zu finden ist.«

»Ich werde ihn finden«, sagte Rabbi Gershon. »Ich werde es versuchen.«

»Ich danke Ihnen«, erwiderte Sir John. »Ich hatte gehofft, dass Sie das für mich tun würden.«

»Tatsächlich, Sir John, tue ich es auch für mein Volk, meine Gemeinde. Angelegenheiten wie diese haben oft die Tendenz, sich zum Nachteil der Juden auszuwirken.« Und wie um die Befürchtungen des Rabbis zu bestätigen, reichte mir Mr. Marsden bei unserer Rückkehr in die Bow Street Nummer vier stirnrunzelnd und kopfschüttelnd ein Flugblatt.

»Sieh nur, was sie in Covent Garden aushecken«, sagte er leise. »Am besten liest du es Sir John vor.«

»Was vorlesen?«, fragte Sir John, dessen scharfe Ohren Mr. Marsdens Gemurmel mühelos verstanden hatten. »Was haben Sie da?«

»Ein Flugblatt, Sir«, sagte der Gerichtsdiener. »Es bezieht sich auf den Mord an dieser Frau vor zwei Nächten. Ich glaube nicht, dass es Ihnen gefallen wird.«

Womit er Recht hatte. Ich habe kein Exemplar von diesem reißerischen Dokument aufbewahrt, also werde ich nicht versuchen, wörtlich zu zitieren. Die entscheidenden Punkte lauteten: Es habe einen blutigen Mord gegeben (der Autor hatte keine Ahnung, *wie* blutig, denn er erwähnte nur die Wunde an der Kehle). Das Opfer, eine gewisse Priscilla Tarkin, allgemein als Polly bekannt, habe auf den Straßen und in den Gasthäusern rings um Covent Garden verkehrt. Diejenigen, die sie gut kannten, hätten sie in eben jener Nacht in heftigem Streit mit einem Schurken gesehen, der als Yossel bekannt sei. Besagter Yossel sei mit Sicherheit Pollys Mörder, darin seien sich alle ihre Freunde einig, denn er sei als »Abstauber« bekannt, als jemand, der Frauen mit vorgehaltenem Messer ihre mageren Einkünfte abnehme, mit der Drohung, sie zu entstellen oder anderweitig zu verletzen. Yossel sei allen als Jude bekannt, und die von ihm zugefügte tödliche Wunde sei eine zeremonielle, wohl bekannt in Teilen Europas, wo Juden christliche Kinder entführten, um sie bei heidnischen Zeremonien ausbluten zu lassen.

Und so fort. Jeder dieser Punkte war ziemlich ausführlich dargelegt, vor allem der letzte, der viele der Verleumdungen wiederholte, mit denen Israeliten häufig bedacht wurden. Bemerkenswert war jedoch, dass der anonyme Autor keinen Versuch gemacht hatte, den jüngsten Mord mit dem in Verbindung zu bringen, der achtundzwanzig Tage zuvor entdeckt worden war. Ich fragte mich daher, ob er überhaupt davon wusste.

Anonymer Autor, in der Tat! Ich war fast sicher, denjenigen, der das geschrieben hatte, anhand seiner früheren Werke und sogar mit Namen zu kennen! Konnte Sir John genauso sicher sein wie ich? Falls ja, dann standen Ormond Neville, Dichter und Journalist, nach allem, wie der Richter sich verhielt, harte Zeiten bevor.

Ich hatte nie vorher wirklich miterlebt, dass Sir John mit den Zähnen knirschte. Doch als ich auf diesem Stuhl saß, auf dem einige Zeit vorher Thaddeus Millhouse gesessen hatte, und dem Richter das skandalöse Flugblatt vorlas, bemerkte ich von der anderen Seite des Schreibtischs her ein höchst irritierendes Geräusch. Ich blickte auf und sah, dass Sir Johns Mund fest geschlossen war, das Kinn vielleicht ein wenig vorgereckt, dass sich aber seine Kinnbacken sichtbar von einer Seite zur anderen bewegten. Diese seine Reaktion erfolgte in Abständen immer dann, wenn er am meisten versuchte, seine Wut über das, was ich vorlas, zu unterdrücken. Doch während der ganzen Lektüre – jedenfalls immer, wenn ich aufblickte – sah ich, dass seine Hände auf der Schreibtischplatte zu Fäusten geballt waren. Endlich kam ich zum Ende.

»Ist das alles? Mehr steht nicht darin?«

»Das ist alles, Sir.«

»Es ist auch genug.« Er saß da, atmete tief ein und sagte eine Weile kein Wort. Dann: »Noch nie, ich wiederhole, noch *nie* habe ich erlebt, dass in dieser Stadt derart infamer und prinzipienloser Schmutz gedruckt und allgemein verbreitet wurde. Das stört und behindert nicht nur meine Ermittlungen und damit den Vollzug des Gesetzes, es geht sogar so weit, ein ganzes Volk in unverantwortlicher Weise zu verleumden. Ist dir klar, Jeremy, dass es Leute gibt, die lesen können und wirklich glauben, alles, was gedruckt erscheint, und seien es die gröbsten Unwahrheiten, müsse stimmen?«

Da ich selbst in dem Alter war, in dem man etwas zu große

Ehrfurcht vor allem hat, was man zufällig zu lesen bekommt, hatte ich über diese Sache noch nicht genügend nachgedacht. Und so kam es, dass ich unter den gegebenen Umständen nur eine bestenfalls lauwarme Zustimmung zu Stande brachte.

»Das wird wohl so sein, Sir John.«

»Und ob das so ist! Und der dauerhafteste Schaden ist vielleicht den Juden zugefügt worden. Wer weiß, was in zukünftigen Jahren daraus wird, wenn man so üble Saat aussät? Ich werde *nicht* dulden, dass derartiger Schmutz in meinem Bezirk kursiert. Ich werde *nicht* zulassen, dass sich die Londoner so benehmen wie die Bewohner einiger umnachteter Provinzen in Osteuropa.« Das unterstrich er, indem er mit beiden Fäusten auf die Schreibtischplatte schlug. Ich hatte ihn noch nie so außer sich erlebt.

»Ich sehe eine üble Nacht bevorstehen«, sagte er. »Ich werde zwei Mann in dreistündigen Intervallen vor Rabbi Gershons Synagoge Wache stehen lassen. Ich werde nicht zulassen, dass sie wieder in Brand gesteckt wird. Und dann wollen wir...« Er unterbrach sich plötzlich und lehnte sich über den Schreibtisch zu mir. »Jeremy«, sagte er dann, »ich weiß, dass du ziemlich viel Zeit in der Grub Street verbringst. Du musst doch dort ein oder zwei Leute kennen.«

»Ja, Sir.«

»Könntest du hingehen, dich dort umhören und feststellen, wer der Autor dieses... dieses...«

Ihm fehlten so selten die Worte, dass ich ihn der Aufgabe entband, der Sache einen Namen zu geben.

»Das ist nicht nötig, Sir John.«

»Wieso? Was meinst du?«

»Ich halte dies für das Werk eines gewissen Ormond Neville. Erinnern Sie sich, dass er der Autor des Flugblattes war, in dem die rasche Verurteilung und Hinrichtung des Dichters John Clayton verlangt wurde?«

»Ich erinnere mich in der Tat.«

»Es gibt noch andere, nicht annähernd so aufreizend, die seither erschienen sind und Ihnen ziemlich Kummer bereitet haben. Erinnern Sie sich an die Abhandlung zu Gunsten des öffentlichen Hängens?«

»Ja, ich erinnere mich. Sie verlangte, dass die Hinrichtungen von Tyburn nach Covent Garden verlegt werden. War die von ihm?«

»Da bin ich sicher, denn wir haben uns zufällig in der Werkstatt seines Druckers Boyer kennen gelernt, und Mr. Neville hat sich stolz darauf berufen. Er hat sich dreist erkundigt, was Sie davon hielten.«

»Ach, tatsächlich? Nun, ich werde ihm mit Freuden meine Meinung über dieses sein letztes Machwerk kundtun. Weißt du, wo dieser Kerl wohnt?«

»Nein, aber ich weiß, wo man ihn wahrscheinlich finden kann.«

»Ausgezeichnet. Wenn du deine Stunde bei Constable Perkins beendet hast ...«

Ich sah ihn fragend an. »Aber ...«, begann ich, da ich keine Ahnung hatte, was ich sonst noch sagen sollte.

»Ah«, sagte er, »du hast vielleicht gedacht, dass ich nichts von diesem Unterricht weiß, aber das stimmt nicht. Und wenn ich auch nicht ganz damit einverstanden bin, er hat mir zumindest klargemacht, welchen Sinn die Sache hat. Geh also, und wenn ihr fertig seid, möchte ich, dass ihr beide zusammen einen Umweg in die Grub Street macht, wenn er denn dort zu finden ist, und Mr. Ormond Neville zu mir bringt, damit ich mich ein wenig mit ihm unterhalten kann.«

Es war nicht sonderlich schwierig, Mr. Neville zu finden oder zu überreden, uns zu begleiten. Ich ging voran, direkt ins Goose and Gander gegenüber von Mr. Boyers Geschäft in der Straße der Buchhändler und Verleger und der Zuträger, die ihnen dienten. Es war ein gewöhnliches Wirtshaus und Esslokal, wie es in Covent Garden viele gab – dunkel, stickig und um diese Tageszeit ziemlich voll und laut. Männer standen um die Bar herum und strömten an die Tische, wo sie sich in Kreisen und Gruppen bewegten und einander laute Worte zuschrien. Frauen waren sehr wenige zu sehen, vielleicht zwei außer der Bedienung an der Bar, und sie schienen eher Zuträgerinnen als Dirnen zu sein. In der Annahme, das Ormond Neville sich den größten Teil des Nachmittags im Goose and Gander aufhielt, ignorierte ich die Menge an der Bar und suchte ihn an den Tischen. Und da fand ich ihn auch, umgeben von seinen Kumpanen, das betreffende Flugblatt vor ihnen auf dem Tisch ausgebreitet. Sie müssen zu fünft oder sechst gewesen sein, und die Stimmung am Tisch war, als gäbe es etwas zu feiern – Krüge wurden erhoben, ausgelassene Trinksprüche ausgebracht, und über alle anderen hinweg schrie Mr. Neville den Text des Flugblatts, den er im Licht einer Kerze auf dem Tisch vorlas. Einer der Gefährten schien jedoch nicht so fröhlich wie die übrigen.

»Ist er das?«, fragte Constable Perkins.

»Ja, das ist er«, sagte ich.

»Nun, er scheint sich richtig zu amüsieren, nicht? Schade, seinen Spaß zu verderben – aber wir haben keine Wahl. Komm, Jeremy.«

Er ging voran. Ich bemerkte, dass er seinen dienstlichen Schlagstock zog und hochhielt, so dass man ihn sehen konnte; dieser und sein roter Rock identifizierten ihn unverkennbar als einen von Sir Johns Bow Street Runners.

Während wir uns durch die Menschenmenge und zwischen den Tischen hindurchzwängten, schrie ich laut in Mr. Perkins' Ohr: »Es sind sehr viele am Tisch. Ich werde Ihnen helfen, so gut ich kann.«

»Die da?«, schrie er zurück. »Die werden uns keine Schwierigkeiten machen.«

Obwohl ich bereit war und mich in der Lage fühlte, Mr. Perkins zu unterstützen, war ich trotzdem erleichtert, als sich herausstellte, dass er Recht gehabt hatte. Er tat unsere Anwesenheit kund, indem er mit seinem Knüppel auf das Flugblatt schlug, das auf dem Tisch lag. Sofort verstummten diejenigen, die sich um Mr. Neville geschart hatten, und auch die Leute, die in der Nähe saßen. Mr. Perkins hatte ihre Aufmerksamkeit erregt.

»Mr. Ormond Neville?«, sagte er.

Als Antwort nickte Mr. Neville bloß; seine Augen verrieten weniger Angst als Bestürzung.

»Sind Sie der Autor des Flugblattes, aus dem Sie gerade vorgelesen haben?«

Er schaute sich um. Nachdem er die Glückwünsche seiner Kollegen entgegengenommen hatte, konnte er es kaum leugnen. »Ja«, antwortete er.

Ich beobachtete die Gruppe am Tisch und hielt nach Zeichen aggressiven Widerstands Ausschau – konnte aber keine entdecken. Was ich aber sah, überraschte mich einigermaßen: Einer, der uns den Rücken zugedreht hatte, als wir kamen, wandte sich jetzt um. Unsere Blicke trafen sich, und ich erkannte ihn sofort als Thaddeus Millhouse; auch er musste mich erkannt haben, denn er drehte rasch das Gesicht weg und hob eine Hand, um es vor mir zu verbergen.

»Ich muss Sie bitten, uns in die Bow Street Nummer vier zu begleiten, Sir«, sagte Constable Perkins zu Mr. Neville. »Sir John Fielding möchte mit Ihnen sprechen.«

»Ich bin also arrestiert?«

»Nur, wenn Sie Widerstand leisten.«

»Soweit ich sehe, nicht, Sir.«

Also stand Ormond Neville langsam auf und wandte sich

nach rechts und links zu seinen Gefährten am Tisch. Als er sah, dass ihm keiner helfen würde, nickte er willfährig.

»Nehmen Sie doch Ihr Exemplar des Flugblatts mit, Sir«, schlug Mr. Perkins vor. »Es soll Gegenstand des Gesprächs sein.«

Mr. Neville nahm es, faltete es nachlässig zusammen und stopfte es in seine Rocktasche. Er reckte das Kinn.

Dann sagte er in höchst dramatischem Ton: »Ich bin bereit.«

Doch als wir gerade gehen wollten, fasste sich einer der am Tisch Sitzenden endlich ein Herz. Er war derjenige, der ein etwas säuerliches Gesicht gezogen hatte, als der Toast auf Mr. Neville ausgebracht worden war. Er achtete zwar darauf, sitzen zu bleiben und den Constable nicht herauszufordern, sprach aber gleichwohl laut und aufsässig. Er sah aus wie ein Ire.

»Sagen Sie«, schnaubte er, »welches Recht haben Sie eigentlich, ihn auf diese Weise abzuführen? Neville ist kein Verbrecher, sondern ein armer Schreiberling wie wir alle hier. Ist es ein Verbrechen, mit der Feder zu arbeiten? Ist Britannien kein freies Land?«

Constable Perkins blieb stehen und starrte ihn kalt an.

»Möchten Sie vielleicht mit uns kommen und Ihre Ansichten Sir John vortragen?«

»Neiiin«, sagte der Mann gedehnt, »ich fürchte, ich habe anderswo dringende Geschäfte. Ich wollte gerade aufbrechen.«

»Dann wünschen wir Ihnen einen Guten Abend«, sagte Mr. Perkins. »Kommen Sie, Mr. Neville.«

Was dieser sehr gehorsam tat.

Kaum waren wir aus dem Goose and Gander in die Dunkelheit des Abends hinausgetreten und hatten den Weg zur Bow Street eingeschlagen, wandte sich Ormond Neville an mich und wollte mit mir über das Flugblatt diskutieren, während der Constable ihn ignorierte.

»Ach, junger Herr, wir beide sind ja gut miteinander bekannt«, sagte er zu mir und schien sich an meiner Gegenwart etwas zu erwärmen. »Wir hatten schon mehrfach Gelegenheit, miteinander zu sprechen. Vielleicht könnten Sie mir sagen, welcher Teil des Flugblatts Sir John missfällt?«
»Ich glaube, man könnte zutreffend sagen, dass es ihm gänzlich missfällt.«
»Zur *Gänze*?«
»Ja, Sir.«
»Oh.«
Ich erinnere mich, dass er auf dem ganzen weiteren Weg nichts mehr zu sagen wusste. Wir drei gingen einfach weiter, Seite an Seite. Wenn wir hintereinander gehen mussten, machte Mr. Perkins die Vor- und ich die Nachhut.

Ich selbst musste immer wieder an die unerwartete Begegnung mit Mr. Millhouse denken. Ihn dort mit Ormond Neville an einem Tisch zu sehen, hatte mich natürlich überrascht. Viel seltsamer aber erschien mir seine Reaktion. Warum hatte er sich weggedreht und versucht, sein Gesicht zu verbergen? Ich hatte nicht erwartet, dass er von seinem Stuhl aufspringen und mir die Hand schütteln und auf den Rücken klopfen würde, um mich zu begrüßen. Dass er aber irgendwie so tat, als sei er gar nicht da, erschien mir doch etwas sonderbar. Es war, als sei er ertappt worden – als hätte ich ihn bei etwas erwischt, was er eigentlich nicht durfte. Dabei hatte er doch jedes Recht, sich dort aufzuhalten. Er hatte zwar getrunken, war aber nicht betrunken. War es seine Verbindung mit Mr. Neville, die ihm peinlich war? Die beiden zusammen zu sehen legte die Vermutung nahe, dass er dem Autor des Flugblatts den Namen des Opfers genannt hatte, da er es ja gewesen war, der die Frau identifiziert hatte. Doch wenn das so war, warum hatte er ihm dann nicht auch von der Verstümmelung ihres Rumpfes erzählt? Ich hätte Mr. Neville gern danach gefragt, hätte mich auch gern erkundigt, was er ganz allgemein über Thaddeus Millhouse wusste, doch Constable Perkins' Beispiel folgend, schwieg ich.

Als wir die Bow Street Nummer vier erreichten, herrschte dort ein lebhaftes Kommen und Gehen. Sir John und Mr. Bailey standen in dessen Mittelpunkt; sie teilten Wachschichten für die Synagoge ein und wiesen die alle drei Stunden durchzuführenden Streifengänge auf den Straßen anderen Constables zu, um die Verringerung der Truppe um jeweils zwei Mann zu kompensieren. Es war ziemlich kompliziert und, wie mir schien, auch etwas verworren. Mitten in die Vorkehrungen platzten wir hinein, Mr. Neville zwischen uns. Er schien von dem Tohuwabohu angemessen eingeschüchtert und sah aus, als wäre er überall lieber als da, wo er sich gerade befand. (Was er sich noch inniger wünschen sollte, als er seine Tortur hinter sich hatte.)

»Wo sind denn die Constables Langford und Brede?«, rief Mr. Bailey über das Durcheinander hinweg. »Hat irgendjemand sie gesehen?« Anscheinend hatte sie keiner gesehen. Es gab ein paar Antworten, doch alle waren negativ.

Mr. Perkins führte Mr. Neville durch das Gewimmel der Constables und zu Sir John; ich folgte.

»Hier ist Neville«, sagte Perkins. »Jeremy hat ihn gefunden, und wir haben ihn mitgebracht.«

»Oh«, sagte Sir John ein wenig hinterlistig, »dann haben wir ja den Autor, nicht? Sind Sie der Verfasser des Flugblatts, das heute erschienen ist?«

»Ja, Sir«, murmelte Mr. Neville.

»Sprechen Sie doch lauter, Sir, sprechen Sie doch lauter. Ich habe viel vom Stolz der Autorschaft gehört. Sicher empfinden Sie auch etwas davon. Jeder, der so viel *Verwirrung* stiften kann, muss in der Tat ein sehr einflussreicher Schreiber sein. Was haben Sie dazu zu sagen?«

Er sagte nichts.

»Nicht ein Wort? Nun, ich habe viele Worte für Sie – darauf können Sie sich verlassen –, aber im Augenblick hindert mich der Trubel, den Sie angerichtet haben, daran, sie auszusprechen, also muss ich Sie festhalten, bis ich dazu Zeit haben werde, und das könnte erst morgen der Fall sein. Und daher, Sir – wie hieß er noch, Jeremy?«

»Ormond Neville«, sagte ich.

»Danke. Und daher, Ormond Neville, nehme ich Sie wegen Behinderung der Ermittlungen in einem Verbrechensfall und Anstiftung zum Aufruhr fest. Ich werde Ihren Fall mittags im Gerichtssaal verhandeln.«

»Aufruhr?«, rief Mr. Neville. »Was für ein Aufruhr?«

»Mr. Baker«, schrie Sir John, »sperren Sie ihn in die Haftzelle!«

Die Worte, die Ormond Neville soeben noch gefehlt hatten, sprudelten nun von seinen Lippen, als er abgeführt wurde. Er protestierte gegen die Unfairness des Ganzen, die Ungerechtigkeit, die ...

Genau in diesem Moment ertönten am anderen Ende der Halle laute Rufe. Die Tür zur Bow Street flog auf. Man hörte Schritte, sah ein paar schattenhafte Gestalten, und von draußen drang Lärm herein.

»Verrammelt die Tür! Verrammelt die Tür!«, schrie jemand.

»Was ist los?«, rief Sir John. »Was ist passiert?«

Ich lief mit zwei oder drei anderen durch die lange, dunkle Halle und wäre fast gegen Rabbi Gershon geprallt. Er zog einen dunklen Mann von etwa zwanzig Jahren mit sich, der vor Angst jammerte und schniefte. Es schien sich um den berüchtigten Yossel zu handeln.

»Draußen hat sich der Mob versammelt«, keuchte der Rabbi. »Sie haben und gejagt und hätten uns umgebracht, wenn Sir Johns Männer nicht gewesen wären.« Er zeigte hinter sich auf die beiden fehlenden Constables – Alfred Langford und Clarence Brede –, als er an mir vorbeiging.

Verwirrt drehte ich mich um und sah, dass der Rabbi Sir John bereits erreicht hatte. Er musste ihm alles über die Situation berichtet haben. Ich sah, wie sein Gefangener zurückweichen wollte. Ich packte ihn fest am Arm und zog ihn vorwärts.

»Säbel und Schlagstöcke!«, schrie Sir John. »Säbel und Schlagstöcke!«

Die Runners ergriffen ihre Säbel und zogen ihre Knüppel. Sie liefen in die Halle und füllten sie.

»Sir John«, sagte ich, »hier ist der Gefangene.«

»Yossel Davidovich«, warf der Rabbi ein.

»Sie haben Wort gehalten, Rabbi Gershon«, sagte Sir John. »Mr. Baker, wenn Sie in der Nähe sind, dann nehmen Sie den Burschen, den der Rabbi da bei sich hat, und stecken ihn mit dem Schriftsteller in die Haftzelle. Das sollte beiden etwas Stoff zum Nachdenken geben.«

Weiter hinten in der Halle hörte ich die Stimme von Benjamin Bailey, dem Captain der Runners. Bei Scharmützeln wie diesen bewies er sich als fähiger Anführer.

»So, wenn die Tür sich öffnet, gehen wir auf sie los wie der Teufel. Zuerst die Schlagstöcke, und wenn sie nicht weichen wollen, benutzt die flache Seite der Klinge. Und jetzt folgt mir!«

Pause. Und dann: »*Öffnet die Tür!*«

SECHSTES KAPITEL

*In welchem Mr. Tolliver
das dritte Opfer auffindet*

Doch die erwartete Schlacht fand nicht statt. Die Runners stürmten mit lautem Hurra und Hallo aus der Tür von Bow Street Nummer vier, doch sie fanden keinen Mob, der sich ihnen entgegenstellte. Die paar Nachzügler, die noch herumlungerten, nahmen die Beine in die Hand und spritzten in alle Richtungen davon. Vor lauter Überraschung oder auch echter Erheiterung sahen die Constables der Truppe sich gegenseitig an und brachen dann in dröhnendes Gelächter aus.

»Was ist los, Jeremy?«, fragte Sir John. »Was finden sie denn so verdammt komisch?«

Wir standen zusammen in der Tür. Die Runners bildeten einen Halbkreis, sahen sich noch immer um, und nach und nach ging das brüllende Gelächter in Kichern über.

»Tja, ich weiß nicht, Sir«, sagte ich, »vielleicht, dass sie sich auf einen Kampf eingestellt hatten, als sie herauskamen, und dass keiner da war, mit dem sie hätten kämpfen können. Der Mob hat sich zerstreut.«

»Nun, vielleicht kommen sie doch noch zu ihrem Kampf.« Dann rief er laut: »He, Männer! Geht zu der jüdischen Kirche in der Maiden Lane, und zwar schleunigst. Der Mob könnte sich da wieder versammelt haben. Und, Mr. Bailey?«

Der Captain der Runners kam im Laufschritt heran, während die anderen aufbrachen. »Ja, Sir John?«

»Wenn bei der Synagoge keine große Menschenmenge ist, lassen Sie zwei Mann dort zurück, wie wir besprochen haben, und schicken die anderen auf die geänderten Streifengänge.«

»Wird gemacht, Sir.«

Im Laufschritt entfernte sich der Captain, um die anderen einzuholen.

»So, Jeremy, und jetzt habe ich einen Auftrag für dich, der einen Mann erfordert. Ich würde dich nicht darum bitten, aber du siehst ja selbst, dass wir im Augenblick ein bisschen knapp an Leuten sind.«

»Was immer Sie wünschen«, sagte ich.

»Ich möchte, dass du den Rabbi zur Synagoge zurückbegleitest. Aber benutze deinen Verstand. Wenn du in die Maiden Lane kommst, vergewissere dich, dass dort kein Aufruhr herrscht, ehe du weitergehst.« Er zögerte. »Ich sage das nur ungern, aber ich denke, es ist vielleicht das Beste, wenn du ein Paar Pistolen trägst. Sie sollten geladen sein, aber du sollst sie eigentlich nur vorzeigen. Wenn du eine davon abfeuerst, dann solltest du einen guten Grund dafür haben – und nur in die Luft schießen. So, und jetzt hol den Rabbi und lass dich von Mr. Baker entsprechend ausrüsten.«

Wir müssen einen seltsamen Anblick geboten haben, als wir die Tavistock Street hinuntergingen: Rabbi Gershon im flatternden schwarzen Gewand und dunklem Bart und ich, ein unreifes Jünglein mit zwei großen Pistolen, das so tat, als sei es ein Mann. Wir beeilten uns nicht, sondern schauten aufmerksam hierhin und dorthin und lauschten, ob sich irgendwo Aufruhr bemerkbar machte. Doch niemand, der vorbeiging, schien erkennbar feindselig zu sein; wenn jemand uns anstarrte, dann eher aus Neugier oder Belustigung.

Obwohl wir die Umgebung aufmerksam im Auge behielten, redeten wir miteinander, denn der Mann faszinierte mich, und wann immer ich mit ihm allein war (was nicht oft vorkam), stellte ich ihm Fragen. Diesmal hatten sie mit aktuellen Angelegenheiten zu tun. Ich erinnere mich, dass ich den Rabbi fragte, ob es schwer gewesen sei, diesen Yossel zu finden.

»O nein«, sagte er. »Ich wusste, wo ich suchen musste.«

»Und wo war das, Sir? Wenn Sie nichts dagegen haben, dass ich Sie das frage.«

»Jeremiah«, sagte er, denn so nannte er mich, »ich werde dir etwas über die Juden erzählen. Wenn einer von ihnen in Schwierigkeiten gerät – sagen wir, er hat sich von seinem Volk und dem Ma-Schem abgewandt, sagen wir, er ist ein Tunichtgut, ein Schurke –, wenn ein solcher Mann in Schwierigkeiten gerät, dann geht er trotzdem geradewegs zu seinen Leuten, bittet, aufgenommen zu werden, bittet um Vergebung. Und seine Familie nimmt ihn wieder auf – denn wer kann schon jemanden zurückweisen, der von seinem eigenen Blut ist?«

»Da also haben Sie ihn gefunden?«

»Ja, bei seiner Familie. Es sind gute, fromme Menschen, die allesamt für Yossels Erlösung beten. Aber ...« Er hielt inne und runzelte konzentriert die Stirn. »Horch! Was ist das?«

Es war der wüste Lärm schreiender Stimmen – und gar nicht so weit entfernt. Ich bemerkte, dass wir uns in unmittelbarer Nähe von Shakespeare's Head befanden, einem Ess- und Trinklokal, das eine ziemlich derbe Kundschaft anzog.

»Da«, sagte ich und zeigte in die Richtung. »Ich glaube, es kommt von dort.«

»Dann lass uns schnell vorbeigehen«, sagte er.

Und das taten wir, beschleunigten unseren Schritt und hasteten weiter. Erst als wir in sicherer Entfernung von dem Wirtshaus waren, nahm der Rabbi seine Rede wieder auf.

»Wo war ich stehen geblieben? Ach ja, jetzt erinnere ich mich. Ich hatte gerade ihr Haus betreten und fand sie im Gebet, Yossel unter ihnen. Ich sagte, ich käme vielleicht mit der von ihnen für Yossel gewünschten Erlösung. Ich habe ihnen auch von Sir John erzählt und ihn als gerechten Mann gepriesen. Sie hörten mir zu, waren aber nicht überzeugt. Yossel war am skeptischsten von allen. Und dann kam sein Bruder und drückte mir dieses schreckliche Flugblatt mit all den alten Lügen über das Volk Israel in die Hand und sagte: ›Hier, lesen Sie, es wird ein Pogrom geben – nicht nur Yossel, wir alle werden umgebracht werden!‹ Und wir debattierten miteinander. Yossel leugnete, jemanden ermordet zu haben – er habe vielleicht mit Mord *gedroht,* vielleicht auch damit, eine Nase oder ein Ohr abzuschneiden. Ich sagte zu ihm: ›Du siehst, was diese Drohungen über deine Familie gebracht haben. Denk nur daran, was sie den Juden in London antun könnten!‹ Oh, bald hatte ich ihn so weit, dass er weinte und uns um Verzeihung bat, und endlich willigte er ein mitzukommen. Wir hielten es aber für besser, bis zum Einbruch der Dunkelheit zu warten. Und so warteten wir eine Stunde, und du weißt, Jeremiah, was dann geschah. Wir waren auf halbem Weg in die Bow Street, als eine der Frauen auf der Straße, eine, die er mit seinem Messer bedroht hatte, Yossel sah und schrie: ›Da ist Yossel! Das ist er! Da geht er!‹ Und dann hat er etwas Dummes getan – er begann zu laufen. Das brachte eine große Menschenmenge auf den Plan. Wenn er nicht direkt zwei von euren Constables in die Arme gelaufen wäre, hätte uns der Mob wahrscheinlich gelyncht. Oh, sie waren gut, diese beiden Männer von Sir John – sie stellten sich der Menge entgegen, trieben sie zurück, sie ...«

»Eh, Rabbi Gershon?«

»Ja, Jeremiah?«

»Wir sind da, Sir.«

Er war so von seiner Erzählung gefesselt, dass er irgendwo zwischen Tavistock und Maiden Lane das Gefühl für seine Umgebung verloren hatte. Die Synagoge lag direkt vor uns in der stillen Straße. Die rotberockten Runners standen davor und stritten sich über die neuen Streifengänge, zu denen Mr. Bailey sie eingeteilt hatte (so verabscheut der Mensch Veränderungen seiner eingefahrenen Routine). Der Rabbi sah sich um, und äußerst beruhigt über die Anzahl der Constables vor seiner Haustür, wandte er sich mit einem zögernden Lächeln an mich.

»So viele?«, fragte er.

»Ich glaube, während der Nacht werden es nur zwei sein«, erwiderte ich. »Die anderen müssen jetzt ihre Runden machen.«

»Nun, zwei ist keine geringe Zahl. Ich werde nie vergessen, wie wir von zwei Männern vor unseren Verfolgern gerettet wurden.« An der Tür winkte er mir noch einmal zu. »Dir eine gute Nacht, Jeremiah.«

Ich rief einen Abschiedsgruß und winkte ihm ebenfalls, als er die beiden Stufen zu seiner Tür hinaufhüpfte. Mr. Bailey salutierte in seine Richtung. Der Rabbi zog einen großen Schlüssel hervor und öffnete die Tür. Man hörte Kinder schreien und die Stimme einer Frau, als die Tür zufiel; er war daheim und in Sicherheit.

Ich ging zu Mr. Bailey hinüber in der Hoffnung, er werde mir irgendeine neue Aufgabe zuteilen. Seine Männer brachen jetzt einzeln und paarweise auf.

»Na, sieh einer an, Jeremy – ein Paar Pistolen an der Seite und kampfbereit! Jetzt fehlt dir nur noch ein roter Rock, und du wärst einer von uns.« War das sein Ernst? Meine Hoffnung, es möge so sein, erweckte einen fantastischen Kinderwunsch, ein Bow Street Runner zu werden, jetzt wieder zum Leben.

»Du hast den jüdischen Priester nach Hause begleitet, nicht?«

»Ja, Mr. Bailey. Es war Sir Johns Idee, dass ich die Pistolen trage. Damit hat er mich ziemlich überrascht.«

»Sind sie geladen?«

»Ja, Sir.«

»Sinnlos, eine Waffe zu tragen, wenn sie nicht geladen ist. Hast du auf dem Weg hierher irgendwelche Schwierigkeiten gehabt?«

»Nein, keine, nur ein paar neugierige Blicke.«

»Die Leute müssen doch immer starren, oder? Aber hör, Jeremy, mein Junge, wenn deine Zeit nicht anderweitig in Anspruch genommen ist, könntest du dann vielleicht mit mir eine Runde durch Covent Garden drehen, nur um sicherzugehen, dass da kein Mob herumlungert und auf seine Chance wartet? Mobs tun das manchmal – sie verschwinden und verstecken sich für ein Weilchen.«

Eifrig ging ich auf seinen Vorschlag ein. Er brauchte nur einen Augenblick, um den Constables Langford und Cowley, die die erste Wache vor der Synagoge halten würden, letzte Anweisungen zu geben. Dann winkte er mir, ihm zu folgen, und wir machten uns in Richtung Bedfort Street auf den Weg.

In gemächlichem Tempo bogen wir, als wir sie erreichten, rechts ab, und im gleichen gemächlichen Tempo kamen wir in die Henrietta Street, eine der Straßen, die direkt nach Covent Garden führen. Wir waren gar nicht weit von der Gasse entfernt, wo Constable Brede die verstümmelte Leiche von Priscilla Tarkin am Zaun des Kirchhofs gefunden hatte. Aber hier, an der Ecke der Henrietta Street, hielt Mr. Bailey inne, um zu lauschen. Was konnte er hören außer dem Lärm aus den Kneipen und Spelunken in der Bedfort Street? Noch war er nicht so laut, wie er es später sein würde, und die Straßen waren auch noch nicht so bevölkert. Die Tagmenschen hatten den Garden inzwischen verlassen, und die zahlreichen Nachtschwärmer waren noch nicht vollzählig eingetroffen.

Mr. Bailey nickte in Richtung Henrietta Street, und im gleichen gemächlichen Tempo gingen wir weiter. Da er noch vor einem Augenblick so angespannt gelauscht hatte, war ich ein wenig überrascht, dass er ganz unbeschwert zu reden begann.

»Du und ich, Jeremy«, sagte er, »sind wie eine richtige Armee – du mit deinen Pistolen und ich mit dem großen Säbel.«

»Das stimmt«, sagte ich. »Wir brauchen weder Einzelne noch den Mob zu fürchten.«

»Trotzdem kann ich gar nicht abwarten, dass wir in die Bow Street zurückkommen und ich diesen Säbel loswerde. Es ist lästig, wie er mir bei jedem Schritt gegen das linke Bein schlägt.«

Er klapperte tatsächlich ein wenig. Doch für mich war das ein beruhigendes Geräusch. Die Straße war dunkel; Laternen gab es nur wenige, und wenige Fenster auf unserem Weg waren erhellt. Es gab keine Fußgänger vor oder hinter uns und auch keinen Pferdeverkehr, sodass die ganze Gegend ziemlich verlassen und finster wirkte. Ganz plötzlich kam mir in den Sinn, dass es mir gar nicht gefallen würde, allein durch diese Straße zu gehen, und noch weniger, bei Nacht durch noch dunklere, schmalere, verlassenere Gassen zu wandern, nur mit einem Schlagstock bewaffnet. Vielleicht war ich doch noch nicht überzeugt davon, ein Bow Street Runner werden zu wollen, wie ich gedacht hatte.

Wie um diese Schlussfolgerung zu bestätigen, ertönte von der anderen Straßenseite ein Ruf.

»He, ihr da! Seid ihr die Runners vom Schnapper? Kommt her!«

Wir schauten angestrengt, konnten aber nichts sehen. Da war nur ein dunkler Gang zwischen zwei Gebäuden. Der Ruf konnte nur von dort gekommen sein. Dann, als wir dabei waren, die Straße zu überqueren, erkannte ich im Schatten des Durchgangs undeutlich eine zusammengekauerte Gestalt. Sie wedelte mit der Hand, stand dann auf, trat vor und winkte uns heran.

»Vorsichtig, Jeremy«, warnte mich Mr. Bailey. »Das könnte der Köder einer Falle sein. Lass die Hände an den Pistolen.«

Ich tat, wie mir geheißen, bis wir ganz nah bei demjenigen waren, der uns gerufen hatte, denn im trüben Licht der Straßenlaterne erkannte ich in ihm jetzt Mr. Tolliver.

»Es ist gut«, sagte ich zu Mr. Bailey. »Das ist unser Metzger.«

»Euer Metzger? Bist du da sicher?«

Mr. Tolliver seinerseits schien sicher. »Jeremy! Was für ein Glück, dass du mit einem der Runners vorbeikommst – obwohl ich nicht weiß, ob du das sehen solltest, was da hinten in dem Durchgang liegt.«

»Was ist es denn, Sir?«, fragte Mr. Bailey. Die beiden groß gewachsenen Männer standen einander jetzt gegenüber. Mr. Baileys Augen wanderten von Mr. Tolliver zu dem dunklen Raum hinter ihm. Sechs bis acht Fuß von dem schmalen Gehsteig entfernt, auf dem wir standen, lag etwas oder jemand zusammengekrümmt auf dem Boden.

»Also, es ist eine Frau. Sie ist tot, ganz bestimmt, obwohl ich schwöre, dass sie sich noch warm anfühlt. Kommen Sie, sehen Sie selbst.«

Mr. Bailey nickte ihm kurz zu. »Das werde ich tun, Sir. Danke.«

Er ging um den Metzger herum, der so beiseite trat, dass er mir den Weg versperrte. Ich versuchte, Mr. Bailey zu folgen.

»Jeremy«, sagte Mr. Tolliver, »es ist sicher nicht nötig, dass du dir das auch ansiehst.«

»Oh, ich habe bestimmt schon Schlimmeres gesehen.«

Widerstrebend gab er den Weg frei, und ich eilte hinter Mr. Bailey her.

Tatsächlich hatte ich Schlimmeres gesehen. Diese Frau – oder dieses Mädchen, denn es konnte kaum viel älter gewesen sein als ich – lehnte in fast sitzender Position auf einer

Seite des Durchgangs an der Mauer, ein wenig nach vorn gesunken, sodass ihr Kinn auf der Brust ruhte, ganz ähnlich wie bei Priscilla Tarkin.

»Sie ist tatsächlich tot«, sagte Mr. Bailey zu dem Metzger, »und warm ist sie auch noch.« Er starrte auf sie herab. »Ich frage mich, woran sie gestorben ist.« Er war nicht gerade der geborene Kriminalist.

»Ziehen Sie ihren Kopf nach hinten«, schlug ich vor, da ich mich an die Witwe erinnerte, »und sehen Sie nach, ob ihre Kehle durchtrennt ist.«

Er folgte meinem Vorschlag. Keine Wunde war zu sehen, und ihr Hals wies auch keine Würgemale auf, aber das aufgeknöpfte Kleid lud zu genauerer Untersuchung ein.

»Ist sie aufgeschnitten?«, fragte ich. »Die Letzte war es.«

»Nun, schauen wir mal nach.«

Mr. Bailey kniete neben ihr nieder, zog das Kleid auseinander und legte die kleinen Brüste des Mädchens frei – aber es gab keine gezackte Bauchwunde.

»Also wirklich«, sagte Mr. Tolliver, »das schickt sich nicht. Das ist unanständig.« Er schien Anstoß zu nehmen an einem Vorgang, der für mich mittlerweile reine Routine war.

»Aber sie ist doch tot, Sir.« War das eine Erklärung? Irgendjemand – damals konnte ich mich nicht erinnern, wer – hatte gesagt, den Toten sei so etwas egal, eine recht simple Philosophie. Ich musste Mr. Tolliver eine bessere Erklärung liefern: »Verstehen Sie, wenn sie eines unnatürlichen Todes gestorben ist, dann muss eine Autopsie durchgeführt werden. Wenn sie auf natürliche Weise gestorben ist, wird sie zum Begräbnis auf den Stadtanger gebracht – außer natürlich, wenn jemand Anspruch auf den Leichnam erhebt.«

»Ich verstehe. Nun, dann muss das wohl sein.«

Mr. Bailey hatte während dieser Diskussion abwechselnd Mr. Tolliver und mich angesehen, als begreife er nicht ganz den Sinn unserer Worte. Dann fiel mir ein, dass diese Unglückliche vielleicht genauso getötet worden war wie Teresa O'Reilly.

»Werfen Sie einen Blick direkt unter das Brustbein«, forderte ich ihn auf. »Sehen Sie nach, ob da eine kleine Wunde ist.«

Er tat, wie ihm geheißen, und dann hielt er seine Finger ins Licht. »Bei Gott, da ist sie, Jeremy, genau wie du gesagt hast. Die Wunde hat so wenig geblutet, dass ich sie zuerst überhaupt nicht gesehen habe. Sie ist mit einer ganz schmalen Klinge erstochen worden – ein Stich. Das hat sie umgebracht!«

Ich sah Mr. Tolliver an. Er beugte sich vor und starrte unwillkürlich fasziniert auf die Leiche.

Mr. Bailey bedeckte sie, so gut er konnte, stand auf und kam zum Eingang der Passage zurück.

»Es ist tatsächlich Mord«, sagte er. »Nun, Mr. – wie war noch Ihr Name, Sir?«

»Tolliver.«

»Nun, Mr. Tolliver, könnten Sie mir sagen, wie es kam, dass Sie den Leichnam dieses armen Mädchens hier gefunden haben?«

Mr. Tolliver überlegte einen Augenblick. »Also, ich weiß nicht genau. Ich habe heute auf dem Markt spät Schluss gemacht, abgewaschen und so weiter. Dann habe ich den Stand verschlossen und wollte durch diese Straße nach Hause gehen, wie ich es immer tue. Wenn es mir einfällt, werfe ich bei Nacht immer einen Blick in diesen Durchgang – um nicht von irgendeinem Strolch überrascht zu werden.«

»Und da haben Sie sie gesehen?«

»Da habe ich *etwas* gesehen. Es hätte auch ein Betrunkener sein können, der zu viel Gin getrunken hat – in dieser Gegend kommt so etwas jeden Tag vor. Aber ich blieb stehen und schaute – und ob es der Kopf war, der so herunterhing, oder was anderes, ich dachte, es wäre das Beste, wenn ich nachsehe. Ich fühlte den Puls – sie hatte keinen –, aber sie war noch warm, wie Sie selbst festgestellt haben. Dann habe ich mich nach Hilfe umgesehen und Sie beide entdeckt. Sie sahen wie Autoritätspersonen aus, und so habe ich Sie gerufen.«

»Und das ist alles? In der Passage haben Sie niemanden gesehen?«

»Nein, die Beleuchtung ist schlecht, wie Sie selbst feststellen können, aber soweit ich sehen konnte, war da niemand.«

»Und Sie haben auch nichts gehört?«

»Nein, nicht in dem Durchgang.«

»Keine Schritte, nichts?«

»Da nicht – erst, als Sie die Straße herunterkamen.«

»Wohin führt dieser Durchgang, wissen Sie das?« Ich war sicher, dass Mr. Bailey es wusste. Ich wunderte mich, warum er fragte.

»Ich glaube, er führt zum Kirchhof von St. Paul's. Das habe ich jedenfalls gehört, es gab nie einen Anlass, durch diese Passage zu gehen.«

Das wurde genau registriert. Polly Tarkin war am Zaun des Friedhofs von St. Paul's gefunden worden, und zwar in der Gasse, die aus der Bedfort Street führte. Vielleicht hatte der Mörder die Absicht gehabt, diese Leiche auch an den Zaun zu bringen und dort aufzuschneiden wie die der Witwe Tarkin. Wenn das so war, hätte es bedeutet, dass er noch in der Nähe war – irgendwo in diesem dunklen Durchgang oder in einem der eng beieinander stehenden Häuser dieser Gasse.

»Wenn Sie mir die Frage verzeihen, Sir«, sagte Mr. Bailey zu Mr. Tolliver, »was ist in diesem Lederpaket, das Sie unter dem Arm tragen?«

Ich hatte es auch bemerkt, aber nicht darüber nachgedacht und mich gefragt, was darin sein mochte.

»Ich habe meine Messer da drin. Ich nehme sie jeden Abend mit nach Hause«, erwiderte Mr. Tolliver.

»Messer?«

»Ja, Messer. Ich bin Metzger. Messer sind meine Werkzeuge.«

»Ach so, ja, das hat Jeremy gesagt. Hätten Sie etwas dagegen, Sir, das Päckchen zu öffnen, damit ich sie mir ansehen kann?«

»Nun, ich...«

Er hatte eindeutig etwas dagegen, aber um zu zeigen, dass er nichts zu verbergen hatte, nahm er das Päckchen unter dem Arm hervor, band es auf und öffnete es sorgsam. Auf dem Chamoisleder wurden acht Messer verschiedener Größe und Form sichtbar, jedes in einer eigenen Scheide. Selbst in dem dämmrigen Licht glänzten sie, als Mr. Bailey sie eines nach dem anderen herauszog. Keines wies Blutflecken auf, und keines hatte eine so schmale Klinge, dass man damit eine Wunde wie die von Teresa O'Reilly oder dem namenlosen Mädchen in der Passage hätte verursachen können. Das musste auch Mr. Bailey klar geworden sein, denn als er fertig war, nickte er und dankte Mr. Tolliver freundlich für seine Mithilfe.

Dann wartete Mr. Bailey, bis die Messer wieder sicher verstaut waren (er half sogar mit, die Lederriemen zu binden), und sagte zu dem Metzger, er bedaure das zwar sehr, müsse ihn aber eine Weile aufgehalten, bis Sir John eingetroffen sei, denn der Richter habe sicherlich Fragen an ihn.

Dann wies er mich an, Sir John zu holen. »Aber, Jeremy, ich möchte, dass du den Weg zurückgehst, den wir gekommen sind. Geh an der jüdischen Kirche vorbei, und wenn dort alles ruhig ist, sag Constable Cowley, er soll hierher in die Henrietta Street kommen. Sag ihm, er soll versuchen, sich von dem Priester dort eine Laterne zu leihen. Dann möchte ich, dass du in die Tavistock Street gehst, und wenn der Chirurg da ist, der Ire ...«

»Mr. Donnelly«, warf ich ein.

»Ja, der. Bitte ihn, ebenfalls herzukommen. Und dann natürlich weiter in die Bow Street, um Sir John zu holen. Entschuldige mich dafür, dass ich seine Abendruhe störe, aber unter den gegebenen Umständen wird er herkommen wollen. Hast du das alles verstanden?«

»Natürlich, Mr. Bailey.«

»Oh, und lass du dir von Mr. Baker auch eine Laterne geben. Wir brauchen hier Licht.« Er entließ mich mit einem Nicken. »Und nun mach dich auf den Weg.«

Ich ging.

Bei der Synagoge gab es keine Probleme. In der Maiden Lane war es noch stiller als in der Henrietta Street. Constable Cowley schien halb im Stehen zu schlafen.

»Nur zu, geh hin und mach ihm Beine«, sagte Constable Langford. »Wenn uns der Mob angreifen würde, würde er das bestimmt verschlafen.«

»Ich müsste mich bewegen«, sagte Cowley.

»Du müsstest tagsüber schlafen, statt im Bett mit deiner zukünftigen Frau herumzuturteln.«

»Wir werden bald heiraten, du wirst schon sehen.«

»Warum die Kuh kaufen, wenn du die Milch umsonst bekommst?«

Constable Langford lachte schallend, denn er war davon überzeugt, einen großartigen Witz gemacht zu haben.

Ich klopfte an die Tür der Synagoge. Eine Minute später öffneten sich oben die Läden, und der Kopf von Rabbi Gershon erschien.

»Du, Jeremiah! Stimmt was nicht?«

»O nein, ich möchte Sie nur fragen, ob Sie uns vielleicht eine Laterne leihen könnten.«

»Gewiss! Natürlich! Ich bringe sie gleich nach unten.«

Mir gefiel die Vorstellung nicht, Mr. Langford allein zu lassen, und sei es auch nur für eine Stunde, und so bot ich ihm eine meiner Pistolen an. »Wenn Sie in die Luft schießen, hören wir es und kommen sofort. Wir sind nur eine Straße entfernt.«

Er nahm sie und steckte sie an seinen Gürtel.

Dann öffnete sich die Tür der Synagoge, und Rabbi Gershon reichte die Laterne heraus. Ich dankte ihm und versprach, sie zurückzubringen, sagte aber nicht, wofür wir sie benötigten. Es hätte den Rabbi sehr bestürzt zu erfahren, dass noch eine Frau gestorben war.

Ich gab die angezündete Laterne Constable Cowley und drängte ihn, sich auf den Weg zu machen. Dann machte ich mich auf den Weg in die Tavistock Street und zu Mr. Donnelly.

Da ich keine Ahnung hatte, wie der Doktor seine Abende verbrachte, fürchtete ich, ihn vielleicht nicht anzutreffen. Doch als ich ankam, etwas außer Atem, schimmerte Licht unter der Tür seiner aus zwei Räumen bestehenden Praxis. Ich wartete einen Moment, um wieder zu Atem zu kommen, und klopfte dann.

Einen Augenblick später hörte ich Schritte und von der anderen Seite seine Stimme.

»Ja? Wer ist da?«

»Ich bin's, Jeremy Proctor aus der Bow Street.«

Er zog den Riegel zurück und öffnete die Tür. »Was für eine nette Überraschung«, begrüßte er mich. »Tritt ein, tritt ein.«

»Ich kann nicht, so gern ich auch möchte. Man hat mich geschickt, um Sie in die Henrietta Street zu bitten. Es wurde wieder eine tote Frau gefunden.«

»Oh, großer Gott, wann wird das aufhören? Wurde sie auch so schrecklich zugerichtet wie die Letzte?«

»Nein, Sir. Es ist wie beim ersten Mal – eine kleine Wunde direkt unter dem Brustbein –, ein aufwärts gerichteter Stich durch die Herzvene.«

Er lachte unwillkürlich. »Also, Jeremy, ich glaube, du zitierst mich. Du warst bei der Untersuchung dabei, stimmt's?«

»Ja, Sir, das war ich«, sagte ich errötend.

»Also gut, ich hole meine Tasche und bin gleich wieder bei dir.«

»Es tut mir Leid, Sir, aber ich kann Sie nicht begleiten, ich muss nämlich Sir John noch Bescheid sagen. Mr. Bailey und ich wurden an den Schauplatz gerufen, und zwar von demjenigen, der die Leiche entdeckt hat.« Ich beschrieb ihm die genaue Lage der Passage in der Henrietta Street und riet ihm, über Maiden Lane und Bedfort Street zu gehen. »Die Abkürzung durch den Garden kann nachts gefährlich sein.«

»Ich werde deinen Rat befolgen.«

»Und nehmen Sie eine Laterne mit, wenn Sie eine haben«, sagte ich, »denn trotz Vollmond ist es dunkel in diesem Durchgang.«

»Dann geh nur, Jeremy, aber komm einmal vorbei, wenn du mehr Zeit hast.«

»Das werde ich, Sir! Auf Wiedersehen, Sir!«

Ich drehte mich um und eilte die Treppe hinunter.

Doch mit der Pistole und dem leeren Halfter an der Hüfte war es schwierig zu laufen, und bald verlangsamte ich mein Tempo. Mr. Bailey hatte mich nicht aufgefordert zu rennen, sondern mich sogar noch zur Synagoge und dann zu Mr. Donnelly geschickt. Wenn ich mich beeilte, so geschah das nicht auf seine Anweisung hin, sondern aus Rücksicht auf Mr. Tolliver. Es wurde ihm in der Tat schlecht gelohnt, dass er innegehalten hatte, um nachzusehen, was mit dem armen Mädchen in der Passage geschehen war. Wie lange würden sie ihn festhalten? Sicher nahm Mr. Bailey nicht an, Mr. Tolliver sei zu einem so grässlichen Verbrechen fähig. Wenn er gewusst hätte, wie viele Freundlichkeiten er mir erwiesen hatte – und auch Lady Fielding, bevor sie Lady Fielding wurde –, dann hätte er einfach die relevanten Tatsachen festgestellt und ihn mit Dank entlassen. Doch stattdessen hatte er darauf bestanden, Mr. Tollivers Messersammlung zu überprüfen, als sei er des Verbrechens verdächtig. Natürlich musste ein Metzger Messer haben! Das würde jeder Narr einsehen. Benjamin Bailey war kein Narr, aber es gab Zeiten, da bewies er einen gewissen Mangel an ... an ...

Während ich all dies dachte, war ich vielleicht nicht so achtsam, wie ich es hätte sein sollen. Ich hatte gerade die Russell Street überquert, als aus einem Hauseingang eine Hand nach mir griff, mich fest am linken Arm packte und anhielt. Mit einem Ruck wandte ich mich um, riss mich los und griff dabei mit der rechten Hand nach der Pistole.

»He, Kumpel, lass die Donnerbüchse stecken. Du und ich, wir haben was zu bereden.«

Er trat aus dem Schatten in das dämmrige Licht, das die Straßenlaterne an der Ecke verbreitete. In diesem Augenblick erkannte ich ihn als Mariahs »Beschützer« – denjenigen, dem ich den Beinamen Rabauke gegeben hatte. Er war die letzte Person in London, die ich in diesem Augenblick zu sehen erwartete – oder wünschte. Doch als ich da stand und ihn anstarrte, kämpften Pflicht und Neugier in mir – und die Neugier gewann die Oberhand.

»Ich wüsste nicht, was ich mit Ihnen zu bereden hätte«, sagte ich viel kühler, als ich mich fühlte. Innerlich kochte ich.

»Also, erstens habe ich gehört, dass du dich nach mir erkundigt hast. Ich will wissen, warum?«

»Das kann ich Ihnen sagen. Ich wollte wissen, in welcher Beziehung Sie zu Mariah stehen, dem italienischen Mädchen.«

Ich konnte nicht ahnen, wie er darauf reagieren würde – er lachte nämlich, aber nicht so, wie ein normaler Bursche gelacht hätte, sondern eher hoch und wiehernd, fast wie ein Mädchen.

»In welcher Beziehung?« Er kicherte noch immer. »Nun, ich bin nicht ihr Vater, und ich bin nicht ihr Bruder. Ich bin nicht mal ihr Cousin, also nehme ich an, das ist nicht die Art von Beziehung, die du meinst. Habe ich Recht?«

Ich sagte nichts; doch der Widerwille, den ich gegen ihn empfand, muss offensichtlich gewesen sein, als ich mich abwandte und in Bewegung setzte.

»Also gut, also gut, ich sag's dir!«, rief er mir nach. »Sie *gehört* mir.«

Ich hielt mitten im Schritt inne und fragte mich, ob ich richtig gehört hatte. Dann kehrte ich zu ihm zurück.

»Was haben Sie gesagt?«

»Sie gehört mir – zu meinem Kummer. Und jetzt hör mich zu Ende an.« Er sprach ernsthaft wie jemand, der einen Handel abschließen möchte. »Als ihre Leute wieder dahin zurückgingen, woher sie gekommen waren, hab ich sie zum Bleiben überredet. Wir gingen zusammen und waren wie die Turteltauben; ich hab sie angelernt und dann zu Mrs. Gould gebracht – bestes Haus im Garden –, gleich an der Ecke Russell Street. Es gibt Mädchen auf der Straße, die alles tun würden, um da reinzukommen – aber sie nicht, nicht unsere Mariah. Kurz und gut, Mrs. Gould hat mir zehn Eier für sie bezahlt, was ziemlich großzügig ist, denn sie wusste ja nicht, wie sie sich machen würde. Und sie erwies sich als völlig wertlos. Sie schmollte, sie spuckte, sie kratzte, sie schrie. Mrs. Gould ließ mich rufen und verlangte ihr Geld zurück und sagte, ich könnte die kleine Kratzbürste wiederhaben. Also, bei Gott, mit Mrs. Gould streitet man nicht, sie verfügt über'n paar wirklich bösartige Kerle, also bin ich mit dem ganzen Geld, zehn Eiern, zu ihr hin und hab Mariah zurückgenommen. Ich hatt keine andere Wahl, als sie selbst auf die Straße zu schicken, aber dazu musste ich sie von jemand prügeln lassen und ihr richtige Klamotten kaufen. Ich hab also ein bisschen Geld für sie ausgegeben, und ich geb ihr zu essen. Sie bringt ein paar Shilling am Tag ein, aber richtig arbeiten tut sie nicht, wenn du verstehst, was ich meine. Kurzum, wenn du sie also willst, kannst du sie haben, denn du hast Interesse an ihr. Alles, was ich will, sind meine zehn Eier zurück. Das ist doch ein sauberer Handel.«

Wie Sie sich denken können, verehrter Leser, vorher hatte ich gekocht, aber das ging mir über die Hutschnur. Ich konnte mich in diesem Moment gerade noch beherrschen. Meine Hände zitterten; ich verschränkte sie auf dem Rücken, damit er es nicht sah. Der bloße Gedanke, ein menschliches Wesen, eine Frau, zum Verkauf anzubieten, hätte mich unter anderen Umständen vor Ekel erschauern lassen, aber dies hätte er bestimmt als Zeichen von Schwäche ausgelegt, weshalb ich mich bemühte, meine Stimme zu beherrschen, und versuchte, auf sein schäbiges Angebot einzugehen.

»Und was soll ich dann mit ihr anfangen?«

»Das ist deine Sache, Kumpel. Schick sie weiter auf die Straße, wenn du willst. Treib's in deinem eigenen kleinen Liebesnest mit ihr. Heirate sie, wenn dir danach ist.«

»Ich will Folgendes sagen: Ich besitze keine zehn Guineas, auch nicht annähernd. Aber wenn ich sie hätte, würde ich sie sofort bezahlen, und sei es nur, um sie von Ihnen und dem schrecklichen Leben zu befreien, zu dem Sie sie gezwungen haben.«

»Nichts wär mir lieber, Kumpel, glaub mir.« Dann trat er ganz nah an mich heran und flüsterte: »Du sagst, du hast die Kohle nicht, und ich glaub dir, aber hör zu. Du bist in einer guten Position, sie zu kriegen. In der Bow Street fließt 'ne

Menge Geld – Geldstrafen, Beute, die man Taschendieben abnimmt, solche Sachen. Der Schnapper würde bestimmt nichts merken, wenn du'n bisschen was abzweigst, nicht zu viel auf einmal. Es wär so leicht« – und dabei stieß er wieder dieses abscheuliche Kichern aus –, »als würd man 'nen Blinden bestehlen.«

Da ließ ich ihn stehen, wo er stand. Ich hatte genug gehört. Tatsächlich, verehrter Leser, hatte ich viel zu viel gehört.

Sir John hatte darauf bestanden, die Abkürzung durch Covent Garden zu nehmen, obwohl er mich oft davor gewarnt hatte, mich bei Nacht hineinzuwagen. Als ich ihn daran erinnerte, sagte er: »Du hast ein Paar Pistolen bei dir, nicht wahr?« Da erzählte ich ihm, dass ich nur noch eine besaß, weil ich die andere bei Constable Langford zurückgelassen hatte, damit er notfalls Hilfe herbeirufen konnte. Nach einem Grunzen und einer langen Pause hatte Sir John gemurmelt: »Sehr vernünftig.«

Nachdem ich ihn vom Esstisch weggeholt hatte – er war gerade mit seiner Mahlzeit fertig –, hatte ich gewartet, während Annie seinen Mantel holte. In dieser kurzen Zeitspanne war Lady Fielding – und nicht Sir John – diejenige, die mich mit einer Menge Fragen traktierte. War es wirklich Mr. Tolliver, der die Leiche des Mädchens gefunden hatte?, fragte sie. Warum wurde er festgehalten? Hat Constable Bailey ihn im Verdacht? Wie kann er das tun? Und so weiter.

Sir John, der schweigend dieser Unterhaltung gelauscht hatte, trat nun vor und schwenkte den Arm, um weitere Fragen zu unterbinden.

»Genug, Kate, bitte. Mr. Bailey hat vernünftig gehandelt, ihn bis zu meiner Ankunft festzuhalten. Er hat gewusst, dass ich ihn selbst würde befragen wollen.«

»Aber, Jack, Mr. Tolliver ist ein so guter Mann! Er würde niemals...«

»Und auch ein hervorragender Metzger, wie ich bestätigen kann. Und natürlich würde er niemals – *aber er hat die Leiche gefunden,* und danach muss ich ihn fragen.«

Etwas besänftigt wartete sie, bis Annie ihm in seinen Mantel geholfen hatte. Dann kam Lady Fielding näher, drückte ihm den Hut auf den Kopf und gab ihm einen Kuss auf die Wange.

»Ich bin sicher, dass du das Richtige tun wirst, Jack.«

Damit brachen wir auf. Wir gingen durch die Russell Street, und ich hoffte, dass wir dem üblen Burschen, der mir einen so abscheulichen Handel vorgeschlagen hatte, nicht begegnen würden. Gnädigerweise ging meine Hoffnung in Erfüllung. Während wir die Russell Street entlanggingen, ertappte ich mich dabei, wie ich unter den eindrucksvollen Häusern nach demjenigen Ausschau hielt, in dem sich Mrs. Goulds berüchtigtes Etablissement befand. Einmal war ich dort gewesen, um einen Brief zu überbringen. Ich erinnerte mich noch, wie spaßig ich es unter all den Damen in ihren Hemden gefunden hatte. Heute wäre mir das nicht mehr spaßig vorgekommen. Was hätte ich damals gedacht, wenn ich Mariahs Schreie durch das Haus hätte hallen hören? Alles, was ich jetzt über ihr Leben in London wusste, belastete mich sehr.

Wir kamen nach Covent Garden, und ich lenkte Sir John nach links, damit wir außen herum gingen und nicht mitten hindurch.

Aus den Fenstern der umgebenden Gebäude fiel ein wenig Licht, und der Mond stand am Himmel. Trotzdem war ich froh, die Laterne zu haben, die Mr. Baker mir gegeben hatte. Ich hielt sie mit einer Hand hoch; die andere hatte ich um den Griff der Pistole an meiner Hüfte gelegt.

Sir John ging neben mir, seine linke Hand auf meiner rechten Schulter. Er sprach kaum, was mich ein wenig überraschte. Ich dachte daran, vielleicht meine Ansicht über diesen letzten Mord kundzutun, entschied mich aber dagegen. Ich wollte ihn damit nicht belästigen, denn er schien in tiefes Nachdenken versunken. Einmal, als wir uns nach rechts in Richtung Henrietta Street gewandt hatten, hörte ich aus den Ständen Stimmengemurmel. Sir John muss gespürt haben, wie ich mich daraufhin verkrampfte, und um mich zu beruhigen, sagte er: »Frauen und Männer zusammen. Ich bezweifle, dass von denen viel zu befürchten ist.«

»Wie Sie meinen, Sir.«

»Wie viele Leute werden da sein, wenn wir ankommen?«

Ich zählte sie alle auf, einschließlich Mr. Tolliver.

»Einen hast du vergessen«, erwiderte er.

»Tatsächlich? Wer wäre das, Sir John?«

»Der Leichnam. Lass uns hoffen, dass er uns ein oder zwei Dinge mitzuteilen hat.«

Und so erreichten wir die Henrietta Street. Die Passage war jetzt gut zu sehen, und ich erblickte einen vertrauten Wagen mit seinem Gespann.

»Es gibt eine Überraschung«, sagte ich.

»Was meinst du damit, Jeremy?«

»Gleich da vorn in der Henrietta, bei der Passage – ist der Harker angekommen. Ich sehe seinen Wagen.«

»Zweifellos ist er in irgendein nahes Haus gerufen worden«, meinte Sir John. »Er ist ein ziemlich bedauernswerter Mensch, nicht?«

Ich dachte einen Moment darüber nach. »Vielleicht. Aber er scheint seine Arbeit zu mögen, so abstoßend sie uns auch erscheinen mag. Er hat da in seiner Scheune sein eigenes kleines Königreich«, sagte ich, wieder Mr. Donnelly zitierend. »Er herrscht über sein Totenhaus.«

»Würdest du so jemanden nicht als bedauernswerte Kreatur bezeichnen?«

»Ich verstehe, was Sie meinen, Sir.«

Alle bis auf Mr. Cowley waren am Eingang der Passage

versammelt. Constable Cowley, so erfuhr ich, war mit seiner Laterne in den Durchgang geschickt worden, um nach der Mordwaffe zu suchen. Als wir näher kamen, stellten wir fest, dass ein heftiger Streit zwischen dem Harker und Mr. Donnelly im Gang war. Da ich mich an ihre vorherige Begegnung erinnerte, überraschte mich das kein bisschen.

»Ach, da sind Sie ja, Sir John!«, rief Mr. Donnelly aus. »Vielleicht würden Sie dies für uns regeln.«

»Das will ich tun, wenn die Gentlemen mich lassen.«

»Ja, für so was sind Sie der Richtige, Sir. Ich hab diesem Mann hier, diesem Doktor – grad' erklärt, dass wir's immer so gehalten haben, dass Sie sich 'ne Leiche anschau'n und dann sagen, ob's Mord war oder nicht, und ich schaff sie dann weg. Nicht nötig, dass er sich die hier schnappt, mitnimmt und ihre Innereien durcheinander bringt. Das ist 'ne Beleidigung für die Leiche. Respektlos ist das.«

»Sie haben richtig beschrieben, wie die Dinge in der Vergangenheit gehandhabt wurden«, sagte Sir John. »Aber Sie werden sich erinnern, dass bis vor fünf oder sechs Jahren Sir Thomas Cox seine Untersuchung als Coroner durchführte und oft verlangte, dass Sie eine Leiche dem einen oder anderen Arzt überantworteten, damit dieser bei der Untersuchung aussagen konnte.«

»Jawohl, so war das.«

»Nun, wir gehen jetzt wieder so vor.«

»Und wer ist der neue Coroner?«

»Das bin ich – bis ein neuer ordnungsgemäß ernannt ist.«

»Also kriegt dieser Doktor die Leiche?«

»Ich fürchte ja, Sir.«

»Na, wenn das so ist, dann will ich mich mal mit dem Alten, den ich in der Half Moon Passage abgeholt hab, auf den Weg machen – der weist keine Male auf, und sein Vermieter hat gesagt, dass er im Bett lag, als er gestorben ist.«

»Aber gerade darüber haben wir doch gestritten!«, sagte Mr. Donnelly. »Er hat gesagt, er würde so lange warten, bis Sie entschieden hätten, wer Anspruch auf den Leichnam hat. Und jetzt weigert er sich, noch ein paar Minuten länger zu warten, bis ich Ihnen meine vorläufigen Feststellungen mitgeteilt habe. Er hat einen fast leeren Wagen in der Nähe stehen. Wenn er ihn wegfährt, müssen wir einen Wagen und ein Gespann in einem Stall mieten, oder Jeremy und ich müssen die Leiche durch die Straßen in meine Praxis tragen.«

»Nun, das hört sich doch vernünftig an, nicht wahr, Sir?«, sagte Sir John zu dem Harker.

»Na, es ist, wie ich sagte, Sir John«, meinte der Harker mürrisch. »Mir kommt's nicht richtig vor, sie aufzuschneiden und in ihr herumzustochern – respektlos ist das. Mit solchen Sachen will ich nichts zu tun haben.«

»Aber nicht doch, Sir, habe ich Sie nicht mehr als einmal sagen hören, dass die Toten nichts mehr kümmert?«

»Na ja ... ja, aber das waren andere Zeiten – es war nicht das Gleiche.«

»Darüber will ich mit Ihnen nicht streiten. Sie und ich haben in der Vergangenheit zufrieden stellend zusammengearbeitet. Tun Sie mir also den Gefallen.«

»Wenn Sie es so ausdrücken, Sir, kann ich ja wohl nicht Nein sagen.«

»Gut. Mr. Donnelly und ich werden unsere Aufgabe rasch beenden, und dann können Sie losfahren.«

Damit verschob sich die Gruppe ein wenig. Der Harker ging davon, um seine grauen, geisterhaften Mähren anzuknurren. Mr. Donnelly nahm Sir John zur Seite, um mit ihm zu diskutieren, und ich – in keiner Weise davon ausgeschlossen – folgte Sir John dicht auf den Fersen. Mr. Tolliver, der während des Streits mit dem Harker gewartet hatte und Zeichen zunehmender Ungeduld aufwies, wurde von Mr. Bailey fortgezogen, damit er nicht belauschen konnte, was der Chirurg und der Richter besprachen.

Mr. Donnellys Bericht war kurz und prägnant. Er berichtete Sir John, das tote Mädchen scheine nicht älter als fünfzehn oder sechzehn Jahre zu sein. Es war genauso getötet worden wie das erste Opfer, Teresa O'Reilly, und anscheinend mit derselben Waffe. Auf Mr. Baileys Drängen hin hatte er die Messer des Metzgers untersucht, aber keines davon hatte die richtige Größe, um eine so kleine Wunde zu verursachen. Der Leichnam war beim Auffinden und auch bei seiner ersten Untersuchung durch Mr. Bailey noch warm gewesen. Da Mr. Bailey auf die Uhr gesehen hatte, als er um halb acht gerufen wurde, lag der Zeitpunkt des Todes nicht viel länger als eine Viertelstunde zurück. Seiner Meinung nach war das Mädchen da getötet worden, wo man es gefunden hatte, obwohl der junge Constable, der auf Mr. Baileys Anweisung die Passage durchsuchen sollte, vielleicht Hinweise finden würde, die dagegen sprachen.

»Ist das alles, was Sie für mich haben?«

»Im Augenblick, ja. Die Autopsie erbringt vielleicht noch mehr.«

»Gut, das wenige, das Sie mir berichtet haben, reicht schon, um den Verdacht von unserem Freund Yossel abzuwenden – der übrigens über Nacht unser Gast in der Bow Street Nummer vier ist. Er schien unsere Gastfreundschaft mit Freuden anzunehmen, weil der rachsüchtige Mob hinter ihm her war.«

»Dieses scheußliche Flugblatt?«

»Ganz recht. Wie ich das sehe, kann Yossel dieses junge Mädchen nicht ermordet haben, denn zum Zeitpunkt ihres Todes war er bei uns in Gewahrsam. Da die Waffe, mit der sie getötet wurde, mit ziemlicher Sicherheit dieselbe ist, mit der das erste Opfer umgebracht wurde – die Irin O'Reilly –, scheidet er wahrscheinlich auch als Verdächtiger in diesem

Mordfall aus. Womit wir nur noch den zweiten Fall der Serie haben, den, dessentwegen man uns auf ihn aufmerksam machte – und dafür lässt sich möglicherweise ein Alibi für ihn finden.« Sir John hielt nur einen Moment inne und legte dann neugierig den Kopf schief. »Sagen Sie, Mr. Donnelly, könnte dieses Messer mit der schmalen Klinge – ich glaube, es wurde mir als ›Stilett‹ beschrieben – benutzt worden sein, um dieser Witwe Tarkin die Kehle durchzuschneiden?«

Der Chirurg zögerte. »Nun, ich müsste meine Notizen über ihre Autopsie zu Rate ziehen, aber ich würde sagen, es wäre möglich – wenn auch ziemlich unwahrscheinlich. Die Verstümmelung wurde mit einer gezackten Klinge durchgeführt; ich bin fast sicher, dass an ihrer Kehle dasselbe Messer benutzt wurde.«

»Tja, dann sieht es so aus, als hätten wir einen Mörder, der zwei Waffen verwendet.«

»Für die beiden Mordmethoden. Aber es gibt selbstredend noch eine andere Möglichkeit.«

»Ich glaube, ich weiß, woran Sie denken.«

»Dass in Covent Garden zwei Mörder herumlaufen.«

»Das muss ich für den Moment zurückweisen«, sagte Sir John, »denn das ist zu grauenhaft, um es auch nur in Betracht zu ziehen.« Er seufzte und reichte Mr. Donnelly die Hand, die dieser herzlich schüttelte. »Ich danke Ihnen, dass Sie gekommen sind, Sir, aber ich muss Sie leider bitten, die Autopsie noch heute Nacht vorzunehmen. Ich werde morgen früh um neun eine gerichtliche Untersuchung über die Witwe Tarkin durchführen. Wir müssen mehr über dieses neueste Opfer wissen, bevor wir eine Jury einberufen – wenigstens ihren Namen.«

»Ich werde morgen früh mit meinen Aufzeichnungen dort sein.«

»Ich verlasse mich auf Sie. Der Harker sollte Ihnen keine

Schwierigkeiten mehr machen. Und wenn doch, lassen Sie es mich wissen.«

Ich hoffte, dass Sir John Recht behalten würde. Mr. Donnelly verließ uns, um den Harker zu suchen.

Dann kam Mr. Bailey mit Mr. Tolliver zum Richter und stellte ihn als den vor, der die Leiche gefunden und uns alarmiert hat, als wir vorbeigingen.

»Nun, Mr. Tolliver«, sagte Sir John, »Sie sind mir von Lady Fielding sehr empfohlen worden. Auch Jeremy hat mit großer Achtung von Ihnen gesprochen, und ich selbst habe mit außerordentlichem Genuss Fleisch aus Ihrem Geschäft gegessen. Im Licht all dessen kann ich mich nur entschuldigen, dass man Sie so lange festgehalten hat. Sie haben vielleicht mitbekommen, wie ich versucht habe, bei dem Streit zwischen dem Arzt und dem Leichenbestatter zu vermitteln – man nennt ihn den Harker; seinen richtigen Namen kenne ich nicht.«

»Ja, ich habe es mitbekommen«, sagte Mr. Tolliver. Er klang ein wenig ärgerlich und gekränkt.

»Dieser Streit hat mich aufgehalten und Zeit gekostet, die ich zweifellos Ihnen schuldig gewesen wäre, da Sie als Erster am Schauplatz dieses bedauerlichen Verbrechens waren. Das ist übrigens der dritte derartige Mord binnen kurzer Zeit. Wie Sie sich denken können, sind wir besorgt.«

»Ich habe natürlich von den beiden anderen gehört. Ein Metzger in Covent Garden hört alles.«

»Das kann ich mir vorstellen, Sir. Vielleicht haben Sie auch gehört, dass die Art, wie diese Unglückliche zu Tode kam, ganz ähnlich war wie beim ersten Mordfall.«

»Erst als Jeremy hier den Constable aufgefordert hat, nach der Wunde zu suchen. Ich fand schon immer, dass der Junge einen scharfen Verstand hat.«

Er warf mir einen Blick zu. Ich schlug bescheiden die Augen nieder.

»In der Tat«, sagte Sir John. »Aber bitte, Sir, erzählen Sie mir doch Ihre Geschichte – wie es kam, dass Sie die Leiche fanden, was Sie zu diesem Zeitpunkt möglicherweise gesehen oder gehört haben et cetera. Bitte, lassen Sie keine Einzelheiten aus, denn oft verraten sich Übeltäter durch die Details. Ich werde Ihnen einige Fragen stellen müssen, wenn Sie zu Ende berichtet haben.«

Sir John trat einen Schritt zurück und neigte den Kopf, um zu lauschen; er lehnte sich leicht auf seinen Stock, berührte sein Kinn und massierte sich den während des Tages nachgewachsenen Backenbart.

Mr. Tollivers Geschichte war die gleiche, die er zuvor Mr. Bailey erzählt hatte, und die Worte, die er benutzte, waren buchstäblich dieselben. Ich vergab ihm das, indem ich mir vor Augen führte, dass ein Mann zwar ein hervorragender Metzger sein konnte, aber dennoch fantasielos und in der Kunst der Rede unbewandert. Doch auf diese Weise war sein Bericht kurz, und da er zum zweiten Mal gegeben wurde, gab es keinen Grund, daran zu zweifeln.

Als er damit fertig war, schwieg Sir John für einen langen Augenblick. Dann begann er mit seiner Befragung.

»Mr. Tolliver, Sie haben gesagt, dass Sie in dem Durchgang nichts weiter sahen oder hörten, als Sie hineingingen, um sich von der Verfassung der Gestalt, die Sie dort erblickt hatten, ein Bild zu machen. Aber sagen Sie mir, wie war der Zustand der Straße?«

»Sir?« Es war offensichtlich, dass er keine Ahnung hatte, was gemeint war.

»Ich meine, unmittelbar bevor Sie in den Durchgang einbogen, um nach dem Leichnam zu sehen – waren da viele Leute auf der Straße? Haben Sie Mietskutschen gesehen? Wagen?«

Der Metzger schien nicht wenig verblüfft über die Frage. Er verzog das Gesicht und versuchte mühsam, sich zu erinnern. »Ich würde sagen, Sir, dass nur wenige Leute auf der Straße waren, was um diese Stunde nicht ungewöhnlich ist. Es kann durchaus sein, dass die einzigen Personen, die außer mir durch die Henrietta Street gingen, der Constable und Jeremy waren, und sie befanden sich, glaube ich, weiter unten und auf der anderen Straßenseite. Aber vielleicht habe ich sie unter einer Laterne kurz gesehen, denn ich war nicht überrascht, als sie näher kamen. Ich hörte ihre Schritte.«

»Und Fahrzeuge? Reiter?«

»Tja, niemand kam vorbei, aber einen sah ich hinter mir, was mich überraschte, weil ich vorher, als ich da vorbeikam, niemanden gesehen hatte.«

»*Hinter* Ihnen? Was hat Sie veranlasst, sich umzudrehen?«

»Da waren Schritte, bevor ich die Passage erreichte. Ich drehte mich um und schaute, denn in diesen Straßen sollte man nach Einbruch der Dunkelheit immer auf der Hut sein. Aber ich sah nichts, niemanden, bis auf den Wagen, und den sah ich nur zum Teil – er hielt am Garden.«

»Wäre es möglich, dass Sie ihn vorher übersehen hatten?«

Er dachte nach. »Ja, das wäre möglich. Schließlich, ein Wagen – wie viele davon sieht man jeden Tag?«

»Hmmm, ja ... ja. Aber, Sir, Sie könnten durchaus die Schritte des flüchtenden Mörders gehört haben. Ist Ihnen das nicht in den Sinn gekommen?«

»Nein, Sir, das kann ich nicht sagen.«

»Was ist mit dem Wagen? War daran irgendetwas ungewöhnlich – an dem Teil, den Sie sahen, meine ich?«

»Nein, Sir, es war einfach ein Wagen. Ich habe ihn nicht gut gesehen, nur seine Form. Das Licht ist da hinten nicht gut« – er zeigte in die Richtung –, »wie Sie selbst sehen können.« Dann, als er seinen peinlichen Irrtum bemerkte, fügte er hinzu: »Oh, Sie *können* ja nicht sehen, nicht? Entschuldigen Sie, Sir, das hatte ich vergessen.«

»Das geht vielen so«, sagte Sir John, vielleicht mit leiser Ironie. »Aber sagen Sie, Sir, wie lange haben Sie gebraucht von dem Moment an, in dem Sie in den Durchgang gingen, bis Sie merkten, dass das Mädchen tot war, und nach Constable Bailey und Jeremy riefen?«

»Nicht lange, ein oder zwei Minuten, nicht viel mehr.«

Sir John wandte sich an mich. »Wäre das ungefähr die Zeitspanne, die es dauert, aus der Bedfort Street zu kommen – oder nur auf diese Seite?«

»Das ist zutreffend, Sir.«

»Hast du zu diesem Zeitpunkt, ich meine, als du von Mr. Tolliver gerufen wurdest, irgendetwas von diesem Wagen gesehen?«

»Nein, Sir.« Dessen war ich sicher.

»In dieser kurzen Zeitspanne könnte der Mörder also geflohen sein. Ist das nicht wahrscheinlich?«

»Nun ja ... es könnte so sein, Sir.«

»Das könnte es in der Tat.« Sir John nickte entschieden. »Ich habe nur noch eine letzte Frage an Sie, Mr. Tolliver, und zwar diese: Haben Sie das Mädchen gekannt, das Sie tot aufgefunden haben?«

»In welcher Weise gekannt?«

»In jeder, Sir.«

»Ich habe sie ein paar Mal im Garden gesehen. Sie hat in den letzten Monaten zwei- oder dreimal bei mir eingekauft.«

»Kennen Sie sie beim Namen?«

»O nein. Ich habe sie nie gefragt, und sie hat ihn mir nie genannt.«

»War sie ein Straßenmädchen? Eine Prostituierte?«

»Ich weiß nicht – vielleicht, wahrscheinlich. Es gibt hier so viele. Ich habe sie einmal unter einer Laterne mit einem Mann sprechen sehen, und da wirkte sie so.«

»War das zufällig hier in der Henrietta Street?«

Er überlegte einen Moment. »Ja, das war es – an der Ecke zur Bedford.«

»Sehr gut, Mr. Tolliver. Es wird zweifellos demnächst eine gerichtliche Untersuchung dieses Mordes geben. Ich kann Ihnen das Datum noch nicht nennen, aber ich möchte, dass Sie kommen und wiederholen, was Sie mir gesagt haben.«

Er runzelte die Stirn und nickte. »Ich verstehe.«

»Aber jetzt können Sie gehen.«

Mr. Tolliver vergeudete keine Zeit mit Reden. »Danke, Sir. Auf Wiedersehen, Jeremy.«

Er drehte sich um und stapfte durch die Henrietta Street davon.

»Mr. Bailey?«, rief Sir John seinen Captain. »Haben Sie die Adresse des Mannes?«

»Jawohl, Sir – und er ist natürlich jeden Tag in seinem Stand im Garden, nur sonntags nicht.«

»Gut. Ich werde vielleicht bald noch einmal mit ihm sprechen müssen. Irgendetwas stimmt hier nicht. Entweder das, oder er ist der schlechteste Zeuge, der mir seit langem untergekommen ist. Beides wäre möglich.«

»Da kommt der Harker mit Mr. Donnelly zurück«, sagte der Constable. »Und ich sehe Cowleys Laterne in der Passage.«

»Dann dauert es nur noch ein paar Minuten, bis wir gehen können. Jeremy«, fügte er an mich gewandt leise hinzu, »ich wünschte fast, ich wäre gar nicht hergekommen.«

SIEBTES KAPITEL

*In welchem Yossel weggeschickt
und ein vierter Mord entdeckt wird*

Es ergab sich, dass ich den größten Teil von Sir Johns Untersuchung über den Tod von Priscilla Tarkin versäumte, denn ich war angewiesen worden, eine Bekanntmachung zu verfassen und zu verteilen, in der das am Vorabend von Mr. Tolliver in der Passage entdeckte Mädchen beschrieben wurde. Sie appellierte an jedermann, der sie vielleicht gekannt hatte, zu kommen und ihren Leichnam zu identifizieren. Wegen der Umstände, unter denen ich sie gesehen hatte, fiel es mir schwer, eine Beschreibung abzugeben. Sie hatte, soweit ich mich erinnern konnte, kein besonders einprägsames Gesicht gehabt, und das trübe Licht hatte es außerdem erschwert, sich ein klares Bild davon zu machen. Und da ich nicht wusste, was ich sonst hätte tun sollen, machte ich mich auf den Weg zu Mr. Donnellys Praxis, um mir das Mädchen noch einmal genau anzusehen.

Um kurz vor acht kam ich dort an und klopfte an die Tür. Als er öffnete, äußerte er erneut seine Überraschung, mich zu sehen, gab mir aber in keiner Weise das Gefühl, unwillkommen zu sein. Er bat mich herein, und ich nannte den Grund für meinen Besuch. Alles war in Ordnung, aber er erinnerte mich, auf die Uhr blickend, daran, dass er in einer Stunde gehen müsse, um bei Sir Johns Untersuchung anwesend zu sein. Dann brachte er mich in sein Untersuchungszimmer, wo die

Leiche des unbekannten Mädchens auf einem langen, schmalen Tisch lag, mit einem Laken bedeckt.

»Ich habe sie noch nicht aufgeschnitten«, sagte er. »Sie ist genauso, wie du sie gestern Abend gesehen hast, nur ist sie inzwischen steif geworden.«

»Wie soll ich eine Beschreibung beginnen?«, fragte ich.

»Nun, mit Größe und Gewicht, denke ich. Ich habe sie gemessen, sie ist fünf Fuß groß, und ihr Gewicht schätze ich auf nicht viel mehr als sieben Stone. Sie war nicht am Verhungern, aber ich würde sagen, dass sie vielleicht seit einer ganzen Weile auch nicht gut ernährt war – vielleicht überhaupt noch nie.«

Ich notierte ihre Größe und ihr Gewicht auf dem Papier, das ich mitgebracht hatte, und begann, ihr Gesicht zu mustern.

»Ihr Haar ist unauffällig braun«, fuhr Mr. Donnelly fort, »und ihr Gesicht länglich und oval. Ihr fehlen drei Backenzähne, zwei links und einer rechts. Es gibt keine Narben, soweit ich sehen konnte, bis auf eine an ihrer linken Wange – halbmondförmig, ein Ring, mit dem man sie ins Gesicht geschlagen hat, hätte dieses Mal hinterlassen können. Die beiden fehlenden Zähne befinden sich unmittelbar unter der Narbe. Was ihr Alter betrifft, würde ich fünfzehn oder sechzehn Jahre annehmen.«

Ich schrieb auch all das pflichtschuldig nieder.

»Diese Frauen«, sagte ich und dachte an Mariah, »diese Mädchen – sie haben ein hartes Leben, nicht wahr, Sir?«

»Ja, das haben sie in der Tat, und daran sind die Männer schuld.«

»Ich ... ich verstehe, was Sie meinen, Sir.« Ich fuhr fort, ihr Gesicht zu studieren, und hoffte auf irgendeine Inspiration, aber es kam keine. »Wie beschreiben Sie ein Gesicht?«, fragte ich.

»Tja, das ist die Frage«, sagte Mr. Donnelly. »Was unterscheidet das eine vom anderen? Was, außer dass es länglich und oval ist, macht dieses Gesicht anders als alle anderen in London? Für mich ist es ein großes Geheimnis, dass Gott jeden von uns mit einer Physiognomie ausgestattet hat, die uns von allen anderen Menschen unterscheidet. Ich habe sagen hören, dass jeder von uns irgendwo auf der Welt einen Doppelgänger hat – einen Zwilling, der von anderen Eltern stammt. Aber ich bin ziemlich in der Welt herumgekommen, und ich habe noch nie einen Beweis dafür gefunden. Kurz gesagt, Jeremy, ich fürchte, ich kann dir nicht viel helfen. Ich bin weder klug noch künstlerisch begabt genug, um ein Gesicht angemessen zu beschreiben.«

Während er das sagte, hatte er mir gegenüber gestanden und auf das Mädchen herabgeschaut, genau wie ich. Doch dann hob er plötzlich seinen Blick und erklärte: »Ich muss mich auf meine Sitzung mit Sir John vorbereiten. Würdest du mich entschuldigen?«

»Natürlich«, sagte ich, »und wenn Sie gestatten, setze ich mich an den Schreibtisch im Nebenzimmer und versuche, eine Bekanntmachung zu verfassen, mit der wir beide zufrieden sind.«

Und so ging ich ins Nebenzimmer, setzte mich an den Tisch und bemühte mich zu schreiben, was geschrieben werden musste. Dabei vergeudete ich Blatt um Blatt. Nebenan hörte ich den Chirurgen summen und mit Wasser spritzen, während er sich für den Tag fertig machte. Endlich erschien er, sauber rasiert und gebührend gekleidet, und ich reichte ihm die letzte (wenn auch nicht unbedingt endgültige) Fassung der Bekanntmachung.

Im Folgenden das, was ich geschrieben hatte:

Sir John Fielding, Richter am Gericht in der Bow Street, sucht eine junge Frau zu identifizieren, 15 oder 16 Jahre alt, Mordopfer, deren Leichnam vor zwei Abenden um halb acht Uhr in der Passage entdeckt wurde, die von der Henrietta Street abgeht. Die junge Frau ist fünf Fuß groß und wiegt nicht mehr als sieben Stone. Ihr Haar ist von dunkelbrauner Farbe, ihre Augen desgleichen. Sie hat eine halbmondförmige Narbe auf der linken Wange; auf dieser Seite fehlen zwei Backenzähne, auf der rechten Seite ihres Mundes einer. Ihr Gesicht, länglich und mager, weist eine lange, gerade Nase und einen ziemlich breiten Mund auf. Bei ihrer Auffindung trug sie ein Kattunkleid von blauer Farbe.
Wer glaubt, sie vielleicht zu kennen, kann ihre sterblichen Überreste in der Praxis von Mr. Gabriel Donnelly, Tavistock Street 12, City of Westminster, in Augenschein nehmen.

Nachdem er es zweimal durchgelesen hatte, nickte Mr. Donnelly zustimmend.

»Das sollte seinen Zweck erfüllen«, sagte er. »Länglich und mager – gut ausgedrückt.«

»Danke, Sir. Ich hatte versucht, andere, blumigere Ausdrücke zu verwenden – aber dann schienen sie mir nicht angemessen.«

»Unter solchen Umständen hält man sich am besten an die Fakten.« Er warf wieder einen Blick auf seine Uhr. »Können wir gehen?«

Und gemeinsam brachen wir auf und gingen die schmale Treppe hinunter, er als Erster. Als wir unten angekommen waren und auf die Straße traten, bot er mir seine Hand, wie er es bei einem Gentleman getan hätte. Ich schüttelte sie kräftig.

»Freut mich, meine Praxis im Druck erwähnt zu sehen, selbst in einer solchen Angelegenheit«, sagte er. »Wer weiß? Vielleicht bringt mir das ein oder zwei lebendige Patienten ein. Der barmherzige Gott weiß, dass ich sie gebrauchen könnte. Bislang waren alle meine Patienten tot – aber ich bin Sir John natürlich dankbar für die Arbeit, die er mir verschafft hat.«

Ich verabschiedete mich von ihm in dem Wissen, dass ich ihn bei der Untersuchung bald wieder sehen würde. Dann begab ich mich eiligst in die Büros des *Public Advertiser*, die in einiger Entfernung in der Fleet Street lagen.

Hätte ich gewusst, welche Schwierigkeiten mich dort erwarteten, dann hätte ich wohl geahnt, dass es unmöglich sein würde, rechtzeitig in die Bow Street zurückzukehren, um noch etwas von der Untersuchung des Todes von Priscilla Tarkin mitzubekommen. Der Angestellte, der meine Bekanntmachung entgegennahm, lehnte meine Forderung ab, sie am nächsten Tag an auffälliger Stelle auf der ersten Seite des Blattes abzudrucken. Immer wieder diskutierten wir darüber, häufiger als nötig – so schien es mir jedenfalls. Am Ende verlangte ich, den Verantwortlichen zu sprechen – Redakteur, Verleger, wer immer das sein mochte.

Als Mr. Humphrey Collier erschien, stellte sich heraus, dass er Redakteur und Verleger in einer Person war, und er regelte die Angelegenheit schnell. »Aber selbstredend«, stimmte er mir zu, »wenn das mit Sir Johns Ermittlungen zu tun hat, wird es an auffälliger Stelle gedruckt. Wir setzen es in Großbuchstaben unter einem schwarzen Balken oben auf die Seite. Keiner wird es übersehen. Richten Sie ihm das bitte von mir aus.«

Auf diese Weise der belastenden Verantwortung entbunden, machte ich mich im Laufschritt auf den Weg zum Gericht. Schusters Rappen dienten mir gut, denn als ich ankam, stellte ich fest, dass die Untersuchung noch längst nicht so weit fortgeschritten war, wie ich erwartet hatte. (Später erfuhr ich, dass Mr. Marsden einige Schwierigkeiten gehabt hatte, eine Jury zusammenzustellen; dass ein Shilling gezahlt würde, hatte sich herumgesprochen, und so wurden natürlich zwei verlangt.) Als ich den kleinen Gerichtssaal leise, um keinen Lärm zu machen, betrat, sah ich, dass Mr. Donnelly soeben seine Zeugenaussage beendet hatte und an seinen Platz in der Stuhlreihe auf einer Seite, die den Zeugen vorbehalten war, zurückkehrte. Es saßen noch andere Leute dort, die ich zum Teil kannte, zum Teil auch nicht.

Einer der ersteren wurde aufgerufen, Mr. Thaddeus Millhouse, aber er trat nur kurz vor das Untersuchungsgericht. Sir John wollte von ihm die Identität des Opfers wissen, die als Priscilla Tarkin angegeben wurde, allgemein bekannt als »Polly«.

»Welchen Beruf hatte sie, Mr. Millhouse?«

»Beruf, Sir?«

»Welche Arbeit? Wie hat sie ihr Brot verdient?«

»Als Prostituierte, Sir. Sie machte kein Geheimnis daraus.«

»Sie hat, wie es scheint, ihre Einkünfte aus dieser Tätigkeit durch Diebstähle aufgebessert. Oder vielleicht, Sir, war Diebstahl ihre Hauptbeschäftigung, ohne dass Sie dies wussten. Wir haben dafür Beweise aus der Durchsuchung ihrer Unterkunft. Das kompliziert die Untersuchung ihres Todes einigermaßen.«

Der Zeuge schien ganz verblüfft über diese Mitteilung.

»Sie können sich setzen, Mr. Millhouse.«

Das tat er und machte Mr. Marsden Platz, der den nächsten Zeugen aufrief, jemanden, den ich nicht kannte, eine gewisse Mistress Sarah Linney. Kaum hatte sie vor Sir John Aufstellung genommen, begann er sie auch schon zu befragen.

»Mistress Linney, Sie waren mit der verstorbenen Priscilla Tarkin bekannt, nicht wahr?«

»Ja, Euer Lordschaft, aber ...«

»Lassen Sie mich unterbrechen und Ihnen versichern, dass ich keine so hohe Persönlichkeit bin und den Titel nicht verdiene, mit dem Sie mich eben angesprochen haben. Ich wäre Ihnen sehr verbunden, wenn Sie mich einfach mit Sir anreden würden.«

»Ja, Sir«, sagte sie. »Also, wie ich schon sagte, *Sir*, ich kannte sie, aber nur unter dem Namen Polly. Bei unserem Spiel geben wir nicht viel auf unsere richtigen Namen.«

»Und was ist das für ein Spiel, wenn ich fragen darf?«

»Polly und ich und die Hälfte der Frauen in Covent Garden, wir waren Dirnen. Aber ich muss sagen, es überrascht mich zu hören, dass sie gestohlen hat.«

»Aha«, sagte Sir John, »Sie führen da den biblischen Begriff ›Dirne‹ ein, aber ich verstehe Sie und akzeptiere das Wort. Doch nun frage ich Sie, wann haben Sie Priscilla Tarkin, bekannt als Polly, zum letzten Mal gesehen?«

»War wohl an dem Abend, an dem sie abnibbelte.«

»Würden Sie das bitte in schlichtem Englisch wiederholen? Das Gericht akzeptiert zwar Wörter, die in der Bibel zu finden sind, aber keine Gossenausdrücke.«

»Jawohl Sir. An dem Abend, an dem sie starb.«

»Seien Sie so freundlich und berichten Sie über die näheren Umstände. Schildern Sie mir die ganze Geschichte, wie Sie sie in Erinnerung haben.«

»Tja, da gibt's nicht viel zu erzählen, aber es war in der Bedford Street vor dem Dog and Duck, gleich um die Ecke von der Gasse, wo sie abnibbelte – äh, starb. Das ist kein Lokal, wo ich hingehe, das Dog and Duck, deswegen kam ich nur einfach so vorbei. Aber da hörte ich diesen verfluchten Krach – ein Streit, Sir, ein schrecklicher Streit war das. Ich schaue genauer hin, und da seh ich, dass es die alte Polly ist, die sich mit *dem da* zankt!« Sie zeigte auf Yossel, der neben Mr. Donnelly saß.

»Dem entnehme ich, Mistress Linney, dass Sie soeben auf jemanden in diesem Raum gezeigt haben. Tun Sie das nicht. Nennen Sie den Betreffenden, wenn Sie seinen Namen kennen.«

»Ja, Sir. Polly hatte Streit mit dem Mann, der als Yossel bekannt ist.«

»Kennen Sie ihn noch unter einem anderen Namen?«

»Nein, Sir.«

»Dann reicht das.«

»Jedenfalls, ich geh rüber zu ihr und frag sie, ob sie Hilfe braucht, und sie sagt nein. Dann hebt er – Yossel – die Hand, um mich zu schlagen, aber dann überlegt er es sich anders, dreht sich um und geht die Bedford runter in Richtung Strand. Ich sehe mich nach Polly um, aber da ist sie auch schon weg, ins Dog and Duck gegangen. Wie gesagt, das ist kein Lokal, das ich besuche, also hab ich bloß mit den Schultern gezuckt und bin die Bedford runter und hab mir gesagt, dass mich das nichts angeht.«

»Sie haben also den Grund für den Streit nie erfahren?«

»Nein, Sir, aber ich konnt ihn mir gut vorstellen, als ich diesen Yossel gesehen hab, der uns armen Mädchen schon früher zu schaffen gemacht und versucht hat, uns unseren Verdienst abzuknöpfen.«

»Hat er das je bei Ihnen versucht?«

»Ja, das hat er.«

»Ohne Erfolg?«

»Ja, Sir, ohne Erfolg.«

»Mistress Linney, Sie haben uns eingehend von dem Streit zwischen Priscilla Tarkin und diesem Mann Yossel berichtet, aber Sie haben nicht deutlich gesagt, wann genau er stattfand.«

»Tja, das ist schwer zu sagen, Sir. Wissen Sie, wenn man da draußen an der Arbeit ist und die ganze Nacht rumläuft, dann verliert man 'n bisschen das Gefühl für die Zeit. Und ich hatte an dem Abend auch einiges getrunken, wie ich zugeben muss, und Gin hilft nicht gerade, die Dinge im Kopf sauber zu ordnen.«

»Sie müssen sich schon genauer äußern«, beharrte Sir John. »War es früh oder spät?«

»Irgendwo in der Mitte, würd ich sagen. So zwischen meinem zweiten und dritten Freier.«

»Mr. Millhouse!«, sagte Sir John laut zu dem vorigen Zeugen, »bitte stehen Sie auf und bleiben Sie, wo Sie sind. Vielleicht können Sie diese Angelegenheit für uns klären. Ich erinnere mich, dass Sie bei Ihrem Gespräch mit mir ausgesagt haben, dass Sie Priscilla Tarkin an diesem Abend noch im Dog and Duck gesehen haben, bevor sie starb. War sie nur einmal dort?«

»So viel ich weiß, ja, Sir«, sagte Millhouse, der sich weisungsgemäß von seinem Stuhl erhoben hatte. »Jedenfalls habe ich sie nur einmal gesehen, solange ich dort war – und ich saß in Sichtweite der Tür.«

»Dann wollen wir mal annehmen, dass dies ihr einziger Besuch im Dog and Duck an diesem Abend war. Ich erinnere mich auch, dass Sie sagten, sie habe einfach das Lokal durchquert und sei dann wieder hinausgegangen. Ist das richtig?«

»Ja, Sir.«

»Können Sie uns sagen, um welche Zeit dieser Besuch stattfand?«

»Ja, das kann ich, denn kurz nachdem sie gekommen und gegangen war, zog Mr. Goldsmith, der bei uns am Tisch saß, seine Uhr heraus und sagte, es sei gerade eins vorbei und er müsse gehen, denn er habe in dieser Nacht zu arbeiten. Dann bezahlte er großzügig unsere Getränke und riet uns allen, seinem Beispiel zu folgen und nach Hause zu gehen. Hätte ich seinen Rat doch bloß angenommen!«

»In der Tat! Sie können sich setzen, Mr. Millhouse. Nun, Mistress Linney, sind Sie mit dieser Einschätzung der Zeit einverstanden? Sie haben gesehen, wie Polly das Dog and Duck betrat. Mr. Millhouse meint, dass dieser Besuch ungefähr um ein Uhr stattgefunden hat.«

»Wenn Sie es sagen, Sir.«

»Ich sage es. Sie können wieder Platz nehmen, Mistress Linney.« Er gab ihr einen Moment Zeit, um zu ihrem Stuhl zurückzukehren. Dann fasste er zusammen: »Also, soweit wir wissen, wurde Priscilla Tarkin danach nicht mehr gesehen oder gehört, bis um vier Uhr von Constable Brede ihre Leiche aufgefunden wurde. Da war sie schon eine Weile tot. Das Blut aus ihren Wunden hatte zu trocknen begonnen. Sie haben Mr. Donnelly sagen hören, dass diese Tatsache nahe legt, dass sie seit etwa einer Stunde tot war. Zwischen ein und ungefähr drei Uhr wissen wir also nicht, wo sie sich aufgehalten hat. Doch sie wurde ganz in der Nähe des Dog and Duck gefunden, wo man sie zuletzt gesehen hatte. Ist dies ein Geheimnis oder einfach eine Diskrepanz? Wir wollen fortfahren. Mr. Marsden?«

Die zwölf gewöhnlich aussehenden Männer, die rechter Hand neben Sir John saßen, zeigten auffallendes Interesse an dem nächsten Zeugen, den Mr. Marsden aufrief, denn es war Josef Davidovich, in dem ich sofort den Mann erkannte, der am Vorabend von Rabbi Gershon zum Gericht gebracht worden war. Die Geschworenen sprachen murmelnd miteinander. Sir John rief sie zur Ordnung und brachte sie damit sofort zum Schweigen.

»Sie sind Josef Davidovich, allgemein Yossel genannt?«, fragte er den Mann, der jetzt vor ihm stand.

»Ja, Sir, der bin ich«, sagte dieser.

»Haben Sie am Abend ihres Todes Priscilla Tarkin, allgemein bekannt als Polly, getroffen?«

»Ja, Sir, das habe ich.« Er sprach schnell und eifrig, als wolle er seine Bereitschaft zur Mitarbeit durch die Geschwindigkeit seiner Antworten beweisen.

Der Bursche sah ein wenig mitgenommen aus nach der Nacht in der Haftzelle. Doch trotz seines zwei Tage alten Bartes und des ungekämmten Haars wirkte er auf etwas ungefüge Weise noch immer hübsch. Ich wettete im Stillen mit mir selbst, dass er Frauen mehr Geld durch Charme als durch Drohungen abgenommen hatte. Hier und jetzt jedoch unternahm er keinen Versuch, Sir John zu beeindrucken, was in diesem Fall auch ganz nutzlos gewesen wäre. Er stand vor ihm und walkte nervös seinen Hut mit den Händen.

»Man hat beobachtet, dass Sie sich mit ihr gestritten haben«, sagte Sir John. »Bitte teilen Sie uns mit, was der Grund für Ihren Streit gewesen ist.«

Yossel zögerte. »Na ja, Sir, vielleicht stecke ich ja den Kopf in die Schlinge, aber gemordet habe ich nicht. Ich kannte Polly als Diebin, als geschickte noch dazu. Ich selbst stehle zwar nicht, aber ich hatte ihr sozusagen einen Tipp gegeben, wo sie ihre Geschicklichkeit unter Beweis stellen könnte – ein bestimmter Ort, ein bestimmtes Haus. Und deswegen hatte ich ein Recht auf einen Anteil – keinen großen, nicht die Hälfte oder so. Nein, ich wusste schon, dass sie in diesem Haus gewesen war, auf eine spezielle Weise, und gewisse Wertgegenstände mitgenommen hatte, und so wollte ich meinen vollen Anteil, ja, den wollte ich, wie wir's vereinbart hatten. Als ich sie in der Bedford Street entdeckt habe, bin ich also zu ihr hin und habe verlangt, was mir zusteht, denn, um die Wahrheit zu sagen, ich musste meinen Anteil mit jemandem teilen, der in diesem speziellen Haus arbeitete. Und so hab ich, als ich Polly sah...«

Sir John unterbrach ihn: »Könnten Sie das Haus und seine Bewohner vielleicht etwas genauer bezeichnen?«

»Äh, nein, Sir, das nicht. Aber erinnern Sie sich, ich habe nicht selbst gestohlen. Ich hab ihr sozusagen nur die Richtung gewiesen.«

»Also ist dies nicht als Schuldeingeständnis in der Angelegenheit zu werten?«

»O nein, Sir, nicht, wenn ich es verhindern kann.«

»Und wenn Sie das nicht können?«

»Sir, Sie würden das doch bestimmt nicht gegen mich verwenden, oder?«

»Fahren Sie mit Ihrer Geschichte fort, Yossel.«

»Nun, wenn schon, denn schon, wie ich immer sage.« Er sah sich mit einem nervösen Lächeln um. Und nachdem er sich entschieden hatte, setzte er seine Geschichte fort:

»Also, wie ich Polly in der Bedford Street sehe, so gegen ein Uhr morgens dürfte stimmen, gehe ich sofort auf sie zu und sag ihr, dass ich meinen Anteil will. Sie sagt, sie hat ihn nicht, sie war noch nicht in dem Haus, aber ich wusste, das war gelogen. Also stritten wir uns, gaben uns furchtbare Schimpfnamen, fluchten aufeinander. Da kommt Biddy vorbei, wie ich sie kenne – diese Frau, Linney, mit der Sie gerade gesprochen haben –, und sie fragt Polly, ob sie Hilfe braucht, und Polly sagt nein. Trotzdem nimmt Biddy ihr Rasiermesser raus und geht auf mich los – irgendwie bedrohlich. Und da hab ich mich durch die Bedford Street davongemacht! Bin nur einmal stehen geblieben, um mich umzudrehen, und hab gesehen, dass Polly ins Dog and Duck gegangen war und Biddy ganz allein da stand, ihr Rasiermesser in der Hand.«

An dieser Stelle hielt er inne, anscheinend in der Hoffnung, dass das, was er bisher gesagt hatte, genügen werde. Einen Moment lang sah es auch danach aus, denn Sir John unterbrach seine Befragung und wandte sich an die Jury.

»Die zwölf Gentlemen sind vielleicht schockiert zu hören, dass plötzlich ein Rasiermesser in der Hand unserer letzten Zeugin, Mistress Linney, erschien, aber ich fürchte, das ist nur zu glaubhaft. Sie haben sie bei zwei Gelegenheiten sagen hören, dass sie das Dog and Duck nicht frequentierte. Die Wahrheit ist, wie Constable Brede ermittelt hat, dass der Wirt des besagten Etablissements ihr einige Monate zuvor Lokalverbot erteilt hatte, weil sie bei einem Streit eben ein solches Rasiermesser gezückt hatte. *Ist das nicht so, Mistress Linney?«*

Man hörte ein Grummeln und Murmeln, als sie sich tief auf ihrem Stuhl duckte, als hoffe sie, dadurch unsichtbar zu werden.

»Sprechen Sie bitte lauter!«

»Ja, Sir!«

»Danke.« Sir John wandte sich wieder an den Zeugen: »Nun, Mr. Davidovich – Yossel, wenn Sie wollen –, wie ich hörte, tragen Sie ein Messer bei sich. Tatsächlich wurde Ihnen von Constable Baker eines abgenommen, als er Sie in die Haftzelle in der Bow Street einschloss. Als Mistress Linney mit dem Rasiermesser auf Sie zukam, warum haben Sie da nicht einfach das Messer gezogen und die Sache mit ihr gleich da in der Bedford Street ausgetragen?«

»So was würde ich nicht tun, Sir.«

»Ach nein?«

»Nein, wirklich, würde ich nicht. Ich hab diese raue Methode vor ein paar Monaten aufgegeben, ja, das hab ich. Außerdem hab ich nie jemanden damit verletzt. Ich hab immer nur damit gedroht. Wenn Sie herumfragen, Sir, werden Sie feststellen, dass das die Wahrheit ist.«

In diesem Augenblick sprang Mistress Linney von ihrem Stuhl auf, entschlossen, sich Gehör zu verschaffen.

»Wenn er's aufgegeben hat«, schrie sie, »dann, weil ich ihm

ordentlich den Arm aufgeschlitzt hab! Gott, was hat er geblutet!«

Sie beendete ihre Prahlerei mit einem Kichern, das aber im plötzlich ausbrechenden brüllenden Gelächter der Geschworenen unterging. Sir John schlug mit der offenen Hand auf den Tisch vor ihm und tastete nach dem Hammer. Als er ihn fand, schlug er so heftig auf die Tischplatte ein, dass er Kerben hinterließ.

»Mr. Fuller!«, rief er nach dem Constable. »Ist Mr. Fuller hier?«

Er war da. »Zu Ihren Diensten, Sir.«

»Entfernen Sie diese Frau aus dem Gerichtssaal.«

»Jawohl, Sir.«

Sie wehrte sich nicht; tatsächlich lachte sie höchst fröhlich, als Mr. Fuller sie grob zur Tür und dann hinaus drängte. Er kam nicht gleich zurück. Sofort wurde es still im Gerichtssaal.

»Belassen wir es also dabei«, sagte Sir John zu Yossel, »dass Sie guten Grund hatten, sich zu entfernen, als diese Frau auf Sie losging. Die Frage lautet jetzt: Wohin sind Sie dann gegangen? Sie haben gehört, dass Priscilla Tarkin gegen drei Uhr morgens erstochen wurde, möglicherweise kurz davor oder danach. Wo haben Sie die Zeit zwischen ein und drei Uhr verbracht?«

»Bei einer Lady, Sir.« Er antwortete rasch und sicher.

»Haben Sie Beweise dafür? Wird sie als Zeugin für Sie aussagen?«

»Sie ist hier. Sie können sie selbst fragen.«

Wieder erhob sich Gemurmel unter den Geschworenen. Sir John brachte sie mit finsterer Miene zum Schweigen.

»Sie können Platz nehmen, Mr. Davidovich. Mr. Marsden, rufen Sie die Zeugin auf.«

»Lady Hermione Cox.« Mr. Marsden rief dies weit lauter, als er die vorigen Zeugen aufgerufen hatte. Der Grund dafür wurde erkennbar, als sich eine Seitentür öffnete und die Gestalt einer Frau erschien. Sie war in Schwarz gekleidet wie eine Witwe und trug einen schwarzen Schleier vor dem Gesicht, der ihre Züge verhüllte, aber nicht gänzlich verbarg. Ihrem Gang nach, der zwar anmutig, aber ein wenig steif war, schätzte ich sie eher auf siebzig als auf sechzig.

Die Wirkung, die ihr Eintreten auf die Geschworenen hatte, erschien mir bemerkenswert. Vorher hatten sie, wenn sie überrascht waren, geflüstert, gemurmelt und einmal gelacht, doch diesmal saßen sie einfach stumm und erwartungsvoll da, begierig, die weitere Entwicklung der Angelegenheit zu verfolgen.

Sie nahm ihren Platz vor Sir John ein, leicht auf einen Stock gestützt, den sie nicht als Gehstock benutzt, sondern beim Eintreten frei hatte schwingen lassen.

»Sie sind Hermione Cox, kürzlich verwitwete Ehefrau des Sir Thomas Cox?«

»Wie Sie sehr gut wissen«, erwiderte sie, und ihre starke Stimme verriet keinerlei Altersschwäche.

»Und Sie sind gekommen, um für Mr. Davidovich auszusagen?«

»Yossel, meinen Sie? Selbstverständlich. Warum sollte ich sonst hier sein? Ich wünsche ihm ein Alibi zu geben, John Fielding – ich glaube, so lautet doch der Ausdruck, nicht wahr?«

»Ja, so lautet er in der Tat. Und wie möchten Sie das tun, ohne sich selbst in beträchtliche Verlegenheit zu bringen?«

»Ich möchte das tun, indem ich die Wahrheit sage und nicht an die Konsequenzen denke. Um ehrlich zu sein, ich bin zu alt, um daran zu denken, ich könnte mich in Verlegenheit bringen.«

»Gut, wie Sie wünschen, Lady Cox. Bitte, machen Sie Ihre Aussage.«

»Das ist schnell getan. Mr. Davidovich – so nannten Sie

ihn doch, nicht wahr? – sprach zwischen ein Uhr und Viertel nach eins in meinem Wohnhaus in Dukes Court, St. Martins Lane, vor. Ich weiß die Zeit genau, denn ich hatte mich auf seinen Besuch gefreut und war leicht pikiert, dass er so spät erschien. Ich hörte die Uhr in der Halle eins schlagen, aber nicht lange danach kam er. Ich habe ihn selbst eingelassen. Ich hatte die Dienerschaft für die Nacht nach unten geschickt. Er blieb während des größten Teils der Nacht bei mir. Ich würde sagen, es muss kurz nach vier gewesen sein, als er ging.«

»Ich hoffe, meine liebe Lady, dass Sie dies aufrichtig sagen und nicht als hochherzigen Spaß ansehen, mit dem Sie diesen Burschen von jeglichem Verdacht zu befreien suchen.«

»Ich werde daran nicht das mindeste ändern, denn es ist wahr«, erklärte sie, und zum Nachdruck stieß sie dabei ihren Stock einmal auf den Fußboden.

»Sie machen möglicherweise Ihren Kindern Schande.«

»Ich habe keine Kinder.«

»Dann Ihrem verstorbenen Gatten.«

»Mein verstorbener Mann hat seine Nützlichkeit in jedem Sinn des Wortes um mindestens zehn Jahre überlebt. Er war für den größten Teil seines Lebens ein langweiliger Mensch. Gegen Ende war er nicht nur langweilig, sondern auch krank. Auf jeden Fall konnte er seine Pflichten als Coroner der City of Westminster nicht mehr erfüllen, hatte aber nicht den Anstand, auf sein Amt zu verzichten, was er hätte tun sollen, wie alle wissen. Er ließ mich mit einem Haus, genug Geld, um dieses Haus zu führen, einem Einkommen und schrecklicher Schlaflosigkeit zurück. Yossel hat mir meine Schlaflosigkeit erleichtert.

Es ist ihm immer gelungen, mich zu amüsieren, und das ist sehr viel mehr, als ich von dem verstorbenen Sir Thomas sagen kann. Ich konnte immer schlafen, wenn Yossel gegangen war.«

Vielleicht war ich der Einzige, der bemerkte, dass Constable Fuller in den Gerichtssaal zurückkehrte, denn alle Augen außer meinen waren auf Lady Cox gerichtet, während sie obige Rede hielt, die in ganz London in Salons und Speisehäusern noch oft wiederholt werden sollte; sie unterhielt die Gesellschaft fast einen Monat lang, bis man den nächsten Anlass zu Klatsch fand. Ich bemerkte Mr. Fullers Eintritt deshalb, weil er das wünschte. Er winkte mir zu, bis er meine Aufmerksamkeit erregt hatte, und dann gab er mir mit einer Geste zu verstehen, ich solle zu ihm kommen. Ich stand von meinem Platz auf der hinteren Bank auf und schlich auf Zehenspitzen zur Tür, neben der er stand.

»Jeremy«, flüsterte er, »ich möchte, dass du Sir John sagst, dass es einen weiteren Mord gegeben hat – eine Frau in der King Street im Haus Nummer sechs. Er wird hingehen wollen, genau wie der Doktor, denn der Beschreibung nach ist dieser Mord der bisher schrecklichste. Ich muss mich vor allen anderen auf den Weg machen, denn angeblich hat sich eine große Menschenmenge angesammelt, die die Leiche angafft und Andenken mitnimmt.«

»Da wird er aber *wütend* sein!«

»Das denke ich auch, also mache ich mich schon mal auf den Weg und schaffe Ordnung, wenn ich kann. Geh sofort zu ihm und sag es ihm, denn ich muss jetzt los.«

Mr. Fuller, der tagsüber kaum mehr zu tun hatte, als die Haftzelle des Gerichts in der Bow Street zu bewachen, bekam selten Gelegenheit, sich als richtiger Constable zu beweisen. Er trug seinen roten Rock voller Stolz, doch die anspruchsvollste Aufgabe, die ihm oblag, bestand darin, mit gewalttätigen oder aufsässigen Gefangenen fertig zu werden und sie ins Staatsgefängnis zu transportieren. Mit Hilfe von kräftigen Stricken und Handeisen konnte er eine ganze Kompanie von Übeltätern in Schach halten.

Und das hatte er auch getan, als wir drei – Sir John, Mr. Donnelly und ich – in der King Street Nummer sechs eintrafen. Viele Menschen mussten dort gewohnt haben, denn sie lag über einer Passage, die in einen schmutzigen, verfallenen und überfüllten Hof führte, den man als echtes Elendsquartier hätte bezeichnen können.

Wir trotteten die Passage entlang, ich vorneweg, Sir Johns Hand auf meiner Schulter. Mr. Donnelly bildete die Nachhut. Als wir in den Hof traten, wurden wir von lautem Stimmengewirr empfangen. Sämtliche Bewohner dieser Örtlichkeit schienen sich versammelt zu haben, saßen auf den Stufen und lehnten in den Türeingängen – alle, bis auf fünf Personen, die still und verdrossen vor einer Tür im Erdgeschoss im Hof standen. Jeder von ihnen trug eine Seilschlinge um den Hals – es handelte sich um ein einziges Seil, so dass alle zusammengebunden waren; der Erste und der Letzte in der Reihe trugen Handschellen. Mr. Fuller hielt die Enden des Seils in einer seiner großen Hände. Mit der anderen Hand winkte er uns zu sich.

»Ich spüre hier viele Menschen«, sagte Sir John zu mir.

»Sie drängen sich um uns herum und gaffen«, sagte ich. »Mr. Fuller hat fünf festgenommen und festgebunden, sie sind bereit, abgeführt zu werden.«

»Schön und gut«, sagte Sir John. »Bring mich zu ihm.«

(Im Gerichtssaal hatte ich getan, was Mr. Fuller verlangt hatte, und war direkt zu Sir John gegangen, was Mr. Marsden überraschte und Lady Cox sehr verärgerte, denn sie schien es zu genießen, vor allen Versammelten einen Skandal zu provozieren. Ich hatte Sir John ins Ohr geflüstert, was ich soeben erfahren hatte, und als Antwort ein feierliches Nicken erhalten. Sir John tat, was er konnte, doch er brauchte zwangsläufig fast eine Viertelstunde, um die Verhandlung zu beenden, Yossel Davidovich zu entlasten und die Jury zu dem Spruch »Mord durch eine oder mehrere unbekannte Personen« zu veranlassen. Dann rief er Mr. Donnelly, und wir machten uns zusammen auf den Weg. Mr. Marsden musste erledigen, was sonst noch zu tun war. Und so hatte Mr. Fuller etwa eine Viertelstunde Vorsprung, um mit der Situation fertig zu werden, die er in der King Street Nummer sechs vorfand.)

Er präsentierte sich uns in voller Montur. Er war mit zwei Pistolen und einem an seiner linken Seite hängenden Säbel ausgestattet. In der Hand, mit der er uns winkte, hielt er einen Schlagstock, die Waffe seiner Wahl; dem Aussehen seiner Gefangenen nach zu schließen, hatte er sie bei mindestens zwei von ihnen eingesetzt.

»So etwas habe ich noch nicht erlebt«, sagte er zur Begrüßung.

»Sie meinen all die Gaffer, die ich im Augenblick rings um uns spüre?«

»Nein, Sir, was hier vorging, als ich eintraf.«

»Erklären Sie sich, Mr. Fuller.«

»Mit Ihrer Erlaubnis, Sir, würde ich gern diese Leute hier das Reden für mich übernehmen lassen, denn ich bin neugierig, ob sie sich vor Ihnen besser rechtfertigen als vor mir.«

Damit packte der Constable den am besten gekleideten der fünf Männer am Schlafittchen und stieß ihn vor Sir John; mir fiel auf, dass er einer von den beiden war, die Handfesseln trugen. Gleichzeitig ging Mr. Donnelly um sie alle herum zur Tür, die offen stand. Bildete ich mir das ein, oder begannen die Schaulustigen lauter zu flüstern, als er eintrat?

»Los«, sagte der Constable zu dem unglücklichen Gefangenen.

»Sagen Sie Sir John, wer Sie sind und was Sie getan haben?«

»Mein Name«, sagte der Mann und versuchte, wenigstens einen Rest seiner verlorenen Würde zurückzugewinnen, »ist Albert Palgrave, und ich bin Hausbesitzer – Besitzer dieses Hauses hier. Mir gehören das Gebäude und der ganze Hof.«

Er sprach vielleicht ein wenig zu laut, denn in seinem Bemühen, Sir John zu beeindrucken, war er von allen im Hof Versammelten gehört worden. Seine ersten Worte wurden mit Pfiffen und Buhrufen aufgenommen.

»Wenn das so ist«, sagte Sir John, »sind Sie bei Ihren Mietern nicht eben beliebt.«

»Welcher Hausbesitzer ist das schon? Ich habe ständig Mühe, die Mieten einzutreiben. Um die Wahrheit zu sagen, die Hälfte derer, die hier herumlungern und uns anstarren, ist mit der Miete im Rückstand.«

»Fahren Sie mit Ihrer Geschichte fort, Mann, und zwar schleunigst.«

»Ja, Sir. Nun... ich war gerade dabei, die rückständigen Mieten zu kassieren, als ich an diese Tür da kam – sehen Sie? Da hinter mir! Oh, Verzeihung, Sie können ja nicht...«

»*Fahren Sie fort!*« Sir John war nicht nur ungeduldig, sondern schlichtweg wütend.

»Oh... also gut, ja. Ich ging also zu dieser Tür da, einer gewissen Mistress Tribble – sie war mit der Miete um sieben Shilling im Rückstand, und bei Gott, die wollte ich haben oder die Frau rauswerfen. Ich klopfte an ihre Tür, aber niemand öffnete. Ich hatte den Verdacht, dass sie sich nur versteckte, und so schaute ich durch das Fenster, aber das war so schmutzig, dass ich nichts Genaues erkennen konnte, außer dass sie auf dem Bett lag, und so öffnete ich selbst die Tür zu ihrem Zimmer. Als Vermieter habe ich natürlich einen Schlüssel. Ich warf einen Blick hinein – und ich wage zu behaupten, dass der Anblick ziemlich grauenvoll war – und schrie etwas von Mord, was ich vielleicht nicht hätte tun sollen. Denn sofort war der ganze Hof voller Menschen, und alle wiederholten den Schrei. Ich hielt es für klug, die Tür abzuschließen, damit nicht der ganze Mob eindringen konnte. Sie wollten aber hinein. Sie wollten es sehen. Die Leute sind bei solchen

Vorkommnissen von Natur aus neugierig, aber ich forderte sie auf, nach Hause zu gehen, bis ein Mann, den ich als Mistress Tribbles ... äh, Kommissionär kannte, sagte, er würde für den Eintritt einen Shilling bezahlen. Mir fiel ein, dass das ein Shilling weniger wäre, den sie mir schuldete. Andere sagten, sie würden das Gleiche bezahlen. Nun, als Besitzer des Gebäudes war ich befugt hineinzulassen, wen immer ich wollte. Wenn sie für das Vorrecht bezahlen wollten, hatte ich jedes Recht, ihr Geld anzunehmen. Aber ich konnte diesen ersten Mann einfach nicht wieder loswerden. Er hat einfach ...«

»*Seien Sie still!*«, schrie Sir John. »Ich habe genug gehört.«

»Ihr Mann da hat mich festgenommen«, beharrte der Hausbesitzer. »Ich bin hier der Eigentümer! Als ich ihn darauf aufmerksam gemacht habe, hat er mir Handfesseln angelegt, wollte mir nicht sagen, wessen ich beschuldigt werde, sondern hat mich einfach gefesselt. Mit ihm war nicht zu reden.«

»Sir«, sagte Sir John, »wäre ich hier gewesen, hätte ich ihm befohlen, exakt das Gleiche zu tun. Daran besteht kein Zweifel. Die Anklage wird Ihnen vor Gericht mitgeteilt.«

Die gespannt lauschende Menge stieß ein großes Hurra aus.

»Mr. Fuller, Sie haben Ihre Sache gut gemacht. Solche Leute konnte ich auch nie leiden. So, und mit wem kann ich jetzt sprechen? Ich hoffe, mit demjenigen, den der Vermieter Palgrave als ihren Kommissionär bezeichnet hat.«

Mr. Fuller zerrte einen weiteren Mann aus der Fünfergruppe nach vorn, diesmal an dem doppelten Strick, der sich um seinen Hals wand. Er war jung, nur drei oder vier Jahre älter als ich. Seine Miene war mürrisch und voller Verachtung. Er hatte einen Bluterguss im Gesicht und trug ebenfalls Handfesseln.

»Ich kann zwar nicht so glattzüngig daherreden wie der Hausbesitzer«, sagte Mr. Fuller, »aber ich würde diesen Burschen als Zuhälter bezeichnen. So haben ihn alle genannt, die hier wohnen. Sie haben gesagt, dass er die arme alte Frau regelmäßig verprügelt hat.«

»Natürlich hab ich sie geschlagen«, geiferte der Zuhälter. »Sie war meine Hure.«

»Reden Sie, wenn Sie gefragt werden«, wies ihn Mr. Fuller zurecht und versetzte ihm einen groben Hieb auf die bläulich verfärbte Wange. Dann sagte er: »Nennen Sie Sir John Ihren Namen.«

»Edward Tribble.«

»Sie waren mit der Frau verheiratet?«, fragte Sir John ganz überrascht.

»In 'ner Weise schon, nehm ich an. War 'ne Marinehochzeit. Bin nicht sicher, ob sie legal war, aber ich hab sie meinen Namen benutzen lassen. Aber gewohnt haben wir getrennt.«

»Eine Marinehochzeit? Und welcher unselige Pfarrer hat die Zeremonie vorgenommen?«

»Keine Ahnung. Weiß seinen Namen nicht mehr.«

»Sagen Sie Sir John, was Sie da drin wollten.«

»Ich hab aus gegebenem Anlass Souvenirs verkauft.«

Sir John schwieg einen Moment. Dann schüttelte er den Kopf. »Ich ... ich verstehe nicht.«

Worauf Mr. Fuller mit düsterer Stimme sagte: »Sir, er hat sie stückweise verkauft. Sie waren noch nicht da drin, wissen noch nicht, wie sie aussieht, aber sie ist völlig zerstückelt, ihre Eingeweide sind herausgerissen und im Zimmer verteilt. Er hat ihre Organe und so weiter denjenigen angeboten, die hereinkamen – und es gab viele Käufer –, unter anderem diesen Dreien dort. Ich weiß nicht, wie vielen noch.«

Was nun geschah, hatte ich noch nie erlebt und sollte ich auch nie wieder erleben. Sir John hob seinen Gehstock und schlug wütend auf Edward Tribble ein. Eine Minute oder länger prügelte er ihn, bis sein Zorn verraucht war. Seine Schläge waren bemerkenswert gut platziert, wenn man bedenkt, dass sie blind geführt wurden. Alles, was Tribble tun konnte, war, sich zu ducken und seinen Kopf zu schützen, bis sie aufhörten.

Als es vorbei war, machte er den Fehler, sich verteidigen zu wollen. »Sie hatten kein Recht, das zu tun«, jammerte er. »Sie war meine Frau und meine Hure.«

Bei diesen Worten versetzte Sir John ihm einen letzten Hieb, der zwar wenig Schaden anrichtete, dafür aber seine eigene Empörung milderte. Mir fiel auf, dass die vielen Umstehenden weder Hurra! schrien noch applaudierten, als Sir John Tribble schlug. Sie standen oder saßen ganz still da und waren beeindruckt von dem, was sich vor ihren Augen abspielte. Ihr Schweigen drückte Zustimmung aus, denn erst, als die Schläge aufhörten, begann das Gemurmel.

Nun meldete sich Mr. Albert Palgrave kläglich zu Wort. »Ich habe das nicht gutgeheißen und versucht, ihn zu verscheuchen.«

Doch er hielt sich außer Reichweite des richterlichen Stocks. Sir John trat angewidert einen Schritt zurück.

»Mr. Fuller«, sagte er, »bringen Sie sie weg. Ich habe genug gehört, es reicht! Ich sehe sie bei meiner Mittagssitzung wieder.«

»Ist mir ein Vergnügen«, erwiderte der Constable, und da er das Seil in der Hand hielt, mit dem die Hälse aller zusammengebunden waren, zog er kräftig daran, um die Männer wie ein ungelenkes Tier mit zehn Beinen in Bewegung zu setzen.

Sie waren noch nicht weit gekommen, da rief Sir John ihnen nach: »Mr. Fuller, warten Sie doch bitte einen Augenblick. Sie scheinen die Situation gut im Griff zu haben, könnten Sie nicht eine oder zwei Waffen für Jeremy zurücklassen? Er wird vielleicht Wache halten müssen und etwas brauchen, um die Neugierigen auf Abstand zu halten, fürchte ich.«

»Komm her, Jeremy«, rief Mr. Fuller, »und nimm die Pistolen!«

Ich rannte zu ihm und erleichterte ihn um das Paar Pistolen, das er um die Taille gegurtet trug.

»Sie sind geladen, mach keinen Fehler«, mahnte er.

»Ich werde vorsichtig sein.«

»Das musst du auch. So, los geht's, Männer!«

Er zerrte wieder an dem Strick, und wohl oder übel folgten ihm die Gefangenen. Ich hingegen kehrte zu Sir John zurück und schnallte mir vor den Augen der Menge demonstrativ den Pistolengürtel um.

»Jeremy«, sagte Sir John, »bring mich in das betreffende Zimmer. Ich glaube, es gibt zwei Treppen und eine kleine Veranda.« Er hatte natürlich Recht. »Ich möchte etwas zu denen sagen, die uns beobachtet haben. Die Gaffer sind doch noch immer da, oder?«

»Ja, Sir, das sind sie.«

Ich führte ihn die Stufen hinauf und auf die Veranda, wo er sich den Neugierigen zuwandte und in einem Ton wie bei Gericht sprach:

»An alle hier Versammelten möchte ich jetzt eine Bitte richten. Wenn einer von Ihnen irgendwelche Informationen zu geben hat, die möglicherweise zur Ergreifung desjenigen führen, der den Mord an Ihrer unglücklichen Nachbarin begangen hat, so soll er sie diesem jungen Mann hier mitteilen. Wenn Sie gestern Abend einen Besucher haben kommen sehen, beschreiben Sie ihn bitte. Falls Sie die Gewohnheiten des Opfers kennen, beschreiben Sie sie bitte. Selbst wenn Sie nur einen Verdacht haben sollten, sprechen Sie ihn aus. Sagen Sie dem jungen Mann alles, was uns weiterhelfen könnte.

Wir tun unser Möglichstes, um diesen bösartigen Mörder dingfest zu machen.«

Nach dieser Rede stieß Sir John wie zur Bekräftigung mit seinem Stock auf den Boden der Veranda, drehte sich um und betrat vorsichtig das Zimmer, indem er nur zwei Schritte weit hineinging. Als ich seinen Platz auf der Veranda einnahm, konnte ich über Sir Johns Schulter hinweg etwas auf dem Bett liegen sehen. Von einem Leichnam konnte man kaum sprechen, schon gar nicht von einer Frau. Es ähnelte eher den Rinderseiten und Schweineleibern, die ich auf dem Smithfield Market ausgestellt gesehen hatte – die Rippen lagen frei, durch große Öffnungen stachen weiß Knochen hervor, und wo der Bauch hätte sein sollen, gähnte ein großes Loch. Ich wandte mich ab, da ich genug gesehen hatte.

Ich wandte mich wieder dem Hof zu und verschränkte die Arme so, dass die Finger beider Hände auf jeweils einem Pistolengriff lagen. Ich machte ein strenges Gesicht, bis mir einfiel, dass ich ja jedem zur Verfügung stehen sollte, der eine Aussage machen wollte, und so änderte ich meinen Ausdruck entsprechend – wohlwollend und verbindlich. Aber nach dem Aussehen derer zu urteilen, die da saßen oder herumlungerten, würden wohl nicht viele kommen; einzeln und zu zweit begannen sie sich zurückzuziehen, einige aus dem Hof, andere in ihre Zimmer und hinter ihre Türen; ihre Morgenunterhaltung war beendet.

Und so hatte ich, während ich da stand, nichts weiter zu tun, als dem ernsten Gespräch zwischen Sir John und Mr. Donnelly zu lauschen.

Nachdem er das Zimmer betreten hatte, schwieg Sir John eine ganze Weile. Dann sagte er: »Ist es so schlimm, wie Constable Fuller gesagt hat?«

»Ich weiß nicht, was der Constable gesagt hat, aber es ist grauenvoll, Sir, absolut grauenvoll. In all meiner Zeit als Chirurg habe ich noch nie einen menschlichen Körper gesehen, der so völlig zerstört war. Das Ungeheuer, welches das getan hat, muss mehr als eine Stunde darauf verwendet haben.«

»Ich rieche Blut und alle möglichen unheiligen Gerüche.«

»So ziemlich überall, wohin man sieht, ist Blut. Hier an der

Wand über Ihrem Kopf, wo es hingespritzt und heruntergelaufen ist, als ihr die Kehle durchtrennt wurde – was übrigens die eigentliche Todesursache war –, hier auf dem Bett das Blut aus der riesigen Wunde in ihrem Leib, da auf dem Fußboden, abgetropft von den Organen, die der Mörder ihrem Körper entnommen hat. Und alles ist schon im Begriff zu trocknen.«

»Das bedeutet natürlich, dass sie schon einige Stunden tot ist.«

»O ja, ich würde sagen, dass sie mindestens seit sechs Stunden tot ist, wahrscheinlich länger. Die Leichenstarre hat sie schon in ihrer Lage versteift, natürlich nackt. Sie wurde zweifellos sehr spät in der Nacht ermordet, gegen drei Uhr oder so.«

»Wenn man eine Stunde für die Zerstückelung rechnet, dann wäre er also gegen vier Uhr gegangen – und um diese Jahreszeit ist es da noch stockdunkel. Aber nach dem, was Sie mir berichteten, muss er von Kopf bis Fuß mit Blut besudelt gewesen sein.«

»Ein weiter Umhang hätte alles verdeckt. Oder, eine andere Möglichkeit, er war vielleicht selbst auch nackt, als er all das getan hat. Hier ist blutiges Wasser in einer Waschschüssel, und da sind rote Flecken auf einem Kleid, das daneben am Boden liegt. Vielleicht hat er beides benutzt, um sich zu waschen und abzutrocknen.«

»Ein grotesker Gedanke«, sagte Sir John. »Kann ich etwas näher kommen, ohne das Blut auf dem Boden zu verteilen?«

»Oh, da brauchen Sie sich keine Sorgen zu machen. Der Fußboden im ganzen Zimmer ist blutig. Sie stehen auch jetzt in einer kleinen Blutlache.«

Ich spürte eine Bewegung in dem Raum hinter mir. Dann Stille.

»Welche Organe fehlen?«, fragte Sir John nach einer Minute oder mehr.

»Das ist im Augenblick schwer zu sagen«, antwortete der Chirurg. »Ich werde sie in meine Praxis bringen lassen und versuchen, sie sozusagen wieder zusammenzusetzen. Aber ich befürchte, dass einige Teile fehlen werden.«

»Was ohne Zweifel auf die Schacherei ihres Zuhälters zurückzuführen ist. Ich habe so etwas noch nie gehört und hätte es mir auch nicht vorstellen können.«

»Vielleicht war er es nicht allein. Der Mörder hat Feuer im Kamin gemacht – es könnte auch sein, dass sie das getan hat, damit sie es bei ihrem ... ihrem Handel warm hatten. Jedenfalls habe ich in der Asche auf dem Rost Reste von etwas gefunden, das anscheinend ihre Zunge war, die ihr aus dem Mund geschnitten wurde. Auch die Augen waren ihr ausgerissen. In einer offenen Flamme wären sie rasch geschmolzen.«

»Großer Gott, was hat er ihr denn gelassen?«

»Nicht viel, fürchte ich. Das Herz fehlt und liegt zur Gänze im Kamin. Es ist ein großer Muskel, der nicht leicht zu verbrennen ist. Leber, Bauchspeicheldrüse und Uterus sind verschwunden. Magen und Darm scheinen intakt zu sein, was ein Glück ist, denn der Verdauungsvorgang ist oft hilfreich bei der Feststellung der genauen Todeszeit.«

»Ich weiß nicht, was ich sagen soll. Vielleicht nur, dass ich in diesem Fall erleichtert bin, nicht sehen zu müssen, was Sie mir beschreiben. Es ist, wie Sie sagten, Mr. Donnelly, absolut grauenvoll.«

Für eine lange, düstere Weile schwiegen beide Männer. Dann ergriff endlich Mr. Donnelly das Wort.

»Sir John«, begann er, »ich glaube, Sie müssen ernsthaft über das nachdenken, was ich Ihnen gestern Abend gesagt habe. Sie erinnern sich doch daran?«

»Ja, und ich weiß noch, dass ich erwiderte, diese Vorstellung sei zu grässlich, um sie auch nur zu erwägen.«

»Aber jetzt werden Sie es tun?«

»Ich fürchte, ich muss.«

»Was wir bei diesen vier Tötungen feststellen können, sind zwei sehr verschiedene, ja entgegengesetzte Methoden des Mordes. Der erste und der dritte Mord wurden mit möglichst wenig äußerem Schaden für die Opfer begangen. Dieser hier und der zweite wurden in einem wahren Zerstörungsrausch verübt. Ich glaube, dass der Mörder des zweiten Opfers sehr wahrscheinlich gestört wurde oder dies befürchtete. Was wir hier vor uns sehen, ist, wozu er fähig ist, wenn er Zeit und Gelegenheit hat, seine teuflischen Pläne zu Ende zu führen. Es erstaunt mich, dass die wahnsinnige Wut, in der diese Tat begangen wurde, so lange angehalten hat, dass es zu diesen entsetzlichen Verstümmelungen kommen konnte. Kurz gesagt, dieser Mörder – sollen wir ihn den zweiten nennen? – wollte dem Körper seiner Opfer möglichst viel Schaden zufügen.«

»Also gut«, sagte Sir John, »nehmen wir einmal an, dass es zwei Mörder gibt. Wie würden Sie sie jeweils charakterisieren?«

Jetzt machte sich bei Mr. Gabriel Donnelly, der seit dem Beginn der erneuten Erörterung dieser Frage mit Sir John schnell und höchst überzeugend gesprochen hatte, das erste Zögern bemerkbar. Er wartete nicht nur eine ganze Weile, ehe er antwortete, sondern wiederholte sich auch und stammelte sogar ein wenig, als er es schließlich tat.

»Wie würde ich die beiden charakterisieren? Ja, nun, das ist ... Wenn ich sagen sollte ... Nehmen wir den ersten – den, der mit der schmalen Klinge mordet.«

»Ja, tun wir das. Was wissen wir über ihn?«

»Erstens, wir wissen, dass er ein Stilett benutzt, und das ist die Waffe eines Gentleman.«

»Sie halten ihn also für einen Gentleman?«

Mr. Donnelly ignorierte Sir Johns Schlussfolgerung. »Und wir wissen, dass er das Stilett mit dem Wissen und der Geschicklichkeit eines Chirurgen benutzt. Diese Stiche sind einfach zu gut platziert, um von jemandem zu stammen, der nichts über die menschliche Anatomie weiß, und zu sicher gesetzt, als dass sie von einer ungeübten Hand ausgeführt worden wären.«

»Vermutlich muss ich akzeptieren, was Sie sagen. Schließlich sind Sie Arzt. Aber was ist mit seiner Kraft? Erinnern Sie sich, er hat eine Frau von zwölf Stone Gewicht festgehalten und ermordet und sie dann über eine gewisse Entfernung getragen, um sie zu verstecken.«

»Ach ja, richtig, das stimmt.«

»Und so müssen wir einen Gentleman-Chirurgen von der Größe und Stärke eines Affen suchen. Das ist eine seltsame Kombination, finden Sie nicht?«

»Ich verstehe, was Sie meinen.«

»Aber was ist mit demjenigen, den Sie als den zweiten Mörder bezeichnet haben?«, fragte Sir John. »Wie würden Sie den beschreiben?«

»Als Wahnsinnigen.«

»So sehen wir ihn auf Grund seiner Werke«, sagte Sir John mit einiger Gewissheit. »Aber sogar in seinem Wahnsinn kann er über eine gewisse Logik verfügen. Sie haben gestern Abend überzeugend vorgetragen, dass dasselbe Messer nicht bei allen Morden verwendet worden sein kann – dass beim ersten und dritten Mord etwas benutzt wurde, was Sie als Stilett bezeichnen, und beim zweiten eine gezähnte Klinge.

Soll ich das so verstehen, dass auch bei diesem Mord hier ein gröberes Messer mit starker Klinge verwendet worden ist?«

»Ja, darauf würde ich wetten.«

»Vielleicht hat er die hässliche Waffe benutzt, um den Opfern, die ihm irgendwie missfallen hatten, hässliche Dinge anzutun. Vielleicht hat Polly Tarkin versucht, ihn zu berauben, ihm etwas aus der Tasche zu stehlen – denn wir wissen jetzt, dass sie eine Diebin war. Vielleicht hatte diese arme Frau hier, Tribble, etwas gesagt, das ihn beleidigte. Und da hat er sie nicht einfach getötet, sondern auch verstümmelt. Er hat sie bestraft.«

»Sie meinen also, dass ich mich irre – dass es sich schließlich doch nur um einen Mörder handeln könnte.«

»Ja, ich habe daran gedacht, aber ich bin durchaus nicht sicher. Es könnte auch sein, dass Sie Recht haben und ich mich irre. Aber bedenken Sie dies: Sind wir nicht in unserem Inneren gar nicht so sehr verschieden von Rindern, Schweinen und Schafen?«

»Nun, natürlich gibt es Unterschiede, aber ganz allgemein gesprochen ist das wohl zutreffend.«

»Und Sie räumen ein, dass ein Mann sozusagen per Analogie mit der menschlichen Anatomie vertraut sein könnte, wenn er die innere Anatomie von Tieren durch jahrelange Erfahrung sehr gut kennt?«

»Ich beginne zu verstehen, worauf Sie hinauswollen.«

»Wer arbeitet am häufigsten mit Messern mit gezähnter Klinge?«

»Nun, ein Metzger natürlich.«

»Und wer von denen, die Sie in letzter Zeit gesehen haben, wäre groß und stark genug, um sich eine Frau von zwölf Stone über die Schulter zu werfen und sie wegzutragen?«

»Wieder der Metzger – letzte Nacht natürlich. Er ist so groß wie Ihr Constable Bailey und zweifellos genauso stark, weil er täglich mit Rinderhälften hantiert. Aber erinnern Sie sich, Sir John, dass ich seine Messer untersucht habe. Nicht eines davon besaß eine so schmale Klinge, dass man damit dem Mädchen in der Passage die Wunde hätte zufügen können.«

»Ja, sicher, aber Mr. Bailey hat es versäumt, ihn zu filzen, wie er mir hinterher gestand. Er ist nicht immer so gründlich, wie er sein sollte. Und selbst wenn er es getan hätte, das Stilett hätte ja auch irgendwo in dem Durchgang versteckt sein können. Eine nächtliche Suche bei Laternenlicht bringt normalerweise nicht viel zu Tage. Ich glaube, ich werde Jeremy heute Nachmittag noch einmal hinschicken, damit er nachsieht, und vielleicht sollte er auch beim Stand des Metzgers vorbeigehen und meine Einladung zu einer Abendunterhaltung überbringen.«

Ach, lieber Leser, Sie können sich bestimmt denken, wie wenig willkommen mir eine solche Aufgabe war. Wenn ich mich länger mit Sir John hätte unterhalten können, wäre es mir vielleicht gelungen, ihn von Mr. Tollivers Unschuld zu überzeugen. Doch er war eine so einschüchternde Persönlichkeit, dass es mir schwer fiel, mich ihm in dieser Weise zu nähern. In solchen Zeiten empfand ich meine Jugend als schreckliche Last.

»Übrigens, Mr. Donnelly, Sie haben doch eine Uhr, nicht wahr? Könnten Sie mir sagen, wie spät es ist?«

Nach einem Augenblick: »Beinahe Mittag.«

»Dann werden Jeremy und ich aufbrechen, denn ich muss meine Sitzung abhalten, und die dürfte interessant werden. Der Schlüssel steckt in der Tür. Ich nehme an, Sie werden hier noch zu tun haben?«

»Ja, noch ein Weilchen.«

»Ich werde nach dem Leichenwagen schicken lassen. Der wird einen Sarg mitbringen. Sie können sie nicht in diesem Zustand transportieren.«

»Da bin ich ganz Ihrer Meinung.«

ACHTES KAPITEL

*In welchem Sir John Gerechtigkeit übt,
schnell und unerbittlich*

Von allem, was in den Jahren seit seinem Hinscheiden über Sir John gesagt worden ist, ist das, was am häufigsten zur Sprache kam, auch am zutreffendsten: Er war ein gerechter Mann.

Auf dem Gebiet des Gesetzes ist dies leider eine Eigenschaft, die weit seltener ist, als man annehmen sollte. Sir John als Richter hatte die Pflicht, Übeltäter zu bestrafen. Das war nicht immer ganz einfach, denn es kann vorkommen, dass eine Tat begangen wird, die fraglos ein strafwürdiges Vergehen ist, für die es aber kein richtiges Gesetz gibt und die daher weder unter die Kapitalverbrechen noch unter sonstige Straftaten fällt. Unter solchen Umständen muss der Richter im Interesse der Gerechtigkeit Einfallsreichtum beweisen und ein geeignetes Gesetz der speziellen Missetat anpassen, die begangen worden ist. In der Ausübung dieser Art von Gerechtigkeit war Sir John unübertroffen.

Ich kann Ihnen kein besseres Beispiel dafür nennen als die Behandlung der Gefangenen, die Mr. Fuller in der King Street Nummer sechs festgenommen hatte. Eindeutig hatte sich jeder von ihnen eines mehr oder minder schweren Vergehens schuldig gemacht, aber gab es im English Common Law irgend ein Gesetz für ihr Verbrechen? Ich wusste von keinem – aber ich war damals ja auch noch ein Knabe, der sich im Gerichtssaal herumtrieb, um möglichst viel zu lernen. Heute allerdings bin ich Anwalt, und ich kenne noch immer kein Gesetz, welches genau auf diese Taten passt.

Dass die Handlungen der Inhaftierten höchst skandalös und schockierend waren, zeigte schon die Reaktion der Zuschauer im Gerichtssaal, als Mr. Fuller auf Sir Johns Bitte hin schilderte, was er entdeckt hatte, als er die Wohnung der ermordeten Mistress Tribble betrat. Es gab Gemurmel unter den Zuhörern, und wieder und wieder hörte man das Geräusch, mit dem scharf der Atem eingezogen wird, was allgemeiner Ausdruck entsetzten Erstaunens ist. Gegen Ende seiner Geschichte, als er von dem sprach, was der angebliche Ehemann des Opfers getan hatte, vernahm man aus dem Publikum Stöhnen und Wutgeschrei. Dieses eine Mal machte Sir John keinen Gebrauch von seinem Hammer. Ich wage zu behaupten, dass er die Gefangenen spüren lassen wollte, wie empört alle anderen über sie waren.

Als der Constable geendet hatte, schlug Sir John schließlich mit dem Hammer auf den Richtertisch und rief die Versammelten zur Ordnung.

»Mr. Fuller«, sagte er, »bleiben Sie bitte, wo Sie sind, denn ich vermute, dass ich einige Fragen an Sie haben werde, wenn ich mich mit jedem Einzelnen der Inhaftierten beschäftige.« Eine Pause und dann: »Gefangene, treten Sie vor mich.«

Widerwillig erhoben sich die fünf Männer, die sich zweifellos sehr unbehaglich fühlten, denn sie waren noch immer mit Mr. Fullers doppelt langem, starkem Strick an den Hälsen aneinander gefesselt; der erste und der fünfte trugen Handfesseln.

»Zunächst einmal müssen Sie sich für Mr. Marsdens Verhandlungsprotokoll ausweisen.«

Und das taten sie – als Albert Palgrave, Ezekiel Satterthwait, Thomas Coburn, Lemuel Tinker und Edward Tribble.

Mr. Marsden hatte mit den Nachnamen einige Schwierigkeiten; er bat Mr. Satterthwait, seinen zu buchstabieren, was dieser nicht konnte. Mr. Marsden musste improvisieren.

»Also, jeder von Ihnen«, sagte Sir John, »hat sich schandbar betragen. Daran kann kein Zweifel bestehen. Oder wünscht einer von Ihnen ernstlich zu bestreiten, was Sie gerade von Constable Fuller gehört haben? Dies ist Ihre Gelegenheit, für sich selbst zu sprechen, falls es da wirklich etwas zu sagen gibt. Ich rate Ihnen, sich jetzt zu äußern.«

Darauf folgte ein kurzes Schweigen, und dann begannen alle fünf Männer gleichzeitig zu reden.

Sir John gebot mit dem Hammer Ruhe.

»Sie haben also alle etwas zu sagen? Gut. Ich werde Sie einzeln anhören. Mr. Palgrave zuerst... Sir?«

»Nun, ich weiß nicht, wieso ich überhaupt hier bin«, sagte dieser. »Man hat mir nicht einmal mitgeteilt, was man mir vorwirft. Es stimmt, dass ich die Leiche dieser Schlampe gefunden habe, aber...«

»Und haben Sie Ihre Entdeckung dann in der Bow Street melden lassen?«

»Nein, aber...«

»Nein, das haben Sie nicht. Mr. Fuller hat mir berichtet, dass er von einem Jungen aus dem Hof benachrichtigt wurde, der die Verstorbene kannte und aus eigenem Antrieb kam. Und deshalb, Sir, wenn Sie eine Anklage hören wollen, haben Sie, indem Sie den Mord an Ihrer Mieterin nicht gemeldet haben, die Untersuchung ihres Todes behindert. Aber das, würde ich sagen, war erst der Anfang Ihres Vergehens. Haben Sie von all denen, die den Leichnam zu sehen wünschten, einen Shilling kassiert oder nicht?«

Mr. Palgraves Antwort ging im Geschrei der vier anderen Männer unter. Sie versicherten Sir John lautstark, Palgrave habe sie tatsächlich gegen Entrichtung eines Shillings eingelassen. »Ein paar waren schon vor uns drin«, schrie einer der Gefangenen, vielleicht Satterthwait. »Er hat ganz schön an ihr verdient.«

»Ist das zutreffend?«, fragte Sir John. »Wie viele haben bezahlt, um einen Blick auf die Leiche zu werfen? Wie viel haben Sie an diesem bizarren Unternehmen verdient?«

»Nicht sehr viel – na ja, insgesamt zehn Shilling. Aber wie ich Ihnen schon sagte, diese Hure Tribble war mit der Miete um sieben Shilling im Rückstand. Ich glaubte, ich hätte als Vermieter das Recht, mich in dieser Weise schadlos zu halten. Und da ich Eigentümer der Wohnung – und des ganzen Hofes – bin, darf ich einlassen, wen immer ich will.«

»Mr. Palgrave, eines interessiert mich. Sie haben Mistress – oder vielleicht Mrs. – Tribble mit Beinamen belegt, die darauf hindeuten, dass Sie sie für eine Prostituierte hielten. Oder haben Sie vielleicht nur gemeint, dass sie eine Frau von lockerer Moral, eine Frau niedrigen Standes war?«

»Nein, bei Gott, sie war eine richtige Hure!«

»Sind Sie da sicher?«

»Natürlich! Ich habe gesehen, wie sie zu allen Tages- und Nachtzeiten Männer mitgebracht hat. Einmal habe ich sogar gesehen, wie Geld von Hand zu Hand ging. Wenn das nicht bedeutet, dass sie eine Hure ist, dann weiß ich nicht, was sonst! Jeder hat gewusst, was sie war.«

»Und doch haben Sie ihr gestattet, weiterhin Miete zu bezahlen und ein Zimmer in diesem Hof zu bewohnen?«

»Und wenn schon!«, sagte Mr. Palgrave abwehrend. »Ein Mann muss aus seinem Eigentum Einkommen erzielen. Mit der Miete in Rückstand geraten ist sie erst später. Im ersten Jahr hat sie ganz regelmäßig bezahlt.«

»Nun denn«, erklärte Sir John, »dann haben wir noch eine Anklage gegen Sie, Sir. Sie haben ein Bordell geführt, denn Sie haben Ihre Räumlichkeiten wissentlich zum Zwecke der

Prostitution vermietet und von den Einkünften profitiert. Aber lassen Sie uns fortfahren. Sagen Sie mir, wie sah der Leichnam der Frau aus, als Sie ihn heute Morgen entdeckten? In welchem Zustand befand er sich?«

»Na, tot war er.«

»Sie verstehen nicht, was ich meine. Hat sie gesessen oder gelegen? War sie bekleidet oder unbekleidet?«

»Nun ja, also, sie lag auf dem Bett, und sie war unbekleidet, obwohl ich auf den ersten Blick dachte, dass sie mit irgendetwas bedeckt war, aber bei näherem Hinsehen stellte sich heraus, dass ein großes Loch in ihrer Körpermitte klaffte.«

»Und Sie nahmen von jedem dieser Männer und von anderen einen Shilling, damit sie sich das ansehen konnten?«

»Ja.«

»Da Sie dies zugeben, klage ich Sie nun an, der Allgemeinheit ein unanständiges und obszönes Schauspiel zugänglich gemacht und dafür Geld genommen zu haben.«

Albert Palgrave stotterte einen Moment herum und suchte nach Worten, um dies abzuleugnen. »Das war kein Schauspiel«, sagte er, nachdem er sich wieder gefangen hatte. »Es war eher eine Ausstellung, wissenschaftlich sozusagen, nicht nur Unterhaltung.«

»Die Frau war nackt, nicht wahr? Und in obszöner Weise entstellt, ja? Nein, Mr. Palgrave, ich lehne Ihre Argumentation ab. Die Anklage steht, und ich befinde Sie für schuldig und verurteile Sie zu neunzig Tagen Haft im Fleet-Gefängnis.«

»Im Fleet-Gefängnis? Aber ich bin doch kein Schuldner, ich bin nicht bankrott!«

»Bis Sie wieder herauskommen, könnten Sie das durchaus sein, denn ich bin noch nicht mit Ihnen fertig. Ich befinde Sie ferner für schuldig, wissentlich ein Bordell geführt und Einkünfte aus Prostitution bezogen zu haben, und dafür verurteile ich Sie zu sechzig Tagen im Fleet-Gefängnis. Und dann ist da noch die Behinderung der Ermittlungen im Fall der Ermordung von Mistress Tribble; hier befinde ich Sie ebenfalls für schuldig und verurteile Sie zu dreißig Tagen im Fleet-Gefängnis. Die Strafen sind nacheinander zu verbüßen – sechs Monate insgesamt. Und wenn Sie nun weiter gegen mich argumentieren, dann verurteile ich Sie möglicherweise auch noch wegen Missachtung des Gerichts.«

Mr. Palgrave war so entsetzt, dass er nichts mehr sagte, sondern sich auf die Zunge biss. Und Sir John, zufrieden, es ihm ordentlich gezeigt zu haben, schlug mit seinem Hammer auf den Richtertisch und bekundete damit, dass die Sache erledigt sei.

»Und nun wollen wir uns mit Edward Tribble befassen. Wir haben Constable Fuller erklären hören, dass dieser Mann, der behauptet, der Ehemann des Opfers gewesen zu sein, Teile ihres Körpers zum Verkauf angeboten hat, als ›Souvenirs‹. Mr. Fuller, wie sind Sie an diese Informationen gelangt? Was haben Sie selbst gesehen und gehört?«

Der Constable strich sich nachdenklich übers Kinn. »Nun also, Sir«, sagte er nach einem Augenblick, »als ich das Mordzimmer betrat, waren drei Männer zwischen mir und diesem Tribble, deshalb wurde ich nicht sofort als Constable erkannt. Mir hatte es die Stimme verschlagen, so schockiert war ich über den Zustand des Opfers. Ich traute meinen Augen nicht. Aber dann merkte ich, dass da ein Handel zwischen Tribble und diesem anderen Mann im Gang war, ich glaube, er gab seinen Namen als Lemuel Tinker an. Anscheinend zankten sie über den Preis von irgendetwas. Da ich größer bin als die anderen, suchte ich mir eine Stelle, von der aus ich besser beobachten konnte, was da vor sich ging. Und ich sah, dass Tribble dem anderen etwas Kleines, Blutiges hinhielt. Tinker fragte: ›Welcher Teil von ihr ist das?‹ Und Tribble antwortete: ›Ich verstehe nichts von Innereien, aber was spielt das bei drei

Shilling für eine Rolle?‹ ›Wenn ich das kaufen soll‹, sagte der andere, ›will ich wissen, was es ist.‹ In dem Moment wurde mir klar, was sie da machten, und ich zog Säbel und Pistole und verhaftete sie alle.«

»Sie haben also das eigentliche Geschäft nicht gesehen, Sie können nicht bezeugen, dass Geld den Besitzer gewechselt hat oder ein Körperteil übergeben wurde, und sei es nur zur Besichtigung?«

»Nein, Sir. Ich hatte noch nie dergleichen gesehen oder gehört. Und ich wollte der Sache augenblicklich ein Ende machen.«

Sir John nickte zustimmend. »Ich bin sicher«, sagte er, »dass ich an Ihrer Stelle genauso gehandelt hätte. Aber jetzt, Mr. Tribble, können Sie sich äußern. Akzeptieren Sie den Bericht des Constable?«

»Ich denk ja gar nicht dran«, sagte Tribble dreist. »Ich weiß 'ne Menge drüber, wie das Gesetz funktioniert. Sie müssen mir alles beweisen. Und ich leugne alles ab!«

Den Zuhörern im Gerichtssaal gefiel das gar nicht, der ganze Tribble gefiel ihnen nicht. In den Stuhlreihen erhob sich empörtes Gemurmel. Wäre Tribble in diesem Augenblick dem Publikum überantwortet worden, so glaube ich nicht, dass er länger als ein paar Minuten überlebt hätte.

»Ich denke doch«, sagte Sir John, »dass wir durchaus in der Lage sind, Mr. Fullers Bericht zu beweisen. Er hat glaubhaft ausgesagt. Er hat nicht behauptet, mehr gesehen oder gehört zu haben, als er tatsächlich bezeugen kann. Aber vielleicht haben wir noch einen Zeugen. Logischerweise müsste das Mr. Lemuel Tinker sein. Also, Mr. Tinker, sagen Sie, war der Bericht des Constable über das, was zwischen Ihnen und Mr. Tribble vorging, zutreffend? Könnten Sie sich eingehender dazu äußern?«

»Er war bemerkenswert genau, Sir«, sagte Tinker, ein kleiner Mann mit einem Gesicht wie ein Wiesel, »sogar was die Worte betrifft, die gesprochen wurden. Wir drei waren vorher hereingekommen, nachdem wir dem Vermieter jeder einen Shilling bezahlt hatten. Er hat zu uns gesagt: ›Das ist ein grandioses Verbrechen, was hier begangen wurde, eine historische Tat. Diese arme, liebe Frau war meine Ehefrau, und so schwer es mir auch fällt, ich biete diese Körperteile von ihr, die der ruchlose Mörder ihr herausgeschnitten hat, zum Verkauf an. Das Geld brauche ich, um ihr ein anständiges christliches Begräbnis zu geben.‹ Bei ihm hörte sich das an, als wäre es eine gute, mildtätige Sache, etwas von ihr zu kaufen. Und ich schwöre bei Gott, das habe ich getan, Sir. Ihr Herz bot er für einen hohen Preis an, eine Guinea hat er dafür verlangt, für die Leber zehn Shilling, und das kleinere Teil hat er mir für fünf Shilling angeboten. Ich habe ihn auf drei heruntergehandelt. Ich war der Einzige von uns, der Geld übrig hatte. Und was sonst noch gesagt wurde, war genau das, was der Constable berichtet hat.«

Sir John sagte: »Von den drei Männern, die mit Tribble in diesem Zimmer angetroffen wurden, haben wir einen noch nicht gehört, und das ist Thomas Coburn. Ich möchte meine nächste Frage also an Sie richten, Mr. Coburn. Haben Sie Beweise dafür, dass Tribble irgendwelche Organe verkauft hatte, bevor Sie den Raum betraten?«

Thomas Coburn sprach leise und ziemlich widerstrebend – zumindest kam es mir so vor. Er setzte einmal an, wurde von Sir John aufgefordert, lauter zu sprechen, und begann von neuem. »Sir«, sagte er, »ich schäme mich sehr, hier zu sein, und noch mehr schäme ich mich dafür, dass ich überhaupt an diesen Ort des Grauens gegangen bin. Ich wünschte, ich hätte das nicht getan, Sir. Aber ich werde mein Bestes tun, um Ihre Frage zu beantworten.« Darauf verstummte er für einen Augenblick, holte tief Luft und fuhr dann fort: »Wir drei standen in einer Reihe, vom Vermieter zurückgehalten, bis andere das Zimmer verlassen hatten. Zwei Leute kamen heraus. Einer davon, Sir, war ein riesiger Kerl, fast so breit wie hoch, mit einer Augenklappe über einem Auge. Er hielt irgendetwas Blutiges hoch und tat dann so, als wollte er es essen, machte einen großen Spaß daraus. Einige lachten, einige nicht. Nachdem ich das gesehen hatte, hätte ich nicht hineingehen sollen, und ich hätte es auch nicht getan, wenn ich nicht einen Shilling bezahlt gehabt hätte.«

Sir John nickte zufrieden. »Sie alle drei waren als Zeugen recht mitteilsam. Ich nehme das zur Kenntnis und bin dankbar, aber ich möchte doch meinen nagenden Zweifel über Sie ausräumen. Würden die Herren Satterthwait, Coburn und Tinker bitte die Hände heben, mit den Handflächen nach außen? Und Sie, Mr. Fuller, würden Sie bitte diese Hände betrachten und mir sagen, ob Sie daran irgendwelche Spuren von getrocknetem Blut entdecken?«

Der Constable tat, wie ihm geheißen, und nahm seine Aufgabe äußerst ernst. Er ging zu jedem einzelnen Mann und inspizierte eingehend sämtliche Hände von vorn und hinten. Dann machte er kehrt und trat wieder vor den Richtertisch.

»Erstatten Sie Bericht, Mr. Fuller.«

»Also, Sir, keiner von denen hat, was ich saubere Hände nennen würde, aber ich habe an keiner Hand Blut gesehen.«

»Gut. Und jetzt tun Sie mir den Gefallen und untersuchen bitte die Hände von Mr. Tribble.«

Auch dies geschah; allerdings musste der Constable ziemlich grob werden, bis er sich Tribbles Hände genau ansehen konnte.

»Die hier sind ganz rot, Sir – beide Hände. Er hat das Blut sogar unter den Fingernägeln.«

»Danke, Mr. Fuller«, sagte Sir John. »So, was nun Sie drei betrifft – Satterthwait, Coburn und Tinker –, räume ich ein, dass Ihre Handlungen in diesem Zimmer so waren, wie Sie sie mir geschildert haben. Sie waren hauptsächlich als Neugierige und Gaffer anwesend. Mr. Tinker war versucht, eine der unseligen Reliquien käuflich zu erwerben, die Tribble ihm anbot. Zu seinem Glück hat er es aber doch nicht getan. Sonst wäre seine Strafe härter ausgefallen; denn Strafen wird es geben, jawohl, weil Mr. Palgrave um seines persönlichen Profits willen ein unanständiges und obszönes Schauspiel geboten hat und Sie drei Geld bezahlt haben, um sich dieses Schauspiel anzusehen. Dafür verurteile ich Sie zu je dreißig Tagen im Fleet-Gefängnis. Außerdem haben Sie durch Ihre Anwesenheit in diesem Zimmer die Ermittlungen über den Tod des Mordopfers behindert. Dessen klage ich Sie an und befinde Sie alle drei ebenfalls für schuldig. Ich verurteile Sie auch dafür zu dreißig Tagen im Fleet-Gefängnis, doch beide Strafen können gleichzeitig verbüßt werden. Mit anderen Worten, es bleibt bei dreißig Tagen. Einer von Ihnen hat bereits Reue und Scham wegen seines Verhaltens gezeigt. Den beiden anderen würde ich raten, den vor Ihnen liegenden Monat zu benutzen, um über das moralische Unrecht nachzudenken, das Sie begangen haben.«

Daraufhin klopfte Sir John mit seinem Hammer auf den Richtertisch, um kundzutun, dass die Sache abgeschlossen sei.

»Und nun zu Ihnen, Mr. Edward Tribble«, sagte der Richter. »Sie haben bei weitem das größte Unrecht begangen. Ich bin sicher, dass mir alle in diesem Gerichtssaal Anwesenden darin zustimmen werden. Als ich zuerst hörte, was Sie getan haben, konnte ich es nicht glauben. Ich dachte, ich hätte das falsch verstanden. So sehr sträubt sich der menschliche Verstand gegen die Natur Ihres Verbrechens. Wenn Sie vor Ihren Richter treten, so rate ich Ihnen, ebenso zu schwindeln, wie Sie diese drei fehlgeleiteten Männer zu beschwindeln versucht haben. Sagen Sie *ihm*, dass Sie die Körperteile des Opfers verkaufen wollten, um ein christliches Begräbnis bezahlen zu können. Wer weiß, vielleicht glaubt er es Ihnen ja. Vielleicht glauben Ihnen die Geschworenen. Ich persönlich glaube Ihnen nicht. Doch das spielt kaum eine Rolle, denn ich habe in Ihrem Fall nur die Pflicht, Sie anzuklagen und zum Prozess zu überstellen.«

»Was?«, kreischte der Gefangene. »Soll das heißen, dass ich nicht mit den anderen ins Fleet-Gefängnis komme?«

»Nein. Sie werden nach Newgate geschickt, und dort werden Sie auf Ihren Prozess in Old Bailey warten.«

»Unter welcher Anklage?«

»Störung der Totenruhe.«

Im Gerichtssaal war es mäuschenstill.

»Aber ...« Tribble suchte nach Worten. »Also, das ist wie Grabräuberei, nicht? So was hab ich nie getan. Sie war ja gar nicht unter der Erde.«

»Nein«, sagte Sir John, »Sie haben nicht einmal gewartet, bis sie unter der Erde war, ehe Sie ihren Leichnam geschändet haben. In meinen Augen ist das, was Sie getan haben, mindestens so schlimm, wenn nicht sogar schlimmer.«

»Störung der Totenruhe – darauf steht die Todesstrafe!«

»Ganz recht, aber ich biete Ihnen eine Hoffnung. Wenn Sie mit meinen Constables zusammenarbeiten, um die Organe wiederzubeschaffen, die Sie verkauft haben – und ich glaube, Sie kennen die Käufer –, dann werde ich Ihre Deportation befürworten. Die Richter in Old Bailey akzeptieren meine Empfehlungen – fast immer.«

Edward Tribble blickte wild um sich, sagte aber kein Wort.

»Mr. Fuller«, forderte Sir John diesen auf, »bringen Sie diese fünf Männer in die Haftzelle, und führen Sie mir denjenigen vor, der im Moment dort einsitzt. Bis dahin erkläre ich die Sitzung für unterbrochen und gestatte den Anwesenden, sich von ihren Plätzen zu erheben und miteinander zu sprechen. Und ich bitte Mr. Oliver Goldsmith und Master Jeremy Proctor an den Richtertisch.«

Das war ein höchst seltenes Vorkommnis. Ich war noch nie an den Richtertisch beordert worden, mit Ausnahme meiner ersten Begegnung mit Sir John, als ich mit dreizehn Jahren fälschlich des Diebstahls beschuldigt wurde. Jetzt zusammen mit einer so bekannten Persönlichkeit wie Oliver Goldsmith aufgerufen zu werden war ein Zeichen dafür, wie sehr mein Ansehen in den vergangenen zwei Jahren gestiegen war. Gleichwohl hatte ich keine Ahnung, was wir wohl gemeinsam haben könnten.

Doch als ich Sir John endlich erreichte, behindert durch die umherschwirrende Menschenmenge, erkannte ich den Mann, der sich über den Richtertisch beugte und in eine Unterhaltung mit Sir John vertieft war. War das Oliver Goldsmith? Derselbe, der Ormond Neville verteidigt hatte, als Constable Perkins den Dichter und Journalisten im Goose and Gander verhaftet hatte? Wenn er es denn war, so hatte er in etwa die gleiche Größe wie ich, wurde aber schon kahl (was er nicht mit einer Perücke zu verbergen suchte), und außerdem sah er überaus irisch aus.

Der betreffende Mann sah mich kommen und sagte zu Sir John: »Ist das der Junge, Sir?«

»Jeremy, bist du das?«

»Ja, ich bins, Sir John.«

»Aha, gut. Ich wusste nicht genau, ob du im Gerichtssaal warst, als ich dich aufrief. Mr. Goldsmith und ich brauchen das skurrile Flugblatt, das dieser Neville geschrieben hat – du erinnerst dich doch an ihn.«

Bevor ich Ja oder Nein sagen konnte, nickte Mr. Goldsmith mir knapp zu.

»Ich bin sicher, dass er sich an ihn erinnert«, sagte er. »Er war mit dem Constable zusammen, als Neville festgenommen wurde.«

»Ja, das war er!«, stimmte Sir John zu. »Nun, Jeremy, würdest du jetzt gehen und mein Exemplar von diesem Flugblatt holen? Es ist in der Schublade des Schreibtischs in meinem Arbeitszimmer. Du solltest keine Schwierigkeiten haben, es zu finden.«

»Natürlich. Ich bin gleich wieder da«, erwiderte ich.

Ich verließ die beiden Männer ohne ein weiteres Wort und ging rasch durch die Seitentür des Gerichtssaals, durch die Mr. Fuller soeben seine fünf Gefangenen gezerrt hatte. Diese Tür führte natürlich in den Teil des Erdgeschosses, der den innergerichtlichen Aktivitäten vorbehalten war – Haftzelle, Waffenkammer der Constables, Mr. Marsdens Alkoven und Aktenschränke und Sir Johns Heiligtum. Ich kannte ihn inzwischen so gut wie alles andere in der Bow Street Nummer vier.

Da war Mr. Fuller, der seine Gefangenen in die Haftzelle trieb, wieder einmal als Aufseher tätig. Doch wenn er gebraucht wurde, erwies er sich stets als tüchtiger Runner. Seine Leistung an diesem Vormittag war unübertroffen. Wann würde ich aufgefordert werden, mich zu beweisen? Oh, wenn es notwendig war, würde man mich vielleicht eine Tür bewachen oder jemanden wie den Rabbi durch möglicherweise gefährliche Straßen nach Hause begleiten lassen. Trotzdem war ich noch nie wirklich auf die Probe gestellt worden. Was war ich anderes als Sir Johns Laufbursche, ausgeschickt, um dies oder das zu besorgen, einen Brief zu überbringen oder einen Zeugen abzuholen?

Und hier war ich wieder, abgesandt, um dieses hässliche Flugblatt aus Sir Johns Amtszimmer zu holen. Hätte er nicht Mr. Marsden schicken können? Nein, eine solche Aufgabe wäre unter der Würde des Gerichtsdieners gewesen; besser,

Jeremy zu schicken; er tut alles und jedes, was man von ihm verlangt.

(Jungen, die noch keine Männer sind, erleben häufig solche Anfälle von Unzufriedenheit, überschätzen ihre Fähigkeiten und unterschätzen die Segnungen, die das Schicksal ihnen zuteil werden lässt.)

Ich stürmte durch die offene Tür und in das Zimmer, das Sir John für private und inoffizielle Befragungen, Treffen mit den Constables und dergleichen benutzte. Ich wusste genau, wo sich das befand, was ich holen sollte. Es gab nur eine Schublade in dem Schreibtisch, der eigentlich eher ein normaler Tisch war, aber eine Schublade reichte Sir John aus. Er brauchte keine Papiere aufzubewahren; dafür verließ er sich auf Mr. Marsden. Ich zog die Schublade auf und nahm das Flugblatt heraus, das wegen seiner Größe zusammengefaltet war.

Gerade wollte ich die Schublade wieder schließen, doch da hielt ich inne, denn ich hatte darin etwas erblickt, das mir bekannt vorkam. Es war die lederne Börse, die ich unter der Bodendiele in Polly Tarkins Zimmer gefunden hatte. Ich konnte nicht anders, ich musste sie öffnen und mich überzeugen, dass die Guineas und Sovereigns noch vollständig vorhanden waren, wie ich sie Sir John übergeben hatte. Ich zweifelte auch nicht daran, dass er sie nicht gezählt hatte. Der Richter ging sorglos mit dem Geld um, das dem Gericht zufloss. In meinem Kopf hallten die Worte des Rabauken von gestern Abend nach: »Der Schnapper würde gar nicht merken, wenn du dich bedienst, solange du nicht zu viel auf einmal nimmst.«

Ich steckte die Hand in die Börse und ließ den Schatz durch meine Finger gleiten. Es wäre nicht notwendig, nur wenig zu nehmen. Bei einem solchen Vorrat würden zehn Guineas gar nicht vermisst werden. Und hatte ich die Börse nicht gefunden? Gehörte sie mir in diesem Sinn nicht ebenso wie

Sir John? Hätte ich sie behalten, hätte niemand davon erfahren, aber ich hatte sie ihm übergeben, weil ich dachte, sie wäre wichtig für die Ermittlungen – doch das stimmte nicht. Er hatte sie einfach gleichgültig in die Schublade geworfen. Wie aber konnte ich gleichgültig gegen diesen Beutel mit Geld sein, wenn schon ein Bruchteil seines Inhalts Mariah von diesem verachtenswerten, kichernden Menschen freikaufen konnte?

All dies, lieber Leser, ging mir im Bruchteil einer Minute durch den Kopf. Doch was mir dann einfiel, waren die höhnischen Worte des Zuhälters, die er zuletzt zu mir gesagt hatte: »Es wäre, als würde man einem blinden Mann Geld stehlen.« Und dann sah ich vor meinem inneren Auge das freundliche Gesicht von Sir John Fielding – der mich aufgenommen hatte, mich bekleidete und ernährte –, und ich wusste, ich konnte keine einzige Guinea aus diesem Beutel nehmen. Ich gab alle Sophisterei und Selbsttäuschung auf, zog den Beutel an seiner Schnur wieder zu und schloss die Schublade. Ich nahm das Flugblatt und rannte damit zurück in den Gerichtssaal.

Gemurmelte Unterhaltungen, als ich die Tür öffnete, verrieten, dass die Sitzung noch immer unterbrochen war. Sir John besprach sich nach wie vor an der Richterbank mit Oliver Goldsmith, und er redete äußerst hitzig.

»... wenn es nötig ist, ja, Mr. Goldsmith, denn es muss klar werden, dass dieser kleine Gauner Yossel aus gutem und hinlänglichem Grund entlassen worden ist. Sie brauchen keine Einzelheiten zu nennen. Sagen Sie nur, dass er erklären konnte, was er in dieser Nacht mit seiner Zeit angefangen hat. Wir brauchen nicht bekannt zu geben, wer ihm das Alibi verschafft hat und wie. Diese Geschichte wird sich ohnehin schnell genug in ganz London herumsprechen.«

»Das denke ich auch«, stimmte Mr. Goldsmith zu. »Aha ... der Junge ist zurück, Sir.«

»Ja, Jeremy, gut. Hast du das verdammte Ding bei dir? Gib es mir. Ich brauche es, um es zu schwenken.«

Er griff danach, und ich drückte es ihm in die Hand.

Mr. Fuller erschien mit Ormond Neville im Schlepptau.

»Der Gefangene ist anwesend«, sagte er.

»Dann können wir anfangen. Mr. Goldsmith, setzen Sie sich nicht zu weit nach hinten. Ich werde Sie bitten vorzutreten. Und nochmals, Sir, danke für das, was Sie angeboten haben.«

»Freut mich, wenn ich zu Diensten sein konnte, Sir.«

Und dann schlug Sir John kräftig mit seinem Hammer auf den Tisch.

»Die Sitzung des Gerichts in der Bow Street ist wieder eröffnet!«, rief Mr. Marsden, während er aufstand. »Bitte nehmen Sie Ihre Plätze wieder ein und schweigen Sie still, denn Richter Sir John Fielding wird nun den letzten Fall des Tages anhören.«

Es dauerte kaum eine Minute, bis die Menschen sich auf Bänke und Stühle verteilt hatten. Ich bemerkte mit Interesse, dass Oliver Goldsmith, als er an seinen Platz zurückkehrte, der tatsächlich ziemlich weit vorn war, sich neben Mr. Millhouse setzte, dem Nachbarn des zweiten Opfers, Polly Tarkin. Ich selbst suchte mir einen besseren Platz, als ich zuvor gehabt hatte, und fand ihn an der Seite hinter Mr. Fuller und seinem Häftling Ormond Neville.

»Ruhe jetzt, Ruhe«, forderte Sir John die Leute auf, und im Raum wurde es still. »Mr. Marsden, rufen Sie den Gefangenen nach vorn.« Der Gerichtsdiener tat, wie ihm geheißen. Als Mr. Neville seinen Platz vor der Richterbank einnahm, sagte der Richter: »Ich rufe außerdem Mr. Benjamin Nicholson auf.«

Und zu meinem Erstaunen, lieber Leser, sah ich den jüngeren Partner des Verlegers William Boyer sich von einem Platz weit hinten erheben und mit gesenktem Kopf nach vorn kommen. Er war in der Grub Street ein berühmter Mann, von seinem älteren Partner so hoch geschätzt, dass er den Namen der Firma kürzlich von Boyers in Boyer und Nicholson geändert hatte. Doch der Mann, der jetzt neben dem Gefangenen vor den Richter trat, war alles andere als stolz.

»Mr. Neville«, sagte Sir John, nahm das Flugblatt und schwenkte es vor ihm, »sind Sie der Autor dieses skandalösen Machwerks aus Mutmaßungen, Verdächtigungen, Erfindungen und alten Lügen?«

»Eh, nun, ja, ich denke schon, dass ich das bin. Ja.«

»Sie zögern ja! Wo ist der Stolz des Autors? Und Sie, Mr. Nicholson, haben Sie es nicht veröffentlicht?«

»Nun ja, wir haben es gedruckt.«

»Ich halte das für Haarspalterei. Haben Sie Mr. Neville nicht für seine Arbeit bezahlt? Haben Sie nicht die Kosten des Drucks in der Druckerei Boyer und Nicholson übernommen? Haben Sie nicht eine ganze Kompanie von fliegenden Händlern engagiert, um dieses Flugblatt in den Straßen Londons verteilen zu lassen, zu dem von Ihnen festgesetzten Preis? Und haben Sie schließlich nicht auch den Profit aus diesem kleinen Unternehmen für die Firma eingesteckt?«

Mr. Nicholson stieß einen tiefen Seufzer aus. »Ja, Sir John«, sagte er.

»Und stellt der von mir beschriebene Vorgang keine Veröffentlichung im allgemein verstandenen Sinne dar? Ich frage Sie also nochmals – haben Sie das veröffentlicht?«

Ein weiterer Seufzer. »Ja, Sir John.«

»Dann sagen Sie mir, beide, wessen Idee es war, dieses« – Sir John zögerte – »dieses Machwerk aus übereilten Schlüssen und regelrechter Verleumdung herzustellen?«

Die beiden Männer sprachen im Chor: »Seine.« Und dabei zeigte jeder auf den anderen.

»Nun«, sagte der Richter, »ich sehe, dass da eine Meinungsverschiedenheit besteht. Lassen Sie mich die Fragen stellen und Ihre Antworten abwägen. Mr. Neville, wieso sagen Sie, dass Mr. Nicholson das Unternehmen eingeleitet hat?«

»Weil er mich, Sir, in sein Büro bestellt und vorgeschlagen hat, ich solle eine journalistische Untersuchung des Mordes an Polly Tarkin vornehmen, von dem ich noch nicht einmal gehört hatte. Er glaubte, sie würde Material für ein Flugblatt hergeben.«

»Sehr gut«, sagte Sir John, »und wie haben Sie selbst von dem Mord erfahren, Mr. Nicholson?«

»Durch Giles Ponder, den Vikar von St. Pauls Covent Garden, der bei uns ein Buch in Vorbereitung hat. Er sagte, er wurde von einer Unruhe am hinteren Tor des Kirchhofs geweckt – Stimmen, Laternen und dergleichen. Er ging hinunter, um herauszufinden, was dort vor sich ging, und hörte von einem Constable, dass genau dort eine Frau ermordet aufgefunden worden war. Der Constable und ein Junge waren gerade dabei, ihren Leichnam abzutransportieren.«

Der Junge war natürlich ich. Und ich erinnerte mich an den Besuch des halb angekleideten Kirchenmannes, dem das Nachthemd aus der Hose hing und der wissen wollte, was wir da machten. (Sir John war in diesem Moment abwesend, da er mit Mistress Linney und ihren Kolleginnen sprach.) Constable Brede, verschlossen wie immer, hatte ihm nur das gesagt – eine Frau sei ermordet worden – und ihm dann gute Nacht gewünscht. Oder guten Morgen, denn es begann schon zu dämmern.

»Und auf diese Information hin haben Sie Mr. Neville zu sich bestellt?«

»Jawohl, Sir.«

»Und Sie, Mr. Neville, machten sich daran, möglichst viel über diese grausige Affäre herauszufinden?«

»Ja, Sir«, sagte Ormond Neville.

»Und wie kamen Sie an die Informationen, über die Sie berichteten?«

»Nun, zu meiner Überraschung hatte ich das Glück, dass eine Person aus meinem Bekanntenkreis ein Nachbar des Opfers war, dass er buchstäblich Tür an Tür mit der Frau wohnte. Er nannte mir ihren Namen und erzählte, womit sie sich beschäftigte und wo ich mich nach ihren Kolleginnen umsehen sollte, die mir vielleicht mehr sagen könnten. Ich ging in die Bedford Street, kaufte ihnen ein paar Gläser Gin und hatte bald alles Nötige in Erfahrung gebracht.«

»Lassen Sie sich einen Augenblick unterbrechen, Sir«, warf Sir John ein. »Diese Person aus Ihrem Bekanntenkreis muss Mr. Thaddeus Millhouse gewesen sein, der sich selbst als Dichter bezeichnet. Er befand sich an diesem Morgen hier in der Bow Street in einer Haftzelle und erwartete seine Verhandlung, weil er meinem Befehl nicht gehorcht hatte, die Gasse zu räumen, in der der Mord geschehen war. Haben Sie dort mit ihm gesprochen?«

Meine Aufmerksamkeit hatte sich sofort Thaddeus Millhouse zugewandt, als Ormond Neville »eine Person aus meinem Bekanntenkreis« erwähnt hatte. Ich fürchte, ich habe ihn angestarrt. Ob aus Scham oder aus Schuldgefühlen, er schrumpfte auf seinem Platz neben Mr. Goldsmith zusammen, und als sein Name erwähnt wurde, versuchte er tatsächlich, sein Gesicht zu verbergen. Und wozu? Nur fünf oder sechs Leute im Gerichtssaal hätten ihn erkannt, und einer davon war blind. Aber natürlich wollte niemand unter solchen Umständen seinen Namen in einem Gerichtssaal hören. Trotzdem war es eigenartig.

Mr. Neville überraschte mich mit seiner Antwort auf Sir Johns Frage.

»Ja, das habe ich. Mr. Millhouses Frau hatte von seinem Missgeschick gehört und bat mich, ihm ein sauberes Hemd zu bringen, damit er bei seinem Erscheinen vor Gericht ordentlich aussah. Das habe ich getan, und Ihr Wärter hat mich zu diesem Zweck eingelassen. Da habe ich mich kurz mit Mr. Millhouse unterhalten, und ich habe erwähnt, dass ich für die Verfassung eines Flugblatts Erkundigungen einziehe.«

»Hmmm«, sagte Sir John, »höchst interessant. Und dann zu den Straßendirnen, um mehr zu erfahren. Von ihnen haben Sie von Yossel Davidovich und seinem Streit mit dem Opfer gehört.«

»Jawohl, Sir.«

»Hatte irgendjemand, mit dem Sie sprachen, den Streit wirklich gesehen? Ich kann das fast selbst beantworten, denn ich halte es für höchst unwahrscheinlich, es sei denn, Sie hätten mit Sarah Linney geredet, denn sie war die einzige Zeugin.«

»Nun, ich habe ihre Namen nicht notiert. Es waren nur zwei.«

»Hat eine dieser Frauen behauptet, Zeugin des Streits gewesen zu sein?«

»Nicht mit diesen Worten, aber sie haben gesagt, dieser Yossel sei in so einer Situation mit dem Opfer gesehen worden. Sie mochten ihn ganz und gar nicht; eine schwor, sie sei von ihm beraubt worden, er habe ein Messer gezogen und gedroht, ihr die Nase abzuschneiden. Er schien ein sehr unangenehmes Individuum zu sein.«

»Aber was den Streit zwischen Yossel und dem Opfer betrifft, so wissen Sie davon nur vom Hörensagen.«

»Nun, ich konnte nicht weiter nach Zeugen und dergleichen suchen. Das Flugblatt musste noch am selben Tag verfasst werden!«

»Und wegen dieses Zeitdrucks waren Sie bereit, ihn des Mordes zu beschuldigen, obwohl es keinen anderen Grund dafür gab als die Vermutung, er könne an diese Stelle zurückgekehrt sein, sie die Gasse hinunter geführt und ermordet haben. Und diese Vermutung basierte außerdem auf reinem Hörensagen. Mr. Neville, *das reicht nicht*.« Dies sagte Sir John höchst feierlich. Doch im nächsten Augenblick schien er ein Lächeln zu unterdrücken. »Sie sagten, Sir, Sie hätten gehört, dass Yossel Davidovich ein ziemlich unangenehmes Individuum sei. Aber sagen Sie, welchen Eindruck hatten Sie von ihm?«

»*Mein* Eindruck? Wieso, woher sollte ich denn ...«

»Sie haben die Nacht in seiner Gesellschaft verbracht.«

»Meinen Sie damit, Sir, dass diese schniefende kleine Kreatur in der Haftzelle er war? Er hat die halbe Nacht vor Angst gezittert, weil ›die‹ hinter ihm her seien – dabei hat er kein einziges Mal gesagt, wer ›die‹ eigentlich sind. Hat gesagt, er könne nie wieder durch die Londoner Straßen gehen. Also, *das* war Yossel! Was Sie nicht sagen!«

»In der Tat, Sir. Und er hatte tatsächlich Grund zur Angst, denn ›die‹ waren wirklich hinter ihm her. Er und der Rabbi, der ihn überredet hat, sich bei mir zur Befragung zu melden, wurden den ganzen Weg in die Bow Street von Bürgern gejagt und belästigt, die durch Ihr aufreizendes Flugblatt aufgehetzt worden waren. Wenn zwei meiner Constables nicht eingegriffen hätten, um sie zu schützen, dann wären vielleicht beide Männer körperlich zu Schaden gekommen – der eine, weil Sie ihn fälschlich diffamiert hatten, der andere, weil er sichtlich Jude ist. Und damit sind die Anklagen gegen Sie bewiesen. Sie haben meine Untersuchung des Mordes an Polly Tarkin behindert und gestört, indem Sie Yossel Davidovich fälschlich, aber mit großer Überzeugungskraft als ihren Mörder bezeichnet haben. Im Verlauf der Ermittlungen am heutigen Vormittag wurde festgestellt, dass er die Tat nicht begangen haben kann; es gibt jemanden, der bezeugt, wo er sich zu dieser Zeit aufgehalten hat. Und was den Aufruf zum Aufstand betrifft, so ist die Anklage ebenfalls bewiesen; der Aufstand wurde nur durch das schnelle Eingreifen der Bow Street Runners verhindert. Und somit sind Sie, Ormond Neville, in beiden Anklagepunkten schuldig. Aber für mich, Sir, sind die alten Verleumdungen gegen die Juden, die Sie in dem Flugblatt wieder aufgegriffen haben, ungeheuerlicher und schädlicher als die beiden Anklagen. Was in aller Welt hat Sie dazu veranlasst?«

»Eh... nun ja... Sir, Sie müssen verstehen, dass viele Worte nötig sind, um ein Flugblatt zu füllen, und ich dachte, da könnte ein bisschen Geschichte nicht schaden.«

»*Geschichte* nennen Sie das? Und wie kamen Sie an diese ›Geschichte‹? Wurde sie Ihnen in der Schule beigebracht? Haben Sie sie in einem Buch gelesen?«

»Nein, aber eine Zeit lang diente ich als Sekretär des britischen Konsuls, Sir Anthony Allman, in der Stadt Sankt Petersburg in Russland. Ich hatte zu dieser Zeit viele Gespräche mit Russen über die Juden, und sie schienen sehr sicher, was die Fakten über die geheimen Praktiken der Israeliten angeht. Sagen wir, ich hatte die Information von Autoritäten.«

»Diese Autoritäten stelle ich in Frage«, erwiderte Sir John, »genau wie ich Ihre so genannten Tatsachen ableugne. Haben Sie diese Russen in anderen Dingen gut informiert gefunden? Haben sie in anderen Angelegenheiten große Weisheit an den Tag gelegt?«

»Sie erschienen mir sehr kultiviert«, meinte Neville, »denn sie sprachen alle Französisch.«

»Und das ist Ihr Maßstab! Bah, sage ich, und nochmals bah! Die Russen sind unaufgeklärte Menschen, die sagen würden, die Welt sei flach, wenn ihnen nicht so viel davon gehörte. Ich weise Ihre ›Geschichte‹ zurück, und wenn es ein Gesetz gegen Verleumdung eines Volkes gäbe, dann würde ich Sie dieserhalben ebenfalls anklagen, denn Sie sind eindeutig schuldig, die Juden verleumdet zu haben.« Hier legte Sir John eine Pause ein, als wolle er Atem schöpfen. »Aber es gibt kein solches Gesetz, und so müssen wir uns jetzt Mr. Benjamin Nicholson zuwenden. Mr. Nicholson, sagen Sie mir, haben Sie den Text, den Ihnen Mr. Neville brachte, durchgelesen?«

»Ja, sicher, natürlich.«

»Und haben Sie es auch Ihrem Partner gezeigt, Mr. William Boyer?«

»Nein, sein Interesse gilt ausschließlich Büchern und ihrem Verkauf und nichts anderem. Ich befasse mich mit der Produktion besagter Bücher und auch mit den gelegentlichen Flugblättern, Bekanntmachungen und dergleichen.«

»Ich verstehe. Und als Sie es durchlasen, fanden Sie nichts dagegen einzuwenden? Fanden Sie das Flugblatt nicht aufrührerisch?«

»Nun ja, Sir John, ich bin kein Rechtsanwalt, und Mr. Neville ist das auch nicht. Mir schien, dass Informationen darin standen, auf die die Öffentlichkeit ein Recht hatte. Er nannte einen Übeltäter, vielleicht mit etwas zu viel Überzeugung, aber das Publikum liebt Gewissheit. Von den Feinheiten des Gesetzes versteht es nichts.«

»Wie gut Sie das wissen«, sagte Sir John. »Aber Sie hatten keine Bedenken wegen der ruchlosen Praktiken, die den Juden zugeschrieben wurden – der Ermordung christlicher Säuglinge und dergleichen?«

»Darüber kann ich nicht urteilen. Sagen wir, ich habe nichts gegen sie, außer dem, was in der Heiligen Schrift steht. Mein persönlicher Berater in finanziellen Angelegenheiten ist ein Jude, und ich zähle ihn zu meinen Freunden. Aber wenn es ein Prinzip gibt, das wir bei Boyer und Nicholson hochhalten, dann ist es das Recht des Autors, sich zu äußern. Wir machen ihm keine Vorschriften.«

»Wollen Sie damit sagen, dass er das Recht hat zu schreiben, was immer er will, und dass Sie das einfach so veröffentlichen, wie er es geschrieben hat?«

»Nun, es gibt natürlich Grenzen.«

»Und Mr. Nevilles – wie sollen wir es nennen? Essay? – überschritt diese Grenzen nicht?«

»Nein, ich denke nicht.«

»In der Tat nicht, denn Sie haben es ja herausgebracht. Und deswegen befinde ich Sie ebenso wie Ormond Neville der gegen Sie vorgebrachten Anklagen für schuldig. Sie haben eine Ermittlung in einem Verbrechensfall gestört und behindert und zum Aufruhr aufgerufen.«

»Aber...«

»Kein ›Aber‹, Sir. Er hat sich strafbar gemacht, indem er schrieb, was er geschrieben hat, und Sie, indem Sie es veröffentlicht haben. Doch jetzt kommt die schwierigste Aufgabe, und das ist das richtige Strafmaß für Sie. Von Rechts wegen sollten Sie beide eine Gefängnisstrafe absitzen – ich würde sagen, mindestens dreißig Tage. Aber als ich hier in die Bow Street kam, um die heutige Sitzung abzuhalten, fand ich einen Brief von Mr. William Boyer vor, eine mit höchst praktischen Argumenten begründete Bitte um Milde für Mr. Nicholson. Er schrieb darin, er sei ein bisschen zu alt geworden und habe nichts mehr mit dem Druck und der Produktion in Ihrem gemeinsamen Unternehmen zu tun. Und wenn Mr. Nicholson längere Zeit abwesend wäre, würde er den ganzen Betrieb bis auf die vordere Buchhandlung schließen müssen. Drucker und Binder würden für die Zeit seiner Abwesenheit arbeitslos. Ich kenne Mr. Boyer. Er hat dem Gericht früher gute Dienste geleistet, und ich habe keinen Grund, an der Schilderung seiner Situation zu zweifeln. Da ich ehrliche Menschen nicht arbeitslos machen möchte, verzichte ich auf eine Gefängnisstrafe für Mr. Nicholson. Doch da ich beide Männer in dieser Sache gleichermaßen für schuldig befunden habe, kann ich auch Mr. Neville nicht ins Gefängnis schicken. Aber Ihre Missetaten dürfen auch nicht ungesühnt bleiben.«

Sir John lehnte sich einen Augenblick zurück, als denke er nach. So verharrte er fast eine Minute lang. Und dann, als überlege er sich die Sache noch immer, sagte er: »Ich wünsche insbesondere, dass kein Profit aus dieser kriminellen Handlung gezogen werden soll, bei der Sie beide zusammengearbeitet haben. Sagen Sie mir, Mr. Neville, was hat man Ihnen für die Abfassung des Flugblatts bezahlt?«

»Zwei Guineas, Sir.«

»Das wird Ihre Geldstrafe sein. Und Sie, Mr. Nicholson, was hat Ihre Firma an dem Verkauf verdient?«

»Das ist schwer zu sagen, Sir, aber es dürfte sich um rund fünfundzwanzig Guineas handeln, vielleicht ein bisschen mehr oder weniger.«

»Aha. Aus dieser Diskrepanz können Autoren etwas lernen, nicht wahr? Aber darum geht es jetzt nicht. Fünfundzwanzig Guineas sind Ihre Geldstrafe, Mr. Nicholson.«

»Aber, Sir John, das Geld gehört der Firma, nicht mir.«

»Sie sind Partner in der Firma, oder nicht? Regeln Sie das mit Mr. Boyer. Aber das Unrecht ist noch immer nicht aus der Welt, und angesichts dieses Dilemmas war ich ziemlich unschlüssig, bis Mr. Oliver Goldsmith kam und ein höchst großzügiges Angebot machte. Mr. Goldsmith, würden Sie jetzt vortreten und es wiederholen?«

Und Oliver Goldsmith trat vor, und zwar mit dem wippenden Schritt eines Menschen, der gewohnt ist, sich zu Fuß durch London zu bewegen. Der Mann hatte wahrhaftig zwei geübte Beine, und er benutzte sie zu seinem Vorteil. Er nahm seinen Platz neben Ormond Neville ein.

»Soviel ich weiß, Sir«, sagte Sir John zu ihm, »haben Sie gewisse Skrupel, denen Sie zunächst Ausdruck verleihen möchten?«

»In der Tat, Sir, ja. Im Allgemeinen stimme ich mit der Auffassung überein, die Mr. Nicholson vertritt – dass ein Autor sich frei äußern dürfen sollte, und wenn er sich irrt, dann werden seine Irrtümer von anderen korrigiert, die gegen ihn schreiben. Das ist die eigentliche Natur der Kontroverse, und Kontroverse ist das Herz intelligenten Lebens. Dennoch, als ich Mr. Nevilles Flugblatt las, hatte ich starke Einwände gegen gewisse Passagen darin, insbesondere gegen jene, die sich allgemein mit den Juden, ihrer Geschichte und kriminellen Praktiken befassen. Wie Sie, Sir, zog ich seine Quellen in Zweifel, und wir stritten uns an einem Tisch im Goose and Gander, ehe Ihr Constable eintraf, um ihn mitzunehmen.«

»Und was schlagen Sie also vor, Mr. Goldsmith?«, fragte Sir John.

»Die einzig angemessene Antwort auf ein solches Flugblatt ist ein weiteres Flugblatt, das Mr. Nevilles Mutmaßungen, Erfindungen und alte Verleumdungen, auf die Sie ja auch hinwiesen, beim Namen nennt und richtig stellt. Mein Angebot lautet, ein solches Flugblatt zu schreiben, damit es so bald wie möglich erscheint und Gutes bewirkt.«

»Ihr großzügiges Angebot ist angenommen, Sir, und Mr. Nicholson, das versichere ich Ihnen, wird sich freuen, es zu veröffentlichen. Die Einzelheiten sind zwischen Ihnen beiden zu regeln.«

Ich kehrte höchst bedrückt und besorgt aus Covent Garden zurück. Ich war vom Richter zu einem Botengang geschickt worden, vor dem ich mich sehr gefürchtet hatte. Die Schlächterei bei dem Mord in der King Street hatte Sir Johns Verdacht gegen den Metzger, Mr. Tolliver, aufs Neue geweckt. Als mir schließlich aufgetragen wurde, Mr. Tolliver einzuladen, um weiter über die betreffende Angelegenheit zu sprechen, platzten mir ein paar Worte zu seiner Verteidigung heraus. Er sei, sagte ich zu Sir John, »ein braver Mann, der keiner Menschenseele etwas zu Leide tun könne. Er ...« Doch da hatte Sir John mich scharf unterbrochen und gesagt: »Jeremy, wir haben es hier nicht mit Schaden an Seelen zu tun, sondern mit ziemlich schweren Angriffen auf Körper. Geh und suche ihn; bitte ihn, zu mir zu kommen. Ich möchte mit ihm sprechen.«

(Sir John sprach selten so kurz angebunden mit mir – in der Tat gab ich ihm selten Gelegenheit dazu. Doch zu seiner Verteidigung, sollte er denn eine brauchen, muss ich sagen, dass er sich erst Augenblicke zuvor darüber beschwert hatte, noch nie einen anstrengenderen Tag am Gericht erlebt zu haben. Er schien sehr mitgenommen und sah auch so aus.)

Und so war ich nach Covent Garden gegangen, um Mr. Tolliver die Einladung zu überbringen, und hatte mich durch die nachmittägliche Menschenmenge gedrängt; ich schaute kaum nach vorn, da ich vielleicht zu sehr an mein eigenes Unbehagen bei dieser Aufgabe dachte. Und so war ich sehr erstaunt, als ich Mr. Tollivers Stand erreichte und ihn geschlossen fand.

Ich sah mich um. Konnte ich mich in der Lage geirrt haben? Nein, natürlich nicht. Ich war zu oft an diesem Ort gewesen und hatte Fleisch für unseren Haushalt eingekauft. Aber hier war weit und breit kein Mr. Tolliver zu sehen, kein Fleisch hing da und wartete auf das Auslösen. Ich erblickte nichts als einen geschlossenen Stand, mit einem großen, dicken Vorhängeschloss gesichert. Wohin konnte er gegangen sein? Zweifellos hatte er an diesem Tag früher Schluss gemacht. Aber warum?

Ich schlenderte zu dem benachbarten Stand, an dem Gemüse verkauft wurde. Die Frau hinter dem Tisch war damit beschäftigt, ihren Vorrat an Karotten, Kartoffeln und dergleichen neu zu sortieren. Ich stand da und wartete, bis sie mich bemerkte, aber das dauerte. Endlich hob sie die Augen und knurrte.

»Maam«, sagte ich, »könnten Sie mir vielleicht sagen, wo Mr. Tolliver hingegangen ist?«

»Keine Ahnung.« Sie wandte sich wieder ihrer Arbeit zu.

»Nun, wann ist er denn fortgegangen?«

»Er ist überhaupt nicht gekommen«, sagte sie, ohne aufzuschauen.

»Hat er nicht hinterlassen, wohin er gehen wollte oder gegangen ist?«

»Kein Wort. Er und ich, wir haben uns wenig zu sagen. Bloß weil er der einzige Metzger im Garden ist, hält er sich für was Besonderes. Er gehört hier nicht her, und das sollte er wissen. Im Garden gibt's Gemüse und in Smithfield Fleisch, wie jeder weiß.« Sie sah mich erneut an – nein, sie starrte mich an. »Nun, falls du nichts kaufen willst, dann wäre ich dir dankbar, wenn du denen Platz machen würdest, die etwas kaufen wollen.«

Entrüstet, aber noch immer verblüfft tat ich, was sie mir nahe gelegt hatte. Ich dachte, wenn ich Mr. Tolliver wäre, hätte ich einer so unfreundlichen Person auch nicht viel zu sagen. Ich wandte mich dem nächsten Nachbarn zu. Er war zwar weiter von Mr. Tollivers Stand am Ende der Reihe entfernt, aber vielleicht vertrug er sich besser mit dem Metzger. Er war zwar wesentlich höflicher – er erkannte mich als gelegentlichen Käufer –, aber auch nicht viel hilfreicher als die Gemüsefrau. Soweit er wusste, war Mr. Tolliver den ganzen Tag nicht erschienen; sein Stand war so geblieben, wie er jetzt war: fest verschlossen. Und obwohl sie sich manchmal guten Tag oder auf Wiedersehen sagten, gab es kaum weitere Gespräche zwischen ihnen und schon gar keine Erklärung dafür, warum der Metzger an diesem Tag nicht gekommen war.

Ich entschied, dass es keinen Sinn hatte, weiter zu fragen, und machte mich durch Covent Garden zurück auf den Weg in Richtung Bow Street Nummer vier. Hätte ich gewusst, wo

Mr. Tolliver wohnte, wäre ich dorthin gegangen und hätte nach ihm gesucht. Zweifellos, sagte ich mir, war der Mann krank; doch wenn das zuträfe, dann war es das erste Mal, seit ich ihn kannte – und am Abend zuvor hatte er noch ganz gesund gewirkt. Ich machte mir Sorgen, denn es konnte gut sein, dass Mr. Tollivers Abwesenheit in den Augen Sir Johns stark gegen ihn sprach. Gewiss war er zu Hause zu finden, und falls nicht, würde er sicher in ein oder zwei Tagen wieder auftauchen.

Ich fand Sir John in seinem Arbeitszimmer, eine Flasche Bier auf dem Schreibtisch, die ihm wohl Mr. Marsden von der anderen Straßenseite geholt hatte. Er bat mich, Platz zu nehmen und zu berichten, und das tat ich. Er hörte zu und ließ sich keine äußere Reaktion anmerken. Tatsächlich wirkte er lustlos und ein wenig zerstreut, als seien seine Gedanken mit anderem beschäftigt. Und tatsächlich war das auch so.

»Jeremy«, sagte er, »ich fürchte, ich habe dir heute ein schlechtes Beispiel gegeben.«

Ich war ein wenig überrascht, das zu hören. Er hatte zwar geklagt, sein Tag bei Gericht habe ihn erschöpft, aber ich hatte ihn als Richter besonders klug und einfallsreich gefunden.

»In welcher Hinsicht, Sir?«

»In meiner Behandlung dieses jungen Schurken Tribble.« Er seufzte. »Zuerst einmal, ich hätte ihn nicht schlagen dürfen. Wenn Constable Fuller das getan hätte – oder Mr. Bailey, Perkins oder sonst jemand –, dann hätten sie einen strengen Verweis von mir erhalten. Aber, lieber Gott, hast du gehört, was er gesagt hat? ›Sie war meine Frau und meine Hure‹ – als gebe ihm das das Recht, ihr anzutun, was immer ihm passte, lebendig oder tot.«

»Ja, Sir, das habe ich gehört.«

»Auf dem ganzen Rückweg in die Bow Street habe ich mir den Kopf zerbrochen, um eine passende Anklage für das zu finden, was er getan hatte, und mir ist keine andere eingefallen als die, die ich gegen ihn erhoben habe. Ja, Störung der Totenruhe ist ein Verbrechen, das mit der Todesstrafe belegt ist, um Grabräuber abzuschrecken – aber sie sollte es nicht sein. Ich nehme an, Mord sollte eines sein – obwohl es selbst bei der mutwilligen Tötung eines anderen mehr mildernde Umstände gibt, als das Gericht im Allgemeinen einräumt. Was mit einem Leichnam nach dem Tod geschieht, ist nicht annähernd so ernst wie eine Tötung. Vielleicht hatte er in seinem krausen Sinn wirklich die vage Absicht, ihr aus dem Erlös seiner Verkäufe ein christliches Begräbnis zuteil werden zu lassen, eine abstoßende Vorstellung, aber praktisch, muss ich sagen. Wer kann solche Dinge schon beurteilen?« Eine Pause, ein Achselzucken und dann: »Nun, ein Richter und Geschworene müssen das aber tun. Sie werden zweifellos schockiert und ebenso entsetzt sein wie ich – und vielleicht werden sie alle dafür sein, ihn zu hängen. Aber er sollte nicht hängen – nicht für das, was er getan hat. Es wäre ungerecht. Morgen früh, Jeremy, werden wir einen Brief an den Lord Chief Justice verfassen, die Fakten des Falls nennen, aber auch betonen, dass er die Absicht hatte, die Frau zu begraben. Ich werde für ein mildes Urteil plädieren und einige Jahre Deportation vorschlagen. Vielleicht können sie ihm in den Kolonien etwas von seiner Verderbtheit austreiben.«

»Sie hatten schon gesagt, dass Sie das tun würden, wenn er Ihnen hilft, die ... fehlenden Organe wiederzubeschaffen.«

»Oh, das hat er schon getan – er hat zwei Namen und sogar eine Adresse genannt. Er konnte gar nicht hilfsbereit genug sein. Ich werde zwei Constables schicken, damit sie sie heute Abend herbringen.«

»Und ich könnte zu Mr. Tolliver gehen und Ihre Einladung überbringen. Ich glaube, Mr. Bailey weiß, wo er wohnt.«

»Nein, das soll einer der Constables tun – und es wird, wie

ich dir versprochen habe, nur eine Einladung zu einem Gespräch sein – irgendwann morgen.«

Ich stand auf. »Kann ich Ihnen sonst noch behilflich sein?«

»Nein. Du kannst ruhig zu Mr. Perkins gehen. Er hat mir berichtet, dass du ein ziemlich guter Schüler bist und von Tag zu Tag gefährlicher wirst.«

Ich lachte verlegen. »Das wohl kaum, Sir.«

»Aber, Jeremy«, sagte Sir John, »werde nie ein Schläger.«

Dieses Wort erinnerte mich plötzlich an mein Erlebnis vom Vormittag in eben diesem Zimmer.

»Ach, Sir John, da war etwas, das ich Ihnen wohl sagen sollte. Als Sie mich heute Morgen das Flugblatt aus Ihrer Schreibtischschublade holen ließen, bemerkte ich, dass Sie die Börse in der Schublade vergessen haben, die ich aus Polly Tarkins Zimmer mitgebracht hatte. Ich dachte, Sie hätten sie vielleicht vergessen. Ich habe keine Ahnung, wie viel sie enthält, aber es schien eine beträchtliche Summe zu sein.«

»Du hast Recht, das hatte ich vergessen. Ich werde sie Mr. Marsden für den Tresor übergeben, bis wir entscheiden, was damit zu geschehen hat. Und ...«

»Ja, Sir John?«

»Danke, dass du mich daran erinnert hast.«

NEUNTES KAPITEL

*In welchem Sir John sich auf den Abend
von Allerheiligen freut*

Mr. Tolliver war verschwunden. Constable Langford kam am selben Abend mit dieser bestürzenden Nachricht von der Wohnung des Metzgers in Long Acre zurück, als wir vier – Sir John, Lady Fielding, Annie Oakum und ich – bei Tisch saßen. Wir hatten gerade unsere Abendmahlzeit beendet, als seine Schritte auf der Treppe ertönten und er an die Tür klopfte. Ich sprang auf, um zu öffnen, und der Constable im roten Rock bat, eintreten zu dürfen. Mr. Langford nahm seine Mütze ab, trat ins Zimmer und platzte mit dieser Neuigkeit heraus. Und dies waren seine Worte: »... verschwunden ist er, Sir. Er ist einfach nicht zu finden.«

Vor Überraschung sah ich Lady Fielding an. Ihre Augen waren weit aufgerissen, wie zweifellos auch die meinen. Mr. Tolliver konnte doch unmöglich davongelaufen sein wie irgendein Flüchtender. Ich konnte, ich wollte es nicht glauben.

Der Constable setzte seinen Bericht fort: »Ich habe kräftig an seine Tür geklopft, aber niemand meldete sich. Das bedeutete natürlich nichts; er hätte ausgegangen sein können, um etwas zu essen oder sich einen hinter die Binde zu gießen oder beides. Also fing ich an, mich bei seinen Nachbarn im Haus nach ihm zu erkundigen, und so stieß ich zufällig auf seinen Vermieter, der direkt unter diesem Tolliver wohnt. Er sagte mir, er sei gestern Nacht ausgegangen, und als er nach

Hause gekommen sei, hätte er seinen Mieter gesehen, wie er eilig einen Mantelsack schleppte. ›Wo wollen Sie hin?‹, hat er ihn gefragt. ›Das ist doch meine Sache, oder?‹, hatte Tolliver geantwortet, der, wie der Vermieter meint, oft ziemlich kurz angebunden ist. Ihm fiel auf, dass er in Richtung Covent Garden ging. Nun, der Vermieter – er heißt Coker, ich habe alles in mein Buch geschrieben – war ziemlich verwirrt, denn er sagt, in all den Jahren, seit dieser Tolliver dort wohnt, habe er ihn noch nie zu einer Reise aufbrechen sehen, und der Mantelsack sei so voll gewesen, als wolle er eine Weile fortbleiben.

Also, Sir John, ich habe diesen Coker gefragt, ob er einen Schlüssel zu Mr. Tollivers Wohnung besitzt, und ich habe ihn überzeugt, dass die Sache für Sie ziemlich wichtig ist – ›eine Gerichtsangelegenheit‹, habe ich zu ihm gesagt …«

»Das war richtig so, Mr. Langford«, warf Sir John ein.

»Er hat mir die Wohnung aufgeschlossen«, fuhr der Constable fort, »und mich hineinbegleitet, was ganz in Ordnung war, nehme ich an. Ich war ziemlich überrascht über die Größe, ja, wirklich. Zwei große Zimmer – eins zum Sitzen, eins zum Schlafen, und ein kleinerer, separater Raum zum Kochen. Was mir auffiel, Sir, war, dass dieses Wohnzimmer und – wie würden Sie das nennen? – die Küche blitzsauber und ordentlich aussahen. Das kommt nicht oft vor, wenn ein Mann allein lebt. Aber das Schlafzimmer, also das war eine andere Sache. Das Bett war wohl gemacht, aber Kleider lagen darauf, alles in großem Durcheinander. Ich schaute in den Kleiderschrank und in eine Kommode am Fuß des Bettes, und ich sah, dass er sie ganz ausgeleert hatte, ja, hatte sich einfach die Kleider gegriffen, die er einpacken wollte, und die anderen liegen lassen. Ich sage zu dem Vermieter: ›Sieht aus, als wäre Ihr Mieter in großer Eile aufgebrochen‹, und er antwortet: ›Ja, in der Tat.‹«

»Haben Sie zufällig irgendwo ein Paket mit Messern liegen

sehen?«, fragte Sir John. »Eingewickelt in ... Wie waren sie eingewickelt, Jeremy?«

»In weiches Chamoisleder«, erwiderte ich und fühlte mich wie ein Verräter.

»Nein Sir, so etwas habe ich nicht gesehen, aber ich habe die Wohnung auch nicht richtig durchsucht, denn erstens hatte ich dazu keinen Auftrag, und zweitens wusste ich nicht, wonach ich hätte suchen sollen. Jedenfalls, so hat es sich abgespielt, denn danach bin ich gegangen und habe dem Vermieter gesagt, er würde vielleicht später von Ihnen hören.«

»Das könnte sein«, bestätigte Sir John.

Er bedankte sich bei Constable Langford, lobte seine Initiative und wünschte ihm gute Nacht. Sonst sagte Sir John nichts. Oder, um mich genauer auszudrücken, er weigerte sich, noch weiter mit uns zu sprechen.

Kaum waren die Schritte des Constable auf der Treppe verklungen, versuchte Lady Fielding, eine Diskussion über die Angelegenheit zu beginnen und fing in liebenswürdigem Ton an: »Jack, ich bin sicher, es gibt eine sehr gute Erklärung für Mr. Tollivers plötzliche Abreise.«

Aber Sir John wollte nichts davon hören. Er hatte seinen Platz am Tisch wieder eingenommen, schüttelte einfach den Kopf und sagte: »Bitte, Kate.«

Weiter wurde an diesem Abend nicht darüber gesprochen, zu mir noch eine ganze Weile nicht.

Am nächsten Tag gab es Briefe zu schreiben, darunter auch den an den Lord Chief Justice in Sachen Edward Tribble. Sir John verließ sich mehr und mehr auf mich, seine Diktate aufzunehmen, so dass Mr. Marsden frei war, seinen vielen anderen Verpflichtungen als Gerichtsdiener nachzukommen. Oft, wenn keine besonders wichtigen Briefe zu verfassen waren, sagte der Richter mir nur summarisch, was darin stehen sollte, und ließ sie mich allein formulieren. Danach las ich sie ihm vor, und er unterzeichnete sie. Trotz seiner Blindheit war er im Unterschreiben sehr geschickt. Seine Unterschrift war vielleicht, wie manche meinten, ein Gekritzel, aber es war ein eindrucksvolles Gekritzel, weit besser lesbar als die so mancher sehender Menschen.

Und so saßen wir einander oft an demselben großen Tisch gegenüber, der ihm als Schreibtisch diente – ich schreibend, er in Gedanken versunken. Von Zeit zu Zeit erhob er sich und ging schweigend im Zimmer, dessen Maße und Einrichtung er auswendig kannte, auf und ab.

So auch an diesem Morgen, als jemand an die offene Tür klopfte und Mr. Marsden Mr. Oliver Goldsmith ankündigte. Sir John, auf einem seiner Gänge durch das Amtszimmer begriffen, bat den Autor herein und eilte an seinen üblichen Platz hinter dem Schreibtisch. Ich rückte zur Seite, damit Mr. Goldsmith dem Richter gegenüber Platz nehmen konnte. Nachdem er die dargebotene Hand Sir Johns ergriffen und männlich gedrückt hatte, nahm Mr. Goldsmith einige Blätter Papier aus der Tasche und setzte sich.

»Nun, Sir«, sagte der Richter, »sind Sie zu mir gekommen, um weitere Tatsachen über diesen Halunken Yossel Davidovich zu erfahren?«

»Nein, Sir John, Ihr Gerichtsdiener, Mr. Marsden, war in dieser Hinsicht mehr als hilfsbereit. Er berichtete mir das Wesentliche der Untersuchung aus seinen Niederschriften. Ich habe das Flugblatt verfasst.«

»Schon?«, fragte Sir John etwas überrascht.

»Ja, Sir. Ich bin ein Nachtarbeiter. Ich dachte, es sei das Beste, es gleich hinter mich zu bringen, damit ich mit Dingen vorankomme, die mich mehr beschäftigen. Da Sie darauf bestanden, dass mein Flugblatt nicht nur die Information enthalten soll, dass dieser Yossel freigelassen wurde, sondern auch erklären, wieso und warum, dachte ich, ich lese es Ihnen vor, um sicher zu gehen, dass es in Form und Inhalt angemessen ist.«

»Ja, unbedingt«, sagte Sir John hocherfreut. »Bitte, tun Sie das, tun Sie das.«

Mr. Goldsmith zog eine Brille hervor und setzte sie auf. Dabei sprach er weiter mit Sir John: »Ach, übrigens, ich war sehr beeindruckt von der Zeugenaussage des Chirurgen Mr. Donnelly. Da ich selbst Arzt bin...«

»Das habe ich erst kürzlich erfahren, Mr. Goldsmith.«

»Ach ja, Trinity College, Dublin – obwohl ich diese Kunst in London nicht praktiziere.«

»Sie sind in der Tat ein vielseitiger Mann.«

»Aber was Mr. Donnelly betrifft – da ich annehme, dass er Ire ist wie ich, würde ich gern seine Bekanntschaft machen.«

»Natürlich, wie er gewiss die Ihrige machen möchte. Das kann sicher arrangiert werden. Aber bitte, Sir, lesen Sie jetzt vor.«

»Ja, selbstverständlich.«

Und so richtete Oliver Goldsmith seine Aufmerksamkeit auf das Bündel Papier in seiner Hand und begann zu lesen. Im Vorwort stand ein Satz, in dem angekündigt wurde, das Folgende sei »sowohl eine Antwort auf als auch eine Richtigstellung von Fehlern, falschen Vorstellungen und Täuschungen in einem auf die Juden – insbesondere auf einen – bezogenen Flugblatt, das Anfang der Woche verbreitet wurde. Was diesen einzelnen Juden betrifft, einen gewissen Josef Davidovich, allgemein als Yossel bekannt...« Danach präsentierte Mr. Goldsmith einen knappen und überzeugenden Bericht von der Untersuchung des Todes der Priscilla Tarkin in der Half Moon Passage. Die Zeugen wurden namentlich genannt – mit einer Ausnahme –, und ihre Aussage wurde in wenigen eleganten Sätzen zusammengefasst. Besonderer Nachdruck war auf Mr. Donnellys »bemerkenswert präzise« Feststellung des Todeszeitpunkts gelegt. Und schließlich kam er zu der ungenannten Zeugin, Lady Hermione Cox, die er als »Dame von erheblichem Mut und unanfechtbarer Glaubwürdigkeit« bezeichnete. Ihre Aussage, schrieb Mr. Goldsmith, »stellte zweifelsfrei klar, dass Josef Davidovich sich während des Zeitraums, in dem der Mord begangen wurde, in ihrer Gesellschaft befand«. Und so wurde er zu Recht freigelassen, und die Jury des Coroners erkannte auf »Mord durch einen oder mehrere unbekannte Täter«.

Hier hielt der Autor inne, legte die Papiere nieder, von denen er erst das erste Blatt vorgelesen hatte, und wartete.

»Ausgezeichnet, ausgezeichnet«, lobte Sir John. »Ich habe nur eine einzige Korrektur anzubringen, und zwar ganz am Ende. Der Ausdruck, den man in solchen Fällen verwendet, Mr. Goldsmith, lautet ›vorsätzlicher Mord durch eine oder mehrere unbekannte Personen‹.«

»Aha, danke. Das wird die gewisse Authentizität schaffen, die ich anstrebe.« Er nahm einen Stift aus der Tasche und beugte sich über die Tischplatte, um seinen Text zu berichtigen.

»Aber bitte, fahren Sie doch fort«, forderte der Richter ihn auf. »Ich würde gern den ganzen Text hören.«

Nachdem er die Korrektur vorgenommen hatte, faltete Mr. Goldsmith die Papiere zusammen und steckte sie in seine Tasche. Dann sagte er entschieden: »Nein, Sir John.«

»Nein? Sie weigern sich, den Rest vorzulesen?«

»Ich bedaure, dass ich Sie enttäuschen muss, aber ich muss Ihren Wunsch aus prinzipiellen Erwägungen ablehnen.«

»Ich... ich verstehe nicht. Auf Grund welchen Prinzips denn?«

»Aus dem Recht des Verfassers heraus. Würde ich fortfahren und Ihnen den ganzen Text vorlesen, könnten Sie weitere, substanziellere Änderungen verlangen. Aus Respekt vor Ihnen würde ich mich wahrscheinlich verpflichtet fühlen, sie vorzunehmen. Aber da Mr. Nicholson darauf besteht, dass mein Name als Autor des Flugblatts genannt wird, muss ich und nur ich für seinen Inhalt geradestehen. Es geht nicht, es als ›Die Wahrheit über die Juden‹, diesen Titel habe ich nämlich gewählt, von Oliver Goldsmith und Sir John Fielding erscheinen zu lassen – oder?«

»Aber Sie haben nicht gezögert, bei dem Teil, den Sie vorgelesen haben, meinen Rat zu suchen.«

»Da habe ich nur Ihre juristische Meinung hören wollen. Ich war bei den Ermittlungen nicht anwesend. Im Übrigen bin ich Ihrer Empfehlung gefolgt und habe mich bei Rabbi Gershon, den ich für einen bemerkenswerten Mann halte, in der Synagoge in der Maiden Lane erkundigt. Er war höchst entgegenkommend und hilfsbereit und gab mir so viele Informationen, dass ich dieses Flugblatt eigentlich zu einem Pamphlet hätte ausweiten können. Aber er hat nicht zu lesen verlangt, was ich schreiben würde. Er hat mir vertraut. Ich bitte Sie, das Gleiche zu tun. Ich bin hergekommen, um Sie in einem begrenzten Rahmen um Hilfe zu bitten, und nicht, um Ihr Plazet einzuholen.«

Diesmal war Sir John sprachlos. Ich sah ihn zweimal zu einer Antwort ansetzen, aber es dauerte eine Weile, bis es ihm gelang.

»Ich fürchte, Sie haben mein Interesse missverstanden, Mr. Goldsmith. Ich hatte nicht die Absicht, das, was Sie vielleicht geschrieben haben, zu zensieren. Ich selbst wollte den Rest hören, weil mir bewusst war, dass darin Ihr wahres Interesse an diesem Unterfangen liegt.

Ich wollte nur hören, was Sie damit angestellt haben.«

»Das ist gut zu hören, Sir John, und ich verspreche, dass Sie ein Exemplar des Flugblatts erhalten werden, sobald es gedruckt ist.« Er seufzte. »Ich fürchte jedoch, wie ich gestehen muss, dass Sie insgesamt glücklicher wären, wenn es keine Journalisten gäbe, die sich in Ihre Untersuchungen einmischen.«

»Das stimmt, meine Erfahrung mit dem Journalismus war keine glückliche. Aber andererseits gehen wenige Journalisten mit ihren Tatsachen so sorgsam um wie Sie, der Sie zuerst Mr. Marsden und dann Rabbi Gershon konsultiert haben. Was das Ideal betrifft, von dem Sie vor Gericht gesprochen haben – dem Duell von Ideen und Meinungen, das schließlich zur Wahrheit führt...«

»Die Kontroverse, ja.«

»Ein solches Ideal ist nur in einer idealen Gesellschaft, die aus intelligenten Menschen besteht, möglich und nicht in einer, die wie die unsere von Ignoranz und Aufruhr beherrscht wird. Als Richter bin ich derjenige, der sich mit den Konsequenzen von gedankenlosem Journalismus herumschlagen muss.«

»Sir John«, sagte Oliver Goldsmith, während er sich von seinem Stuhl erhob, »ich verstehe Ihre Einstellung, wie Sie meine zu verstehen scheinen. Sagen wir, dass dies eine Angelegenheit ist, in der vernünftige Männer verschiedener Meinung sein können, und belassen wir es dabei.«

Sir John erhob sich ebenfalls und streckte seinem Besucher die Hand hin, die dieser herzlich drückte.

»Einstweilen werden wir das tun, aber ich bin sicher, dass wir in Zukunft dieses Thema wieder aufgreifen werden.«

»Darauf freue ich mich, Sir. Doch für heute darf ich mich verabschieden.«

Damit drehte Mr. Goldsmith sich um und verließ rasch den Raum.

Nachdem er wieder Platz genommen hatte, neigte Sir John den Kopf in meine Richtung.

»Jeremy? Du bist doch sicher noch da, oder?«

»Ja, ich bin noch hier, Sir.«

»Was hältst du von diesem Gespräch?«

»Sehr anregend, Sir – obwohl ich das Gefühl hatte, dass Sie ihm überlegen waren.« In Wirklichkeit war ich da nicht so sicher.

»Vielleicht. Bei Gott, diese Iren können fast so streitsüchtig sein wie die Schotten. Ich glaube, ich werde Kate bitten, ein Abendessen für Goldsmith und Mr. Donnelly zu geben – das müsste ein interessanter Abend werden, meinst du nicht?«

Es wird Sie, verehrter Leser, nicht überraschen zu erfahren, dass Sir John, als ihm später am Tag von Boyer und Nicholson ein Exemplar von »Die Wahrheit über die Juden« überbracht wurde, fast so zufrieden war, als wenn er es selbst geschrieben hätte. Nein, mehr noch, denn seinen eigenen Bemühungen als Autor stand er immer eher kritisch gegenüber; er war mit Mr. Goldsmith' kurzem geschichtlichen Abriss über die Juden sehr einverstanden und bewunderte ebenso sehr seinen Stil. »Kannst du dir vorstellen«, sagte er zu mir, »in einer einzigen Nacht so viele unübertrefflich schönen Sätze zu schreiben?«

Diese Sätze beschrieben sowohl die Geschichte der Juden als auch ihre Gottesdienstpraxis. Die grauenhaften Geschichten von Menschenopfern, die Mr. Ormond Neville geschildert hatte, wurden entschieden ins Reich der Lüge verwiesen. Mr. Goldsmith tat sie als »berüchtigte Erfindung aus Osteuropa« ab. Er schloss mit den Worten:

Manche werden sagen, dass die Juden kein Recht haben, hier zu sein, und streng genommen trifft das zu, denn Edward I. wies sie im Jahr 1290 aus, und dieser alte mittelalterliche Bann ist bis auf den heutigen Tag niemals aufgehoben worden. Doch wenn ihre Anwesenheit hier illegal ist, dann ist es in ähnlichem Sinn auch die der irischen Katholiken, die in weit größerer Zahl bei uns weilen, obwohl sie hier ihre Religion nicht legal ausüben dürfen. Ich appelliere an das englische Volk und seine Vertreter im Parlament und sage, dass es an der Zeit ist, überholte, primitive Gesetze gegen ganze Völker aufzuheben, um der gegenwärtigen Realität Rechnung zu tragen.

»Gut gesagt«, erklärte Sir John, als ich meine Lektüre des Flugblatts beendet hatte, »sehr gut gesagt. Es sind die Gesetze – und die vorgeschriebenen drakonischen Strafen –, die einem Irrtum unterliegen, und nicht die Richter, denen es obliegt, sie zu befolgen.«

Und so diktierte er am nächsten Tag hochzufrieden Einladungen an Mr. Goldsmith und Mr. Donnelly zu einem Abendessen in der folgenden Woche. Ich selbst überbrachte sie.

So vergingen die Tage. Wir schrieben Oktober. Es war noch fast dunkel, wenn ich am Morgen aufstand, um das Feuer in der Küche anzufachen, und am späten Nachmittag schwand das Tageslicht so rasch, dass die Tage früh endeten. Doch für Sir John zählte jeder einzelne Tag sowohl als Niederlage als auch als Sieg: als Niederlage, weil er der Ergreifung des Mörders von vier Frauen nicht näher gekommen war, und als Sieg, weil keine fünfte auf die Liste der Opfer geschrieben werden musste.

In seiner Eigenschaft als stellvertretender Coroner führte Sir John Ermittlungen über den Tod der dritten und vierten Ermordeten, die in weniger als einem Monat getötet worden waren. Nell Darby, die junge Frau (kaum mehr als ein Mädchen), deren Leiche Mr. Tolliver entdeckt hatte, wurde durch die Bekanntmachung identifiziert, die ich geschrieben hatte.

Sie war aus dem Dienst im Haushalt eines Farmers in Kent entlaufen, noch nicht lange in London und hatte, wie Mr. Tolliver vermutet hatte, wahrscheinlich von Prostitution gelebt. Elizabeth Tribble, allgemein als Libby bekannt, war diejenige, deren Körper der Mörder so schrecklich zugerichtet hatte. Ihr Ehemann (wenn er es denn wirklich war) hatte zwei ihrer Organe verkauft; sie wurden wiederbeschafft, so dass die Leiche von Mr. Donnelly gewissermaßen wieder zusammengesetzt werden konnte – bis auf ihre Augen, von denen er annahm, dass sie im Kamin verbrannt waren. Zu dem Verfahren Tribble erschien eine große Menschenmenge, größtenteils Frauen von der Straße, die so laut zischten, als Edward Tribble zu seiner Aussage vorgeführt wurde, dass Sir John gezwungen war, ein Dutzend der lautesten aus dem Gerichtssaal zu verweisen. Dies war unsere letzte Begegnung mit Mr. Tribble, der sehr viel entgegenkommender war als zuvor; am nächsten Tag wurde er in Eisen auf ein Schiff nach Savannah in der Kolonie Georgia gebracht, wo er sieben Jahre Zwangsarbeit leisten musste. Doch beide Untersuchungen erbrachten keine Zeugenaussagen, die für Sir Johns Ermittlungen von Nutzen waren. Und in beiden Fällen musste er die Jury anweisen, auf »vorsätzlichen Mord durch eine oder mehrere unbekannte Personen« zu plädieren.

Von Mr. Tolliver gab es keine Spur, was mir einerseits Kummer bereitete, andererseits aber eine gewisse Erleichterung brachte. Ich war sicher, dass es eine gute Erklärung für seine Abwesenheit gab, und Sir John gab zu, dass er nicht mit besonderem Nachdruck verlangt hatte, er möge zur Untersuchung des Falls in London bleiben – wer hätte das auch für nötig gehalten? Doch es war klar, dass das Verschwinden des Metzgers in Sir Johns Augen stark gegen ihn sprach. Er übertrug mir die Aufgabe, von Zeit zu Zeit Mr. Tollivers Stand in Covent Garden aufzusuchen. Und Mr. Langford musste eine

Weile jeden Abend bei der Wohnung in Long Acre vorbeigehen, um festzustellen, ob es irgendwelche Lebenszeichen von ihm gab. Diejenigen Constables, die den Metzger vom Sehen kannten, waren angewiesen, nach ihm Ausschau zu halten. Doch die Zeit verging, und er blieb verschwunden.

Die vier Morde, besonders der an der unglücklichen Libby Tribble, hatten eine dämpfende Wirkung auf den Dirnenmarkt im Bezirk Covent Garden. Vier Nächte lang, nachdem die Untersuchung des Falls die schrecklichen Verstümmelungen ihres Körpers öffentlich gemacht hatte, waren keine oder nur ganz wenige Prostituierte auf den Straßen zu sehen. Sie blieben in den Kneipen und Spelunken und vertranken das wenige Geld, das sie besaßen, musterten skeptisch die Männer, die sich als Kunden anboten, und wiesen jeden zurück, den sie nicht von früher kannten.

Lady Fielding erwähnte mir gegenüber beiläufig, dass die Anzahl derer, die Aufnahme in das Magdalenenheim für reuige Prostituierte, um das sie sich kümmerte, suchten, so stark angestiegen sei, dass es beinahe voll besetzt war. »Ich weiß nicht«, sagte sie zu mir, »ob sie wirklich reuig sind oder nur vorübergehend Zuflucht suchen, bis der Schrecken vorbei ist. Einige habe ich tatsächlich deshalb im Verdacht.«

Sie sprach von Schrecken, und ein Schrecken war es wahrhaftig – doch ein stiller, düsterer Schrecken, nahe mit der Angst verwandt. Wenn eine Nacht ohne Nachricht über einen Mord verging, brachte das keine Erleichterung unter den Bewohnern von Covent Garden, sondern ließ eher ein Gefühl wachsender Furcht vor dem, was die nächste Nacht bringen mochte, aufkommen. Niemand zweifelte daran, dass der Mörder noch unter uns war; keiner glaubte, er habe auf einem Schiff in die Kolonien angeheuert und sei davongefahren, um Entsetzen unter den Huren von Boston oder Philadelphia zu verbreiten. Nein, er war noch hier, und es war nur eine Frage der Zeit, bis er wieder zuschlagen würde. Die Bow Street Runners waren sich dessen bewusst, und ganz besonders ihr Vorgesetzter, Sir John. Er hatte sie angewiesen, jede Nacht in voller Montur Streife zu gehen – Säbel und Pistolen –, besonders wachsam zu sein und die Passagen und dunklen Höfe genau zu überprüfen. Um ihnen die Suche zu erleichtern, wurden sie gezwungen, eine Öllaterne bei sich zu tragen, was sie erheblich ärgerte. Einige meinten, das setze sie gleich mit den alten Nachtwächtern; andere befürchteten, es mache sie zu einem leichten Ziel, falls der Mörder mit einer Pistole bewaffnet sein sollte; und alle schienen darin übereinzustimmen, dass sie ausgerüstet mit Schwert und Pistolen sowie den Laternen einfach zu schwer zu tragen hätten. Und so wurden die Constables mit jeder Nacht, die verging, ungeduldiger und gereizter.

Was Sir John betraf, so waren ihm äußerlich keine Zeichen von Unbehagen anzumerken. Er schwieg nur manchmal tagelang. Oh, natürlich sagte er alles, was gesagt werden musste: Er hielt jeden Tag seine Gerichtssitzung ab, gab Mr. Marsden, Mr. Bailey und den Runners die Anweisungen, die zu geben waren, kurzum, er tat seine Pflicht. Doch die Zeiten vor und nach seiner täglichen Gerichtssitzung, in denen er sozusagen hinter die Bühne getreten war und über alle möglichen Angelegenheiten und Themen diskutiert hatte – diese Zeiten verbrachte er jetzt hinter der geschlossenen Tür seines Amtszimmers. Und morgens und abends bei Tisch, wo er immer so bereitwillig auf Unterhaltungen eingegangen war, fanden wir jetzt die sprudelnde Quelle vertrocknet und fragten uns, ob das auf die Morde in Covent Garden zurückzuführen sei. Er war ungewöhnlich distanziert geworden, hatte sich in sich selbst zurückgezogen. Jemandem, der ihn nicht so gut kannte, mochte er sogar ein wenig lethargisch erscheinen.

Ich für meine Person freute mich zusammen mit dem Rest

des Haushalts auf das Abendessen, zu dem Mr. Donnelly und Mr. Goldsmith eingeladen waren, denn wir nahmen an, dass diese beiden gesprächigen Gentlemen den Richter sicher aus seiner Reserve herauslocken würden. Inzwischen konnte ich wenig tun, um Sir John bei seinen offiziellen Pflichten zu helfen. Meine Zeit stand Lady Fielding zur Verfügung, und sie überhäufte mich mit häuslicher Arbeit, die ich inzwischen als unter meiner Würde empfand. Doch ich beklagte mich nicht und schrubbte nach Kräften die Böden, klopfte die Teppiche, polierte den Esstisch und das Silber. Schließlich gingen ihr die diesbezüglichen Arbeiten aus, und ich durfte meine Zeit selbst gestalten.

Wann immer ich dazu Gelegenheit hatte, ging ich zu Constable Perkins, um mich einer weiteren Lektion in Selbstverteidigung zu unterziehen, und er schonte mich nicht. Meine Fortschritte schienen ihm zu gefallen, sowohl was mein Wissen als auch meine härter werdenden Muskeln betraf. Auch meine Ausdauer hatte eine Steigerung erfahren. Am Anfang konnte ich nicht länger als ein paar Minuten hintereinander auf seinen mit Sand gefüllten Sack einschlagen, ehe ich völlig erschöpft war. Nun, nach einem Monat Unterricht, hielt ich mühelos drei- oder viermal so lange durch; und hinterher war ich bei weitem nicht so mitgenommen.

Ich hatte meinem alten Kumpel Jimmy Bunkins von den Stunden beim Constable erzählt, und er war sehr begierig, mich zu begleiten, um mehr darüber zu erfahren. »Ich hab immer Fersengeld gegeben, um aus 'nem Schlamassel rauszukommen, wenn ich auf Tour war«, sagte er zu mir. »Aber ich bin kein Grünschnabel mehr, und manchmal muss 'n Kerl sich eben auf seine Muckis verlassen, wenn er keine Abreibung beziehen will.«

(Was für Leser, die mit der Sprache der Straße nicht vertraut sind, so zu übersetzen wäre: »Ich habe mich immer auf meine schnellen Füße verlassen, um mich aus Schwierigkeiten zu retten, wenn ich auf Diebeszug war. Aber ich bin kein Kind mehr, und manchmal muss ein Mann mit der Kraft seiner Fäuste kämpfen, wenn er nicht verprügelt werden möchte.«)

Und so kam ein Tag, an dem ich am frühen Nachmittag mit allen Aufgaben fertig war, die Lady Fielding mir aufgetragen hatte; sie brach zum Magdalenenheim für reuige Prostituierte auf, und so konnte ich den Rest des Tages nach meinem Gutdünken verbringen; also machte ich mich auf in Richtung St. James Street, wo mein Kumpel Jimmie Bunkins in relativer Pracht als Mädchen für alles bei seinem Boss Jack Bilbo lebte.

Hier sollte vielleicht erwähnt werden, das Black Jack Bilbo der Eigentümer von Londons damals größter Spielhalle war. Er trug einen Furcht erregenden schwarzen Bart, dem er seinen Spitznamen verdankte, und man sagte ihm eine beinahe ebenso schwarze Vergangenheit nach, denn es hieß, er habe das Vermögen, mit dem er sein lukratives Unternehmen gründete, als Pirat in der Karibik und den Gewässern vor den nordamerikanischen Kolonien verdient. Dies war sein Ruf, doch der Mann selbst war nicht annähernd so wild, wie man nach dieser Schilderung annehmen könnte. Sir John Fielding betrachtete ihn als seinen Freund, ebenso wie ich, und für Jimmie Bunkins war er geradezu ein Retter, denn er hatte ihn von der Straße geholt und ihm eine Ausbildung zuteil werden lassen; auf seine eigene, raue Art behandelte er ihn als sein Mündel.

Ich erreichte das großartige Haus in der St. James Street, das vorher Lord Goodhope gehört hatte, als noch ein großer Teil des Nachmittags vor mir lag. Ich klopfte an die breite Doppeltür und wartete; dann klopfte ich erneut. Mir öffnete niemand anderer als der Hausherr selbst. Black Jack hielt sich nur wenig Personal und hatte keine Verwendung für Butler; die Regel seines Hauses lautete, dass derjenige, der ein Klopfen an der Tür hörte, diese auch zu öffnen hatte.

»Ach, du bist es, Jeremy? Komm herein, Junge, komm herein. Du weißt, dass du in diesem Hause immer willkommen bist.«

»Ich dachte, ich könnte Bunkins zu einem Spaziergang einladen«, sagte ich, »falls er will und kann.«

Black Jack Bilbo ließ die breite Tür hinter mir zufallen, stand da und kratzte sich verwirrt am Kopf.

»Also, das kann ich nicht sagen. Zu wollen scheint er immer. Ob er kann oder nicht, darf nicht er entscheiden, sondern sein Lehrer, Mr. Burnham. Auf einmal kommt er mit seinen Lektionen recht gut voran. Zusammenzählen fiel ihm schon immer leicht. Jeder gute Dieb kann mit Plus und Minus umgehen. Aber einfaches Lesen war ein ewiges Problem. Bis dieser Burnham auftauchte. Der brachte eine Fibel mit – aus so einer haben wir als Kinder gelernt –, und Bunkins kapierte sofort. Die anderen Lehrer, die ich für ihn hatte, wollten ihm immer Latein und Griechisch gleichzeitig beibringen. Das war zu viel für den Jungen. Jetzt lässt der neue Lehrer ihn aus dem *Public Advertiser* und dergleichen lesen. Und bald, sagt er, kann Bunkins mit richtigen Büchern anfangen.«

»Latein braucht er nicht«, gab ich meinen Kommentar dazu, »und Griechisch ist mir auch rätselhaft.«

»Das hab ich Mr. Burnham auch gesagt. Ich bin so zufrieden mit ihm, dass ich ihm oben ein eigenes Zimmer angeboten habe. Da wohnt er, und ich gebe ihm auch zu essen.«

Genau in diesem Moment öffnete sich die Tür zu dem Zimmer, das von der Vorhalle ausging und das ich als Schulzimmer kannte. Bunkins erschien, lächelnd, und bei ihm war der Mann, den ich für den neuen Lehrer hielt. Mr. Burnham, ein junger Mensch von vielleicht zwanzig Jahren, groß gewachsen und überaus freundlich, war ein Mischling aus afrikanischem und weißem Blut, und ich überlegte mir, welche Geschichte er wohl haben mochte.

Wir wurden von Jimmie Bunkins miteinander bekannt gemacht und schüttelten uns die Hände. Nachdem Mr. Bilbo mir liebenswürdig zugenickt hatte, erlaubte ich mir die Frage, ob Bunkins vielleicht für den Rest des Nachmittags von seinen Lektionen befreit werden könnte.

»Das muss Mr. Bunkins selbst entscheiden«, sagte der Lehrer, ohne einen Augenblick zu zögern, »denn wir sind für heute fertig.« Und dann, zu Mr. Bilbo gewandt: »Am besten hört man auf, solange der Schüler noch Spaß an der Sache hat.«

Mr. Burnham sprach gutes und richtiges Englisch mit einem leichten Akzent, wie ihn vielleicht ein Waliser hat. (Inzwischen weiß ich, dass es der Akzent der karibischen Inseln ist.)

»Wäre es Ihnen denn recht, Sir?«, fragte Bunkins Black Jack Bilbo.

»Geh nur, Junge«, sagte dieser zustimmend nickend und mit einem Augenzwinkern.

»Ich hol bloß meinen Hut!«, rief Bunkins mir zu und rannte die Treppe hinauf.

»Er macht sich gut unter Ihrer Obhut«, wandte sich Black Jack an Mr. Burnham. »Sogar seine Manieren haben sich gebessert. Früher hat er nicht immer ›Sir‹ zu mir gesagt.«

»Also, darauf bestehe ich.«

»Und Sie tun gut daran, Sir.«

Schon kam Bunkins zurück, den Hut in der Hand, rascher, als ich erwartet hatte. Er hielt nur kurz inne, um sich vor den beiden Herren zum Abschied zu verneigen. Dann packte er mich am Handgelenk und zog mich zur Tür. Ich konnte gerade noch winken, da waren wir auch schon auf der Straße.

»Ein prima Kerl, was?«

»Sieht mir auch so aus«, sagte ich.

Wir gingen Richtung Covent Garden, woher ich gekommen war. Ganz London gehörte uns, und wir hatten eine gute Stunde Zeit, bis ich bei Mr. Perkins erscheinen musste.

»Er kommt aus Jamaika. Er hat es mir auf einer der Landkarten vom Chef gezeigt.«

»Wie ist er hierher gekommen?«

»Mann, das ist eine lange Geschichte!«

»Ach ja? Dann erzähl sie mir!«

Und so berichtete er mir auf unserem Weg die Geschichte, die er von Mr. Burnham selbst gehört hatte.

Robert Burnham, von gemischtem Blut, wurde auf einer Plantage etwas außerhalb von Kingston geboren. Sein Vater, der jüngste Sohn eines Gutsherrn aus Shropshire, war der Besitzer der Plantage und damals Junggeselle. Seine Mutter war die Köchin des Hauses. Sie war zwar nur eine Sklavin, wurde aber von ihrem Herrn hoch geschätzt; er erkannte ihren Sohn als seinen Sprössling an und begann früh, den kleinen Robert selbst zu erziehen. Er besaß eine ansehnliche Bibliothek, wenn auch ohne Texte in Latein oder Griechisch, und so lernte der Junge nur, Englisch zu lesen, eine ordentliche Rechtschreibung und so viel praktische Mathematik, wie sein Vater ihm beizubringen imstande war. Doch was der Junge lernte, das lernte er gut; er las sich durch die Bibliothek seines Vaters, und dieser stellte ihn als Sekretär und auch als Lehrer der jüngeren Kinder ein, teils schwarz, teils von gemischtem Blut, denen er Lesen und Schreiben beibringen sollte. Als sein Vater eine Witwe mit drei kleinen Kindern aus England kommen ließ und heiratete, unterrichtete Robert auch deren Kinder. Als der Vater dann schließlich aus geschäftlichen Gründen nach England zurückkehren musste – es ging um Familienangelegenheiten und Kaffeehandel –, begleitete Robert ihn als Sekretär. Als die beiden in London waren, sah Robert zufällig eine Annonce von Mr. Bilbo im *Public Advertiser*, in der dieser einen neuen Lehrer für Jimmie

Bunkins suchte. Der fünfte in zwei Jahren war soeben entlassen worden. Ohne Wissen seines Herrn antwortete Robert auf die Anzeige, überzeugte Mr. Bilbo von seinen Qualitäten und wurde eingestellt. Der junge Robert Burnham, der die Gesetze gut kannte, kehrte zu seinem Herrn zurück und verlangte seine Freiheit, denn die Sklaverei war in den Kolonien zwar erlaubt, in Britannien aber seit Jahrhunderten verboten. Sein Herr war ein wenig beleidigt, weil Robert seine Freiheit höher schätzte als sein privilegiertes Leben in Jamaika, doch er konnte wenig tun, um sein Verbleiben in London zu verhindern. Selbst wenn er mehr hätte tun können, hätte er es wahrscheinlich unterlassen, denn sie waren schließlich nicht nur Herr und Sklave, sondern auch Vater und Sohn. Beim Abschied verhielt sich der Herr auch wie ein Vater und gab Robert genügend Geld, um sich in London eine Weile über Wasser zu halten; und als sie sich trennten, weinten sie beide wie Vater und Sohn.

So gelangte Robert Burnham in den Dienst von Black Jack Bilbo, nämlich als Lehrer von Jimmie Bunkins. Ich will nicht vorgeben, lieber Leser, dass ich all dies beim ersten Zusammentreffen Jimmie Bunkins erfahren habe! Da berichtete er mir nur Bruchstücke darüber. Doch ich sollte den jungen Gentleman aus Jamaika mit der Zeit sehr viel besser kennen lernen und wesentlich mehr über ihn erfahren, als ich hier mitgeteilt habe.

Von Bunkins Schilderung ist nur zu sagen, das sie ungefähr so endete, wie sei begonnen hatte – Bunkins erklärte seinen Lehrer nämlich für einen »netten Kerl« und fügte hinzu, er sei der Einzige, der ihm jemals irgendetwas beigebracht habe.

»Ach, wirklich?«, fragte ich. »Und was war mit der französischen Lady, die dich ihre Sprache gelehrt hat? Hast du von der nichts gelernt?«

»Madame Bertrand? Was ich von der an Französisch gelernt habe, bestand bloß darin, wie ein Papagei zu wiederholen, was sie gesagt hat – aber sie hat mir auch noch 'n paar andere Dinge beigebracht, und die sind denkwürdig. Sie war eine tolle Person, ja, das war sie, aber eigentlich keine richtige Lehrerin, und das sollte sie ja auch nich sein.«

»Und wieso ist Mr. Burnham anders als die anderen Lehrer?«

»Na ja, erstens redet er so mit einem, als wär man 'n richtiger Kerl und nicht irgend so 'n Idiot. Und ich weiß noch, einmal ist er mit mir durch London spaziert und hat mir gezeigt, dass überall was geschrieben steht – Namen von Straßen, Geschäften und so weiter, Bekanntmachungen und Werbung an den Mauern, Sachen, die ich nie richtig gesehen hatte. Ein paar davon hab ich auf Anhieb lesen können. Das war nicht bloß das, was in der Fibel steht. Und jetzt üb ich immer – jedes Mal, wenn ich für Mr. Bilbo draußen was zu erledigen habe.«

Während Bunkins die lange Geschichte von Mr. Burnhams Ankunft in London erzählte, hatten wir die Chandos Street erreicht, in der es alle möglichen Geschäfte gab. Ich gedachte, ihn auf die Probe zu stellen, und bat ihn, seine neu erlernten Fähigkeiten zu demonstrieren. Er hatte nichts gegen diese Herausforderung und blieb vor dem nächstbesten Laden stehen. Konzentriert betrachtete er das Schild, das an der Fassade hing.

»Also«, sagte er, »vom Reingucken weiß ich, was das für ein Laden ist, aber das ist nicht dasselbe, was auf dem Schild steht. Da steht geschrieben ›A-po-the-ke‹« – er buchstabierte es sorgfältig –, »was so viel heißt wie Apotheke, aber das muss irgend 'n Fantasiename für Chemikerladen sein, denn so was is es ja wohl. Also, hab ich Recht, Kumpel?«

Ich war tatsächlich sehr beeindruckt. »Völlig richtig, Mister Wichtig«, sagte ich mit einem anerkennenden Reim.

Er streckte mir die Zunge heraus. »Das hast du mir nicht zugetraut, drum streck ich dir die Zunge raus«, erwiderte er, bemüht, meinen Reim zu kontern.

»Das reimt sich nicht richtig«, sagte ich.

»Tut es doch«, erwiderte er.

»Tut es nicht«, meinte ich.

Und lachend wiederholten wir unsere Behauptungen auf fast der Hälfte des Weges. Dann wollte ich ihm einen Streich spielen und blieb ganz plötzlich vor der Schneiderei von Mary Deemey stehen. »Da«, sagte ich, »lies mir das vor.« Und ich zeigte auf das zierlich gedruckte Schild im Schaufenster.

Er hatte gar keine Schwierigkeiten mit ihrem Namen und nur wenige mit der Bezeichnung »Schneiderin«, doch was darunter stand, »*modes élégante* «, verwirrte ihn. Er las es richtig, doch es kam ihm nicht richtig vor.

»Müsste andersrum dastehn, ›elegante Moden‹, oder? Stimmt's?« Und dann sah ich, wie seine Augen argwöhnisch aufblitzten. »Du Mistkerl«, sagte er. »Das is Französisch, nich? Du wolltest mich mit Französisch reinlegen!«

Ich musste lachen und rannte davon. Er stürmte hinter mir her und schrie so laut, dass sich etliche Köpfe nach uns umdrehten: »Du Mistkerl! Du Mistkerl!« Auf den Gesichtern machte sich säuerliche Missbilligung breit. In der Half Moon Passage holte er mich ein, und wir rangelten spielerisch miteinander. Danach waren wir gleich wieder versöhnt und gingen Arm in Arm weiter, zwei Burschen, die einen Streifzug durch die Stadt unternahmen. So kamen wir in die Bedford Street, wo ich etwas oder vielmehr jemanden sah, der mich innehalten ließ. Bunkins blieb ebenfalls stehen.

»Was ist los«, sagte er. »Warum bleibst du stehen?«

»Dieser Bursche auf der anderen Straßenseite – der vor der Tür von dieser Kneipe, der mit dem redet, der uns den Rücken zukehrt. Wer ist das?«

Ich hatte auf den gezeigt, den ich bei mir den Rabauken nannte. Während Bunkins sich umsah, ließ ich meinen Blick über die Straße schweifen, erblickte aber keine Spur von Mariah.

»Der? Mit dem willst du sicher nichts zu tun haben. Das ist ein komischer Kerl, und er soll fix mit dem Messer sein.«

»Hat er denn auf jemanden eingestochen? Auf wen?«

»Dass er jemand angegriffen hat, steht nicht fest. Aber er hat eindeutig Spaß dran, mit dem Messer herumzuwedeln und Leuten Angst zu machen.«

»Wem zum Beispiel?«

»Wem? Huren meistenteils, und mir einmal, als ich klein war. Ich hatte einen Ring stibitzt, den er haben wollte. Ich hab versucht, ihn ihm zu verkaufen. Und schon zog er das Messer und bedrohte mich, wahrscheinlich wollte er mir nur Angst einjagen. Na, es hat funktioniert. Ich rannte davon, und er behielt den Ring.«

Das erinnerte mich an Yossel, der drohte, eine Nase oder ein Ohr abzuschneiden, und auf diese Weise Straßendirnen ihren Verdienst abnahm. Er schwor, dass er nur drohte und noch nie jemandem eine Verletzung zugefügt hatte. Vielleicht war der Rabauke auch von der Art – vielleicht aber auch nicht.

»Ist er das, was du als Messerstecher bezeichnen würdest?«, fragte ich Bunkins.

»Du kannst ihn nennen, wie du willst, aber er ist eine üble Figur. So viel kann ich dir sagen.«

»Wie heißt er?«

»Jack irgendwas.« Bunkins dachte einen Moment nach. »Jackie Carver nennt er sich. Aber ich glaube, das ist ein erfundener Name, so wie ›Jack der Schlitzer‹ – er schlitzt dich auf, verstehst du?«

Während wir über ihn sprachen, beendete Jackie Carver seine Unterhaltung an der Kneipentür, verließ seinen Freund mit einem Winken, ging aus der Tür und war nicht mehr zu sehen.

»Wieso willst du was über einen wie den wissen?«, fragte Bunkins.

»Ach, ich hatte mal mit ihm zu tun«, antwortete ich, da ich ihm vorerst nicht mehr erzählen wollte.

Der Grund, warum wir einen Umweg machten – von der St. James Street über Covent Garden zur Russell Street –, war, dass Jimmie Bunkins unbedingt die Schauplätze der letzten beiden Morde sehen wollte; die der beiden ersten hatte er bereits besichtigt. Es war nicht nur morbide Neugier, die ihn dazu veranlasste, denn ich darf wohl sagen, dass seine Jahre auf den Straßen der Umgebung ihm eine unübertroffene Kenntnis der geheimen Nebenwege des Viertels verschafft hatten. Er wollte helfen, und wie sich zeigen sollte, gelang ihm das auch.

Als ich ihn zu der Passage in der Henrietta Street führte, wo der Leichnam von Nell Darby entdeckt worden war, bemerkte er, er kenne den Ort sehr gut.

»In kalten und regnerischen Nächten hab ich hier oft geschlafen«, sagte er.

»Direkt hier? Im Freien?«

»Seh ich aus wie 'n Ägypter? Nein, Kumpel, es gibt da 'ne Stelle weiter unten. Komm, ich zeig's dir.«

Er führte mich einige Stufen hinunter zu einem Teil des Gebäudes, der die Ostmauer des Durchgangs bildete. Es war ein ehemals herrschaftlicher Bau im alten Stil aus Holz und Stuck. Der untere Bereich bestand ganz aus Holz.

»Hier, siehst du?«, sagte Bunkins. »Da im Holz gibt es eine Tür.« Er zog den Umriss nach, etwa drei Fuß im Quadrat, der selbst bei Tageslicht kaum zu sehen war, so genau war die Tür eingepasst. »Man muss wissen, wo man draufhauen muss.«

Er schlug dreimal an verschiedene Stellen, bevor er die richtige traf. Die Tür sprang um nicht mehr als zwei Zoll auf. Er öffnete sie ganz und zeigte auf den schwarzen Raum dahinter.

»Das ist ein altes Einschüttloch für Kohlen, siehst du? Die – wie nennt man das? –, die Scharniere sind innen, so dass man die Tür von außen nicht erkennen kann. Früher mal war das eins von den großen Häusern, in denen die Reichen wohnten. Heute leben hier sicher vierzig Personen, wo früher vier oder fünf gewohnt haben. Und alle, die jetzt hier hausen, müssen sich ihre Kohlen selbst besorgen, also braucht man so was nicht mehr. Die Leute stellen hier Möbel und dergleichen ab.«

»Wohin führt der Raum?«, fragte ich. »Gibt es noch einen anderen Ausgang?«

»Natürlich. Der führt in einen Flur und zu einer anderen Tür auf die Henrietta Street, die immer von innen verriegelt ist.«

»Das erklärt es.«

»Erklärt was?«

»Dass Mr. Tolliver Schritte hinter sich gehört hat, unmittelbar bevor er die Leiche von diesem Mädchen fand, Nell Darby. Aber er drehte sich um und sah nichts.«

»Zwischen hier und dem Garden gibt es Stellen, wo sich jemand leicht verstecken kann.«

»Davon muss ich Sir John berichten.«

Wir kamen bei den Ställen am Ende der Little Russel Street an und fanden Mr. Perkins dabei, »sich in Form zu halten«. Er teilte mächtige Tritte und Schläge an den Segeltuchsack aus, der in alle Richtungen schwang. Bis zur Taille war er nackt und trotz des kühlen Herbsttages schweißgebadet. Seinem Aussehen nach zu schließen, hatte er bestimmt eine Stunde so gearbeitet.

Wir stellten uns an einer Seite auf und schauten zu, bis er geruhte, uns zu bemerken.

Jimmie Bunkins war tief beeindruckt. Er verfolgte jede der kraftvollen Bewegungen des Constable höchst aufmerksam und schien am meisten die Schnelligkeit seiner Füße zu bewundern – die Tritte natürlich auch, aber seine Füße wirkten, als seien sie unablässig in Bewegung, vollführten einen endlosen Tanz.

»So was hab ich noch nie gesehen«, flüsterte Bunkins mir zu. »Und dabei hat er bloß einen Arm. Er könnte es mit jedem Mann aufnehmen, der zwei hat.«

»Ja, das könnte er in der Tat«, sagte ich.

Der Stumpf des linken Arms, der gleich unter dem Ellbogen endete, wirkte rötlich im Vergleich zum bleichen Rumpf des Constable. Doch mir fiel auf, dass der Oberarm darüber nicht geschrumpft, sondern genauso kräftig war wie der andere. Er musste hart auf irgendeine besondere Weise trainiert haben, um auch dort seine Kraft zu behalten. Der Mann versetzte mich in ziemliches Erstaunen.

Endlich kamen seine Füße zur Ruhe. Einen langen Moment stand er ganz still und atmete tief. Dann trat er zu einem niedrig hängenden Zweig des Baums, an dem auch der Segeltuchsack hing, und nahm ein wollenes Unterhemd herunter. Mit ein paar schnellen Bewegungen streifte er es über und kam auf uns zu.

»Pünktlich zum Unterricht, Jeremy, immer ein guter Schüler«, sagte er. »Und das muss der Freund sein, von dem du gesagt hast, du würdest ihn bei Gelegenheit einmal mitbringen.«

»Ja, Sir, Mr. Perkins. Das ist mein Freund Jimmie Bunkins.«

Sie schüttelten sich recht feierlich die Hände.

»Nun gut, wenn er dein Freund ist, dann soll es mir recht sein, aber mir scheint doch, ich kenne ihn von etlichen Verfolgungsjagden im Garten. Wenn er sich umdrehen würde, würde ich ihn vielleicht noch leichter erkennen. Denn ich habe ihn immer von hinten gesehen.«

»Und ich bin froh, dass Sie mich nie erwischt haben!«, kicherte Bunkins. »Ich hab gesehen, was Sie mit diesem großen Sack gemacht haben.«

»Wie ich höre, hast du dich gebessert. Sir John selbst sagt, du seist ein anständiger Charakter. Und du bist seit deinen Diebestagen auch ein wenig gewachsen, will mir scheinen.«

»Gott sei Dank dafür. Ich dachte schon, ich würde mein ganzes Leben ein Winzling bleiben.« Die beiden standen da und grinsten. Ich seufzte erleichtert auf. Sie würden miteinander auskommen, wie ich mir erhofft hatte.

Tatsächlich vertrugen Bunkins und Mr. Perkins sich ganz hervorragend. Nachdem ich meine Viertelstunde am Sack absolviert hatte, was damals ungefähr meine Grenze war, fragte der Constable Jimmie, ob er es nicht auch einmal versuchen wolle. Bunkins legte seinen Rock ab und trat eifrig an meinen Platz. Vielleicht ein bisschen zu eifrig, denn Mr. Perkins fand es notwendig, ihn erst in der richtigen Art zu unterweisen, mit den Fäusten Schläge auszuteilen, wie er es vor fast einem Monat mit mir getan hatte. Bunkins wollte unbedingt treten, aber Mr. Perkins ließ ihn nur mit den Fäusten auf den Sack dreschen, wies ihn an, seine ganze Körperkraft in die Schläge zu legen, ständig in Bewegung zu bleiben et cetera. Es tat mir gut, dabei zuzusehen, denn mir wurde klar, dass ich durch meine Lektionen schon einiges gelernt hatte.

Es dauerte nur ungefähr fünf Minuten, Bunkins zu ermüden, dann musste ich noch eine Runde am Sack arbeiten. Als ich damit fertig war, erteilte Mr. Perkins uns beiden zusammen noch eine besondere Unterweisung.

»Stellen wir uns einmal eine Situation vor, Jeremy, wie sie einem bei Nacht in einer dunklen Straße zustoßen kann.«

»Und was wäre das für eine Situation, Sir?«

»Fang einmal an, in normalem Tempo zu gehen, dann werde ich es dir zeigen.«

Ich tat wie geheißen und entfernte mich von ihm, bis ich – ohne einen Laut hinter mir gehört zu haben – plötzlich durch einen Schraubstock angehalten wurde, der sich um meine Kehle legte, und dieser Schraubstock erwies sich als Mr. Perkins verstümmelter linker Arm. Er hatte mehr Kraft darin, als ich mir jemals vorgestellt hätte. Der Stumpf hielt mich genau um die Kehle herum fest. Ich konnte mich weder bewegen noch schreien.

»Nun, was kannst du in einer solchen Situation tun?«, fragte Mr. Perkins und ließ mich los.

»Nicht viel«, keuchte ich.

»Ach, einiges doch«, sagte er. »Etwas kann man immer tun. Lass uns die Plätze tauschen und die Möglichkeiten untersuchen.«

Und genau das taten wir, während Bunkins fasziniert zuschaute. Der Constable und ich waren von ähnlicher Größe, und so konnte ich meinen Arm über seine Schulter werfen und ihn festhalten, aber nicht an der Kehle, denn er hatte das Kinn tief gesenkt, um dies zu verhindern. Dann überraschte er mich mit einem Biss in meinen Arm.

»Au!«, rief ich, mehr verblüfft als verletzt.

»Ich hab dir doch nicht wirklich wehgetan, oder? Falls doch, tut es mir Leid.«

»Nein, Sir, ich war bloß so überrascht.«

»Nun, das wird der Angreifer auch sein. Wenn du ein Geräusch hinter dir hörst oder irgendwie den Eindruck hast, du könntest von hinten überfallen werden, dann musst du als Erstes mit dem Kinn deine Kehle schützen. Beiß zu, so fest du kannst. Wenn er seine Hand auf dein Gesicht legt, umso besser. Versuche, ihm einen Finger abzubeißen – das kann man –

oder die Haut von der Hand zu reißen. Dann wird er dich loslassen. Da darfst du sicher sein. Und du kannst ihn dir dann richtig von vorn vornehmen.«

»Ja, Sir.«

»So, nun schling noch einmal den Arm um mich, aber so locker, dass ich noch sprechen kann.«

Ich tat wie geheißen.

»So, nun nehmen wir an, er hat dich überrascht – bevor du dein Kinn senken konntest. Er hat seinen Arm um deine Kehle gelegt, vielleicht auch seine Hand, und er drückt zu. Du hast immer noch Waffen. Zum Beispiel deine Ellbogen ...«

Und damit rammte er seinen linken Ellbogen in meine Rippen. »Er wird seine Position dann verändern, wenn er kann, und du schlägst mit dem anderen Ellbogen hart zu. Und wenn ich sage hart, dann meine ich, dass du die Kraft deiner ganzen Schulter in den Stoß legst. Übe das heute Abend. Du kannst es dir so zur Gewohnheit machen, dass du gar nicht mehr daran zu denken brauchst. Es wird eine ganz natürliche Reaktion werden.«

»Ja, Sir, ich werde es üben.«

»Guter Junge. So, und wenn das auch noch nicht reicht, um dich zu befreien, hast du noch deine Fersen. Tritt nach seinen Schienbeinen, das kann weiß Gott sehr wehtun, aber besser Chancen hast du bei seinen Füßen. Stoß mit der Ferse zu, so kräftig du kannst – nicht auf die Zehen, das tut weniger weh, sondern auf den flachen Teil des Fußes. Versuche, ihm all die kleinen Knochen dort zu brechen, und wenn du das tust, kann er sein Gewicht nicht mehr auf diesen Fuß verlagern. Er verliert die Balance, und du müsstest in der Lage sein, dich loszureißen. Du kannst jetzt loslassen, Jeremy.«

Das tat ich und schaute zufällig zu Bunkins hinüber. Er starrte uns in ehrfürchtiger Konzentration an.

»Und nun denke nicht, weil ich dir alles nacheinander gesagt habe, du müsstest in dieser Reihenfolge vorgehen. Du solltest alle Tricks gleichzeitig anwenden – Beißen, Ellbogen in die Rippen, Fersen auf seine Füße. Du musst ihm das Gefühl geben, er hätte sich am Teufel persönlich vergriffen.«

»Mr. Perkins, Sir?«

»Ja, Jimmie Bunkins, was hast du zu sagen?«

»Eine Frage, Sir: Was ist, wenn der Bursche ein Messer hat?«

»Eine sehr heikle Frage, denn wer von hinten angreift, hat häufig ein Messer, weil es die Waffe des Feiglings ist. Eines will ich vorweg sagen: Die meisten Leute, die ein Messer besitzen, wissen nicht, wie man es benutzt. Aber zu deiner Frage. Wenn du von hinten mit einem Messer angegriffen wirst, dann wirst du entweder in den Rücken gestochen und kannst nur hoffen, dass keine lebenswichtigen Organe getroffen sind, oder du musst dich umzudrehen versuchen und ihn von vorn angreifen. Das ist nicht allgemein bekannt, aber Constable Brede hat ein Messer in den Rücken bekommen, sich losgerissen und den Übeltäter mit seinem Schlagstock überwältigt. Mit dem Messer noch im Rücken hat er ihn in die Bow Street abgeführt und ist dann zu einem Chirurgen gegangen, damit dieser ihm das Messer herauszog.«

Bunkins und ich sahen uns mit großen Augen an, ohne etwas zu sagen.

»Und dann gibt es da noch die, die einem die Kehle durchschneiden wollen. Aber dazu muss euer Mann erst einmal an die Kehle herankommen. Erste Regel also: das Kinn anziehen. Zweite Regel: zubeißen wie der Teufel, mit den Ellbogen zustoßen, versuchen, ihm den Fuß zu brechen. Tut, was immer ihr könnt, um loszukommen und ihn von vorn angreifen zu können.«

»Aber er besitzt immer noch sein Messer, oder?«, warf Bunkins ein. »Was kann man tun, wenn man selbst keins hat?«

»Die beste Verteidigung gegen ein Messer ist nicht ein anderes Messer, sondern ein guter Schlagstock und ein Paar flinke Füße. Dazu kommen wir später, aber jetzt muss ich mich waschen und zum Dienst umziehen. Jimmie Bunkins, du bist um diese Stunde willkommen, wann immer du Zeit hast.«

Am Tag des für Mr. Goldsmith und Mr. Donnelly geplanten Dinners marschierten Annie Oakum und ich einen weiten Weg durch London zum Smithfield Market, um Fleisch für diesen Anlass zu besorgen. Wir beide und auch Lady Fielding hatten uns auf den Abend gefreut, weil er Sir John sicher aus seinem lethargischen Schweigen reißen würde. Und so war ein großes Festmahl geplant worden, zu dem ein großes Stück Fleisch benötigt wurde. Da Mr. Tolliver noch immer auf mysteriöse Weise aus Covent Garden verschwunden war, hatten wir keine andere Wahl, als uns nach Smithfield aufzumachen.

Annie und ich waren gute Freunde geworden. Obwohl sie nicht darüber sprechen wollte, gehörte ihr Herz noch immer Lady Fieldings Sohn aus erster Ehe, Tom Durham. Nachdem Tom als Midshipman auf der H. M. S. Leviathan abgesegelt war, schlich sie fast einen Monat lang trübselig umher und vernachlässigte alles bis auf ihre großartige Kochkunst. Darauf war sie besonders stolz. Trotz der Tatsache, dass sie in dem Jahr, das er inzwischen fort war, keinen Brief von ihm erhalten hatte, kehrte nach und nach ihr Frohsinn zurück. Er schrieb oft an seine Mutter, zweimal an Sir John und einmal sogar an mich. Doch im Zweifelsfall musste man ihm wohl zugute halten, dass Annie nicht lesen konnte und er es vielleicht unsinnig fand, ihr einen persönlichen Brief zu schreiben, den ihr jemand anderer unpersönlich vorlesen musste. Er schloss allerdings kleine persönliche Botschaften an sie in seinen Briefen an uns mit ein – sagt Annie dies, sagt Annie das –, über die exotischen Speisen, die er in Ägypten, Griechenland oder einem anderen fernen Land gekostet hatte. Dennoch wusste ich, dass sie sich nach einer direkten Mitteilung von ihm sehnte, da er ihr so teuer war. Doch während er sich immer weiter entfernte, kamen wir beide uns als Freunde und Vertraute näher. Sie wurde für mich das, was ich nie zuvor gekannt hatte: eine Schwester.

Und so ergab es sich ganz selbstverständlich, dass ich ihr irgendwann auf dem langen Weg zum Smithfield Market mein Herz ausschüttete und von Mariah erzählte. Ich sagte ihr alles: Wie ich sie zuerst als Akrobatin gesehen hatte, als ich nach London kam; wie sie, als ihre Familie nach Italien zurückkehrte, zum Bleiben verführt und dann als Prostituierte verkauft worden war; wie sie Jackie Carver zurückgegeben und wieder auf die Straße geschickt worden war; und schließlich, dass er mir angeboten hatte, sie mir für zehn Guineas zu ›verkaufen‹.

Der ganze Bericht dauerte fast eine Meile. Annie hatte aufmerksam zugehört und kein Wort gesagt, mir nur zweimal einen Blick zugeworfen, wenn ich, ein Schluchzen unterdrückend, einen Moment lang nicht weitersprechen konnte. Nachdem ich schließlich schwieg, nahm sie zu Recht an, ich sei fertig. Und dann sah sie mir direkt ins Gesicht.

»Jeremy«, sagte sie, »sag mir die Wahrheit. Liebst du sie?«

»Ich glaube, ich fühle für sie genauso, wie du für Tom fühlst. Ist das nicht Liebe?«

Sie wandte den Blick ab; ihr Gesicht wurde überaus ernst. Nach einem Moment des Zögerns erwiderte sie: »Da bin ich nicht sicher.«

Ganz plötzlich stieg uns der faulige, blutige Geruch von Smithfield Market in die Nase, wo Tiere jeder Art und Größe geschlachtet, zerteilt und verkauft wurden. Es konnte kein Zweifel daran bestehen, dass er ganz nahe war, und dort, gleich vor uns in der Gilt Spur Street, lag der Eingang zum Markt.

»Wir haben hier etwas zu erledigen«, sagte Annie. »Lass mich währenddessen über das nachdenken, was du mir erzählt hast. Auf dem Rückweg reden wir weiter darüber. Ist dir das recht?«

»Wie du willst, Annie.«

Ich führte sie zu dem Stand, wo ich seit Mr. Tollivers Fortgang für den Haushalt eingekauft hatte. Dort wurde ich erkannt und begrüßt. Doch Annie macht dem Metzger gleich klar, dass sie diejenige war, die an diesem Tag das Sagen hatte. Sie wollte sehen, was er an Rindfleisch zum Braten anbieten konnte. Er zeigte es ihr und pries dabei die Zartheit und das Aroma des Fleisches. Annie schob die Unterlippe vor, untersuchte es skeptisch und fragte nach dem Preis. Als er fünf Shilling nannte, wich sie zurück und warf ihm einen prüfenden Blick zu.

»Wir sehen uns noch ein bisschen um«, sagte sie. »Komm mit, Jeremy.«

Als wir gingen, sah der Fleischer mich gekränkt an. Aber ich versuchte in keiner Weise, Annie zu widersprechen oder zu überreden. Sie war in der Tat die Köchin und würde sich am Abend als solche beweisen müssen. Die Entscheidung lag bei ihr.

»Das war ein ziemlich großes Stück«, sagte ich, da ich das für unbestreitbar hielt.

»Mehr, als wir brauchen«, sagte sie, »und es war auch nicht frisch.«

Annie erwies sich als schwer zufrieden zu stellen. Wir verbrachten fast eine Stunde damit, über den Markt zu gehen und uns die Angebote der verschiedenen Stände anzusehen, bis wir schließlich zu einem Stand dicht an einem der Schlachtzelte kamen, aus dem heftiger Gestank drang. Wegen des Geruchs waren nicht so viele Kunden in der Nähe; und als Annie sich nach Rindfleisch zum Braten erkundigte, zeigte der Metzger mit der Hand auf die Rinderseiten, die hinter ihm hingen. Er lud sie ein, näher zu kommen und sie sich anzusehen, wie es auch Mr. Tolliver getan hätte. Er und Annie einigten sich sofort über Größe und Schnitt, feilschten aber ein wenig über den Preis; beide schienen daran Freude zu haben. Endlich einigten sie sich auf fünf Shilling für einen Braten von etwa der gleichen Größe, wie ihn der erste Metzger angeboten hatte. Das wunderte mich. Als wir schließlich gingen (ich mit guten zehn Pfund eingewickeltem Fleisch und Knochen unter dem Arm), sprach ich sie darauf an, und sie warf mir denselben scharfen Blick zu wie den Metzgern, die wir aufgesucht hatten.

»Jeremy«, sagte sie, »das erste Stück war zu groß, weil es sich nicht gehalten hätte. Es war stellenweise schon grün, was er mit der Hand zu verbergen suchte. Was wir jetzt gekauft haben, wird außer für heute Abend noch länger reichen. Du trägst frisch geschlachtetes Fleisch, das noch blutet.«

Zweifellos in dem Gefühl, sich für das Beste, was Smithfield zu bieten hatte, wacker geschlagen zu haben, marschierte Annie in raschem Tempo in die Bow Street zurück. Sie pfiff gut gelaunt eine Melodie, während sie ausschritt, weshalb ich überrascht war, als sie sofort wieder auf das Thema zurückkam, das ich ihr auf unserem Weg zum Markt dargelegt hatte.

»Ich hab getan, was ich versprochen habe«, sagte sie ganz plötzlich.

»Wie bitte?«, fragte ich, da ich nicht wusste, was sie meinte. »Du meinst, du hast das Fleisch für heute Abend besorgt?«

»Nein, Jeremy, während wir über den Markt gegangen sind, habe ich gründlich über dich und dieses italienische Mädchen nachgedacht.«

»Ach ja? Und was hast du gedacht?«

»Also, zuerst einmal, dass du ihrem Zuhälter auf keinen Fall Geld geben darfst.«

»Ich habe ja auch kein Geld, das ich ihm geben könnte.«

»Richtig! Recht hast du! Es gibt nur einen Ort, wo du es bekommen könntest, und daran darfst du gar nicht denken – nicht für eine Minute.«

»Stimmt«, sagte ich, obwohl ich für eine Weile doch daran gedacht hatte.

»Als ob ich Typen wie Jackie nicht von meiner Zeit auf der Straße kennen würde! Er wird sie niemals gehen lassen, bis sie ganz verbraucht, an Pocken erkrankt oder tot ist.«

Diese Möglichkeiten waren mir auch in den Sinn gekommen, aber sie so offen erwähnt zu hören, trieb mir Tränen in die Augen.

»Also nein, Jeremy, nimm dich doch zusammen«, schimpfte Annie. »Du musst den Realitäten ins Auge sehen.«

»Aber du sagst, dass ich nichts tun kann, um ihr zu helfen.«

»Ja, das ist richtig. Sie kann sich nur selbst helfen. Sie ist diejenige, die sich retten muss.«

»Aber wie?«

»Sie soll bei jemand in Dienst gehen, wie ich das getan habe. Diese großen Damen und Herren finden es fein, französische und italienische Dienstmädchen zu haben.«

»Sie würde nicht wissen, wie sie sich dabei anstellen soll.«

»Sie zieht sich sauber an und geht an die Türen in der St. James Street, Bloomsbury und überall da klopfen, wo es vornehme Häuser gibt. Der Butler wird öffnen, und er ist derjenige, bei dem sie sich bewerben muss. Wenn sie einmal eingestellt ist, kann ihr Zuhälter ihr nichts mehr anhaben.«

Annies Erwähnung der St. James Street machte mich nachdenklich. Vielleicht könnte Mr. Bilbo einen Platz für Mariah finden.

»Und zuallerletzt«, fuhr Annie fort, »kann sie ins Magdalenenheim gehen. Die Hälfte der Mädchen dort ist auf der Flucht vor Kerlen wie diesem Jackie. Keine, die nicht dorthin gehört, kommt an dem alten Drachen an der Tür vorbei.«

Aber natürlich! Direkt unter meiner Nase gab es einen Ausweg für Mariah. Aber was war da noch in letzter Zeit über das Magdalenenheim gesagt worden?

»Aber«, wandte ich ein, »hat Lady Fielding nicht erwähnt, dass das Heim wegen dieser grässlichen Morde immer voller wird?«

»Dasselbe hat sie mir auch gesagt. Aber wenn du die Kleine überreden kannst – wie hieß sie noch?«

»Mariah.«

»Richtig – ich werd es mir merken. Wenn du Mariah überreden kannst, ins Magdalenenheim zu gehen, dann werde ich Lady Fielding sagen, dass sie eine Freundin von mir ist, die ihr Leben ändern will. Dann wird man ihr schon einen Platz geben, das verspreche ich dir.«

»Danke, Annie«, sagte ich dankbar.

»Aber, Jeremy, sie muss sich selbst helfen. Sie ist diejenige, die sich entscheiden muss. Dirnen sind faul, die meisten jedenfalls. Ihnen gefällt das Leben nicht, das sie führen, aber es fehlt ihnen der Wille, es zu ändern. Ich weiß Bescheid. Ich habe es gehasst, und doch habe ich fast ein Jahr gebraucht, um es zu ändern.«

Letzten Endes erwies sich das festliche Dinner, das Mr. Goldsmith und Mr. Donnelly zusammenbringen sollte, sowohl als verblüffender Erfolg wie auch als schrecklicher Fehlschlag.

Annie übertraf sich selbst mit dem Stück Rindfleisch, das sie in Smithfield so sorgfältig ausgewählt hatte. Sie garte es in Wein mit Knoblauchscheiben und reichlich Pfeffer und Salz – probierte sogar ein bisschen von diesem roten Gewürz aus,

Paprika, das sie für eine besondere Gelegenheit aufgehoben hatte. Es gab vier Flaschen Claret für uns sechs, gewürztes Gemüse und einen köstlichen Kuchen zum Dessert. Nachdem er einen Trinkspruch auf Gastgeber und Gastgeberin ausgebracht hatte, erklärte Mr. Donnelly sich für ganz überwältigt von Annies Kochkunst und erhob sein Glas auf sie. Mr. Goldsmith sagte, er habe noch nie besser gespeist – und es war wohl bekannt, dass er schon in vielen der vornehmsten Häuser in London zu Gast gewesen war. Es war in der Tat ein Triumph für die liebe Annie.

Und wie das Gespräch bei Tisch an diesem Abend sprudelte! Die beiden Quellen plätscherten fröhlich und unablässig, sowohl zu ihrer eigenen Unterhaltung als auch zu unserer. Wir waren Publikum einer prächtigen Vorstellung in großem irischem Stil. Zwei waschechte Iren saßen am Tisch, einer Katholik, einer Protestant, doch beide mit dem gleichen Witz und der gleichen Freude am Lachen. Sie saßen einander am Tisch gegenüber, erzählten Geschichte um Geschichte und versuchten ständig, sich gegenseitig zu übertreffen. Wenn sie denn wirklich im Wettbewerb standen, so könnte ich den Gewinner nicht benennen. Die Gewinner waren eigentlich wir anderen, als sie sonderbare Geschichten von ihrer medizinischen Ausbildung erzählten – eine davon ziemlich delikat, worüber Lady Fielding ihr Missfallen kundtat (nachdem sie erst herzlich gelacht hatte), indem sie sich räusperte und die Augenbrauen hochzog. Mr. Donnelly bemerkte es, ließ sich aber nicht einschüchtern und stürzte sich in eine Reihe weniger fragwürdiger, aber ebenso komischer Erinnerungen an seine verschiedenen Wiener Hausvermieter (denn er hatte in Wien die medizinische Fakultät besucht). Mr. Goldsmith konterte mit Geschichten über die Franzosen, für die er bekannt war (wie ich später erfuhr). Dann schilderte Mr. Donnelly weitere Anekdoten von seinem Aufenthalt in Lancashire. (Annie erzählte mir später, keine davon sei eine Wiederholung seiner früheren Reminiszenzen in unserer Küche gewesen.) Und so ging es von einem Thema zum nächsten, während des Desserts und, als der Wein geleert war, beim Brandy. Wir alle stimmten am nächsten Tag darin überein, dass wir uns nicht erinnern konnten, jemals so viel und so herzlich gelacht zu haben.

Und Sir John ebenfalls. Er kicherte und lachte, und als guter Zeremonienmeister ermunterte er seine Gäste mit einer gelegentlichen Frage oder einem eigenen Scherz. Doch nachdem er am Anfang Mr. Goldsmith' Flugblatt gelobt und es abgelehnt hatte, seine Fragen nach den Morden in Covent Garden zu beantworten, hielt er sich größtenteils aus dem schnellen Fluss des Gesprächs heraus. Um es anders auszudrücken, er schwieg höflich, so gut es unter den gegebenen Umständen möglich war. In dieser Hinsicht also scheiterte das Dinner kläglich, denn wir in seinem Haushalt hatten gehofft, er werde sich von so lebhafter Gesellschaft anstecken lassen und aktiver beteiligen. Das tat er nicht. Er überließ das Feld seinen Gästen. Am nächsten Tag war er so in sich gekehrt und still wie zuvor, was Lady Fielding sehr bekümmerte, da sie fürchtete, er könne in Melancholie verfallen. Ich jedoch hatte ihn schon früher in einem solchen Zustand erlebt, und mir kam in den Sinn, dass er vielleicht über einen Plan nachgrübelte.

Eine Sache jedoch ist mir von diesem Abend in Erinnerung geblieben. Es war fast Mitternacht, als unsere Gäste sich widerstrebend vom Tisch erhoben und den Gastgebern und der Köchin dankten. Lady Fielding ihrerseits bedankte sich für »einen überaus fröhlichen und anregenden Abend«, und Sir John schloss sich dem an. Dann bat er mich, die beiden Herren auf die Straße zu geleiten, was ich natürlich gerne tat.

In der Bow Street blieben Mr. Donnelly und Mr. Goldsmith noch einen Moment stehen und unterhielten sich, nachdem sie festgestellt hatten, dass sich ihre Wege dort trennten. Ich blieb aufmerksam bei ihnen stehen, als sie ihre Karten tauschten, und hörte zu, wie Mr. Goldsmith das Thema anschnitt, das Sir John bei Tisch nicht hatte diskutieren wollen.

»Sagen Sie, Mr. Donnelly«, fragte er in ernsterem Ton als während der letzten Stunden, »war der Leichnam in der King Street wirklich in einem so grässlichen Zustand, wie ich auf den Straßen habe raunen hören?«

»Unbeschreiblich«, erwiderte Mr. Donnelly und beschrieb ihn daraufhin natürlich: »Der Rumpf war aufgeschnitten, und zwei große Hautlappen fehlten. Organe waren herausgenommen – das Herz lag teilweise verbrannt im Kamin, Leber, Gebärmutter, Bauchspeicheldrüse und anderes waren im Zimmer verstreut.«

»Das hört sich an wie die Arbeit eines Metzgers.«

»Vielleicht war es genau das, denn ein Metzger in Covent Garden ist verdächtig. Er ist verschwunden.«

Mir sank das Herz. Sir John hatte Mr. Tolliver mir gegenüber nie als Verdächtigen bezeichnet.

»Guter Gott«, meinte Mr. Goldsmith. »Verschwunden ist er? Vielleicht hat es damit ein Ende.«

»Man kann nur hoffen. Ach, übrigens, da ist eine Sache, die Sie als Arzt vielleicht interessiert. Kennen Sie einen Burschen namens Carr? Pensionierter Armeechirurg, glaube ich.«

»Gehört habe ich von ihm, ihn aber nie getroffen.«

»Er kam wieder zu mir – zum zweiten Mal, muss ich Ihnen sagen – und drängte mich, die Augen des Opfers unter meinem Mikroskop zu untersuchen. Er ist überzeugt davon, dass das Bild des Mörders in die Pupille eingebrannt ist.«

»Dieses Altweibermärchen – erstaunlich! Ein Arzt!«

»Ich musste ihm sagen, dass die Augen ebenfalls entfernt und wahrscheinlich im Kamin verbrannt worden waren. Er schien überaus enttäuscht, das zu hören.« Mr. Donnelly zögerte, als beratschlage er für einen Augenblick mit sich selbst, was als Nächstes zu sagen sei. Dann: »Ich bemerke an ihm Zeichen der Spätstadien, die bei Pocken auftreten – den Schanker. Ich fürchte, sein Verstand ist auch in Mitleidenschaft gezogen.«

»Zweifellos. Aber...« Mr. Goldsmith reichte Mr. Donnelly die Hand, und dieser schüttelte sie zum Abschied. »Ich muss gehen, ich habe nämlich noch zu arbeiten. Meine Tür steht Ihnen jederzeit offen, aber der beste Zeitpunkt ist der späte Nachmittag und der frühe Abend.«

Dann ging er mit einem Winken davon. Mr. Donnelly wandte sich zu mir und reichte auch mir die Hand.

»Tut mir Leid, dass wir dich hier an der Tür festgehalten haben, Jeremy. Gute Nacht, und nochmals meinen Dank an alle oben für den wundervollen Abend.«

»Aber Sir«, sagte ich, »ist das wahr, dass Sir John Mr. Tolliver dieser Morde verdächtigt?«

»Den Metzger? Du kennst ihn wohl? Ach ja, ich fürchte, Sir John hat so etwas zu mir gesagt. Traurige Sache, nicht wahr? Nun, ich muss gehen.«

Und damit verschwand er raschen Schritts in Richtung Tavistock Street, pfeifend und seinen Stock schwingend. Ich sah ihm nach, bis er die Russell Street erreichte; dann ging ich wieder die Treppe hinauf zu dem Berg von Geschirr und Töpfen, der mich in der Küche erwartete.

Während der nächsten Tage trug ich ein Stück Papier mit mir herum, auf das ich in Blockbuchstaben die Namen von Mr. Bilbo und Jimmie Bunkins und deren Adresse in der St. James Street geschrieben hatte. Am Tag nach meinem Gespräch mit Annie auf dem Rückweg vom Markt hatte ich nach unserer Lektion bei Mr. Perkins mit Bunkins geredet. Ich hatte ihm alles erzählt und ihn gefragt, ob es in seinem Haushalt vielleicht einen Platz für Mariah gebe, auch wenn es nur vorübergehend sei. Am nächsten Tag überbrachte er die Botschaft von Mr. Bilbo, sie könne kommen, aber solange sie bei ihnen wohne, müsse sie ihren Lebensunterhalt selbst bestreiten. Das fand ich fair genug, doch für den Fall, dass sie aus irgendeinem Grund den Namen Black Jack Bilbo fürchtete (manche taten das nämlich), schrieb ich auch Lady Fieldings Namen und die Adresse des Magdalenenheims für reuige Prostituierte auf.

Mit diesem Zettel in der Tasche suchte ich im Bezirk Covent Garden nach Mariah. Ich hatte sie fast einen Monat nicht gesehen. Sie war verschwunden, wie die meisten ihres Gewerbes, als sich der Tod von Libby Tribble in Covent Garden herumgesprochen hatte. Doch als die Tage ohne weitere Vorfälle vergingen, trieb die Not sie wieder auf die Straßen. Manche hatten vielleicht Hoffnung geschöpft, weil seit fast drei Wochen kein Mord mehr geschehen war, und geglaubt, es würde keinen mehr geben. Andere waren ziemlich fatalistisch. Annie erzählte mir, sie habe eine alte Dirne, die sie von früher her kenne, wieder draußen auf Kundenfang getroffen. Als Annie sie fragte, ob sie sich nicht fürchte, das nächste Opfer zu werden, antwortete die Frau: »Kindchen, mich erwischt's so oder so. Wenn der mit dem Messer mich nicht kriegt, dann wird der Fluss mich kriegen. Bis dahin brauch ich Geld für Gin.«

So waren Apathie oder unbegründete Hoffnung die vorherrschenden Gefühle in den Straßen, als ich nach Mariah suchte. Am häufigsten hielt ich da Ausschau, wo ich sie oft bei Tageslicht und am frühen Abend gesehen hatte. Doch jedes Mal kam ich enttäuscht von meinen Gängen durch die Drury Lane und New Broad Court zurück. Ich ging bei Einsetzen der Dämmerung um ganz Covent Garden herum – vergeblich. Ich durchsuchte Dukes Court, Martlets Court, sogar Angel Court und solche Orte, an die allein, unbewaffnet und bei einbrechender Dunkelheit zu gehen töricht sein konnte.

Dann erklärte ich Bunkins mein Problem; er, praktisch wie immer, wies darauf hin, dass wir Jackie Carver in der Bedford Street gesehen hatten und es daher mehr als wahrscheinlich sei, dass ich sie irgendwo in deren Nähe finden würde. »Die Zuhälter ziehen mit ihren Dirnen gern rum und probieren sozusagen neue Reviere aus«, meinte er.

Und so kam es, dass ich an diesem frühen Abend, als ich von Mr. Perkins Wohnung in die Bow Street zurückkehrte, einen kleinen Umweg machte und die Bedford Street hinauf und hinunter schlenderte. Auf dem Rückweg entdeckte ich sie und rannte eilig zu ihr; sie stand in der Nähe des Eingangs zum Dog and Duck.

»Mariah!«, rief ich, als ich näher kam – ich hatte Angst, sie zu verscheuchen –, aber es war ein Freudenschrei, sie endlich gefunden zu haben.

Sie sah mich, erkannte mich und blieb stehen. Sie schien sich zu einem Lächeln zu zwingen, während sie mich erwartete.

»Hallo! Wie heißt du noch? Ich hab's vergessen.«

»Jeremy«, sagte ich. »Jeremy Proctor.«

Sie nickte energisch und bestätigend. »Ist gut – Jeremy. Jetzt weiß ich's wieder. Hast du das Geld mitgebracht? Du gibst es mir, und ich bringe es ihm.«

»Nein, Mariah, ich habe das Geld für Jackie nicht mitgebracht. Ich habe etwas Besseres dabei – für dich.«

»Für *mich*?« Sie wandte sich ab. Dann, ohne den Versuch, ihre Verzweiflung zu verbergen, hob sie die Hände und ließ ihrer Enttäuschung freien Lauf. »Was könnte besser sein, als dem hier zu entkommen? Er sagt, wenn du das Geld nicht hast, kannst du es stehlen. Warum stiehlst du es nicht?«

»Ich konnte nicht und wollte nicht«, sagte ich. Und dann, um es ihr zu erklären: »Selbst wenn ich ihm bezahlen könnte, was er verlangt, hätte ich kein Geld, um dich zu unterhalten.«

»Du könntest mehr stehlen.«

Hatte das Mädchen kein Gefühl für Recht und Unrecht? Ich konnte nur vermuten, dass man es in ihrem Gewerbe schnell verlor. Jetzt war es an der Zeit, ihr den Plan zu erklären – und rasch, solange Jackie Carver nicht in der Nähe war. Ich zog den Zettel heraus, den ich in der Tasche trug. Ich erklärte, es gebe zwei Häuser, die sie aufnehmen würden. Im ersten, sagte ich, würde sie beim Hauspersonal arbeiten. Im zweiten könnte sie einen angemessenen Beruf erlernen – als Köchin, Näherin oder dergleichen.

»Aber was wichtig ist«, betonte ich, »ist, dass du von der Straße weg und an einem Ort bist, wo Jackie Carver nicht an dich herankommt.«

»Woher weißt du seinen Namen?«, fragte sie ausgesprochen argwöhnisch.

»Ein Freund hat ihn mir genannt.«

»Er mag nicht, dass Leute in der Bow Street seinen Namen kennen.«

»Das spielt keine Rolle«, sagte ich. »Alles, was dich das kosten wird, ist der Preis einer Kutsche – nicht mehr als zehn Pence zur ersten Adresse, nicht mehr als einen Shilling zur zweiten. So viel hast du doch bei dir, oder?« Ich griff erneut in die Tasche. »Ich kann es dir auch geben.«

»Du gibst mir zwölf Eier für ihn. Das ist alles, was du mir gibst.«

»Ich dachte, es wären zehn.«

»Der Preis ist gestiegen.« Sie sah mich ärgerlich an.

»Denkst du, ich putze für Leute die Böden? Denkst du, ich nähe für Leute? Hier, nimm dein Papier zurück.«

Und so ließ ich sie stehen, die Hand mit dem Zettel ausgestreckt. Während ich rasch die Bedford Street verließ, tröstete ich mich damit, dass sie wenigstens das Papier mit den beiden Adressen besaß. Ich betete, dass sie es nicht wegwerfen, sondern behalten und vielleicht später davon Gebrauch machen würde. Ich hatte getan, was ich konnte, nicht wahr?

Am selben Abend suchte ich Sir John in dem kleinen Raum neben seinem Schlafzimmer auf, der ihm als Studierzimmer diente. Wie früher, wenn er Probleme hatte oder einen Plan aushechte, pflegte er dort stundenlang allein im Dunkeln hinter seinem schweren Eichenschreibtisch zu sitzen. Lady Fielding hatte sich früh zurückgezogen, Annie war unten in der Küche und vergnügte sich wie häufig damit, Balladen zu singen, die sie am Tag auf ihren Gängen durch Covent Garden aufgeschnappt hatte. Wenn ich an meinen kurzen Besuch an diesem Abend zurückdenke, erinnere ich mich nicht nur an das, was gesprochen wurde, sondern auch an die kleinen Gesangsfetzen, die während der häufigen Pausen in unserer Unterhaltung nach oben drangen.

Ich klopfte an die Tür des kleinen Zimmers.

»Wer ist das?«

»Ich bin's, Jeremy.«

»Komm herein, Junge, setz dich.«

Ich trat ein und setzte mich auf einen der beiden Stühle vor dem Schreibtisch.

»Ich will mich gar nicht so absondern«, sagte er. »Es ist nur so, dass in letzter Zeit meine Gedanken derart mit diesen fürchterlichen Morden beschäftigt sind, dass ich mich für den normalen menschlichen Verkehr untauglich finde. Vielleicht kannst du mich aufheitern wie so oft in der Vergangenheit. Jedenfalls lass uns reden.«

Ich zögerte. »Vielleicht wird das, was ich zu sagen habe, unwillkommen sein, denn es betrifft Mr. Tolliver. Von Mr. Donnelly habe ich gehört, dass Sie ihn dieser Morde für verdächtig halten.«

»Er sollte weder mit dir noch mit irgendjemandem sonst

über das diskutieren, was ich darüber gesagt habe. Aber komm, solange das, was du über ihn zu sagen hast, zweckdienliches Material in der Angelegenheit und nicht ein weiteres Plädoyer für seinen hervorragenden Charakter ist, von denen Kate mir viele gehalten hat, will ich mir gern anhören, was du über ihn zu berichten hast.«

Und so erzählte ich ihm von der Tür zum Kohlenkeller, den Bunkins mir in der Passage gezeigt hatte, wo Mr. Tolliver die Leiche von Nell Darby entdeckt hatte; dass es einen Weg durch diesen Keller in einen Flur und zu einer Tür zur Henrietta Street gab, die von innen verriegelt gehalten wurde.

»Willst du damit sagen«, fragte Sir John, »dass der Mörder auf diesem Weg geflüchtet sein könnte?«

»Ja, Sir«, sagte ich. »Und diese Flucht würde auch die Schritte in Richtung Covent Garden erklären, die er unmittelbar vor der Entdeckung der Leiche gehört hat.«

Der Richter verfiel in Schweigen. Ich konnte nichts anderes tun, als es zu respektieren, denn ich war sicher, er wog das, was ich ihm erzählt hatte, gegen seinen Verdacht gegen Mr. Tolliver ab. Am Ende kamen die Einwände, die ich vorhergesehen hatte.

»Wie aber«, sagte er, »erklärst du dir dann das, was dein Mann über diese Schritte gesagt hat? Dass er sich umgedreht und geschaut und niemanden gesehen hat. Und was ist mit diesem mysteriösen Wagen, der auf einmal da stand, wo er vorher nicht gewesen war – oder vielleicht doch, denn er wusste es nicht genau.«

»Bunkins hat mir gesagt, dass es in der Henrietta Street Stellen gibt, wo man sich verstecken kann, und ich habe das nachgeprüft – zwei dicke Balken an der Hausmauer, die einen Mann verbergen könnten, sie befinden sich in einigem Abstand voneinander. Und was den Wagen betrifft, das kann ich auch nicht besser erklären als Mr. Tolliver. Aber ich habe Sie,

Sir John, sagen hören, dass es immer Grund gibt, einer Geschichte zu misstrauen, die völlig frei von Widersprüchen ist.«

»Du meinst also, wenn seine Geschichte teilweise glaubhaft gemacht werden kann, dann sollte sie zur Gänze akzeptiert werden. Gewiss erkennst du den Irrtum in deiner Argumentation. Aber was ist mit diesem abscheulichen Mord in der King Street? Zugegeben, es gibt nichts, was ihn damit in Verbindung bringt, aber sein plötzliches Verschwinden, das musst du zugeben, spricht gegen ihn.«

»Sie haben ihm keine spezifischen Anweisungen gegeben.«

»Erinnere mich *nicht* daran, was ich gesagt oder nicht gesagt habe. Das weiß ich selbst sehr gut.«

Er sprach so streng wie noch nie zu mir. Ich wollte mich schon entschuldigen und gehen, doch er hielt mich zurück.

»Mir ist bewusst, dass ich es versäumt habe, ihm das Fortgehen zu verbieten. Ich habe ihm gesagt, dass es eine Untersuchung geben würde. Ich habe ihm nicht gesagt, wann sie stattfinden würde.« Er machte eine Pause. Dann: »Wenn ich deinen Mr. Tolliver für einen Verdächtigen halte, dann sozusagen wegen seines Versäumnisses, vor mir zu erscheinen. Falls und wenn er erscheint und seine Abwesenheit erklären kann, wird er nicht mehr verdächtig sein. Einen anderen Verdächtigen habe ich nicht.

Auf Grund von etwas, das dieser alberne Kerl Ormond Neville gesagt hat, hatte ich gedacht, es könnte weitere Gründe geben, Thaddeus Millhouse zu verdächtigen. Erinnerst du dich? Er hat gesagt, er habe Mr. Millhouse ein sauberes Hemd für sein Erscheinen vor Gericht gebracht. Da man mir versichert hat, es gebe keine Flecken auf seinem Hemd, als er vor mir erschien, habe ich gedacht, mit diesem schmutzigen Hemd habe es vielleicht etwas Belastendes auf sich. Das hat sich als unzutreffend erwiesen. Mr. Fuller hat mir gesagt, dass das schmutzige Hemd einfach schmutzig war. Trotzdem habe ich ihn zu einer weiteren Befragung bestellt, denn du und ich, wir dachten beide, dass er etwas verbirgt. Dieser Mann hat etwas ziemlich Verschlagenes an sich. Ich glaube, du machtest eine Besorgung, und das war mir ganz recht. Das Geheimnis, das er verbarg und leicht zu erraten war, bestand darin, dass er tatsächlich Geschlechtsverkehr mit Polly Tarkin hatte. Er schämte sich dessen ganz zu Recht, und das war der Grund für seine Schuldgefühle. Er wusste, dass es falsch war; er wusste, was sie war; doch perverserweise war es gerade das, was ihn zu ihr hinzog. Er vergoss reichlich Tränen und jammerte mir von seinem Kummer vor, aber er überzeugte mich auch davon, dass ein so schwacher Mann wie er niemals diese grässlichen Verbrechen begehen konnte, besonders nicht das letzte. Jedenfalls hat er mir versichert, dass er jede Nacht bis auf die eine, in der er verhaftet wurde, bei seiner Frau verbracht hat, und ich bin sicher, dass sie das bezeugen würde.

Kurzum, ich habe keinen Verdächtigen mehr bis auf Mr. Tolliver, und solange mir andere fehlen, muss ich an ihm festhalten. Aber ich bin nicht so überzeugt von seiner Schuld in dieser Sache, dass ich die Runners nicht angewiesen hätte, ganz außerordentlich vorsichtig und wachsam zu sein. Doch mit dieser Vorgehensweise will ich nur Vorsorge gegen einen weiteren Mord treffen – wer immer der Täter sein mag. Ich möchte einen Plan ersinnen, durch den wir sein nächstes Verbrechen vielleicht vorhersehen und ihn auf frischer Tat ertappen könnten. Mir ist aufgefallen, dass die letzten beiden Morde in der gleichen Nacht passiert sind, und das war die Nacht des Vollmonds – wie Mr. Donnelly mir versichert hat. Der Vollmond scheint Wahnsinnige auf perverse Art zu beeinflussen. Ich kann nicht sagen, warum das so ist, aber es ist so. Der Mörder hat seither nicht mehr zugeschlagen. Ich vermute, er wird es beim nächsten Vollmond wieder tun, und das ist nächste Woche an Allerheiligen. Ein solcher Tag könnte für Menschen wie ihn eine gewisse düstere Anziehungskraft besitzen. Es wird die Planung aller Einzelheiten und viel Vorbereitung erfordern, aber mit Hilfe des Allmächtigen könnte es funktionieren.«

Er sprach nicht so sehr mit Überzeugung als mit großer Hoffnung. Ich wartete, ob er noch mehr zu sagen hätte, aber er schwieg. Endlich, unfähig, mich zu beherrschen, fragte ich: »Und was ist das für ein Plan, Sir John?«

»Das wirst du bald genug erfahren, Jeremy. Ich werde es dir sagen, wenn es an der Zeit ist.«

ZEHNTES KAPITEL

*In welchem ich eine Verletzung erleide
und ein Mörder gefasst wird*

Für die Ergreifung und Verurteilung des Killers von Covent Garden, wie man ihn inzwischen nannte, war eine Belohnung ausgesetzt worden. Dies hatte eine wohltuende Wirkung auf Sir John Fieldings Bow Street Runners, die mit frischer Energie ihre Suche in den dunklen Ecken des Bezirks fortsetzten. Es gab keine Klagen mehr über das Tragen von Säbeln, die in ihren Scheiden klapperten, und die Last der Laternen schien sie auch nicht mehr ganz so sehr zu drücken wie zuvor. Doch die zwanzig Guineas, die das Parlament demjenigen versprach, der den Mörder fasste, zeitigten auch ein negatives Ergebnis: Sie führten eine Meute unabhängiger Diebesfänger nach Covent Garden, ziemlich raue Gesellen, die manchmal im Rahmen des Gesetzes handelten, um ihre Ziele zu erreichen, häufiger aber nicht. Ich selbst war Opfer eines solchen Diebesfängers geworden, als ich zuerst nach London kam, und hatte nicht viel übrig für sie, Sir John noch weniger, und die Bow Street Runners betrachteten sie in diesem Fall als Wilderer in ihrem Revier. Doch sie kamen und fingen an, die Gasthäuser und Kneipen zu durchstöbern, wo sie sich erboten, jedem, der zur Ergreifung und Verurteilung des Mörders nützliche Informationen liefern konnte, einen Anteil an der Belohnung zu geben. Die Runners hatten bereits alle in Frage kommenden Gauner im Bezirk überprüft; sie wussten, wer immer der Mörder war, er ging allein seinen finstren Geschäften nach, und hinterher brüstete er sich weder damit, noch vertraute er sich jemandem an. Was den Außenseitern fehlte, war Organisation und die intime Kenntnis von Covent Garden, welche die Runners besaßen. Doch was ihnen in diesem Fall fehlte, war die Kenntnis von Sir Johns Plan.

Als die Tage vergingen und Allerheiligen nahte, wurde offensichtlich, dass Sir John Recht gehabt hatte mit seiner Prognose, es werde keine weiteren Überfälle geben bis zu der dunklen Nacht, von der man noch vor kurzem geglaubt hatte, in ihr würden die Hexen auf ihrem Weg zum Teufel und zu ihren Furcht erregenden Sabbatfeiern durch die Lüfte fliegen. Wenn Allerheiligen ohne Zwischenfälle verging, hätte Sir John sich geirrt; die Constables würden ihre wachsamen Kontrollgänge wieder aufnehmen, und Mr. Tollivers Abwesenheit würde noch stärker gegen ihn sprechen. Zweifellos war es letztere Überlegung, die mich veranlasste, für den Erfolg des Plans zu beten und schließlich darauf zu beharren, dass ich mich an seiner Ausführung beteiligen durfte.

Der Plan bestand aus zwei Elementen. Zunächst einmal würde es mitten in Covent Garden ein großes Freudenfeuer geben, nachdem die Stände geschlossen, die Karren weggefahren und die Dunkelheit hereingebrochen waren. Es würde, meinte Sir John, alle Schurken und Gesetzlosen anziehen und zur Feier der Nacht viele Prostituierte von den Straßen locken. »Im Grunde sind es einfache Menschen«, sagte er, als er am Abend vor dessen Ausführung seinen Constables den Plan darlegte, »und sie werden der Gelegenheit nicht widerstehen können, vor den Flammen herumzutanzen. Die letzte Hexenverbrennung hat Anfang dieses Jahrhunderts stattgefunden. Sie haben darüber Geschichten gehört. Wir werden ihnen alles bieten außer einer Hexe zum Verbrennen – alles, einschließlich Kastanien, die sie rösten können.

Mr. Marsden, notieren Sie das. Es muss reichlich Kastanien geben. Viele von Ihnen werden nötig sein, um die Ordnung zu wahren. Ich habe dafür gesorgt, dass eine Brigade der Feuerwehr anwesend sein wird, die die Flammen unter Kontrolle hält, wie es sich gehört. Sollte die Nacht windig sein, würde das leider unseren Plan vereiteln. Aber ich rechne mit einer klaren, stillen Nacht.«

Zustimmendes Gemurmel erhob sich unter der Gruppe, die sich in Sir Johns Amtszimmer drängte. Doch das nächste Element seines Plans fand nicht die gleiche Zustimmung.

Es erforderte, dass gewisse Constables sich bewaffnet, aber als Frauen verkleidet unters Volk mischten und dass andere ihnen heimlich folgten, um bei einem Übergriff schnell zu Hilfe eilen zu können. »Der Gedanke ist, verstehen Sie«, sagte Sir John, »die potenziellen Opfer von der Straße zu holen oder doch ihre Anzahl beträchtlich zu mindern und gleichzeitig unsere Männer als Lockvögel an ihre Stelle zu setzen, damit sie vielleicht dem Mörder begegnen und ihn überwältigen.«

Das wurde mit absolutem Schweigen aufgenommen. Bald stellte sich heraus, dass keiner unter ihnen Neigung hatte, sich als Frau zu verkleiden. Als Sir John Freiwillige aufrief, meldete sich niemand.

»Kommen Sie, Gentlemen. Dies ist nicht der Zeitpunkt, schüchtern zu sein. Lockvögel sind das Gebot der Stunde, und Lockvögel müssen wir haben.«

Wieder folgte nur Schweigen. Mir war diese Reaktion peinlich – ob für Sir John oder für die Constables, wusste ich nicht recht, aber es machte mich dennoch verlegen.

Da meldete sich ihr Captain, Mr. Benjamin Bailey, zu Wort. »Sir John«, sagte er, »ich bitte um Verzeihung, aber ich glaube nicht, dass einer von uns Ihren Mann wirklich täuschen würde, auch wenn Sie uns in Seide und Spitzen kleiden. Wir sind einfach alle verdammt zu groß.«

Ich sah mich um. Er hatte Recht. Die Männer im Raum schienen alle sechs Fuß oder mehr zu messen – vielleicht mit zwei Ausnahmen, und eine davon war ich. Ich wusste, dass Mr. Bailey die Körpergröße in Betracht zog, wenn er seine Constables auswählte. Ohne groß darüber nachzudenken, trat ich vor.

»Ich melde mich freiwillig«, sagte ich, »denn ich habe die richtige Größe.«

»Das warst du, der sich da gemeldet hat, Jeremy«, sagte Sir John.

»Ja, Sir.«

»Dann tritt wieder zurück«, sagte er. »Das ist keine Aufgabe für einen Jungen.«

»Ich werde nicht zurücktreten, Sir. Ich kann mich genauso gut wie alle anderen hier gegen einen Angriff wehren.«

Meine Prahlerei rief leicht spöttisches Gelächter hervor. Aber jemand meldete sich zu meiner Verteidigung.

»Sir«, sagte Mr. Perkins, »der Junge ist noch nicht auf die Probe gestellt worden, aber gelernt hat er so gut wie alle anderen. Nehmen Sie ihn, und Sie bekommen zwei Freiwillige, denn so sehr ich auch die Vorstellung hasse, in Röcken herumzulaufen, ich würde sie anziehen, um dafür zu sorgen, dass dem Jungen nichts zustößt.«

»Das sind doch Sie, Mr. Perkins, nicht wahr?«

»Ja, Sir, ich bin es, und ich bin von einer Größe, die einen Angreifer täuschen könnte. Die irische Frau, das erste Opfer, war nicht kleiner als ich.«

Sir John saß schweigend hinter seinem Schreibtisch. Dann, ganz unvermittelt, schlug er mit der flachen Hand auf die Platte.

»Bei Gott, das gefällt mir nicht, denn ich hatte gehofft, fünf oder sechs von Ihnen in verschiedenen Straßen einzusetzen. Und vor allem gefällt mir der Gedanke nicht, einen vierzehnjährigen Jungen für diesen Zweck zu benutzen. Doch es gibt Zeiten, in denen die Not uns zwingt, uns mit dem zu begnügen, was uns zur Verfügung steht. Ich akzeptiere Mr. Perkins und Mr. Proctor als meine Lockvögel – wenn auch wider besseres Wissen.«

Das rief weder Hurrarufe noch Applaus hervor. Die einzige Reaktion der Constables bestand in unbehaglichem Füßescharren. Doch ich wählte diesen Augenblick, um etwas richtig zu stellen.

»Sir John?«

»Was ist, Jeremy?«

»Ich möchte Sie korrigieren, Sir. Ich bin nicht vierzehn Jahre alt. Ich bin fünfzehn.«

Es kommt eine Zeit, da bereut man vielleicht seine impulsiven Handlungen – oder, wenn man sie nicht gerade bereut, zieht sie in Zweifel. Diese Zeit kam für mich, als ich, allein in meiner Dachkammer, das alte, abgenutzte Kleid anzog, das Lady Fielding aus dem für die Bewohnerinnen des Magdalenenheims für reuige Prostituierte gespendeten Vorrat beschafft hatte. Es passte recht gut, außer an den Schultern, die geändert worden waren, damit sie an mir besser saßen; auch der Rocksaum war heruntergelassen worden, um meine Knöchel zu bedecken und meine Füße zu verbergen. Als ich im Zimmer umherging und die Schultern bewegte, wo das Kleid noch immer ein wenig spannte, und dabei merkte, dass der Rock meinen Gang irgendwie beeinträchtigte, bekam ich echte Zweifel an Sir Johns Plan und meiner Rolle darin. Doch ich wusste, dass diese Gedanken an beidem nichts ändern würden. Die Nacht brach herein; gleich sollte in Covent Garden das große Freudenfeuer entzündet werden; die Menge würde sich jetzt rasch versammeln. Ich konnte nichts anderes tun, als die Treppe hinunterzugehen und in meiner Verkleidung den nächsten Schritt zu tun – den, den ich am meisten fürchtete.

Die Länge des Rocks war gefährlich auf der Treppe, bis mir wieder einfiel, wie Frauen dies handhabten, und ich den Rocksaum geziert bis zu den Knöcheln anhob. So kam ich in die Küche, wo Lady Fielding, Annie und Constable Perkins mich erwarteten. An ihm sah ich, welches Schicksal mir bevorstand. Man hatte ihm nicht nur Lippen und Wangen rot geschminkt, sondern ihn auch mit einer Baumwollhaube geschmückt, wie sie die Frauen damals trugen und die heute ein wenig aus der Mode ist. Doch das alles hatte seine markanten, energischen Züge in keiner Weise gemildert. Um die Wahrheit zu sagen, er sah einfach aus wie Constable Perkins mit Rouge und einer albernen Haube.

»Oh, Jeremy, setz dich«, sagte Lady Fielding. »Man hat mir gesagt, wir müssten uns beeilen. Annie wird dich schminken.«

»Du wirst dich nicht wiedererkennen, wenn ich mit dir fertig bin«, meinte Annie. Für mich hörte sich das ganz wie eine Drohung an.

Mr. Perkins sagte nichts. Er wandte das Gesicht ab und tat so, als schaute er aus dem Fenster, wo aber außer dem aufgehenden Mond nichts zu sehen war.

Als ich mich hinsetzte, tauchte Annie zwei Finger in das Blechdöschen mit Rouge und machte sich an ihre Arbeit. Nach einer Weile gab sie mir einen ärgerlichen Klaps auf den Scheitel.

»Zappel nicht so«, sagte sie. »Sonst bekomme ich das nie richtig hin.«

Ich hielt also gehorsam still. Ich wollte es einfach so schnell wie möglich hinter mich bringen.

»Bei Constable Perkins war es ziemlich schwierig«, sagte Lady Fielding. »Der arme Mann ist behaart bis zur Halsgrube. Wir mussten die Haare abrasieren.«

»Und haben mich dabei ordentlich geschnitten«, brummte er.

»Wir konnten ihn nicht so gehen lassen, wie er war«, erwiderte Annie. »So hätte er niemanden getäuscht.«

Wie auch immer, Annie vollendete ihre Aufgabe. Sie bot mir einen Spiegel an, aber ich lehnte ab.

»Du siehst wie eine richtige Dirne aus«, sagte sie.

»Ein bisschen kräftig wie ein Bauernmädchen, aber solche gibt es viele auf der Straße.«

»Und das hier«, meinte Lady Fielding und hielt eine Baumwollhaube hoch, wie Mr. Perkins sie trug, »sollte dir den letzten Schliff geben.«

Sie setzte mir die Haube auf und band sie unter dem Kinn fest.

»Ich denke, jetzt haben wir alles getan, was nötig war, nicht wahr, Annie?«, sagte sie.

»Ja, Maam«, antwortete Annie mit einem Blick auf Mr. Perkins, »oder was möglich war.«

Dann wandte sich Mr. Perkins in ziemlich barschem Ton an mich: »Also gut, Jeremy, gehen wir.«

Und das taten wir. Wir nickten den Frauen zu, und ich folgte Mr. Perkins die Treppe hinunter. Dort warteten Sir John und die vier Runners, die uns in diskretem Abstand folgen sollten.

Obwohl den vier Männern Überraschung und Erheiterung ins Gesicht geschrieben standen, sagte keiner ein Wort; man hörte nicht einmal ein Kichern. Der wütende, drohende Blick, den Mr. Perkins ihnen zuwarf, sorgte für totale Stille.

»Sind Sie bereit?«, fragte Sir John.

»So bereit wie nur möglich«, erwiderte Mr. Perkins.

»Aber Sie müssen eine Waffe mitnehmen. Mr. Baker?«, rief Sir John dem Constable zu, der die Nachtwache hatte. »Geben Sie jedem eine geladene Pistole und einen Schlagstock –

oder haben Sie Ihren eigenen Schlagstock bei sich, Mr. Perkins?«

»Er steckt in meinem Gürtel unter dem Rock. Ich gehe nie ohne ihn, Sir.«

»Schön und gut«, sagte der Richter. »Aber ich habe gedacht, es wäre am besten, Sie würden die Pistole in der Hand tragen, Constable, denn Ihre Aufgabe besteht hauptsächlich darin, Jeremy zu beschützen.«

»Ich werde wohl kaum jemanden anlocken, nicht einmal einen, der mich ermorden will. Aber ich kann doch nicht mit einer Waffe in der Hand herumlaufen.«

»Doch, das können Sie, wenn sie gut versteckt ist. Constable Cowley? Haben Sie dieses Umschlagtuch, das Ihre Freundin uns geliehen hat?«

Der junge Mr. Cowley trat vor und reichte Perkins ein altes blaues Tuch; es war zerrissen und an den Rändern ausgefranst, aber es war groß genug für den Zweck, den Sir John im Sinn hatte.

»Mr. Baker, haben Sie die Pistolen? Geben Sie Mr. Perkins eine. Und nun, Mr. Cowley, wickeln Sie ihm das Tuch um Hand und Pistole, und bedecken Sie den Stumpf seines linken Armes so gut wie möglich.«

Fasziniert sah ich zu, wie die Pistole in einer Rolle blauer Wolle verschwand.

»Stecken Sie den Zipfel gut fest«, forderte Sir John Mr. Cowley auf. »Er darf sich nicht lösen, solange Mr. Perkins es nicht will. Können Sie die Pistole notfalls freimachen, Mr. Perkins?«

»Oh, das werde ich schon schaffen, Sir.«

»Davon bin ich überzeugt, Mr. Perkins, aber denken Sie bitte daran – du auch, Jeremy –, wenn ich ›notfalls‹ sage, dann meine ich genau das. Denken Sie an die Pistole hauptsächlich als Möglichkeit, ein Zeichen zu geben. Wir dürfen nicht zulassen, dass Sie den ersten betrunkenen Matrosen, der sich an Jeremy vergreift, niederschießen. Sie, die Männer, die ihnen folgen, sollten, wenn Sie einen Pistolenschuss oder einen Schrei von Mr. Perkins oder Jeremy hören, so schnell wie möglich zu ihnen laufen; denn Sie wissen ja, dann ist es ernst. Halten Sie sich fünfzig Yards hinter ihnen – aber nicht mehr. Und tun Sie Ihr Bestes, damit Sie unbemerkt bleiben – obwohl das bei Ihrer Ausrüstung schwierig sein dürfte.«

Tatsächlich waren sie in voller Montur erschienen; jeder trug ein Paar Pistolen und einen Säbel an der Seite.

Während Sir John seine letzten Anweisungen gab, reichte Baker mir Pistole und Schlagstock. Ich raffte den voluminösen Rock hoch und steckte beides in den Gürtel, den ich um meine Hose trug. Dann ließ ich den Rock wieder fallen. Die Waffen waren gut versteckt, aber ich fragte mich, ob ich in der Lage sein würde, in einer Notlage rasch an sie heranzukommen. Auf jeden Fall, dachte ich, hatte ich fünf Constables, die mich beschützten.

»So, und nun machen Sie sich alle auf den Weg«, sagte Sir John. »Das Feuer in Covent Garden ist entzündet. Jetzt werden die Leute herbeiströmen, um zu tanzen und zu singen. Für Sie dürften die Straßen leer sein. Möge Gott uns beistehen.« Und damit traten wir hinaus auf die Bow Street.

Der Menschenstrom in den Garden, den Sir John vorhergesagt hatte, war eher von der Art eines Schwarms. Als wir uns der Russell Street näherten, wurden wir angerempelt und gestoßen von den Menschen, die zu den Festlichkeiten eilten. Sie beachteten uns überhaupt nicht. Wir sahen keine Notwendigkeit, uns zu trennen, solange die Straßen noch so bevölkert waren. Gemeinsam marschierten wir bis zur Russell Street, einer der Hauptzugangsstraßen zu Covent Garden, und warteten dort, bis die Menschenflut etwas abebbte.

Von unserem Platz an der Straßenkreuzung aus konnten wir das Feuer brennen sehen. Es war ein großartiges Feuer, aber noch längst nicht so riesig, wie es bald sein würde. Holz – ganze Stämme – lag hoch aufgestapelt in dem Haufen, der von den Flammen noch unberührt war. Und weiteres Holz war vorrätig, um nachgelegt zu werden, damit das Feuer stetig brannte. Kein Feuer, das am Guy Fawkes Day in der kommenden Woche entzündet wurde, würde dieses übertreffen und eine solche Menschenmenge anziehen. Die Leute gingen umher, standen und starrten, einige hatten angefangen zu tanzen. Wie liebt doch das Volk das Feuer!

Endlich ließ das Gedränge nach. Wir überquerten gemeinsam die Russell Street, doch nahe der Charles Street teilten wir uns so, wie Sir John es vorgeschlagen hatte. Constable Perkins ging voran, und ich folgte ihm im Abstand von ungefähr zwanzig Yards; die vier Constables hielten sich nicht ganz fünfzig Yards hinter mir, zwei auf jeder Seite der Charles Street. Der Plan sah vor, im Karree durch Covent Garden zu gehen; wenn nichts geschah, sollten wir das noch einmal tun, und wenn dann immer noch nichts passierte, sollten wir unsere Aufmerksamkeit auf die Stellen konzentrieren, die als die gefährlichsten galten – das Schicksal herausfordern, sozusagen.

Ich schaute nach vorn. Selbst aus der Entfernung sah Mr. Perkins mehr oder weniger wie ein Mann in Röcken aus. Das Rouge, das Annie aufgetragen hatte, vermochte nicht nur seine männlichen Züge nicht zu mildern, er selbst trug auch nichts dazu bei, um seinen Gang zu verändern. Mit langen Schritten marschierte er durch die Charles Street und schaute wachsam nach rechts und links – wie ein Constable es eben getan hätte. Wenn der Mörder ihn sah, ob aus der Nähe oder von fern, würde er wissen, dass etwas nicht stimmte.

Die Eskorte hinter mir spielte ihre Rolle ein wenig besser. Ihre Bewegungen waren zwar auszumachen, auch glitzerte hin und wieder ein Säbel auf, aber sie bewegten sich schweigend im Schatten und waren nur unter den Laternen deutlich sichtbar; das Licht des Vollmonds schien noch nicht in die Charles Street.

Und ich? Ich trippelte ein bisschen beim Gehen, bewegte mich nicht zu schnell und versuchte, in gewisser Weise aufreizend zu wirken, wie ich es bei solchen Frauen beobachtet hatte.

Und so bog unsere seltsame Prozession in die Tavistock Street ein, ging diese hinunter, überquerte die Southampton und schlenderte die Maiden Lane entlang. In diese Viertel fiel direktes Mondlicht. Die Constables hinter mir konnten sich nicht mehr verstecken wie zuvor, indem sie sich von einem Schatten in den nächsten flüchteten. Doch es gelang ihnen, ihre Absichten zu verschleiern, indem sie, wie man sagen könnte, ganz gleichgültig hinter mir und Mr. Perkins herspazierten. Es gab ein paar Fußgänger in der Maiden Lane, doch diese schienen uns gar nicht zu bemerken, sondern passierten uns ohne Argwohn oder auch nur Neugier.

Dann ging's weiter in die Bedford Street, die vielleicht nicht ganz ungefährlich war, denn sie lag in unmittelbarer Nähe jener breiten Straße mit ihren Kneipen und übel beleumundeten Tavernen, wo man die verstümmelte Leiche von Polly Tarkins gefunden hatte. Mr. Perkins schien sich mit seinen langen Schritten immer weiter von mir zu entfernen; der Abstand zwischen ihm und mir war jetzt fast so groß wie der zwischen mir und den Constables.

Ich entsinne mich, dass ich die Bedford Street erst zwanzig Schritte entlanggegangen war und meine Eskorte zeitweilig in der Maiden Lane zurückgelassen hatte, als ein Paar blindlings aus einer der Ginspelunken trat und mit mir zusammenstieß.

Ich wollte weitergehen, wurde aber plötzlich von einer männlichen Hand unsanft zurückgerissen.

»Du da! Was fällt dir eigentlich ein, dich nicht zu entschuldigen, wenn du mit einem Kerl zusammenprallst? Du kannst einen Tritt in den Arsch haben, ja, das kannst du.«

Ich kannte die Stimme. Diese Worte, mit speichelnasser Ginfahne ausgesprochen, konnten nur von Jackie Carver stammen. Ich brauchte mir bloß sein Gesicht anzusehen, um mich zu vergewissern. Ich schüttelte seine Hand ab, aber er packte mich erneut.

»Jetzt aber mal...« Da hielt er inne und stieß plötzlich ein gackerndes Lachen aus. »Nun schau dir bloß mal an, wer das ist, Mariah! Dein kleiner Freund vom Schnapper! Aufgemacht wie 'ne Dirne is er – mit Lippenstift und bemalten Backen wie du.«

Es war tatsächlich Mariah, die ein wenig hinter ihm stand. Aber jetzt trat sie vor, schwankend von dem Gin, den sie getrunken hatte. Sie streckte den Kopf ruckartig in meine Richtung, hatte einige Schwierigkeiten, klar zu sehen, und lachte mich aus.

»*Dio mio, è vero*! Es stimmt, er ist es!« Und sie lachte wieder.

Dann griff sie nach meinem Gesicht, als wolle sie das Rouge verschmieren: Ich wich zurück. Er zerrte an meinem Arm, und ich, endlich handlungsfähig, gab ihm einen kräftigen Stoß vor die Brust, der ihn zurücktaumeln ließ. Er sah mich fassungslos an.

»Weißt du eigentlich, wer ich bin, Bürschchen«, schrie er. »Was ich mit dir machen könnte?«

Und in dem Moment, in dem er ausholte, bereit, sich auf mich zu stürzen, fand er sich plötzlich im Griff starker Arme wieder, etlicher Arme, denn meine Eskorte hatte mich endlich eingeholt. Genauso plötzlich war auch Mr. Perkins bei mir und fragte mich, ob alles in Ordnung sei. Die Pistole, die er trug, hatte er aus ihrer Umhüllung befreit.

Mariah schaute mit großen Augen verwirrt um sich und schwieg.

Jackie Carver begriff seine Lage augenblicklich. »Na, na, meine Herren, lassen Sie los. Bloß ein kleines Missverständnis, könnte man sagen. Ich dachte, die Kleine hier würde nur so herumbummeln. Wenn das 'ne Sache vom Schnapper ist, hab ich nichts damit zu tun. Lassen Sie mich in Ruhe.«

»Geh nur ruhig weiter, Jeremy«, forderte Constable Cowley mich auf. »Um den hier werden wir uns kümmern.«

»Komm schon, Junge«, sagte Mr. Perkins. »Vielleicht sollten wir zusammen gehen.«

»Ich glaube nicht, Sir. Aber lassen Sie uns näher zusammen bleiben.«

»Du gehst zu langsam.«

»Nein, Sir, wenn ich das sagen darf, Sir, Sie gehen zu schnell – Sie gehen wie ein Mann. Könnten Sie nicht versuchen, etwas ... etwas weiblicher zu gehen?«

Er sah mich wütend an und hatte eine Erwiderung auf der Zunge. Aber dann, für einen langen Moment, besann er sich. »Ich werde es versuchen«, sagte er schließlich.

Er wandte sich ab und ging rasch fünfzehn oder zwanzig Yards die Bedford Street hinunter. Dann blieb er stehen und winkte mir, ihm zu folgen. Das tat ich, ging mit Trippelschritten wie zuvor und war mir dabei sehr bewusst, dass Mariah und ihr Beschützer mich beobachteten. Ich schämte mich bei dem Gedanken, aber ich machte weiter, denn dies war schließlich eine Angelegenheit des Schnappers.

Der arme Mr. Perkins, er tat sein Bestes. Er konnte nicht trippeln, denn ich bezweifle, dass er wusste, was das ist, aber machte kürzere und nicht mehr so männlich ausgreifende Schritte. Der Gang, der dabei herauskam, war eine Art Schlurfen – immerhin eine Verbesserung. Dabei wurde er zusätzlich durch das Umschlagtuch behindert, das Constable Cowley ihm gegeben hatte, denn er versuchte, die Pistole darunter zu verbergen. Er blieb stehen, beugte sich darüber und gab sich Mühe, sie mit seinem Armstumpf einzuwickeln – was natürlich ganz unmöglich war. Ich eilte ihm hastig nach, um ihm zu helfen, aber er winkte ab. Am Ende ließ er das Tuch einfach über die Pistole hängen. So war sie zwar verhüllt, würde es aber nicht lange bleiben. Dann gingen wir weiter.

Ich wünschte mir sehnlichst, ich hätte schneller auf diesen Jackie reagiert. Warum hatte ich so dumm dagestanden und mich von ihm festhalten lassen? Warum hatte ich zugelassen, dass Mariah mich auslachte? Warum? Warum? Warum? Ich merkte, dass ich vor Erbitterung über diesen Vorfall, der jetzt schon Minuten zurücklag, bebte. Ich beschloss, ihn für den Augenblick zu vergessen. Später, wenn ich Gelegenheit dazu hatte, würde ich gründlich darüber nachdenken.

Als ich die Gasse passierte, die zum Kirchhof von St. Pauls führte, schaute ich mich um und sah den gelbroten Schein des großen Freudenfeuers in Covent Garden und hörte das Geschrei der Menge, die inzwischen noch größer geworden war. Und als ich in diese Richtung blickte, war ich überrascht, in der Gasse einen Wagen ohne Fahrer stehen zu sehen – was an sich nicht überraschend war, aber dieser Wagen war unverkennbar der des Harkers. Dessen war ich sicher. Obwohl ich den grob auf die Seitenwand gemalten Totenkopf nicht sehen konnte, hätte ich diese abgemagerten, müden Klepper überall erkannt. Beide waren grau wie Gespenster, beide standen mit gesenktem Kopf auf zitternden Beinen. Ich fragte mich, wo der Harker selbst sein mochte, obwohl ich natürlich seine Aufgabe kannte. Vielleicht hatte er in dem Haus zu tun, vor dem sein Wagen stand. Vielleicht war irgendeine arme Seele, die hinter einem dieser Fenster gewohnt hatte, an Krankheit oder Armut gestorben. Besser so, dachte ich, als durch einen Mord ums Leben zu kommen. Und da durchfuhr mich ein Schauder.

Am Ende der Bedford Street bog Mr. Perkins in die King Street ein. Ich ging langsamer, denn ich sah ihn direkt vor Nummer sechs stehen bleiben – Queens Court, der Schauplatz des letzten und grausamsten Mordes. Ich fragte mich, ob er in den Hof hineingehen wollte, um ihn zu inspizieren. Hatte er etwas gehört? Etwas gesehen? Nein, er versuchte wieder, das Tuch um die Pistole zu wickeln – diesmal benutzte er seine Zähne. Ich verkürzte den Abstand zwischen uns und wollte darauf bestehen, ihm zu helfen.

Gerade war ich an dem Durchgang, der in den Nachbarhof führte, bekannt als Three Kings, als ich von einem Angreifer, den ich überhaupt nicht gesehen hatte, in die Passage gerissen wurde – und den ich auch jetzt nicht sehen konnte, als ich in den dunklen Durchgang gezerrt wurde.

Eine Hand lag auf meinem Mund, so dass ich nicht schreien konnte. Der rechte Arm wurde mir auf den Rücken gedreht. Es war eine stinkende Hand, und sie schmeckte noch fauliger, als ich fest in einen ihrer Finger biss. Ich verbiss mich darin und riss und mahlte, ohne meine Zähne zu lockern. Gleichzeitig stieß ich meinen linken Ellbogen mit aller Kraft in die Rippen meines Angreifers. Er war groß, das merkte ich an seiner Kraft, aber er war auch fast so breit wie hoch. Meine Füße nutzten mir nichts, da er mich immer weiter rückwärts in Richtung Hof schleifte, aber ich schmeckte sein Blut und wusste, dass er seine Hand nicht viel länger dort lassen konnte! Wir blieben stehen, und ich rammte ihm meine Ferse auf den Fuß. Daraufhin ließ er los, hielt nur noch meinen Arm, und ich fuhr herum, um ihn anzusehen.

Bei Gott, es war der Harker! In einem Flecken Mondlicht konnte ich ihn deutlich erkennen.

»*Perkins*!«, brüllte ich, so laut ich konnte.

Ich hörte Schritte von der Straße, als er meinen Arm losließ. Ein Messer glänzte in seiner rechten Hand. Geduckt ging er auf mich los, ich wich aus, und wir umkreisten uns. Er wandte der King Street gerade den Rücken zu, als Mr. Perkins am Eingang der Passage erschien, die Pistole in der Hand. Ich drehte mich um und rannte.

Der Harker musste Mr. Perkins dort gespürt haben, denn er rannte in der engen Passage hinter mir her, so schnell ihn seine krummen Beine trugen. Ich sah, dass er nicht die Absicht hatte aufzugeben. Ich schlug Haken nach rechts und links, um seinem Messer zu entkommen. Doch als der Harker an mir vorbeistürmte, schleuderte er mich gegen die Mauer des Durchgangs. In dem Moment, in dem ich Mr. Perkins seine Pistole abfeuern hörte, schlug mein Kopf gegen die Ziegelmauer, und ich versank in schwarze, bodenlose Leere.

Als ich wieder zu mir kam, war ich ganz allein, aber nicht mehr in dem Durchgang. Dessen war ich sicher, denn ich fuhr mit den Händen über die Fläche, auf der ich lag, und spürte, dass ich mich in einem Bett befand. Meinem Bett? Mit einiger Anstrengung öffnete ich die Augen, sah mich um und stellte fest, dass ich in der Tat in meinem eigenen Bett in der Dachkammer lag. Ich versuchte aufzustehen, aber der plötzliche Schmerz in meinem Hinterkopf ließ mich sofort wieder auf das Kissen sinken. Ich berührte die schmerzende Stelle und fühlte, dass ich einen dicken Verband trug.

Wie lange lag ich schon da? Wie lange war ich bewusstlos gewesen? Wer hatte mich überhaupt hierher gebracht?

Ich konzentrierte mich auf die Ereignisse unmittelbar bevor ich das Bewusstsein verloren hatte. Sie standen mir noch klar vor Augen, und dafür war ich dankbar, denn ich hatte gehört, dass ein Schlag auf den Kopf manchmal zum Verlust der Erinnerung führen kann. Ich erinnerte mich nur zu gut an alles – ich war in die Passage geschleift worden, hatte mich gewehrt, so gut ich konnte, hatte Blut geschmeckt, hatte mich dann losgerissen und zu meinem Erstaunen erkannt, dass der Harker derjenige war, der mich überfallen hatte. Ich entsann mich auch, von ihm gegen die Wand geschleudert worden zu sein, als Mr. Perkins seine Pistole abfeuerte. Konnte er mich getroffen haben? War das die Ursache dieses schrecklichen Schmerzes am Hinterkopf? Nein, eher war mein Kopf gegen irgendeinen scharfen Ziegelstein geprallt, eine Stelle, wo der Putz abgebröckelt war. Vielleicht war mein armer Schädel gebrochen. Es fühlte sich ganz so an.

Mr. Perkins hatte also den Harker erschossen.

Mit dem Morden war es vorbei. Darüber war ich froh – und auch froh darüber, in meinem eigenen Bett zu liegen, schlief ich ein. Meine Träume waren höchst angenehm. Ich befand mich auf einem Schiff, einem stabilen Schiff mit geblähten Segeln, das so glatt über die Wellen glitt wie eine zweispännige Kutsche über eine gut gepflasterte Straße. Mariah war bei mir. Wir spazierten zusammen über das Deck und spürten den Wind auf unseren Gesichtern. Sie lachte mich nicht aus, sondern erklärte mir ernsthaft, dass sie mich liebe. Die Matrosen behandelten uns mit großem Respekt und zogen vor uns die Hüte. Und der Kapitän des Schiffs, der so gut wie mein Bruder war, Tom Durham, lud uns auf das Achterdeck ein, wo er seinen Kommandostand hatte. Er schaute durch ein großes, langes Teleskop und rief: »Land in Sicht! Ich sehe die Küsten von Massachusetts.« Da erschien Annie Oakum.

Doch sie gehörte nicht zu dem Traum, sie war wirklich da, in meinem Zimmer. Meinen Kopf hielt ich in ihre Richtung gedreht. Der Mond schien noch immer so hell, dass ich sie erkennen konnte.

»Du bist aufgewacht«, sagte sie.

»Gerade eben«, erwiderte ich.

»Land in Sicht hast du gesagt. Hast du geträumt?«

»O ja, aber es war Tom, der das gesagt hat.«

»Tom Durham? Ich träume oft von ihm, aber meine Träume sind nicht viel wert.«

Ich versuchte erneut, mich aufzurichten, aber wieder fühlte ich den Schmerz am Hinterkopf, wenn auch nicht mehr so heftig wie zuvor. Sie drückte mich sanft auf mein Kissen zurück.

»Du musst still liegen«, ermahnte sie mich. »Das hat Mr. Donnelly gesagt. Er hat darauf bestanden.«

»War er hier bei mir?«

»Ja, das war er. Er hat gesagt, du hättest eine Kon... Kon...«

»Konkussion? Das ist eine Gehirnerschütterung.«

»Ja, das hat er gesagt. Und du solltest im Bett bleiben, und ich sollte gut auf dich aufpassen. Und da bin ich, wie du siehst.« Sie machte einen kleinen Knicks vor mir, und ich sah, dass sie ihr Nachthemd anhatte. »Mein zweiter Besuch in dieser Nacht.«

»Wie spät ist es, Annie?«

»Das kann ich nicht sagen, aber es müsste spät sein. Das große Feuer im Garden ist ganz heruntergebrannt.« Sie seufzte. »Ich muss dir sagen, als dieser einarmige Constable dich hereintrug, habe ich gefürchtet, du würdest nie wieder aufwachen, nicht in diesem Leben. O Jeremy, ich bin so froh, dass du lebst!«

Und sie beugte sich nieder und drückte mir einen Kuss auf die Wange. Da ihr Gesicht meinem so nahe war, konnte ich sehen, dass Annie Tränen in den Augen hatte.

»Und ich erst!«

»Ich muss gehen und Sir John sagen, dass du wach bist. Er ist so unglücklich – du so schwer verletzt, und alles für nichts.«

»Für nichts?« Wieder hob ich unbedacht den Kopf, wieder mit dem gleichen unangenehmen Ergebnis. »Hat Mr. Perkins den Mörder denn nicht erschossen?«

»O nein, alle Constables waren wütend auf sich selbst, denn sie haben ihn entkommen lassen. Sie haben nicht einmal richtig gesehen, wer dich da überfallen hatte.«

»Annie, du musst gehen und Sir John sagen, dass ich den Mann kenne. Ich kenne den Mörder!«

Mit weit aufgerissenen Augen und ohne ein weiteres Wort floh sie aus meinem Zimmer. Und nach weniger als einer Minute ertönten laute Schritte auf der Treppe. Auf einmal war mein kleines Zimmer voller Besucher. Nicht nur Sir John war gekommen, sondern auch Mr. Donnelly und Constable Perkins, jetzt wieder in seiner Uniform – und Annie war auch bei ihnen.

»Ach, Jeremy«, sagte Sir John, »ich finde gar keine Worte – ich meine, ich ... ich gebe mir die Schuld für dieses schreckliche Missgeschick. Ich bitte dich von Herzen um Verzeihung. Aber Annie sagte, dass du ... dass du ...«

»Ja, Sir«, erwiderte ich, »es war der Harker.«

»Der Harker! Guter Gott, natürlich! Er war ständig in der Nähe, nicht? Und ich habe immer gedacht, dass er halb verrückt ist. Aber bist du sicher, dass er es war?«

»Ich habe ihn im hellen Mondlicht deutlich gesehen, Sir, und er hatte ein Messer – und dann kam er mir so nahe, wie man nur jemandem kommen kann, als er mich niederschlug. Es war der Harker. Ich könnte nicht sicherer sein.«

»Und er besaß ein Messer. Wir haben Glück, dass du noch am Leben bist.«

»Ohne Mr. Perkins' Unterricht wäre ich das nicht.«

»Guter Junge«, flötete Mr. Perkins, »du hast nicht den Kopf verloren.«

»Ich hörte Sie schießen. Ich dachte, Sie hätten ihn erschossen.«

»Nein, Jeremy, in meiner Hast habe ich ihn verfehlt. Ich hatte Angst, dich zu treffen. Wäre er nicht so nah bei dir gewesen, dann hätte ich ihn getroffen, das kann ich dir versprechen.«

»Constable Perkins...« Sir John sprach in befehlendem Ton.

»Jawohl, Sir?«

»Gehen Sie und stellen Sie so schnell wie möglich eine Truppe von Runners zusammen. Finden Sie Mr. Bailey, wenn es möglich ist – aber warten können wir nicht auf ihn. Auf jeden Fall werde ich das Kommando über die Truppe übernehmen.« Sir John stotterte einen Augenblick, denn seine Gedanken rasten. »Jeremy«, sagte er dann, »du hast den Harker gesehen, aber hat der Harker dich auch gesehen – nein, natürlich hat er dich *gesehen,* aber hat er dich auch *erkannt?* Hat er gemerkt, dass du *ihn* erkannt hast?«

Ich überlegte einen Moment. »Das kann ich nicht sagen, Sir«, antwortete ich schließlich. »Er muss gemerkt haben, dass ich keine Frau bin, so wie ich nach Mr. Perkins geschrien habe. Aber er hat mich von hinten gepackt, und die meiste Zeit waren wir im Dunkeln. Deswegen denkt er vielleicht, er sei entkommen, ohne dass ich ihn erkannt hätte.«

»Sehr gut«, sagte Sir John. »Dann finden wir ihn vielleicht in diesem grässlichen Totenhaus. Hoffen wir, dass er nicht geflohen ist. Also, fort mit Ihnen, Mr. Perkins – vier oder fünf Runner müssten genügen.«

Eilig verließ der Constable das Zimmer und polterte die Treppe hinunter.

Mr. Donnelly, der gewartet hatte, bis die dringendsten Dinge geregelt waren, trat vor und forderte Annie auf, eine Kerze anzuzünden.

Dann sagte er zu mir: »Ich stelle fest, dass dein Verstand nicht verwirrt ist, aber lass dich genauer anschauen, da du nun wieder unter den Lebenden weilst.«

Obwohl erregt über das Gespräch mit Sir John und gespannt auf das Ergebnis, blieb ich nur noch wenige Minuten wach, als alle meine kleine Dachkammer verlassen hatten. Falls ich geträumt habe, erinnerte ich mich nicht daran, als ich im Licht des Morgens erwachte. Vorsichtig versuchte ich wieder, den Kopf vom Kissen zu heben. Der Schmerz hatte erneut nachgelassen. Ich war in der Lage, mich aufzusetzen, meine Füße auf eine Seite zu drehen und mich in den Nachttopf neben meinem Bett zu erleichtern. Aufzustehen wagte ich noch nicht.

Unten hantierten Annie und Lady Fielding in der Küche. Bei den Geräuschen, mit denen sie das Frühstück vorbereiteten, wurde mir mein eigener Hunger bewusst – oder war es eine gewisse Übelkeit? Oder beides? Ich war jedenfalls froh, Schritte auf der Treppe zu hören und dann Lady Fielding mit einer Schale hereinkommen zu sehen, in der ich Haferbrei vermutete. Doch es war kein Haferbrei.

»Annie hat für dich eine gute, herzhafte Brühe zubereitet, Jeremy«, sagte sie mit einem liebevollen Lächeln. »Und zwar auf Befehl von Mr. Donnelly. Er hat gesagt, etwas Kräftigeres könntest du vielleicht nicht bei dir behalten.«

Ich stützte mich auf die Ellbogen und erklärte, ich könne mich ohne Schwierigkeiten aufsetzen. Doch Lady Fielding schüttelte mein Kissen so auf, dass mein Kopf höher lag. Ich lehnte mich zurück. Dann setzte sie sich auf meine Bettkante und bestand darauf, mir die Brühe mit einem Löffel einzuflößen wie einem Säugling. Das war mir zwar etwas peinlich, doch ich fand die Brühe so herzhaft, wie sie versichert hatte, und sie schien meinem Magen keine Schwierigkeiten zu bereiten. Ich brauchte nur den Mund zu öffnen, damit Lady Fielding ihn füllte, und mir anzuhören, was sie von den Ereignissen der letzten Nacht zu berichten wusste.

»Du willst sicher wissen, wie dieses Ungeheuer von einem Mann festgenommen wurde«, sagte sie, »denn du warst ja derjenige, der das ermöglicht hat.«

»Der Harker?« Ich machte eine Pause und nahm einen Löffel Suppe. »Ist er unten?«

»Ja, in der Tat – sicher verwahrt in diesem kleinen Gefängnis hinter dem Gerichtssaal. In einer Stunde wird er Jack vorgeführt, und dann kommt er schnurstracks nach Newgate. Jack sagt, er hat gestanden, und außerdem wurde er in einer ... in einer kompromittierenden Situation ertappt – das brauche ich nicht näher zu erläutern. Diese grauenhaften Verbrechen, und zu einem so grauenhaften Zweck! Großer Gott, Jeremy, London ist ein erschreckender, gesetzloser Ort. Inzwischen glaube ich, dass Jack und seine Constables das Einzige sind, was noch zwischen uns und der absoluten Anarchie steht.«

»Aber sie schaffen es trotzdem«, sagte ich.

»Ja, das tun sie, und du mit ihnen. Du ahnst ja nicht, wie stolz wir auf dich sind. Jack hat selbst gesagt, er wüsste bei den Runners keinen Constable, der sich tapferer verhalten hätte als du. Er ist sehr böse auf sich selbst, weil er dich in Gefahr gebracht hat. Ich glaube, er möchte, dass du ihm verzeihst.«

Diese Vorstellung bestürzte mich etwas. »Wieso, da gibt es nichts zu verzeihen. Das, was ich getan habe, hätte ich für Sir John noch hundertmal getan. Ich glaube, ich würde bereitwillig für ihn sterben.«

»Das weiß er, und anscheinend hat er das Gefühl, er hätte

dein Vertrauen missbraucht. Aber keiner von uns glaubte, dass du in solcher Gefahr schweben könntest. Schließlich, was konnte passieren, während du von fünf Constables bewacht wurdest? Und wenn Annie und ich dich leichtfertig behandelt haben, als wir dich für die Straße herrichteten, dann lag es daran, dass wir auch glaubten, du wärst sicher. Du musst uns unsere Frivolität verzeihen.«

»Da ist nichts zu verzeihen«, wiederholte ich. »Ich habe mich viel mehr geniert als gefürchtet.«

»Das dachten wir uns.« Sie seufzte und ließ den Löffel in der leeren Suppenschale klappern. »Gut, du hast alles aufgegessen. Wie fühlst du dich jetzt, wo du etwas im Magen hast? Ich hoffe, dir ist nicht übel.«

»Kein bisschen. Danken Sie Annie von mir. Sagen Sie ihr, die Brühe sei genau das Richtige gewesen.«

»Ein Gutes ist wenigstens dabei herausgekommen«, meinte Lady Fielding. »Das Geständnis dieses grässlichen Mannes müsste jeden Verdacht von Mr. Tolliver nehmen. Du und ich, wir haben beide gewusst, dass er solche Verbrechen nicht begangen haben konnte.«

»Ja, das stimmt«, erwiderte ich.

»Komm, lass mich dein Kissen aufschütteln, damit du bequem liegst.«

Sie tat es, aber so, als sei sie mit ihren Gedanken woanders. Als sie fertig war, lehnte ich mich wieder zurück und sah sie an.

Sie zögerte einen Augenblick, bevor sie sprach: »Jeremy, ich werde dir jetzt etwas erzählen, was ich Jack nie gesagt habe. Lass es ein Geheimnis zwischen uns bleiben.« Sie zögerte wieder. »Zu der Zeit, als Jack mich gebeten hat, ihn zu heiraten, machte mir Mr. Tolliver ebenfalls den Hof und dachte an Ehe. Das hat er deutlich erkennen lassen. Er war Witwer und erschien mir in jeder Weise als feiner, aufrechter Mann.

Ich hätte ihn geheiratet, wenn Jack ihm nicht zuvorgekommen wäre. Ich kann nicht glauben, dass ich eine so schlechte Menschenkennerin bin, dass ich einen Verbrecher geheiratet hätte, schon gar nicht jemanden, der so grauenhafte Morde begeht. Und deswegen, siehst du, bin ich dir besonders dankbar, dass du dazu beigetragen hast, diesen Mann, den sie den Harker nennen, an den Galgen zu bringen. Ich danke dir dafür, und ich danke dir auch, dass du dich bei Jack für Mr. Tolliver eingesetzt hast.«

Alles, was sie mir da berichtete, hatte ich schon lange geahnt. Trotzdem antwortete ich: »Er wird wiederkommen und einen guten Grund für seine Abwesenheit nennen. Da bin ich sicher.«

»Lass das unser Geheimnis bleiben«, sagte sie, nahm die leere Schale und verließ, ein sehr ernstes Lächeln auf dem Gesicht, das Zimmer.

Nicht lange danach erschien Annie an meiner Tür, bevor sie in Covent Garden einkaufen ging; unter normalen Umständen hätte ich das für sie erledigt. Sie sah müde aus, und ich machte auch eine Bemerkung darüber.

»Dazu habe ich auch allen Grund«, sagte sie. »Sir John ist polternd treppauf und treppab gelaufen, und ich bin in der Nacht zweimal aufgestanden, um nach dir zu sehen.«

»Aber das wäre nicht nötig gewesen, Annie. Wie du siehst, geht es mir gut.«

»Ja, das sehe ich allerdings. Zweifellos siehst du besser aus als ich – und fühlst dich auch so. Nun, das freut mich, Jeremy, denn du hast es wirklich verdient. Vielleicht weißt du es noch nicht, aber Sir John denkt, dass du diese Belohnung erhalten sollst, die vom Parlament ausgesetzt wurde – zwanzig Guineas, ist das nicht ein richtiges Vermögen!«

»Hat er das gesagt?«

»Ja, hat er. Für zwanzig Guineas würde ich mir auch auf den Kopf schlagen lassen.« Nachdem sie das gesagt hatte, senkte sie rasch den Blick. Dann entschuldigte sie sich: »Ich hab's nicht so gemeint. Ich bin sicher, du hast die Belohnung verdient.« Und mit einem Seufzer: »Jeremy, alter Freund, ich gehe jetzt auf den Markt. Ich werde ein paar Äpfel kaufen, und wenn Mr. Donnelly es erlaubt, kannst du sie haben.«

Binnen einer Stunde nach Annies Besuch kam Sir John zu mir. Ich hatte in der Zwischenzeit davon geträumt, was ich mit zwanzig Guineas anfangen könnte. Annie hatte Recht: Es war tatsächlich ein Vermögen. Damit konnte ich Mariahs Freiheit erkaufen, und ... und was? Die Bitterkeit, die ich nach unseren beiden letzten Begegnungen empfunden hatte, war durch meinen bemerkenswerten Traum irgendwie ausgelöscht worden. Würde das, was nach ihrem Freikauf übrig war, genügen, um unsere Überfahrt in die Kolonien zu bezahlen? Ich zweifelte daran – aber es würde vielleicht reichen, um sie nach Italien und zurück zu ihrer Familie zu schicken. War es das, was ich wollte? Natürlich nicht, obwohl mir das immer noch lieber war, als dass sie ohne Beruf und richtige Arbeit in London blieb. Vielleicht konnte ich sie, wenn sie erst einmal von diesem Schurken befreit war, überreden, in das Magdalenenheim zu gehen oder die Stelle anzunehmen, die Mr. Bilbo ihr anbot – ja, ich war sicher, dass mir das gelang. Im letzteren Fall würde sie wenigstens ein geordnetes Leben führen, und das Beste daran war, dass ich sie sehen konnte, so oft ich wollte. Meine Gedanken waren so mit dieser Möglichkeit beschäftigt, dass ich gar nicht darauf achtete, als Sir John die Treppe heraufkam und mit unsicherer Miene an meiner Tür erschien. Er konnte natürlich nicht wissen, ob ich wach war oder schlief.

»Kommen Sie herein, Sir John«, bat ich ihn, »denn ich brenne darauf, alle Neuigkeiten zu erfahren.«

»Ah, Jeremy, guter Junge. Ich hörte von Kate, dass es dir viel besser geht. Du hast sogar schon etwas gegessen.«

Er kam herein und stand, die Hände auf dem Rücken verschränkt, neben meinem Bett. Ich hatte inzwischen mein Kissen aufgeschüttelt und mich aufgesetzt, ohne dass es mir Schmerzen bereitete.

»Ja, ich habe gegessen«, sagte ich, »und das mit Genuss, ich war nämlich ziemlich hungrig. Wahrscheinlich kann ich bald wieder richtige Nahrung zu mir nehmen.«

»Etwas Stärkeres als Brühe, ja? Nun, das wird davon abhängen, was Mr. Donnelly meint. Er kommt später vorbei, um nach dir zu sehen.«

Er machte eine Pause. Ich wartete. Dann begann er mit seinem Bericht über die Festnahme des Harkers. Sie waren zu sechst in das Totenreich unten am Fluss gegangen – vier Constables, angeführt von Mr. Perkins, dazu Mr. Donnelly und Sir John selbst. Leise schlichen sie zu der Scheune, aus der ein schwacher Lichtschein fiel. Doch sie hätten gar nicht so leise zu sein brauchen, denn als sie hereinkamen, stellten sie fest, dass er so mit seinem verbrecherischen Tun beschäftigt war, dass er nichts anderes mehr wahrnahm.

»*In flagrante delicto* haben wir ihn angetroffen«, donnerte Sir John. »Er war seiner Sache so sicher, nachdem er dich bewusstlos geschlagen hatte und durch den benachbarten Hof entwichen war, dass er sich ein weiteres Opfer suchte und mit einem einzigen Messerstich ins Herz tötete. Er hatte das an den Leichen in seiner Scheune monatelang geübt. Mr. Perkins hielt dem Harker eine Pistole an den Kopf, und der ließ ganz schnell von dem ab, was er gerade tat.«

(All dies, lieber Leser, war für mich ein wenig unklar.)

Nachdem man ihn so ertappt hatte, gestand der Bursche schnell und zeigte das schmale Stilett mit der langen Klinge vor, mit dem er sein verbrecherisches Werk begangen hatte.

Er gab zu, dass es mehr Opfer gegeben hatte, als wir wussten. Er hatte ungefähr jeden Monat eine Frau getötet, und das fast ein Jahr lang. Nur weil Teresa O'Reillys Leiche entdeckt wurde, bevor er sie mit seinem Karren fortbringen konnte, kamen seine frevelhaften Taten ans Licht.

»Ich hätte ihn gleich verdächtigen sollen; ich war wirklich dumm«, sagte Sir John. »Denn er war ja zweimal unaufgefordert mit seinem Wagen am Schauplatz des Verbrechens. Aber er gehörte so sehr zum alltäglichen Bild, dass ich gar nicht an ihn gedacht habe.«

Dabei fiel mir etwas ein, und zum ersten Mal unterbrach ich seine Schilderung: »Sir John, ich entsinne mich, dass ich seinen Wagen in der Gasse gesehen habe, die von der Bedford Street abzweigt, wo Polly Tarkin getötet wurde – und das war unmittelbar vor seinem Angriff auf mich.«

»Und du hast dir nichts dabei gedacht?«

»Überhaupt nichts. Nur, dass er gekommen war, um jemanden abzuholen, der eines natürlichen Todes gestorben war.«

»Dann bin ich vielleicht doch nicht so ein Tölpel, wie ich gedacht hatte.« Er hielt einen Moment inne und fuhr dann mit einiger Nachdenklichkeit fort: »Heute vor Gericht ist etwas ziemlich Enttäuschendes zu Tage getreten. Ich habe die gerichtliche Feststellung der Todesursache des gestrigen Mordopfers und die Anhörung des Harkers in einer Sitzung zusammengefasst. Das war vielleicht nicht die angemessene Vorgehensweise, aber so war ich schnell fertig damit. Jedenfalls stellte sich heraus, dass der Wahnsinnige ziemlich bereitwillig drei der Morde gestand, aber glühend leugnete, irgendetwas mit dem Tod von Polly Tarkin und Libby Tribble zu tun zu haben – also denen, deren Leichen so grausam verstümmelt wurden. Um ihn zu zitieren: ›Ich würde eine Frau nicht so behandeln.‹ Als ob seine Mordmethode so viel gnädiger wäre als die, die man an diesen beiden Frauen praktiziert hat. Ich habe ihm eine ordentliche Standpauke gehalten und gesagt ...« Sir John zuckte mit den Schultern. »Na, es spielt keine Rolle, was ich gesagt habe. Wichtig ist, ich hatte keine andere Wahl, als ihm zu glauben. Und deshalb müssen wir, nachdem wir nun einen Mörder gefasst haben, einen zweiten suchen.«

»Und Mr. Tolliver wird noch immer verdächtigt.«

»Da wir niemand anderen haben, ja.«

»Lady Fielding wird bitter enttäuscht sein.«

»Sie hat ihre Enttäuschung bereits geäußert. Zweifellos wirst du gleich dasselbe tun.«

»Nein, Sir, Sie haben schon alles gehört, was ich dazu zu sagen habe.«

»Dafür danke ich dir. Da ist noch etwas, was durch diese Enthüllung berührt wird, und das hat mit dir zu tun, Jeremy. Ich hatte die Absicht, dem Parlament deinen Namen als Empfänger der Belohnung zu nennen, die für die Ergreifung des Mörders ausgesetzt war. Aber da wir jetzt wissen, dass es nicht einen, sondern zwei Mörder gibt, wirst du zweifellos einen Teil, aber nicht die ganze Belohnung bekommen. Ich weiß nicht, wie man sie aufteilen wird, aber du solltest eine beträchtliche Summe erhalten.«

Ich verbarg meine Enttäuschung und sagte ganz fröhlich: »Oh, ich bin vollkommen überwältigt, Sir John.«

»Du verdienst die Belohnung wirklich«, sagte er. »Du warst derjenige, der sein Leben riskiert hat. Du hast ihn erkannt. Du hast alles getan, außer ihm die Pistole an den Kopf zu setzen.«

»Nun, ich danke Ihnen, Sir. Ich weiß gar nicht, was ich sagen soll.«

»Dazu gibt's nichts mehr zu sagen – außer vielleicht von mir, meine wiederholte Entschuldigung, dass ich dich so in Gefahr gebracht habe. Bitte verzeih mir.«

»Ich denke, da gibt es nichts zu verzeihen, aber wenn Sie es denn unbedingt wünschen, dann verzeihe ich Ihnen tausendmal.«

»Danke, mein Junge.« Er drehte sich um und fügte von der Tür aus hinzu: »Na, wenigstens ist Hosea Willis jetzt in Newgate, und eine schnelle Fahrt zum Galgen ist ihm sicher.«

»Hosea Willis? Wer ... ?«

»So heißt der Harker mit Namen. Ich hatte keine Ahnung davon. Er musste selbst ein Weilchen nachdenken, ehe er ihn nennen konnte. Was für ein seltsamer und unseliger Mensch er doch ist – oder war.«

Und mit diesen Worten verließ er mich.

Das stimmte wirklich. Ich rief mir in Erinnerung, was ich über den Harker wusste – über Hosea Willis, wenn das sein Name war. Er hatte seinen eigenartigen Beruf von seinem Vater geerbt, der ihn ebenfalls von seinem Vater hatte, und jetzt würde er der Letzte in der Reihe sein. Der Harker war mir bei meinen vielen Begegnungen mit ihm, wie auch Sir John, immer wie ein Wahnsinniger erschienen. Hatte die Arbeit ihn dazu gemacht? Wer konnte das sagen? Verdiente er eher Bedlam als die Schlinge des Henkers? Wieder – wer konnte das sagen?

Mr. Donnellys Besuch bei mir begann höchst professionell. Er hatte mich aufrecht im Bett sitzend vorgefunden, was ihm wohl missfiel, obwohl er nichts dazu sagte. Stattdessen begann er nach ein oder zwei begrüßenden Worten, den großen Turban aus Verbänden abzuwickeln, den ich um den Kopf trug, um die Wunde zu inspizieren. Vorsichtig berührte er den Schnitt mit einem Finger. Ich zuckte leicht zusammen.

»Tut das weh?«, fragte er.

»Ein bisschen«, antwortete ich.

»Ja, zweifellos.«

Dann nahm er eine Flasche Gin aus seiner Tasche, befeuchtete etwas Watte mit dem Alkohol und drückte sie auf die Wunde. Das erzeugte einen scharfen, stechenden Schmerz. Mr. Donnelly nahm einen neuen Verband und umwickelte meinen Kopf wie zuvor im muselmanischen Stil.

»Du hast Glück, dass du so einen guten, soliden Schädel hast, Jeremy. Ein Schädelbruch hätte dich in ernste Gefahr gebracht. Wie ist es mit Kopfschmerzen? Ich denke, die müssen nachgelassen haben, sonst würdest du nicht so aufrecht sitzen.«

»Ich spüre sie nur, wenn ich ruckartig den Kopf bewege.«

»Nun, dann tu das nicht. Und jetzt lass mich deine Augen untersuchen.«

Er zündete die Kerze an, bewegte sie wie in der letzten Nacht vor meinem Gesicht hin und her und forderte mich auf, der Flamme mit den Augen zu folgen. Dann blies er die Kerze aus und sah mir in die Augen.

»Sie scheinen ganz in Ordnung«, konstatierte er. »Und du siehst nicht doppelt? Oder stellenweise verschwommen?«

»Nein, Sir.«

»Schön und gut.«

»Darf ich lesen?«

»Ich sehe keinen Grund, warum du das nicht tun solltest, solange du deine Augen nicht überanstrengst. Aber nicht bei Kerzenlicht, würde ich sagen.«

»Darf ich aufstehen und herumgehen?«

»Noch nicht. Aber wenn du noch ein oder zwei Tage im Bett bleibst, solltest du wieder bei Kräften sein.«

»Was ist mit Essen?«, fragte ich. »Ich habe heute nur eine Schale Suppe zu mir genommen.«

»Und du hast sie bei dir behalten? Keine Übelkeit?«

»Nein, Sir.«

»Dann darfst du essen, was die anderen auch essen. Vielleicht kann Annie dir ein Tablett herrichten, damit du hier im

Bett speisen kannst. Ich werde es ihr sagen.« Danach nickte er, anscheinend zufrieden. »Du hast es gut überstanden, Jeremy.«

Er rollte den schmutzigen Verband zusammen, steckte die Ginflasche sowie seine anderen Sachen ein. Dabei stellte ich ihm eine Frage.

»Mr. Donnelly, Sie können doch gut Latein, oder?«

»Ich denke schon«, antwortete er. »Medizinisches Latein, Kirchenlatein, was du willst. Warum fragst du?«

»Sir John hat einen lateinischen Ausdruck benutzt, als er die Festnahme des Harkers beschrieb, und der hat mich verwirrt. Er sagte, er sei *in flagrante delicto* angetroffen worden. Was hat er damit gemeint, Sir?«

Mr. Donnelly, der sonst gern und schnell lächelte oder lachte, sah mich ganz ernst an. »Das würde man ungefähr mit ›auf frischer Tat‹ übersetzen.«

»Auf welcher Tat, Sir?«

Er räusperte sich. »Nun, Jeremy, da du ja hier in Covent Garden wohnst, wirst du wohl wissen, was zwischen Männern und Frauen geschieht, bei der Prostitution und so weiter, nicht wahr?«

»O ja, Sir.«

»Dann darf ich dir sagen, dass diese Kreatur, dieser Harker, dabei ertappt wurde, wie er sexuellen Verkehr mit der Leiche einer Frau hatte.«

»Mit einer *toten* Frau? Ist das möglich? Kann man das denn?«

»Man kann, und er hat es getan. Sogar ich, der ich mehr gesehen habe, als ich erzählen möchte, war ganz schockiert von dem, was ich in dieser Scheune sah. Weißt du, Jeremy, der Sexualtrieb beim Manne ist sehr mächtig, eine wirklich starke Kraft, und wenn er unterdrückt wird, kann das bei manchen zu einer Art Wahnsinn führen. Im Fall des Harkers haben ihn wegen seines schrecklichen Rufes und der Geschichten, die man sich über ihn erzählt, von seinem hässlichen Äußeren ganz zu schweigen, sogar die Prostituierten auf der Straße zurückgewiesen. Die Methode, die er wählte, um seine Wollust zu befriedigen, ist so seltsam nicht, wenn man seine Vertrautheit mit den Toten bedenkt; sie waren seine Untertanen, er war ihr Herr und Meister. Mit diesem kleinen Stilett, das er besaß, konnte er die Frauen, die ihn zurückgewiesen hatten oder vielleicht zurückweisen würden, in willfährige Partnerinnen verwandeln. Sir John macht sich Vorwürfe, nicht früher auf die Spur des Harkers gekommen zu sein, weil er immer in der Nähe war. Und ich mache mir Vorwürfe, weil ich die Bedeutung der besonderen, buchstäblich unblutigen Wunden, die er zufügte, nicht verstanden habe. Denn im Tod wirkten seine Opfer immer noch ganz lebendig.«

Ich lauschte höchst ernsthaft allem, was Mr. Donnelly zu sagen hatte. Innerlich war ich ganz angespannt, erstaunt über die verdrehte Logik, von der er sprach. Aber meine Reaktion auf all das war eher schwach.

»Ich hatte keine Ahnung.«

»Nein, die hatten wir anderen auch nicht«, sagte er.

Ich saß da im Bett und dachte lange über all das nach. Dann wollte ich meine Aufmerksamkeit praktischen Dingen zuwenden und sagte: »Soviel ich gehört habe, hatte er also ein neues Opfer – eine neue ... Partnerin?«

»Das ist richtig.«

»Würde es helfen, wenn ich wieder eine Bekanntmachung für den *Public Advertiser* schreiben würde, damit sich diejenigen melden, die sie gekannt haben, und ihren Namen nennen? Ich habe hier wenig zu tun, um mir die Zeit zu vertreiben.«

»Das dürfte nicht nötig sein, Jeremy. Der Harker selbst hat sie in gewisser Weise gekannt, denn sie hatte ihn so vehement abgewiesen, dass er über sie in Erfahrung brachte, was er konnte, und schwor, eines Tages würde er sie auf seine Art besitzen. Sie war eine Italienerin, bekannt als Mariah – oder wohl eher Maria. Niemand auf der Straße scheint ihren Familiennamen zu kennen.«

Benommen wie von einem schweren Schlag lehnte ich mich mit geschlossenen Augen ins Kissen zurück und bemühte mich, die Tränen zurückzuhalten. Aber sie kamen doch.

Mr. Donnelly fasste mich an der Schulter. »Jeremy«, sagte er, »ich hatte keine Ahnung – also, du musst sie gekannt haben.«

ELFTES KAPITEL

*In welchem Mr. Tolliver erscheint
und lautes Geschrei ertönt*

Am nächsten Tag wurde Hosea Willis in Old Bailey dem Lord Chief Justice vorgeführt. Die bemerkenswerte Schnelligkeit, mit der es nach der Verhaftung zur Verurteilung kam, lag am Wunsch des Earl of Mansfield, mit der Angelegenheit so rasch wie möglich fertig zu werden. Es gab nichts zur Verteidigung des Angeklagten zu sagen, und er sagte auch nichts. Er erklärte sich einfach für schuldig an den drei Morden, die man ihm vorwarf, und gab zu, dass es zuvor noch vier weitere Morde gegeben hatte, die unentdeckt geblieben waren. Daraufhin fragte ihn der Lord Chief Justice, ob er Reue empfinde. Man erzählte mir, der Harker habe ihn nur verständnislos angesehen und das Wort als Frage wiederholt – »Reue?«, als wolle er sagen, er verstehe es nicht. Dann wurde er zum Tod durch Hängen verurteilt, der Hammer schlug auf den Richtertisch, und das Leben des Harkers war bis auf die Formalitäten auf Tyburn Hill beendet.

Das kurze Erscheinen des Harkers vor Gericht und das über ihn verhängte Urteil brachten mich in den Besitz von zehn Guineas als Belohnung für seine Ergreifung. Die Summe wurde mir von Sir John überbracht, und zwar in einer ähnlichen Lederbörse wie der, in der Polly Tarkin ihren Schatz aufbewahrt hatte. Er reichte ihn mir mit einem herzlichen Lächeln und sagte, er wünsche sich, es wäre mehr.

»Eigentlich hätte ich gedacht, zwölf oder dreizehn Guineas wären eine fairere Aufteilung gewesen, aber so wurde nun einmal entschieden.«

»Ich bin sehr dankbar, Sir«, sagte ich und wog den Beutel in der Hand.

»Möchtest du sie zählen?«

»Nein, Sir, ich verlasse mich auf das Wort der Parlamentsmitglieder.«

»Dann sollte ich die Börse vielleicht mit nach unten zu Mr. Marsden nehmen, damit er sie im Safe verschließt. Es ist nicht gut, große Beträge herumliegen zu lassen, wie du mich selbst gewarnt hast.«

»Wenn Sie gestatten, würde ich das Geld lieber bei mir behalten. Ich brauche es.«

»Oh, hast du es schon ausgegeben?«

»Gewissermaßen ja, Sir.«

»Hmm.« Er überlegte einen Moment. »Nichts Frivoles, hoffe ich?«

»Nein, das nicht.«

»Nun, dann behalte es.« Er ging zur Tür, drehte sich dann aber noch einmal um. »Darf ich fragen, wofür du es ausgeben möchtest? Vielleicht ist es etwas, das du von uns bekommen solltest. Kleidung ... Bücher ... was immer wir können, versuchen wir dir zu geben.«

»Das weiß ich, Sir John, aber es ist etwas ganz anderes. Bitte, haben Sie Vertrauen zu mir.«

»Natürlich«, sagte er, und mit einem entschlossenen Nicken verließ er mich.

Ich saß im Bett, ein Buch und den Beutel mit Guineas vor mir. Tatsächlich öffnete ich ihn und schaute hinein, auch wenn ich die Münzen nicht zählte. Dann schloss ich ihn wieder und warf ihn zurück aufs Bett und nahm das Buch zur Hand, das offen vor mir lag. Es war ein Exemplar von Mr. Goldsmiths Roman *Der Vikar von Wakefield,* das mir Lady Fielding am selben Morgen geschenkt hatte. Sie hatte vorgeschlagen, er könne es für mich signieren, wenn ich ihn das nächste Mal sähe. Ich vertiefte mich sofort darin und war ziemlich gefesselt von Dr. Primrose und seiner Sippe. Doch jetzt, da ich die Belohnung so viel früher als erwartet in der Hand hielt, stellte ich fest, dass ich mich nicht mehr auf den Inhalt des Buches konzentrieren konnte, so ungeduldig erwartete ich die Ankunft von Mr. Donnelly.

Am Vortag hatte ich ihm alles über meine Beziehungen zu Mariah erzählt – von meiner ersten Begegnung mit ihr als Akrobatin in Covent Garden bis zum letzten Zusammentreffen, als sie mich in Frauenkleidern gesehen und gelacht hatte. Ich ließ nichts aus, nicht einmal meine törichten Fantasien, in die amerikanischen Kolonien zu fliehen. Mr. Donnelly lachte mich nicht aus, und er schnaubte auch nicht verächtlich. Er erzählte mir, vor Jahren in Dublin, als er ungefähr in meinem Alter gewesen sei, habe er eine ebensolche Faszination für ein Straßenmädchen empfunden; er sei sogar so weit gegangen, seinem Vater Geld zu stehlen in der Hoffnung, sie zu bekehren; das habe aber ein schlechtes Ende genommen, als ein Geselle seines Vaters des Diebstahls bezichtigt wurde und er habe gestehen müssen. Sein Vater, ganz und gar nicht empört, habe ihn ins Gebet genommen und ihn schließlich davon überzeugt, dass das Mädchen nur sein Geld wollte, denn jedes Mal, wenn sie eine Summe verlangte, aus welchem Grund auch immer, war sie höher als die vorige.

»Er hatte Recht«, meinte Mr. Donnelly, »denn als ich ihr sagte, ich könne ihr nichts mehr geben, weigerte sie sich, auch nur mit mir zu reden.«

»Ich kann nicht sagen, dass es mit Mariah anders war«, antwortete ich. »Aber wenn man sieht, wie ein Leben vergeudet und dann beendet wird, bevor auch nur eine Hoffnung auf Veränderung besteht – wo bleibt da die Gerechtigkeit?«

»Das Leben ist nicht gerecht, Jeremy. Es ist einfach eine Zeitspanne, die uns gegeben ist. Wir machen daraus, was wir können.«

»Trotzdem«, erwiderte ich, »würde ich gern etwas für sie tun.«

Was ich tun wollte, sagte ich nicht, obwohl ich mir in meinem Kopf bereits einen Plan zurechtgelegt hatte, der mit dem Erhalt der versprochenen Belohnung zusammenhing. Jetzt, da Sir John sie mir überbracht hatte, hoffte ich, ihn wirklich in die Tat umsetzen zu können.

Mr. Donnelly erschien nicht lange nach Sir Johns Besuch. Und nach einer flüchtigen Untersuchung – nicht so gründlich wie am Tag zuvor – erklärte er, ich mache »sehr schöne Fortschritte«.

»Darf ich das Bett verlassen und herumgehen? Ich würde mich gern anziehen und mit den anderen zusammen zu Abend essen.«

»Das vielleicht, aber mehr nicht für heute.«

Schweigen entstand zwischen uns. Dann nahm ich den Beutel mit Guineas und ließ die Münzen klingen.

»Ich habe meine Belohnung erhalten«, sagte ich, »insgesamt zehn Guineas.«

»Ich wünschte, es wäre mehr gewesen«, sagte er. »Ich wünschte, es gäbe nicht noch einen Mörder zu fangen.«

»Mr. Donnelly, ich möchte, dass Sie dieses Geld nehmen und dafür sorgen, dass Mariah ordentlich beerdigt wird.«

»Bist du sicher, dass du das tun willst, Jeremy?«

»Ich bin sicher. Wird es reichen?«

»O ja, wenn ... Es gibt da einige Schwierigkeiten.«

Das hatte ich vorhergesehen. »Dass sie aus Italien ist und römischen Glaubens gewesen sein dürfte?«

»Ja, das auch, aber es gibt solche Priester auch hier in London. Sie haben keine Kirche und sind mehr oder weniger inkognito hier, könnte man sagen.«

»Es gibt keinen Friedhof?«

»Es gibt einen Acker oberhalb von Clerkenwell, dessen Nutzung strikt geheim gehalten wird. Es gibt weder Grabmale noch Gedenksteine, aber es ist geweihte Erde.«

»Worin bestehen dann die Schwierigkeiten?«

»Nun, zunächst einmal würde sie nachts beerdigt werden müssen, und zwar ohne große Zeremonie.«

»Ja, aber in einem Sarg und da, wo sie selbst gern zur Ruhe gebettet würde.«

»Man muss aber den Priester dazu überreden. Ich kenne hier keinen. In Dublin allerdings hätte ich es für schwierig gehalten, einen Priester davon zu überzeugen, dass eine Frau ihres Berufsstandes neben jenen beerdigt wird, die eine faire Chance hatten, im Zustand der Gnade zu sterben.«

All das überstieg mein Fassungsvermögen, aber ich begriff wenigstens den Sinn. »Würde das vielleicht einen Unterschied machen, wenn Sie sagen würden, dass Mariahs letzte Tat darin bestand, jemanden zurückzuweisen, der sie haben wollte? Vielleicht zeigen, dass sie auf dem Wege der Besserung war?«

»Doch ja, das könnte sein, Jeremy. Ich werde sehen, was sich tun lässt. Mehr kann ich nicht versprechen.«

Und so kam es, dass ich am nächsten Abend hinten in einem offenen Wagen saß und nach Clerkenwell fuhr. Mr. Donnelly hatte sich um alles gekümmert – Wagen und Pferde gemietet, einen irischen Kutscher angeheuert und einen Priester gefunden, der beim Begräbnis den Gottesdienst abhalten würde. Er hatte sogar eine Frau in seine Praxis bestellt, die Mariahs Leiche waschen und ankleiden und angemessen für die Beerdigung bereitmachen sollte. Auf meine Bitte hin wurde für ihr Gesicht weder Rouge noch Schminke verwendet. Man gewährte mir einen letzten Blick auf sie, ehe der Sarg geschlossen wurde. Sie sah ganz so aus wie bei jenem ersten Mal, als ich sie als Akrobatin in Covent Garden gesehen hatte, wo sie gelächelt und so nett meinen Shilling geküsst hatte. Und so sollte sie begraben werden. Ich beugte mich nieder und küsste ihre Stirn, aber ich weinte nicht, als der Kutscher den Deckel auf die schlichte längliche Kiste legte und festnagelte. Dann trugen er und Mr. Donnelly den Sarg nach unten. Er war nicht sehr schwer. Der Kutscher behauptete, er hätte ihn auch allein tragen können.

Die beiden setzten sich auf den Kutschbock, und ich nahm, ohne Mariah beleidigen zu wollen, auf dem Sarg Platz. Ich trug meine besten Kleider und den flaschengrünen Rock, den sie so bewundert hatte. Das Einzige, was meine Erscheinung beeinträchtigte, war der Verband um meinen Kopf. Ich hatte gedacht, der Hut würde ihn verdecken, aber das war nicht der Fall. Ich hatte Fragen erwartet, als Mr. Donnelly mich bei Einbruch der Dunkelheit abholte und sah, dass ich wie für einen Ball gekleidet war. Aber niemand im Haushalt erwähnte mein Aussehen und wollte wissen, wohin die Fahrt ging. Ich vermutete, dass Mr. Donnelly den Zweck unserer geheimnisvollen Unternehmung bekannt gemacht hatte; denn das Einzige, was ich von Sir John und Lady Fielding und sogar Annie erhielt, waren mitfühlende Blicke und höfliche Wünsche für einen guten Abend. Es war besser so. Ich wollte weder Erklärungen abgeben noch ihnen ausweichen.

Der Kutscher kannte den Weg. Er war Mr. Donnelly von dem Priester als verschwiegener Mann empfohlen worden, als jemand, der die Fahrt schon viele Male gemacht hatte. Er lenkte seine Pferde schnell durch den spärlichen Abendverkehr. Doch auch so dauerte die Fahrt eine beträchtliche Weile. In der St. Johns Street passierten wir Clerkenwell und fanden uns bald allein auf der Islington Road wieder, die durch offene Felder führte. Hier konnten Wegelagerer im Hinterhalt liegen, die es darauf abgesehen hatten, uns zu berauben und alles an sich zu bringen, was noch in diesem Lederbeutel, den Mr. Donnelly in der Tasche trug, an Guineas übrig war. Doch bevor wir mit einer solchen Herausforderung konfrontiert wurden, ließ der Kutscher die Pferde langsamer werden, wandte sich nach links und bog in eine Landstraße ein, die aussah wie ein Dutzend andere, welche wir im hellen Mondlicht schon passiert hatten. Wie er diese von den übrigen unterschied, war mir ein Rätsel.

Aber er war auf dem richtigen Weg. Das wurde deutlich, als ich in geringer Entfernung das Licht einer Laterne erblickte, die jemand hielt und dann zur Begrüßung schwenkte. Als wir ankamen, erwartete uns ein stämmiger Bursche in Hemdsärmeln vor einem offenen Tor. Er, so vermutete ich, war der Totengräber. Schweigend ging er vor dem Gespann her und führte es einen Weg hinunter zu einem weiteren Licht, in nicht allzu weiter Entfernung. Als wir es erreicht hatten, erkannte ich die Gestalt eines Mannes, der neben einem ansehnlichen Erdhügel und einer offenen Grube stand. Auf eine Geste des Totengräbers hin hielt der Kutscher den Wagen an. Er und Mr. Donnelly kletterten vom Kutschbock, und ich sprang vom Wagen. Als die beiden anderen die hintere Klappe öffneten und den Sarg herauszogen, nahm Mr. Donnelly mich beiseite.

»Jeremy«, sagte er, »ich habe vergessen, dir etwas zu sagen. Sie sollte für den Gottesdienst einen Familiennamen bekommen. Ich weiß, dass du ihn nicht kennst, aber vielleicht könntest du dir etwas Passendes ausdenken.«

Ich hatte mir schon gedacht, dass man einen Familiennamen brauchen würde, und war darauf vorbereitet.

»Vielleicht wäre ›Angelo‹ passend«, sagte ich. Sogar ich konnte ein wenig Italienisch.

Er lächelte. »Das ist sehr passend.«

Und so traten wir zu viert an das Grab, das nur wenige Yards entfernt war – Mr. Donnelly mit der Laterne, die den Pfad erleuchtete, der Kutscher und der Totengräber mit dem Sarg und ich, der einsame Trauergast, der die Nachhut bildete.

Der Priester war gekleidet wie ein gewöhnlicher Arbeiter. Ein junger Mann, nicht viel über dreißig, groß und kräftig wie einer von Sir Johns Constables – aber er hatte das Gesicht eines Gelehrten und einen sanften Ausdruck. Mr. Donnelly ging zu ihm, und sie sprachen leise miteinander. Der Sarg wurde zum Grab getragen und auf Planken über der schrecklichen Grube gestellt. Ich hielt mich zurück, da ich nicht wusste, welche Rolle ich bei all dem spielen sollte. So blieb ich ein oder zwei Minuten stehen, bis Mr. Donnelly mich zu sich winkte. Der Priester wollte mich kennen lernen.

»Vater«, sagte Mr. Donnelly zu dem Priester, »dies ist Jeremy Proctor. Er ist für das hier verantwortlich. Ich habe nur seinen Wünschen entsprochen.«

»Nun, es ist sehr anständig, was Sie da tun, Jeremy.« Der Priester gab mir die Hand, die rau und schwielig war, und ich nahm sie. Mit der anderen Hand zog ich den Hut.

Der Priester fuhr fort: »Wir werden das arme Mädchen einfach begraben, und wer ohne Sünde ist, soll den ersten Stein werfen. So hätte unser Herr es gewollt.«

Mr. Donnelly nahm in der Nähe des Priesters Aufstellung und hielt die Laterne hoch. Der Priester schlug ein schwarz gebundenes Buch auf, sah sich um und sprach in feierlichem Ton: »Lasset uns beginnen.« Dann fing er an, die lateinische Totenandacht zu halten. Seine Stimme ertönte viele Minuten lang. Das Lateinische ist eine Sprache, die der Zunge Schwierigkeiten macht. Ich begriff einen großen Teil, obwohl meine Kenntnisse spärlich waren und auch heute noch sind. Ganze

Abschnitte schien der Priester auswendig zu kennen, denn von Zeit zu Zeit hob er den Blick und trug gewisse Passagen mit einer dem Anlass gemäßen sanften Stimme vor. Mich sah er an, als er Gott die Seele der »Maria Maddalena di Angelo« empfahl und den Namen, den ich ihr gegeben hatte, mit einer besonderen Betonung aussprach. Dann griff er nach einer Art Stab, um den Sarg mit Wasser zu besprengen. Schließlich nickte er uns Übrigen zu. Mr. Donnelly stellte die Laterne ab und zeigte auf die Riemen unter dem Sarg. Ich griff nach dem, der mir am nächsten war und auf der anderen Seite des Grabes von dem Kutscher gehalten wurde. Der Priester selbst zog die stützenden Planken heraus, und wir begannen langsam, den Sarg in die tiefe Grube zu senken. Dabei warf der Priester eine Hand voll Erde auf den Sarg und intonierte einige weitere Worte auf Lateinisch. Erst da, als Mariah ihre letzte Ruhestätte erreichte, kamen mir die Tränen. Ich wischte sie mit meinem Rockärmel ab, hustete und schniefte und brachte sie so unter Kontrolle. Der Kutscher und der Totengräber rollten die Riemen auf und zerrten grob daran, um sie freizubekommen.

Der Priester wandte sich an mich. »Es tut mir Leid, Jeremy«, sagte er, »dass sie unter solchen Umständen zur Ruhe gebettet werden muss – im Dunkeln, auf einem einfachen Acker, ohne eine Messe. Aber ich versichere Ihnen, dass ich morgen früh eine Messe lesen werde, damit ihre Seele in Frieden ruhe, und ich werde ihrer in meinen Gebeten stets gedenken.«

»Danke, Vater.« Mr. Donnelly hatte mir gesagt, dass man den Priester so ansprechen musste.

»Sie sind ein guter Junge. Ich wünschte, Sie wären einer von uns.« Dann, zu Mr. Donnelly gewandt: »Sie können jetzt gehen. Mr. Dooley und ich werden uns um alles Übrige kümmern.« Nachdem wir so verabschiedet waren, nahm Mr. Donnelly mich beim Arm, und wir gingen zum Wagen zurück.

Es war also vollbracht. Obwohl noch ein Kapitel der Geschichte meiner Beziehung zu Mariah geschrieben werden sollte, wusste ich das damals nicht, und in diesem Augenblick hatte ich ein Gefühl, als sei etwas vollbracht, eine Pflicht erfüllt, und empfand eine Art Frieden und innere Leere.

Nachdem ich Mr. Donnelly vor seiner Tür in der Tavistock Street verlassen hatte, ging ich in die Bow Street zurück. Fünf Guineas klingelten noch in dem Beutel in meiner Tasche. Ich hatte nicht damit gerechnet, dass irgendetwas für mich übrig bleiben würde, und drängte Mr. Donnelly, die fünf Guineas oder wenigstens einen Teil davon zu nehmen, denn er hatte alles in die Wege geleitet. Doch das lehnte er ab.

»Nein, Jeremy«, hatte er gesagt, »es war mir eine Freude, dir dabei zu helfen – eine große Freude.«

»Aber was soll ich mit so einer Summe anfangen?«

»Nun, sie sparen natürlich. Du wirst sie in der Zukunft gut gebrauchen können.«

Es war fast zehn Uhr, als ich Nummer vier betrat. Drinnen empfing mich unerwartet erregte Geschäftigkeit. Laute Stimmen ertönten, vielleicht aus Sir Johns Amtszimmer, und leisere Gespräche waren aus der Nähe zu hören. Dann sah ich, dass Mr. Langford und Mr. Baker sich nicht weit entfernt von der Haftzelle unterhielten. Mr. Baker brach das Gespräch ab und kam zu mir. Die Unruhe in Sir Johns Amtszimmer hielt an. Außer Sir Johns Stimme hörte ich noch eine andere – einen vertrauten brummenden Bass, tiefer noch als der von Sir John –, und beide sprachen sehr laut.

»Jeremy, Junge«, sagte Mr. Baker, »du wirst dich freuen zu hören, dass Mr. Langford diesen Kerl gesehen hat, diesen Tolliver, wie er die Poststation verließ. Er hat ihn festgenommen und hierher zu Sir John gebracht.« Freute ich mich, das zu erfahren? Da war ich mir gar nicht sicher.

Constable Langford kam herbeigeschlendert, unverkennbar selbstzufrieden.

»Er hat ein bisschen mit mir gestritten, ja, das hat er – er und die Frau, die bei ihm war. Sagte, sie wäre seine Frau«, berichtete er. »Aber ich brauchte ihn bloß mit meinem Knüppel anzustoßen und ihm zu sagen, er könne freiwillig mitkommen oder nicht, das wäre mir egal – mitkommen *würde* er in jedem Fall. Da sieht er seine kleine Lady an, die fragt: ›Ach, Lieber, was hat das denn zu bedeuten? Was kann das denn sein?‹ und dergleichen, und er beschließt, mir keine Schwierigkeiten mehr zu machen. Und ich war froh darüber, denn er ist wirklich ein starker Mann. Er hat ohne jede Mühe zwei große Mantelsäcke von der Poststation bis hierher geschleppt.«

»Hat er gesagt, wo er gewesen ist?«, fragte ich.

»Und ob! Viele Male hat er das gesagt. Er hat behauptet, er wäre den ganzen Monat in Bristol gewesen, um dieser Frau den Hof zu machen, die auf eine Anzeige von ihm geantwortet hatte. Sie ist ein nett aussehendes Ding, wenn auch nicht mehr ganz jung. Und sie bestätigte das und sagte, man könnte ja nicht von ihr erwarten, dass sie einen Mann heiratet, den sie nicht kennt, oder?«

»Nun«, erwiderte ich, »vielleicht ist es so, wie sie sagen. Mr. Tolliver ist Witwer. Ich habe Grund zu der Annahme, dass er sich verheiraten wollte.«

»Und sie ist auch Witwe. Versteh mich richtig, Jeremy, so schnell, wie er mich überzeugt hat, wird er vielleicht auch Sir John überzeugen. Ich habe oft Fleisch bei ihm gekauft, und mir scheint er anständig zu sein. Aber du musst zugeben, dass seine plötzliche Abreise ziemlich eigenartig war. Und wenn Sir John sagt, er will sich ein bisschen mit dem Mann unterhalten, bei Gott, dann schaffe ich ihn her!«

»Mr. Tolliver ist also jetzt bei ihm«, sagte ich.

»Ja, da kannst du sicher sein. Sie streiten ganz schön miteinander. Der Metzger gibt nicht nach. Er behauptet, er hätte das Recht wegzugehen, wohin und wann immer es ihm passt – er müsste keinen um Erlaubnis fragen.«

»Sie sind schon mindestens eine halbe Stunde zugange«, meinte Constable Baker.

»Ist seine Frau mit ihm dort?« Ich hätte nicht gewollt, dass sie die Details des Mordes an Elizabeth Tribble und das Grässliche erfuhr, das ihrer Leiche angetan worden war. Zu hören, dass der Mann, den sie soeben geheiratet hatte, solcher Verbrechen beschuldigt wurde, würde sicher ihre Kraft übersteigen.

»Nein«, sagte Constable Langford, »und ist das nicht seltsam? Als ich nach oben ging, um Sir John zu sagen, dass ich diesen Mann festgenommen habe, damit er ihn befragen kann, kam Lady Fielding mit ihm nach unten und lud Mrs. Tolliver nach oben zu einer Tasse Tee ein – und das ganz freundlich. ›Sagen Sie Kate zu mir‹, hat sie sie aufgefordert. Der Metzger sah sie richtig dankbar an. Die beiden Frauen sind jetzt oben in der Küche, schätze ich.«

»Dann ist es vielleicht am besten, wenn ich hier bleibe«, meinte ich.

»Wahrscheinlich«, stimmte Mr. Baker zu.

Ich brauchte nicht lange zu warten. Während ich Mr. Bakers Bericht lauschte, wurden die Stimmen im hinteren Teil des Erdgeschosses beträchtlich ruhiger. Sie waren zwar noch immer zu hören, schienen aber nicht mehr streitlustig erhoben. Das fand ich ermutigend.

Endlich erschienen die beiden. Keiner sprach mit dem anderen, als sie sich uns näherten, und doch machten sie den Eindruck, als sei alles geregelt. Anscheinend herrschte kein Ärger mehr zwischen ihnen, aber sie lächelten auch nicht.

»Constable Langford«, sagte Sir John, »ich hatte gerade einen freimütigen Meinungsaustausch mit Mr. Tolliver. Ich habe ihm vorgeworfen, dass er nicht für weitere Befragungen und als Zeuge bei der Untersuchung des Todes von Nell Darby zur Verfügung stand. Er hat mir vorgeworfen, dass ich mich dazu nicht eingehender geäußert hatte und ihm nicht klar gesagt habe, wie wichtig die Pflicht war, die ich ihm auferlegt hatte. Jedenfalls hat er den Brief vorgelegt, der ihn veranlasst hat, nach Bristol zu reisen, und ihn mir vorgelesen. Er ist tatsächlich als verheirateter Mann zurückgekommen, also kann kein Zweifel an Natur und Erfolg seiner Mission bestehen. Er hat mir den Brief zu weiterem Studium überlassen. Und so besteht keine Notwendigkeit, ihn länger festzuhalten. Deswegen bitte ich Sie, ihn und seine gute Frau in ihre Wohnung in Long Acre zu begleiten. Und diesmal dürfen Sie ihm beim Tragen seines Gepäcks helfen.« Und dann, zu Mr. Tolliver gewandt: »So, jetzt müssten Sie eigentlich zufrieden sein.«

»Das bin ich voll und ganz. Sie sind ein Gentleman, Sir.«

»Natürlich bin ich das«, sagte Sir John ein wenig schnippisch. »Das soll das ›Sir‹ vor meinem Namen nämlich bedeuten. So, wer geht jetzt nach oben und holt Mrs. Tolliver?«

»Ich werde das tun, Sir John«, bot ich ihm an.

»Oh, Jeremy, bist du zurück? Gut. Zweifellos findest du sie in der Küche im Gespräch mit Lady Fielding.«

Und so stieg ich die Treppe hinauf und dachte daran, dass ich von Mr. Tolliver nichts weiter bekommen hatte als ein mürrisches, erkennendes Kopfnicken. Sicher hätte er freundlicher sein können. Ich hielt vor der Tür inne und beschloss aus Respekt vor Lady Fieldings Gast, zuerst anzuklopfen. Von der anderen Seite der Tür wurde ich freundlich eingeladen einzutreten.

Nachdem ich Mrs. Tolliver vorgestellt worden war und mich höflich verbeugt hatte, verkündete ich, Sir John und Mr. Tolliver hätten ihre Unterredung beendet.

»Sehen Sie«, sagte Lady Fielding zu Mrs. Tolliver, als sie sich erhob, »es ist ganz schnell gegangen. Jack wollte bloß mit ihm sprechen. Ich hoffe, dass Sie bald einmal kommen und das Magdalenenheim besuchen können. Wir sind so stolz auf unsere Arbeit dort.«

Mrs. Tolliver, die nach Constable Langfords zutreffender Beschreibung eher angenehm als hübsch aussah, lächelte dankbar. »Vielleicht an einem Sonntag. Ich habe gesagt, dass ich ihm während der Woche in seinem Stand helfen werde, zumindest für eine kleine Weile.«

»Ja, dann vielleicht an einem Sonntag.«

Es gab weiteres Drängen und Danken, bis sie endlich zur Tür ging. Ich erbot mich, sie nach unten zu begleiten, denn die Treppe war dunkel und steil.

Sie verließ die Bow Street am Arm ihres Mannes und plapperte glücklich etwas darüber, wie freundlich Lady Fielding zu ihr gewesen sei. Constable Langford folgte den beiden und kämpfte mit dem Gewicht des größeren der beiden Mantelsäcke.

Als er die Tür hinter ihm zufallen hörte, wandte Sir John sich an Constable Baker und sagte erkennbar verärgert: »Das ist der streitsüchtigste Bursche, den ich je kennen gelernt habe. Er hätte Anwalt werden sollen! Aber allein dafür konnte ich ihn ja wohl schlecht einsperren, oder?«

Am nächsten Tag wurde klar, dass Sir John Mr. Tolliver zwar seiner Wege geschickt hatte, sein Verdacht aber noch nicht gänzlich zerstreut war. Am Morgen bat er mich nach unten in sein Amtszimmer und ließ sich noch einmal den Brief vorlegen, der Mr. Tolliver nach Bristol geführt hatte. Es war eine ziemlich spröde Antwort auf seine Anzeige (›Erwünscht: Heirat‹), die er in der *Bristol Shipping News* aufgegeben hatte, genau das, was man von einer Witwe in leicht beengten Verhältnissen erwarten konnte. Sie sagte freimütig, sie habe kein Vermögen anzubieten, aber doch einige Ersparnisse. Seit dem Tod ihres Gatten, eines Werftangestellten, vor zwei Jahren sei es ihr gelungen, sich als Schneiderin für die modischen Damen der Stadt über Wasser zu halten. Sie hatte keine Kinder, da diese beide, genau wie ihr Mann, an den Pocken gestorben waren. Sie war nicht mehr jung, aber auch noch nicht alt und hatte keinen Grund zu der Annahme, sie sei unfruchtbar. Obwohl auch sie daran interessiert war, sich wieder zu verheiraten, wollte sie das nicht ohne eine gewisse Zeit des Kennenlernens tun. Falls Mr. Tolliver bereit war zu kommen und für eine Anstandsfrist zu bleiben, so sollte er sich nur einfinden und vorstellen. Es gab in der Stadt Bristol viele Logier- und Gasthäuser, da sie ein großer Seehafen war. Unterschrieben war der Brief mit »Hochachtungsvoll« statt mit einer einfallsreicheren oder persönlicheren Floskel.

»Ich sehe daran nichts Unrechtes, Sir John.«

»Nein, aber schau nach, von wann der Brief datiert ist – volle zehn Tage vor dem Tribble-Mord – nein, elf. So lange braucht ein Brief nicht, um nach London zu gelangen: zwei Tage, höchstens drei. Seine Erklärung für diese Diskrepanz lautet, dass seine Braut diesen Brief ungefähr eine Woche mit sich herumtrug, bis sie ihn aufgab, so unsicher war sie ob dieses Wagnisses. Er behauptet, er habe ihn unter seiner Tür gefunden, als er nach seinem Gespräch mit mir am Schauplatz des Darby-Mordes nach Hause zurückkehrte. Er sagte, er hätte so dringend nach Bristol reisen wollen, dass er nicht an seine Verantwortung mir gegenüber dachte, sondern eiligst seinen Mantelsack packte und um zehn Uhr die Nachtkutsche nach Bristol nahm.«

»Aber ich verstehe nicht...«

»Nein? Wenn er tatsächlich die Nachtkutsche genommen hat, dann war er zur Zeit des Tribble-Mordes unterwegs. Bedenke, sein Vermieter hat gesagt, er wäre in Richtung Covent Garden gegangen. Die Poststation liegt in der entgegengesetzten Richtung – aber die King Street liegt auf dem Weg nach Covent Garden, und in der King Street wurde diese Tribble ermordet und so schrecklich verstümmelt. Verstehst du?«

»Nun ja, schon, aber hat Mr. Donnelly nicht gesagt, ihr Tod wäre etliche Stunden nach zehn Uhr eingetreten?«

»Genau! Er muss früh am nächsten Morgen nach Bristol abgereist sein.«

Ich seufzte. Es schien ungewöhnlich, dass Sir John ein so kühnes Gedankengebäude aus Vermutungen und Eventualitäten errichtete. War das vielleicht eine Folge seiner Verzweiflung? Ich wusste, er wollte unbedingt den zweiten Mörder fassen, bevor er erneut töten konnte.

»Sir, so wie Sie die Dinge sehen, hängt Mr. Tollivers Schuld oder Unschuld also davon ab, ob er die Nachtkutsche nach Bristol genommen hat oder erst am nächsten Tag abgereist ist.«

»Das ist vielleicht ein bisschen überspitzt ausgedrückt, aber wenn er nicht, wie er gesagt hat, mit der Nachtkutsche gefahren ist, dann hätte ich guten Grund, ihn zu verdächtigen, statt im Dunkeln zu tappen wie jetzt. Wenn ich ihn bei einer Lüge erwische, werde ich die Wahrheit aus ihm herausholen.«

»Und wie wollen Sie das anstellen, Sir John?«

»Mir ist eine andere mögliche Unstimmigkeit in seiner Geschichte eingefallen. Sag mir, warst du seit seinem Verschwinden an seinem Stand?«

»Ja, Sir, wie Sie mich angewiesen hatten – allerdings nicht in letzter Zeit, muss ich gestehen.«

»Aber du kaufst bei anderen Ständen dort Gemüse ein?«

»Nein, im Allgemeinen kaufe ich bei den Ständen, die näher liegen.«

»Also, ich möchte, dass du zu seinem Stand gehst und dort

gründlich schnupperst. Wenn er in aller Eile abgereist ist, wie er sagt, dann hat er Fleisch in dem abgeschlossenen Stand zurückgelassen, und das muss inzwischen verdorben sein und schrecklich stinken. Es dürfte Beschwerden gegeben haben. Und wenn kein Gestank herrscht, gibt es noch einen weiteren Widerspruch. Ich werde Mr. Fuller mit Mr. Tolliver zur Kutschenstation schicken und Mr. Tolliver beweisen lassen, dass er mit der Nachtkutsche gefahren ist.«

»Aber ...«

»Nein, Jeremy, tu, was ich sage. Ich weiß, dass du den Mann magst, aber es ist jetzt kurz nach sieben. Er liegt sicher noch mit seiner neuen Frau im Bett. Du brauchst nur zu seinem Stand zu gehen und gründlich zu schnuppern.«

Also musste ich einen weiteren Auftrag erledigen, der mir unangenehm war. Man hatte ihn mir aufgetragen, und ich würde ihn erfüllen, allerdings nicht ohne Bedenken. Ich eilte durch Covent Garden, wo erst wenige Menschen unterwegs waren, so dass ich schnell vorankam. Die Stände und Karren, an denen an diesem Tag Früchte und Gemüse verkauft werden wollten, wurden vorbereitet und hergerichtet für den Strom der Käufer, die bald den riesigen Platz bevölkern würden. Die konkurrierenden Händler unterhielten sich laut und vernehmlich und meist in spöttischem Ton. Die Straßenhändler füllten ihre Handkarren mit Waren und stritten sich mit ihren Lieferanten. Der Garden erwachte zum Leben.

Mr. Tollivers Stand lag am hinteren Ende in der Nähe der Henrietta Street, wo er Mr. Bailey und mich herbeigerufen und über die in der Passage aufgefundene Tote informiert hatte. Ich war seit seiner Abreise nach Bristol ein paar Mal dort gewesen, das erste Mal mit einem Auftrag, den ich ebenfalls als unangenehm empfunden hatte. Der Stand war noch so, wie ich ihn damals vorgefunden hatte, fest verschlossen und mit einem Vorhängeschloss gesichert. Vorsichtig umkreiste ich ihn, benutzte meine Nase und schnüffelte umher wie ein Jagdhund auf einer Fährte. Tatsächlich kam ich mir dabei ziemlich töricht vor, besonders, als ich merkte, dass ich die Aufmerksamkeit der unfreundlichen Frau erregt hatte, die an dem benachbarten Stand Gemüse verkaufte.

»He, du da«, schrie sie grob, »was willst du? Wenn du dir einbildest, du könntest dir den Stand unter den Nagel reißen, dann kann ich dir sagen, dass er nicht zu haben ist. Der, der ihn gemietet hat, ist verreist, aber er kommt wieder. Da kannst du Gift drauf nehmen.«

Offensichtlich erinnerte sie sich nicht daran, dass wir schon einmal miteinander gesprochen hatten. Ebenso offensichtlich war, dass sie mich für einen potenziellen Konkurrenten hielt und mich verjagen wollte.

»Sie missverstehen das«, sagte ich. »Ich komme vom Schnapper in der Bow Street. Sind von diesem Stand irgendwelche unangenehmen Gerüche ausgegangen?«

»Gerüche?«, fragte sie argwöhnisch. »Was für Gerüche?«

Nachdem ich mich bereits auf die Autorität des Richters bezogen hatte, machte ich nun auch Gebrauch davon: »Beantworten Sie einfach die Frage, Madam.«

»Keine Gerüche«, sagte sie. »Er ist Metzger, das ist er, obwohl ich nicht weiß, warum er nicht wie die anderen in Smithfield ist. Tatsächlich riecht es hier besser, seit er weg ist.«

Sir Johns Gedankengang folgend, war das natürlich eine Enttäuschung für mich. Und während ich der Frau dankte und davonschlenderte, erblickte ich niemand anderen als Mr. Tolliver, der mir entgegenkam. Er hatte mich ebenfalls gesehen und winkte mir beiläufig zu. Ich konnte also nicht so tun, als hätte ich ihn nicht bemerkt. Da mir nichts anderes einfiel, trat ich zu ihm und begrüßte ihn.

»Du hast mich gesucht, oder?«, sagte er. »Ich nehme an,

Seine Majestät wünscht mich zu sehen. Er hat gesagt, dass er noch nicht mit mir fertig ist.«

»Ich dachte, Ihr Stand sei vielleicht schon geöffnet«, erwiderte ich, um eine schlimmere Lüge zu vermeiden.

»Heute nicht, aber morgen. Ich muss erst sauber machen, dann Fleisch einkaufen und Liefertermine vereinbaren. Es dauert einen Tag, bis das Geschäft wieder läuft. Aber ich freue mich wirklich, dass ich dich getroffen habe, Jeremy.«

»Ach ja? Wieso?«

»Ich fürchte, ich war gestern Abend ein bisschen kurz angebunden zu dir. Kurz? Ich habe dich überhaupt nicht begrüßt! Der Richter hatte mich ganz durcheinander gebracht. Kurz gesagt, er scheint mir nicht zu glauben. Warum, weiß ich nicht – es sei denn, es ist etwas Persönliches.«

»Oh, das glaube ich nicht«, sagte ich. »Es ist bloß, dass er den einen Mörder gefasst hat und dann feststellen musste, dass es noch einen gibt.«

»Davon hat er mir erzählt und gesagt, du hättest dich in dieser Angelegenheit ziemlich heldenhaft verhalten – und sogar eine Belohnung erhalten.«

»Eine halbe Belohnung, denn ein Mörder ist noch immer frei, und Sir John will ihn unbedingt fassen, bevor er wieder zuschlägt.«

»Nun, du kannst ihm ausrichten, ich bin nicht sein Mann, so Leid es mir tut.«

Das sagte er mit seiner tiefen Stimme so laut und grollend, dass die unfreundliche Frau vom Nebenstand sich nach uns umdrehte.

»Ich glaube Ihnen, Mr. Tolliver«, sagte ich beherzt. »Ich will und kann nicht schlecht von Ihnen denken. Und Lady Fielding kann das auch nicht. Wir haben beide oft zu Ihren Gunsten gesprochen.«

Er gab ein tiefes Brummen von sich. »Ich muss sagen, sie

hat meine Frau gut behandelt. Du kannst Kate von mir ausrichten, dass ich das nicht vergessen werde, und Maude auch nicht.«

»Maude?«, fragte ich etwas töricht. Meine Gedanken, lieber Leser, waren in diesem Augenblick bei viel schwerwiegenderen Dingen. Ich kämpfte darum, eine Entscheidung zu treffen.

»Meine Frau«, sagte er, das Offensichtliche erklärend.

»Maude Whetsel hat sie geheißen, Maude Tolliver heißt sie jetzt. Ich sage dir, Jeremy, es ist schon traurig, wenn man die Frau, die man gerade geheiratet hat, in einen solchen Schlamassel hineinziehen muss.« Verwirrt schüttelte er seinen großen Kopf. Was konnte man da tun? In diesem Augenblick hatte ich das Gefühl, nur ich könnte ihm helfen.

»Mr. Tolliver«, platzte ich heraus und gab damit dem Impuls nach, mit dem ich gerade gerungen hatte, »können Sie irgendwie beweisen, dass Sie in dieser Nachtkutsche nach Bristol waren? Dass Sie nicht bis zum Morgen gewartet haben mit Ihrer Reise?«

Er sah mich merkwürdig an, als sei ein Schleier von seinen Augen genommen worden und er erkenne jetzt klar, was er vorher nur undeutlich wahrgenommen hatte.

»Also«, sagte er, »läuft alles darauf hinaus, nicht wahr?«

»Sagen Sie mir, was Sie Sir John gesagt haben, bitte. Was haben Sie getan, nachdem Sie uns in der Henrietta Street verlassen hatten?«

»Nun, ich bin nach Hause gegangen.«

»In Ihre Wohnung in Long Acre. Fahren Sie fort – alle Einzelheiten bitte.«

»Nun, als ich nach Hause kam, fand ich einen Brief vor, den man unter der Tür durchgeschoben hatte. Er war von ...«

»Warten Sie einen Moment«, unterbrach ich ihn. »Wissen Sie, wer den Brief dort abgegeben hat?«

»Nicht mit Sicherheit, aber mir kommt da so eine Idee. Ich habe einen Nachbarn, Mr. Salter, der die Kulissen des Theatre Royal verwaltet. Ein Mann in einer solchen Position bekommt viel Post von überallher, also geht er zwei- oder dreimal in der Woche zum Postamt, um seine Briefe abzuholen. Es ist bekannt, dass ich an derselben Adresse wohne, und so gibt man ihm hin und wieder einen Brief für mich mit. Er schiebt ihn unter meiner Tür durch.«

»Gut«, sagte ich. »Können Sie in Erfahrung bringen, ob Mr. Salter tatsächlich diesen Brief aus Bristol bei Ihnen abgegeben hat?«

»Ja, das kann ich, wenn er sich erinnert. Es ist mehr als einen Monat her.«

»Schön und gut, Sie fanden also den Brief, öffneten und lasen ihn. Warum haben Sie beschlossen, so plötzlich nach Bristol abzureisen, um die Frau kennen zu lernen, die Ihre Frau werden sollte?«

»Das hat Sir John mich auch gefragt, und ich habe ihm höflich gesagt, das sei eine persönliche Angelegenheit und gehe nur mich etwas an. Und wir haben ein bisschen gestritten, aber da du nun fragst, will ich es dir sagen. Ich hatte es sehr schwer, als ich wieder heiraten wollte. Einmal war ich nahe daran« – er warf mir einen Blick zu, den ich als bedeutungsvoll bezeichnen würde –, »aber dann wurde nichts daraus. Die meisten anständigen Frauen wollen nichts mit einem Metzger zu tun haben. Ich weiß nicht, warum, denn ein gutes Stück Fleisch essen sie allemal. Aber ich habe einigen Frauen den Hof gemacht, und es lief immer darauf hinaus – der Beruf des Metzgers stößt sie irgendwie ab. Also habe ich diese Anzeige in der *Shipping News* in Bristol aufgegeben, wo ich aufgewachsen bin, und ich habe deutlich erklärt, dass ich Metzger bin. Und ich schwöre dir, Jeremy, ihr Brief war die einzige Antwort, die ich bekam. Und es war sozusagen ein großartiger Brief. Ich betrachtete sie als intelligente Frau, die schlimmes Pech gehabt, ihren Mann und zwei Kinder verloren, aber sich doch über Wasser gehalten und ihre Selbstachtung bewahrt hatte. Und so ist sie und so hat sie ... sie ist eine großartige Frau, meine Maude. Und ... nun ja ...« Er verstummte und wandte den Blick ab.

»Und was? Sagen Sie mir, was Sie gerade sagen wollten, Mr. Tolliver, bitte.«

»Das, was ich gerade gesehen hatte, dieses tote Mädchen in der Passage, das hat mich veranlasst, sofort abzureisen. Wie ich, soweit ich mich erinnere, damals schon sagte, hatte ich das Mädchen gekannt – sie hatte einige Male bei mir gekauft. Und sie so zu sehen, sie war doch noch ein Kind, ganz zusammengesunken und ermordet, und die Leute fummelten an ihr herum, um die Stichwunde zu suchen – nun, mir brach es das Herz. Dies ist eine so unbarmherzige Stadt, Jeremy, es gibt hier so wenig Hoffnung und Anstand, vor allem für Frauen ihrer Art. Nun, ich wollte bloß so schnell wie möglich von hier fort. Vielleicht hätte ich an Sir Johns Aufforderung denken sollen, bei der Untersuchung hier anwesend zu sein, aber ich hatte alles, was ich wusste, ja schon zweimal erzählt. Ich wollte nur fort.«

Er war angespannt, während er berichtete. Seine beiden Hände hatte er zu Fäusten geballt, seinen Kopf hielt er gesenkt. Ich erinnerte mich an seine Einwände, als Mr. Bailey nach der tödlichen Wunde gesucht hatte, die der Harker dem Mädchen direkt unter dem Brustbein beigebracht hatte. Tatsächlich war Lady Fielding keine schlechte Menschenkennerin, und ich auch nicht: Mr. Tolliver konnte Libby Tribble und Polly Tarkin nicht ermordet haben.

»Darüber haben Sie Sir John nichts gesagt, nehme ich an?«

»Nein – nur ein wenig über Maude, dass ich begierig war, sie kennen zu lernen.«

»Wenn er Sie noch einmal befragt, was er zweifellos tun wird, dann müssen Sie ihm all das genauso erzählen wie jetzt mir.« Ich sah Widerstreben auf seinem Gesicht, deshalb wiederholte ich: »Genau so. Aber jetzt fahren Sie bitte fort. Sie haben in großer Eile Ihren Mantelsack gepackt und sich reisefertig gemacht. Wissen Sie noch, um welche Zeit Sie Ihre Wohnung verließen, um die Nachtkutsche zu erwischen?«

»Nun, soweit ich mich erinnere, hatte ich etwas weniger als eine Stunde, um hinzukommen. Ich besitze eine Uhr, die ich täglich aufziehe, also weiß ich die Zeit ziemlich genau.«

Da stimmte etwas nicht. »Aber wenn Sie fast eine Stunde hatten, um zur Droschkenstation zu kommen«, sagte ich, »warum hatten Sie es dann so eilig? Zu Fuß hätten Sie sie leicht in einer Viertelstunde erreichen können.«

»Aber ich musste doch noch zu meinem Stand in Covent Garden. Ich hatte Fleisch da drinnen, und alles war verschlossen. Da ich keine Ahnung hatte, wann ich zurückkommen würde, wusste ich, dass das Fleisch verderben würde. Das konnte ich doch nicht zulassen.«

»Und was haben Sie damit gemacht?«

»Na, ich habe es einfach an die Haken auf der vorderen Seite des Standes gehängt. Mir war klar, dass es am Morgen verschwunden sein würde. Und gute zwei Guineas wäre es wert gewesen, wenn ich es über die Theke verkauft hätte. So dringend wollte ich weg von London. Trotzdem, Jeremy, musst du wissen, dass ein Metzger niemals sein Fleisch in seinem Stand verderben lassen würde. Gott, der Gestank! Ich würde hier in Covent Garden nie wieder ein Stück Fleisch verkaufen können. Aber nachdem ich zurückgegangen war und alles nach draußen gehängt hatte, war es gegen zehn, ich weiß die Zeit nicht genau, denn eine Taschenuhr habe ich nicht. Also durchquerte ich den Garden, was nachts eine riskante Sache ist, und erwischte am Theatre Royal eine Droschke.«

»Noch einmal«, fragte ich, »haben Sie Sir John all das erzählt? All die Einzelheiten, die Sie mir geschildert haben?«

»Vielleicht habe ich ihm gesagt, dass ich eine Kutsche genommen habe. Aber was den Rest betrifft, nein. Wir haben hauptsächlich über meine Verpflichtung gestritten, bei der Untersuchung und so weiter anwesend zu sein. Er hat mich gleich kopfscheu gemacht, ja, das hat er.«

»Wie auch immer«, sagte ich, »wenn er Sie das nächste Mal befragt, dann müssen Sie ihm von Ihrer Rückkehr hierher und davon erzählen, wie Sie das Fleisch nach draußen gehängt haben. Das sind ganz wichtige Einzelheiten.«

»Ach ja?« Er schien das zu bezweifeln.

»Ja, allerdings.«

Ich sagte das mit aller Strenge und Autorität, die ein Fünfzehnjähriger aufbringen kann, aber ich war mir nicht sicher, ob ich ihn überzeugt hatte. Ein Mann, der von Natur aus nicht sehr scharf beobachtet, wie es bei Mr. Tolliver der Fall war, hat auch wenig Respekt vor den Details, an die er sich erinnert. Und so strengte ich mich im weiteren Verlauf des Gesprächs an, meine fast feindselige Strenge beizubehalten.

»Also«, sagte ich, »Sie erreichten die Kutschenstation nur knapp.«

»So knapp«, erwiderte er, »dass ich kaum Zeit hatte, mein Fahrgeld zu bezahlen und einzusteigen.«

»Ich bin immer nur in Mietdroschken gefahren«, warf ich ein. »Wie ist das, bekommt man eine Fahrkarte? Auf der etwa steht: ›Nachtkutsche nach Bristol‹ oder so?«

»Nein, nichts dergleichen. Du bezahlst dein Geld, und sie geben dir ein Stück Papier mit einem Aufdruck; das gibst du dem Kontrolleur oder, in diesem Fall, dem Kutscher.«

Da spürte ich eine Unstimmigkeit, und so ging ich schnell darauf ein: »Warum hat Ihnen der Kutscher das Papier abgenommen und nicht der Kontrolleur?«

»Der Kontrolleur war krank geworden, und der Kutscher sagte, er müsse diese Fahrt allein machen. Ich fragte ihn, ob er Gesellschaft oben auf dem Bock haben wollte, und er sagte, ja gern, von einem großen Kerl wie mir. Er fragte mich, ob ich mit einem Jagdgewehr umgehen könnte, falls wir unterwegs Schwierigkeiten bekämen. Und ich sagte zu ihm, ich hätte etwas Besseres in meinem Mantelsack, und holte mein Paar Pistolen heraus. Die habe ich noch aus dem Französischen Krieg, und ich habe sie auch benutzt, obwohl ich Proviantsergeant war. Wir alle haben gekämpft, wenn wir gebraucht wurden, Indianer und dergleichen. Da habe ich die Metzgerei erlernt – in der Armee –, schlachten, zerlegen und ...«

Wieder unterbrach ich ihn: »Warten Sie, warten Sie. Ist das so zu verstehen, dass Sie die ganze Strecke nach Bristol neben dem Kutscher zurückgelegt haben?«

»Ja, habe ich, und er war ein netter Kerl – Ben irgendwas. Ben Calverton hieß er. Wir haben uns manchmal unterhalten, wenn er die Pferde ausruhen ließ.«

Ich konnte unser Glück kaum glauben. »Nun, dann wird er sich vermutlich an Sie erinnern.«

»O ja, das wird er ganz bestimmt.«

»Warum? Sind Sie unterwegs auf Wegelagerer gestoßen?«

»Nein, und darüber bin ich froh.«

»Wieso sind Sie dann so sicher?«

»Weil ich dumm genug war, ihm meinen Taufnamen zu nennen.«

»Ich glaube nicht, dass ich den je gehört habe«, sagte ich.

»Ich heiße Oliver«, sagte er. »Der Kutscher hielt das für einen großen Witz.«

»Oliver ... Tolliver?« Und dann, trotz meiner Absicht, eine ernste Miene beizubehalten, brach ich in ein Lachen aus.

Als ich Mr. Tolliver verließ, um zur Kutschenstation zu gehen, ermahnte ich ihn schuldbewusst, Sir John nichts von unserem Gespräch zu sagen, wies ihn aber gleichzeitig an, dem Richter seine Geschichte auf genau dieselbe Weise zu erzählen wie mir. Wenn mein Lachen ihn gekränkt hatte, was der Fall zu sein schien, so tat mir das Leid, und ich entschuldigte mich dafür. Er hatte mir gesagt, anscheinend reagiere alle Welt so wie ich; der Kutscher habe sogar einen Spottvers auf seinen sich reimenden Namen erdichtet – und das hatte Oliver Tolliver natürlich überhaupt nicht gefallen. »Trotzdem«, sagte er, »schien er ein netter Kerl zu sein, und zweifellos wird man dir bei der Kutschenstation sagen können, wo du ihn findest. Er fährt nur bei Nacht nach Bristol und zurück.«

Und so ging ich durch die Straßen, die jetzt von einer großen Menschenmenge bevölkert waren. Alles, was Mr. Tolliver Schlechtes über London gesagt hatte, stimmte natürlich, aber zu einer solchen Stunde unter gewöhnlichen Leuten umherzugehen stellte meinen Glauben an die große Stadt doch wieder her. Sie war und ist ein Ort wie kein anderer. Eigentlich bestand London aus zwei Städten: die Tagesstadt ehrlicher Büroangestellter und Arbeiter in allen möglichen Berufen – und die nächtliche Stadt, bevölkert von Trunkenbolden, Dieben, Dirnen und Zuhältern. Hier und jetzt, zu dieser sonnigen Morgenstunde, fand ich keine Spur von diesem dunklen London. Auf meine naive Art erkannte ich nur, dass die meisten Gesichter, die ich in der Menge sah, glücklich und arglos wirkten, und ein paar immerhin schicksalsergeben und duldsam.

Bei der Droschkenstation ging ich zu dem Mann, der die Fahrscheine verkaufte, und erkundigte mich nach Ben Calverton. Der Mann am Schalter lächelte und summte eine Melodie vor sich hin, als ich ihn ansprach.

»Ben Calverton?«, antwortete er auf meine Frage. »Ah ja,

in der Tat, junger Mann, er ist einer unserer Besten, er ist –
ein Held der Straße. Er macht diese lange Fahrt nach Bristol
jede zweite Nacht und muss einen Rücken aus Eisen haben!
Keiner kennt die Straße und ihre Gefahren so gut wie er –
dreimal haben Wegelagerer versucht, ihn zu überfallen, und
er ist mitten zwischen ihnen durchgefahren; zweimal wurde
dabei geschossen. O ja, junger Mann, er ist einer unserer Besten.«

»Wann könnte man ihn wohl sprechen?«, fragte ich. »Es ist
eine Gerichtsangelegenheit. Ich komme aus der Bow Street.«

Daraufhin schien der Mann ein wenig die Stirn zu runzeln.
»Das soll doch wohl nicht heißen, dass er sich in Schwierigkeiten gebracht hat, oder?«

»O nein, nichts dergleichen. Es betrifft einen seiner Fahrgäste vor einiger Zeit.«

»Nun, in dem Fall trifft es sich gut, denn Ben Calverton
müsste, so Gott will, in einer Viertelstunde oder so hier eintreffen.« Er studierte die Uhr an der Wand in meinem Rücken.
»Ja, wenn unterwegs nichts passiert ist, dann sollte er ungefähr um die Zeit ankommen.«

Hinter mir hatte sich eine kleine Schlange von Fahrgästen
gebildet. Der Mann am Schalter gab demjenigen, der nach
mir kam, zu verstehen, er werde gleich mit mir fertig sein.

»Wo kann ich auf ihn warten?«, fragte ich.

»Am besten nebenan im Coach House Inn«, erwiderte er.
»Die Fahrer müssen bei der Ankunft Bericht erstatten. Aber
Ben hat die Angewohnheit, zuerst ein Glas Ale zu trinken. Ich
werde ihm sagen, dass jemand auf ihn wartet.«

»Sagen Sie ihm, es betrifft Oliver Tolliver.«

»*Oliver Tolliver*?« Er lachte fröhlich. »So ein Name! Tja,
den werde ich nicht vergessen! Guten Tag, junger Mann.«

Also ging ich hinaus in den Hof – Kutschen und Pferde und
wartende Reisende. Hier herrschte reger Betrieb. Erregung

und Erwartung lagen in der Luft, und ich hätte mir gewünscht dazuzugehören – bereit, eine lange Reise an einen fernen Ort wie Bristol oder Edinburgh oder sogar über das Wasser nach Dublin anzutreten. Die Welt war so groß, und ich war entschlossen, mir einen Teil davon anzusehen, bevor mein Leben zu Ende wäre.

Das Coach House Inn war ein bescheidener Gasthof, wo man essen und trinken und wo Reisende oder Personen, die sie abholten, in einer freundlichen Umgebung warten konnten. Es war nicht besonders voll, aber der Rauch von Tabak hing schwer in der Luft und vernebelte den schlecht erleuchteten Raum, so dass man hätte glauben können, draußen herrsche Nacht und nicht heller Tag. Ich suchte mir einen Platz an der Bar in der Nähe des Kamins. Der Barmann kam und fragte nach meinen Wünschen.

»Kaffee, wenn Sie welchen haben.«

»Wir haben Kaffee. Mit oder ohne?«

Ich war verwirrt. »Mit oder ohne was?«

»Mit oder ohne einen Blitz – in der Tasse oder getrennt gereicht.«

»Oh, unbedingt ohne.«

Der Barmann kam mit einer Tasse dampfenden Kaffees zurück, der nur zwei Pence kostete. Er war in der Tat stark, aber trinkbar – wäre er das auch mit Gin, wie der Mann angeboten hatte? Wie konnte man beides zusammen trinken? Mir schien das eine Verwechslung dessen zu sein, was mit den beiden Getränken beabsichtigt war.

Nachdem ich es mir auf meinem Platz bequem gemacht hatte, beobachtete ich die Reisenden und versuchte mir vorzustellen, wer und was sie waren und wohin sie fahren mochten. Die ganze Zeit über behielt ich die Tür im Auge und beobachtete die Eintretenden, um Ben Calverton nicht zu verpassen.

Als er hereinkam, war er nicht zu übersehen, ein breiter, kräftiger, wenn auch nicht sehr großer Mann. Er schwankte ein wenig beim Gehen und trug eine Peitsche, die länger war als er selbst, wie alle Kutscher sie benutzen, um ihre Pferde anzutreiben. Zwei Schritte hinter der Tür stellte er sich mit gespreizten Beinen hin und sah sich um. Dann brüllte er laut »Oliver Tolliver!« und stieß ein so gewaltiges Lachen aus, dass die Fensterscheiben klirrten.

Köpfe drehten sich nach ihm um, Gespräche verstummten, und verlegen winkte ich ihn zu mir. Wie durch Zauberei erschien ein großes Glas Ale, ehe er an die Bar trat. Doch als er mich sah, machte sich Enttäuschung auf seinem runden Gesicht breit, deren Ursache ich zu sein schien.

»Sie sind ja gar nicht Oliver Tolliver«, bemerkte er, und es klang fast wie ein Vorwurf.

»Nein, Sir«, sagte ich hastig. »Es dreht sich *um* Oliver Tolliver. Ich wollte mit Ihnen sprechen. Verstehen Sie, ich ...«

Er hob die Hand und brachte mich für einen Moment zum Schweigen. Dann lehnte er seine Peitsche an die Bar, nahm das Glas Ale zur Hand und leerte es auf einen Zug. Er hielt es dem Barmann hin, und sofort erschien ein neues. Jetzt schien er sprechen zu wollen – oder nicht? Wieder hielt er einen langen Augenblick die Hand hoch und stieß dann einen mächtigen Rülpser aus.

»So«, sagte er, »Sie wollen also mit mir über ihn reden. Was wünschen Sie?«

»Zuerst einmal: Erinnern Sie sich an ihn?«

»Natürlich erinnere ich mich an ihn. Großer Kerl ist das, fast um die Hälfte größer als ich. Er fuhr vor ungefähr einem Monat die ganze Nacht auf dem Kutschbock mit nach Bristol. Oliver Tolliver! Wer könnte einen Burschen mit so einem Namen vergessen?« Er unterstrich das mit einem weiteren, nicht ganz so gewaltigen Lachen. Dann verengten sich seine Augen, als er sich entsann: »Dieser dumme Kerl, der die Fahrkarten verkauft, hat gesagt, es wäre eine gerichtliche Angelegenheit. Ist er in Schwierigkeiten?«

»Nun ja, das könnte er sein, Mr. Calverton – das heißt, wenn er nicht beweisen kann, dass er in einer bestimmten Nacht die Kutsche nach Bristol genommen hat und nicht erst am nächsten Tag.«

»Welche Nacht? Welcher Tag?«

»Ich hatte gehofft, dass Sie mir das sagen könnten. Wann ist er mit Ihnen gefahren?«

»Oh, darüber muss ich ein wenig nachdenken. Ich mache so viele Fahrten, wissen Sie.« Er schaute auf meine Tasse und sah, dass sie fast leer war. »Barmann«, rief er, »geben Sie dem Jungen noch eine Tasse von dem, was er da trinkt – Kaffee, nehme ich an.«

»Mit oder ohne?«, rief der Barmann.

»Mit natürlich!«, antwortete Ben Calverton und ignorierte mich. Er starrte in die Luft. »Also, wann war das?«, fragte er sich selbst laut.

Der Barmann knallte eine volle Tasse auf die Theke und nahm die leere weg. Ich nippte aus Neugier daran und fand, dass der Kaffee nicht viel anders, nur heißer schmeckte. Er brannte ein wenig – auf dem ganzen Weg hinunter bis in meinen Magen. Er war nicht annähernd so schlecht, wie ich erwartet hatte. Ich nahm noch einen Schluck.

»Jetzt weiß ich's«, sagte Mr. Calverton. »Er war unterwegs nach Bristol, um eine Lady zu treffen, die er zu heiraten hoffte. Sie wissen nicht zufällig, was daraus geworden ist, oder?«

»Oh, er hat sie geheiratet, Sir«, sagte ich. »Er hat sie tatsächlich geheiratet.«

»Was Sie nicht sagen! Haben Sie sie gesehen?«

»Ja, das habe ich. Sie scheint ... nun, recht nett. Mr. Tolliver jedenfalls gefällt sie.«

»Nun, das ist das Wichtigste, oder?«

Er nahm einen großen Schluck von seinem Ale, leerte das Glas diesmal aber nur zu einem Viertel.

»Wie heißt sie, Olivia?« Er lachte wieder, diesmal ein etwas gackerndes Lachen. »Aber das würde sich nicht so gut reimen, was? Vielleicht sollte man sie Olivia Tollivia nennen.« Er gackerte erneut.

»Sie heißt Maude«, sagte ich und wünschte, wir kämen weiter.

»Also, dieser Name«, beharrte Mr. Calverton. »Ich habe ihn damit aufgezogen, ja, das habe ich. Nachdem er mir einiges über sich erzählt hatte, habe ich einen kleinen Vers gedichtet. Ich dichte oft im Kopf, um mir die Zeit auf der Straße zu vertreiben. Ich denke, ich kann mich an das meiste entsinnen. Wollen Sie's hören?«

»Nun ja, ich ...«

Er nahm noch einen Schluck Ale, räusperte sich und begann mit lauter Stimme zu rezitieren:

»Oliver Tolliver
ist unterwegs nach Bristol
und hat bei sich eine Pistol.
Oliver Tolliver
fährt nach Bristol im Mondenschein,
um dort eine Frau zu frein.
Oliver Tolliver
ist seines Zeichens ein Fleischer
und eine Maid erheischt er.
Oliver Tolliver
schert sich den Teufel um ...«

Mitten im Satz hielt er inne und schlug mit der Faust auf die Theke.

»Bei Gott, das ist es – im *Monden*schein!«

»Sir?« Ich war verwirrt. »Ich verstehe nicht ganz.«

»Also, jetzt erinnere ich mich, als wäre es gestern gewesen. In dieser Nacht gab es einen großen, runden Vollmond. Oh, ich erinnere mich gut – man nennt das einen Wegelagerermond. Deswegen war ich richtig froh, diesen großen, kräftigen Tolliver und seine Pistolen da neben mir auf dem Kutschbock zu haben, weil mein Begleiter krank war und die Scheißerei hatte. Die Gauner da draußen lieben den Vollmond, wie Sie vielleicht wissen.«

»Es war also eine Vollmondnacht? Sind Sie da sicher?«

»So sicher, wie man nur sein kann. Nicht die letzte Vollmondnacht allerdings. Die war an Allerheiligen, wie jeder Narr weiß. Ich kenne die Zahl der Monate nicht. Man könnte in jedem Almanach nachschlagen, aber es war die Vollmondnacht vor etwas mehr als einem Monat.«

»Wären Sie bereit, das vor Gericht zu beschwören?«

»Warum nicht, es war doch so, oder?«

Ich fand in meiner Tasche einen leeren Zettel und schrieb mir seinen Namen und die Adresse seiner Wohnung auf, die er mir zusammen mit einer Beschreibung, wie ich sein Zimmer finden könne, gab. Dann nahm ich einen großen Schluck Kaffee und schickte mich an zu gehen.

»Wenn Sie Oliver Tolliver das nächste Mal sehen«, sagte Ben Calverton, »dann sagen Sie ihm, ich wünsche ihm alles Gute. Er kann jederzeit wieder bei mir auf dem Kutschbock mitfahren, und ich werde ihn nicht mehr mit seinem Namen aufziehen.«

Ich dankte ihm. Er schlug mir hart auf den Rücken und schickte mich meines Weges.

Erst als ich hinaus in den Kutschhof trat, merkte ich die volle Wirkung des Gins, den ich mir so reichlich zugeführt hatte. Schweiß stand mir auf der Stirn, während ich mit dem übrigen Körper die Kälte des Novembermorgens spürte. Mein Kopf war zugleich schwer und leicht. Es war tatsächlich die seltsamste Empfindung, die ich jemals gehabt hatte – ganz anders als bei den ein oder zwei Gelegenheiten, bei denen ich ein Glas Wein zu viel getrunken hatte. Ich machte mich auf den Weg in die Bow Street, den ich ganz genau kannte, doch nachdem ich die Hälfte einer Straßenlänge hinter mich gebracht hatte, stellte ich fest, dass ich in die falsche Richtung gegangen war. Benommen blieb ich stehen und kämpfte um Haltung, angerempelt von der Menge, die in beiden Richtungen an mir vorüberströmte.

Also, so würde es natürlich nicht gehen! Ich dachte ein Weilchen über die Angelegenheit nach, drehte mich dann um und ging zurück. Ich fand den Heimweg, indem ich dieselbe Strecke nahm, auf der ich gekommen war, machte allerdings einen weiten Bogen um Mr. Tollivers Stand im Garden. Für meinen Geschmack hatte ich heute Morgen genug Zeit damit zugebracht, mit ihm zu reden, und viel zu viel mit Ben Calverton – obwohl es sich in beiden Fällen gelohnt hatte. Sir John hatte mich sicher nach wenigen Minuten zurückerwartet, und ich war seit mehr als einer Stunde unterwegs. Aber nicht nur das, ich kehrte auch in nicht ganz nüchternem Zustand zurück. Meine Füße funktionierten jetzt besser und trugen mich, wohin ich wollte. Mein Gehirn war wieder einigermaßen klar, und ich erkannte, dass ich jetzt über eine Zeugenaussage verfügte, die Sir John zufrieden stellen würde.

Doch als ich sie ihm vortrug, schien er gar nicht glücklich darüber. Ich erklärte ihm, ich sei zum Stand des Metzgers gegangen und hätte dort keinen verwesenden oder stinkenden Geruch wahrgenommen. Um die Dinge zu beschleunigen, hätte ich es auf mich genommen, zur Droschkenstation zu gehen und mich zu erkundigen, wann die nachts fahrenden Kutscher befragt werden könnten – meine Unterredung mit Mr. Tolliver ließ ich natürlich aus. Zufällig, sagte ich, sei ein gewisser Ben Calverton verfügbar gewesen, und der habe bestätigt, dass Mr. Tolliver in der Vollmondnacht Anfang Oktober auf dem ganzen Weg nach Bristol neben ihm auf dem Kutschbock gesessen habe.

»Hast du ihn dazu gedrängt?«, fragte der Richter.

»Nein, Sir. So gern ich es auch getan hätte, ich habe ihn nicht gedrängt.«

»Ben Calverton, ja? Du weißt, wie man ihn erreichen kann?«

»Jawohl, Sir John.«

»Nun«, sagte er, »du hast deine Zuständigkeit zwar überschritten, aber du hast Informationen von einiger Wichtigkeit mitgebracht. Dafür lobe ich dich.« (Dies, lieber Leser, sagte er auf höchst halbherzige Weise.) »Aber dass du nach Gin riechend zurückkommst, finde ich weniger lobenswert.«

»Das kann ich erklären, Sir. Als ich ...«

Er hob die Hand, um mich zum Schweigen zu bringen. »Ein andermal vielleicht. Jetzt solltest du besser nach oben gehen und Lady Fielding fragen, was dort zu tun ist.«

Ich erfuhr, dass Sir John später am Tag Mr. Fuller geschickt hatte, um Mr. Tolliver zu holen, weil er ihn noch einmal befragen wollte. Ich war während dieser Zeit damit beschäftigt, meine Dachkammer zu putzen. Lady Fielding hatte bei ihren Krankenbesuchen bei mir bemerkt, dass ich zwar den Rest des Hauses gewissenhaft sauber hielt, meine eigene kleine Behausung aber in einen erschreckend vernachlässigten Zustand hatte geraten lassen. Es stimmte wirklich: Staub hatte sich flockenweise in den Ecken gesammelt, eine feine Staubschicht bedeckte die Bücher, die ich schon gelesen und an der Wand gestapelt hatte, und Spinnweben hingen an der Decke. Mir war das nie aufgefallen, bis sie mich darauf aufmerksam machte. Und so war mein Tag ausgefüllt. Von Mr. Tollivers Besuch erfuhr ich erst, als Sir John ihn beim Dinner erwähnte.

Er kaute gerade ein Stück Fleisch aus Annies gut gewürztem Eintopf und sagte ohne Vorrede: »Mr. Tolliver war heute wieder da und ist befragt worden.«

Lady Fielding und ich erstarrten gleichzeitig, und unsere Löffel blieben auf halbem Weg zum Mund in der Luft stehen.

»Diesmal war er entgegenkommender und nicht annähernd so streitsüchtig. Kurz gesagt, er war kooperativer.«

Wir beide sahen einander an.

Sir John kaute weiter, bis er schließlich zufrieden den Bissen hinunterschluckte. »Er ist nicht mehr verdächtig«, sagte er und tauchte seinen Löffel erneut in den Eintopf.

Als die Tage vergingen, stieg die Spannung wieder an. Die Ergreifung und schnelle Verurteilung des Harkers hatte zeitweilig Erleichterung gebracht. Doch in den Straßen sprach sich herum, dass er zwei Morde, und zwar die beiden grausamsten, nicht hatte gestehen wollen. Eine nach der anderen suchten die Huren wieder den Schutz der Ginkneipen und Spelunken auf und fingen an, wieder vorsichtiger in der Wahl ihrer Kunden zu sein. Lady Fielding berichtete, nach einer Reihe von Abgängen sei das Magdalenenheim für reuige Prostituierte nun wieder voll besetzt.

Auch die Bow Street Runners waren zu der zuvor von Sir John angeordneten Routine zurückgekehrt. Sie trugen Laternen bei sich, mit denen sie in alle dunklen Ecken leuchten sollten. Außerdem hatte jeder neben seinem Knüppel auch noch ein Paar Pistolen dabei. Es gab nur ein Zugeständnis: Mr. Bailey hatte sich stellvertretend für die Männer darüber beschwert, dass der Säbel in der schweren Scheide sie behinderte, so dass sie nicht würden laufen können, wenn sie jemanden verfolgen mussten. Sir John nahm diesen Einwand ernst und gestattete jedem, der es wollte, den Säbel abzulegen. Wie ein Mann gaben alle Runners ihre Säbel Mr. Baker zur Aufbewahrung.

Gegen Ende der Woche erhielt ich Besuch von Mr. Donnelly. Ich hatte ihn kurz zuvor auf seinem Weg zu Sir John schon gesehen, und daher wusste ich, dass die beiden sich ziemlich lange unterhalten hatten. Mit mir brauchte er nicht so viel Zeit zu verbringen. Er traf mich mit Annie beim Silberputzen an – oder vielmehr, ich putzte das Silber unter ihrer Anleitung; tatsächlich konnte sie in Angelegenheiten, die ihre Küche betrafen, genauso anspruchsvoll sein wie ihre Herrin. Sie begrüßte Mr. Donnelly ziemlich keck mit einem Knicks und einem Lächeln. Ich, der ich besser mit ihm bekannt war, grüßte ihn weniger überschwänglich und sicherlich weniger kokett. »Ich dachte, Jeremy«, sagte er, »dass ich mir diesen Schnitt an deinem Hinterkopf noch einmal ansehe, heute vielleicht zum letzten Mal.«

»Ich wäre sehr froh, diesen dicken Verband loszuwerden«, sagte ich. »Sollen wir in mein Zimmer gehen?«

»Nein, hier in der Küche geht das auch – das heißt, wenn Sie nichts dagegen einzuwenden haben, Mistress Annie?«

Sie war nicht daran gewöhnt, so angeredet zu werden, und murmelte nur etwas Verneinendes. Errötend trat sie zurück.

Vorsichtig band Mr. Donnelly den großen Turban los, den ich in den letzten Tagen um den Kopf getragen hatte. Dann untersuchte er genauso vorsichtig die Wunde.

»Tut dir das weh, Jeremy?«

»Nein, überhaupt nicht.«

»Und was ist mit den Nachwirkungen der Gehirnerschütterung? Hast du noch Schwindelgefühle?«

»Nein, keine. Nun ... ohne mein Wissen wurde mir Gin in den Kaffee gegossen. Danach war mir ein bisschen schwindlig.«

»In deinem Alter? Das kann ich mir vorstellen. Diese Geschichte kannst du mir ein andermal erzählen.« Dann fügte er hinzu: »Bald.«

Mr. Donnelly fragte mich auch nach allen anderen möglichen Nachwirkungen einer Gehirnerschütterung. Und wahrheitsgemäß antwortete ich, dass ich keine verspürte. Dann, nachdem er die Wunde mit Gin gesäubert hatte, bat er um eine Schere, schnitt etwas von meinen Haaren ab und nahm ein Pflaster, das er auf die Wunde klebte. Annie sah all dem fasziniert zu.

»So«, sagte er, »müsste es gehen. Und bald kann man auch das Pflaster entfernen.«

Er packte seine Tasche wieder ein und runzelte nachdenklich die Stirn.

»Jeremy«, wandte er sich noch einmal an mich, »vielleicht möchtest du übermorgen beim Dinner mein Gast sein – ich dachte an das Cheshire Cheese, wo wir schon einmal gespeist haben. Ich bat Sir John um sein Einverständnis, und er hat nichts dagegen. Es gibt einige Dinge, die ich mit dir besprechen möchte.«

»Mit mir? Ja gerne, natürlich, Mr. Donnelly.«

»Gut. Dann komme ich dich gegen sieben abholen.« Mehr sagte er nicht, bevor er sich verabschiedete und ging.

»Nun«, sagte Annie, die ganz neidisch war, »Dinner mit dem Doktor. Ist das nicht großartig?«

»Ja, ziemlich erstaunlich«, erwiderte ich.

»Was hat er wohl mit dir zu besprechen?«

»Ich habe keine Ahnung, nicht die geringste.«

Obwohl wegen der ekelerregenden Natur der Verbrechen des Harkers sowohl von Sir John als auch vom Lord Chief Justice jede Anstrengung unternommen worden war, ihn vor der Öffentlichkeit abzuschirmen, verlangte das Gesetz seine Hinrichtung durch Hängen, und das Gewohnheitsrecht erforderte, dass dies öffentlich in Tyburn geschah. Sie hatten Angst vor einem Aufstand. Der Harker war, zumindest als Legende, dem Pöbel so gut bekannt und verhasst, dass man, als der

Tag der Hinrichtung kam (der übernächste nach Mr. Donnellys Besuch), alle Vorsichtsmaßnahmen traf, um ihn sicher von Newgate zu den dreieckigen Galgen zu schaffen. Wenn die Menge zu groß und unübersichtlich wurde, konnte sie ihn vom Karren reißen und zu Tode trampeln oder in Stücke reißen. Deshalb gab es außer der üblichen Kavallerieeskorte mit gezogenen Säbeln noch eine Schwadron Fußsoldaten rings um den Karren, die mit Musketen und aufgesteckten Bajonetten bewaffnet war.

Ich, der ich Sir John schon lange versprochen hatte, keiner öffentlichen Hinrichtung beizuwohnen, war nicht anwesend – und ich hätte es mir auch nicht gewünscht. In meinen Augen ist es nicht unterhaltsam und wenig erbaulich, wenn man dabei zusieht, wie ein Mann im Todeskampf am Ende eines Seils baumelt. Doch mein Freund Jimmie Bunkins, alles andere als zimperlich, nahm an dem Spektakel teil und kam mit einem Bericht zurück, den er mir nach unserem Unterricht bei Mr. Perkins erstattete (ich hatte die Lektionen an diesem Tag wieder aufgenommen).

»Also«, sagte Bunkins, »ich bin heute Mittag zum Hängeplatz gegangen, um zu sehen, wie sie den Harker erledigen, und ich kann dir gleich sagen, es gab keinen Aufstand.«

»Ich bin erleichtert, das zu hören«, erwiderte ich.

»Dabei hätte man's erwarten sollen, weil ich noch nie so 'ne seltsame Menge mit so komischen Absichten gesehen hab. Sie füllten den ganzen Galgenhügel, so weit das Auge reichte. Man hat ein paar Steine und so nach dem Karren geschmissen, aber die trafen genauso gut die anderen, die auch hops gehen sollten, wie den Harker. Aber jedes Mal, wenn welche versucht haben, den Karren anzuhalten oder den Harker runterzuziehen, kriegten sie eins mit dem flachen Säbel übergebraten oder einen Stoß mit dem Bajonett. Und so brachten sie ihn zu den Galgen. Und die berittenen Soldaten und die Fußsoldaten haben einen Ring um ihn gebildet, als sie ihn und die beiden anderen vom Karren zerrten und über die Stufen führten.

Als er auftauchte, gab es in der Menge einen großen Aufschrei. Ich war ganz vorn, obwohl mir das gar nicht gefiel, denn das ganze Pack aus Covent Garden war auch da und brüllte die schlimmsten Flüche, die es kannte. Oh, er hat sie gehört, er hat sie alle gehört. Und weißt du, was er gemacht hat? Er lächelt breit übers ganze hässliche Gesicht, als wenn er sich noch nie so amüsiert hätte. Da steht er, grinst wie ein Idiot, und der Henker legt ihm die Schlinge um den Hals. Und dann fängt er einen kleinen Tanz auf dem Boden unter dem Galgen an, als wollte er den Leuten sagen, dass er so ein Tänzchen bald in der Luft aufführen wird. Das Seil war also bereit, und er schrie etwas, das keiner hören konnte, weil die Huren so laut kreischten. Und dann, kurz bevor man ihn hochzieht, holt er Luft und spuckt in weitem Bogen seinen Schleim aus, und der trifft die Hure, die neben mir steht, ins Gesicht. Er hat sie wirklich erwischt, und ich schwöre dir, sie hat von allen am lautesten geschrien. Das war der zweite Grund, warum ich lieber hinten in der Menge gestanden hätte. Ich habe nämlich auch was von seinem Schnodder auf meinen Rock gekriegt.«

»Hat es lange gedauert, bis er tot war?«, fragte ich, weil ich mir oft überlegt hatte, ob Mariah wohl schnell gestorben war.

»Nicht lange«, sagte Bunkins, ein Kenner solcher Vorgänge. »Aber er hat ganz komisch an dem Seil rumgezuckt. Obwohl er schlicht blöd war, muss ich ihm doch zugestehen, dass er am Ende ganz schön mutig und zäh war.«

Ich gestehe, werter Leser, dass ich ihm einen langsamen Tod gewünscht hatte.

»Worüber schwatzt ihr zwei denn da?«

Das war Constable Perkins, der die Treppe von seiner Wohnung über dem Stall herunterkam, ordentlich in seinen roten

Rock gewandet, bereit für seine nächtliche Schicht. Wir wollten zu dritt in die Bow Street gehen.

»Über den Harker«, antwortete Bunkins. »Er ist heute in Tyburn krepiert.«

»Ach ja, wirklich? Gut, dass wir den los sind.« Dann, näher tretend, sah Mr. Perkins mich an und fragte: »Und du, Jeremy, was empfindest du dabei?«

»Gut, dass wir den los sind«, sagte ich.

So geht es, wenn das Prinzip der Barmherzigkeit konfrontiert wird mit bitterer persönlicher Erfahrung – unsere Prinzipien müssen manchmal dem Wunsch nach Rache weichen.

Obwohl Mr. Donnelly und ich auf dem Weg ins Cheshire Cheese von vielen Dingen gesprochen hatten und noch über viel mehr Themen debattierten, als wir in der Gaststube saßen, war ich ziemlich sicher, dass das, weshalb er mit mir reden wollte, noch gar nicht erwähnt worden war. Ich hatte ihm die Geschichte erzählt, wie es zu dieser einen Tasse Kaffee mit ›Blitz‹ gekommen war. Und so konnte ich ihm jetzt auch sagen, wie Mr. Tollivers gereimter Name bewirkt hatte, dass Ben Calverton sich an ihn erinnerte und ihn so von dem Verdacht befreite.

Er seinerseits berichtete mir mehr über seine Erfahrungen beim Medizinstudium an der Universität von Wien; es waren amüsante Geschichten wie die, welche er an Sir Johns Tisch erzählt hatte. Mir kam der Gedanke, er wolle mir vielleicht anbieten, bei ihm die Medizin zu erlernen. Und falls er das tat, was sollte ich erwidern? Ich hatte schon länger nicht mehr mit Sir John über meinen Wunsch gesprochen, bei ihm das Gesetz studieren zu dürfen. Vielleicht hatte er es vergessen – oder, was schlimmer war, vielleicht hoffte er, ich hätte es vergessen. Ich hielt die Medizin für eine großartige Berufung und hätte mir auch keinen besseren Lehrer wünschen können als

Mr. Donnelly, aber trotzdem hatte ich großes Verlangen, die Jurisprudenz zu erlernen.

Endlich, als wir unsere Mahlzeit fast beendet hatten, begann er sich ziemlich abrupt zu erklären.

»Zweifellos fragst du dich, Jeremy, weshalb ich dich zum Essen eingeladen habe und was ich eigentlich mit dir besprechen möchte.«

»Ja, Sir, so ist es.«

»Es geht einfach darum: Ich werde London nächste Woche verlassen und nach Portsmouth gehen, um mich dort mal nach einer Stelle als Chirurg auf einem Schiff der Navy umzusehen.«

»Sie wollen Ihre Praxis aufgeben, Mr. Donnelly?«

Er antwortete mit einem traurigen Lächeln: »Was für eine Praxis? Ich bin jetzt fast drei Monate hier in London und hatte nur die Autopsien, die Sir John mir großzügigerweise überlassen hat. Du warst mein Patient und Mr. Goldsmith auch. Ich bedaure übrigens, das sagen zu müssen – das muss unter uns bleiben –, aber er ist kein gesunder Mensch. Doch das tut nichts zur Sache. Die schlichte Wahrheit ist, dass es mir an Mitteln fehlt, in dieser Stadt so lange eine Praxis zu unterhalten, bis sie anfängt, Gewinn abzuwerfen. Vielleicht gibt es einfach zu viele Ärzte, auch wenn ihre Qualität miserabel ist. Möglicherweise liegt es, wie Mr. Goldsmith gemeint hat, daran, dass die Engländer von Haus aus ein Vorurteil gegen die Iren haben. Er selbst hat sich in den Jahren seines Kampfes ein ums andere Mal um eine bezahlte Stelle als Chirurg oder Arzt beworben, hatte aber nur sein unverkennbar irisches Gesicht zeigen müssen, um sofort abgewiesen zu werden.«

Ich wusste nicht, was ich sagen sollte. Ich hatte mich in den letzten Monaten an seine Anwesenheit gewöhnt und fand den Gedanken traurig, dass er nicht mehr bei uns sein würde. Ich vertraute ihm auf eine besondere Weise, wie ich keinem anderen Menschen vertraute. Er war für mich so etwas wie ein älterer Bruder oder ein Onkel geworden, vor allem deshalb, weil er so bereitwillig auf meinen Wunsch eingegangen war, Mariah ordentlich zu bestatten.

Im Moment konnte ich nur die Augen niederschlagen und sagen: »Ich werde Sie sehr vermissen, Sir.« Mein trauriger Tonfall drückte sicher weit mehr aus als meine unzulänglichen Worte.

»Wenn ich nicht den unsinnigen Fehler gemacht hätte«, fuhr er fort, »dieser Witwe nach Lancashire zu folgen, dann wäre vielleicht alles anders geworden. Als ich vor zwei Jahren das erste Mal nach London kam, hatte ich eine nette Summe aus meinen Jahren als Chirurg bei der Navy gespart. Aber ich bin wieder fortgegangen und habe alles für die Werbung um diese Dame ausgegeben. Ich war nicht so sehr in sie verliebt als vielmehr in mich selbst und meinen eigenen Ehrgeiz. Ach ja, möge meine Erfahrung dir eine Lehre sein, Jeremy. Eitelkeit kostet immer ihren Preis.«

»Aber Sir, Sie haben sicher keinen Grund, sich zu schämen. Lady Goodhope ist etwas entgangen, nicht Ihnen.«

»Nun«, sagte er, »lassen wir das, denn der Grund, warum ich dir unter vier Augen von meiner bevorstehenden Abreise erzähle, ist, dass ich dir ein paar Ratschläge geben wollte. Sir John weiß bereits von meinem Wunsch und billigt ihn. Wir haben darüber gesprochen.

Erstens, ich habe mir die Freiheit genommen – du wirst es vielleicht als solche betrachten –, Sir John darüber zu informieren, wie du diese fünf Guineas von deiner Belohnung ausgegeben hast. Er war ganz gerührt von deiner Handlungsweise, wie ich selbst übrigens auch. Aber er war besorgt, weil du eine so tiefe Zuneigung zu einem Straßenmädchen gefasst hattest, ohne ihn davon in Kenntnis zu setzen. Er wollte wissen, ob die Möglichkeit bestünde, dass du dich mit einer entsprechenden Krankheit infiziert hast, was ich verneinte, da deine Bindung an sie nicht von dieser Art war. Er war natürlich erleichtert, meinte aber trotzdem, er wünschte, du wärst offener zu ihm gewesen. Dann habe ich mir erlaubt, ihm meine Auffassung darüber mitzuteilen, dass die Verständigungsschwierigkeiten an deiner zweideutigen Stellung in seinem Haushalt liegen könnten. Du bist kein Dienstbote, aber auch kein Adoptivsohn. Da sagte er mir, er fühle dir gegenüber oft wie ein Vater, wenn er denn überhaupt wisse, wie ein Vater fühlt, und er könne sich keinen besseren Sohn wünschen. Er hat ernsthaft daran gedacht, dich offiziell zu adoptieren. Aber er hat auch erklärt, dass er und Lady Fielding noch immer auf Nachwuchs hoffen und dass vom Titel eines Baronet für ihn die Rede sei. Das ist natürlich ein erblicher Titel, und ich bin sicher, du begreifst, mit welchen Schwierigkeiten das verbunden wäre, Jeremy – wenn sie wirklich Kinder bekämen.«

»Natürlich«, sagte ich mit einem ernsten Nicken.

»Mein erster Rat an dich lautet also, dich als formell adoptiert zu betrachten. Er will es so, davon bin ich überzeugt. Gespräche zwischen Vater und Sohn in deinem Alter sind niemals einfach, und schon gar nicht in einer Situation wie der deinen.«

»Manchmal ist es schwer, mit ihm zu reden«, erwiderte ich, »er wirkt oft einschüchternd.«

»Ja, das stimmt, vor allem in letzter Zeit, denn er ist nahezu krank vor Sorge wegen dieser Morde in Covent Garden. Aber du musst versuchen, mit ihm über Dinge zu sprechen, die für dich wichtig sind. Wenn er ein Thema zur Diskussion stellt und du eigene Ansichten oder Einwände hast, dann sprich sie aus – respektvoll natürlich. Es muss nicht immer heißen: ›Jawohl, Sir John.‹«

»Ich habe das versucht. Es ist nicht immer leicht, ihn zu bewegen, sich das anzuhören, was ich zu sagen habe.«

»Dann versuch es weiter.«

»Hat ...« Ich zögerte. »Hat er bei seinen Gesprächen mit Ihnen etwas von seiner Absicht erwähnt, mich die Rechte zu lehren? Zu Anfang hat er davon gesprochen, aber seit über einem Jahr nicht mehr.«

»Dann solltest du mit ihm darüber reden. Diskutiere mit ihm. Frage ihn, ob und wann du beginnen kannst.«

Das brachte mich für ein Weilchen zum Schweigen. Die Idee, Sir John gegenüber ein solches Thema anzuschneiden, war schlichtweg undenkbar. Ich kaute schwer dran, und sogar länger als an dem Kotelett auf meinem Teller.

»Aber nun«, begann Mr. Donnelly erneut, »zu meinem zweiten und, wie ich glaube, letzten Rat. Du wirst dich erinnern, Jeremy, als du mir von deiner Beziehung zu Mariah erzählt hast, habe ich mich mit einer eigenen Geschichte revanchiert, bei der ich übertölpelt wurde, einem Straßenmädchen in Dublin Geld zu geben, Geld, das ich letztlich bei meinem Vater gestohlen hatte. Es war schmerzlich für mich, so etwas von mir selbst zu berichten, und indem ich so damit herausgeplatzt bin, habe ich bei dir vielleicht einen falschen Eindruck erweckt. Ich möchte nicht, dass du glaubst, weil es einmal bei mir so war, ist es bei Unglücklichen, die dir ähnlich traurige Geschichten erzählen, auch immer so. Du hast eingeräumt, dass Mariah vielleicht die Absicht hatte, dich zu benutzen – aber wir wissen es nicht. Und in ihrem Fall steht uns sicher kein Urteil zu.

Es gibt so viel Elend auf dieser Welt, Jeremy, und so wenig Mildtätigkeit, dass ich nicht dein Herz gegenüber irgendjemandem verhärten möchte. Wenn du zum Mann heranwächst, wirst du viele Geschichten über Unglück und Ungerechtigkeit von einzelnen Menschen hören; einige erweisen sich möglicherweise als Lüge, nur berichtet, um einen Shilling oder irgendeine Gunst zu erlangen. Aber die nächste

Schilderung, die du hörst, kann auch der Wahrheit entsprechen. Also lass uns, so gut es geht, helfen und nicht so sehr auf die Motive schauen.«

Der Gedanke, dass ich die Gesellschaft dieses guten Menschen in einer Woche oder noch weniger verlieren sollte, machte mich traurig.

Nachdem wir unsere Mahlzeit beendet hatten und aufstanden, um das Cheshire Cheese zu verlassen, dachte ich daran, wie sehr ich diesen Ort und das Leben in dieser großen Stadt London mochte. Ich erinnerte mich an meine erste Mahlzeit hier mit Mr. Donnelly, als wir von James Boswell ausgenutzt worden waren, inzwischen ständiger Gefährte von Dr. Johnson. Und ich fragte mich, wann und in wessen Gesellschaft ich in meinem guten grünen Rock wieder hier speisen würde. Ich schaute zu den von Tabak- und Holzrauch geschwärzten Deckenbalken auf und ließ dann meinen Blick über die Männer (keine einzige Frau war unter ihnen) an den rohen Tischen schweifen, und dann stellte ich mir eine Zeit vor, in der ich vielleicht als Anwalt mit meinem Mandanten hierher käme, um den Umgang mit irgendeiner schwierigen Materie zu besprechen. Ich würde hier bekannt sein, einen Stammtisch haben, vielleicht den am Kamin. Dann würde ich wirklich am Londoner Leben teilhaben. Verzeihen Sie mir, verehrter Leser, die Abweichung vom eigentlichen Verlauf meiner Geschichte, aber die Träume meiner Jugend verfolgen mich noch immer und verlangen manchmal nach Ausdruck.

Als wir gingen, blieben Mr. Donnelly und ich unmittelbar vor der Tür stehen – vielleicht nur, um die angenehme Nachtluft einzuatmen. Doch während wir so dastanden, hörten wir beide gleichzeitig gedämpften Lärm, der anhielt und näher zu kommen schien, während wir lauschten. Wir tauschten neugierige Blicke. Was hatte dieses ominöse Geräusch zu bedeuten?

Dann tauchte aus der Butchers Row eine einzelne Gestalt auf, die so schnell lief, wie ihre Beine sie tragen konnten. Sie rannte an uns vorbei in die Fleet Street, wo sich ihr zwei Männer entgegenstellten und den Weg zu versperren suchten; sie ging auf die Männer los, schwang den Arm in weitem Bogen, und ein Gegenstand in ihrer Hand blitzte auf. Die beiden Männer wichen zurück und machten ihr den Weg frei.

Aus der Butchers Road strömte jetzt eine große Menschenmenge, Männer und Frauen, einige davon hinkend, und schrie: »Haltet ihn! Haltet ihn! Mörder! Mörder!« Diese Schreie waren der Lärm, den wir vor wenigen Augenblicken gehört hatten.

»Was ist das für ein Gebrüll!«, wandte ich mich an Mr. Donnelly, die vielen Schreie übertönend. Dann wurde mir klar, dass das, was im Licht der Laterne geglänzt hatte, ein Messer sein musste, und ich rief: »Das muss der Killer von Covent Garden sein!«

Ich begann mich von Mr. Donnelly zu entfernen. Er packte mich am Ärmel. Dann, als die Menge vorbeihastete, erblickte ich Mr. Benjamin Bailey, den obersten Bow Street Runner, ziemlich an der Spitze der Verfolger. Ich konnte nicht anders, ich musste mich ihm anschließen.

»Da ist Mr. Bailey!«, rief ich, als erkläre das alles, riss mich los und rannte, als ob tausend Teufel hinter mir her wären.

Bald schon hatte ich die Verfolger in der vordersten Reihe eingeholt, unter denen noch immer Mr. Bailey war. Mir fiel auf, dass er auf den Bürgersteig übergewechselt war, und ich folgte seinem Beispiel. Bald sah ich auch den Grund. Die Menschenmenge wurde von einer Kutsche mit zwei Pferden aufgehalten. Die Pferde scheuten. Der Kutscher versuchte, ihrer Herr zu werden und sie unter Kontrolle zu bringen; der Lakai musste sich festhalten, um nicht herunterzustürzen. Die Menschen auf der Straße spritzten auseinander, ihre »Mörder!«-

Schreie gingen im Getümmel unter. So nahm die Zahl der Verfolger, wenn auch noch immer groß, etwas ab. Ich rannte sicher auf dem Bürgersteig, und zwischen mir und Mr. Bailey befanden sich nur noch wenige Menschen. Ich beschleunigte mein Tempo und holte auf. Weiter vor mir, wenn auch nicht mehr so weit wie zuvor, konnte ich die schemenhafte Gestalt dessen sehen, den wir verfolgten.

Nun ist eine solche Menschenmenge nicht mehr und nicht weniger als ein sich schnell bewegender Mob. Ich hatte augenblicklich erkannt, warum der Constable sich an die Spitze der Verfolger gesetzt hatte. Wenn sie den Flüchtenden eingeholt hatten – was nicht ausbleiben konnte –, würde Mr. Bailey ihn vor der Wut des Mobs beschützen müssen. Ich war entschlossen, ihm dabei zur Seite zu stehen, und so eilte ich vorwärts und holte Schritt für Schritt auf.

Wir rannten die ganze Fleet Street hinunter. Ich war nahe bei Mr. Bailey und einigen anderen, als etwas höchst Seltsames geschah. Ich hatte das Objekt unserer Jagd gerade kurz aus den Augen gelassen, und als ich wieder hinsah, war er wie vom Erdboden verschluckt. Auch Mr. Bailey und die drei oder vier anderen Verfolger hatten dies bemerkt und verlangsamten ihren Lauf. Ich holte sie ein. Hinter mir folgten weitere Menschen.

Wir waren unmittelbar an der alten Fleet-River-Brücke. Sie war eine richtige Brücke gewesen, bevor man vor ein paar Jahren den Fluss überbaut und die ganze Strecke bis zur Themse gepflastert hatte; jetzt war sie nicht viel mehr als eine leichte Straßenerhöhung. Hier war der Flüchtende verschwunden. Die Männer hielten keuchend an und schauten verzweifelt in alle Richtungen. Ich ging zu Constable Bailey.

»Jeremy!«, rief er überrascht, als ich ihm auf den Rücken klopfte. Er rang nach Atem, doch es gelang ihm, mir zu sagen, dass der Mann, den wir verfolgt hatten, zweifellos der Mörder von Covent Garden war. »Er wurde in einer Gasse bei der Catherine Street auf frischer Tat ertappt...« Er holte tief Luft. »Ich habe Constable Cowley bei der Leiche gelassen und mich den Verfolgern angeschlossen.«

»Wo könnte er sein?«

»Keine Ahnung... wir haben ihn... unterwegs einmal aus den Augen verloren... und dann wieder gesehen. Er hat auf jemanden eingestochen, der ihn aufhalten wollte... und ist entkommen... geradewegs den Strand hinunter.«

»Wer ist es? Kennen Sie ihn?«

»Ich bin nicht nahe genug herangekommen, um...« Er verstummte, nachdem er sich endlich orientiert hatte. »Wo sind wir?«

»Am Ende der Fleet Street.«

»An der alten Brücke, ja?«

»Ja, ich denke schon, Sir.«

»Dann gibt es nur eine Stelle, wohin er gegangen sein kann. Komm mit.«

Ich folgte ihm durch die inzwischen wieder anwachsende Menschenmenge. Er ging den Weg in Richtung Fleet Market hinunter, der bis Holbourn am Lauf des alten Flusses entlangführte, und schaute dabei ständig zu Boden. Dort, unter den verstreuten Ständen, fand er, was er suchte – eine Falltür in der Straße, die von Pflastersteinen begrenzt war. Er blickte zu mir auf und nickte, nachdem er festgestellt hatte, dass sie sich widerstandslos öffnen ließ.

»Jeremy, siehst du die Frau dort drüben mit der Laterne? Versuche sie hierher zu holen, ohne viel Aufsehen zu erregen.« Ich ging zu ihr und erkannte sie aus dem Garden, eine Gemüsehändlerin, bei der ich schon eingekauft hatte. Sie erkannte mich ebenfalls.

»Schreckliche Sache, nicht, junger Herr? Anscheinend ist er entkommen.«

»Nun, wir werden sehen«, sagte ich. »Könnten Sie vielleicht mitkommen? Constable Bailey möchte mit Ihnen sprechen.«

»Mit mir?«

»Nur einen Moment.«

Sie nickte und erhob keine Einwände, als ich sie zu Mr. Bailey führte.

»Madam«, sagte er mit einer höflichen Verbeugung, »ich bin Constable Benjamin Bailey aus der Bow Street.«

»Ich kenne Sie«, sagte sie.

»Ich brauche Ihre Laterne.«

»Die bekommen Sie nicht, die gehört mir.«

Und als wolle sie ihre Weigerung bekräftigen, schwang sie die Laterne herum und versteckte sie hinter ihrem Rücken.

»Madam«, bat er, »ich möchte sie nur ausleihen, und wenn sie nicht zurückgegeben wird, erhalten Sie aus der Bow Street eine bessere.«

»Eine bessere?«

»Jedenfalls eine größere. Das verspreche ich Ihnen.«

»Nun ja...« Sie zögerte. »Also gut.« Und sie gab ihm die Laterne.

Er nahm sie, eine kleine Handlaterne, die eigentlich nicht viel Licht gab, und reichte sie mir. Er öffnete die Falltür und ließ das Licht in den Schacht fallen. Ich hörte Wasser rauschen.

»Viel ist es nicht«, sagte er, »aber ich will verdammt sein, wenn ich ganz ohne Licht da hinuntergehe. Ich habe meine Laterne bei Cowley gelassen. Also, Jeremy, ich klettere jetzt nach unten – das ist der Fleet River –, und wenn ich die letzte Sprosse der Leiter erreiche, reichst du mir die Laterne herunter. Verstanden?«

»Ja, Sir«, sagte ich.

Er zog beide Pistolen heraus und reichte mir eine. Dann nahm er seinen Schlagstock und klemmte ihn sich zwischen die Zähne. Eine Pistole in der Hand, schob er sich vorsichtig durch die Falltür, fand mit den Füßen die Leiter und begann seinen Abstieg. Da traf ich eine höchst impulsive Entscheidung. Ich legte Pistole und Laterne ab, zog meinen feinen flaschengrünen Rock aus und warf ihn der Frau zu, die uns ganz fasziniert zusah.

»Bringen Sie diesen Rock in die Bow Street«, bat ich sie, »denn ich gehe ebenfalls dort hinunter.«

Mr. Bailey schüttelte heftig den Kopf, da er wegen des Knüppels im Mund nicht sprechen konnte, doch ich folgte ihm entschlossen. Ich schob den Daumen der linken Hand durch den Haken der Laterne; nur so konnte ich die Pistole in der rechten Hand halten. Ich stieg so vorsichtig wie möglich ab, doch als ich tiefer kam, schlug mir der faulige Geruch des Flusses entgegen, und ich hätte fast das Bewusstsein verloren. Ich weiß nicht, ob ich mit Hand oder Fuß ausrutschte, doch ich landete mit beiden Füßen und einem lauten Platschen im Wasser. Ich umklammerte die Laterne, doch indem ich mit dem anderen Arm das Gleichgewicht zu halten versuchte, wurde die Pistole nass.

Es war, als sei ich in einen Nachttopf gesprungen. Zum Glück reichte mir das Wasser nicht bis über den Kopf, aber doch weit über die Hüfte, fast bis zur Brust. Mr. Bailey, der viel größer war, stand nur bis zur Taille im Wasser. Er kam platschend zu mir herüber, Schlagstock und Pistole jetzt in je einer Hand.

»Wir können froh sein, dass die Laterne nicht im Wasser gelandet ist«, flüsterte er. »Jetzt bist du schon mal da, also lass uns weitermachen. Bevor du unten angekommen bist, habe ich aus Richtung Holbourn etwas platschen hören. Komm mit. Halte die Laterne hoch.«

Wir hörten jetzt weder ein Plätschern noch irgendein anderes Geräusch außer dem leisen Huschen von Ratten. Ich sah mich um und erkannte Bewegung auf einer Art Sims, der zu beiden Seiten des schmalen Flusses verlief. Wir bewegten uns durch die Mitte, wo er am tiefsten war. Es handelte sich zwar um einen Kanal, aber gleichzeitig auch um einen Fluss, und wir hatten gegen eine nicht geringe Strömung zu kämpfen.

Im Abstand von etwa drei Ruten befanden sich auf beiden Seiten große Säulen, die das Deckengewölbe abstützten. Mir wurde klar, dass Mr. Bailey unsere Beute hinter einer dieser Säulen vermutete. Bei jeder Säule verlangsamte er seine Schritte, sah sich gründlich um und wies mich schweigend an, die Laterne nach rechts und links zu schwingen, um die Dunkelheit dahinter zu erhellen.

So hatten wir vielleicht zehn oder zwölf Säulen abgesucht und waren gerade mit einer fertig, als ich dicht hinter uns ein leises Geräusch hörte und herumwirbelte. Da, nicht weiter als sechs Fuß entfernt, zeichnete sich die Gestalt eines Mannes im Wasser ab. Sie taumelte auf mich zu. Ich hob meine Pistole und feuerte sie ab, doch sie blitzte nur schwach auf, da sie nass geworden war. Doch der Mann hielt inne, ehe er mit ausgestreckter Hand auf mich losging – obwohl ich nicht sagen kann, ich hätte es gesehen, wusste ich irgendwie, dass er ein Messer besaß. Ich sprang zurück und nach links, fort von Mr. Bailey, und die Klinge verfehlte mich, wenn auch nur knapp. Genau in diesem Augenblick verpasste Mr. Bailey dem Mann einen heftigen Schlag in den Nacken, der ihn eigentlich hätte umwerfen müssen, doch das geschah nicht. Er wandte sich dem Constable zu und stach mit dem Messer in seine Richtung. Mr. Bailey schlug ihm mit dem Stock auf das Handgelenk, so dass er das Messer los und ins Wasser fallen ließ. Doch der Mann, wahnsinnig, wie er war, versuchte den Constable, der viel größer als er war, mit bloßen Händen zu überwältigen. Mir drehte er dabei den Rücken zu. Ich kämpfte mich gegen die Strömung vorwärts und wollte ihm mit dem Griff der Pistole eins überziehen. Doch bevor ich ihn ganz erreicht hatte, versetzte ihm Bailey einen letzten, heftigen Schlag auf den Schädel. Der Mann fiel flach ins Wasser und ging unter.

»Jeremy«, rief der Constable, »bist du verletzt? Hat er dich mit dem Messer getroffen?«

»Nein, alles in Ordnung. Er hat mich knapp verfehlt.«

Mr. Bailey steckte seinen Knüppel weg; die nicht abgefeuerte Pistole hielt er noch in der Hand; dann griff er nach unten, um unseren Angreifer aus dem Wasser zu ziehen. Er tastete umher.

»Er ist nicht hier«, sagte er.

»Die Strömung«, erwiderte ich, »die Strömung muss ihn abgetrieben haben.«

Platschend ging ich einige Schritte zurück, tastete mit den Füßen umher und stieß endlich auf den Körper, etwa sechs Fuß oder mehr von der Stelle entfernt, wo er gestürzt war. Ich hielt ihn mit meinem Fuß fest.

»Hier ist er!«, rief ich.

Zusammen zogen wir ihn aus dem Wasser. Ich hielt die Laterne an sein Gesicht, doch das nasse Haar verdeckte seine Züge, und er war nicht zu erkennen. Mr. Bailey legte ihm für einen langen Moment die Hand auf die Brust und schüttelte dann den Kopf. Wir hatten keine andere Wahl, als ihn zwischen uns den Weg zurückzuschleppen, den wir gekommen waren. Unterwegs bemerkte Mr. Bailey: »Ich weiß nicht, ob er durch den Schlag auf den Kopf gestorben oder ertrunken ist.« Nach einer Weile fügte er hinzu: »Stell dir vor, in all dieser Pisse und Scheiße zu ertrinken.«

»Er wollte unter uns hindurchschwimmen, um hinter uns zu gelangen.«

»Verzweifelte Menschen tun verzweifelte Dinge. Das sagt zumindest Sir John.«

Ein paar Minuten später sahen wir den dünnen Lichtschein, der durch die offene Falltür schimmerte, durch die wir an diesen höllischen Ort gelangt waren.

»Er ist zuerst auf dich losgegangen, Jeremy, weil du die Laterne hattest.«

»Die Pistole hat versagt, weil sie nass geworden ist, als ich von der Leiter fiel. Ich konnte nur versuchen, ihm auszuweichen.«

»Ja, aber du hast die Laterne weiter hochgehalten. Im Dunkeln hätte er mich vielleicht mit dem Messer erwischt. Ohne dich wäre ich nicht zurechtgekommen, Junge.«

Irgendwie, mit Schieben und Stoßen, gelang es uns, den reglosen Körper die Leiter hinauf und an die Oberfläche zu schaffen. Ich, der ich geschoben hatte, tauchte als Letzter auf. Zu meiner Überraschung hatte sich eine Gruppe von Menschen versammelt, um unsere Rückkehr zu erwarten, darunter die Constables Cowley und Picker. Sie beachteten mich kaum, denn sie hatten den Leichnam auf das Pflaster gelegt und ihm das Haar aus dem Gesicht gestrichen. Zwei große Laternen aus der Bow Street wurden über ihn gehalten. Voller Unbehagen betrachtete ich die Leute, die auf den Toten niederstarrten, und stellte fest, dass die Frau, der ich meinen schönen flaschengrünen Rock anvertraut hatte, nicht darunter war. Doch ehe ich mir große Sorgen darum machen konnte, hörte ich die Rufe der Constables.

»Bei Gott, Mr. Bailey«, rief der junge Cowley, »schauen Sie nur, wen Sie da gebracht haben. Es ist dieser Arzt, der früher Chirurg bei der Armee war!«

»Tja, verdammt, tatsächlich! Sieh nur, Jeremy, es ist Amos Carr!«

Ich drängte mich nach vorn und sah zu meinem Erstaunen, dass Mr. Bailey Recht hatte. Es war in der Tat Amos Carr.

ZWÖLFTES KAPITEL

*In welchem ich meinen flaschengrünen Rock
finde und zurückbekomme*

Es gab große Überraschung und nicht wenig Verblüffung, als sich in Covent Garden herumsprach, dass Dr. Amos Carr der Verantwortliche für jene höchst blutigen Morde war. Sir John Fielding selbst war schockiert und wollte es nicht glauben, bis er eine Durchsuchung der Wohnung und Praxis des Arztes anordnete und dabei grausige Entdeckungen gemacht wurden, die den Doktor *ex post facto* belasteten. In seinem Kleiderschrank fand man blutige Kleidungsstücke, doch noch schlimmer war das, was man in einem Schrank in seiner Praxis entdeckte: In einem Glas mit Gin, der eine leicht bräunliche Färbung angenommen hatte, lagen zwei Augäpfel – die fehlenden Augen von Libby Tribble, wie Gabriele Donnelly bestätigte.

Mr. Donnelly verhalf Sir John auch zu einem gewissen Verständnis dafür, wie Amos Carr auf solche Abwege geraten war. Er erklärte, Dr. Carr habe die Pocken gehabt und das Gehirn werde in den letzten Stadien dieser schrecklichen Krankheit manchmal in Mitleidenschaft gezogen. Möglicherweise hatte Dr. Carr – vielleicht sogar aus gutem Grund – geglaubt, von einer Prostituierten angesteckt worden zu sein, und sein krankes Gehirn hatte ihn gedrängt, an diesen unseligen Frauen Rache zu nehmen. Hätte man ihn nicht dabei ertappt, wie er den Leichnam seines dritten Opfers verstümmelte, so hätte er seine Mordserie wahrscheinlich bis zu seinem Tod fortgesetzt (was, angesichts seiner fortgeschrittenen Erkrankung, möglicherweise nicht mehr lange gedauert hätte.) Wie Mr. Donnelly mir später berichtete, sagte Sir John zu all dem, mangels anderer Erklärungen für diese sonst unbegreiflichen Verbrechen müsse er Mr. Donnelly wohl glauben, denn es könne kein Zweifel daran bestehen, dass Amos Carr der Mann war, den man aus dem Kanal gezogen hatte, und auch die belastende Natur der grässlichen Beweisstücke, die man in seiner Wohnung fand, sei nicht anzuzweifeln.

Was mich betrifft, so erntete ich außer dem Dank von Mr. Benjamin Bailey wenig Lob dafür, dass ich ihn in den Kanal begleitet hatte. Mr. Donnelly, der zu denen gehörte, die sich um die Leiche des Amos Carr geschart hatten, schalt mich, weil ich mich in eine so gesundheitsschädliche Situation begeben hatte. Und nachdem die Constables genügend über die Identität der Leiche gestaunt hatten, hielten sie reichlich Abstand sowohl von dieser als auch von Mr. Bailey und mir, denn der Gestank des Kanals beleidigte ihren Geruchssinn. Sie waren äußerst bestürzt, als der Captain ihnen befahl, den Leichnam wegzuschaffen.

Lady Fielding wollte mich nicht nach oben lassen, ehe ich gebadet und die Kleider gewechselt hatte. Sie schickte Annie mit dem Notwendigen herunter; als Annie meinen Zustand wahrnahm, hielt sie sich die Nase zu. In einer dunklen Ecke tat ich, was man mir aufgetragen hatte, und wusch mich gründlich und vor Kälte zitternd mit kaltem Wasser und Seife. Währenddessen erstattete Mr. Bailey Sir John Bericht. Als er fertig und ich der menschlichen Gesellschaft wieder zuzumuten war, nahm Sir John mich beiseite und sagte, es sei »tapfer und töricht« gewesen, mich in ein solches Abenteuer zu stürzen. Er schlug vor, nächstes Mal, wenn ich den Drang zu impulsivem Handeln verspüre, solle ich mir einen Augenblick Zeit nehmen, um die potenziellen Gefahren zu bedenken.

Er erwähnte auch, dass ich vielleicht ein Recht auf einen Anteil an der Belohnung von zehn Guineas für die Ergreifung des zweiten Mörders habe, doch ich lehnte dies ab. Ich erzählte ihm, Mr. Bailey habe alles geleistet, während ich nur die Laterne hielt und dem Mörder aus dem Weg ging. Das schien Sir John zufrieden zu stellen. Am Ende jedoch teilte der Constable seine Belohnung mit einem gewissen Albert Mundy, der Amos Carr erspäht und Alarm geschlagen hatte, als dieser sich über sein letztes Opfer beugte und es mit dem Messer verstümmelte. Man stimmte allgemein darin überein, er verdiene eine gewisse Belohnung, wenn auch nicht mehr als drei Guineas, die er bekam.

Die gute Frau, die unsere Wäsche besorgte, wurde am folgenden Tag bestellt, und sie schaute sehr zweifelnd auf meine besten Beinkleider und mein Hemd, die ich am Vorabend im Hinterhaus zum Trocknen aufgehängt hatte. Sie waren schmutzig und stanken und sahen nicht so aus, als würden sie jemals wieder sauber. Das meinte sie, doch sie tat, was sie konnte. Ich ermutigte sie nach Kräften, begleitete sie hinaus und ging dann nach Covent Garden, um herauszufinden, was aus meinem flaschengrünen Rock geworden war.

Ich fand die Gemüsehändlerin, wie immer, in ihrem Stand, fröhlich für jedermann die Qualität ihrer Waren ausrufend. Als ich näher kam, entdeckte ich keine Spur von dem Rock. Da ich ihre Laterne dabeihatte, gedachte ich, einen fairen Handel abzuschließen. Ich konnte nicht verstehen, warum sie meinen Rock – wie erbeten – weder in der Bow Street abgegeben noch zu ihrem Stand mitgebracht hatte.

Ich stellte mich vor sie hin und sagte ziemlich streng: »Ich bin mit Ihrer Laterne gekommen.«

Sie unterbrach ihre Rufe und sah mich etwas enttäuscht an. »Ich dachte, ich würde statt dieser eine andere kriegen – eine größere.«

»Nur, wenn diese verloren gegangen wäre.«

»Nun ja ...« Sie zuckte mit den Schultern und nahm mir die Laterne ab.

»Wo ist mein Rock?«

»Ist er denn nicht gebracht worden?« Sie wandte sich ab, etwas verschämt, wie mir schien.

»Nein, das ist er nicht.«

Sie seufzte. »Also, das war so, junger Herr. Kaum waren Sie hinunter in das Loch gestiegen, da kam ein junger Bursche zu mir, sagte, er wäre Ihr Freund und würde den Rock für Sie aufheben. Ich sagte ihm, nein, den muss ich in die Bow Street bringen, doch da nimmt er ihn mir ab und erklärt, das werde er tun. Na, ich halte ihn fest, aber er gibt mir einen festen Stoß, und ich lande auf dem Hintern und lasse Ihren feinen Rock los. Bis ich wieder auf die Füße komme, ist er verschwunden, völlig verschwunden in der Menschenmenge. Ich laufe ihm nach, halte nach Hilfe Ausschau, und wen treffe ich da – einen Constable. Ich will ihm sagen, dass dieser Bursche erklärt hat, er wäre Ihr Freund, und Ihren Rock genommen hat und weggelaufen ist, aber er will bloß wissen, wieso ich den Rock hatte und wie Sie und der andere Constable in den Kanal gekommen sind. Er will unbedingt, dass ich ihm das Loch zeige. Dann erscheint noch ein Constable, und ich zeige es ihnen beiden. Sie debattieren darüber, ob man Ihnen nach unten folgen soll, um Ihnen beizustehen. Da bin ich nach Hause in mein Bett gegangen.«

Dazu konnte ich wenig sagen. Ihre Geschichte klang glaubwürdig. Und hatte ich mich nicht gefragt, wieso Constable Cowley und Constable Picker zufällig auf uns warteten, als wir aus dieser stinkenden Unterwelt wieder auftauchten?

Die Enttäuschung stand mir im Gesicht geschrieben, denn sie berührte tröstend meinen Arm und sagte: »Tut mir wirklich Leid, junger Herr. Meine einzige Hoffnung war, dass er vielleicht wirklich ein Freund von Ihnen ist und den Rock zurückbringen wird, obwohl ich mir nicht vorstellen konnte, dass jemand wie Sie einen solchen Freund hat.«

»Wie sah er denn aus? Könnten Sie ihn beschreiben? Haben Sie ihn schon einmal gesehen?«

»Ach, man sieht so viele junge Männer hier im Garden herumlaufen. Er hat nie bei mir gekauft, da bin ich sicher, sonst würde ich mich an ihn erinnern. Er war etwa so groß wie Sie, würde ich sagen, aber älter, und er sah ziemlich unangenehm aus – nun ja, ich hatte von Anfang an meine Zweifel.«

»War er gut gekleidet?«

»Kein bisschen. Nicht schäbig zwar, aber der Rock, den er trug, war längst nicht so prächtig wie der, den Sie mir zum Aufbewahren gegeben haben.«

Ich hatte gehofft, es wäre Bunkins gewesen, der den Rock genommen hat, obwohl ich mir nur schwerlich vorstellen konnte, dass er eine Frau so grob behandeln würde. Und seit er bei Mr. Bilbo lebte, war er so gut gekleidet wie sonst ein junger Gentleman, dem man in Vauxhall Gardens begegnete. Auch konnte niemand sagen, dass Bunkins unangenehm aussah. Nein, nicht Jimmie Bunkins.

»Tut mir wirklich Leid, dass das passiert ist«, sagte die Frau.

»Ich glaube Ihnen«, erwiderte ich. Achselzuckend bedankte ich mich und machte mich auf den Rückweg in die Bow Street.

Anscheinend war mein Rock von einem gemeinen Dieb gestohlen worden, der zuerst versucht hatte, ihn der Frau mit einer Lüge abzuluchsen. Am Abend suchte ich die beiden erwähnten Constables auf, und sie bestätigten die Geschichte mit der Gemüsefrau. Beide entschuldigten sich bei mir, weil sie dem gestohlenen Rock so wenig Beachtung geschenkt hatten. Doch die Entschuldigungen halfen mir natürlich nicht, den Rock zurückzubekommen.

Bei nächster Gelegenheit erwähnte ich die Angelegenheit gegenüber Bunkins und Constable Perkins. Das war, als wir zusammen einen Teil des Weges von Mr. Perkins Wohnung über den Stallungen an der Little Russell Street zurücklegten, ehe wir uns trennten, um nach Hause zu gehen. Ich berichtete ihnen, was die Frau in Covent Garden über den Dieb gesagt hatte, und versuchte, ihnen den Rock zu beschreiben.

»Aber«, sagte ich dann, da es mir wieder einfiel, »Sie haben ihn gesehen, Mr. Perkins. Entsinnen Sie sich? Ich habe ihn an dem Tag getragen, an dem wir zusammen durch die Straßen gingen und die Leiche fanden, die wir für das erste Opfer des Harkers hielten.«

»Ach ja«, sagte er, »und es war ein hübscher Rock. Wenn ich mich recht erinnere, war er grün.«

»Dunkelgrün«, korrigierte ich ihn, »flaschengrün nennt man das.«

»Dunkelgrün?«, fragte Bunkins. »Und hat er weiße Kanten?«

Ich sah ihn überrascht an. »Ja, in der Tat – an den Taschen und an den Knopflöchern. Hast du so einen Rock gesehen?«

»Möglicherweise«, erwiderte er, »und zwar an einem Burschen, den du kennst, alter Kumpel.«

»Ach ja? Und wer war es?«

»Wir sollten versuchen, diesen bestimmten Burschen zu finden. Vielleicht finden wir dann auch deinen Frack.«

Und so schlug Bunkins noch nicht gleich den Weg zu dem großen Haus in der St. James Street ein, in dem er mit Mr. Bilbo und seinen Leuten wohnte. Wir waren noch nicht weit gekommen, als er vorschlug, er und ich sollten von dem üblichen Weg in die Bow Street abweichen und einen Umweg zur Bedford Street machen.

»Aber Sie, Mr. Perkins«, sagte er zu dem Constable, »Sie müssen sich sicher sputen. Die Pflicht ruft, wie man so sagt.«

»Die Pflicht ruft erst in ungefähr einer Stunde«, gab Mr. Perkins zurück und unterdrückte ein ironisches Lächeln. »Aber als Constable bin ich verpflichtet, dafür zu sorgen, dass gestohlenes Gut seinem rechtmäßigen Eigentümer zurückgegeben wird. Du versuchst doch nicht etwa, mich loszuwerden, Jimmie B.?«

»Aber nein, Sir«, sagte Bunkins, ganz gekränkte Unschuld. »Wie können Sie so etwas denken?«

Und so marschierten wir drei zusammen zur Bedford Street. Obwohl ich Bunkins keine Fragen gestellt hatte, konnte ich mir denken, wer in der Bedford Street vielleicht meinen feinen Rock trug. Und alles, was die Gemüsehändlerin mir über den Dieb erzählt hatte, verstärkte meinen Verdacht.

Als wir unser Ziel erreichten, forderte uns Bunkins auf, draußen zu warten, während er die erste Kneipe betrat. Die Straße war ziemlich leer; diejenigen, die von der Arbeit nach Hause gingen, mieden sie wegen ihres schlechten Rufs. Mir fiel auf, dass Mr. Perkins schwieg und beiläufig seinen Mantel zuknöpfte, so dass der rote Rock, den er trug (und der ihn als einen der Bow Street Runners auswies), nicht mehr zu sehen war. Bunkins kam aus dem Lokal, schüttelte den Kopf, und wir schlenderten zum nächsten, einer so genannten Taverne. Erst als wir vor der fünften dieser billigen Kneipen warteten, entschloss Mr. Perkins sich, etwas zu sagen.

»Ich werde mich zurückhalten«, begann er. »Aber ich möchte, dass du dich daran erinnerst, was ich dir beigebracht habe, dann wird es schon klappen.«

Ich, immer angespannter geworden, während wir von einer

Spelunke zur nächsten zogen, fasste Mut, als Mr. Perkins das sagte. Ich hatte etwas gelernt; ich war bereit.

Bunkins erschien an der Tür. Er winkte uns herein.

Mr. Perkins hielt mich zurück. Er nahm seinen Schlagstock und schob ihn mir im Rücken in den Gürtel.

»Benutze ihn nur, wenn es sein muss«, warnte er mich.

Und so gingen wir hinein. Mr. Perkins verließ mich und stellte sich an die Bar. Ich gesellte mich zu Jimmie Bunkins. Er sagte nichts, sondern wies nur in eine bestimmte Richtung. Es war fast so dunkel wie draußen in der ersten Nachtstunde. Eine Öllampe brannte an der Bar, im Kamin loderte ein Feuer, und auf den paar Tischen, an denen Gäste saßen, hatte man Kerzen angezündet. Bei dieser trüben Beleuchtung war es nicht ganz einfach, den zu entdecken, den wir suchten. Ich hörte ihn – dieses alberne, wiehernde Lachen –, noch bevor ich ihn sah; an der düsteren Rückseite des Raums, denn tatsächlich, da saß er mit vier seiner Kumpane an einem Tisch – Jackie Carver.

Auf diese Entfernung und bei dem schlechten Licht konnte ich nicht erkennen, ob der Rock, den er trug, meiner war, und so ging ich auf ihn zu. Bunkins folgte. Als ich näher kam, sah Carver mich und unterbrach sein Geplauder. Am Tisch angekommen, wusste ich, dass er meinen Rock anhatte; flaschengrün mit weißen Kanten – unverkennbar mein Eigentum. Alle Augen am Tisch waren auf mich gerichtet, als ich vor Carver Aufstellung nahm und wartete.

»Was willst *du* denn?«, fragte er mit theatralischem Schnauben.

»Meinen Rock«, antwortete ich.

»Deinen Rock?« Er kicherte. »Das hier ist ein *Männerrock*. Letztes Mal, als ich dich sah, hast du Weiberkleider getragen und getan, als wärst du eine Dirne. Du hast kein Recht, einen *Männerrock* anzuziehen.«

Das verursachte Heiterkeit bei seinen Tischgenossen. Während er grinsend dasaß, begann der Rest laut zu lachen; einer von ihnen, ein bösartig aussehender Bursche von etwa dreißig Jahren, schlug fröhlich auf den Tisch. Die restlichen Gäste des Lokals waren verstummt. Der Barmann kam auf uns zu.

Ich wartete, bis das Gelächter aufgehört hatte. »Ich will ihn trotzdem.«

»Na, da wirst du Pech haben.« Hasserfüllt starrte er mich an.

Um den Blickkontakt zu unterbrechen, hielt ich ihm die rechte Hand vors Gesicht und schnippte mit den Fingern. Unwillkürlich schaute er auf meine Hand, was ich beabsichtigt hatte. Mit einer einzigen, gezielten Bewegung packte ich mit der linken Hand sein Ohr, drehte daran und zog ihn hoch. Er hatte keine andere Wahl, als entweder aufzustehen oder sich das Ohr abreißen zu lassen. Als er halb auf den Füßen war, stieß ich ihn heftig gegen den Kopf und lockerte meinen Griff. Er taumelte auf seinen Stuhl zurück, fiel aber nicht hin. Die anderen am Tisch waren von diesem Geschehen zu geschockt, um mehr zu tun, als uns mit großen Augen zu beobachten. Dann griff Carver hinter sich, als wolle er sein Messer ziehen, ließ seine Hand aber bedrohlich dort verharren.

»Weißt du, wer ich bin?«, schrie er. »Was ich mit dir machen kann?«

Mir schien, als hätte ich das schon einmal gehört. »Ja«, brüllte ich zurück, »du nennst dich Jackie Carver, und du bist ein Zuhälter und Betrüger und Messerstecher, und du würdest dich lieber dem Teufel persönlich stellen als irgendeinem Sterblichen in einem fairen Kampf.«

»*Macht das draußen ab!*«

Das war der Wirt. Er beugte sich über die Bar, eine Pistole in jeder Hand. Obwohl er nicht zielte, war seinem Gesicht anzusehen, dass es ihm ernst war.

»Also komm«, sagte ich, drehte mich um, drängte mich an Bunkins vorbei und ging zur Tür.

Alles strebte nach draußen. Die Spelunke leerte sich, da die Gäste sich die Rauferei nicht entgehen lassen wollten. Doch als einem der Hauptbeteiligten machte man mir Platz, und ich trat hinaus in den Abend und spürte, wie Bunkins mir auf den Rücken klopfte.

»Na, dem hast du's aber gezeigt, Kumpel«, krähte er. »Das hast du so prima gemacht, wie ich's noch nie gesehen hab.«

»Aber wohin sollen wir gehen?«

»Da drüben – die Gasse.«

Bunkins fasste mich am Ellbogen und schob mich in genau die Gasse, in der die Leiche von Polly Tarkin entdeckt worden war. Wir führten die Menge an. Ich hörte, dass Wetten abgeschlossen und Chancen besprochen wurden. Anscheinend traute man mir trotz meines selbstbewussten Auftretens in der Kneipe nicht viel zu.

Ich nahm eine Position tief in der Gasse ein und wartete, während die Menge herbeiströmte und rings um mich Aufstellung nahm. Nachdem Bunkins mir meinen alten Rock abgenommen hatte, ging er im Kreis um mich herum und drängte die Zuschauer weiter zurück.

»Macht ihnen Platz, macht ihnen Platz!«, rief er. Endlich erschien mein Gegner, begleitet von seinen vier Kumpanen. Sie lachten hämisch und redeten großspurig von dem großen Blutbad, das gleich folgen würde. Carver seinerseits wirkte hier nüchterner als in der Ginkneipe; er nickte, nahm ihre ermutigenden Worte auf, grinste oder lächelte aber nicht und lachte auch nicht mehr wiehernd. Ich griff nach hinten und tastete nach Mr. Perkins Knüppel, um mich zu vergewissern, dass er noch fest in meinem Gürtel steckte, falls ich ihn brauchte. Dann trat ich beherzt vor, um zu demonstrieren, dass ich zum Kampf bereit war.

Jackie Carver legte seinen Rock ab – *meinen* Rock – und murmelte seinen Gefährten etwas zu. Dann, in einem letzten Anflug von Großspurigkeit, rief er in die Menge: »Damit ihr's alle wisst, hier dreht es sich nicht um einen Frack, sondern um 'ne Dirne, eines von meinen Pferdchen, das er für sich selbst wollte. Sie hat ihn aber abblitzen lassen. Sie ...«

Während er dies sagte und sich rechts und links an die Zuschauer wandte, hatte ich mich ihm stetig genähert. Zu spät erkannte er, wie dicht ich schon bei ihm war, und als er seine Rede unterbrach, hatte er kaum noch die Zeit, sich mit den Armen zu schützen, und noch viel weniger, das Messer zu zücken, das hinten in seinem Gürtel steckte.

Ich legte die drei Schritte, die uns noch trennten, in zwei Sprüngen zurück und schlug ihm zweimal ins Gesicht, einmal mit der linken, einmal mit der rechten Faust, und dann verpasste ich ihm einen kräftigen Tritt gegen die Kniescheibe. Er brach zusammen und stürzte auf das andere Knie.

Dann tat ich etwas, das ich nicht hätte tun dürfen. Ich trat zurück und gestattete ihm, sich von den Schlägen zu erholen. Das sollte mir Gelegenheit geben, wieder Gefühl in den Fingern zu bekommen, denn so kräftig meine Hände auch durch die vielen Übungen an dem Sack im Stallhof waren, auf die harten Knochen seines Gesichts waren sie doch nicht vorbereitet. Ab jetzt würde ich nur noch gegen Weichteile boxen ...

Er hatte das Messer gezogen und zielte auf meinen Leib. Wenn er flink genug gewesen wäre, hätte er mich tatsächlich getroffen, obwohl ich zurücksprang. Dann stand er auf den Füßen, ging auf mich los, und ich konnte nichts anderes tun als weiter zurückweichen. Ich hatte keine Möglichkeit, den Knüppel aus meinem Gürtel zu ziehen, denn ich brauchte beide Hände, um mein Gleichgewicht zu halten.

Das schien die Menge besonders zu genießen. Ich hörte Aahs! und Oohs! bei jedem Angriff mit dem Messer, denn es roch nach Blut. Und um das zu sehen, waren sie gekommen.

Aber dann führte ich einen kleinen Tanz auf, machte Ausfälle nach rechts und links, weg von der Klinge. Er folgte mir und hätte mich beinahe überholt, doch ehe ihm das gelang, erwischte ich ihn mit einem Tritt gegen die Hüfte, der ihn stolpern ließ. Er schwankte, um die Balance nicht zu verlieren. Das gab mir Gelegenheit, den Schlagstock aus dem Gürtel zu ziehen. Ich hielt ihn in der rechten Hand und schlug mir damit in die linke Handfläche. Der scharfe Hieb, den ich spürte, gab mir neues Selbstvertrauen. Ich hatte oft mit dem Stock geübt.

Carver hatte mich mit einer Reihe von Stechversuchen rückwärts getrieben. Würde er damit fortfahren? Oder würde er sich auf mich stürzen und zustechen, wie er es zuerst versucht hatte? Ich musste auf beides vorbereitet sein.

Er attackierte mich erneut.

Ich sprang nach rechts, fort von der Klinge, aber darauf schien er vorbereitet zu sein, denn er wirbelte herum und hätte mir vielleicht Schaden zugefügt, wenn ich nicht im Sprung mit dem Schlagstock hart sein Ohr getroffen hätte. Ich duckte mich hinter ihn und versetzte ihm einen weiteren Hieb auf den Scheitel.

Er drehte sich nach mir um und schwang sein Messer in weitem Bogen. Doch das hatte ich vorausgesehen, sogar erwartet, und so war ich außer Reichweite, als das Messer an mir vorbeizischte. Danach trat ich vor und schlug mit dem Stock auf die Hand, die es hielt. Es löste sich aus Carvers Griff. Verzweifelt bückte er sich, um es aufzuheben. Ich schlug ihm erneut auf den Kopf und dachte schon, er wäre bewusstlos. Doch als ich mit dem Fuß nach dem Messer tastete und es mit einem Tritt über das Pflaster schleuderte, gelang es ihm irgendwie, wieder auf die Füße zu kommen.

So, wie er da stand, keuchend, Gin ausschwitzend, an Ohr und Kopf blutend, schien er wenig gefährlich, aber ich wusste, ich musste ihn vollends erledigen. Ich steckte den Schlagstock in meinen Gürtel und winkte ihn zu mir her. Er taumelte vorwärts, die Hände ausgestreckt, als wolle er mich erdrosseln.

Was folgte, war nicht schön anzusehen. Doch die Erinnerung an Mariah erfüllte mich mit einer Wut, welche die Tritte und Schläge gegen seine noch immer aufgerichtete, wenn auch unsicher schwankende Gestalt verstärkte. Endlich, als er sich gegen mich lehnte, um sich abzustützen, rammte ich meinen Kopf gegen den seinen, trat dann zurück und ließ Carver flach auf die Pflastersteine der Gasse fallen.

Ich wartete. Er regte sich nicht. Während ich mich von ihm entfernte, sah ich, wie rechts und links in der Menschenmenge Geld den Besitzer wechselte. Die meisten Leute schwiegen, entweder aus Langeweile, weil der Spaß nun zu Ende war, oder aus Enttäuschung über seinen Ausgang; ich konnte es nicht herausfinden. Ich fand die vier Burschen, die ich suchte. Sie unterhielten sich murmelnd.

»Ich möchte bitte diesen Rock.« Ich zog erneut Mr. Perkins Schlagstock und schlug damit in meine Handfläche.

Der Hässlichste von Jackie Carvers Trinkgefährten hielt noch immer meinen flaschengrünen Rock in der Hand. Jetzt warf er ihn mir zu und schüttelte dabei angewidert den Kopf. Dann drehten sich alle vier um und marschierten davon, ihren Kumpel zurücklassend, wo er lag.

»Hier! Hier! Was ist denn hier los?«

Das war Mr. Perkins, der seinen Mantel aufgeknöpft hatte, so dass man seinen roten Rock sah, und der nun so tat, als erscheine er als Constable soeben auf der Szene.

»Waren Sie daran beteiligt?«, fragte er in höchst strengem

Ton. »Ich werde die Waffe an mich nehmen, die Sie da in der Hand haben, junger Herr.«

Ich reichte sie ihm ohne Widerrede (schließlich gehörte sie ihm). Er nahm mich beim Arm und führte mich auf einem Umweg zu Jackie Carver, den er bei dieser Gelegenheit zufällig ›entdeckte‹.

»Nun, was haben wir denn da? Ein Messer?« Er bückte sich und hob es auf. »Haben Sie das gegen den armen Kerl benutzt, der da liegt?«

Ehe ich noch zu meiner eigenen Verteidigung etwas sagen konnte, trat einer der Zuschauer vor, um die Dinge richtig zu stellen.

»Nein, Constable, so war das nicht.«

»Das war der andere, der das Messer hatte. Er ist dafür bekannt.«

»Der Junge hat den Knüppel erst benutzt, als der andere das Messer gezogen hatte.«

»Nun«, verkündete Mr. Perkins und ging auf die auf dem Pflaster liegende Gestalt zu, »trotzdem hat er dem hier beträchtlichen Schaden zugefügt.«

Carver begann sich, Gott sei Dank, gerade zu regen. Meine drei Verteidiger kamen näher, um ihn genauer zu betrachten. Mr. Perkins kniete nieder, anscheinend, um seine Wunde zu inspizieren, flüsterte ihm dabei aber etwas in das unverletzte Ohr.

Ganz plötzlich erschien Bunkins an meiner Seite. »Du hast mich zu 'nem reichen Mann gemacht, Jeremy, alter Kumpel«, sagte er. »Die Chancen standen gegen dich, und ich habe alles auf dich gewettet, was ich in der Tasche hatte, und noch ein bisschen mehr.«

»Du hast nicht mit verteiltem Risiko gewettet?«

Er sah mich konsterniert an. »Das würde ich doch nie tun!«

»Das habe ich gewusst.« Ich lächelte und zwinkerte ihm

beruhigend zu. Dabei fiel mir ein, dass ich nur lächeln konnte, weil die Tortur nun in der Tat überstanden war.

»Ach du liebe Güte!«, rief Mr. Perkins so laut, dass ihn alle hören konnten. »Da hatte ich doch die ganze Zeit meinen Fuß auf der rechten Hand von diesem armen Kerl. Möglich, dass ich ihm noch zusätzlichen Schaden zugefügt habe.«

Trotzdem nahm er seinen Fuß erst weg, nachdem er aufgestanden war und kurz sein ganzes Körpergewicht darauf verlagert hatte. Carver versuchte nun, sich zu erheben, indem er sich auf die Ellbogen stützte. Die anderen beobachteten ihn, mehr neugierig als besorgt.

»He, Sie da, helfen Sie ihm auf die Füße. Ich beauftrage Sie, ihn zu einem Chirurgen zu bringen, damit er sich seine Verletzungen ansieht. Es gibt einen Arzt in der Tavistock Street, Donnelly mit Namen.«

Drei Männer sprangen herbei, um dem Befehl des Constable nachzukommen. Ein anderer schloss sich ihnen an. Zusammen schafften sie es, Carver aufzurichten.

»Und Sie, junger Herr«, wendete sich Mr. Perkins an mich und packte mich grob am Arm, »nehme ich schnurstracks mit in die Bow Street. Und ich warne Sie, wenn Sie Widerstand leisten, werden Sie es bereuen.«

Ich ließ den Kopf hängen und leistete, wie ich wohl nicht zu erläutern brauche, natürlich keinen Widerstand.

Als wir die anderen verließen, hielten wir unseren Jubel noch zurück, doch kaum waren wir außer Sicht- und Hörweite, stieß Bunkins einen lauten Triumphschrei aus. Und Mr. Perkins gestattete sich endlich ein Lächeln.

»Ich denke, ich habe die Ehre der Bow Street Runners recht gut gewahrt. Meint ihr nicht auch, Jungs? Wir können die Leute doch nicht denken lassen, dass wir es billigen, wenn sie sich in den Gassen prügeln.«

Wir versicherten ihm, er habe seine Rolle gut gespielt. Und während Bunkins sich über seinen Gewinn freute, vergewisserte sich Mr. Perkins, dass ich keine Messerstiche davongetragen hatte. Er sagte, wäre es dazu gekommen, so hätte er dem Kampf sofort ein Ende gemacht. Dann übte er Kritik an meiner Darbietung.

»Also, dein einziger Fehler«, sagte er, »war, dass du zurückgewichen bist, nachdem du ihn mit diesem Tritt gegen das Knie zu Boden gezwungen hattest.«

»Aber die Art, wie er dem Messer ausgewichen ist ...«, warf Bunkins ein.

»War gefährlich und recht erschreckend anzusehen«, beendete Mr. Perkins grimmig den Satz.

Und so gingen wir weiter, bis wir uns über Great Hart der Bow Street näherten; dort trennten wir uns von Bunkins, der erklärte, er müsse nach Hause, um seine Reichtümer zu zählen. Mr. Perkins und ich gingen ein Weilchen schweigend weiter. Doch dann hielt er mich ganz plötzlich an und musterte mich kritisch.

»Also«, sagte er, »du hast geschwitzt, der Schweiß ist getrocknet, dein Gesicht ist schmutzig, und dein Haar muss gekämmt werden, aber du hast deine Sache gut gemacht, Jeremy. Und ich finde, du hast da einen hübschen Rock, der es wert war, dafür zu kämpfen.«

Ich dankte ihm und fügte dann hinzu: »In einem hat Carver Recht gehabt. Der Kampf ging nicht um den Rock – oder doch nur teilweise.«

»Das dachte ich mir auch.«

Wir gingen weiter.

»Sagen Sie, Mr. Perkins«, fragte ich, »als Sie sich gebückt haben, um ihn zu mustern, schienen Sie Carver etwas ins Ohr zu flüstern. Was haben Sie gesagt?«

»Ach, das. Ja, ich habe ihm in der Tat etwas mitgeteilt. Ich habe ihm gesagt, wenn er daran dächte, sich an dir zu rächen, so solle er das gleich vergessen. Wenn dir etwas zustoßen sollte, würde ich ihn suchen und schneller umbringen, als es sonst jemand könnte. Ich habe ihn gefragt, ob er das verstanden hätte, und er stieß ein Stöhnen aus, das ich als ja deutete.«

Sonst wurde zwischen uns nichts mehr gesprochen, bis wir die Bow Street Nummer vier erreicht hatten. Dort drängte er mich, mich ein wenig zu säubern und mir die Haare zu kämmen, bevor ich nach oben ginge.

»Es gibt also keine Anklage?«, fragte ich mit einem unverschämten Grinsen.

»Keine Anklage«, antwortete er.

In den nächsten Tagen herrschte ein reges Kommen und Gehen, das ziemlich geheimnisvoll wirkte. Nicht geheimnisvoll hingegen war die Rückkehr der Frau, die unsere Wäsche besorgte. Stolz präsentierte sie das Hemd und die Beinkleider, die ich getragen hatte, als ich in den Fleet-Kanal geklettert war. Irgendwie war es ihr gelungen, sie nach dreimaligem Waschen sauber zu bekommen. Noch wichtiger war, dass sie auch den Gestank beseitigt hatte. Ich war ihr so dankbar, dass ich sie mit zwei Shilling aus dem großen Geldvorrat belohnte, den Bunkins an mich weitergegeben hatte. (Sein Gewissen erlaubte ihm nicht, alles für sich zu behalten, was er dank meiner Anstrengungen gewonnen hatte, und so gab er mir die Hälfte ab.) Die gute Frau war ganz überwältigt von meiner Großzügigkeit. Solange ich dieses Häufchen Geld für solche Zwecke ausgab, hatte ich keine Schuldgefühle, es angenommen zu haben.

Mehr als kurios war ein Besuch der Familie Millhouse. Thaddeus, Lucinda und der kleine Edward traten eines Sonntags in ihren besten Kleidern ein. Ich begegnete ihnen, als ich mich gerade auf den Weg zum Briefkasten machte, um Briefe für Lady Fielding einzuwerfen. Ich begrüßte sie und stellte fest, dass sie alle, sogar der kleine Edward, sich höchst ernst und feierlich benahmen. Zweifellos waren sie bestellt worden, obwohl ich ihnen keinen Brief überbracht hatte, und offenbar handelte es sich um eine wichtige Angelegenheit. Da mein Auftrag mich bis zum Kutschenhof führte, war ich überrascht, die Familie Millhouse bei meiner Rückkehr in Covent Garden zu sehen – nicht so sehr, sie überhaupt zu erblicken, sondern wegen der bemerkenswerten Veränderung ihres Verhaltens. Selbst aus der Ferne – ich sah sie von der anderen Seite des nahezu leeren Platzes – erkannte ich an dem Lächeln auf ihren Gesichtern und dem glücklichen Geplauder, dass ihr Besuch bei Sir John sie sehr froh gestimmt hatte. Vielleicht, überlegte ich, hatte er auf die Geldstrafe verzichtet, die er Thaddeus Millhouse wegen Trunkenheit auferlegt hatte. Das wäre typisch für Sir John gewesen.

Am nächsten Tag – oder vielmehr Abend, denn wir hatten gerade das Dinner beendet – stattete uns Mr. Donnelly einen Besuch ab. Da er keine Tasche bei sich trug und bei uns auch niemand krank war, konnte es sich nur um einen privaten Besuch handeln. Tatsächlich war der einzige Grund seines Kommens, den ich mir denken konnte, der, dass er sich endgültig von uns verabschieden wollte. Doch darauf deutete nichts hin, als er eintrat. Es gab keine Zeit für Reden und keine Gelegenheit zu Tränen, denn Sir John stand vom Tisch auf und führte ihn hinauf in den kleinen Raum, den er als sein Studierzimmer bezeichnete. Wir unten in der Küche hörten die Tür, die sich hinter ihnen schloss, und dann Sir Johns tiefe Stimme – und einmal sogar ein Lachen von Mr. Donnelly.

Er verweilte nicht lange, weniger als eine halbe Stunde, und als er zurückkam, war er allein; Sir John war oben geblieben. Ich blickte von dem Topf auf, den ich gerade abwusch, und sah ein breites Lächeln auf Mr. Donnellys Gesicht. Sicher hatte er nicht Abschied genommen.

»Sie gehen also noch nicht so bald nach Portsmouth, Sir, nicht wahr?«, wagte ich zu fragen.

»Nein, Jeremy, ganz so schnell wirst du mich nicht los.« Und dann lachte er wieder und tänzelte aus der Tür.

Annie, der man seine bevorstehende Abreise mitgeteilt hatte, sah mich mit fragendem Blick an. Ich zuckte bloß mit den Achseln und ahmte die Geste nach.

Also hatte ich zwei Geheimnisse aufzuklären. Allein würde mir das wohl kaum gelingen, denn es gab keine Hinweise und keine Hilfe aus anderen Quellen. Ich konnte nur warten, bis Sir John sich entschloss, eine Erklärung abzugeben. Das tat er zwei Abende später, als wir gemeinsam beim Dinner saßen. Er hatte aufgetragen, Wein aufzutischen, was bei einer gewöhnlichen Mahlzeit selten vorkam. Mir schien, dass er wohl einen Trinkspruch ausbringen wollte, und bald erwies sich das als zutreffend.

Bevor wir zu Messer und Gabel griffen, stand er von seinem Platz auf und hob sein Glas.

»Meine liebe Familie«, sagte er, großzügig Annie und mich einbeziehend, »ich trinke auf die Gesundheit von Mr. Gabriel Donnelly, denn wenn er auch im Augenblick nicht mit an unserem Tisch sitzt, so dürfen wir uns doch auf viele zukünftige Besuche freuen, denn er wird auf Dauer hier in London wohnen bleiben.«

Wir anderen standen ebenfalls auf, hoben unsere Gläser und tranken zusammen mit Sir John. Unsere Fragen hielten wir zurück, bis wir wieder saßen. Dann aber kamen sie reichlich: War er zum Bleiben überredet worden? Hatte die Navy ihn nicht haben wollen? Hatte er einen Gönner gefunden? Warum war er nicht anwesend? Sir John hob seine Hand und brachte uns so zum Schweigen.

»Auch noch so viel Überredungskunst meinerseits hätte ihn hier nicht festhalten können«, sagte er, »denn es war schiere wirtschaftliche Not, die ihn dazu trieb, zur Navy zurückzukehren. Sie hätte ihn übrigens gern genommen, denn ich habe erfahren, dass er für seine Dienstjahre dort exzellente Beurteilungen erhalten hat. In einem gewissen Sinn hat er tatsächlich einen Gönner gefunden, wie ich gleich erklären werde, denn morgen wird im Parlament die Bekanntmachung erfolgen.

Auf mein ständiges Drängen hin ist endlich ein neuer Coroner ernannt worden. Es ist Thomas Trezavant, ein Freund des Premierministers, der, unter uns gesagt, nicht besser qualifiziert ist als sein Vorgänger, wenn auch erheblich jünger. Doch er tut gar nicht so, als sei er kompetent, und bei einem Treffen mit ihm und dem Lord Chief Justice konnte ich beide davon überzeugen, dass der Coroner einen medizinischen Berater braucht, auf dessen Meinung man sich absolut verlassen kann. Natürlich habe ich für diese Stellung Mr. Donnelly vorgeschlagen. Ich gebe zu, es gab einige Einwände, weil er Ire und, wie die anderen zutreffend vermutet haben, papistisch ist. Ich habe dagegen seine ausgezeichnete Beurteilung bei der Navy Seiner Majestät ins Feld geführt und darauf hingewiesen, dass seine Religion ihn dort nicht behindert hat. Und was seine Zuverlässigkeit betrifft, so habe ich von seiner Hilfe bei der Aufklärung dieser schrecklichen Morde berichtet, die jetzt Gott sei Dank hinter uns liegen. Sie wollten ihn kennen lernen. Gestern hat die Begegnung stattgefunden. Mr. Donnelly, den wir alle als feinen Menschen kennen, hat sich ganz bescheiden und als Gentleman präsentiert, und sie haben ihn akzeptiert. Da er in der Gunst des Premierministers steht, konnte Mr. Trezavant ihn überreden, Mr. Donnelly ein jährliches Gehalt als medizinischen Berater zu zahlen – zwar nicht viel, aber genug, um seine weitere Arbeit in dieser Stadt zu sichern. Seine offizielle Anerkennung wird ihm gewiss eine Menge Patienten einbringen.« Er lächelte breit und nickte bestätigend. »Aber jetzt lasst uns essen, sonst wird unser Hammelfleisch kalt.«

Und so aßen wir – gute Hammelkoteletts, deren Genuss durch den Rotwein, den wir dazu tranken, noch erhöht wurde. Doch ich hatte noch immer eine Frage, die mir auf der Zunge brannte.

»Sir John«, sagte ich, »warum ist Mr. Donnelly nicht bei uns? Warum müssen wir in seiner Abwesenheit auf ihn trinken?«

»Gut, dass du fragst, Jeremy. Er speist heute Abend mit seinem neuen Vorgesetzten, Mr. Trezavant. Das ist natürlich eine gesellschaftliche und berufliche Pflicht. Mr. Donnelly lässt sich entschuldigen und verspricht, später mit uns zu feiern.«

Nachdem auf diese Weise ein Geheimnis gelüftet war, wollte ich auch hinter das andere kommen. Und so entschloss ich mich, nach dem Abwasch Sir John direkt anzusprechen und danach zu fragen. Hatte mir Mr. Donnelly schließlich nicht geraten, Gelegenheiten zu suchen, mit ihm zu reden? Und vielleicht konnte ich dann auch die Dinge ansprechen, die mir noch wichtiger waren. Ich wusste, dass ich ihn in dem oberen Zimmer finden würde, wo er so oft im Dunkeln saß. Ich ging hinauf und klopfte an die offene Tür.

»Hier ist Jeremy, Sir«, sagte ich. »Würden Sie mir vielleicht eine Frage beantworten?«

»Das werde ich tun, wenn ich kann, Junge. Komm herein und setz dich. Zünde eine Kerze an, wenn du möchtest.«

Ich trat ein und setzte mich ihm gegenüber, doch ich machte kein Licht. Die Dunkelheit war sein Element.

Dann erklärte ich, ich hätte am letzten Sonntag die Familie Millhouse mit feierlich ernsten Mienen hereinkommen und später in Covent Garden ausgelassen und froh plaudern sehen. Was, fragte ich, hatte ihr Stimmung wohl so verändert?

»Ach«, sagte er, »ich bedaure, dass ich dir das nicht eher gesagt habe, Jeremy, denn die Sache betrifft dich. Die Wahrheit ist, Jeremy, dass ich mich anscheinend immer nur auf eine Sache konzentrieren kann, und seit Sonntag war ich voll und ganz mit Mr. Donnelly beschäftigt. Aber wie du richtig erkannt hast, haben auch Mr. und Mrs. Millhouse einen Erfolg zu verzeichnen. Und du, Jeremy, bist dafür verantwortlich.«

»Ich, Sir? Wie denn das?«

»Du warst derjenige, der Polly Tarkins Schatz gefunden hat, den Erlös aus ihren Taschen- und sonstigen Diebstählen. Als ich endlich die Last dieser Morde in Covent Garden los war, fiel mir die kleine Familie in der Half Moon Passage ein – der Vater ein Trinker und den Versuchungen des Fleisches nicht abhold, Vater und Mutter dazu verurteilt, mit einem Baby im schlimmsten Schreialter in einem einzigen Zimmer zu hausen. Mir schien, sie verdienten etwas Besseres. Und als ich erfuhr, dass seine Stellung bei Mr. Hoole Mr. Millhouse dazu zwingt, jeden Morgen früh aufzustehen und nach Clerkenwell zu gehen – denn dort wird die Übersetzung des Ariosto angefertigt –, war das Grund genug, sie aus dieser ungesunden Umgebung herauszuholen und in eine bessere zu versetzen; also habe ich sie letzten Sonntag zu mir bestellt. Da sie eine Rate der Geldstrafe, die Mr. Millhouse auferlegt wurde, nicht bezahlt hatten, haben sie vielleicht gedacht, ich wolle sie bestrafen – daher die ernsten Gesichter. Als sie erfuhren, dass ich ganz im Gegenteil beschlossen hatte, ihnen die Geldbörse, die du unter den Bodendielen in Polly Tarkins Zimmer gefunden hast, zu schenken, waren sie ganz außer sich vor Freude. Ich sagte ihnen, das Geld sei zwar unrechtmäßig erworben, könne aber von ihnen doch zu etwas Gutem benutzt werden. Aber ich gab ihnen Anweisungen, wie sie es zu verwenden haben. Ich sagte, sie müssten von Covent Garden nach Clerkenwell oder in die Nähe ziehen, und zwar in eine größere und bequemere Wohnung. Und Mr. Millhouse dürfte keinen einzigen Shilling dafür ausgeben, um ihr Glück zu feiern. Er schwor in Gegenwart seiner Frau, er werde sich daran halten. Ich glaube, sie hat ihn beim Wort genommen, denn sie haben bereits eine Wohnung gefunden und werden am Samstag einziehen. Was sagst du dazu, Jeremy?«

»Wenn ich nicht befürchten würde, Lady Fielding zu stören, würde ich laut Hurra schreien!«

»Ich dachte mir, dass es dich freuen würde.«

»Wie viel war denn in der Börse?«

»Fast vierzig Guineas. Ich habe Mr. Marsden gebeten, es zu zählen – Guineas, Sovereigns und Shillings –, und das war ungefähr der Wert.«

»Das wird ihr Leben verändern.«

»Zum Besseren, da bin ich sicher.«

Ich wartete. Da damit das Gespräch beendet zu sein schien, wollte ich aufstehen und mich verabschieden.

»Bleib«, sagte Sir John plötzlich. »Jetzt, da du hier bist, sollten wir vielleicht noch etwas besprechen.« Er zögerte und fuhr dann fort: »Da ich in den vergangenen Wochen so beschäftigt war, hatten wir wenig Gelegenheit, so wie früher miteinander zu reden. Ich möchte zunächst einmal, dass du weißt, wie sehr ich deine Hilfe bei dieser Mordsache geschätzt, mehr als geschätzt habe. Ich mache mir immer noch Vorwürfe, dich bei dieser Scharade, durch die der Harker schließlich gefasst wurde, in Gefahr gebracht zu haben, aber du hast es mutig durchgestanden und dir deine Belohnung verdient. Obwohl ich dir gesagt habe, dass dein Gang in den Kanal ›tapfer und töricht‹ war, war er doch viel mehr tapfer als töricht. Und ich rechne es dir auch hoch an, Jeremy, dass du, was Mr. Tolliver betrifft, Recht behalten hast.

Du wirst das vielleicht nicht glauben, aber letztendlich gefällt es mir, wenn ich von Zeit zu Zeit einmal nicht Recht behalte.

Mr. Donnelly hat mir erzählt, wie du das Belohnungsgeld verwendet hast, jedenfalls einen Teil davon, und auch das finde ich bewundernswert. Ich muss allerdings gestehen, ich habe mir Sorgen gemacht, du hättest vielleicht fleischliche Beziehungen zu diesem armen Mädchen gehabt. Er hat mir versichert, dass dem nicht so war. Stimmt das?«

»Ich hatte keine, Sir John.«

»Gut. In London grassieren die Pocken. Das mögliche Resultat hast du bei Amos Carr gesehen. Andere Beispiele kannst du auf der Straße betrachten – Krüppel und sabbernde Idioten. Es ist eine schreckliche Krankheit. Aber allzu schnell vergisst man die Zeit, in der man so jung war wie du. Dieselben Wünsche haben auch in mir gebrannt, dieselbe Leidenschaft für Abenteuer und Gefahren. Wenn ich weniger auf Gefahren aus gewesen wäre, besäße ich vielleicht heute noch mein Augenlicht, aber ich würde nicht das Leben führen, das ich führe; im Großen und Ganzen denke ich, dass es ein gutes Leben ist. Das Schicksal stellt uns immer wieder vor diese seltsamen Entscheidungen. Doch insgesamt betrachtet, ist es auch für dich gut, potenzielle Gefahren zu bedenken, Jeremy. Schau hin, bevor du springst.«

Ich nahm an, dass Sir John nun ausgeredet hatte. Es war in diesem Gespräch schon so viel zwischen uns gesagt worden, dass ich glaubte, noch einen Schritt weiter gehen zu können.

»Sir John?«

»Ja, mein Junge, was ist?«

Wie sollte ich es ausdrücken? »Nun, Sir, ich möchte nur meine Absicht bekräftigen, bei Ihnen die Rechte zu studieren, wenn das auch Ihr Wunsch sein sollte.«

»Habe ich deine Absicht oder mein Versprechen vergessen?

Ist das die Frage? Nein, obwohl wir seit längerer Zeit nicht darüber gesprochen haben, habe ich es nicht vergessen. Du bist nur noch ein wenig jung, um damit zu beginnen. Aber ich warne dich, es ist ein langwieriger und auch ziemlich mühseliger Prozess. Lass uns ein bisschen warten, vielleicht ein Jahr. Lass uns warten, bis du sechzehn bist. Du kannst mich beim Wort nehmen.«

Als in jenem Jahr, 1770, das Weihnachtsfest nahte, wollte ich für alle Geschenke kaufen. Bis auf zwei Shilling besaß ich noch das ganze Geld, das Jimmie Bunkins mir gegeben hatte, und so konnte ich allen, die mir nahe standen, meine Zuneigung zeigen. Bunkins selbst schenkte ich eine Ausgabe von *Robinson Crusoe*, da ich sicher war, dass er sie im kommenden Jahr würde lesen können; Mr. Perkins schenkte ich eine Kette für seine Uhr, Annie eine Kamee an einem Seidenband, Lady Fielding eine Bürste für ihr Haar und Sir John ein neues Rasiermesser (ich, der ich eines brauchte, erbte sein altes). Tatsächlich gab ich auch noch zwei Guineas von der Belohnung aus.

Obwohl ich hier keine Liste von allem aufstellen will, was ich am Weihnachtstag erhielt, muss ich doch erwähnen, was Sir John und Lady Fielding mir schenkten. Es war ein Paket, das Lady Fielding mir überreichte, groß und schwer. Als ich es vor aller Augen auswickelte, hatte ich keine Ahnung, was es enthalten mochte, und ich hätte es auch nicht erraten, abgesehen von der Tatsache, dass es so aussah wie ein großer Stapel Bücher – vier an der Zahl, die zusammen das hervorragende Werk von Sir Edward Coke bildeten, dem großen Juristen des vorigen Jahrhunderts, *Institutes of the Law of England.*

Ganz überwältigt dankte ich beiden.

»Was wir dir gegeben haben«, sagte Sir John, »ist eine große Menge Arbeit, Jeremy. Denn meine Anweisung an dich lautet, dieses Werk durchzulesen, alle vier Bände. Es ist gut geschrieben, und es sollte dir nicht schwer gefallen. Aber dann möchte ich, dass du es noch ein zweites Mal liest und dir Notizen über alle Fragen machst, die dir bei der Lektüre einfallen. Wenn du beides gründlich tust, wird die zweimalige Lektüre wohl ein Jahr dauern. Dann kann die eigentliche Arbeit beginnen, denn wir werden es zusammen durchlesen, diskutieren und alle deine Fragen beantworten. Danach werden wir zu anderen Dingen übergehen. Das Gesetz zu studieren ist ein langer, mühseliger Prozess, wie ich dir schon sagte – aber letztlich nutzbringend.«